Manuel Vázquez Montalbán
Die Meere des Südens
Wenn Tote baden

**SERIE PIPER**

## Zu diesem Buch

Pepe Carvalho, Privatdetektiv von Beruf und Feinschmecker aus Passion, löst in diesem Doppelband zwei mysteriöse Kriminalfälle. Der reiche Unternehmer Stuart Pedrell, der eigentlich in die Südsee auswandern wollte, wird erstochen in Barcelona aufgefunden. Das einzige Indiz ist ein Zettel in seiner Tasche mit der Aufschrift »Mich bringt keiner mehr in den Süden« ... Sogar als Carvalho sich zum Abnehmen in einer Kurklinik aufhält, holt ihn sein Beruf ein: Im Swimmingpool liegt die Leiche einer wohlhabenden Amerikanerin, und schon bald tauchen weitere Tote auf. – Hintergründig und atmosphärisch dicht erzählt Erfolgsautor Manuel Vázquez Montalbán von den Ermittlungen dieses Meisterdetektivs der besonderen Art.

*Manuel Vázquez Montalbán* wurde 1939 in Barcelona geboren und starb 2003. Nach dem Studium der Geisteswissenschaften und Journalistik war er bei verschiedenen Zeitschriften als Redakteur tätig. Er gilt als einer der profiliertesten spanischen Autoren der Gegenwart und hat mit der Figur des Meisterdetektivs Pepe Carvalho einen Klassiker geschaffen.

Manuel Vázquez Montalbán
Die Meere des Südens
Wenn Tote baden
Zwei Pepe-Carvalho-Romane in einem Band

Aus dem Spanischen von Bernhard Straub,
durchgesehen von Anne Halfmann

Piper München Zürich

Von Manuel Vázquez Montalbán liegen in der Serie Piper vor:
Wenn Tote baden (3146)
Die Küche der läßlichen Sünden (3147)
Die Einsamkeit des Managers (3148)
Die Meere des Südens (3149)
Die Vögel von Bangkok (3577)
Die Rose von Alexandria (3622)
Quintett in Buenos Aires (3704)
Unmoralische Rezepte (3735)
Die Meere des Südens/Wenn Tote baden (Doppelband, 3888)
Undercover in Madrid (3982)

Taschenbuchsonderausgabe
1. Auflage August 2003
2. Auflage Dezember 2003
© 1979 und 1986 Manuel Vázquez Montalbán
Titel der spanischen Originalausgaben:
»Los mares del Sur« und »El Balneario«, Editorial Planeta,
Barcelona 1979 und 1986
© der deutschsprachigen Ausgaben:
2001 Piper Verlag GmbH, München
Deutsche Erstausgaben der Einzelbände im Rowohlt Verlag,
Reinbek bei Hamburg 1985 und 1988 unter den Titeln:
»Tahiti liegt bei Barcelona« und »Manche gehen baden«
Umschlag/Bildredaktion: Büro Hamburg
Isabel Bünermann, Julia Martinez/
Charlotte Wippermann, Kathrin Hilse
Foto Umschlagvorderseite: Brendan Tobin/Getty Images
Foto Umschlagrückseite: Isolde Ohlbaum
Gesamtherstellung: Clausen & Bosse, Leck
Printed in Germany    ISBN 3-492-23888-2

www.piper.de

Die Meere des Südens

## Die Hauptpersonen

**José »Pepe« Carvalho** muß einen Fall lösen, der mit einem literarischen Indiz beginnt, sich aber als ziemlich kompliziert herausstellt – diese Tatsache hält ihn aber nicht davon ab, weiterhin seinen kulinarischen Gelüsten nachzugehen, deshalb soll

**Biscuter** Carvalhos Mädchen für alles – die chinesische Kochkunst erlernen, weil sie so gesund ist ...

**Charo** hat ganz andere Sorgen, sie fühlt sich von Carvalho vernachlässigt – in jeder Beziehung.

**Carlos Stuart Pedrell** wollte sich seinen Traum wahr machen und in der Südsee leben – wie Gauguin, aber er wird erstochen aufgefunden, in Barcelona.

**Jaime Viladecans Riutorts** ist ein Anwalt im klassischen Sinne, der über alles Bescheid weiß und dafür sorgt, daß die Westen seiner Auftraggeber weiß bleiben.

**Jésica Pedrell** trauert auch unter Drogeneinfluß um ihren Vater und entwickelt intensive Gefühle für Carvalho.

**Planas**
**Marqués de Munt** sind beide Geschäftspartner von Stuart Pedrell, aber von vollkommen unterschiedlicher Persönlichkeit.

**Ana Briongos** hatte als letzte eine Beziehung mit Pedrell.

**Bleda** die neue, junge und hübsche Freundin Carvalhos ist eine Hündin, mit der sich Charo nicht so recht anfreunden kann.

»Los, gehen wir!«

»Ich könnt noch ewig weitertanzen.«

»Wir bewegen uns gleich auf 'ne ganz andre Art, Schätzchen!«

Loli zog ihre Pausbacken hoch, um zu grinsen und pustete sich ihr Pony aus der Stirn wie Olivia Newton-John.

»Du bist wohl scharf!«

»Heut geht's ab, Schätzchen!«

Bocanegra, das »Schwarze Maul«, erhob sich auf seine krummen Beine. Das galaktisch anmutende Gewölbe der Diskothek umschimmerte fluoreszierend seinen Kopf. Er zog sich die Hose hoch und stakste durch die Dunkelheit auf die Theke zu. Die Kellner schafften es wunderbarerweise zu bedienen, ohne etwas zu sehen. Die Laokoongruppe, deren Umrisse sich auf der Theke abzeichneten, nahm die Gestalt von zwei Paaren an, die aus einem Knäuel von Armen und Zungen auftauchten. Bocanegra versetzte einem der Umrisse einen leichten Boxhieb.

»Ternero, auf geht's! Deine Schwester und ich wollen los!«

»Arschloch! Du hast mich voll drausgebracht!«

Peca, die »Sommersprosse«, hatte die abgewetzte Zunge schon eingezogen und benutzte sie jetzt, um gegen den Störenfried zu protestieren.

»Okay. Selber schuld, wenn ihr keine Lust habt auf 'ne Runde Auto fahren!«

›Auto fahren? Bocanegra, beschwatz mich nicht schon wieder! Ich will heute nacht keinen Ärger!«

›Ich hab da einen blauen CX im Auge, einfach super!«

›Ein Citröen CX! Das ist was anderes! Den hab ich noch nicht ausprobiert.«

›Ein CX!« schwärmte Peca mit Augen, die auf weite Horizonte gerichtet sind.

›Ich glaub, er hat sogar Telefon. Ist eher 'ne Hotelsuite als ein Auto. Wir können darin zu viert rumvögeln, ohne daß er wackelt!«

›Das ist nach meinem Geschmack!« lachte Ternero, das »Kalb«. »Ich ruf meine Alten an und sag: »Hör mal, wir bumsen gerade in einem CX!«

›Geht mit Loli raus und wartet an der Ecke bei der Kartonfabrik!«

Bocanegra überquerte die Tanzfläche unter den Blitzen der Lichtorgel. Seine Schenkel empfingen etwas wie Stromstöße von der weißen Fläche, Stromstöße, die sein schwarzes Kraushaar knistern ließen.

›Du tust auch nichts anderes als rumstehen, Alter, wie ein Briefkasten«, sagte er im Vorbeigehen zum Türsteher.

›Kannst mich ja ablösen, dann geh ich rein und mach einen drauf! Penner!«

›Quatsch mich bloß nicht voll, Mann!«

Bocanegra verschmolz mit der schützenden Dunkelheit, je mehr er sich von der blinkenden Leuchtreklame des Tanzlokals entfernte. Seine Hand in der rechten Hosentasche spielte mit dem Dietrich, der gegen einen Hoden drückte. Nachdem er diesen durch den Stoff durch liebevoll befingert hatte, nahm er die Hand heraus und umschloß damit das ganze Paket zwischen seinen Beinen, als wollte er es zurechtrücken oder seine feste Verankerung prüfen. Locker schlendernd erreichte er den CX, steckte den Dietrich ins Schloß, und die Tür sprang auf, majestätisch wie das Tor zu einem Tresorraum.

Die Karre riecht wie die Fotze von 'ner reichen Tussi! dachte

Bocanegra. Wahnsinn! Havannas! Und auch noch eine Flasche Whisky! Er öffnete die Motorhaube, bog zärtlich, als wären es Haare, die Drähte zusammen, klappte die Haube zu und setzte sich mit der vermuteten Würde und Eleganz des Eigentümers ans Steuer. Dann machte er sich über den Whisky her, steckte sich eine Zigarre an und fuhr sachte los, um dann beim Abbiegen an der nächsten Kreuzung das Steuer so abrupt und scharf einzuschlagen, daß die Reifen quietschten. Durch einen Tunnel aus alten Ziegelmauern und parkenden Autos gelangte er zu der Ecke, wo ihn Loli, Peca und Ternero erwarteten. Loli ließ sich vom Beifahrersitz verschlingen, und schon fielen die drei Türen mit dem serienmäßig eingebauten satten Geräusch ins Schloß.

»Beim nächstenmal sagst du mir vorher Bescheid! So 'ne Karre bringt bloß Ärger. Die paßt nicht zu uns!«

»Vielleicht nicht zu dir. Ich seh darin aus wie ein Gentleman.«

»Ach nee, Bocanegra!« kicherte Peca aus dem Hintergrund.

»Und ich kann dann wieder anschaffen gehen, wenn er sitzt.«

»Wenn du anschaffen gehst, dann bloß, weil's dir Spaß macht.«

»'Nen Scheißdreck macht mir das! Mann, ist das ein geiler Schlitten! Wo fahren wir hin?«

»Wir fahren zum Vögeln rauf nach Vallvidrera.«

»Ich treib's aber lieber im Bett.«

»Mit Pinienduft ist es doch am schönsten!« entgegnete Bocanegra, nahm eine Hand vom Steuer und schob sie in Lolis Ausschnitt, um eine ihrer großen, festen Brüste zu drücken.

»Fahr bloß nicht ins Zentrum von San Andrés, dort wimmelt's von Bullen!«

»Mach dir nicht ins Hemd! Diese Typen riechen, ob man gute Nerven hat. Ihr müßt so cool sein, als wärt ihr in dem Wagen hier geboren.«

»Was rauchst du da eigentlich, Bocanegra? Du wirst mir

noch ins Bett machen! Für solche Havannas bist du noch zu jung.«

Bocanegra nahm eine von Lolis Händen und drückte sie dorthin, wo sein Penis die Hose ausbeulte.

»Und für solche Havannas bin ich alt genug?«

»Schwein!« Loli lächelte, aber ihre Hand zuckte zurück, als hätte sie ein stromführendes Kabel berührt. Ternero beugte sich vor, um nachzusehen, welche Strecke Bocanegra nahm.

»Du sollst nicht ins Zentrum fahren, verdammt! Dort wimmelt's nur so von Kontrollen.«

»Mann, hast du vielleicht Schiß.«

»Das hat mit Schiß überhaupt nichts zu tun.«

»Ternero hat recht«, bemerkte Peca. Aber Bocanegra fuhr auf die Rambla von San Andrés und erreichte den zentralen Platz am Rathaus, die Plaza del Ayuntamiento.

»Scheiße, verdammte …« Terneros ohnmächtiger Aufschrei ließ Bocanegra grinsen.

»He he, ganz ruhig, Junge! Ich hab alles im Griff.«

»Schau doch! Da hinten stehen sie schon!«

Loli hatte den Streifenwagen an der Rathausecke entdeckt.

»Nur keine Panik …«

Bocanegra zog die Augenbrauen hoch, um besonders sorglos auszusehen, und fuhr an der Streife vorbei. Die schiefe Dienstmütze bewegte sich, und ein Profil erschien gelb im Licht der Straßenlaterne, die mit einem aufgespannten Wahlplakat hin- und herschaukelte: *Ziehen Sie mit uns ins Rathaus ein!* In dem gelben Gesicht gingen die Brauen ebenfalls hoch. Die dunklen Augen darunter schienen sich zu verengen.

»Wie der dich angeguckt hat!«

»Die gucken immer so. Sie verzeihen einem gerade noch, daß man lebt. Setz ihnen eine Mütze auf und schon glauben sie, die Welt gehört ihnen.«

»Jetzt kommen sie hinter uns her!« schrie Peca, den Blick nach hinten gewandt.

Bocanegras linkes Auge bohrte sich in den Rückspiegel, wo

die gelben Scheinwerfer und das Blaulicht des Streifenwagens auftauchten.

»Ich hab's dir gleich gesagt, du Schwuchtel, du blöder Wichser!«

»Ternero, halt die Fresse oder ich schlag sie dir ein! Die müssen mich erst mal kriegen.«

Loli kreischte auf und umklammerte Bocanegras Arm. Mit dem Ellbogen schleuderte er sie in die Ecke, wo sie unter dem Fenster zusammengekauert zu weinen begann.

»O Gott, jetzt gibt er auch noch Gas, der Hurensohn! Halt an, verdammt noch mal, halt sofort an! Wir müssen zu Fuß abhauen – die schießen sonst!«

Der Streifenwagen schaltete zum Blaulicht noch die Sirene dazu und versuchte, mit Salven von Licht und Heultönen den CX zu stoppen.

»Ich muß ihn abhängen!«

Bocanegra gab Gas, die Welt kam bedrohlich auf die Kühlerhaube zu, als würde sie wachsen und dem Wagen entgegenfliegen. Er bog in eine Seitenstraße ein und hatte plötzlich auf allen Seiten zu wenig Platz – rechts parkten Autos und von links ragte das Heck eines Kleinwagens in die Einmündung. Der CX knallte dagegen, und Loli schlug mit dem Gesicht gegen das Handschuhfach. Bocanegra setzte zurück und krachte mit dem Heck gegen etwas, das mit fürchterlichem, metallischem Kreischen antwortete. Er hörte es kaum, so taub waren seine Ohren vom Geheul der nahen Sirene. Als er wieder auf der Hauptstraße fuhr, flatterten seine Arme so sehr, daß der Wagen ins Schleudern geriet und links und rechts gegen die parkenden Fahrzeuge knallte, bis Bocanegra das Steuer wieder unter Kontrolle bekam. Die Hecktüren flogen auf, und Ternero und Peca sprangen ab.

»Halt! Stehenbleiben, oder wir machen euch kalt!«

Bocanegra hörte näherkommende Schritte. Loli weinte hysterisch, Nase und Mund blutverschmiert, ohne sich von ihrem Sitz zu rühren. Als Bocanegra mit erhobenen Händen ausstieg, traf ihn ein heftiger Schlag mit dem Knüppel.

»Diesen Ausflug wirst du nicht so schnell vergessen! Hände aufs Wagendach!«

Er wurde abgetastet. Das gab ihm Zeit, aus seiner Betäubung zu erwachen und wahrzunehmen, daß ein paar Meter weiter Ternero der gleichen Prozedur unterzogen wurde und Peca vor einem anderen Polizisten die Tasche öffnete.

»Das Mädchen ist verletzt!«

Bocanegra zeigte auf Loli, die, den Hintern an den Streifenwagen gelehnt, immer noch Blut und Wasser heulte. Der Polizist blickte einen Moment in Lolis Richtung, und Bocanegra stieß ihn beiseite. In der dunklen Nacht öffnete sich ein Korridor vor ihm, er warf sich hinein und rannte los, daß seine Absätze beinahe am Hintern anschlugen und die Arme wie Kolben auf und abfuhren. Trillerpfeifen. Trillerpfeifen. Abgerissene Verwünschungen hinter ihm. Mehrmals bog er ab, ohne den Lärm der Verfolger abschütteln zu können. Feuchte, abgestandene Luft füllte stoßweise und brennend seine Lungen. Gasse auf Gasse und keine einzige Hoftür. Hohe Ziegelmauern, nackt oder verputzt mit sandigem, nachtdunklem Zement. Plötzlich erreichte er wieder die Hauptstraße von San Andrés, und es schien, als wären alle Scheinwerfer dieser Welt auf ihn gerichtet, als er mit einem Bein das Gleichgewicht hielt, während das andere seinen Schwung abbremste und stoppte. Einige Meter entfernt blickte ein Posten verwundert aus dem Wachhäuschen der Kaserne. Bocanegra sprang auf die Fahrbahn und spurtete über die hellerleuchtete Straße, hinüber zu dem freien Gelände, das in Richtung La Trinidad verschwommen zu erkennen war. Er mußte kurz verweilen, weil er fast keine Luft mehr bekam, ließ einen fahren und war nahe daran, sich zu übergeben, so sehr brannte und stach es in seinen Lungen.

Eine alte Holztür, in Sonne und Wind geborsten, sperrte eine Baustelle ab. Bocanegra konnte an den Rissen und Kanten Halt finden, bekam den oberen Rand zu fassen und versuchte sich hochzuziehen. Das Gewicht seines Körpers war zu schwer für die gestreckten Arme, und er fiel unsanft auf den Hintern.

Darauf trat er einige Schritte zurück, nahm Anlauf und schnellte hoch. Im Kampf zwischen dem schwankenden Holz und dem Körper, der es überwinden wollte, spürte er endlich die Oberkante der Tür in der Leistengegend, schwang sich in einer letzten, verzweifelten Anstrengung hinüber und polterte immer wieder gegen unsichtbare Steine stoßend, einen lehmigen Abhang hinab. Er fand sich auf Knien am Boden einer Baugrube zwischen den Grundmauern eines angefangenen Hauses wieder. Die Holztür ragte über dem Abhang in den Himmel und blickte auf ihn herab wie auf einen Eindringling. Seine Augen tasteten sich durch die brüchige Dunkelheit und entdeckten, daß die Baustelle schon seit langem verlassen war. Alle Glieder, die er sich bei seinem jähen Sturz angeschlagen hatte, begannen zu schmerzen, er konnte keinen Muskel mehr bewegen, und der kalte Schweiß der Verzweiflung brach aus seinen Poren. Er suchte nach einem Winkel, wo er sich verstecken konnte, wenn sie kamen. In diesem Augenblick entdeckte er ihn. Er lag da, den Kopf auf einen Haufen Ziegelsteine gebettet, die offenen Augen auf ihn gerichtet und die Hände wie marmorne Schnecken nach oben gedreht, dem Himmel zu.

»Gott verdamm mich!« entfuhr es Bocanegra mit einem Schluchzen. Er näherte sich dem Mann und hielt einen Schritt vor ihm inne. Er war eindeutig tot, und sein Blick war nicht auf ihn gerichtet; er schien vielmehr wie gebannt auf die alte Tür dort oben zu starren, als sei sie seine letzte Hoffnung gewesen, bevor er starb. Von der anderen Seite der Tür ertönten nun wieder Trillerpfeifen, Bremsenquietschen, Verfolgerstimmen. Der Tote und Bocanegra schienen gemeinsam ihre Hoffnung auf die Tür zu setzen. Plötzlich begann jemand dagegen zu treten. Bocanegra begann zu weinen, ein hysterisches Kreischen drang aus seinen Eingeweiden. Er ging zu einem Steinhaufen, um sich zu setzen und das Unausweichliche zu erwarten. Dabei sah er den Toten an und beschimpfte ihn:

»Verdammter Mistkerl! Da hast du mich in die Scheiße gerit-

ten, du Wichser. So einer wie du hat mir heut abend gerade
noch gefehlt!«


»Wir Privatdetektive sind Barometer der öffentlichen Moral,
Biscuter. Und ich sage dir, diese Gesellschaft ist verfault. Sie
glaubt an nichts.«
»Ja, Chef.«
Biscuter gab Carvalho recht, nicht nur weil er erriet, daß dieser betrunken war, sondern auch, weil er immer bereit war, ka-
tastrophale Zustände festzustellen.
»Drei Monate, ohne eine Peseta verdient zu haben. Kein Ehe-
mann auf der Suche nach seiner Angetrauten. Kein Vater auf
der Suche nach seiner Tochter. Kein alter Bock, der Beweise für
die Treulosigkeit seiner Frau haben will. Etwa, weil die Frauen
nicht mehr von zu Hause davonlaufen? Oder die Töchter?
Nein, Biscuter. Sie tun es mehr denn je. Aber heute kümmert es
die Väter und Ehemänner einen Dreck, ob sie davonlaufen. Die
Grundwerte sind verlorengegangen. Habt ihr nicht auch für die
Demokratie gestimmt?«
»War mir egal, Chef.«
Aber Carvalho meinte gar nicht Biscuter. Er befragte die grünen Wände seines Büros, oder jemand, der auf der anderen
Seite des Schreibtischs saß. Es war ein Schreibtisch aus den vier-
ziger Jahren, dessen Firnis die letzten dreißig Jahre nachgedun-
kelt war, als hätte er sich vollgesogen mit dem Halbdunkel die-
ses Büros an den Ramblas. Er leerte noch ein Glas eisgekühlten
Testerschnaps, und ein Schauer lief ihm den Rücken hinunter.
Kaum hatte er sein Glas auf den Tisch gestellt, wollte Biscuter
nachschenken.
»Es reicht, Biscuter. Ich gehe ein wenig an die frische Luft.«
Er trat hinaus auf den Treppenabsatz, wo ihm der Lärm und
die Gerüche des großen Mietshauses entgegenschlugen. Das
Geklapper der Absätze und der Kastagnetten aus der Tanz-
schule, das pedantische Klick-klick des alten Bildhauers, der

14

Dunst der Abfälle, der sich in dreißig Jahren abgelagert hatte, vermischt mit dem abgeblätterten Lack und dem klebrigen Staub auf den Rahmen der Dachluken, deren rhombische, trübe Augen in den Treppenschacht spähten. Er lief in Sprüngen die Treppe hinab, gestärkt oder angetrieben von der Energie des Alkohols, und begrüßte dankbar den Ansturm der frischen Luft auf den Ramblas. Der Frühling spielte verrückt. Es war kalt und neblig an diesem Märznachmittag. Nach ein paar Schritten und tiefen Atemzügen erholten sich sein umnebeltes Gehirn und seine vergiftete Leber.

Er hatte 1 200 000 Pesetas auf der Bank, fest angelegt mit fünf Prozent Zinsen. Wenn es so weiterging, würde er nie genug verdienen, um sich mit fünfzig oder fünfundfünfzig Jahren vom Geschäft zurückzuziehen und von den Zinsen leben zu können. Die Krise der Grundwerte, sagte sich Carvalho, immer noch mit dröhnendem Schädel. Er hatte in der Zeitung gelesen, daß die Anwälte am Arbeitsgericht ebenfalls in der Krise steckten, weil sich die Arbeiter von Gewerkschaftsanwälten vertreten ließen. Die einen wie die andern – Opfer der Demokratie. Auch Ärzte und Notare waren Opfer der Demokratie. Sie mußten Steuern zahlen und dachten allmählich, am besten sei es doch gewesen, als Freiberufler unter dem Faschismus zu leben und dabei einen gewissen liberalen Widerstand zu leisten.

»Wir Privatdetektive sind so nützlich wie die Lumpensammler. Wir holen aus dem Abfall das Verwertbare heraus, oder das, was bei näherer Betrachtung vielleicht gar kein Abfall ist.«

Keiner lauschte seinem Vortrag. Die Regentropfen trieben ihn im Laufschritt in die Calle Fernando, zu den überdachten Schaufenstern von *Beristain*. Dort standen schon drei Straßenmädchen, die über die Vorteile von Fertigsuppen debattierten. Aus dem Laden trat ein kleiner Junge mit einem enormen Hockeyschläger. Sein Vater begleitete ihn und fragte ein übers andere Mal:

»Meinst du wirklich, er hat die richtige Größe für dich?«

»Ja, Mensch, ja doch«, antwortete der Junge, erbost über die väterlichen Zweifel. Carvalho verließ den Schutz der Markise und rannte die Straße hinauf in Richtung des Feinkostladens, wo er immer Käse und Wurstwaren kaufte. Noch einmal hielt er an, angelockt von dem Gebell der kleinen Hunde, die im Schaufenster einer Zoohandlung im Stroh übereinander purzelten. Er deutete mit dem Finger auf die Schnauze eines frechen Schäferhundwelpen, dessen Hinterpfoten von zwei kleinen Foxterriern attackiert wurden. Dann legte er die geöffnete Hand auf die Scheibe, wie um dem Tier Wärme zu geben oder Kontakt aufzunehmen. Von der anderen Seite des durchsichtigen Vorhangs leckte das Hündchen das Glas, um Carvalhos Hand zu erreichen. Unvermittelt wandte sich Pepe Carvalho ab und legte den Rest des Weges zu seinem Feinkostgeschäft zurück.

›Das gleiche wie immer!«

›Heute gibt es auch eingelegte Lende und gepökelte *butifarra*.«

›Geben Sie mir zwei von jedem.«

Der Angestellte verpackte die Sachen mit routinierter Sorgfalt.

›Der Schinken aus Salamanca ist auch nicht mehr das, was er einmal war.«

›Da haben Sie recht. Alles nennt sich Salamanca-Schinken; alles, was nicht aus Jabugo oder Trevélez stammt, ist automatisch aus Salamanca. Zum Totärgern! Man weiß nicht mehr, ob man Schinken aus Salamanca oder aus Totana vor sich hat.«

›Man schmeckt es.«

›Ja, Sie verstehen was davon. Aber ich hab's auch schon erlebt, daß Schinken aus Granollers als Jabugo-Schinken verkauft wurde! Da haben Sie's!«

Carvalho verließ das Geschäft mit einem Paket, das verschiedene Käsesorten, *chorizos* aus Jabugo und Salamanca-Schinken für den normalen Verzehr enthielt, dazu eine kleine Portion des besonders guten Jabugo-Schinkens »gegen die Depressionen«. Seine Stimmung hatte sich gebessert, als er die Zoohandlung erreichte. Der Besitzer war gerade dabei abzuschließen.

»Und der Hund?«

»Welcher?«

»Der im Schaufenster!«

»Das war voll von Hunden.«

»Der kleine Wolf.«

»Das war eine Hündin. Ich hab sie alle drinnen, nachts sperre ich sie weg in Käfige, sonst schlägt man mir noch das Schaufenster ein, nicht um die Hunde zu klauen, sondern um damit irgendeine Schweinerei anzustellen. Die Menschen sind grausam.«

»Ich kaufe die Hündin.«

»Aber dann gleich.«

»Jetzt gleich?«

»Achttausend Pesetas«, sagte der Besitzer, ohne die Tür wieder aufzuschließen.

»Für dieses Geld können Sie mir doch keinen guten Schäferhund verkaufen!«

»Er hat keinen Stammbaum. Ist aber ein einwandfreies Tier. Sie werden es schon sehen, wenn Sie ihn mitnehmen. Sehr mutig. Ich kenne den Vater, und die Mutter gehört einem Schwager von mir.«

»Der Stammbaum interessiert mich nicht die Bohne.«

»Sie müssen's ja wissen.«

Auf einem Arm trug er den Hund, am anderen baumelte eine Tüte voll Käse, Wurst, Hundefutter in Dosen, Knochen, Läusepulver, eine Bürste, alles, was Herr und Hund zu ihrem Glück brauchen. Biscuter war verblüfft vom prächtigen Aussehen der Hündin, die selbstsicher auf den Hinterbeinen stand, ihre ellenlange Zunge heraushängen ließ und ihre überdimensionalen Ohren abstellte, so daß sie an die verstellbaren Tragflächen eines Jagdbombers im Sturzflug erinnerten.

»Sieht aus wie ein Kaninchen, Chef. Soll ich sie hier bei mir behalten?«

»Ich nehme sie mit nach Vallvidrera. Sie würde dir hier alles vollmachen.«

»Übrigens, da war ein Anruf für Sie. Ich habe den Namen notiert.«

Jaime Viladecans Riutorts, Rechtsanwalt. Während er die Telefonnummer notierte, gab er Biscuter den Auftrag, ihm etwas zum Abendessen warm zu machen. Er hörte ihn in der kleinen Kochnische hantieren, die er auf dem Flur vor der Toilette improvisiert hatte. Biscuter summte höchstzufrieden vor sich hin, während das Hündchen versuchte, das Telefonkabel durchzubeißen. Sein Telefonpartner hatte zwei Vorzimmerdamen, um Distanz zu schaffen und die Bedeutung seiner Position zu unterstreichen. Endlich meldete er sich mit der Stimme eines englischen Lords und dem Akzent eines Snobs von der Avenida Diagonal.

»Die Angelegenheit ist sehr delikat. Wir sollten uns persönlich darüber unterhalten.«

Sie vereinbarten einen Termin, er legte auf und ließ sich mit einer gewissen körperlichen Zufriedenheit in seinen Drehsessel fallen. Biscuter breitete eine Serviette vor ihm aus und brachte ihm sein dampfendes Abendessen. Das Hündchen wollte mitessen. Carvalho setzte es vorsichtig auf den Boden und legte ihm ein Stückchen Fleisch auf ein weißes Blatt Papier.

»Es stimmt schon. Manchmal bringen Kinder Segen ins Haus.«


Viladecans trug eine goldene Krawattennadel und Manschettenknöpfe aus Platin. Sein Äußeres war untadelig, selbst die kahle Stelle auf seinem Kopf – ein ausgetrocknetes und poliertes Flußbett zwischen Uferböschungen von grauem Haar, das er anscheinend beim besten Friseur der Stadt oder wahrscheinlich des ganzen Kontinents schneiden ließ. Dies hätte jedenfalls die Sorgfalt erklärt, mit der die Hand des Rechtsanwalts ein ums andere Mal über das verbliebene Gestrüpp strich, während seine Zungenspitze genießerisch zwischen den fast geschlossenen Lippen hin und her glitt.

»Ist Ihnen der Name Stuart Pedrell bekannt?«

»Er kommt mir bekannt vor.«

»Er dürfte Ihnen aus vielen Gründen bekannt sein. Die Pedrells sind eine angesehene Familie. Die Mutter war eine hervorragende Pianistin, obgleich sie nach ihrer Eheschließung nur noch auf Wohltätigkeitsveranstaltungen auftrat. Der Vater war ein Großindustrieller schottischer Herkunft, sehr bekannt vor dem Krieg. Jedes der Kinder ist eine Persönlichkeit für sich. Sie werden von dem Verleger gehört haben, dem Biochemiker, der Pädagogin oder dem Schiffsingenieur.«

»Wahrscheinlich.«

»Ich will mich mit Ihnen über den Bauunternehmer unterhalten.«

Er zeigte Carvalho eine Reihe sauber auf Karteikarten aufgeklebte Zeitungsausschnitte: »Leiche eines Unbekannten auf einem Bauplatz in La Trinidad gefunden«, »Toter als Carlos Stuart Pedrell identifiziert«, »Wegen angeblicher Polynesienreise vor einem Jahr Abschied von der Familie«.

»Angeblich? Hatte er das nötig?«

»Sie wissen doch, wie Journalisten mit der Sprache umgehen. Die Nachlässigkeit in Person.«

Vergeblich versuchte Carvalho, sich die Nachlässigkeit in Person vorzustellen, aber Viladecans war bereits dabei, ihm die Sachlage zu schildern, wobei er seine Fingerspitzen aneinander legte, Hände, die die beste Maniküre der kapitalistischen Welt erhalten hatten.

»Also, es geht um folgendes: Mein enger Freund, wir kannten uns von unserer gemeinsamen Schulzeit bei den Jesuiten, hatte eine innere Krise. Einige Männer, vor allem Männer von der Sensibilität meines Freundes Stuart, leiden sehr darunter, wenn sie die Vierzig erreicht haben, fünfundvierzig geworden sind und – ach! – schon auf die Fünfzig zugehen. Nur so erklärt es sich, daß er Wochen und Monate von der Idee besessen war, alles hinter sich zu lassen und nach Polynesien auf irgendeine Insel zu fahren. Der Plan nahm plötzlich Gestalt an. Er brachte seine Geschäfte in Ordnung und verschwand. Wir alle waren der Meinung, er sei nach Bali, Tahiti oder Hawaii gefahren, was weiß ich, und selbstverständlich nahmen wir an, die Krise sei nur vorübergehend. Monate vergingen, und wir standen vor einer ausweglosen Situation. Deshalb führt Señora Stuart Pedrell heute die Geschäfte. Und nun kam im Januar diese Nachricht: Die Leiche Stuart Pedrells tauchte auf einem Bauplatz in La Trinidad auf, erstochen, und wir wissen heute mit Sicherheit, daß er Polynesien nie gesehen hat. Keiner weiß, wo er war und was er während dieser Zeit gemacht hat, aber genau das müssen wir unbedingt herausfinden.«

»Ich erinnere mich an den Fall. Der Mörder wurde nicht gefunden. Wollen Sie auch den Mörder?«

»Na ja. Wenn Sie auch noch den Mörder finden, um so besser. Aber was uns wirklich interessiert, ist die Frage: Was tat er in dieser Zeit? Verstehen Sie, es sind zahlreiche Interessen im Spiel.«

Durch die Sprechanlage wurde die Ankunft von Señora Pedrell gemeldet. Fast im gleichen Moment ging die Tür auf, und eine Frau von fünfundvierzig Jahren, deren Anblick Carvalho einen Stich in die Brust versetzte, erschien im Büro. Sie trat ein, ohne ihn eines Blickes zu würdigen, und präsentierte die reife Schlankheit ihrer Figur, als wäre sie die einzige Person im Raum, die Beachtung verdiente. Viladecans stellte sie einander vor, doch dies diente der dunkelhaarigen Frau, deren großflächige Züge die ersten Spuren des Alters verrieten, nur dazu, die Distanz zu Carvalho zu betonen. Ein flüchtiges »Sehr erfreut«, mehr verdiente der Detektiv nicht, und Carvalhos Antwort darauf war, ihr wie gebannt auf die Brüste zu starren, bis sie nervös an ihrer Bluse zu nesteln begann und nach einem aufgegangenen Knopf suchte.

»Ich habe Señor Carvalho über alles unterrichtet.«

»Sehr gut. Viladecans wird Ihnen gesagt haben, daß mir Diskretion überaus wichtig ist.«

»Dieselbe Diskretion, mit der der Fall veröffentlicht wurde. Wie ich aus diesen Ausschnitten ersehe, ist nie ein Foto Ihres Gatten erschienen.«

»Kein einziges.«

»Warum?«

»Mein Mann verschwand mitten in einer Lebenskrise. Er war nicht Herr seiner selbst. Wenn er gute Laune hatte, was einem Wunder gleichkam, schnappte er sich den ersten besten und erzählte ihm die Geschichte von Gauguin. Er wollte selbst wie Gauguin werden. Alles hinter sich lassen und in die Südsee fahren. Alles, das heißt mich, seine Kinder, seine Geschäfte, seine gesellschaftliche Welt, alles. Ein Mann in diesem Zustand ist eine leichte Beute für jeden Dahergelaufenen, und wäre der Fall breitgetreten worden, hätten Tausende versuchen können, die Situation auszunutzen.«

»Haben Sie das mit der Polizei abgesprochen?«

»Sie haben getan, was sie konnten. Ebenso das Außenministerium.«

»Das Außenministerium?«

»Es bestand schließlich die Möglichkeit, daß er wirklich in die Südsee gefahren war.«

»Er ist nicht gefahren.«

»Nein. Er ist nicht gefahren«, erwiderte sie mit einer gewissen Befriedigung.

»Das scheint Sie zu erfreuen.«

»Ein wenig. Ich hatte diese Geschichte satt. ›Dann geh doch endlich!‹ sagte ich mehr als einmal zu ihm. Der Reichtum erdrückte ihn.«

»Mima ...« Viladecans versuchte, sie zu unterbrechen.

»Die ganze Welt fühlt sich vom Reichtum erdrückt – außer mir. Als er weg war, lebte ich auf. Ich habe gearbeitet. Ich habe seine Arbeit getan, mindestens genauso gut, nein, besser als er selbst, denn ich hatte keine Gewissensbisse.«

»Mima, vergiß nicht, es geht hier um andere Dinge.«

Aber Carvalho und die Witwe fixierten einander, als wollten sie taxieren, wie aggressiv der andere werden könnte.

»Sie empfanden, sozusagen, eine gewisse Zärtlichkeit für ihn.«

21

»Machen Sie sich ruhig lustig, wenn Sie wollen! Eine gewisse Zärtlichkeit, ja. Aber sehr wenig. Diese Geschichte hat mir eins klargemacht: Niemand ist unersetzlich. Und noch etwas Schlimmeres: Eine Position, die man einmal erreicht hat, will man nicht mehr aufgeben.«

Carvalho war verwirrt von der dunklen Leidenschaft, die aus diesen schwarzen Augen sprach, aus diesen beiden elliptischen Falten, die einen reifen und wissenden Mund umgaben.

»Was genau wollen Sie wissen?«

»Was mein Mann das ganze Jahr getrieben hat, als wir ihn in der Südsee glaubten, während er sich Gott weiß wo herumtrieb und Gott weiß was für Dummheiten anstellte. Ich habe einen erwachsenen Sohn, der nach dem Vater geraten ist, mit dem erschwerenden Umstand, daß er einmal mehr Geld erben wird als sein Vater. Zwei andere Söhne, die gerade dabei sind, auf irgendeinem Berg mit dem Geländemotorrad herumzuknattern. Eine Tochter, die seit der Entdeckung der Leiche ihres Vaters nervenkrank ist. Einen kleinen Jungen, den die Jesuiten von der Schule verweisen wollen ... Ich muß über alles die Kontrolle behalten, absolute Kontrolle.«

»Was wissen Sie bis jetzt?«

Viladecans und die Witwe blickten einander an. Der Anwalt ergriff das Wort:

»Dasselbe wie Sie.«

»Hatte der Tote nicht irgend etwas bei sich, was die Nachforschungen erleichtern könnte?«

»Seine Taschen waren leer.«

»Nur dies wurde gefunden.«

Die Witwe hatte ein zerknittertes Blatt Papier aus der Handtasche genommen, das schon durch viele Hände gegangen war. Jemand hatte mit Kugelschreiber den italienischen Satz darauf geschrieben:

»*Più nessuno mi porterà nel sud.*«

»Ich kenne Sie überhaupt nicht.«

Er hatte kurze Haare, trug einen dunklen Anzug ohne Krawatte und eine Sonnenbrille mit sehr dunklen Gläsern, die den glänzenden, weißen Teint seines jugendlichen Gesichts noch mehr hervorhoben. Trotz seiner Schlankheit wirkte er ölig, als hätte er Schmierfett in den Gelenken seines geräuschlosen Körpers.

»Wenn es bekannt wird, daß ich Ihnen diese Information gebe, bin ich als Polizist erledigt.«

»Señor Viladecans ist sehr einflußreich.«

»Sein ganzer Einfluß kann mich nicht retten. Man hat sowieso schon ein Auge auf mich, wegen politischer Aktivitäten. Der Laden wimmelt von Heuchlern. Wenn man sie hört, sind sie alle stinksauer über die Lage, aber sobald es darum geht, etwas zu tun, läuft gar nichts. Die haben nur ihre Gehaltsklasse im Kopf, und daß ihre Nebenjobs nicht auffliegen.«

»Sind Sie ein Roter?«

»Nein, davon will ich nichts wissen. Ich bin Patriot.«

»Ich verstehe. Sie waren doch an der Untersuchung des Falles Stuart Pedrell beteiligt? Sagen Sie mir alles, was Sie wissen!«

»Das ist ziemlich wenig. Zuerst hielten wir es für ein Verbrechen von Schwulen. Es kommt sehr selten vor, daß ein reicher Typ verschwindet und ein Jahr später erstochen wieder auftaucht. Es sah eindeutig aus wie ein Fall von Arschfickerei. Aber erstens ergab die Obduktion, daß sein Arsch noch Jungfrau war, und von den Schwuchteln kannte ihn keiner. Zweitens war da seine Kleidung. Man hatte ihm fremde Klamotten aus zweiter oder dritter Hand angezogen, völlig abgetragen, mit der klaren Absicht, Spuren zu verwischen.«

»Wozu ließen sie ihm dann den Zettel?«

»Um uns zu nerven, nehme ich an. Verstehen Sie den Text?«

»Mich bringt keiner mehr in den Süden.«

»Ja, das haben wir auch herausgefunden. Aber was bedeutet das?«

»Der Tote hatte vor, in die Südsee zu fahren.«

»Aber lesen Sie die Notiz einmal genau. Mich ... mich ...
bringt ... keiner ... mehr ... in ... den ... Süden. Er spielt auf jemanden an, der ihn nicht hinbringt, obwohl er die Möglichkeit
hätte. Das ist der Punkt, an dem wir nicht weiterkommen.
Warum eigentlich auf italienisch?«

»War es seine eigene Handschrift?«

»Ja, es war seine.«

»Ergo ...«

»Er muß irgendwie das Gedächtnis verloren haben, ließ sich
mit der Unterwelt ein und bekam einen Messerstich verpaßt.
Wenn ihn nicht die eigene Familie klammheimlich entführen
ließ. Sie wollten das leicht verdiente Geld nicht mehr hergeben
und schnitten ihm die Kehle durch. Es könnte auch geschäftliche Hintergründe geben, aber das ist sehr unwahrscheinlich.
Die heißeste Sache, in die er sich eingelassen hatte, war das Baugeschäft, und er hatte immer noch die Finger drin, aber er hat
mit Strohmännern gearbeitet. Tja, *amigo*. Ich will mich über
diese Sache nicht weiter auslassen. Hier haben Sie die Liste mit
allen Leuten, die wir belästigt haben: Geschäftspartner,
Freunde, Gönner und Neider. Ich hab schon zu Señor Viladecans gesagt, daß ich nicht noch weiter gehen werde.«

»Bleibt die Polizei an dem Fall dran?«

»Nein. Die Familie hat alle Hebel in Bewegung gesetzt, um
das zu verhindern. Sie ließen eine angemessene Frist verstreichen und veranlaßten dann die Einstellung der Nachforschungen. Der gute Ruf der Familie und die ganze Sülze.«

Der junge Polizist ließ mit einem seltsamen Geräusch die
Zunge von innen gegen die Wange schnalzen, und Carvalho
faßte dies als Verabschiedung auf, denn er erhob sich daraufhin
und ging zur Tür. Unterwegs wurde er von der kleinen Hündin
attackiert, die versuchte, ihn in die Fersen zu beißen.

»Was ist denn das für ein Köter!«

»Es ist eine Hündin.«

»Pech. Lassen Sie sie kastrieren?«

Carvalho runzelte die Stirn, und der Polizist verschwand endlich. Niedergeschlagen von so viel Verachtung neigte die Hündin den Kopf erst auf die eine, dann auf die andere Seite, als wollte sie die guten und schlechten Seiten des Lebens betrachten.

»Du bist ganz schön zart besaitet.«

»Ein Schlappschwanz«, verkündete Biscuter und trat hinter dem Vorhang hervor.

»Das ist es. Wir nennen dich Bleda, Schlappschwanz, weil du so schnell den Kopf hängen läßt.«

»Und sie kackt überall hin, wie sie gerade Lust hat«, schimpfte Biscuter grimmig. Der Unterschied zwischen ihm und der Hündin bestand darin, daß Bleda – mehr oder weniger – von guter Rasse war und Biscuter nicht. An Carvalhos altem Knastkameraden hatte die Natur das Wunder einer unschuldigen Häßlichkeit vollbracht: ein blondes, nervöses Riesenbaby, das zur Kahlköpfigkeit verdammt war.

Er hörte Charos Schritte auf der Treppe, die Flurtür öffnete sich. Überdruß und Wut hielten sich auf ihrem Gesicht die Waage.

»Also, du lebst doch noch! Sag jetzt bloß nicht, du seist gerade dabei gewesen, mich anzurufen!«

»Nein. Nein, ich sag's nicht.«

Carvalho nahm eine Flasche Weißwein aus einem Zinkkübel, trocknete sie ab und füllte die drei Gläser, die Biscuter auf den Tisch gestellt hatte.

»Probier mal, Charo! Die Katalanen lernen allmählich, wie man guten Wein macht. Es ist ein Blanc de Blancs. Hervorragend. Vor allem um diese Zeit!«

»Was meinst du damit?«

»Diese Zeit eben. Zwischen dem letzten Gang des Mittagessens und dem ersten Gang des Abendessens.«

Charo ließ sich von ihm einwickeln. Sie setzte sich breitbeinig von den Knien abwärts an den Tisch und trank den Wein, wobei sie Carvalhos genießerische Pausen nachahmte. Biscuter versuchte es ebenfalls, schnalzte aber zu laut mit der Zunge.

25

»Uff! Was ist denn das?« Charo war vor Schreck aufge-
sprungen, als Bleda an ihrer Hand schnüffelte.

»Ein Hund, vielmehr eine Hündin.«

»Ist das deine neue Freundin?«

»Meine allerneueste. Ich habe sie gestern gekauft.«

»Ist ja keine umwerfende Schönheit. Wie heißt sie?«

»Bleda.«

»Mangold?«

»Im Katalanischen bedeutet *bleda* nicht nur ›Mangold‹, sondern auch ›Schlappschwanz‹, *fava tova*, taube ›Bohne‹.«

Der Hund sprang auf ihren Schoß und begann ihr Gesicht
abzulecken. Währenddessen ließ Charo eine lange Schimpfti-
rade auf Carvalho niedergehen. Der Detektiv schwieg geistes-
abwesend, und sie tranken ihren Wein, durstig und frustriert.
Der grüne, saure Geschmack des Weins verursachte ihm ein
Jucken hinter den Ohren, und als Gegenmaßnahme zog sich
seine ganze Mundhöhle zusammen. Er fühlte sich belohnt, als
habe er einen heimatlichen Winkel in sich selbst wiederent-
deckt.

»Tut mir leid, Charo, aber ich war müde. Ich bin müde. Wie
läuft das Geschäft?«

»Schlecht. Die Konkurrenz ist erdrückend. Bei dieser Wirt-
schaftskrise fangen sogar die Nonnen an rumzuvögeln.«

»Werd nicht so ordinär, Charo! Deine Kundschaft war doch
immer erlesen.«

»Laß uns doch von etwas anderem reden, mein Süßer!«

Carvalho hatte vergessen, daß sie mit ihm nur äußerst ungern
über ihre Arbeit sprach. Oder hatte er es doch nicht vergessen?
Eigentlich wollte er sie loswerden, ohne sie zu verletzen. Carvalho sah, wie sie das Glas an die Lippen hob, mit geschlossenen Knien und der Steifheit einer Besucherin. Er lächelte ihr geheimnisvoll zu. Ihm war plötzlich bewußt geworden, daß er,
der stets vermied Bindungen einzugehen, nun die gefühlsmäßige und moralische Verantwortung für drei Menschen und
einen Hund trug: für sich selbst, Charo, Biscuter und Bleda.

»Komm, wir gehen essen, Charo!«

Er näherte sich der Tür, hinter der Biscuter mit dem Geschirr hantierte.

»Und du auch, Biscuter! Auf Kosten des Hauses.«

Sie aßen im *Túnel*. Biscuter war verblüfft über die Kombination von weißen Bohnen mit Miesmuscheln, die Carvalho bestellt hatte.

»Was die sich heute alles ausdenken, Chef!«

»Das gab es schon, als die Menschen noch auf allen Vieren gingen. Bevor die Kartoffel nach Europa kam, brauchte man doch auch eine Beilage zum Fleisch, zum Fisch oder zu Meeresfrüchten.«

»Was Sie alles wissen, Chef ...«

Charo hatte sich eine Minestrone und frischen Thunfisch *a la plancha* bestellt. Carvalho trank weiterhin seinen Wein wie ein Besessener, als brauchte er eine Transfusion von weißem, kaltem Blut.

»Was für einen Fall hast du gerade?«

»Eine verschwundene Leiche.«

»Was? Ist eine Leiche geraubt worden?«

»Nein. Ein Mann ist verschwunden und ein Jahr später wieder aufgetaucht, tot. Er wollte sein Leben ändern, das Land, den Kontinent, seine Welt verlassen und am Ende wurde er erstochen aufgefunden, zwischen Konservenbüchsen und Bauschutt. Eine gescheiterte Existenz. Ein reicher Versager.«

»Reich?«

»Sehr reich.«

Carvalho nahm sein Notizbuch aus der Tasche und begann vorzulesen:

»Tablex S.A., Sperrholzproduktion, Industrial Lechera Argumosa, Iberische Bau GmbH., Aufsichtsrat der Banco Atlántico, Sitz und Stimme in der Industrie- und Handelskammer, Aufsichtsrat der Privasa Bau und Schrott und noch weiterer fünfzehn Gesellschaften. Überraschenderweise sind zwei Verlage dabei, die sich kaum über Wasser halten können: ein Verlag, der Gedichte herausgibt, und eine linke Kulturzeitschrift. Anscheinend hatte er eine karitative Ader.«

»Rausgeschmissenes Geld, würde ich sagen. Bei der Menge von Zeitschriften und Büchern, Chef. Man geht zum Kiosk und findet nichts Gescheites, selbst wenn sich der Besitzer auf den Kopf stellt, um etwas zu finden.«

»Und alles Schweinekram«, urteilte Charo, während sie ein Stück Thunfisch mit Knoblauch und Petersilie zum Mund führte. »Es wimmelt darin von nackten Männern und Weibern.«

Biscuter verabschiedete sich, als er fertig war. Er war müde und mußte früh aufstehen, das Büro in Ordnung bringen und zum Markt gehen. Carvalho dachte ein paar Minuten später an ihn und stellte sich vor, wie er einsam auf dem Klappbett im Büro schlief.

»Oder er holt sich einen runter.«

»Von wem redest du?«

»Von Biscuter.«

»Wieso soll er sich einen runterholen?«

Mit einer Handbewegung wischte er vom Tisch, was er gesagt hatte, und gab Charo mit einem Blick zu verstehen, daß sie sich beeilen sollte. Er ahnte, daß sie gern mit ihm in sein Haus nach Vallvidrera kommen würde, und wußte nicht, wie er nein sagen sollte. Charo schlang in drei, vier Happen ihr Eis hinunter und hängte sich bei Carvalho ein. Sie stiegen in sein Auto, wo Bleda sie bellend beschimpfte und alles ableckte, was sie nicht in Sicherheit bringen konnten. Sie fuhren schweigend. In einem stummen Ritual leerte er seinen Briefkasten, stieg die Treppe zur Haustür empor und schaltete die Lichter an, die von der Vegetation des Gartens gedämpft wurden und Schatten über den Kies warfen. Carvalho atmete tief ein, blickte in die ferne Tiefe des Vallés und hörte lustlos Charos Geplapper zu.

»Bei mir zu Hause ist es hübsch warm. Bei dir dagegen ... Heute wirst du hoffentlich Feuer machen. Du bist ja so verrückt und machst nur im Sommer Feuer.«

Carvalho ging in sein Zimmer und zog die Stiefel aus. Vornübergebeugt, die Hände zwischen den Knien, blieb er auf dem Bett sitzen und starrte auf eine Socke, die verlassen und in bizarrer Verrenkung dalag.

»Was ist mit dir? Fühlst du dich nicht gut?«

Carvalho setzte sich in Bewegung. Er versuchte Zeit zu gewinnen, indem er ein paar vage Runden um sein Bett drehte. Dann verließ er das Zimmer, an Charo vorbei, die mit allen Nummern der *Vanguardia*, die sie gefunden hatte, das Kaminfeuer in Gang zu bringen versuchte. Er ging zur Küche und schnappte sich aus dem Kühlschrank eine von den zehn Flaschen Blanc de Blancs, die ihn dort, hell beleuchtet und als Winzersektflaschen verkleidet, erwarteten. Wer weiß, vielleicht ist der Wein gar nicht so gut, wie er mir vorkommt, aber die Sucht schadet dem nicht, der sie hat, sagte sich Carvalho.

»Noch mehr Wein? Du ruinierst deine Leber.«

Charo trank mit, während Carvalho ihre vergeblichen Bemühungen am Kamin korrigierte und ein eindrucksvolles Feuer entfachte. Dazu benutzte er ein Buch, das er seiner bereits sehr lückenhaften Bibliothek entnommen hatte: *Maurice* von Forster.

»Ist es so schlecht?«

»Es ist außergewöhnlich.«

»Warum verbrennst du es dann?«

»Weil es ein Haufen Blabla ist, wie alle Bücher.«

Die Flammen tauchten Charos Gesicht in einen rötlichen Schimmer. Sie ging ins Schlafzimmer und kehrte in dem weiten Kimono zurück, den Carvalho ihr aus Amsterdam mitgebracht hatte. Carvalho blieb mit einem Glas Wein in der Hand am Boden sitzen, den Rücken gegen das Sofa gelehnt.

»Wenn man Lust hat, hat man Lust.« Ihre Hand streichelte sein Haar. Zuerst griff Carvalho nach Charos Hand, um sie abzuwehren, aber dann behielt er sie und tätschelte sie zerstreut.

»Was ist los mit dir?«

Carvalho zuckte die Schultern. Plötzlich sprang er auf und eilte zur Tür. Er öffnete sie, und Bleda stürmte herein.

»Ich hatte das arme Tier ganz vergessen.«

Charo vergrub ihre Enttäuschung im Sofa, und ihr Mund fiel über das Weinglas her, als wollte er es zerbeißen. Carvalho nahm seine sitzende Stellung wieder ein und streichelte hingebungsvoll Bledas Nacken und Charos Schenkel.

»Entweder – oder. Der Hund oder ich.«

Charo lachte. Er richtete sich auf, setzte sich zu ihr, öffnete ihren Kimono und faßte nach ihren beiden Brüsten, die unter dem Infrarotgrill des Solariums und auf ihrer Terrasse geröstet waren. Charos Hand glitt unter sein blaues Hemd, kniff seine Brustwarzen und folgte den Pfaden durch das Dickicht auf seiner Brust. Aber Carvalho stand auf, schürte das Feuer und wandte sich zu ihr um, wie überrascht über ihre Unentschlossenheit.

»Was machst du noch hier? Komm!«

»Wohin?«

»Ins Bett.«

»Hier gefällt es mir besser.«

Die Hand von Charo legte sich wie eine Muschel über Carvalhos Hosenschlitz. Der Aufforderung zum Wachstum folgend, begann sich der Hosenschlitz hochzuwölben, bis er die Muschel ausfüllte. Carvalho bückte sich nach Bleda, trug sie ins Schlafzimmer und legte sie aufs Bett. Als er zum Feuer zurückkehrte, hatte sich Charo bereits ausgezogen, und der Widerschein des Feuers umspielte im Halbdunkel ihre verblühte Mädchenschönheit.


Er wurde von einer Sekretärin im Kostüm einer ehemaligen Klosterschülerin empfangen, die heute den Jungen heiraten will, mit dem sie seit zwölf Jahren verlobt ist.

»Señora Stuart Pedrell hat mir Ihren Besuch angekündigt.«

Sie befanden sich im Allerheiligsten des Toten. Ein persönliches Büro, wohin er sich zum Nachdenken zurückzog und das ihm lieber war als die fünfzehn anderen Büroräume, die ihn in zahlreichen anderen Firmen erwarteten. Gedämpfter nordischer Stil, wie er Mitte der sechziger Jahre in Mode gekommen war, abgewandelt durch Mauerwerkimitationen auf der Wandbespannung aus dunkelbeigem Tuch. Orientalisch anmutende Wachspapierleuchten, beigefarbener Flokati. Über der Tür zu einem Büroraum hing eine seltsame Ampel mit erloschenen Lichtern, ein toter, geflügelter Roboter an die Wand genagelt wie ein gefangener Schmetterling. Als sie Carvalhos fragende Miene bemerkte, erklärte ihm die ehemalige Klosterschülerin:

»Damit zeigte Señor Stuart Pedrell uns Angestellten und den Besuchern an, ob er jemanden empfangen wollte oder nicht.«

Carvalho trat auf die Ampel zu und wartete, daß sie sich belebte. Bevor er die Tür öffnete, hielt er inne. Ampel und Mensch blickten einander an, ohne eine Reaktion zu zeigen. Schließlich war es der Mensch, der die Tür aufstieß und den Raum betrat, während die Sekretärin die Jalousien öffnete.

»Verzeihen Sie, das Büro ist jetzt immer abgeschlossen und alles ist hoffnungslos verstaubt. Es wird nur einmal im Monat saubergemacht.«

»Waren Sie die Sekretärin von Señor Stuart Pedrell?«

»Ja, hier ja.«

»Wozu diente dieser Raum?«

»Um Musik zu hören, zu lesen, befreundete Intellektuelle und Künstler zu empfangen.«

Carvalho begann die Bücher zu studieren, die exakt ausgerichtet in den Regalen standen, die handsignierten Ölbilder an den Wänden, die Hausbar mit dem eingebauten Kühlschrank, die Entspannungscouch von Charles Eames, das Nonplusultra aller Sofas des modernen Patriarchats.

»Lassen Sie mich allein.«

Die Sekretärin verließ den Raum, zufrieden, daß ihr jemand mit soviel Nachdruck Befehle erteilte. Carvalho sah sich wieder die Bücher an. Viele davon in englischer Sprache. Amerikanische Verlage. *Paradigmen der Naturwissenschaften* von Kung, *Das wüste Land* von Eliot, Melville, deutsche Theologen,

Rilke, amerikanische Beatniks, eine englische Gesamtausgabe der Werke Huxleys, Maritain, Emmanuel Mounier, *Wie liest man Marx*. An die Regalbretter waren mit Reißzwecken mumifizierte Zeitungsausschnitte gepinnt. Es handelte sich teils um Rezensionen literarischer Neuerscheinungen aus der Literaturbeilage der *Times*, teils um interessante Nachrichten, interessant zumindest für Stuart Pedrell. Beispielsweise Carrillos Erklärung zur Abschaffung des Leninismus in der spanischen KP oder die Nachricht von der Hochzeit der Herzogin von Alba mit Jesús Aguirre, dem Generaldirektor der Zeitschrift *Música*. Hier und da waren Ansichtskarten mit Reproduktionen von Gauguin an die Bretter geheftet. An der Wand wechselten sich die handsignierten Ölgemälde mit Seekarten ab, und in der Mitte hing ein riesiger pazifischer Ozean voller Fähnchen, die eine Traumroute markierten. Auf dem Schreibtisch aus Palisander stand ein fein ziseliertes Marmorgefäß mit allen Arten von Bleistiften, Kugel- und Filzschreibern. Auf einer alten, bronzenen Schreibtischgarnitur das Bastelparadies eines Schülers: Radiergummis in verschiedenen Farben, große und kleine Tuschefedern, Federhalter, Rasierklingen, Stifte Marke Hispania in Rot und Blau, eine Schachtel Faber-Buntstifte, sogar Federn für gotische Buchstaben oder Rundschrift, als hätte sich Stuart Pedrell kalligraphischen Übungen oder der Illustration von Schulaufgaben gewidmet. In den Schubladen fand Carvalho wieder Zeitungsausschnitte und dazwischen den Abdruck eines Gedichts: *Gauguin*. Es beschrieb in freiem Versmaß den Weg Gauguins von der Aufgabe seiner bürgerlichen Existenz als Bankangestellter bis hin zu seinem Tod auf den Marquesas-Inseln, inmitten der Welt der Sinne, die er auf seinen Bildern dargestellt hat.

> *Im Exil auf den Marquesas,*
> *Saß er im Kerker, verdächtig,*
> *Weil er keinen Verdacht erweckte*
> *In Paris*

*Verkannt als eingefleischter Snob.*
*Nur eingeborene Frauen kannten seine*
*zeitweilige Impotenz*
*Und wußten, daß der Goldglanz ihrer Körper*
*ein Vorwand war,*

*Zu vergessen das schwarze Gestühl der Börse,*
*Die Kuckucksuhr im Eßzimmer in Kopenhagen,*
*Die Reise nach Lima mit einer trauernden Mutter,*
*Das rechthaberische Geschwätz im Café Voltaire*
*Und vor allem*
*Die unverständlichen Verse von Stéphane Mallarmé.*

So endete das Gedicht. Der Name des Autors sagte Carvalho nichts. Er öffnete die feine lederne Aktenmappe, die wie ein Tablett auf dem Tisch vor demjenigen lag, der sich an den Schreibtisch setzte. Handschriftliche Geschäftsnotizen, persönliche Einkaufszettel, von Büchern bis zur Rasiercreme. Ein Satz in Englisch erregte Carvalhos Aufmerksamkeit:

*I read, much of the night, and go south in the*
*winter.*

Darunter:

*Ma quando gli dico*
*ch'egli è tra i fortunati che han visto l'aurora*
*sulle isole più belle della terra*
*al ricordo sorride e risponde che il sole*
*si levaba che il giorno era vecchio per loro.*

Zum Abschluß:

*Più nessuno mi porterà nel sud.*

Carvalho übersetzte im Geist:

*Ich lese bis tief in die Nacht,*
*und im Winter reise ich gen Süden.*
.................................................................

*Aber wenn ich ihm sage,*
*daß er einer der Glücklichen ist,*
*die die Morgenröte erblickt haben*
*über den schönsten Inseln der Welt,*
*lächelt er, sich erinnernd, und antwortet,*
*daß der Tag für sie schon alt war,*
*als die Sonne aufging.*
.................................................................

*Mich bringt keiner mehr in den Süden.*

Er gab sich Spekulationen über einen verborgenen kabbalisti-
schen Sinn der drei Fragmente hin und tauchte ein in die wohlige
Welt von Charles Eames, nachdem er sich zuvor an der Hausbar
einen zehn Jahre alten Portwein Fonseca eingeschenkt hatte. Stuart Pedrell hatte keinen schlechten Geschmack gehabt. Carvalho
ließ sich die Verse wieder und wieder durch den Kopf gehen. Entweder handelte es sich bei dieser Kombination einfach um den
Ausdruck von Frustration, oder sie enthielt den Schlüssel zu
einem Vorhaben, das mit dem Tod des Unternehmers hinfällig
geworden war. Er steckte das Blatt in seine Tasche, durchsuchte
die letzten Winkel des Zimmers, nahm sogar die Polster einer
Sitzgarnitur auseinander und machte schließlich noch einmal
vor der Karte des Pazifischen Ozeans halt. Mit dem Finger folgte
er der Route, die die Fähnchen anzeigten: Abu Dhabi, Ceylon,
Bangkok, Sumatra, Java, Bali, Marquesas-Inseln ...

Imaginäre Reise – reale Reise? Dann untersuchte er die au-
diovisuellen Geräte, die in einer Ecke des Büros und auf dem
Tisch links von Stuart Pedrells Sessel standen. High-Fidelity in
höchster Vollendung. Ein Minifernsehgerät in einem amerikanischen Radiorecorder. Er überprüfte alle Tonbänder auf
Hinweise. Nichts. Weder die Klassik-Kassetten noch die mit
modernem symphonischem Rock à la Pink Floyd gaben ihm ir-

gendeinen Wink. Er rief nach der ehemaligen Klosterschülerin, die ins Gemach getrippelt kam, als fürchte sie, die Heiligkeit des Ortes zu verletzen.

»Hat der Señor in den Tagen vor seinem Tod eine Reise gebucht?«

»Ja. Eine Reise nach Tahiti.«

»Direkt?«

»Nein, über Aerojet. Eine Agentur.«

»Hatte er schon eine Anzahlung geleistet?«

»Ja, und außerdem hatte er eine große Summe in Reiseschecks bestellt.«

»Wieviel?«

»Ich weiß nicht. Aber sie deckte die Ausgaben für ein Jahr oder mehr im Ausland.«

Carvalho sah sich noch einmal die Gemälde an. Bekannte Künstler, das Neueste vom Neuesten, kompromißlos aktuell. Der Älteste davon, Tàpies, war um die Fünfzig, der Jüngste, Viladecans, etwa dreißig. Eine Signatur war ihm bekannt: Artimbau. Er hatte ihn in der Zeit des Kampfes gegen den Faschismus kennengelernt, bevor er selbst in die USA geflohen war.

»Kamen diese Künstler öfter hierher?«

»Viele bedeutende Menschen kamen hierher.«

»Kennen Sie sie dem Namen nach?«

»Einige schon.«

»Diesen hier? Artimbau?«

»Das war der Netteste. Er kam oft hierher. Der Señor wollte ihm den Auftrag erteilen, eine große Mauer auf seinem Landsitz in Lliteras zu bemalen, eine riesige Umfassungsmauer, die das Landschaftsbild störte. Señor Stuart Pedrell wollte, daß Señor Artimbau sie bemalte.«


Artimbaus Atelier lag in der Calle Baja de San Pedro. Carvalho spürte das altbekannte nervöse Zucken, als er am Polizeihauptquartier der Vía Layetana vorbeikam. An dieses Gebäude hatte er nur schlechte Erinnerungen, und man konnte noch so viel demokratische Frischluft hineinpumpen, es würde immer ein finsterer Hort der Repression bleiben. Gegenteilige Gefühle erweckte in ihm der Anblick der Vía Layetana selbst, der erste unentschlossene Schritt zum Aufbau eines Manhattan in Barcelona, das nie vollendet wurde. Die Straße, die am Hafen begann und im Handwerkerviertel Gracia endete, war zwischen den Kriegen als künstliche Schneise angelegt worden, um den kommerziellen Nerv der Stadt zu stärken. Mit der Zeit verwandelte sie sich in eine Straße der Unternehmer und der Gewerkschaften, der Polizisten und ihrer Opfer. Hie und da gab es noch eine Sparkasse, und mittendrin, zwischen Grünanlagen vor gotisch gehaltenem Hintergrund, das Denkmal eines der wichtigsten katalanischen Condes. Carvalho ging durch die Calle Baja de San Pedro und gelangte zu einer großen, mit Portiersloge versehenen Toreinfahrt, die auf einen Innenhof führte. Er ging hinein und begann den Aufstieg auf einer ausladenden, verblichenen Treppe, über baufällige Treppenabsätze, vorbei an den Türen junger Architekten, die am Anfang, und Werkstätten betagter Handwerker, die am Ende ihres Berufslebens standen. Auch einige einfache Leder- und Papiergeschäfte hatten sich in der großzügigen Weiträumigkeit der aufgeteilten Wohnungen dieses alten Palacios eingenistet. Vor einer Tür, die mit fröhlichen lila und grünen Ranken bemalt war, blieb Carvalho stehen, klingelte und wartete. Ein bedächtiger, leiser Alter, dessen Schürze von Marmorstaub bedeckt war, öffnete ihm zögernd die Tür und forderte ihn mit einer Kopfbewegung auf einzutreten.

»Wissen Sie, wen ich besuchen will?«

»Francesc wahrscheinlich. Mich besucht keiner.«

Der Alte begab sich in einen kleinen, dem riesigen, vier Meter hohen Atelier abgetrotzten Raum. Carvalho durchmaß das Atelier, bis er Artimbau entdeckte, der entrückt am Bild eines Mädchens arbeitete, das eben seinen Pullover auszog. Der Künstler wandte sich überrascht um und brauchte eine Weile, bis er die Vergangenheit in Carvalhos Gesicht entziffert hatte.

»Du? So eine Überraschung!«

Sein dunkles Kindergesicht, von dichter Mähne und schwarzem Bart umrahmt, schien aus dem Abgrund der Zeit aufzutauchen. Das Modell zog den Pullover wieder herab, um die festen, prallen Halbkugeln ihrer weißen, wächsernen Brüste zu bedecken.

»Für heute ist Schluß, Remei.«

Der Maler tätschelte Carvalho und klopfte ihm auf die Schulter, als habe er ein Stück seiner selbst wiedergefunden.

»Du bleibst zum Essen. Das heißt, wenn es dir schmeckt, was ich da zusammenkoche.«

Er wies auf einen Gaskocher, auf dem ein bedeckter Tontopf dampfte. Carvalho hob den Deckel, und der Duft eines exotischen Schmorgerichts stieg ihm in die Nase, in dem sich der Gemüse- und der Fleischanteil die Vorherrschaft streitig machten.

»Ich muß auf mein Gewicht achten, deshalb verwende ich keine Kartoffeln und kaum Fett. Aber das Resultat ist gut.«

Artimbau strich sich über den kugeligen Bauch, der aus seinem nicht übermäßig korpulenten Körper hervorsprang. Das Modell verabschiedete sich mit einem leisen Gruß und einem langen, weichen Blick auf Carvalho.

»Ich wollte, ich könnte diesen Blick malen!« sagte Artimbau lachend, als sein Modell verschwand. »Zur Zeit male ich Gesten, Bewegungen des Körpers. Frauen, die sich anziehen, sich ausziehen. Ich komme wieder auf den menschlichen Körper zurück, nachdem ich mich über die Gesellschaft ereifert habe. Nur in meiner Kunst natürlich. Ich bin immer noch Parteimitglied, und für die Wahlen bemale ich Mauern und Wände. Neulich habe ich erst eine in El Clot gemalt. Und du?«

»Ich male nicht.«

»Weiß ich. Ich will wissen, ob du noch aktiv bist.«

»Nein. Ich habe keine Partei. Ich habe nicht mal eine Katze.«

Es war eine vorgefertigte Antwort, die vielleicht noch vorgestern der Realität entsprochen hatte, aber heute nicht mehr ganz zutraf. Carvalho dachte: Ich habe einen Hund. Mit irgend etwas fängt man an. Vielleicht besitze ich am Ende ebenso viele Dinge wie die anderen? Artimbau besaß einiges: Er hatte eine Frau und zwei Kinder. Vielleicht würde seine Frau zum Essen kommen, aber nur vielleicht. Er zeigte ihm Bilder und ein Skizzenbuch mit Bildern von Franco auf dem Totenbett. Ja. Er wußte, daß er dies noch nicht veröffentlichen konnte. Dann versuchte er, in Erfahrung zu bringen, wie Carvalho lebte und was er machte. Carvalho erwiderte seine Informationen und Vertraulichkeiten nicht, sondern faßte die letzten zwanzig Jahre in einem Satz zusammen: Er sei in den USA gewesen und arbeite jetzt als Privatdetektiv.

»Das ist das letzte, was ich erwartet hätte! Privatdetektiv!«

»Genau das ist der Anlaß meines Besuchs. Es geht um einen deiner Kunden.«

»Hat er eine Fälschung entdeckt?«

»Nein. Er ist tot. Ermordet.«

»Stuart Pedrell.«

Carvalho nickte und machte sich auf einen Redeschwall gefaßt. Artimbau war jedoch merklich zurückhaltender geworden. Er stellte die Teller auf ein Marmortischchen mit gußeisernen Füßen. Eine Flasche Berberana Gran Reserva – zur Feier des Tages – erfreute Carvalho. Er schmunzelte jedesmal zufrieden, wenn er einen neuen Fall gastronomischer Korruption entdeckte. Bedächtig nahm Artimbau den Topf vom Feuer. Dann rief er seine Frau an. Nein, sie würde nicht kommen. Er füllte die Teller mit seinem Diätgericht und nahm sehr erfreut Carvalhos überschwengliches Lob entgegen.

»Es schmeckt phantastisch!«

»Das Gemüse selbst, ob Artischocken oder Erbsen, gibt so viel Saft, daß man weniger Fett braucht. Die einzige Sünde ist das Glas Cognac, das ich dazugebe, aber zum Teufel mit den Ärzten!«

»Zum Teufel mit ihnen!«

Carvalho redete nicht weiter. Er wartete darauf, daß Artimbau auf das Thema Stuart Pedrell zurückkam. Der Maler kaute bedächtig und riet Carvalho, dasselbe zu tun. Man verdaut besser, ißt weniger und nimmt ab.

»Über einen Kunden zu sprechen ist immer eine kitzlige Sache.«

»Er ist tot.«

»Seine Frau kauft immer noch Bilder bei mir. Und sie bezahlt besser als ihr Mann!«

»Erzähl mir von ihr.«

»Das ist noch schwieriger. Sie lebt noch.«

Aber die Flasche war schon geleert, und der Maler öffnete eine neue, die dem Durst der beiden ebenso schnell zum Opfer fiel, wobei das Fassungsvermögen der Gläser, die von ihrem Hersteller zum Wassertrinken bestimmt waren, das seine dazu beitrug.

»Sie sieht sehr gut aus.«

»Das habe ich schon gesehen.«

»Ich hätte sie gerne als Akt gemalt, aber das wollte sie nicht. Sie hat Klasse. Mehr als er. Beide waren sie stinkreich. Beide haben eine hervorragende Erziehung genossen und pflegten eine Menge so verschiedener Beziehungen, daß sie über eine Menge Erfahrung verfügten. Zum Beispiel: Ich war sein Hofmaler, und der frühere Bürgermeister war einer der Hintermänner seiner Immobiliengeschäfte. Sie konnten hier zu Abend essen, da, wo du jetzt sitzt, mit mir und meiner Frau, irgend etwas, das ich selbst gekocht hatte, oder auch bei sich zu Hause Gäste empfangen, Größen wie López Bravo oder López Rodó, oder irgendeinen Minister vom *Opus Dei*, verstehst du? Das gibt den richtigen Schliff. Sie begleiteten den König zum Skifahren und rauchten Joints mit linken Poeten in Lliteras.«

»Hast du die Mauer bemalt?«

»Du hast davon gehört? Nein. Wir haben darüber verhandelt, bevor er starb, aber wir wurden uns nicht einig. Ich sollte ihm etwas ganz Ursprüngliches malen, den verlogenen Glanz von Gauguins Südseeinsulanern, aber übertragen in die einheimische Welt des Empordà, wo Lliteras liegt. Ich machte mehrere Entwürfe für ihn. Keiner konnte ihn zufriedenstellen. Damals war ich noch auf dem sozialkritischen Trip, und mir ist vielleicht etwas allzu Kämpferisches herausgerutscht, über die Lage der Bauern und so. Aber ich habe auch das Interesse verloren, weil er, unter uns gesagt, irgendwo ein Phantast war.«

Die zweite Flasche war den Schlund der beiden hinuntergerauscht.

»Ein Traumtänzer?«

»Ja, ein Traumtänzer«, urteilte Artimbau im Brustton der Überzeugung und ging noch eine Flasche Wein holen.

»Gut. Vielleicht ist es nicht richtig, ihn als Traumtänzer abzutun. Er war es und auch wieder nicht. Wie jeder Mensch das ist, was er ist, aber auch wieder nicht.« Seine Augen funkelten befriedigt aus der Tiefe des haarigen Dschungels, denn Carvalho war ein guter Zuhörer. Der Detektiv war wie eine weiße Leinwand, auf die er Stuart Pedrells Bild malen konnte.

»Wie jeder Reiche mit einem gewissen kulturellen Engagement war Stuart Pedrell sehr vorsichtig. Jedes Jahr wollte man ihn für Dutzende von Kulturprojekten gewinnen. Sie schlugen ihm sogar vor, eine Universität zu gründen. Es kann auch sein, daß dieser Vorschlag von ihm selbst stammte, ich weiß es nicht mehr. Stell dir vor: Verlage, Zeitschriften, Bibliotheken, Stiftungen, alle werden hektisch, sobald sie irgendwo in Verbindung mit kultureller Unruhe Geld wittern – bei dem wenigen Geld, das es in ihrer Branche gibt, und der Seltenheit des kulturellen Engagements bei den Reichen. Deshalb überlegte sich Stuart Pedrell seine Sachen gründlich. Aber andererseits war er auch irgendwo verspielt: Er begeisterte sich für die verschiedensten Projekte, verhalf den Machern zum Aufstieg, und plötzlich – zack! – verlor er die Lust und ließ sie fallen.«

»Wie war sein Ruf bei den Intellektuellen, den Künstlern und bei den Unternehmern?«

»Er wurde von allen als Sonderling betrachtet. Die Intellektuellen und Künstler akzeptierten ihn nicht, weil sie keinen anderen akzeptieren. Wenn wir, die Intellektuellen und Künstler, eines Tages jemand anderen als uns selbst akzeptieren sollten, würde das heißen, daß sich unser Ego aufgelöst hat, und damit hören wir auf, Intellektuelle und Künstler zu sein.«

»Das ist genau wie bei den Metzgern.«

»Wenn sie ihre eigene Metzgerei haben, ja. Aber nicht, wenn sie als Angestellte arbeiten.«

Carvalho sah in Artimbaus sozial-freudianischer Demagogie die Auswirkungen der dritten Flasche Wein.

»Von den Reichen wurde er mehr geachtet, denn die Reichen in diesem Land respektieren jeden, der zu Geld gekommen ist, ohne sich dabei allzusehr anzustrengen, und Stuart Pedrell war einer davon. Er hat mir einmal erzählt, wie er zu seinem Reichtum kam, es war wirklich zum Lachen. Damals, Anfang der fünfziger Jahre, du kennst doch die Geschichte mit der Wirtschaftsblockade. Die Versorgung mit Rohstoffen war auf dem Nullpunkt angelangt, es wurde nur noch auf dem Schwarzmarkt gehandelt. Stuart Pedrell hatte damals gerade seine Ausbildung zum Rechtsanwalt und Handelsinspektor abgeschlossen. Er sollte das Geschäft seines Vaters übernehmen, denn seine Brüder hatten andere Pläne. Aber er fühlte sich damit nicht wohl. Als er sich auf eine Prüfung über den Handel mit Rohstoffen vorbereitete, entdeckte er, daß Spanien dringend Kasein brauchte. Ausgezeichnet. Woher bekommt man Kasein? Aus Uruguay und Argentinien. Wer will es kaufen? Er erstellte eine Liste von potentiellen Abnehmern und besuchte sie einen nach dem anderen. Alle waren bereit zu kaufen, wenn das Ministerium den Import ermöglichte. Nichts leichter als das. Stuart Pedrell ließ seine Beziehungen spielen und erreichte sogar, daß ihn der Wirtschaftsminister zu einem Gespräch empfing. Dieser hielt die Sache für sehr patriotisch, denn Stuart Pedrell hatte seinen Vorschlag entsprechend formuliert: Was würde aus Spanien ohne Kasein? Was würde aus uns allen ohne Kasein?«

»Eine schreckliche Vorstellung.«

»Stuart Pedrell flog nach Uruguay und Argentinien und knüpfte Kontakte zu Fabrikanten, bei verschiedenen Treffen, wo er seine Leidenschaft als Tango-Tänzer entdeckte. Seit dieser Zeit pflegte er zum Scherz mit argentinischem Akzent zu reden. Das tat er nur, wenn er gut gelaunt war, wenn er deprimiert war oder wenn er Klavier spielte.«

»Also, fast immer.«

»Nein, nein. Ich habe übertrieben. Er bekam das Kasein zu einem guten Preis und verkaufte es in Spanien für das Drei- bis Vierfache. Eine runde Sache. Damit machte er seine ersten Millionen. Und mit diesem Geld baute er alles übrige auf. Aufbauen ist nicht ganz der richtige Ausdruck, er hatte eher die Fähigkeit, mit unternehmenden Leuten zusammenzuarbeiten, die seine kritische Distanz zum Geschäftsleben kompensierten. Man könnte sagen, er war der Typ des Brecht'schen Unternehmers. Denen gehört die Zukunft! Ein verbohrter Unternehmer ist unfähig angesichts der sozialdemokratischen Zukunft, die ihn erwartet.«

»Wer waren seine Kompagnons?«

»Isidoro Planas und der Marqués de Munt.«

»Das klingt nach viel Geld.«

»Nach viel Geld und einflußreichen Gönnern. Eine Zeitlang hieß es, sie hätten den Bürgermeister auf ihrer Seite. Und nicht nur den, auch Banken, religiöse und pseudoreligiöse Vereinigungen. Stuart Pedrell setzte sein Geld ein und ließ die Leute machen. Er verhielt sich schizophren. Hier war die Welt seiner Geschäfte, dort seine intellektuelle Welt. Als er genug Geld angesammelt hatte, um die Zukunft von vier Generationen zu sichern, schrieb er sich an Universitäten ein, studierte Philosophie und Politik in Madrid, belegte Soziologiekurse in Harvard, New York, an der London School. Und er schrieb Verse, ohne sie je zu veröffentlichen.

»Er hat nie etwas veröffentlicht?«

»Niemals. Er sagte von sich selbst, er sei Perfektionist. Ich glaube aber, daß es mit dem sprachlichen Ausdruck haperte.

Das geht vielen so. Sie wollen anfangen zu schreiben und müssen dann entdecken, daß sie nicht mit der Sprache umgehen können. Dann übertragen sie die Literatur in ihr Leben oder die Malerei in ihr Wohnzimmer. Einige Reiche von dieser Sorte kaufen Zeitschriften oder Verlage auf. Stuart Pedrell unterstützte zwei schlechtgehende Verlage, aber nicht übermäßig. Er kam für ihre jährlichen Verluste auf. Wirklich schade um ihn.«

»Und seine Frau? Warum heißt sie Mima?«

»Von Miriam. Meine ganze Kundschaft kürzt ihre Namen ab, sie nennen sich Popó, Pulí, Pení, Chochó oder Fifí. Müdigkeit ist vornehm, und nichts ist anstrengender, als einen Namen ganz auszusprechen. Mima war eine Unbekannte, ein Anhängsel von Stuart Pedrell, wie es ihrer Situation als gebildete Gattin eines reichen und gebildeten Mannes entsprach. Sie hat nie den guten Ton verletzt, nicht einmal wenn sie hier saß. Aber sie war immer schweigsam. Seit ihr Mann verschwunden ist, ist sie ein anderer Mensch geworden. Sie hat eine beeindruckende Energie entwickelt, die sogar seine Geschäftspartner beunruhigt. Stuart Pedrell war bequemer.«

»Und Viladecans?«

»Ich habe ihn nur einmal gesehen, als er mir ein Bild bezahlte. Der klassische Anwalt, der über alles Bescheid weiß und dafür sorgt, daß die weiße Weste des Chefs keine Flecken bekommt.«

»Hatte er Liebschaften?«

»Jetzt wird es aber delikat. Was willst du, Vergangenheit, Gegenwart oder Wein?«

»Wein und die Gegenwart.«

Artimbau brachte eine neue Flasche.

»Das ist die letzte von dieser Sorte.« Und er goß beim Einschenken einiges daneben.

»Die Gegenwart heißt Adela Vilardell. Das war sein dauerhaftestes Verhältnis. Aber es gibt noch einige andere, Gelegenheitsbeziehungen, in der letzten Zeit mit immer jüngeren Frauen. Er hatte die Fünfzig erreicht und war dem klassischen erotischen Vampirismus verfallen. Von Adela Vilardell kann ich dir die Adresse geben, von den anderen nicht.«

»Hast du ihn eigentlich gut gekannt?«

»Ja und nein. Als Maler lerne ich genug Leute von dieser Sorte kennen, vor allem, wenn sie meine Bilder kaufen. Sie schütten mir ihr Geld und ihr Herz aus. Es ist eine doppelte Beziehung, die sehr viel enthüllt.«

»Und was war mit der Südsee?«

»Er war von dieser Idee besessen. Ich glaube, er hatte ein Gedicht über Gauguin gelesen, und dieser Mythos ließ ihm keine Ruhe mehr. Er kaufte sich sogar die Kopie eines Films von George Sanders, er hieß *Hochmut* oder so ähnlich, und schaute ihn sich zu Hause an.«

Carvalho reichte ihm den Zettel mit den Versen, die er bei den Papieren Stuart Pedrells gefunden hatte. Er übersetzte ihm das englische Zitat aus *Das wüste Land*.

»Weißt du, woher die italienischen Verse stammen könnten? Haben sie noch eine andere Bedeutung? Etwas, das Stuart Pedrell einmal erwähnt hat?«

»Dieses ›Lesen bis tief in die Nacht und im Winter gen Süden fahren‹ habe ich oft gehört. Es war sein Standardvers, wenn er betrunken war. Das andere kommt mir nicht bekannt vor.«


Stuart Pedrell hatte in einem Haus auf dem Putxet gelebt, einem der Hügel, die in früheren Zeiten das Stadtbild Barcelonas geprägt haben, wie die sieben Hügel Roms. Jetzt sind sie mit einem Teppich von Reihenhäusern des Mittelstands bedeckt, dazu einige mit Penthouse für das Großbürgertum, das in manchen Fällen von den früheren Bewohnern der Villen des Putxet abstammt. Das Penthouse für den Stammhalter oder die Tochter des Hauses war eine willkommene und weitverbreitete Annehmlichkeit für die Besitzer der noch vorhandenen Villen, ebenso in den angrenzenden Vierteln Pedralbes und Sarriá, den letzten Gebirgsausläufern, wo sich die Großbourgeoisie noch in

ihren würdevollen alten *Torres*, diesen typischen turmartigen
Villen, hielt und dafür sorgte, daß ihre Sprößlinge in der Nähe
blieben. Stuart Pedrells Haus, das er von einer kinderlosen
Großtante geerbt hatte, war um die Jahrhundertwende von
einem Architekten gebaut worden, den die englischen Eisen-
konstruktionen tief beeindruckt hatten. Schon die Gitterfenster
waren eine Grundsatzerklärung, und ein eiserner Drachen-
kamm säumte das Rückgrat des Ziegeldachs. Neugotische Fenster, efeuüberwucherte Fassaden, weiße Gartenmöbel mit
blauen Polstern in einem streng angelegten formalen Garten,
wo eine elegante Reihe hoher Zypressen den kontrollierten
Wildwuchs eines kleinen Pinienwäldchens und die exakte Geo-
metrie eines Labyrinths von Rhododendronhecken umrahmte.
Der Boden war bedeckt von Rasen und Kies, der Kies so wohl-
erzogen, daß er kaum unter den Reifen oder den Schuhsohlen
knirschte, und der hundertjährige Rasen so wohlgenährt, ge-
trimmt und gebürstet, daß er einer weichen Decke glich, auf der
das Haus zu schweben schien wie auf einem fliegenden Teppich. Die Dienerschaft in Seide und Pikee, schwarz und weiß.
Ein Gärtner im stilechten Kostüm des katalanischen Bauern,
ein Hausdiener mit vorbildlichen Koteletten und einer Weste
mit feinen Steppstreifen. Carvalho vermißte die Gamaschen bei
dem Chauffeur, der mit dem Alfa Romeo losfuhr, um Señora
Stuart Pedrell zu holen, bewunderte aber das stilsichere, zu-
rückhaltende Grau seiner Uniform mit ihren samtbesetzten
Aufschlägen und die weltmännisch hellen Lederhandschuhe,
die die Finger frei ließen und sich vorteilhaft vom dunklen Steu-
errad abhoben.
Carvalho bat eintreten zu dürfen, und der Hausdiener gestattete es mit einer leichten Neigung des Kopfes, als wollte er ihn
zum Tanz auffordern. Und wie auf einem Ball des Fin de siècle
schwebte Carvalho im Takt eines langsamen Walzers durch die
Räume, im Geist den *Kaiserwalzer* vor sich hin summend, und
stieg eine granatrote Marmortreppe mit übertrieben verschnör-
keltem eisernen Geländer und Handlauf aus Palisanderholz

hinauf und wieder hinunter. Das Treppenhaus badete im vielfarbigen Licht eines Glasfensters, auf dem der Drache von der Hand des heiligen Georg stirbt.

»Suchen Sie etwas Bestimmtes, Señor?«

»Ja, die Gemächer von Señor Stuart Pedrell.«

»Wenn Sie die Liebenswürdigkeit hätten, mir folgen zu wollen, Señor ...«

Er folgte dem Diener die Treppe hinauf. Sie endete in einem Absatz mit Brüstung, ideal für den Auftritt der Heldin, die bei der Ankunft ihres Lieblingsgastes »Richard!« ausruft, ihre Röcke rafft und auf Zehenspitzen die Stufen hinabschwebt, um mit ihm eng umschlungen in einem Walzer zu versinken. Als hätte er keinerlei Sinn für irgendwelche Filmphantasien, führte ihn der Diener durch einen schmalen, teppichbelegten Gang und öffnete am Ende eine hohe, kunstvoll bearbeitete Teakholztür.

»Eine wertvolle Tür!«

»Der Großonkel von Señor Stuart Pedrell ließ sie einbauen. Er besaß Anlagen zur Kopragewinnung in Indonesien«, deklamierte der Hausdiener wie ein Museumsführer.

Carvalho gelangte in einen Bibliotheksraum mit einem Schreibtisch, der aussah wie ein Thron aus der Zeit der katholischen Könige und für die Ellbogen eines Gelehrten bestimmt schien, der mit dem Gänsekiel schrieb. Rechts ahnte man den Eingang zum Schlafzimmer, aber Carvalho blieb in dem Salon und drehte sich einmal um sich selbst, um einen Eindruck von den Dimensionen des Raums zu gewinnen, von den feinen Stuckarbeiten an der Decke und der beinahe nahrhaft zu nennenden Solidität der hölzernen Wandvertäfelungen, die den gesamten Raum verkleideten, teils als Rückwand für die massiven Bücherregale voller schön gebundener Ausgaben, teils als Hintergrund für Gemälde aus dem 18. und 19. Jahrhundert, Arbeiten der Schüler von Bayeu oder Goya, wenn es sich nicht um einen historisierend romantischen Martí Alsina handelte. Hier konnte niemand arbeiten, der nicht mindestens ein vergleichendes Wörterbuch der aramäischen und der hethitischen Sprache erstellte.

»Hat Señor Stuart Pedrell diesen Raum benutzt?«

»Fast nie. Im Winter machte er Feuer im Kamin, manchmal saß er daneben und las. Er unterhielt diesen Raum ohne etwas zu verändern, da jedes einzelne Stück hier äußerst wertvoll ist. Die Bibliothek enthält nur alte Ausgaben. Das neueste Buch stammt aus dem Jahre 1912.«

»Sie sind sehr gut informiert.«

»Vielen Dank. Sie sind sehr liebenswürdig.«

»Haben Sie noch andere Aufgaben in diesem Haus?«

»Ja, Hausdiener bin ich nur nebenbei. Eigentlich bin ich der Generalkonservator dieses Hauses und leite außerdem die Hauswirtschaft.«

»Sind Sie Buchhalter?«

»Nein. Ich bin Wirtschaftslehrer und mache ein Abendstudium in Geisteswissenschaften. Mittelalterlicher Geschichte.«

Carvalho hielt dem triumphierenden Blick des Dieners stand, der voll Freude die Verwirrung genoß, die er in Carvalhos Gehirn angerichtet zu haben glaubte.

»Ich war schon hier, als das junge Ehepaar Stuart Pedrell einzog. Meine Eltern standen vierzig Jahre im Dienst der Großtanten des Herrn. Ich bin in diesem Haus geboren und als eine Art Adoptivsohn der alten Fräulein Stuart aufgewachsen.«

Das Privatzimmer Stuart Pedrells enthielt nichts Bemerkenswertes außer der ausgezeichneten Kopie eines Gauguin-Gemäldes mit dem Titel *Was sind wir, woher kommen wir, wohin gehen wir?*

»Dieses Bild ist neu.«

»Ja. Dieses Bild ist neu«, bestätigte der Diener ohne eine Spur von Begeisterung. »Der Señor hängte es hier über seinem Bett auf, als er beschloß, diesen Flügel des Hauses allein zu bewohnen.«

»Wann war das?«

»Vor drei Jahren.«

Der Diener übersah geflissentlich, wie Carvalho Schubfächer jeder Größe öffnete, das Bett von der Wand rückte, um hinter das Kopfteil zu schauen, und in den Schränken sämtliche Kleidungsstücke und jeden Winkel durchstöberte.

»Hatten Sie eine gute Beziehung zu Señor Stuart Pedrell?«

»Eine normale.«

»Hatten Sie persönliche Gesprächsthemen, die über die alltägliche Routine hinausgingen?«

»Manchmal.«

»Was für Themen?«

»Von allgemeiner Art.«

»Was verstehen Sie darunter?«

»Politik. Filme.«

»Welche Partei wählte Señor Stuart Pedrell im Juni 1977?«

»Das hat er mir nicht mitgeteilt.«

»Die Christdemokraten, die UCD?«

»Das glaube ich nicht. Etwas Radikaleres.«

»Und Sie?«

»Ich wüßte nicht, von welchem Interesse meine Stimmabgabe sein könnte.«

»Entschuldigen Sie.«

»Ich habe die Esquerra Republicana de Catalunya, die Republikanische Linke Kataloniens, gewählt, wenn es Sie interessiert.«

Sie hatten Stuart Pedrells Krypta verlassen, und die Wirklichkeit des Hauses trug ihnen die Akkorde eines Klaviers zu, fehlerfrei und diszipliniert gespielt, aber ohne allzuviel Gefühl.

»Wer spielt da?«

»Die Señorita Yes«, antwortete der Diener und fand nicht mehr die Zeit voranzugehen, so schnell eilte Carvalho in die Richtung, aus der die Töne kamen.

»Yes? Sie nennt sich ›Ja‹?«

»Ihr Name ist Yésica.«

»Jésica.«

Carvalho öffnete die Tür. Ein roter Gürtel, der ihre schmale

Taille betonte, teilte den Körper der Frau. Ihre jeansbekleideten Hinterbacken ruhten in runder, praller Jugendlichkeit auf dem Klavierhocker. Ihr Rücken beschrieb von der Taille aus eine delikate, geometrische Linie bis hinauf zu der blondgelockten Mähne, die sie in den Nacken geworfen hatte, um die Noten besser zu sehen. Der Diener räusperte sich. Ohne sich umzudrehen oder ihr Spiel zu unterbrechen, fragte das Mädchen: »Was wollen Sie, Joanet?«

»Ich bedaure, Señorita Yes, aber dieser Herr möchte mit Ihnen sprechen.«

Sie wandte sich mit einer schnellen Drehung des Klavierstuhls um. Sie hatte graue Augen, die Bräune einer Skifahrerin, einen großen, weichen Mund, die Wangenknochen eines Designermädchens und die Arme einer in Ruhe gereiften Frau. Vielleicht waren ihre Brauen etwas zu dicht, sie bekräftigten aber Carvalhos Eindruck, eine der lebenssprühenden Gestalten für die Coca-Cola-Werbung vor sich zu haben. Er selbst sah sich ebenfalls gemustert, aber nicht Stück für Stück, sondern auf einen Blick, im Ganzen.

Hol dir einen Gary Cooper in dein Leben, Mädchen, dachte Carvalho und drückte ihr die Hand, die sie ihm widerwillig gab.

»Pepe Carvalho, Privatdetektiv.«

»Ah, es geht um Papa. Könnt ihr ihn nicht in Frieden ruhen lassen?«

Der ganze Eindruck von Werbewelt war zerstört. Ihre Stimme hatte gezittert, und in ihren Augen glänzten Tränen.

»Das sind Angelegenheiten von Mama und diesem schrecklichen Viladecans.«

Das Geräusch der sich schließenden Tür ließ erkennen, daß der Diener nicht noch mehr hören wollte, als er schon gehört hatte.

»Die Toten werden nicht müde und ruhen auch nicht.«

»Was wissen Sie schon!«

»Können Sie das Gegenteil beweisen?«

»Mein Vater lebt, hier, in diesem Haus. Ich spüre seine Gegenwart. Ich spreche mit ihm. Kommen Sie, sehen Sie, was ich gefunden habe.«

Sie nahm Carvalho bei der Hand und führte ihn zu einem Pult, das in einer Ecke des Zimmers stand. Darauf lag ein dickes, aufgeschlagenes Fotoalbum. Das Mädchen blätterte vorsichtig die Seiten um, eine nach der andern, als seien sie zerbrechlich. Sie zeigte Carvalho ein dunkelgraues Blatt mit einer Fotografie des jungen Stuart Pedrell, braungebrannt, in Hemdsärmeln, wie er gerade den Bizeps eines Mr. Universum vortäuschte.

»Sieht er nicht blendend aus?«

Das Zimmer roch nach Marihuana und sie selbst auch. Sie hatte die Augen geschlossen und lächelte, wie entrückt von dem Schauspiel, das sich vor ihrem inneren Auge abspielte.

»Hatten Sie eine enge Beziehung zu Ihrem Vater?«

»Vor seinem Tod überhaupt keine. Als er von zu Hause fortging, studierte ich seit zwei Jahren in England. Wir hatten uns immer nur im Sommer gesehen, und da auch nur kurz. Ich habe meinen Vater erst für mich entdeckt, als er schon tot war. Es war eine schöne Flucht. Die Südsee.«

»Er hat sie nie erreicht.«

»Was wissen Sie schon? Wo ist denn die Südsee?«

Ihre Augen sprühten streitlustig, sie kniff die Lippen zusammen, und ihr ganzer Körper schien zum Sprung geduckt.

»Damit wir uns richtig verstehen: Hat sich Ihr Vater irgendwie mit Ihnen oder einem Ihrer Brüder in Verbindung gesetzt, während er in der Südsee weilte?«

»Mit mir nicht. Und ob mit den anderen, das weiß ich nicht. Ich glaube nicht. Nené ist seit Monaten auf Bali. Die Zwillinge waren fast wie zwei Unbekannte für ihn. Der Kleine ist erst acht.«

»Und er wird bald bei den Jesuiten rausfliegen.«

»Um so schlimmer für die Jesuiten. Es ist ein Wahnsinn, in unserer Zeit jemanden dorthin zu schicken. Tito ist ein viel zu phantasievolles Kind für diese Art von Unterricht.«

»Wenn Ihr Vater Ihnen erscheint, erzählt er Ihnen dann, wo er die ganze Zeit war?«

»Das ist nicht nötig. Ich weiß, wo er war. In der Südsee. An einem wundervollen Ort, wo er ganz neu beginnen konnte. Wieder der junge Mann sein, der nach Uruguay ging, um sein Glück zu machen.«

Die Version des Mädchens war nicht sehr überzeugend, aber Carvalho hatte eine gewisse Schwäche für mythologische Gefühle.

»Jessica ...« Carvalho sprach ihren Namen englisch aus.

»Oh! So hat mich noch niemand genannt! Fast alle sagen Yes, einige Yésica. Aber so wie Sie nennt mich niemand. Es klingt sehr gut. Schauen Sie! Mein Vater beim Skifahren in St. Moritz. Hier ist er dabei, jemandem einen Preis zu verleihen. Hör mal, weißt du, daß er dir ähnlich sieht?«

Carvalho wischte mit einer Handbewegung jede mögliche Ähnlichkeit vom Tisch. Ermüdet von der sentimentalen Reise durch das Fotoalbum ließ er sich auf ein schwarzes Ledersofa fallen, wo er in einer etwas erzwungenen Entspannung versank, um das Mädchen in Ruhe betrachten zu können, die in das Album vertieft war. Die Jeans konnten ihre geraden, kräftigen Sportlerschenkel ebensowenig verbergen, wie der kurzärmelige Wollpullover den Anblick ihrer kleinen Brüste mit den unentwickelten Warzen behinderte. Ihr Hals glich einer langen, biegsamen Säule, die den Kopf ständig hin und her drehte, als wollte sie die Flagge ihrer blonden Mähne schwenken, einer Mähne, so dick wie Marmelade, die langsam aus einem wundersamen Topf fließt. Plötzlich raffte sie ihr Haar mit einer Hand zusammen und wandte ihr Gesicht Carvalho zu. Sie hatte gespürt, daß er sie betrachtete. Er wandte den Blick nicht ab. Sie betrachteten einander Auge in Auge, bis sie zum Sofa lief, sich auf Carvalhos Knie setzte, die Arme um ihn legte, den Kopf an seine Brust schmiegte und sein Gesicht mit blonden Haarschlangen bedeckte. Der Detektiv reagierte langsam, bestärkte sie zunächst in ihrer kindlichen Hingabe und begann

dann eine Umarmung, die etwas mehr war als die eines Be-
schützers vor den unausgesprochenen Schrecknissen des Mädchens.

»Laßt ihn in Ruhe. Er schläft! Er hat die Reise gemacht, um
sich zu läutern, und jetzt schläft er. Sie verfolgen ihn, weil sie
ihn beneiden.«

Marke Ophelia, dachte Carvalho und wußte nicht, ob er sie
schütteln oder bemitleiden sollte. Er zeigte Mitleid, streichelte
ihr übers Haar und beherrschte seine Lust, diese Zärtlichkeit
auf die weniger unschuldige Erforschung ihres Nackens auszu-
dehnen. Seine eigene Unentschlossenheit irritierte ihn, und er
schob sie sanft, aber entschieden von sich weg.

»Wenn dein Haschrausch verflogen ist, würde ich gerne wiederkommen und mit dir reden.«

Sie lächelte mit geschlossenen Augen, die leicht angespann-
ten, gefalteten Hände zwischen den Schenkeln.

»Jetzt geht es mir gut. Wenn du nur sehen könntest, was ich
sehe!«

Carvalho ging zur Tür, drehte sich jedoch noch einmal um,
um sich zu verabschieden. Sie war immer noch in Ekstase. Ein
einziges Mal in seinem Leben hatte er mit einem solchen Mädchen geschlafen, in San Francisco, vor zwanzig Jahren. Sie war
eine Erzieherin gewesen, die er im Zusammenhang mit der Unterwanderung der ersten Protestbewegungen in den USA durch
sowjetische Agenten zu überwachen hatte. Dem Material der
Señorita Stuart fehlte etwas, eine gewisse imperiale Festigkeit,
die nur ein nordamerikanischer Körper ausstrahlen kann. Sie
besaß, wenn auch nur minimal, jene gewisse Zerbrechlichkeit,
die jeder Südländerin der Welt eigen ist, egal, aus welcher
Schicht sie stammt. Ohne weiter nachzudenken, kritzelte er seinen Namen, Adresse und Telefonnummer auf ein Stück Papier,
kehrte zu dem Mädchen zurück und reichte es ihr.

»Hier!«

»Wozu? Warum?«

»Falls dir noch etwas Neues einfällt, wenn du wieder klar

bist.« Dann floh er mit großen Schritten, die vorgaben, vorwärts zu führen, aus dem Zimmer.

Planas hatte ihn in die Zentralbrauerei bestellt, eine seiner Firmen, wo er eine Sitzung des Verwaltungsrats abzuhalten hatte. Danach hätte er eine Viertelstunde Zeit, maximal zwanzig Minuten. Dann müßte er sich zurückziehen, um seinen Antrittsvortrag als Vizepräsident des Unternehmerverbandes vorzubereiten.

»Die Wahl ist heute nachmittag, und ich werde gewinnen, da bin ich sicher.«

Carvalho hatte die telefonische Zurschaustellung von soviel Selbstvertrauen gerade noch gefehlt, aber er bedankte sich für den Termin und war innerlich auf alles gefaßt, wie vor einem Match gegen einen Tennisspieler, der in zwei Runden gewinnen will und jede davon 6:0. Carvalhos Ankunft vereitelte Planas' Absicht, mit erhobener Armbanduhr sein erwartetes Zuspätkommen zu tadeln.

»Sie sind pünktlich! Ein Wunder!« Und er schrieb etwas in ein Notizbuch, das er aus der Hosentasche gezogen hatte.

»Jedesmal, wenn ich einen pünktlichen Menschen treffe, verzeichne ich ihn hier. Sehen Sie? Ich schreibe Ihren Namen und das Datum auf. Sehr praktisch. Wenn ich mal einen Privatdetektiv brauchen sollte, werde ich erstens einen nehmen, den ich kenne, und zweitens einen, der pünktlich ist, alles andere ist Nebensache. Stört es Sie, wenn wir spazierengehen, während wir uns unterhalten? So kann ich mich wenigstens zwischen den Versammlungen ein bißchen fit halten. Ich muß noch in ein paar Werbespots für meine Gartenstadt auf den Höhen von Melmató auftreten.«

Kein Gramm Fett zu viel an diesem Römerkörper. Sein Schädel glattrasiert, um der unausweichlichen Glatze ein Schnippchen zu schlagen. Planas ging neben Carvalho, die Hände auf dem Rücken, und starrte zu Boden, während er sich seine Antworten überlegte. Kein einziger wirtschaftlicher Fehlschlag im Leben Stuart Pedrells. Die Geschäfte liefen mit Rückenwind. Sie hatten niemals dramatische, riskante Wendungen genommen, betonte er. Finanziell waren sie immer gut abgesichert gewesen und hatten sehr gute Bürgen gehabt. Der Löwenanteil des Anfangskapitals stammte weder von Stuart Pedrell noch von ihm, sondern von dem Marqués de Munt.

»Haben Sie noch nicht mit ihm gesprochen? Alfredo ist ein ganz besonderer Typ. Ein großer Mann.«

Tatsächlich war das größte Geschäft der Aufbau des Stadtteils San Magín gewesen – ein ganz neuer Stadtteil, neu bis zur letzten Straßenlaterne. Das waren Zeiten, als es noch Möglichkeiten gab, ganz anders als heute. Heute sieht es so aus: Der Kapitalismus ist Sünde und der Kapitalist ein Staatsfeind. Warum Stuart Pedrell gegangen war?

»Er war nicht über das Trauma seines fünfzigsten Geburtstags hinweggekommen. Schon beim vierzigsten und fünfundvierzigsten hatte er Schwierigkeiten gehabt. Aber als er fünfzig wurde, zerbrach er innerlich. Er hatte diesen Geburtstag allzu sehr literarisch stilisiert. Auch seine Arbeit hatte er zur Parodie gemacht: Er hatte innerlich zu viel Distanz dazu. Er war ein gespaltener Mensch: Eine Hälfte arbeitete, während die andere Hälfte dachte. Ein wenig Distanz ist gut, aber nicht bis zur Loslösung von allem. Man endet als Nihilist, und ein Nihilist kann kein Unternehmer sein. Ein guter Unternehmer muß ziemlich robust sein, er muß sich auch seine Skrupel verbeißen können, andernfalls bringt er es selbst zu nichts und erreicht auch bei anderen nichts.«

»Aber Stuart Pedrell war ein reicher Mann.«

»Sehr reich, von Geburt an. Nicht ganz so reich wie Alfredo Munt, aber reich. Ganz anders als ich. Meine Familie war nicht schlecht situiert; aber mein Vater machte mit vierzig Bankrott. Mit Pauken und Trompeten. Er wollte mit den Busquets eine Bank aufziehen, und alle gingen baden dabei. Mein Vater zahlte den Gläubigern siebzig Millionen. Stellen Sie sich vor, siebzig

Millionen, und das in den vierziger Jahren! Und dann hatte er nicht einen Céntimo mehr in der Tasche. Ich war damals auf der Universität und habe den Bankrott voll mitbekommen. Wie war Ihre Kindheit, Señor Carvalho?«

Der Detektiv zuckte die Schultern.

»Meine war sehr traurig. Sehr traurig«, bekannte Planas und betrachtete den unebenen Asphalt des Brauereihofs, auf dem er mit Carvalho spazierenging.

»Stuart ruhte sich auf uns aus: auf der ökonomischen Sicherheit von Munt und auf meiner Arbeitswut. Er gab dem Ganzen die ›Perspektive‹. Ich habe nie verstanden, was er mit dem Gerede von der Perspektive meinte, aber er war davon überzeugt, etwas Fundamentales beizutragen. Er hatte zuviel Zeit, um seinen Nabel zu beschauen und überall hinter den Frauen herzulaufen. Ich selbst habe seit 1948 keinen Urlaub mehr genommen. Da staunen Sie, nicht wahr? Ab und zu eine kleine Reise, um meine Frau zufriedenzustellen. Ach ja! Jedes Jahr, wenn es Frühling wird, gehe ich in eine deutsche Klinik in Marbella. Eine Entgiftungskur. Zu Beginn ein Früchtetag, dann ein Liter Abführmittel, grauenhaftes Zeug, und dann beginne ich meinen Kreuzweg: striktes Fasten fünfzehn Tage lang! Und manchmal verabreichen sie mir ein Klistier, das nie mehr aufhört. Aber, mein Freund, wenn man glaubt, man ist kurz davor, zu Staub zu zerfallen, hoppla!, dann wachsen einem von überall her Energien zu, man spielt Tennis, besteigt Berge und fühlt sich wie Superman. Seit fünf Jahren gehe ich dorthin, und jedesmal komme ich so schwerelos heraus, als könnte ich schweben!«

Er näherte sich dem Detektiv und berührte die Ringe unter seinen Augen mit den Fingern.

»Diese Ringe unter den Augen, geschwollen! Ihre Leber ist gereizt.«

Er ging voraus zu einem Büro, das sich in einer Art Zwischengeschoß des Lagers befand. Von einer Sekretärin ließ er sich die Adresse der Buchinger-Klinik heraussuchen und gab sie

Carvalho. Mit einer energischen Bewegung konsultierte er seine Uhr und lud Carvalho ein, ihm zum Innenhof zu folgen.

»Man muß versuchen, mit Würde alt zu werden. Sie sind etwas jünger als ich, aber Sie haben sich nicht gut gehalten. Ich dachte immer, Privatdetektive treiben Gymnastik oder Jiu-Jitsu. Ich mache jeden Morgen Walking in der Umgebung meines Hauses in Pedralbes. Ich nehme einen Weg bergauf und bin im Handumdrehen oben in Vallvidrera.«

»Um wieviel Uhr?«

»Um sieben Uhr in der Früh.«

»Ich stehe um diese Zeit auf und mache mir ein paar Spiegeleier mit *chorizo*.«

»Was Sie nicht sagen. Wo war ich stehengeblieben? Zack-zack den Berg hinauf und zack-zack den Berg hinunter. Zweimal in der Woche Unterwassermassage. Haben Sie das mal versucht? Sensationell! Das Wasser zermalmt einem beinahe die Knochen. So ein richtiger Wasserstrahl, mit vollem Druck. Danach eine gute schottische Dusche. Man steht vor dem Masseur wie vor einem Erschießungskommando. Stellen Sie sich so hin, wie ich gerade gestanden habe.«

Planas entfernte sich drei Meter von Carvalho und zielte mit einem nicht vorhandenen Wasserschlauch auf ihn.

»Aus dieser Entfernung spritzen sie mit einem scharfen, lauwarmen Strahl, vor allem auf die Stellen des Körpers, wo man abnehmen muß, und dann dasselbe mit kaltem Wasser. Man bekommt dadurch einen hervorragenden Kreislauf. Und das hilft, das Fett abzubauen. Sie haben eine tolle Figur, aber man sieht die Fettpolster, die beseitigt werden müßten. Um die Hüften und über dem Magen. Hier. Hier tut es weh. Ein scharfer Strahl, zisch! Durchhalten ist das Wichtigste. Und nicht zu viel Alkohol. Scheiße! Schon zwei Uhr ... die Leute von der Werbung erwarten mich ... war noch was?«

»Hat Stuart Pedrell in der Zeit, in der er sich in so befremdlicher Weise verborgen hielt, nie versucht, mit Ihnen Kontakt aufzunehmen?«

»Niemals. In geschäftlicher Hinsicht war das auch gar nicht nötig. Er hatte mit Viladecans alles sehr gut abgeklärt. Dann machte sich Mima an die Arbeit und war sehr erfolgreich, viel erfolgreicher als ihr Mann.«

»Und in menschlicher Hinsicht?«

»Wir hatten einander nie viel zu sagen. Unser einziges längeres Gespräch war wohl das erste, vor fünfundzwanzig Jahren, als wir Partner wurden. Danach haben wir uns tausendmal gesehen, ohne uns je richtig miteinander zu unterhalten. Munt hatte eine andere Beziehung zu ihm. Fragen Sie den!«

Er streckte ihm die Hand hin, als wollte er ihm den Arm abschießen und gleichzeitig sein Beileid aussprechen.

»Und vergessen Sie die Klinik nicht! Es gibt nichts Gesünderes als ein paar ordentliche Klistiere!«

Adios, Planas, dachte Carvalho, ich wünsche dir einen gesunden Tod.


»Diese Sorte habe ich nicht da.«

»Was für einen trockenen Weißwein haben Sie dann?«

»Einen Paceta.«

»Gut!«

Er bestellte Meeresschnecken als Einstieg. Der Wirt schlug ihm als Alternative eine gemischte Vorspeise mit Fisch und Muscheln vor, die er dann auch mit Meeresschnecken bestücken würde. Als nächstes empfahl er ihm Brasse aus dem Ofen, und Carvalho stimmte zu, teils um so beim Weißwein bleiben zu können, teils, weil das Fischgericht die Ringe unter seinen Augen verschwinden lassen und den Zustand seiner Leber bessern würde. Ab und zu ging er gerne zum Essen in die *Casa Leopoldo*, ein Restaurant, das schon in den Träumen seiner Jugend eine Rolle gespielt hatte. Seine Mutter war in jenem Sommer in Galicien gewesen, und sein Vater nahm ihn mit ins Restaurant, eine ungewöhnliche Sache für einen Mann, der Restaurants normalerweise als Räuber- und Nepphöhlen betrachtete. Er hatte von einem Restaurant im Barrio Chino gehört, wo es phantastische Portionen geben sollte und dies zu phantastisch niedrigen Preisen. Dorthin nahm er Carvalho mit. Er schlug sich den Bauch voll mit panierten Calamares, dem raffiniertesten Gericht, das er kannte, während sein Vater weniger riskierte und etwas ziemlich Gewöhnliches bestellte. Gut ist es ja. Und eine Menge. Mal sehen, ob es auch billig ist! Es dauerte lange, bis er wieder ein Restaurant betrat, aber der Name *Casa Leopoldo* blieb ihm immer im Gedächtnis, wie die Einweihung in einen faszinierenden Ritus. Viele Jahre später war er zurückgekehrt, als es schon nicht mehr jenen bedächtigen, aufmerksamen Wirt gab, der gefragt hatte, was sie zu speisen wünschten, und ihnen dabei das Gefühl gab, Stammgäste und Kenner zu sein. Es war jetzt ein gutes Fischlokal geworden, die Gäste waren Kleinbürger aus dem Viertel oder Leute aus dem Norden der Stadt, die von der guten Küche des Lokals gehört hatten. Carvalho verschrieb sich heute eine Diät aus Fisch und Weißwein. Seine Angstzustände, die er früher bekämpft hatte, indem er in Kneipen und Restaurants ging und sich der Völlerei hingab, ohne den guten Geschmack zu vernachlässigen, diese Zustände überwand er jetzt, indem er die Weißweinvorräte seines Landes dezimierte. Der Wirt war überrascht von der Genügsamkeit, was das Dessert betraf, und noch mehr von der Weigerung, zum Kaffee einen Likör zu nehmen. Carvalho redete sich damit heraus, daß er es eilig hätte, aber als er schon an der Tür war, wurde ihm klar, daß er eindeutig gegen seine ganze Natur gehandelt hatte. Er machte kehrt, setzte sich wieder, rief nach dem Wirt und bestellte sich einen doppelten Marc de Champagne, eisgekühlt. Während er ihn mit Genuß trank, hatte er das Gefühl, wieder er selbst zu werden. Die Leber. Zum Teufel mit ihr! Meine Leber gehört mir. Sie wird das tun, was ich will. Er bestellte noch einen doppelten Marc und war sicher, daß er jetzt endlich die Bluttransfusion bekommen hatte, die ihm seit Tagen fehlte.

Er bezahlte und ging die Calle Aurora entlang, auf der Suche nach der verlorenen Welt seiner Kindheit. Vor einem modernen

Haus, einem kleinen Wunder in dieser Straße aus der Zeit der Ermordung von Noi del Sucre, erblickte Carvalho eine kleine Menschenansammlung. Ein bescheidenes Plakat kündigte einige Beiträge zum Thema *Schwarzer Roman* an. Mit alkoholbeflügelter Sicherheit mischte er sich unter die Leute, die auf den Beginn einer dieser Veranstaltungen warteten. Er kannte sie nur zu gut, diese Intellektuellen mit ihren Eierköpfen, die überall auf der Erde gleich aussehen, aber in diesem Fall spanischen Verhältnissen angepaßt waren: Sie wirkten zwar wie harte Eier, aber weniger solide als harte Eier aus anderen Breiten. Ihr Gewicht wurde mit dem entsprechenden Exhibitionismus getragen, aber auch jener Besorgtheit der Unterentwickelten, das Ei könnte Schaden nehmen. Sie gehörten je nach Herkunft oder Nähe zum Thema verschiedenen Stämmen an, wurden jedoch von einem Stamm von höherem geistigem Status beherrscht, wie man unschwer aus der Tatsache schließen konnte, daß alle diesen Stamm verstohlen beobachteten und, wenn auch mit einer gewissen Unlust, seine Nähe suchten, um zu grüßen und anerkannt zu werden.

Endlich hob sich der Vorhang, und Carvalho fand sich in einem blauen Amphitheater in Gesellschaft von etwa hundert Leuten wieder, die den Beweis antreten wollten, daß sie mehr über den Schwarzen Roman wußten als die sieben oder acht Leute am Rednertisch.

Die Redebeiträge am Tisch begannen mit der Operation »Selbstsicherheit gewinnen«, einer Übung zerebralen Warmlaufens mittels der Bestimmung von Funktion, Ort und Thema, um sodann die Messe nach dem postkonziliaren Ritus zu beginnen. Zwei der Redner hatten sich selbst zu Wortführern aufgeschwungen und begannen ein privates intellektuelles Pingpongspiel zu der Frage: Schrieb Dostojewski Schwarze Romane? Dann kamen sie auf Henry James und natürlich E. A. Poe, um schließlich zu entdecken, daß der Begriff Schwarzer Roman eigentlich von einem französischen Umschlaggestalter stammte, der diese Farbe einer Serie von Gallimard verlieh, die dem Kriminalroman gewidmet war. Jemand am Tisch versuchte, das Redemonopol des Bärtigen und des kurzsichtigen Lateinamerikaners zu durchbrechen, wurde aber durch unsichtbare Rippenstöße seitens der Platzhirsche in seine Schranken verwiesen.

»Also ich ...«

»Ich meine, daß ...«

»Wenn Sie erlauben ...«

Überhaupt nichts wurde ihm erlaubt. Er versuchte, in einer winzigen Redepause den Satz einzuschmuggeln: »Der Schwarze Roman ist ein Kind der Weltwirtschaftskrise ...« wurde aber nur von den Leuten in der ersten und einigen in der zweiten Reihe gehört, unter denen sich auch Carvalho befand. Aus dem Zucken der Adamsäpfel der beiden Solisten konnte man schließen, daß sie kurz vor der Verkündung einer Schlußfolgerung oder endgültigen Formel standen.

»Man könnte also sagen ...«

Schweigen. Spannung.

»Ich weiß nicht, ob mein lieber Juan Carlos auch dieser Meinung ist ...«

»Wie sollte ich mit dir nicht einer Meinung sein, Carlos?«

Carvalho entnahm daraus, daß die Vorherrschaft der beiden Stars auf einer onomastischen Komplizenschaft beruhte.

»Der Schwarze Roman ist eine Unterkategorie des Genres, dem sich in besonderer Weise große Romanciers wie Chandler, Hammet oder Macdonald gewidmet haben.«

»Und Chester Himes?«

Wegen der aufgestauten Anspannung überschlug sich die Stimme dessen, der da versuchte, zu Wort zu kommen. Was aber zunächst als Mangel erschien, erwies sich als Vorzug, denn die phonologische Rarität ließ die monopolistischen Vortragsredner leicht zusammenzucken und aufschauen, um den Urheber jenes Geräusches auszumachen.

»Wie meinten Sie?« fragte der Kurzsichtige mit verdrossener Liebenswürdigkeit.

»Ich sagte, zu diesen drei Autoren gehört der Name von Chester Himes, dem großen Porträtisten der Welt von Harlem. Himes' Leistung steht der von Balzac in nichts nach!«

Nun war's heraus. Die beiden Alleinredner, ihrer Hauptrolle etwas müde, ließen zu, daß sich der Eindringling über sein Thema ausließ. Alles mögliche kam zur Sprache, von Chrêtien de Troyes' Roman *Matière de Bretagne* bis zum Tod des Romans nach den erkenntnistheoretischen Exzessen von Proust und Joyce, nicht zu vergessen die McCarthy-Ära, die Krise der kapitalistischen Gesellschaft sowie die soziale Verelendung, die der Kapitalismus schicksalhaft hervorbringt und damit den geeigneten Nährboden für den Schwarzen Roman liefert. Das Publikum brannte ungeduldig darauf, selbst zu Wort zu kommen. Kaum bot sich die Gelegenheit, erhob sich einer der Anwesenden und behauptete, Ross Macdonald sei Faschist gewesen. Ein anderer ergänzte, die Autoren des Schwarzen Romans bewegten sich ständig am Rande faschistischer Positionen. Hammet wurde entlastet, weil er zu einer Zeit Mitglied in der amerikanischen KP war, als die Kommunisten noch über jeden Verdacht erhaben und noch keinem Entkoffeinierungsverfahren unterzogen worden waren. Es gibt keine Schwarzen Romane ohne den einsamen Helden, und gerade darin liegt die Gefahr. Das ist echter Neoromantizismus, fiel ein anderer aus dem Publikum ein, um den Schwarzen Roman vor der historischen Verdammnis zu bewahren.

»Ich würde sogar sagen, ein gewisser Neoromantizismus macht die Stärke des Schwarzen Romans aus, ja, er macht ihn zu einer Notwendigkeit gerade in unserer Zeit.«

Die moralische Ambivalenz. Moralische Ambivalenz. Voilà, der Schlüssel des Schwarzen Romans. Es ist diese Ambivalenz, in der sich die Helden wie Marlowe oder Archer oder der Agent der Continental tummeln. Die anfänglichen Hauptredner bedauerten den Verlust ihrer Alleinherrschaft und versuchten, in dem entfesselten Redeschwall ihre Trümpfe auszuspielen: Geschlossenes Universum ... Unmotiviertheit ... Sprachregelungen ... die neue Rhetorik ... die Antithese zur Ideologie von *Tel Quel*, insofern als die Einzigartigkeit des Autors und des Helden wieder auflebt ... der Blickwinkel in *Mord an Rogelio Ackroyd* ...

Carvalho verließ den Saal mit brummendem Schädel und trokkener Kehle. Er ging zur Bar, um ein Bier zu bestellen, und entdeckte neben sich eine brünette Frau mit einem Paar ungeheuer grüner Augen. Ihr Körper war unter einem Poncho verborgen, den sie wohl von einer Anden-Überquerung mitgebracht hatte.

»Hallo!«

»Hallo! Du bist ...«

»Dashiell Hammett.«

Sie lachte und bestand dann ernstlich darauf, seinen Namen zu erfahren.

»Horacio hat uns bei der Feier zur Veröffentlichung des Buchs von Juan miteinander bekannt gemacht, nicht wahr? Ich bin da eben rausgegangen, weil ich den ganzen Quatsch satt hatte. Dieses ganze Theater um den Schwarzen Roman geht mir auf den Keks. Ich bin derselben Ansicht wie Varese: Wenn die Bourgeoisie den Roman nicht mehr kontrollieren kann, beginnt sie, ihn mit Farbe zu bemalen. Ich lese deine Bücher. Es gefällt mir gut, was du schreibst.«

Carvalho fragte sich verwirrt, ob Biscuter oder Charo etwas unter seinem Namen veröffentlicht hätten. Er nahm sich vor, eine Erklärung zu verlangen, wenn er nach Hause kam.

»Weißt du, in letzter Zeit fehlt mir die rechte Lust zum Schreiben.«

»Ja, das merkt man dir an. Aber das geht uns allen mal so. Ich bin derselben Ansicht wie Cañedo Marras: Große Müdigkeit ist der Vorbote des großen Aufschwungs.«

Carvalho hatte Lust, ihr zu sagen: Zieh deinen Poncho aus, Liebling, und komm mit mir in ein Bett, schwarz oder weiß, rund oder eckig, ist mir egal, denn wenn die Bourgeoisie das

Bett nicht mehr kontrollieren kann, beginnt sie es mit Adjektiven zu bekritzeln.

»Willst du weiter hierbleiben, oder hast du Lust, mit mir sechs Flaschen eines absolut sensationellen Weißweins niederzumachen?«

»Du legst ein ziemliches Tempo vor, Fremder. Was willst du damit sagen?«

»Ich möchte mit dir schlafen.«

»Ganz klar! Du kennst Juanito Marsé. Das ist genau seine Masche. Er sagt, er habe damit schon viele Ohrfeigen kassiert, aber genauso viele Schätze gehoben.«

»Was bekomme ich? Die Ohrfeige?«

»Nein. Aber den Schatz auch nicht. Ich warte hier auf meine Freundin. Sie ist noch da drinnen. Du verstehst schon: Unsere Liebe ist unmöglich.«

»Dabei hat sie gerade erst angefangen.«

»Das sind immer die besten.«

Carvalho verabschiedete sich mit einer leichten Verbeugung. Auf der Straße dachte er an die Liebesgeschichten, die gerade erst beginnen. Er sah sich selbst als Jüngling, beeindruckt von Mädchen, die an ihm vorübergingen. Er folgte ihnen, nahm dieselbe Straßenbahn oder denselben Bus wie sie, ohne ein Wort mit ihnen zu sprechen, und fieberte dem Wunder einer Begegnung voller Poesie entgegen. Plötzlich würde sie sich umdrehen, seine Hand nehmen und ihn jenseits des Mysteriums führen, in ein Reich, in dem man sich ewig der Kontemplation des geliebten Wesens hingeben kann. Und die anderen Male? Als er in eine konkrete Person verliebt war und plötzlich das Gefühl hatte, sie erwarte ihn an einem bestimmten Ort in der Stadt, fast immer am Hafen. Voller Ungeduld war er dorthin geeilt, fest überzeugt, daß ihn ein weltbewegendes Rendezvous erwarte. Vielleicht sollte er sich verlieben, ohne ein gewisses Maß an Selbsttäuschung, ohne Illusion kann man nicht überleben, ohne die Möglichkeit, irgendwo in eine Kirche zu gehen und zu beten, kann man nicht leben. Heutzutage kann man ja nicht einmal mehr an die Liturgie des Weins glauben, seit einige Gourmets sich gegen den Rotwein in Zimmertemperatur ausgesprochen haben und meinen, er müsse kalt getrunken werden. Wo hat man so etwas schon gehört! Die Menschheit degeneriert. Die Kulturen gehen in dem Moment unter, in dem sie beginnen, das Absolute in Frage zu stellen. Francos System begann an dem Tag zu wanken, an dem er eine Rede mit den Worten begann: »Nicht daß ich behaupten wollte ...« Ein Diktator darf niemals eine Rede mit einer Negation beginnen, die ihn selbst betrifft. Man darf nicht jeden Tag eine Sauftour machen. Man darf sich auch nicht plötzlich dabei ertappen, daß man die Kinnbacken zusammenpreßt wie in einer übermenschlichen inneren Anspannung. Was für eine übermenschliche innere Anstrengung unternimmst du da? Aufstehen. Ist das vielleicht nichts? Tag für Tag. Und das bei den allgemeinen überteuerten Preisen und der Mittelmäßigkeit der Restaurants in dieser Stadt. Zwei Wochen zuvor hatte er sich ins Auto gesetzt und die Ausfallstraßen in den Süden genommen, zu einem Restaurant in Murcia, *El Rincón de Pepe*. Eine Pause für ein Nickerchen unterwegs diente ihm als Vorwand, um in Denia einen *arroz a banda* zu verzehren. Kaum in Murcia angelangt, schwang er sich vom Fahrersitz auf den Stuhl im Restaurant und bestellte beim *maître* ein Menü, das diesen sprachlos machte: eine Platte mit einheimischer Wurst, Auberginen mit Scampi in Sahne, Rebhühner à la Tante Josefa, *leche frita*. Er trank vier Karaffen Jumilla Hausmarke und bat um das Rezept der Auberginen, wobei er wieder einmal bestätigt sah, daß die französische Küche heute unter der Vorherrschaft der Küchen Spaniens schmachten würde, wenn nicht der Dreißigjährige Krieg Frankreichs Vorherrschaft in Europa besiegelt hätte. Die Gastronomie war das einzige Gebiet, auf dem er Patriot war.

Ohne es zu bemerken, hatte er die Rondas erreicht. Sie waren kaum wiederzuerkennen. Jede Verletzung der Welt seiner Kindheit schmerzte ihn, und bevor er gänzlich in einer Welle von Selbstmitleid versank, betrat er eine Telefonzelle und rief seinen

Freund, Steuerberater und Nachbarn Enric Fuster in Vallvidrera an.

»Du kennst doch Leute von der Universität, die mit Literatur
zu tun haben. Ich brauche jemanden, der mir den Sinn einiger
italienischer Verse erklären kann. Den Autor? Nein, weiß ich
nicht. Deshalb rufe ich dich ja an.«

Fuster nahm die Gelegenheit wahr, ein Abendessen zu organisieren.

»Wir fragen meinen Landsmann Sergio, der kommt aus Morella und macht uns nebenbei ein super Essen. Nicht, weil er ein
guter Koch ist, aber er hat immer frische Sachen aus seiner Hei-
matregion.«

Während die Chaldäer glaubten, die Welt höre hinter den nächsten Bergen auf, war Enric Fuster der Ansicht, daß die Gefilde
jenseits der Grenzen seiner Heimat, des Maestrazgo, bereits zur
Milchstraße gehörten.

Carvalho setzte sich, um den Rhythmus dieses Nachmittags
wiederzufinden. Sein Rausch, weiß und säuerlich, löste sich
langsam auf. Er hatte Durst. Er blickte den jungen Mädchen
nach und stellte sich vor, wie sie in zwanzig Jahren aussehen
würden, wenn sie, wie er, den Äquator der Vierzig überschritten hatten. Er blickte den Frauen um die Vierzig oder Fünfzig
nach, und stellte sie sich als Mädchen vor, die spielten, sie wollten Königinnen werden. Dabei dachte er an ein Gedicht von
Gabriela Mistral. Trotz allem muß ich ein Jahr im Leben eines
Toten rekonstruieren. Klingt grotesk. Was interessiert den Toten dieses eine Jahr? Um den Toten kümmert sich ja auch niemand mehr. Jeder Mord enthüllt die Nichtexistenz der Menschlichkeit. Die Gesellschaft interessiert sich für den Toten nur, um
seinen Mörder zu fangen und exemplarisch zu bestrafen. Aber
wenn man den Mörder nicht finden kann, wird der Tote ebenso
uninteressant wie der Mörder selbst. Jemand, der wirklich um
dich weint. Wie Kinder weinen, wenn sie ihre Eltern in der

Menge verloren haben. Er beschleunigte seine Schritte, um zum Auto zu gelangen. Aber er hätte umständlich ausparken müssen, dann die Straße suchen, wo der Marqués de Munt wohnte, wieder einparken und wieder ausparken. Da ließ er sich lieber in ein Taxi fallen. Vorn hing die katalanische Madonna von Montserrat und Fotos seiner ziemlich häßlichen Familie. Fahr nicht zu schnell, Vati! Ein Schleifchen in den Farben des FC Barcelona. Das war der Gipfel! Der Fahrer sprach andalusisch, und nach zwei Minuten hatte er ihm schon erzählt, daß er bei den letzten Wahlen für die Kommunisten der PSUC gestimmt hatte.

»Und was sagt die Madonna dazu?«

»Die hat mir meine Frau geschenkt.«

»Ist sie fromm?«

»Was, meine Frau fromm? Hat man Worte? Aber das Kloster Montserrat gefällt ihr, wissen Sie. Jedes Jahr muß ich ein paar Mönchszellen mieten, na ja, was heißt Zellen, eigentlich sind es Hotelzimmer, einfach, aber sehr sauber. Es fehlt an nichts. Also, jedes Jahr im Mai muß ich sie mieten, dann fahren wir hoch, ich, meine Frau und die Kinder, für drei Tage. Sie werden sagen, was soll der Quatsch, denn weder meine Frau noch ich pinkeln Weihwasser. Aber sie liebt das Gebirge.«

Diese Leute lesen Marx bis tief in die Nacht, und im Frühling fahren sie zum heiligen Berg.

»Und ich sage Ihnen: In letzter Zeit bin ich es, der es am meisten genießt. Ein herrlicher Friede dort oben. Ich bekomme direkt Lust, Mönch zu werden. Und wie schön die Berge sind! Der reinste Zauber. Wie lange diese Felsen schon stehen. Jahrhunderte, hören Sie, Jahrhunderte! Bevor mein Großvater geboren wurde und der Großvater meines Großvaters.«

»Und der Großvater des Großvaters Ihres Großvaters.«

»Die Natur lehrt uns alles. Und dann sehen Sie sich mal hier um, sehen Sie sich nur um. Scheiße, nichts als Scheiße. Wenn wir wüßten, was wir alles einatmen! Manchmal fahre ich hinauf zum Tibidabo, und von Vallvidrera aus, meine Güte, da sieht man den ganzen verdammten Dreck, der über dieser Stadt hängt.«

»Ich wohne in Vallvidrera.«

»Schlagen Sie ein!« Er streckte ihm eine Hand hin, während er mit der anderen lenkte. »Das ist Intelligenz. Ich sehe schon, Sie haben auch einen Sinn für die Berge, genau wie ich.«

Der Taxifahrer setzte ihn in einer Straße des alten Stadtteils Tres Torres ab. In diesem ehemaligen Villenviertel waren Häuser abgerissen und durch aufwendig gestaltete öffentliche Gebäude von geringer Höhe verdrängt worden, um, diskret von der Straße zurückgesetzt, Platz für eine Grünzone mit Zwergzypressen, Myrten, die eine oder andere wohlgesicherte Bananenstaude, kleine Palmen und Oleander zu schaffen. Er betrat eine Empfangshalle von den Dimensionen des New Yorker Hotels *Plaza*, die den Auftritten eines Operettenportiers als Bühne diente. Er nahm den Namen des Marqués mit wesentlich mehr Respekt auf, als Carvalho hineingelegt hatte, öffnete die Tür zum Fahrstuhl, betrat ihn mit Carvalho und beschränkte sich während der Fahrt auf ein gesäuseltes: »Der Marqués de Munt erwartet Sie.« Der Lift passierte Tür um Tür der vier Bewohner des vierstöckigen Gebäudes. Er entließ ihn in einen dreißig Quadratmeter großen Empfangsraum mit japanischer Einrichtung, japanisch aus einer Zeit, als Madame Butterfly noch nicht verzweifelt war. Ein weiß und rosa livrierter Mulatte nahm sich Carvalhos an und führte ihn in einen Alptraum in Weiß. Ein ungeheurer Raum von achtzig Quadratmetern, als einziges Möbelstück ein hellrosa lackierter Flügel, und am Ende des Raums ein ganzes Gebirge von Sitzpolstern, bedeckt von einem Rasen aus weißem Samt. Dazu ein befremdliches Kunstwerk, ein Metallzylinder, der in eine tödlich scharfe Spitze auslief. Er wuchs aus dem Boden und versuchte vergeblich, die Decke zu erreichen. Auf den Polstern ruhte in perfekt einstudierter Pose der Marqués. Siebzig Jahre eines Lebens als Snob hatten ihn zu einem dürren Greis gemacht, weißhaarig und sehr gepflegt. Seine Augen hatten sich zu zwei glänzenden Schlitzen verengt, hinter denen man den dauernden Tanz der bösartigen Pupillen ahnen konnte. Die Äderchen in seinem leicht gepuderten Ge-

67

sicht waren Kratzspuren des Weines, der im Eiskübel neben ihm kalt gestellt war. In der rechten Hand ein Glas, in der linken ein französisches Buch, *La Grande Cuisine Minceur* von Michel Guérard, mit dem er Carvalho bedeutete, auf einem der Polster Platz zu nehmen, die aus der einförmig milchweißen Landschaft herausragten.

»Nehmen Sie einen Lunch mit mir, Señor Carvalho? Mein Partner, Señor Planas, erzählte mir, daß Sie Spiegeleier und *chorizo* zum Frühstück essen.«

»Das hatte ich ihm nur erzählt, um seine diätetischen Attacken zu parieren.«

»Planas hat den Genuß des Essens nie entdeckt. Ein Vergnügen, das man etwa mit dreißig Jahren entdecken muß. Das ist das Alter, in dem das menschliche Wesen aufhört, ein Idiot zu sein, dafür aber den Preis des Alterns bezahlt. Heute nachmittag habe ich mich für Chablis und *morteruelo* entschieden. Wissen Sie, was ein *morteruelo* ist?«

»Eine Art kastilischer Paté.«

»Aus Cuenca, um genauer zu sein. Eine beeindruckende Paté aus Hase, Schweinebug, Huhn, Schweineleber, Nüssen, Zimt und Nelken und Kümmel … Kümmel! Ein herrlicher Lunch!«

Der Mulatte roch nach dem Parfüm eines homosexuellen Deckhengsts, einem Duft von wohlriechendem, hartem Holz. Er brachte Carvalho ein kleines Tablett, auf dem ein schönes Glas von weißem Bergkristall stand.

»Sie werden mir zustimmen, wenn ich behaupte, Weißwein aus grünen Gläsern zu trinken sei die unsägliche Erfindung von Kulturbanausen. Ich bin kein Befürworter der Todesstrafe, außer wegen Erregung öffentlichen Ekels. Diese Sitte, aus grünen Gläsern Wein zu trinken, ist so ein Fall. Wie kann man dem Wein das Recht absprechen, gesehen zu werden? Den Wein muß man sehen und riechen können, bevor man ihn kostet. Er braucht transparentes Kristallglas, das transparenteste Kristallglas, das es gibt. Diese Unsitte mit den grünen Weingläsern stammt von einem spießigen französischen *maître*, wurde von der geschmacklosesten Aristokratie übernommen und begann von dort ihren Abstieg bis in die auf Raten gekauften Vitrinen und die Wunschzettel kleinbürgerlicher Brautpaare. Es gibt nichts Ärgerlicheres als solche Kulturlosigkeit, zumal, wenn diese so einfach zu vermeiden wäre.«

Carvalho hatte den Eindruck, daß sich das Blaurot der Äderchen unter der dünnen Puderschicht vertieft hatte. Die Stimme des Marqués war wohlklingend wie die eines katalanischen Radiosprechers, der, ständig darauf bedacht, seinen katalanischen Akzent zu vertuschen, ein übernatürlich reines Kastilisch spricht. Der Mulatte brachte zwei Terrinen mit *morteruelo,* zwei Gedecke und zwei Körbchen mit Brötchen.

»Trinken Sie! Trinken Sie, Señor Carvalho, solange noch Wein da ist. So lange sich die Welt noch dreht. Denken Sie an den Satz von Stendhal: ›Niemand weiß, was Leben heißt, außer dem, der vor der Revolution gelebt hat.‹«

»Leben wir vor der Revolution?«

»Ohne Zweifel. Die Revolution kommt bald. Noch ist nicht entschieden, in welchem Zeichen sie stehen wird. Aber sie kommt. Ich weiß es, dank meiner ausgedehnten Studien der Politikwissenschaft, und außerdem habe ich Richard, meinen Diener aus Jamaica. Er ist ein großer Spezialist in der Erstellung von Horoskopen. Eine große Revolution steht uns bevor. Beunruhigt Sie etwas? Die Plastik von Corberó?«

Das Ding mit der bedrohlichen Spitze war also eine Plastik. Carvalho fühlte sich etwas sicherer.

»Seit Jahren versuche ich, die Angehörigen meiner sozialen Klasse durch gutes Beispiel zu erziehen. Sie haben sich dagegen gesträubt und mir Exhibitionismus vorgeworfen. Als ich mich mit Autorennen beschäftigte, mit Boliden der Spitzenklasse, haben die Angehörigen meiner Klasse in Madrid um die Einfuhrerlaubnis für Opels und Buicks gebettelt. Als ich mich von meiner Frau trennte und in Granada auf dem Sacromonte mit Zigeunern zusammen wohnte, hieß es, ich würde in keinem guten Haus dieser Stadt jemals wieder empfangen werden.«

69

»Wo wohnten Sie auf dem Sacromonte?«

Ein Schatten des Ärgers huschte über das Gesicht des Marqués, als versuche Carvalho, die weiß leuchtende Eindeutigkeit mit dunklen Zweifeln zu beflecken.

»In meiner Höhle.«

Er trank Wein und beobachtete erfreut, wie Carvalho es ihm nachtat.

»Die Aristokratie und die Großbourgeoisie dieser Stadt holen ihre Dienerschaft aus Almuñécar oder Dos Hermanas. Ich hole meine aus Jamaica. Die Reichen sollen zeigen, was sie haben. Hier haben alle Angst, ihren Reichtum zu zeigen. Während des Bürgerkriegs kamen die Anarchisten der FAI, um mich abzuholen, und ich empfing sie in meinem besten seidenen Schlafrock. ›Schämen Sie sich nicht, so zu leben, bei allem, was in unserem Land los ist?‹, fragte mich ihr Anführer. ›Ich würde mich schämen, mich wie ein Arbeiter zu kleiden, ohne einer zu sein.‹, antwortete ich ihm, ohne lange zu überlegen. Er war so beeindruckt, daß er mir vierundzwanzig Stunden Zeit ließ, um zu fliehen. Ich lief zu den Nationalen über und hatte das Pech, unter die Katalanen von Burgos zu geraten. Eine Bande von Emporkömmlingen, die die Hemdfarbe gewechselt hatten, um einen Botschafterposten zu ergattern. Kaum war ich mit den Nationalen in Barcelona einmarschiert, verlor ich das Interesse an der Sache, und bei Ausbruch des Weltkriegs ergriff ich die Gelegenheit, als Spion für die Alliierten tätig zu werden. Ich bin Mitglied der Ehrenlegion, und jedes Jahr am 14. Juli fahre ich nach Paris, um über die Champs-Élysées zu defilieren. Ein Lebensstil wie der meine hätte etwas mehr Beachtung verdient seitens dieser katalanischen Oberklasse, die so fett auf ihrem Arsch sitzt. Aber lassen wir das. Sie haben jetzt die Gans mit Birnen und den Wein in Flaschen entdeckt. Mit ihren Vorfahren haben sie nichts zu tun. Mit denen, die das große Barcelona der Jahrhundertwende aufgebaut haben. Die großen Thunfische in einem Land von Sardinen. Sie waren zwar auch grobe Kerle, aber ihr Blut pulsierte im Rhythmus von Wagner. Bei den heutigen fließt es im Rhythmus irgendeiner Fernsehfilmmusik. Sie sind ein Plebejer, der genau weiß, wie man Chablis zu trinken hat, ich habe Sie beobachtet!«

»War Ihre Höhle am Sacromonte eine Sozialwohnung?«

»Es war die größte Höhle, die frei war. Aus einem Luxusgeschäft in Granada holte ich mir ein englisches Eisenbett aus der Zeit der Jahrhundertwende. Das hat mich dreimal soviel gekostet wie die ganze Höhle. Ich stellte das Bett in die Höhle und verbrachte einige sehr glückliche Jahre damit, Sänger und Tänzer der Zigeuner in ihrer Karriere zu fördern. Es ergab sich, daß ich eine Folkloregruppe zusammenbrachte, und ich nahm sie nach London mit, alle in ländlicher Arbeitskleidung. Stellen Sie sich vor: Umhänge, Bauernstiefel, Sombreros, falsche Muttermale, blühende Nelken im Haar. Als wir in London ankamen, wollten sie uns am Zoll nicht durchlassen. In dieser Verkleidung können Sie unser Land nicht betreten. Ich verlangte, die Gesetze zu sehen, die es verbieten, in Arbeitskleidung einzureisen. Es gab diese Gesetze nicht, aber man ließ uns nicht durch. Schließlich rief ich Miguel Primo de Rivera an, der damals Botschafter in London war, und schilderte ihm den Fall. Man schickte uns ein paar Autos von der Botschaft, und so betraten wir England unter dem Schutz der Flagge des diplomatischen Corps.«

»Waren Sie bei Ihren Geschäften auch so einfallsreich?«

»Das hatte ich nicht nötig. Als mein Vater noch lebte, lief alles wie von selbst. Mein Vater achtete mich. Er wußte, daß ich schöpferisch veranlagt bin und mein Leben und das der anderen ändern wollte. Als er starb, war ich fast fünfzig und erbte ein ungeheures Vermögen. Einen bedeutenden Teil davon legte ich fest an, um bis zu meinem Tod in Saus und Braus leben zu können. Ein anderer Teil ging an meine Frau, als Entschädigung dafür, daß ich ihr fünf Kinder gemacht hatte, und an meine fünf Kinder, als Entschädigung dafür, daß sie meine Erben sind. Mit dem Rest machte ich Geschäfte, wobei ich immer Leute wie Planas oder Stuart Pedrell benutzte. Kerle mit Elan, mit Aggressivität, mit dem Drang nach Macht, die es aber nirgendwo anders zu Macht bringen konnten als in der Wirtschaft. Planas ist beeindruckend und gefährlich, er verdreifacht jedes beliebige Vermögen in vier Jahren. Trinken Sie, essen Sie, Señor Carvalho, bevor die Revolution kommt.«

Er ließ es nicht zu, daß die Konversation zu anderen Themen überging. Ihn interessierte nur sein eigenes Leben, und er begann, von seinen Reisen zu erzählen.

»Jawohl, Señor Carvalho, ich habe die Dummheit gemacht, dreimal die Welt zu umrunden, systematisch, per Schiff, im Flugzeug und auf dem Landweg. Ich kenne alle Welten in dieser Welt. Ein andermal, wenn ich mehr Zeit habe – heute muß ich ins *Liceo*, die Caballé singt die *Norma*, das möchte ich mir nicht entgehen lassen – zeige ich Ihnen mein Privatmuseum. Es befindet sich auf meinem Landsitz Munt in Montornés. Wissen Sie, die Vorstellung, ich könnte das Leben einmal nicht mehr genießen, deprimiert mich. Das ist nicht nur eine Frage des Geldes, obwohl das dazugehört. Als Kind habe ich entdeckt, was Glück, was Genießen heißt, mit einem Stück Kürbis und einer Scheibe Salami. Haben Sie *Il cuore* von De Amicis gelesen? Heute ist dieses Buch pädagogisch unmöglich, aber es hat die Gefühlsbildung meiner und wohl auch Ihrer Generation nachhaltig beeinflußt. Ich erinnere mich besonders an eine Szene: Ein Maurer macht mit den Kindern einen Ausflug aufs Land, irgendwann unterwegs machen sie Pause, und er gibt jedem von ihnen ein Stück Kürbis mit einer Scheibe Salami obendrauf zu essen. Wie finden Sie das? Es ist etwas Wundervolles. Es sind die Freuden der Natur und des spontanen Essens. In der ganzen Literatur gibt es kein anderes Essen von vergleichbarer Schönheit, außer später bei Hemingway. In *Über den Fluß und in die Wälder* erzählt er von der einfachen Mahlzeit eines Fischers, der sich eine Büchse Bohnen mit Speck auf dem Lagerfeuer am Flußufer heiß macht. Neben diesen beiden Mahlzeiten verblassen alle großen Bankette der Barockliteratur. Nun gut, diese Genußmöglichkeiten werden verschwinden. Die Sterne lügen nicht. Alles treibt auf Tod und Vernichtung zu.«

»Aber Sie werden dabei von Tag zu Tag reicher.«

»Das ist meine Pflicht.«

»Sie wären bereit, Ihren Familienbesitz mit allen Mitteln zu verteidigen, auch durch Krieg.«

»Da bin ich mir nicht so sicher. Es kommt darauf an. Wenn es ein sehr häßlicher Krieg wäre, nein. Andererseits, jeder Krieg kann idealisiert werden, zweifellos. Aber nein, ich glaube nicht, daß ich so weit gehen und die Gewalt unterstützen würde. Ich habe keine Kinder mehr. Ich habe zwar welche, aber ich habe sie doch nicht mehr. Das nimmt einem die Aggressivität.«

»Was fürchten Sie dann?«

»Daß eine Zeit, welche die Notwendigkeit über die Phantasie erhebt, mir dieses Haus, diesen Diener, diesen Chablis, dieses *morteruelo* wegnimmt ... obwohl das *morteruelo* vielleicht überleben wird, denn in letzter Zeit ist die Linke dabei, die berühmten ›Identitätszeichen des Volkes‹ wiederzuentdecken, und dazu gehört die Küche des Volkes.«

»Stuart Pedrell wollte seiner Situation entfliehen. Sie nehmen ihre Situation an, mit der Distanz des Ästheten. Planas ist der einzige, der arbeitet.«

»Er ist der einzige Fanatiker, auch wenn er das niemals zugeben würde. Ich habe versucht, ihn zu heilen. Aber er hat das innere Gleichgewicht des aus der Bahn Geworfenen. An dem Tag, an dem er sich im Spiegel betrachtet und sagt: ›Ich bin verrückt‹, wird er zusammenbrechen.«

»Ihr Pessimismus erwächst aus der Furcht, daß die Kräfte des Bösen, die Kommunisten zum Beispiel, sich eines Tages all dessen bemächtigen werden, was Sie lieben oder besitzen.«

»Nicht nur die Kommunisten. Die marxistische Horde ist differenzierter geworden. Heutzutage gehören auch Bischöfe und Flamenco-Tänzer dazu. Sie kämpfen für die Veränderung der Welt und des Menschen. Den Kampf zwischen Kommunismus und Kapitalismus werden die Kommunisten gewinnen, solange er als friedlicher Wettbewerb geführt wird. Dem Kapitalismus bleibt nur der Krieg, vorausgesetzt, es ist vertraglich vereinbart, daß er konventionell bleiben soll, ohne Atomwaffen. Einen solchen Vertrag zustande zu bringen, ist sehr schwierig. Deshalb gibt es keinen Ausweg. Früher oder später wird es zum Krieg kommen. Die Überlebenden werden sehr glücklich sein. Sehr wenige und sehr glücklich. Sie werden eine dünn besiedelte Welt bewohnen und über ein Jahrtausende altes technologisches Erbe verfügen. Automatisierung und geringe Bevölkerungsdichte. Ein Schlaraffenland! Es wird genügen, den demographischen Druck zu kontrollieren, und das Glück ist von dieser Welt.

Welches politische Regime wird in dieser paradiesischen Zukunft herrschen? werden Sie mich fragen. Und ich will es Ihnen sagen: eine sehr liberale Sozialdemokratie. Falls es nicht zu einem Krieg kommt und wir weiterhin in friedlicher Koexistenz leben, wird innerhalb des kapitalistischen Systems das Wachstum stocken, möglicherweise auch innerhalb des sozialistischen. Haben Sie *Kommunismus ohne Wachstum* von Wolfgang Harich gelesen? Es erschien erst kürzlich in Spanien, aber ich habe es bereits auf deutsch gelesen. Harich ist ein deutscher Kommunist, der die Prognose stellt: Wenn das aktuelle weltweite Wachstumstempo unverändert anhält, wird die Menschheit in zwei oder drei Generationen verschwinden. Er vertritt einen asketischen Kommunismus, das heißt ein ökonomisches Überlebensmodell gegenüber der kapitalistischen These vom kontinuierlichen Wachstum und der eurokommunistischen von der kontrollierten Alternativenentwicklung, die von der Arbeiterklasse finanziert wird und auf das Erreichen ihrer Vorherrschaft als Klasse zielt. Aber ich bin alt und werde diese Zeit nicht mehr erleben.

Ich leide nicht, weil ich ausgelöscht werde. Was kommt, interessiert mich nicht. Vielleicht macht es mich traurig, daß diese Stadt oder die Gegenden, die ich liebe, verschwinden werden.

Haben Sie einmal einen Sonnenuntergang auf Mykonos erlebt? Ich besitze dort ein Haus auf den Felsen, von dem aus man die Sonne hinter Delos untergehen sieht. Ich liebe die Natur. Dafür gibt es sehr wenige Menschen, an denen ich gefühlsmäßig interessiert bin. Stuart Pedrell und Planas, beide sind für mich wie Söhne. Ich könnte fast ihr Vater sein. Aber sie sind zu sehr Kinder ihrer Zeit. Sie glauben an eine Entwicklung zum Höheren, glauben an den Fortschritt der Menschheit, zwar in kapitalistischem Sinne, aber sie glauben daran. Planas kandidiert für die CEOE, die ›Unternehmerpartei‹, wie sie von der Presse genannt wird. So etwas hätte ich nie getan.«

»Auf welche der möglichen Zukunftsperspektiven würden Sie setzen?«

»Ich bin nicht mehr in dem Alter, in dem man wettet. Das alles wird geschehen, wenn ich längst tot bin. Mir bleibt nicht mehr viel Zeit.«

Er schenkte Carvalho Wein nach und hob sein Glas. »Weißwein zwischen den Mahlzeiten zu trinken lernte ich aus einem Roman von Goytisolo, *Identitätszeichen*. Dann wurde der Weißwein auf sensationelle Weise in einem Film von Resnais eingesetzt, *Vorsehung*. Bis zu diesem Zeitpunkt war ich ein unerschütterlicher Anhänger solider Portweine und Sherrys. Das hier ist ein Segen. Außerdem ist es das kalorienärmste Getränk, abgesehen vom Bier. Welchen Weißwein bevorzugen Sie?«

»Blanc de Blancs, Marqués de Monistrol.«

»Den kenne ich nicht. Ich bin ein fanatischer Chablis-Trinker, immer dieselbe Marke. Und wenn es kein Chablis sein kann, trinke ich einen Albariño Fefiñanes. Eine beeindruckende Kreuzung. Die Wurzel stammt aus dem Elsaß und wächst in galicischer Erde. Etwas vom besten, was über die Pilgerstraße nach Santiago zu uns kam.«

»Hatten Sie mit Stuart Pedrell viele Gemeinsamkeiten?«

»Gar keine. Er war ein Mensch, der es nicht verstand, dem Leben etwas Gutes abzujagen. Er war ein leidender Narziß. Er litt an sich selbst, kam nie zur Ruhe. Aber auf geschäftlichem

Gebiet war er ein cleverer Junge. Ich kannte ihn seit seiner Kindheit, denn ich war mit seinem Vater befreundet. Die Stuarts hatten sich seit Beginn des 19. Jahrhunderts in Katalonien einen Namen gemacht, sie exportierten Haselnüsse von Reus nach London.«

»Wo konnte dieser Mensch ein ganzes Jahr verbringen, ohne ein Lebenszeichen zu geben?«

»Vielleicht hat er sich an einer ausländischen Universität immatrikuliert. Er interessierte sich in letzter Zeit sehr für Ökologie. Er interessierte sich immer für den letzten Schrei. Bei Gelegenheit sagte ich einmal zu ihm: Etwas hast du neunundneunzig Prozent unserer Landsleute voraus, nämlich, daß du täglich die *New York Times* liest. Wenn Planas die gleiche Neugier besäße, wäre er heute dabei, in den Import umweltfreundlicher Maschinerie einzusteigen. Wie schmeckt das *morteruelo*? Hervorragend, nicht wahr. Ich habe meine Köchin eigens einen Monat nach Cuenca geschickt, damit sie lernt, es richtig zuzubereiten. Es ist die angenehmste Art von Pâté, die es gibt, und stammt aus den Wurzeln der spanischen Küche, in der die leichten Gerichte vorherrschen. Vergessen Sie nicht, Spanien hat keine heiße Suppe von Bedeutung hervorgebracht, wenn man von den Eintopfgerichten absieht. Dafür besitzt es die weltweit bedeutendste Küche auf dem Gebiet der kalten Suppen. Es gibt ebensoviel Varianten von *gazpacho*, wie es Reisgerichte gibt. Der *morteruelo* ist um diese Stunde ausgezeichnet, vor allem mit diesem Brot, das ich mir aus Palafrugell kommen lasse. Stellen Sie sich vor: Es ist Teezeit. Ist ein Tee mit diesem gekühlten Weißwein und diesem *morteruelo* zu vergleichen? Schade, daß die Trauben noch nicht reif sind, ein paar Muskatellertrauben wären ein herrlicher Abschluß für diesen kleinen Imbiß gewesen.«

»Haben Sie irgendeinen Grund für die Annahme, Stuart habe sich an einer ausländischen Universität eingeschrieben?«

»Nein, keinen.«

»Was dann?«

»Vielleicht machte er eine Reise, aber nicht in die Südsee. Die

Grenzen werden nicht mehr genau kontrolliert. Ein Mensch, der verschwinden will, verschwindet. Wissen Sie, was für ein Gerücht umging, als ich in die Höhle auf dem Sacromonte gegangen war? Ich sei mit einer Expedition in die Antarktis gefahren, die ich selbst finanziere. Eine Glosse erschien in der Franco-Presse, sie verherrlichte die Härte der spanischen Rasse, die auch vor den letzten Geheimnissen des Erdkreises nicht haltmacht. Ein Satz blieb mir im Gedächtnis: ›Unsere Heiligen eroberten den Himmel mit ihrer Askese, unsere Helden schrecken auch vor der Hölle nicht zurück.‹ So stand es in der Zeitung, Señor Carvalho, ich glaube wenigstens, daß es so dastand.«

Er rief Biscuter an und fragte, ob es im Büro etwas Neues gäbe.
»Ein Mädchen namens Yes hat angerufen.«
»Was wollte sie?«
»Mit Ihnen reden.«
»Morgen ist auch noch ein Tag.«
Carvalho stieg in sein Auto und fuhr den Tibidabo hinauf nach Vallvidrera zu seinem Haus. Er warf die ganze Werbung, die er im Briefkasten fand, in den Abfalleimer und zündete mit *Philosophie und ihre Schatten* von Eugenio Trías das Kaminfeuer an, wobei ihm klar wurde, daß er das langsame Verbrennen seiner Bibliothek etwas einteilen mußte. Er hatte noch etwa zweitausend Bände. Bei einem Buch pro Tag würde das noch circa sechs Jahre reichen. Es war nötig, zwischen den einzelnen Büchern eine Pause einzuschalten, oder mehr Bücher zu kaufen – ein banaler Ausweg, der ihn anekelte. Vielleicht sollte er die beiden Bände der *Philosophie* von Brehier nochmals in zwei Teile teilen und ebenso mit der Sammlung von Klassikern der Pléiade verfahren, dann würde er etwas länger damit auskommen. Es tat ihm weh, die Klassiker der Pléiade zu verbrennen, denn es war wunderschön, diese Bände anzufassen. Manchmal nahm er sie heraus, um sie zu streicheln, und stellte sie wieder in

das lähmende Inferno der Regale, auf der Flucht vor der Erinnerung an vergangene Lesestunden, die er seinerzeit als Bereicherung betrachtet hatte. Dann räumte er sein Zimmer etwas auf, damit die Putzfrau nicht übermäßig über den säuischen Zustand der Wohnung und ihre schlechte Bezahlung meckern konnte. Er duschte sich langsam und gründlich, verzehrte einen halben Kilometer Brotscheiben mit Olivenöl und Tomate und verschlang den ganzen Jabugo-Schinken auf einmal. Während er noch unschlüssig war, ob er eine Flasche entkorken sollte oder nicht, läutete die Glocke an der Gartentür. Er ging ans Fenster und erblickte jenseits des Zauns eine nächtliche Mädchengestalt. Als er die Treppe zum Gartentor herabkam, erkannte er Jésica. Er öffnete ihr das Gittertörchen. Sie ging an ihm vorbei in Richtung Haus und drehte sich erst am Fuß der Treppe um: »Darf ich hereinkommen?«

Carvalho bat sie mit einer weit ausholenden Handbewegung, einzutreten. Bleda sprang ihr entgegen und polierte ihr einen Schuh mit zwei treffsicheren, flächendeckenden Zungenschlägen.

»Beißt er nicht?«

»Sie weiß noch gar nicht, was beißen ist.«

»Ich liebe Hunde«, sagte sie mit einer etwas unglaubwürdigen Geste, »aber ich bin einmal gebissen worden, als ich noch klein war, und seither habe ich Angst. Wie gemütlich dein Haus ist! Oh, was für ein hübscher Kamin!«

Sie bewunderte alles mit der höflichen Unaufrichtigkeit der besseren Leute, die damit zeigen wollen, daß sie immer noch zu Neid und Bewunderung fähig sind. Die Form einer Aussteigerin und der Inhalt der Klasse, aus der sie flieht, dachte Carvalho, während er züchtig seinen Schlafrock raffte.

»Hattest du es dir schon bequem gemacht? Warst du schon im Bett?«

»Nein. Ich habe eben erst zu Abend gegessen. Möchtest du etwas essen?«

»Nein, danke. Essen widert mich an.«

Sie plazierte ihre wohlgeformten Hüften auf einem Sessel, ihr Haar war ein Honigbett für ihr Gesicht, das im Halbdunkel blieb. »Heute vormittag habe ich mich wie ein dummes Ding benommen und konnte überhaupt nicht nützlich sein. Ich möchte mich entschuldigen und dir helfen, soweit ich kann.«

»Um diese Zeit arbeite ich nicht. Ich mache keine Überstunden.«

»Pardon.«

»Wollen wir ein Glas trinken?«

»Ich trinke nicht. Ich ernähre mich makrobiotisch.«

Seine Hände brauchten eine Beschäftigung. Er holte die Zigarrenkiste und entnahm ihr eine philippinische Flor de Isabela. Sie war leicht und wenig teerhaltig.

»Ich habe Gewissensbisse, seit die Leiche meines Vaters aufgetaucht ist. Ich hätte es verhindern können. Wenn ich hier gewesen wäre, dann wäre es nie soweit gekommen: Mein Vater ging fort, weil er einsam war. Mein älterer Bruder ist ein Egoist. Meine Mutter genauso. Meine anderen Brüder sind nutzlose Fleischklopse, die man getauft hat. Nur mit mir hätte er sich verstanden. Ich hätte die nötige Reife gehabt, um mit ihm zu reden, mich um ihn zu kümmern. Ich habe ihn immer aus der Entfernung bewundert. So gutaussehend, so clever, so selbstsicher und elegant. Er war ein eleganter Mann, nicht in seiner Kleidung, sondern in seinen Manieren. Gewinnend.«

»Und deine Mutter?«

»Ein Biest.«

»Hat dir dein Vater etwas nach England geschrieben, was uns Klarheit bringen könnte?«

»Nein. Er schrieb nur kurze Postkarten mit einem Satz, einem Gedanken. Etwas, das er gelesen hatte und ihm gefiel. Zweimal war er geschäftlich in London, es war jedesmal wunderschön. Jetzt glaube ich das jedenfalls. Damals dagegen, als er kam, war er mir lästig, und ich hatte das Gefühl, er stehle mir die Zeit. Ach, könnte man sie doch zurückdrehen! Hier, lies.«

Sie holte aus einem Strohkorb ein gefaltetes Blatt Papier:

*Eines Tages kommst du zurück aus der Welt der Schatten,*
*Auf einem Pferd von Asche.*
*Um die Taille wirst du mich fassen*
*Und mich mitnehmen auf die andere Seite des Horizontes.*
*Ich werde dich um Verzeihung bitten, daß ich nicht*
*verhindern konnte,*
*Daß du gestorben bist an deiner Sehnsucht.*

»Nicht schlecht.«

»Ich will kein literarisches Urteil. Ich weiß, es ist sehr stümperhaft. Ich zeige es dir, damit du siehst, wie sehr mich die ganze Sache mitnimmt. Ich kann nicht mehr.«

»Ich bin Privatdetektiv, kein Psychiater.«

»Soll ich gehen?«

Sie blickten einander in die Augen. Trotz der Entfernung spürte Carvalho die Vitalität, die in diesem hingegossenen Körper steckte. Die Frage war keine Herausforderung oder Protest, sondern vielmehr eine Art klagende Bitte gewesen. Carvalho entspannte sich. Er ließ sich ihr gegenüber in einen Sessel fallen und wurde sofort von Bleda bedrängt, die sich daran machte, ihm einen Hausschuh zu entführen.

»Leg Musik auf«, bat sie.

Carvalho erhob sich. Er legte die IV. Symphonie von Mahler auf und sah verstohlen zu, wie Yes sich anschickte, völlig zu entspannen. Sie öffnete ihre Beine, legte den Nacken auf die Rückenlehne und streckte die Arme von sich.

»Es tut wohl, hier zu sein und so entspannt zu sein. Wenn du in diesem Mausoleum leben müßtest!«

»Es ist nicht schlecht, das Mausoleum.«

»Der Schein trügt. Alles ist kalt und eingeschnürt. Überall herrscht der Stil von Mama. Sicher ist ihr die Etikette schnuppe. Aber weil sie sich früher selbst anpassen und dem Protokoll unterwerfen mußte, rächt sie sich heute an der ganzen Welt dafür.«

Sie öffnete die Augen, blickte zu Carvalho hinüber und setzte zu einer transzendentalen Aussage an.

»Ich will weg von Zuhause.«

»Ich dachte, solche Sachen sagt man heute nicht mehr, man macht sie ganz einfach und redet nicht darüber. Was du da sagst, klingt ein bißchen altmodisch.«

»Ich bin sehr altmodisch und habe nicht das geringste Interesse daran, anders zu sein.«

»Ich weiß immer noch nicht, was mich das alles angeht. Ich bin bei deiner Mutter angestellt, als freier Mitarbeiter, aber angestellt. Sie bezahlt mich dafür, daß ich den Tod deines Vaters aufkläre. Das ist alles.«

»Du hast so menschliche Augen, wie er. Du wirst nicht zulassen, daß ich untergehe.«

»Du hast eine gute Schwimmweste.«

Er korrigierte sich sofort, um nicht auf einer anatomischen Ebene mißverstanden zu werden.

»Ich meine, du hast jede Art von Hilfsmitteln, um durchzukommen. Jedenfalls bin ich dafür nicht zuständig. Was kann ich schon für dich tun?«

Das Mädchen sprang auf, fiel vor ihm auf die Knie und barg ihren Kopf in seinem Schoß, wobei ein Peitschenhieb ihrer Mähne in seine Brust schnitt.

»Laß mich hierbleiben.«

»Nein.«

»Nur diese Nacht.«

Carvalhos Finger begannen, ihre dichte, träge Mähne zu liebkosen und machten sich schließlich auf, die geheimen Wege zu ihrem Nacken zu erkunden.


Nackt stand sie da, wie aufgetaucht aus dem Meer der Nacht. Mit unentschlossenen, trägen Bewegungen strich sie sich die Haare hinter die Ohren und griff dann nach ihrer Tasche, suchte und fand darin ein zusammengefaltetes Papiertaschentuch und ein Spiegelchen. Ohne ihn anzusehen, streckte sie ihm eine Hand hin, als wolle sie ihm etwas geben oder ihn um etwas bitten. Dann hüpfte sie auf Zehenspitzen aus dem Zimmer, als fürchte sie, in offene Rasierklingen oder auf glühende Kohlen zu treten, und kam mit einem Messer zurück. Carvalho zog das Bettuch über seine Teile, und das Mädchen setzte sich an das Tischchen neben dem Bett, das mit Zeitschriften und anderen liegengebliebenen Dingen bedeckt war. Sie machte Platz, legte den Spiegel hin, als vollziehe sie eine heilige Handlung, öffnete dann langsam das gefaltete Papiertaschentuch und entnahm ihm etwas, das wie ein winziges Stück Kreide aussah. Sie zerkleinerte das Kokain mit dem Messer, bis es wie Staub auf dem Spiegel lag.

»Hast du einen Strohhalm?«

»Nein.«

»Einen Kugelschreiber?«

Ohne die Antwort abzuwarten, begann sie wieder, in ihrer eigenen Tasche zu wühlen und entnahm ihr einen billigen, durchsichtigen Plastikkugelschreiber. Sie nahm die Mine heraus, legte die Hülse neben den Spiegel und eilte dann zum Bett, wo sie Carvalhos Hand nahm und ihn lächelnd unter seinem Laken hervorzog. Carvalho, ob er wollte oder nicht, saß plötzlich neben ihr am Tisch, beide splitternackt unter dem Lichtkegel einer Lampe aus Metall, der den Spiegel mit dem aufgehäuften Koks einkreiste. Yes hielt sich mit dem Finger ein Nasenloch zu und steckte die Kugelschreiberhülse ins andere, um das Kokain zu schnupfen. Dann reichte sie das Ding Carvalho. Als dieser ablehnte, lächelte sie träge und nahm noch eine Prise. Carvalho holte sich eine Flasche Wein und ein Glas. Er trank, während sie mit ernster Kennermiene ihr weißes Pulverhäufchen aufschnupfte.

»Nimmst du das oft?«

»Nein, es ist sehr teuer. Willst du? Ich habe noch ein wenig davon.«

»Ich habe meine eigenen Drogen.«

»Gib mir einen Schluck Wein.«

»Das wird dir nicht guttun.«

Sie schloß die Augen und lächelte, als hätte sie einen schönen Traum. Dann nahm sie Carvalhos Hände und zog ihn hoch, bis er auf den Füßen stand, strich mit den Spitzen ihres Körpers über die überraschte Haut des Mannes, rieb ihre Wange an seiner Schulter, seiner Brust, dann an seinem Gesicht und seinem ganzen Körper, während ihre Hände wie flatternde Tauben seinen Rücken liebkosten. Carvalho mußte sich zwingen, sie zu begehren, und sie ging mit drogenbestimmtem Gehorsam auf jeden seiner erotischen Wünsche ein. Sie küßte seinen Mund, mit einer Lust, die reflexartig auf dessen Nähe antwortete, ging dann tiefer, folgte mit den Lippen den Linien seiner Brust und ließ sich von Carvalhos leichtem Druck den Bauch hinab bis zu seinem Penis leiten. Auf den kleinsten Wink von ihm wechselte sie die Stellung, jeder Widerstand und jede Leidenschaft waren besiegt, ihre Haut und ihr Wille waren Instrumente in seiner Hand. Sie liebten sich, Welten voneinander entfernt, und erst als sie die Zimmerdecke wieder wahrnahmen, schien sie aus ihrem Traum zu erwachen, um sogleich Carvalhos Hand an sich zu reißen und ihm zu beteuern, sie liebe ihn und wolle nicht fortgehen. Carvalho fühlte sich in ihrer Schuld und ärgerte sich über sich selbst.

»Mußt du jedesmal Drogen nehmen, wenn du mit jemandem schläfst?«

»Mit dir fühle ich mich sehr wohl. Du nimmst mir die Angst. Ich habe immer Angst davor. Mit dir hat es mir keine Angst gemacht.«

Carvalho drehte sie herum, beugte sie nieder, bis sie sich auf alle viere niederlassen mußte, und schickte sich an, sie von hinten zu nehmen. Kein Wort des Protests kam über ihre Lippen, die jetzt unter den weichen, besiegten Haaren verborgen waren. Carvalho schlang die Arme um ihre Taille, die schmal war wie ein junger Baumstamm, dann ließ er den Kopf auf ihre Schulter sinken und fühlte, wie seine dumpfe Wut verrauchte.

»Tu es, wenn du willst. Es macht mir nichts aus.«

Carvalho sprang aus dem Bett, holte die Zigarrenkiste aus

dem Nachtschränkchen und zündete sich eine Condal No. 6 an. Dann setzte er sich auf den Bettrand und beobachtete wie von einem Balkon den langsamen Rückzug seines Penis.

»Adios, mein Junge, Gefährte meines Lebens ...«

Er wandte sich nach ihr um, weil sie so still war. Sie schlief. Er deckte sie mit dem Laken und der Bettdecke zu. Dann zog er seinen Pyjama wieder an, ging aus dem Zimmer, legte die Mahlerplatte wieder auf, fachte das Kaminfeuer neu an und ließ sich auf das Sofa fallen. In einer Hand hielt er die Zigarre, der Wein stand in Reichweite der anderen. Bleda schlief neben dem Feuer, wie das unschuldigste Tier der Welt, und Yes schlief in dem Zimmer, dem Ort der schweigsamen Einsamkeit eines Mannes, der die Tage, die Jahre verbrennt wie unentrinnbare, unangenehme Laster. Er sprang vom Sofa auf, Bleda erwachte verstört aus ihrem Traum und richtete die Ohren und die mandelförmigen, wißbegierigen Augen auf Carvalho, der in die Küche stürzte, als riefen ihn unaufschiebbare Urwaldtrommeln. Seine Hände vervielfachten sich, um mit den zahlreichen Türen und Schubladen fertig zu werden, und ließen auf der Marmorplatte ein ganzes Heer von Zutaten aufmarschieren. Er schnitt drei Auberginen in zentimeterdicke Scheiben und salzte sie. Dann gab er Öl und eine Knoblauchzehe in die Pfanne und ließ sie bräunen, bis sie fast kroß war. In demselben Öl zerdrückte er ein paar Scampiköpfe, schälte die Schwänze und schnitt Schinken in Würfel. Dann nahm er die Köpfe wieder aus dem Öl und brachte sie in etwas Fischsud zum Kochen. Unterdessen spülte er das Salz von den Auberginenscheiben, trocknete sie einzeln mit einem Tuch ab, briet sie in dem Öl, das das Aroma des Knoblauchs und der Scampiköpfe aufgenommen hatte, und ließ sie dann in einem Sieb abtropfen. Im gleichen Öl ließ er schließlich eine gehackte Zwiebel bräunen, gab einen Löffel Mehl dazu und rührte mit Milch und dem Sud der Scampiköpfe eine Béchamel an. Die Auberginen schichtete er in eine Backform, goß einen Regen von nackten Scampischwänzen und Schinkenwürfeln darüber und badete alles in der Béchamelsoße. Von seinen Fingern schneiten geriebene Käseflocken auf das bräunliche Weiß der Béchamelsoße nieder. Dann schob er die Form zum Überbacken in den Ofen, fegte mit dem Ellbogen den Küchentisch leer, legte zwei Gedecke auf und stellte eine Flasche Jumilla Rosé dazu, den er dem Wandschrank neben dem Herd entnommen hatte. Er kehrte ins Schlafzimmer zurück. Yes schlief mit dem Gesicht zur Wand, ihr Rücken war entblößt. Carvalho rüttelte sie wach, ließ sie aufstehen, nahm sie in beide Arme und führte sie in die Küche. Dort setzte er sie vor einen Teller, auf den er überbackene Auberginen, Scampi und Schinken schaufelte.

»Ich gebe zu, es ist sehr unorthodox. Normalerweise gibt man eine chemisch reine Béchamel dazu, die weniger nach Scampi schmeckt. Aber mein Gaumen liebt die einfachen, deftigen Genüsse.«

Yes blickte schlaftrunken erst zu Carvalho und dann auf ihren Teller, ohne sich zu einem Kommentar zu entschließen. Sie schob die Gabel in das überbackene Magma und zog sie mit schmutziger, dampfender Baumwolle gefüllt wieder heraus, führte sie zum Mund und kaute nachdenklich.

»Schmeckt toll. Ist das aus der Büchse?«


Carvalho hatte Glück. Teresa Marsé war früh aufgestanden, und ihre Ladenkasse klingelte, als er hereinkam. Die Boutique roch nach Erdbeeren. Die Kundin im mexikanischen Folklorekostüm nahm ihr Wechselgeld entgegen und ließ Carvalho mit Teresa allein zurück, mitten unter all den phantastischen Gewändern aus der Dritten Welt für Leute, die die Kleidung von der Stange satt hatten.

»Du hast schon auf. Es ist erst zwölf!«

»Ich bin seit einer Viertelstunde hier. Daß du noch lebst!«

»Hast du diesen Typ gekannt?«

Teresa nahm die Fotografie von Stuart Pedrell, ohne den Blick von Carvalho zu wenden.

»Ich kenne dich, Fremder, und weiß doch nicht woher. Vor zwei oder drei Jahren bist du gekommen und hast mich nach einer Leiche gefragt. Immer kehrst du zurück, um mich nach Leichen zu fragen. Du lädst mich zum Abendessen ein, und dann gehst du wieder, um die Leiche zu suchen. Immer dieselbe Geschichte. Heute also wieder eine Leiche?«

»Wieder eine.«

»Stuart Pedrell, wie ich sehe. In Wirklichkeit sah er besser aus.«

»Ich komme zu dir, weil er zu deinen Bekannten gehört hat.«

»Vielleicht, aber er hatte viel mehr Geld als wir. Als ich noch eine brave Ehefrau war, verkehrte ich bei seiner Familie. Mein Mann war auch im Baugeschäft tätig. Wo essen wir heute?«

»Heute kann ich nicht.«

»Umsonst arbeite ich nicht, schon gar nicht für Typen wie dich.«

Sie schlang ihre Arme um seinen Hals und schob ihm die Zunge bis zum Anschlag in den Mund.

»Teresa, ich habe sozusagen noch nicht gefrühstückt.«

Sie fuhr sich durch ihre rote Afrofrisur und ließ ihn los.

»Das nächste Mal kommst du mir gefrühstückt!«

Sie ging mit ihm ins Hinterzimmer. Carvalho setzte sich auf einen Klavierhocker, und sie thronte in einem philippinischen Korbsessel.

»Was willst du wissen?«

»Alles, was du über das Sexualleben des Señor Stuart Pedrell weißt.«

»Klar, in deinen Geschichten stehe ich immer als Edelnutte da. Obwohl du mich in letzter Zeit nicht mehr ohrfeigst. Beim erstenmal hast du mir eine Ohrfeige verpaßt. Und Schlimmeres. Sexuell hat mich Señor Stuart Pedrell nicht interessiert. Als ich ihn kennenlernte, war ich die tugendhafte Gattin eines ehrbaren Industriellen und ging nur zu Treffen katholischer Ehepaare, die ein gewisser Jordi Pujol organisierte. Sagt dir der Name etwas?«

»Der Politiker?«

»Ja, der. Einmal in der Woche versammelten wir uns bei Jordi Pujol, lauter junge Paare aus der besten Gesellschaft, um über Moral zu diskutieren. Die Stuart Pedrells waren auch manchmal dort. Sie waren älter als wir, im gleichen Alter wie Jordi, aber sie hörten brav zu, wie wir über christliches Leben plauderten.«

»Waren die Stuart Pedrells sehr bigott?«

»Nein. Nein, das glaube ich nicht. Aber diese Versammlungen setzten Maßstäbe. Wir waren junge Bürgerliche mit kontrolliertem Engagement, nicht zu viel, nicht zu wenig. Es wurde auch über Marxismus und den Bürgerkrieg gesprochen. Dagegen natürlich, gegen den Marxismus und gegen den Bürgerkrieg, klar. Ich erinnere mich sehr gut daran. Dienstags trafen wir uns im *Liceo* und mittwochs bei mir oder wer sonst an der Reihe war, um über Moral zu sprechen.«

»Ist das alles, was du über Stuart Pedrell weißt?«

»Nein. Bei einer Gelegenheit verfolgte er mich mit dem Stuhl, auf dem er saß. Ich saß auch auf einem Stuhl.«

»Habt ihr Cowboys gespielt?«

»Nein. Er rückte mir immer näher auf den Pelz, mit seinem Stuhl, seinen Händen, seinen Worten. Ich rückte mit meinem Stuhl von ihm ab, und er rückte mir immer wieder nach.«

»Vor den Augen von Jordi Pujol?«

»Nein. Wir waren allein.«

»Und?«

»Mein Mann kam dazu. Er tat so, als hätte er nichts gesehen. Es kam nie wieder vor. Stuart Pedrell führte ein Doppel- oder Fünffachleben. Er begnügte sich nicht immer damit, junge Ehefrauen auf Stühlen zu verfolgen. An deiner Miene sehe ich, daß die Geschichte dich zu interessieren beginnt.«

»Weißt du noch mehr?«

»Nichts Außergewöhnliches. Eine Reihe von Ehefrauen mit Gatten, die nicht reden konnten. Stuart Pedrell konnte sehr gut reden. Am meisten Aufsehen erregte vielleicht die Sache mit

Cuca Muixons, aber es kam nur zu ein paar Ohrfeigen, mehr nicht.«

»Ihr Gatte?«

»Nein. Stuart Pedrells Frau gab sie Cuca Muixons im *Polo*. Dann haben sich beide beruhigt. Jeder ging seiner Wege, vor allem seit Stuart Pedrell mit Lita Vilardell liiert war. Das Verhältnis dauerte fast bis zum heutigen Tag. Eine heftige und sehr literarische Leidenschaft. Es kam vor, daß Stuart Pedrell sie plötzlich nach London in einen bestimmten Park bestellte und dort, kostümiert wie ein englischer Dandy, empfing, mit Melone und allem, was dazugehört. Er legte großen Wert auf Kleidung. Ein andermal bestellte er sie nach Kapstadt. Ich weiß nicht, wie er da gekleidet war, aber sie war pünktlich zur Stelle.«

»Reisten sie nicht gemeinsam?«

»Nein. So hatte die Sache mehr Reiz.«

»Oder konnte sie sich die Reisen nicht leisten?«

»Die Vilardells haben genausoviel, wenn nicht noch mehr Geld wie die Stuart Pedrells. Lita heiratete noch ganz jung einen Importkaufmann, der ebenfalls zu den ganz Reichen gehörte, und sie gebar ihm zwei oder drei Töchter. Aber eines Tages wurde sie von ihrem Mann mit dem Linksaußen-Spieler von Sabadell im Bett erwischt. Gut, damals spielte er für Sabadell, er hatte aber schon in besseren Vereinen gespielt. Der Kaufmann nahm ihr die Töchter weg, und Lita ging mit einem Flamenco-Gitarristen nach Córdoba. Man hörte auch von einer verrückten Affäre mit einem Gangster aus Marseille, der sie mit dem Messer gezeichnet hat, und sie selbst versichert, wenn sie betrunken ist, daß sie einmal Giscard d'Estaing flachgelegt habe. Aber das nimmt ihr niemand ab. Sie ist sehr mythoman.

Das mit Stuart Pedrell hat Jahre gehalten. Es war eine stabile Beziehung, fast eine Ehe. Eine Doppelehe. Ihr Männer seid Ekel, immer wollt ihr die Frauen gleich heiraten, mit denen ihr ins Bett geht. Ihr wollt uns immer gleich lebenslänglich besitzen. Nein, nein, ich will mich nicht wieder in dieses Thema hineinsteigern!«

»Und was wird in der Szene über seinen Tod erzählt?«

»Das ist nicht meine Welt. Ich treffe mich kaum noch mit Leuten aus der besseren Gesellschaft. Eine Kundin vielleicht. Es heißt, irgendeine Weibergeschichte war schuld. Er hatte in letzter Zeit sehr abgebaut. Das Alter ist gnadenlos, vor allem mit solchen Typen, die erst mit vierzig ihren eigenen Hosenschlitz entdecken. Die Generation meines Vaters, zum Beispiel, war da ganz anders. Sie heirateten und gleichzeitig richteten sie der Friseuse oder Maniküre ihrer Frau offiziell oder inoffiziell eine kleine Wohnung ein. Mein Vater hielt Paquita, die Schneiderin meiner Mutter, auf diese Art aus. Eine ungeheuer witzige, geistreiche Person. Ich besuche sie manchmal in Pamplona. Über Beziehungen habe ich ihr einen Platz im Altersheim besorgt. Sie war halbseitig gelähmt. Zurück zu Stuart Pedrell: Er war ein Opfer des Puritanismus der Franco-Zeit. Wie Jordi Pujol.«

»Wie stand es um seine Beziehung zu der Vilardell, bevor er verschwand?«

»Wie immer. Sie gingen einmal in der Woche zusammen essen und besuchten Kurse über die Kunst des Tantra. Das weiß ich sicher, weil wir einmal zufällig im selben Kurs saßen.«

»Hat sie für ihn Trauer angelegt?«

»Wer? Die Vilardell?«

Teresa Marsé lachte so sehr, daß der Korbstuhl unter ihr ächzte und stöhnte.

»Na klar. Sie hat sich sicher ihre Verhütungszäpfchen nur noch auf Halbmast reingeschoben.«


»Die Señorita ist beim Musikunterricht, aber sie sagte mir, Sie möchten bitte auf sie warten. Es wird nicht lange dauern.«

Die Hausangestellte fuhr fort, den Teppich mit dem Staubsauger zu bearbeiten. Carvalho ging über den Rasen aus grüner Wolle bis zu einer Dachterrasse. Von hier aus hatte man einen Blick über den ganzen Stadtteil Sarriá und, jenseits der Via Augusta, auf den dunstigen Horizont einer Stadt, die in Meeren von Kohlendioxid ertrinkt. Subtropische Pflanzen in gekachelten Blumenkästen, zwei Sessel von Giardino mit weißlackiertem Holz und ultramarinblauem Segeltuch, der eine leer, der andere im Privatbesitz einer wurstförmigen Hündin, die den Kopf hob und Carvalho mit einer gewissen Reserviertheit beäugte. Dann bellte sie, sprang auf, daß ihre Hängezitzen wackelten und beschnüffelte Carvalhos Hosenbein. Sie bleckte die Zähne, unangenehm überrascht von dem Geruch einer anderen Hündin, und bellte Carvalho wütend an. Der Detektiv versuchte sie zu streicheln und ließ dabei den ganzen Charme eines frischgebackenen Hundebesitzers spielen, aber das kläffende Etwas lief weg und flüchtete unter seinen Sessel, um von dort seiner radikalen Mißbilligung des Eindringlings Ausdruck zu geben.

»Sie ist sehr verwöhnt!« rief die Hausangestellte durch den Lärm des Staubsaugers. »Aber sie beißt nicht.«

Carvalho streichelte die Bananenstaude, der die Luftverschmutzung arg zugesetzt hatte. Sie war dazu verdammt, den botanischen Orang-Utan im Pflanzenzoo dieser Penthousewohnung des Barrio Alto zu spielen. Er stützte seine Arme auf das Geländer und blickte hinab in die Enge des blitzsauberen Gäßchens, in dem noch einige von Gärten umgebene Häuser überlebt haben.

»Die Señorita!« verkündete der Butler, und nach angemessener Zeit erschien Adela Vilardell, den *Mikrokosmos* von Béla Bartók und ein Heft mit einem Pentagramm unter dem Arm.

»Was für ein Vormittag. Ich bin total k.o.«

Dreißig Jahre musterten Carvalho mit graublauen Augen, wie sie alle Vilardells vom Gründer ihrer Dynastie geerbt hatten, einem Sklavenhändler zu einer Zeit, in der praktisch niemand mehr an Sklavenhandel dachte. Er kehrte in seine Stadt zurück mit genug Geld in der Tasche, um einen Grafentitel zu erwerben und ihn seinen Nachkommen zu vererben. Sie hatte die blaugrauen Augen des Großvaters, den Körper einer flachbrüstigen rumänischen Turnerin, das Gesicht einer sensiblen

Gattin eines sensiblen Violinisten und Hände, die einen Penis sicherlich wie Mozarts Zauberflöte anfassen würden.

»Gefällt Ihnen, was Sie sehen?«

»Ich bin sehr anspruchsvoll.«

Ohne ihren Umhang abzulegen, setzte sich Adela Vilardell in den Gartensessel, und die Hündin rollte sich sofort in ihrem Schoß zusammen. Carvalho versuchte, nicht mehr hinzusehen, um keine weiteren Kommentare mehr zu provozieren. Er trat an das Geländer und wandte sich von dort wieder der Frau zu, die ihn betrachtete, als schätze sie sein Gewicht ab und die Kraft, die nötig wäre, um ihn in die Tiefe zu stürzen.

»Was machen Ihre Studien?«

»Welche Studien?«

»Ihre Musikstudien. Ihr Hausmädchen sprach davon.«

»Ich hatte Lust dazu. Früher hatte ich ziemlich lange Klavierunterricht, aber ich ging nicht mehr hin. Es war ein Martyrium, zu dem mich meine Mutter zwang. Heute dagegen ist es ein Genuß. Die besten Stunden der Woche. Ich bin nicht die einzige. Ich besuche das Zentrum für Musik, eine neue Einrichtung, dort gibt es viele Leute wie mich.«

»Was für Leute sind Leute wie Sie?«

»Erwachsene, die etwas lernen wollen, wozu sie früher nie Gelegenheit hatten, weil ihnen entweder die Zeit, das Geld oder die Lust fehlte.«

»Bei Ihnen fehlte die Lust.«

Adela Vilardell nickte und wartete auf das Verhör.

»Wann haben Sie Stuart Pedrell zum letztenmal gesehen?«

»Ich kann mich nicht genau an den Tag erinnern. Es war Ende 1977. Er war dabei, seine Reise vorzubereiten, und wir hatten einen kleinen Disput.«

»Sollten Sie nicht mitfahren?«

»Nein.«

»Wollte er nicht oder wollten Sie nicht?«

»Die Frage stellte sich nicht. Unsere Beziehung hatte sich in letzter Zeit merklich abgekühlt.«

»Wer oder was war die Ursache?«

»Die Zeit. Unser Verhältnis dauerte fast zehn Jahre, und wir erlebten Phasen großer Intensität. Jeden Sommer hatten wir ganze Monate zusammen verbracht, während seine Familie in Urlaub war. Wir waren schon ein altes Paar. Wir kannten uns zu gut, der Reiz war verloren.«

»Und Señor Stuart Pedrell widmete sich auch anderen Frauen.«

»Allen. Ich bemerkte es als erste. Gut, wohl als zweite, denn Mima, seine Frau, kam mir wahrscheinlich zuvor. Das war aber für mich nicht wichtig. Es beunruhigte mich nur, daß er sich auch mit Vorschulkindern einließ.«

»Mit kleinen Kindern?«

»Jeder unter zwanzig, ob Mann oder Frau, ist noch im Vorschulalter.«

»Profitierten Sie finanziell von Ihrer Beziehung mit Stuart Pedrell?«

»Nein. Ich ließ mich nie von ihm aushalten. Gut, manchmal kam es vor, zum Beispiel, wenn wir zusammen essen gingen, zahlte er die Rechnung. Vielleicht scheint Ihnen das übertrieben?«

»Machten Sie nicht einmal den Versuch zu zahlen?«

»Ich bin oder war früher eine Señorita, und ich wurde so erzogen, daß eine Frau im Restaurant nicht bezahlt.«

»So wie es aussieht, leben Sie von den Zinsen aus Ihrem Vermögen. Einem beachtlichen Vermögen.«

»Einem beachtlichen Vermögen. Ich verdanke es meinem Urgroßvater, einem Schafhirten, der genügend Geld zusammenkratzte, um meinen Großvater in eine unserer letzten amerikanischen Kolonien zu schicken.«

»Ich kenne die Geschichte Ihrer Familie. Ich hab sie erst kürzlich im *Correo Catalán* gelesen. Etwas beschönigt.«

»Papa war Aktionär beim *Correo*.«

»Hat sich Stuart Pedrell in der Zeit seiner Abwesenheit nie bei Ihnen gemeldet?«

Die graublauen Augen öffneten sich weiter und versuchten, die absolute Offenheit des Körpers und der Seele von Adela Vilardell unter Beweis zu stellen, als sie antwortete:

»Nein.« Ein Nein, das nicht ganz frei aus ihrer busenlosen Brust strömte.

»Sehen Sie, so liegen die Dinge. Man ist jahrelang zusammen, und dann: aus.«

Sie wartete, ob Carvalho etwas sagte, dann fügte sie hinzu:

»Aus und vorbei. Manchmal dachte ich: Was treibt dieser Mann wohl? Warum meldet er sich nicht bei mir?«

»Warum dachten Sie das? Glaubten Sie nicht, daß er in der Südsee war?«

»Ich war selbst einmal dort, beziehungsweise dort in der Nähe, und es gibt eine Post. Ich habe ja selbst Dutzende von Postkarten in den Briefkasten geworfen.«

»Sie haben sehr schnell einen Ersatz für Stuart Pedrell gefunden.«

»Ist das eine Frage oder eine Feststellung?«

Carvalho zuckte die Achseln.

»Und was kümmert Sie mein Privatleben?«

»Normalerweise gar nicht, überhaupt nicht, in keinster Weise. Aber jetzt hat es vielleicht etwas mit meiner Arbeit zu tun. Ich sah Sie neulich in einem schwarzen Motorradanzug auf einer starken Harley Davidson, begleitet von einem anderen schwarzen Motorradfahrer auf einer ebenso starken Harley Davidson.«

»Es ist herrlich, mit dem Motorrad auszureiten.«

»Wer ist der schwarze Reiter, der Sie begleitet?«

»Woher wollen Sie das alles wissen?«

»Auch wenn ihr es nicht glauben wollt, ihr habt kein Privatleben. Man weiß alles über euch.«

»Und wer ist wir?«

»Sie verstehen schon. Ich klopfe an irgendeine Tür bei irgendwelchen Leuten, die Sie flüchtig kennen, und weiß sofort alles über Sie. Stimmt das zum Beispiel mit der Melone?«

»Was für eine Melone?«

»Stimmt es, daß Stuart Pedrell Sie vor einigen Jahren in einen Londoner Park bestellte und als englischer Dandy mit Melone auftauchte?«

Ein befreites Lachen klingelte in der langen, von ringförmigen Falten gezeichneten Kehle der Frau.

»Völlig richtig.«

»Sagen Sie mir jetzt den Namen des schwarzen Reiters?«

»Sie müßten ihn eigentlich kennen.«

»Ja.«

»Und?«


Biscuter saß ruhig auf dem Rand seines Stuhls in der Ecke, aber als er Carvalho kommen sah, sprang er auf und rief: »Dieses Mädchen wartet auf Sie, Chef!«

»Schon gesehen.«

Carvalho übersah absichtlich, daß sie zur Begrüßung auf ihn zukam. Biscuter verschwand, nach ausgeführtem Auftrag, hinter dem Vorhang. Carvalho setzte sich in den Drehstuhl und musterte Yes, die mitten im Raum stehengeblieben war.

»Ist es dir lästig, daß ich gekommen bin?«

»Lästig ist nicht der richtige Ausdruck.«

»Als du weg warst, habe ich nachgedacht. Ich will nicht nach Hause zurück.«

»Dein Problem.«

»Kann ich nicht bei dir bleiben?«

»Nein.«

»Zwei oder drei Tage.«

»Nein.«

»Warum?«

»Meine Verpflichtungen als Angestellter deiner Mutter und als dein Bettgefährte haben ihre Grenzen.«

»Warum mußt du immer wie ein Privatdetektiv reden? Kannst du dich nicht normal ausdrücken oder normale Ausreden benutzen – ich erwarte Verwandtenbesuch, ich habe keinen Platz oder so was?«

»Du kannst es nehmen, wie du willst. Es tut mir leid. Und daß wir uns so oft sehen, finde ich übertrieben. Ich werde jetzt hier in Ruhe etwas essen und denke nicht daran, dich einzuladen.«

»Ich bin einsam.«

»Ich auch. Jésica, bitte. Übertreib nicht! Benutze mich nur, wenn es dringend notwendig ist! Ich muß arbeiten. Geh jetzt!«

Sie konnte nicht. Ihre Hände flatterten hilflos umher, als suchten sie einen Halt, aber ihre Beine schritten rückwärts zur Tür.

»Ich bringe mich um.«

»Das wäre schade. Ich verhindere aber keine Selbstmorde. Ich untersuche sie nur.«

Carvalho machte Schubladen auf und zu, ordnete die Papiere auf dem Schreibtisch und begann ein Telefongespräch. Yes schloß leise die Tür hinter sich. Nachdem sie gegangen war, erschien Biscuter wieder, einen Schaumlöffel in der Hand und sagte: »Zu hart, Chef. Sie ist ein gutes Mädchen. Ein gutes Mädchen, aber ein bißchen dumm. Wissen Sie, was sie mich gefragt hat? Ob ich schon mal jemand umgebracht habe und auch, ob Sie schon jemand umgebracht hätten.«

»Und was hast du ihr geantwortet?«

»Gar nichts. Und sie hörte nicht auf zu fragen. Sie machte immer weiter. Ich habe keinen Ton gesagt, Chef. Ist sie gefährlich?«

»Ja, für sich selbst.« Carvalho legte abrupt den Hörer auf, erhob sich und stürzte zur Tür.

»Gehen Sie? Bleiben Sie nicht zum Essen?«

»Weiß nicht.«

»Ich habe Ihnen Kartoffeleintopf nach Rioja-Art mit *chorizo* gemacht.«

Carvalho hielt inne, einen Fuß hatte er schon vor der Tür.

»Er ist schön heiß«, hakte Biscuter nach, als er ihn zögern sah.

»Später!«

Er nahm immer zwei Treppenstufen auf einmal, sprang mit vorgerecktem Hals auf die Ramblas hinaus und fixierte mit den Augen die weit entfernten Köpfe der Passanten, auf der Suche nach den honigfarbenen Haaren von Yes. Er glaubte, sie zu sehen, in der Nähe der Arkaden der Plaza Real, und rannte los, um sie einzuholen. Sie war es nicht. Vielleicht hatte sie sich nach Norden gewandt, wo sie wohnte, oder war sie etwa nach Süden gegangen, zum Hafen, um sich in die Fluten und das geschäftige Hin und Her der kleinen Motorschiffe zu versenken, die zum Wellenbrecher fuhren? Carvalho ging mit großen Schritten nach Süden, ruderte mit den Armen, um schneller vorwärtszukommen, und ließ seine Augen wachsam umherschweifen, während er sich innerlich einen Idioten schimpfte. Er stürzte über die Straße, die um das Kolumbus-Denkmal führte, erntete mißbilligende Blicke, und ein Autofahrer schimpfte hinter ihm her. Die Puerta de la Paz war wegen des kalten Frühlingswetters wie leergefegt, ein paar alte Menschen ließen sich allerdings bereits auf den Bänken von der Sonne wärmen, und die fliegenden Fotografen verfolgten mit ihrer Litanei die wenigen lustlosen Touristen. Neben dem Schalterhäuschen, wo die Fahrkarten für Hafenrundfahrten verkauft wurden, lag ein heruntergekommenes, schmutziges Mädchen und stillte ihr Kind, das halb eingeschlafen war. Auf einem Stück Pappe stand die Geschichte von einem krebskranken Mann und einer dringenden Notsituation, die ein Almosen erforderlich machte. Schnorrer, Arbeitslose, Anhänger des Jesuskindes und der heiligen Mutter, die es gebar. Die Stadt schien überschwemmt von vor allem und jedem Flüchtenden. Ein Motorboot fuhr langsam vorbei und hinterließ tiefe Strudel im öligen Wasser. Carvalho blieb stehen und betrachtete verzückt die Würde, mit der ein alter Rentner seine zu große Jacke, seine zu kurze Hose und seinen riesigen Filzhut trug, der an die berittene Polizei in Kanada erinnerte. Es war einer dieser peinlich sauberen Alten, die mit schrecklicher Entschlossenheit vierzig Jahre lang für ihr Begräbnis sparen. Hallo, wer ist da? Sag mal, wird in diesem Haus ein Unschuldiger erhängt? Nein, hier hängt man einfach Leute auf. Wo hatte er das gelesen? Wer ist dran? Die Begräbniskasse. Wer? Die Toten. Ach so! Wozu weiter nach Jésica suchen? Bin ich denn für sie verantwortlich? Sie wird sich in einem Monat fünfzehn Männern an den Hals werfen, und dann hat sie ihr inneres Gleichgewicht wiedergefunden. Er ging denselben Weg zurück zu seinem Büro, aber seine Augen suchten immer noch die Ramblas nach Yes ab. Er betrat eine Taverne in der Nähe des *Amaya*, wo man nur Weine aus dem Süden Spaniens bekam. Durstig stürzte er drei kalte Manzanillas hinunter. Einem der fünf Zigeunerkinder, die selbstbewußt hereinkamen und ihre Hände den Gästen in Augenhöhe hinhielten, gab er fünf Peseta. Die Gäste unterhielten sich über Fußball, Stierkampf, Schwule, Frauen, Politik und kleine Geschäfte mit dubiosen Posten, Blei vom Schrott oder Tuchstücke, die zum Einkaufspreis in bankrotten Läden auf der Calle Trafalgar losgeschlagen wurden. Diese Geschäfte hatten auf ihn schon immer einen unsoliden, fast bankrotten Eindruck gemacht, mit ihren uralten Chefs, Angestellten und Ladendienern, die uraltes Tuch mit uralten hölzernen Meterstäben maßen, mit Exemplaren einer ersten Emission zum Gedenken an die Einführung des metrischen Dezimalsystems. Und trotzdem hatten sie sich gehalten, Jahrzehnt um Jahrzehnt, seit Carvalhos Kindertagen bis heute, der Zeit des Alterns und des Todes. Diese dunkelbraunen Meterstäbe. Verkaufen sie die auch? Biegsame Tiere aus gelbem Wachstuch, steife, Holz gewordene Schlangen, zusammengerollte, glänzende Metallpeitschen, Klappmeterstäbe, die genau wissen, daß sie die Macht haben, die Welt zu messen. Kinder spielen mit Meterstäben, bis sie kaputtgehen, und Meterstäbe in der Hand von Kindern sind gefangene Meßtiere, die, von ihren Henkern geschwungen, gegeneinander kämpfen, bis sie allmählich zu der Erkenntnis gelangen, daß sie nie wieder etwas messen werden. Mit einem Zollstock konnte man ein Fünfeck oder ein Mondgesicht machen.

Er trat auf die Straße hinaus. Das Mädchen trug eine hauch-
dünne blaue Bluse, einen Rock, der vielleicht ein Hosenrock
war – er hatte keine Zeit, sich zu vergewissern –, und Stiefel, die
sie auf zwanzig Zentimeter über Meereshöhe erhoben. Sie war
zugleich häßlich und schön, und als sie zu ihm sagte: »Pardon,
hätten Sie nicht Lust, mit mir ins Bett zu gehen? Macht tausend
Pesetas plus Zimmer«, entdeckte Carvalho, daß sie ein blaugge-
schlagenes Auge und einen kleinen Kratzer auf der durchschei-
nenden, blaugeäderten Haut ihrer Schläfe hatte. Sie ging weiter
und fragte einen anderen Passanten. Der machte einen Bogen
um sie, als wollte er sie gleich als verdächtiges Subjekt in Quarantäne stecken. Sie prostituierte sich so beiläufig, als frage sie
nach der Uhrzeit. Vielleicht eine neue Marketingmethode. Ich
muß Bromuro oder Charo danach fragen. Er wußte nicht, ob er
in die Heimat der dampfenden Kartoffeln *a la riojana* zurückkehren oder lieber zu Charo gehen sollte, die jetzt wohl gerade
aufgestanden war und, verärgert über seine Vergeßlichkeit und
Gleichgültigkeit, ihren Körper für die Abendkundschaft zurecht machte. Die Termine vereinbarte sie telefonisch; sie hatte
vor allem Stammkunden, die sie bei familiären Problemen um
Rat fragten, gelegentlich sogar nach einer Abtreibungsadresse
für ihre frühreifen Töchter oder die eigene Frau, die nach fünf
oder sechs Gläsern Champagner schwanger geworden waren –
Champagner Marke L'Aixartell, der, für den Marsillach und
Núria Espert werben. Jetzt bereitete Charo ihren Körper für
diese Klienten vor, aber auch Vorwürfe für einen Carvalho, der
sich ihr gegenüber immer reservierter verhielt.

»In einer Sekunde sind sie aufgewärmt, Chef. Sie sind gut,
wenn sie ein bißchen aufgeplatzt sind, aber nicht zu sehr. Die
*chorizo* ist aufgeplatzt und köstlich. Ich habe mich bemüht,
nicht wieder wie ein Stümper zu kochen.«

Carvalho hatte begonnen, Kartoffeln und *chorizo* in seinen
geduldigen Mund zu schaufeln, und sein Gaumen signalisierte
ihm immer deutlicher, daß dieses Essen mehr Aufmerksamkeit
verdiente.

»Vorzüglich, Biscuter.«

»Man tut, was man kann, Chef. Man hat seine guten Tage, manchmal auch nicht ... Es ist doch so ...«

Die selbstgefälligen Ausführungen Biscuters klangen wie Regen, der an die Fenster klopft, und dort suchten Carvalhos Augen auch die Spritzer der Worte. Es goß tatsächlich in Strömen auf den Ramblas, er fröstelte und bekam Sehnsucht nach Bettlaken und Decken, leichter Grippe und gedämpften häuslichen Geräuschen. Pepe, Pepe, soll ich dir einen Zitronensaft machen? In der Hand *Die geheimnisvolle Insel* und im Radio *Die Abenteuer von Inspektor Nichols* mit der Stimme von Fernando Forgas.

»Heute abend können wir bei meinem Freund Beser essen, in seiner Wohnung in San Cugat. Ich hole dich bei dir zu Hause ab. Du wolltest ja dieses Jahr nicht zu unserem Schlachtfest kommen. Wenn der Prophet nicht in den Maestrazgo kommt, muß der Maestrazgo zum Propheten kommen.«

Der Anruf von Fuster hob seine Stimmung. Er ging die Notizen durch, die er während des Gesprächs mit Teresa Marsé gemacht hatte. Er hatte einen Kreis um den Namen Nisa Pascual gezogen: Sie war anscheinend der letzte Teenager in Stuart Pedrells Leben gewesen. Nachmittags ging sie zum Kunstunterricht in eine Schule, die auf halbem Weg nach Vallvidrera lag. Manchmal brachten die Wege Glück. Die Schule befand sich in einer Jugendstilvilla inmitten der üppigen Vegetation eines feuchten Talgrundes, ein Wunder an Kunstfertigkeit im wohlgepflegten Grün alter Bäume, die trotz ihres Alters Parteigänger des Frühlings waren. Einige Schüler gingen spazieren, diskutierten oder schwiegen und atmeten die wohlriechende Feuchtigkeit, die der Regen diesem wohlbeschnittenen Paradies entlockt hatte. Die ersten Lichter gingen in den vollklimatisierten Klassenzimmern an, die die Räume des ehemaligen Wohnhauses einnahmen, das ein Jugendstilfanatiker hatte bauen lassen. Regenbogenfarben eines naiven Künstlers überzogen die Rahmen der Türen und Fenster, um den spielerischen Aspekt dieses Hauses zu betonen, das für ein imaginäres Leben und eine imaginäre Kultur erbaut worden war.

Nisa hatte Unterricht in künstlerischer Meditation. Die Schüler schienen gerade eine Schweigeminute für irgend jemand oder irgend etwas einzulegen. Aber diese Minute wurde immer länger. Vier. Fünf. Zehn. Hinter der Fensterscheibe nahm Carvalho teil an soviel Meditation und soviel Stille und fragte sich, worüber sie wohl meditierten. Endlich kam wieder Leben in die Gruppe. Eine Lehrerin im Kostüm einer Maharani bewegte Lippen und Arme und schien ihnen noch einmal letzte Ratschläge zu geben. Es konnten noch Fragen gestellt werden, und zu guter Letzt bewegten sich die Schüler zum Ausgang. Nisa kam mit zwei Freundinnen heraus, die ebenso groß und blond waren wie sie selbst. Sie war schlank und sommersprossig, hatte einen langen Zopf bis zum Hintern und eine mädchenhafte Arglosigkeit in den großen blauen Augen, um die ihre Sommersprossen zu einem Fleck verschmolzen waren. Carvalho winkte ihr, und sie kam neugierig herbei.

»Könnte ich Sie einen Augenblick sprechen?«

»Klar.«

»Ich bin Privatdetektiv.«

»Sind Sie hier angestellt? Das ist das einzige, was hier noch fehlt.«

Sie lachte sehr zufrieden über ihre Neuentdeckung. Sie lachte so laut, daß ihre beiden Freundinnen herbeikamen und den Grund ihres Lachens wissen wollten.

»Ich komme gleich und erzähle es euch. Heute ist mein Glückstag.«

Carvalho erwiderte die neugierigen Blicke der Mädchen mit kritischer Aufdringlichkeit.

»Ist vielleicht ein wertvolles Kollier gestohlen worden und Sie sind auf der Suche danach?«

»Stuart Pedrell ist ermordet worden, und ich meditiere über

den Fall. Mal ehrlich, worüber habt ihr gerade meditiert? Im Unterricht, meine ich.«

»Es ist eine neue Methode. Genauso wichtig wie das Malen ist das Nachdenken über das Malen. In jeder Stunde denken wir die Hälfte der Zeit über das Malen nach. Können Sie nachdenken?«

»Das hat mir nie jemand beigebracht.«

»Man muß es selbst lernen. Was sagten Sie da von Carlos?«

Das blonde Lächeln blieb auf ihren Lippen, die der Schnuller geformt hatte.

»Daß er tot ist.«

»Das weiß ich schon.«

»Ich habe gehört, daß Sie eng miteinander befreundet waren.«

»Das ist lange her. Er reiste ab, und dann tauchte er tot wieder auf. Eine alte Geschichte.«

»Hat er sich nie bei Ihnen gemeldet, als er verschwunden war?«

»Nein. Er war sehr böse mit mir. Er wollte, daß ich mitkomme, und ich habe abgelehnt. Wenn es eine kurze Reise gewesen wäre, zwei Monate, dann wäre ich mitgekommen. Aber es war eine Reise auf unbestimmte Zeit. Ich habe ihn sehr geliebt. Er war zart, schutzlos. Aber es paßte nicht in meine Pläne, das verlorene Paradies zu suchen.«

»Als ihm klar war, daß Sie ihn nicht begleiten würden, hat er dann seine Pläne geändert?«

»Es kam so weit, daß er nicht fahren wollte. Aber plötzlich war er weg, und ich nahm an, daß er sich endlich doch entschlossen hatte. Er brauchte diese Reise. Er war wie besessen davon. An manchen Tagen war er unausstehlich. Aber er war ein wunderbarer Kamerad, einer der Menschen, die mein Leben am meisten beeinflußt haben. Er hat mich viele Dinge gelehrt, und er steckte voller Unruhe und Neugier.«

»Endlich sagt mir jemand etwas Gutes über Stuart Pedrell.«

»Haben alle schlecht über ihn gesprochen?«

»Nicht ganz. Sagen wir mal, sie nahmen ihn nicht ernst.«

»Er war sich dessen sehr bewußt und litt darunter.«

»Und während seiner langen Abwesenheit hat er nie versucht, Sie zu erreichen?«

»Das wäre schwierig gewesen. Ich war sehr deprimiert nach allem, was geschehen war. Ich mußte ja glauben, daß alles aus war. Daß eine Etappe in meinem Leben vorbei war. Da habe ich ein Stipendium für ein Kunststudium in Italien beantragt und dort fast ein Jahr gelebt, in Siena, Perugia, Venedig ...«

»Allein?«

»Nein.«

»Der König ist tot. Es lebe der König.«

»Ich hatte nie einen König. Sind Sie Moralist?«

»Das gehört zu meiner Rolle. Ich muß die Moralität der Leute ständig in Zweifel ziehen.«

»Ah, wenn das so ist ... Faszinierend! Ich habe mich noch nie mit einem Privatdetektiv unterhalten. Einmal hab ich einen im Fernsehen gesehen, aber er war nicht wie Sie. Er sprach die ganze Sendung darüber, was er alles aufgrund der herrschenden Gesetzgebung nicht tun darf.«

»Wenn es danach ginge, dürften wir überhaupt nichts machen.«

»Ich muß jetzt zum Projektunterricht.«

»Habt ihr ein Projekt oder denkt ihr darüber nach, welche Projekte ihr in Angriff nehmen könntet?«

»Mir gefällt es sehr gut hier. Warum schreiben Sie sich nicht ein? Sie könnten ein wenig Geheimnis in dieses Haus bringen. Wie wär's, wir denken uns als Projekt ein Verbrechen aus, und Sie decken es auf?«

»Wen würden Sie denn gerne umbringen?«

»Niemand. Aber wir könnten das Opfer so überzeugen. Die Leute hier haben sehr viel Phantasie.«

»Stuart Pedrell war sehr enttäuscht über Ihre Absage.«

»Sehr enttäuscht, praktisch verzweifelt ...«

»Und trotzdem ...«

»Trotzdem was?«

»Verließen Sie ihn.«

»Die Beziehung war schon tot. Wenn er die große Reise brauchte, dann deshalb, weil er im Grunde von keinem noch irgend etwas wollte: weder von seiner Familie noch sonst von irgend jemand. Ich wäre wochenlang mit ihm unterwegs gewesen, nur um am Ende meinen Irrtum, unseren Irrtum einsehen zu müssen.«

»Der Unterricht hat schon angefangen«, sagte eine ihrer Klassenkameradinnen im Vorbeigehen. Carvalhos Augen verweilten wohlgefällig auf ihrer schmalen Taille und der gekräuselten blonden Mähne, die ihr über den davoneilenden Rücken fiel.

»Rufen Sie mich mal an und erzählen Sie von Ihrer Arbeit. Wenn Sie wollen, lade ich meine Freundin ein. Ich sehe, daß sie Ihnen gefällt.«

»Sie ist mein Typ.«

»Soll ich sie rufen und es ihr sagen?«

»Ich muß zu einer Versammlung ehemaliger Kämpfer.«

»Was für Kämpfer?«

»In einem geheimen Krieg. Es steht noch nichts darüber in den Geschichtsbüchern. Wenn ich noch einmal mit Ihnen reden muß, komme ich hierher.«

Ein paar Minuten später fand er heraus, daß die Schule der Kunstmeditation von seinem Haus aus nicht zu sehen war, wahrscheinlich aber von der Seilbahnstation in Vallvidrera. Mit einem Feldstecher könnte er jeden Tag das Mädchen mit der schmalen Taille und dem gekräuselten Haar beobachten. Zumindest so lange, bis sie ihre Studien beenden und einen Laden mit Bilderrahmen und Spiegelleuchtern eröffnen würde.

»Was treibst du da mit dem Feldstecher?« rief ihm Fuster zu, der den Kopf aus dem geöffneten Wagenfenster steckte.

»Ich will eine Frau sehen.«

Fuster blickte nach dem entfernten Barcelona. »In welcher Straße? Auf der Plaza de Pino?«

»Nein. Unterhalb der Bergbahnstation.«

»*Cherchez la femme*. Wen hat sie umgebracht?«

»Sie hat Klasse.«

Eine Samojedenfrau schleppte ihr eigenes Gewicht und das ihres Korbes den Abhang herauf. Sie blieb stehen und lauschte, während sie verschnaufte.

»Mein Kumpel wartet auf uns. Nimm am besten etwas Glaubersalz mit.«

Als er einstieg, begann Bleda hinter der Gittertür zu bellen.

»Was ist das? Hast du dir einen Hund gekauft? Hast du eine innere Krise?«

»Meine Krise kann sich mit deiner nicht messen. Was ist aus deinem Ziegenbart geworden?«

Fuster strich sich über sein aufreizend nacktes Kinn.

»Wie Baudelaire sagt, ein Dandy muß immer nach der höchsten Vollendung streben. Er muß vor dem Spiegel leben und sterben.«

Beser lebte in einer Wohnung in San Cugat, in der es nur Bücher und eine Küche gab. Ein rothaariger Mephisto mit valencianischem Akzent. Er tadelte Fuster, weil ihre Verspätung die Paella in Gefahr gebracht hatte.

»Heute bekommst du eine echte Paella Valenciana«, teilte ihm Fuster mit.

»Hast du alles gemacht, was ich gesagt habe?«

Beser schwor, alle Anweisungen des Chefs befolgt zu haben. Fuster ging voran zur Küche, durch einen Korridor voller Bücher. Carvalho dachte, daß sein Kaminfeuer mit der Hälfte dieser Werke bis zu seinem Tode gesichert wäre. Als hätte er seine Gedanken erraten, rief Fuster, ohne sich umzuwenden: »Vorsicht, Sergio, das ist ein Bücherverbrenner. Er zündet damit sein Kaminfeuer an.«

Beser wandte sich mit leuchtenden Augen zu Carvalho um.

»Stimmt das?«

104

»Vollkommen richtig.«

»Es muß ein außerordentliches Vergnügen bereiten.«

»Unvergleichlich.«

»Morgen fange ich an, dieses Regal zu verbrennen. Ohne nachzusehen, welche Bücher es sind.«

»Es macht viel mehr Vergnügen, sie auszusuchen.«

»Ich bin sentimental, ich würde Mitleid bekommen und sie freisprechen.«

In der Küche kontrollierte Fuster wie ein aufsichtführender Sergeant das Werk Besers. Er hatte die Zutaten für das *sofrito*, den Sud der Paella, nur grob zerkleinert. Fuster brüllte auf, als hätte ihn ein unsichtbarer Pfeil getroffen. »Was ist das?«

»Zwiebel.«

»Zwiebel in der Paella? Wo hast du das her? Die Zwiebel weicht die ganzen Reiskörner auf.«

»Es war dumm von mir. In meinem Dorf machen wir immer Zwiebeln dazu.«

»In eurem Dorf macht ihr alles, nur um euch von den anderen zu unterscheiden. Zum Reis mit Fisch kann man Zwiebeln nehmen, aber nur in der Kasserolle, in der Kasserolle, verstehst du?«

Beser verließ türenknallend den Raum und kehrte mit drei Büchern unter dem Arm zurück: *Wörterbuch der valencianischen Gastrosophie, Gastronomie der Provinz Valencia* und *Hundert typische Reisgerichte der Region Valencia*.

»Komm mir nicht mit Büchern von Leuten, die nicht aus Villores stammen, du Kanaille aus Morella. Ich richte mich nur nach der Überlieferung des Volkes.«

Fuster erhob die Augen zur Küchendecke und deklamierte:

*O herrliche Symphonie aller Farben!*
*O illustre Paella!*
*Dein Äußeres prangt in bunter Bluse,*
*Dein Innerstes brennt in jüngferlichen Ängsten.*
*O buntes Farbengericht,*

*Das man, bevor man es kostet, mit den Augen verzehrt!*
*Konzentration von Herrlichkeiten ohne Fehl!*
*Kompromiß von Caspe zwischen Hahn und Venusmuschel.*
*Oh entscheidendes Gericht:*
*Genossenschaftlich und kollektiv!*
*O köstliches Gericht,*
*An dem alles zur Schönheit gereicht*
*Und alles klar erkenntlich ist, doch nichts zerstört!*
*O liberales Gericht, wo ein Reiskorn ein Reiskorn ist,*
*wie ein Mann eine Wählerstimme!*

Beser studierte die Bücher, ohne Fusters poetischem Ausbruch Beachtung zu schenken. Endlich klappte er sie zu.

»Und?«

»Du hattest recht. Die Bewohner der Provinz Castellón verwenden keine Zwiebel für die Paella. Es war ein Ausrutscher. Ein Katalanismus. Ich muß unbedingt wieder einmal nach Morella zur Fortbildung.«

»Aha!« rief Fuster aus, während er die Zwiebel im Abfalleimer versenkte.

»Ich hab's dir doch klar und deutlich gesagt: Ein Pfund Reis, ein halbes Kaninchen, ein halbes Hähnchen, ein halbes Pfund Schweinerippchen, ein halbes Pfund dicke Bohnen, zwei Paprikaschoten, zwei Tomaten, Petersilie, Knoblauch, Safran, Salz und sonst nichts. Alles andere ist fremdländisches Blendwerk.«

Er machte sich nun selbst ans Werk, während Beser ihnen gebratene Brotkrumen mit Paprikasalami und Blutwurst aus Morella zum Knabbern vorsetzte. Er holte einen Ballon Wein aus Aragón hervor, und die Gläser standen bereit wie eine Reihe Wassereimer zum Löschen einer Feuersbrunst.

Fuster hatte aus dem Auto eine ölige Pappschachtel mitgebracht, die er wie einen Schatz hütete. Beser schielte neugierig hinein und schrie enthusiastisch: »*Flaons!* Hast du das für mich gebracht, Enric?«

Sie umarmten sich wie zwei Landsleute, die sich auf dem

Nordpol treffen, und erklärten dem erstaunten Carvalho, daß *flaons* die Krönung der Desserts aller Regionen Kataloniens sind. Man macht einen Teig aus Mehl, Öl, Anis und Zucker und eine Füllung aus Quark, gemahlenen Mandeln, Eiern, Zimt und geriebener Zitronenschale.

»Meine Schwester hat sie mir gestern gebracht. Der frische Quark ist eine empfindliche Sache, die schnell verdirbt.«

Beser und Fuster nahmen Hände voll von dem Duft, der der Paella entstieg, und führten sie zur Nase.

»Zuviel Paprika!« urteilte Beser.

»Wartet, bis ihr gekostet habt, ihr Bauern!« gab Fuster zurück, der wie ein Alchimist über seinen Retorten brütete.

»Ein paar Schnecken obendrauf, um der Sache den letzten Pfiff zu geben. Das ist es, was fehlt. Pepe, heute bekommst du eine königliche Paella, die echte, wie sie gemacht wurde, bevor die Fischer kamen und ihre Fische darin ertränkten.«

»Aha! Dann kannst du sie ja alleine essen!« Beser war beleidigt.

»Ich treibe doch nur Anthropologie, ihr Banausen!«

Sie richteten die Paella mitten auf dem Küchentisch an, und Carvalho war bereit, sie wie die Bauern auf dem Land zu essen, das heißt ohne Teller, wobei sich jeder ein bestimmtes Territorium auf der runden Platte aussuchen darf. Es war eigentlich eine Paella für fünf Personen, aber sie verzehrten sie ohne Anstrengung zu dritt. Dabei waren sie bemüht, ordentlich Wein zu trinken, um den Magen freundlich zu stimmen. Sie leerten den Sechs-Liter-Ballon und holten den nächsten. Dann brachte Beser eine Flasche *mistela*, einen süßlichen Dessertwein aus Alcalá de Chisvert, zu den *flaons*.

»Bevor du nicht mehr zwischen einem Sonett und einem Fragment aus dem Telefonbuch unterscheiden kannst, beantworte doch bitte die Frage, die dir mein Freund, der Detektiv, stellen will! Ach ja, ich habe euch noch nicht miteinander bekannt gemacht. Zu meiner Rechten Sergio Beser, achtundsiebzig Kilo, schlechte Laune mit roten Haaren, und zu meiner Linken Pepe

Carvalho. Wieviel wiegst du? Das ist der Mann, der alles über Clarín weiß. Er weiß so viel, daß er Clarín umbringen würde, wenn er es wagen sollte, aus dem Grab aufzuerstehen. Nichts Literarisches ist ihm fremd. Und was er nicht weiß, weiß ich. ›Kräftige Sklaven, schweißbedeckt vom Feuer des Herdes, brachten die Speisen des ersten Ganges auf großen Platten von rotem, saguntischem Ton.‹ Woher stammt das?«

»Aus *Sonnica, die Kurtisane* von Blasco Ibáñez«, riet Beser ohne rechte Lust.

»Woher weißt du das?«

»Weil du immer, wenn du anfängst, dich zu betrinken, die Ode an die Paella von Pemán rezitierst, und dann, wenn du betrunken bist, kommt die Szene aus dem Bankett, das Sonnica in Sagunt für Acteón von Athen gibt.«

»Hinter jedem der Geladenen stand ein Sklave zu seiner Bedienung, und jeder von ihnen füllte aus dem Weinkrug das Glas zum ersten Trankopfer«, rezitierte Fuster im Alleingang weiter, während Carvalho aus seiner Tasche den Zettel hervorkramte, auf dem er die literarischen Hieroglyphen Stuart Pedrells abgetippt hatte. Beser nahm plötzlich die ernste Miene eines Diamantenprüfers an, und seine roten Augenbrauen sträubten sich angesichts der Herausforderung. Fuster hörte auf zu deklamieren, um sich den letzten *flaon* in den Mund zu schieben. Beser erhob sich und umrundete zweimal seine Gäste. Er trank noch ein Glas Likör, und Fuster schenkte ihm nach, damit er nicht durch Mangel an geistigem Treibstoff ausfiele. Der Professor las die Verse leise vor, als versuche er sie auswendig zu lernen. Er nahm seinen Sitz wieder ein und legte das Papier auf den Tisch. Seine Stimme klang kühl, als hätte er die ganze Nacht nichts anderes als eisgekühltes Wasser zu sich genommen, und während er sprach, drehte er sich mit schwarzem Knaster eine Zigarette.

»Die ersten Zeilen sind kein Problem. Sie stammen aus dem ersten Gedicht des Buches *The Waste Land* (*Das wüste Land*) von Eliot. Ein Dichter aus der ersten Hälfte des Jahrhunderts. *I will show you fear in a handful of dust ...* Dieser Vers gefällt mir von dem ganzen Gedicht am besten: Ich werde dir die Angst zeigen in einer Handvoll Staub. Aber das hat nichts damit zu tun. Sehen wir uns das mit dem Süden mal genauer an. Ich will euch ja nicht langweilen, aber der Mythos vom Süden als Symbol der Wärme und des Lichts, des Lebens und der Wiedergeburt der Zeit ist ein Standardthema in der Literatur, vor allem, seit die Amerikaner entdeckt haben, wie billig man mit Dollars im Süden Urlaub machen kann.

Das zweite Fragment ist auch klar. Es gehört zur *Südsee*, dem ersten veröffentlichten Poem von Pavese, einem Italiener, der sehr amerikanisch beeinflußt ist. Er selbst war niemals in der Südsee, und es ist sicher, daß er dieses Gedicht unter dem Einfluß Melvilles verfaßt hat. Hast du Melville gelesen? Mach nicht so ein Gesicht wie ein Brandstifter. Lesen ist ein einsames und unschuldiges Laster. Pavese spricht in dem Poem von der Faszination, die die Erinnerung an seinen Vater auf einen Jüngling ausübt. Der Vater war Seemann und hatte die halbe Welt gesehen. Als er nach Hause zurückkam, fragte ihn sein Sohn nach seinen Reisen in der Südsee, und er antwortete sehr desillusioniert. Für den Jungen war die Südsee das Paradies, für den Seemann war es eine Gegend, geprägt von der täglichen Routine der Arbeit. Diese Poeten sind das Letzte. Genau wie die Frauen: Erst machen sie dich scharf, und dann lassen sie dich im Regen stehen.

Beim dritten Fragment ist es schwer zu sagen, wo er es herhat. Es ist ein perfekter elfsilbiger Vers und könnte von jedem italienischen Dichter nach 1500 stammen. Aber die Sehnsucht nach dem Süden ist modern. Wenn er vom Süden spricht, könnte er Süditalien, Sizilien oder Neapel meinen. *Più nessuno mi porterà nel sud*. Irgend etwas sagt mir, daß ich es kenne. Auf jeden Fall stellen die drei Fragmente einen Zyklus der Desillusionierung dar: Diese intellektualisierte Hoffnung, bis zum Einbruch der Nacht zu lesen und im Winter in den Süden zu fahren, der Kälte und dem Tod ein Schnippchen zu schlagen. Die Furcht, daß in diesem sagenhaften Süden vielleicht der Kreislauf von Routine und Enttäuschung von vorne beginnt. Und am Ende die totale Entzauberung ... Ihn bringt keiner mehr in den Süden ...«

»Aber er schrieb diese drei Fragmente auf, als er unbedingt in den Süden fahren wollte. Er hatte sogar schon die Fahrkarte gekauft und die Hotels gebucht.«

»In welchen Süden? Vielleicht hatte er entdeckt, daß er den Süden, selbst wenn er hinfahren würde, doch niemals erreichen könnte? ›Obgleich ich den Weg weiß, werde ich niemals nach Córdoba gelangen‹, schreibt García Lorca, verstehst du? Den Poeten gefällt es, sich selbst und uns an der Nase herumzuführen. Hast du gehört, Enric? Dieses Riesenrindvieh weiß den Weg und geht nicht nach Córdoba. So ein Schwachsinn. Genauso dieser Alberti, der schreibt, er werde Granada niemals betreten. Er bestraft die Stadt. Ich habe da eine andere Vorstellung von Poesie. Sie soll didaktisch und historisch sein. Kennst du mein szenisches Epos über den Feldzug des Cid durch das Königreich Valencia? Wir spielen es dir vor, wenn wir noch ein paar mehr Flaschen getrunken haben. *Più nessuno mi porterà nel sud.* Ich sehe mir jetzt die Rücken aller Gedichtbände an, die ich besitze. Ich finde bestimmt etwas.«

Damit stieg er auf einen dreistufigen Hocker und sah Regal um Regal durch. Manchmal nahm er ein Buch heraus, blätterte und las darin, wobei er überraschte Schreie ausstieß: »Ich wußte nicht einmal, daß ich dieses Buch besitze!« Fuster lauschte melancholisch einer Platte mit gregorianischem Gesang, die er sich selbst gewidmet hatte. »Heiß! Heiß!« rief Sergio Beser, der oben am Regal hing wie ein Pirat am Mast eines geenterten Schiffes.

»Riecht ihr nicht die Südsee? Ich höre die Brandung!« Er nahm ein schlankes, abgenutztes Buch heraus. Zuerst schnüffelte er mehr darin herum als zu lesen, um dann wie ein Raubvogel im Sturzflug auf eine der Seiten herabzustoßen: »Ich hab's! Ich hab's!«

Fuster und Carvalho hatten sich erhoben, so erregt erwarteten sie die bevorstehende Enthüllung. Die ganze Hitze des Essens und des Alkohols erhob sich mit ihnen, und durch Schwaden der aufwallenden Emotion erblickten sie Beser, der auf der Kanzel stand und das Meßbuch aufschlug, um mit feierlicher Miene die Lösung zu verkünden:

»*Lamento per il sud* (*Klage um den Süden*) von Salvatore Quasimodo. *La luna rossa, il vento, il tuo colore di donna del Nord, la distesa di neve ...* Es ist dasselbe wie *L'emigrant* von Vendrell oder *El emigrante* von Juanito Valderrama, aber mit Nobelpreis. Hier ist der Vers: *Ma l'uòmo grida dovunque la sorte d'una patria ... più nessuno mi porterà nel sud.*«

Er sprang vom Bücherregal herab, daß seine Knöchel knackten, und gab Carvalho das Büchlein *La vita non è sogno* (*Das Leben ist kein Traum*) von Salvatore Quasimodo. Carvalho las das Gedicht, die Klage eines Südländers, der erkennt, daß er nie mehr in den Süden zurückkehren kann. Er hat sein Herz schon an die Wiesen und nebligen Wasser der Lombardei verloren.

»Es ist fast schon ein sozialkritisches Gedicht. Sehr wenig ambivalent. Wenig polysemantisch, wie jeder hergelaufene Besserwisser sagen würde, der eine halbe Stunde lang in *Tel Quel* herumgeblättert hat. Es sind Gedichte aus der Nachkriegszeit, während des kritischen Neorealismus. Hier: ›Der Süden ist es müde, Leichen zu schleppen, müde Einsamkeit der Ketten, sein Mund ist ermüdet von den Flüchen aller Rassen, die Tod schrien beim Echo seiner Brunnen, die sein Herzblut schlürften ...‹ Es gibt einen Kontrapunkt, die Liebe. Das heißt, er offenbart die Trauer über seine Entwurzelung einer Frau, die er liebt. Kannst du damit etwas anfangen?«

Carvalho las den Zettel Stuart Pedrells noch einmal durch.

»Literatur.«

Beser stieß verächtlich hervor: »Ich glaube auch. Ich glaube, es ist nur Literatur. Vielleicht hatte es einen Sinn vor der Ära der Charterflüge und der Reiseleiter, aber heute gibt es ihn nicht mehr. Diesen Süden gibt es nicht. Die Amerikaner haben aus dem Nichts einen literarischen Mythos geschaffen. Das Wort ›Süden‹ hat einen vorgeprägten Sinn für jeden Nordamerikaner, es ist ihr verfluchter Ort, ihr erobertes Territorium in einem Land von Siegern, die einzige untergegangene weiße Kultur in den Vereinigten Staaten, die des ›tiefen Südens‹. Daher kommt das alles. Ganz sicher. Aber kennst du unseren valencianischen Theaterzyklus wirklich noch nicht? Wir führen ihn dir gleich vor, Enric und ich. Vergleiche mal die authentische Literatur des Volkes mit diesen ganzen literarischen Seifenblasen. Ich bin der Cid und du, Enric, bist der Maurenkönig.«

»Immer treibst du Schindluder mit mir.«

»Aber du brauchst doch nur zu sprechen. Ich gebe eine Einführung in die Situation. Das ist der Cid, obwohl es mancher bezweifelt, daß er es wirklich ist. Jedenfalls ist er der Fürst von Morella, der am Tor der Stadt steht und das Maurenheer anrücken sieht. Er wendet sich an den Obermauren und sagt:

| | |
|---|---|
| Cid | Wer seid Ihr, daß Ihr mich vom Pferd herab anseht? |
| Maure | Der König der Mauren, und ich komme, um diesen Platz zu erobern. |
| Cid | Das schafft Ihr nicht! |
| Maure | Dann ficken wir eure Weiber! |
| Cid | Dann hauen wir euch in Stücke! |
| Maure | Das schafft Ihr nicht! |
| Cid | Kornett, bringt die Trompete! |

Beser und Fuster begannen, im Chor zu singen, während sie, jeder für sich, tanzten.

*Caguera de bou*
*que quan plou*
*s'escampa.*
*La de vaca sí*
*la de burro no.*

Befriedigt blieben sie vor Carvalho stehen, und der Detektiv applaudierte, bis ihm die Hände schmerzten. Dozent und Steuerberater verbeugten sich.

»Dieses erste Stück könnte den Titel tragen *Verteidigung von Morella*. Nun folgt ein weiteres Stück, das vor den Mauern von Valencia spielt.

Fuster ließ sich auf alle viere nieder, und Beser setzte sich auf ihn.

»Ich bin der Cid auf seinem Pferd Babieca, und ein Maure, den du dir vorstellen mußt, ruft:

| | |
|---|---|
| Erster Maure | Oh verflucht, der Cid! |
| Zweiter Maure | Oh, und seine Hure! |
| Erster Maure | Nein, heißt nicht Hure, heißt Ximena. |

»Das war's!« sagte Beser und stieg ab.

»Das Volkstheater ist immer kurz und bündig. Kennst du *David und die Harfe*?«

Das Nein entfuhr Carvalho zugleich mit einem brennenden Aufstoßen, das von der Leber hochkam. Beser drehte sich wieder eine Zigarette. Fuster döste mit dem Gesicht auf der Platte des Küchentischs.

»Du mußt dir den Palast in Jerusalem vorstellen. David ist sauer auf Salomo, warum, ist egal, aber er ist sichtlich sauer. Stell dir allen asiatischen Luxus vor, den du willst, und eine x-beliebige Harfe. Hast du schon mal eine Harfe gesehen?«

»Ja, ja, Sie sieht etwa so aus.«

Carvalho zeichnete mit den Händen die Umrisse einer Harfe in die Luft. Beser musterte sie mit prüfendem Blick.

»Mehr oder weniger. Also, David ist sauer auf Salomo, warum, ist egal. Salomo sagt zu ihm: ›David, spiel Harfe!‹ David schaut ihn an und runzelt die Stirn. Dann nimmt er die Harfe und schmeißt sie in den Fluß. Das war's. Was meinst du?«

Carvalho erhob sich, um zu applaudieren. Beser grinste halb,

113

wie ein siegreicher Torero, der Bescheidenheit vortäuschen will. Fuster richtete sich auf und versuchte zu klatschen, obwohl er es nicht immer schaffte, die Handflächen aufeinandertreffen zu lassen.

Dann ging das kleine Licht aus, das in Carvalhos Kopf noch gebrannt hatte; er fühlte sich hin- und hergezerrt, in ein Auto geschleppt und sah sich selbst zwischen trügerischen Bildern und Erinnerungen mit Enric Fuster auf die Rückbank eines Autos gepackt, das weder ihm noch dem Steuerberater gehörte. In Verlängerung des rötlichen Profils des Dozenten brannte eine Selbstgedrehte, die ihm half, die Straße zu sehen – eine Straße, auf der das Auto feststellen konnte, daß die Gerade die kürzeste Verbindung zwischen zwei Punkten darstellt.


Seine Leber mußte wie ein vitriolzerfressenes Tier aussehen, wie ein Brei aus Blut und Scheiße, der ihm den ganzen Schmerz seiner Agonie in die Seite bohrte. Aber noch hatte er keine Schmerzen. Er hatte einen schweren Kopf, schwere Beine und einen ungeheuren Durst. Durst nach so viel Wasser, daß es ihm links und rechts aus dem Mundwinkel fließen und auf die Brust plätschern sollte. Während er im Dunkeln zum Kühlschrank ging, tätschelte er seine Leber, um sie zu beruhigen oder ihr für ihre Geduld zu danken. Nie wieder. Nie wieder! Wozu? Man trinkt und wartet auf das »Klick«, mit dem die Tür aufspringt, die immer verschlossen war. Er hob die Flasche mit eiskaltem Mineralwasser, füllte seinen Mund und ließ es auf seine Brust rinnen. Dann holte er eine ultramoderne Glasschale, aus der er nur Sekt über fünfhundert Pesetas zu trinken pflegte, und füllte sie mit eben diesem Wasser, das er mehr zum Duschen als zum Trinken verwendet hatte. Er beschloß, dieses beißende, eiskalte Naß in einen fürstlichen Sekt zu verwandeln. – Du könntest ein betagter Herzog sein, den die Hämorrhoiden plagen. Morgen holst du sofort die Fahrkarten für eine Reise in die Südsee. Herr Ober, bestellen Sie bei meinem Landsmann aus Valencia einen

Schwan aus Eis, der mit frischen Litschis gefüllt ist. Welcher Idiot bringt einen valencianischen Ober in diese Geschichte? – Er hatte das irgendwo gelesen. Oder vielleicht sollte er mit der Hilfe seiner schiffbrüchigen Gefährten ein Segelschiff bauen. Lesen bis zum Anbruch der Nacht und im Winter mit allen zusammen in den Süden fahren. Was wißt ihr denn, wo der Süden ist? Aber wenn ich ihm sage, daß er zu den Glücklichen gehört, die den Sonnenaufgang gesehen haben auf den schönsten Inseln der Erde, lächelt er bei der Erinnerung und antwortet, daß der Tag für sie schon alt war, als die Sonne aufging.

»Der Süden ist die andere Seite des Mondes.«

Das war mehr geschrien als gesprochen, und sein Körper begrüßte dankbar das kühle Wasser, das seine innere Hitze und seinen Katzenjammer dämpfte. Die andere Seite des Mondes. Die Dusche, erst heiß, dann kalt, setzte sein Gehirn wieder in Gang. Er wollte klar werden. Sechs Uhr in der Frühe. Die Bäume zeichneten sich schon auf dem Vorhang des Horizonts ab. »Die andere Seite des Mondes.«

Er sprach mit sich selbst und überraschte sich dabei, wie er einen Stadtplan suchte, den er für diskrete Aufträge aufbewahrt hatte. ›Ihre Gattin betrat das Stundenhotel auf der Avenida del Hospital Militar um halb fünf Uhr. Eine überraschende Uhrzeit, denn im allgemeinen betreten Ehebrecherinnen die Stundenhotels lieber bei Dunkelheit. Wirklich, Sie machen einen Fehler, wenn Sie mich fragen, ob sie in Begleitung war.‹ Der zerfledderte Plan lag vor ihm ausgebreitet wie ein abgenutztes Tierfell, die Faltstellen waren ausgeleiert, fast durchgerissen. Mit einem Finger zeigte er auf die Gegend, in der Stuart Pedrell gefunden worden war. Sein Blick wanderte zum anderen Ende der Stadt, wo die Trabantenstadt San Magín begann. Ein Mann wird erstochen, und seine Mörder haben eine Idee, um die Verfolger zu verwirren. Er muß ans andere Ende der Stadt gebracht werden, und zwar an einen Ort, wo sein Tod einen Sinn ergibt und den adäquaten menschlichen und urbanen Hintergrund besitzt.

»Bist du etwa mit der U-Bahn in die Südsee gefahren?« Da

Stuart Pedrell nicht antwortete, konzentrierte Carvalho seine Aufmerksamkeit auf die Schlafstadt San Magín. Er schlug das Buch auf, das ihm Beser geliehen hatte. Stuart Pedrell wurden eine ganze Menge Spekulationen zugeschrieben, vor allem im Zusammenhang mit dem Bau des Stadtteils San Magín. Ende der fünfziger Jahre, im Zuge der Expansionspolitik des Bürgermeisters Porcioles, kaufte die Baufirma Iberisa (deren Inhaber der Marqués de Munt, Planas Ruberola und Stuart Pedrell waren) ganz billig Bauplätze und unbebautes Gelände, auf dem sich die halbverfallenen Werkstätten und Schrebergärten des sogenannten Camp de Sant Magí befanden, ein Gelände, das verwaltungsmäßig zur Stadt Hospitalet gehörte. Zwischen dem Camp de Sant Magí und dem Stadtgebiet von Hospitalet blieb ein breiter Geländegürtel frei. Dies zeigt einmal mehr den tendenziellen Teufelskreis der Bodenspekulation. Man kauft ein erschließbares Terrain, das von der bisherigen Stadtgrenze ziemlich weit entfernt liegt, und wertet dadurch das dazwischenliegende Gelände auf. Die Baufirma Iberisa baute eine ganze Trabantenstadt in San Magín und erwarb gleichzeitig spottbillig das Gelände bis zur Stadtgrenze von Hospitalet. In einer zweiten Bauetappe wurde dieses Niemandsland erschlossen, und dadurch konnte das, was die Firma investiert hatte, vertausendfacht werden ... San Magín wurde hauptsächlich von zugewanderten Arbeitern aus Südspanien bewohnt. Die Straßen waren erst fünf Jahre nach Fertigstellung der Siedlung vollständig asphaltiert worden. Soziale Einrichtungen fehlten ganz. Die Forderung nach einer Ambulanzklinik der Krankenkasse stand im Raum. Zehn- bis zwölftausend Einwohner. Warst ein dicker Fisch, Stuart Pedrell. Eine Kirche? Klar. Neben der alten Einsiedelei von San Magín wurde eine moderne Kirche gebaut. Der ganze Stadtteil steht unter Wasser, wenn die Kanalisation von Llobregat überläuft. Der Verbrecher kehrt an den Tatort zurück, Stuart Pedrell. Du bist nach San Magín gegangen, um dein Werk aus der Nähe zu betrachten, um zu sehen, wie die Kanaken in den Baracken hausen, die du ihnen gebaut hast. Eine Entdeckungsreise? Vielleicht die Suche nach der Ursprünglichkeit des Volkes? Wolltest du die Sitten und Gebräuche der Untermenschen erforschen? Den Ausfall des »d« in intervokalischer Position? Stuart Pedrell, was zum Teufel hast du in San Magín gesucht? Im Taxi? Oder mit dem Bus? Nein, mit der U-Bahn. Bestimmt bist du mit der U-Bahn gefahren, zwecks größerer Übereinstimmung zwischen Form und Hintergrund der weiten Reise in die Südsee. Und da heißt es, im 20. Jahrhundert sei keine Poesie mehr möglich! Und kein Abenteuer! Man braucht nur die U-Bahn zu nehmen und kann zu einem bescheidenen Preis auf eine emotionale Safari gehen. Irgend jemand hat dich umgebracht, brachte dich über die Grenze zurück und ließ dich an einem Ort liegen, der für ihn die andere Seite des Mondes war.

Der Alkohol verwandelte seine Adern in ein verzweigtes Netz aus Blei, und er schlief auf dem Sofa ein. Dabei wurde der Stadtplan unter dem Gewicht seines Körpers endgültig zerknautscht. Die Kälte und Bledas Zunge, die sein Gesicht ableckte, weckten ihn. Langsam nahm er die logische Reise wieder auf, die er am frühen Morgen begonnen hatte. Er versuchte, den ruinierten Stadtplan zu retten, was damit endete, daß er ihn zerriß. Er behielt nur das eine Stück mit San Magín. Dunkel erinnerte er sich an ländliche Hütten und Wasserbehälter aus Beton. Seine Mutter ging vor ihm her, auf dem Rücken einen Korb mit Reis und Öl, das sie schwarz in einer der Hütten gekauft hatten. Sie überquerten eine Bahnlinie. Aus der Ferne kam die Stadt auf sie zu, mit den Lücken, die der Krieg gerissen hatte, eine magere Stadt voll grauer Masten und Löcher. Warum gab es so viele graue Masten auf den Dächern? Das Öl wurde aus einem alten Schlauch abgefüllt. Es floß in die Flasche, grün und dick wie Quecksilber. Das ist echtes Olivenöl, nicht das, was man auf Marken bekommt. Er ging hinter ihr her. In seiner Wachstuchtasche steckten fünf Stangen. Fünf Weißbrotstangen, sehr weiß, weiß wie Gips. Felder, nichts als Felder, steinige Wege mit Radfahrern, die in der Dämmerung violett aussahen, oder Karren, die von Ackergäulen gezogen wurden, ebenso langsam und schwer wie ihre runden Pferdeäpfel. Dann kündigte sich langsam die Stadt an, mit einem Viertel, wo Baracken neben alten kleinen Villen und Häusern standen, die die Nachkriegszeit gekapert hatte und die Strafe von Verlierern des Bürgerkriegs erlitten. Straßen, erst ungepflastert, dann gepflastert, schließlich durchbohrt von den Schienen der Straßenbahnen, in die sie einstiegen, müde von dem Fußmarsch, das Abenteuer im Einkaufskorb und das Versprechen gestillten Hungers in den Augen.

»Ich fülle einen Teller mit Öl, Paprikapulver und Salz. Damit beschmieren wir das Brot.«

»Ich möchte das Brot lieber mit Öl und Zucker.«

»Das ist ganz schlecht, davon bekommt man Pickel.«

Aber seine Mutter ließ nicht zu, daß die Enttäuschung seine Augen verdunkelte.

»Na gut. Und wenn du Pickel bekommst, gebe ich dir ein Löffelchen Zucker von Doktor Sastre y Marqués.«


Jede U-Bahn ist wie ein Tier, das sich resigniert mit seinem unterirdischen Sklavendasein abgefunden hat. Ein Teil dieser Resignation spiegelt sich in den spärlich beleuchteten Gesichtern der Fahrgäste wider, die im Rhythmus der gelangweilten Maschine hin und her schwanken. Wieder einmal U-Bahn zu fahren, rief ihm das Gefühl des jungen Ausreißers ins Gedächtnis zurück, der mit Verachtung auf die besiegte Herde herunterschaut, während für ihn die Metro ein Fortbewegungsmittel ist, das ihn der Schönheit junger Mädchen und der Promotion näherbrachte. Er erinnerte sich an sein tägliches jugendliches Erstaunen über so viel frühmorgendliche Niederlage. In dem Bewußtsein, einzigartig zu sein, aus der Masse herauszuragen, wehrte er sich gegen die Übelkeit, die ihm das schäbige Leben der Passagiere bereitete, und betrachtete sie als lästige Gefährten einer Reise, die für ihn Hinreise, für sie aber Rückreise war.

Heute, zwanzig oder fünfundzwanzig Jahre später, empfand er Solidarität und Angst. Solidarität mit dem unrasierten alten Mann, dessen Hand eine fettige Mappe voller ungedeckter Schecks umklammerte. Solidarität mit den unförmigen Samojedenfrauen, die sich im Dialekt von Murcia über den Geburtstag von Tante Encarnación unterhielten. Solidarität mit den vielen armen, aber sauberen Kindern, für die der Zug der emanzipatorischen Bildung schon abgefahren war. *Stilübungen. Wörterbuch Anaya.* Mädchen, die sich wie Olivia Newton-John kleideten, vorausgesetzt, Olivia würde sich mit Sonderangeboten aus dem Sommer- oder Winterschlußverkauf der großen Warenhäuser am Stadtrand begnügen. Jungen mit der Maske von Zuhältern vor Diskotheken und Muskeln, die zur Arbeitslosigkeit verdammt waren. Manchmal das beruhigende Skelett eines Vizedirektors einer Immobilienfirma, der eine Autopanne und den Vorsatz hatte, öffentliche Verkehrsmittel zu nutzen, um abzunehmen und für mittlere Whiskys von mittelmäßiger Qualität zu sparen. Whiskys, serviert von einem unaufmerksamen Kellner mit Schuppen und schwarzen Fingernägeln, der keinen anderen Vorzug besitzt als den, daß er ihn im rechten Augenblick Don Roberto oder Señor Ventura nennt. Angst davor, daß diese banale, fatale Reise für sie alle aus der Armut ins Nichts führen würde. Die Welt bestand nur noch aus Bahnhöfen, die wie schmutzige Aborte wirkten, mit ihren Kacheln, auf denen sich der unsichtbare Schmutz der unterirdischen Elektrizität und die säuerlich-scharfen Ausdünstungen der Menschenmassen niedergeschlagen hatten. Das Ein- und Aussteigen der Leute schien zum Ritual einer Wachablösung zu gehören, das die routinemäßige Schwerarbeit der Maschine rechtfertigen sollte.

Carvalho nahm immer zwei Stufen auf einmal, als er die rostige Eisentreppe nach oben lief. Der Ausgang führte auf die Kreuzung einiger enger Straßen, die von protzigen Lastwagen und zerbeulten Bussen verstopft waren.

*Zeigt eure Kraft! Gebt eure Stimme dem Kommunismus! Wählt PSUC! Der Sozialismus ist die Lösung! Weg mit dem Re-*

*formismus! Wählt die Partei der Arbeit!* Die Plakate verbargen nur ungenügend die vorzeitig gealterten Ziegelmauern, von denen der Putz bröckelte. Auf den Reklamewänden klebten die properen Plakate der Regierungspartei *Das Zentrum hält, was es verspricht*, als gehe es um kostenlose Urlaubsreisen. Hoch über den handgemalten Parolen der Linken und den anspruchsvollen Plakaten einer Regierung junger Salonlöwen, die sich die Mähne von namhaften Friseuren trimmen ließen, und schon dem Himmel nahe, der die Farbe von billigem Gußeisen angenommen hatte, prangte die triumphierende Inschrift: *Sie betreten den Stadtteil San Magín.*

Und das stimmte noch nicht einmal. San Magín erhob sich am Ende einer Straßenschlucht zwischen Steilwänden von unterschiedlichen Mietshäusern, bei denen der verwitterte architektonische Arme-Leute-Funktionalismus der fünfziger Jahre mit den vorgefertigten Bienenwaben der letzten Jahre koexistierte. Die Trabantenstadt selbst bestand sehr wohl aus einförmigen Blöcken, alle gleich hoch, und machte auf Carvalho schon von weitem den Eindruck eines Labyrinths.

*Sie betreten den Stadtteil San Magín*, verkündete der Himmel und fügte hinzu: *Eine neue Stadt für ein neues Leben. Die Trabantenstadt San Magín wurde am 24. Juni 1966 eingeweiht von Seiner Exzellenz, dem Staatschef Franco.*

So stand es auf einer Gedenktafel in der Mitte des Obelisken, der den freien Platz vor einer Siedlung aus zwölf gleichförmigen Blöcken verunzierte. Es sah so aus, als hätte ein allmächtiger Riesenkran sie dort hingezaubert. Die scharfen Kanten des Betons stachen in die Augen. Das konnten weder die Frauen ändern, die in ihren gesteppten Nylonmorgenmänteln versuchten, dem Ganzen ein etwas menschlicheres Aussehen zu geben, noch der dumpfe menschliche Lärm, der aus jeder Wohnnische drang, ein Lärm, der nach *sofrito* und feuchten Einbauschränken roch. Butangaslieferanten, Frauen auf ihrem täglichen Weg zum Supermarkt, Fischgeschäfte voller Fische mit grauen, traurigen Augen, Bar *El Zamorano*, Wäscherei *Turolense*, An- und

Verkauf. *Freiheit für Carrillo. Die Faschisten sind die Terroristen.* – *Förderkurse für lernschwache Kinder* – *Institut Hameln.* Jede dieser Parolen war ein Wunder an Überlebenskraft, wie grüne Pflanzen, die aus dem Beton wachsen. Jede Fassade war ein Gesicht mit vielen blicklosen Augen, dazu verdammt, über dieser trockenen Lepra dunkel zu werden.

»Haben Sie diesen Mann schon mal gesehen?«

Die Frau sah Carvalho an, nicht das Foto, das er ihr zeigte.

»Wie bitte?«

»Kennen Sie diesen Mann?«

»Ich weiß nicht, wie spät es ist.«

Sie ließ ihn stehen und marschierte weiter, mit der beschwingten Leichtigkeit eines Hubschraubers. Er ärgerte sich über den schlechten Auftakt seiner Suche, denn er hatte sich vorgenommen, in jeder einzelnen Wohnnische nach dem Paco-Rabanne-Duft von Stuart Pedrells Rasierwasser zu schnüffeln. Als würde er am Rande stehen und eine Szene beobachten, sah Carvalho sich selbst, wie er tausendmal das Foto zeigte, Laden für Laden. Nur bei zwei Gelegenheiten zeigten die Betrachter leichte Anzeichen des Wiedererkennens. Meistens schauten sie das Foto nicht einmal an, wohl aber Carvalho, während sich ihre Nase gegen seinen Polizeigeruch sträubte.

»Er ist ein Verwandter, ich bin auf der Suche nach ihm. Haben Sie nicht die Suchmeldung im *Radio Nacional* gehört?«

Nein, eine Suchmeldung hatten sie nicht gehört. Carvalho ging mehrmals durch die Straßen, die die Namen der Regionen Spaniens trugen, als wäre in San Magín dank des genialen Impulses seiner Erbauer ganz Spanien im Kleinen vereint. Dann ließ er sich von einer Gruppe behelmter Bauarbeiter den Weg in ein Restaurant zeigen, in dem Schulter an Schulter fast hundert Arbeiter vor ihren geschmorten Linsen mit Kalbsbraten nach Gärtnerin-Art saßen. Carvalho verschlang hungrig sein Menü und kam dank eines großzügigen Trinkgelds mit dem jungen, schüchternen Kellner ins Gespräch, der ihm antwortete, ohne ihn anzusehen. Es war ein Junge aus Galicien mit zwei roten

Flecken auf den Wangen und großen, eiternden Frostbeulen an
den Händen. Er arbeitete seit zwei Jahren hier. Seine Tante
machte hier sauber. Sie hatte ihn aus dem Dorf kommen lassen.
Er aß und schlief hier, im Hinterzimmer, wo sich die leeren Kartons stapelten.

»Nein, diesen Señor habe ich noch nie gesehen.«

»Gibt es in diesem Viertel noch ein anderes, teureres Restaurant?«

»Ein teureres gibt es schon, aber glauben Sie ja nicht, daß das
Essen dort besser ist. Wir kochen hier einfach, aber gesund. Ein
gesundes Essen.«

»Das bezweifle ich nicht. Es geht mir nur darum, ob mein
Verwandter vielleicht dort verkehrte. Die Leute lieben die Ab-
wechslung.«

Es duftete nach Espresso mit Cognac Fundador. Die jungen
Arbeiter lachten, redeten laut, stießen sich an und taten, als
wollten sie einander an die Hoden greifen oder stritten sich darüber, wer der bessere Linksaußen sei, Carrasco oder Juanito.
Die Älteren rührten in ihren Tassen mit der Bedächtigkeit von
Kennern. Die Hektik der Jungen verlor sich in ihren langsamen
Pupillen. Sie nahmen das Foto in die Hand, hielten es von sich
weg, betrachteten es mit zementbestäubten Augen und befühl-
ten es ein wenig mit den Händen, als könnte die Berührung
ihrem Gedächtnis aufhelfen. Er war kein Stammgast, antwortete das kollektive Gesicht. Der Besitzer wollte die Zeit nicht
vertrödeln, die er brauchte, um weitere zweihundertfünfzig Pesetas zu kassieren. Er blickte nur kurz über die Schulter auf das
Bild und schüttelte den Kopf. Seine Frau schälte mit der einen
Hand Kartoffeln, mit der anderen machte sie Kaffee, und mit
dem Mund rief sie schrill nach ihrer Tochter, einem kleinen
Mädchen mit Pickeln und Schweißflecken unter den Achseln,
die die Tische zu langsam abräumte. Nicht weit davon lehnte
der Erbe des Geschäfts, ein Travolta mit Kartoffelnase, seinen
schmalen Hintern am Kühlschrank, die Jeansbeine gekreuzt,
und schnitt sich mit pedantischer Sorgfalt die Fingernägel. Er

war vollauf damit beschäftigt, am kleinen Finger seiner linken Hand ein Nagelhäutchen zu entfernen.

*Weine aus Jumilla.* Carvalho betrat den Weinausschank, der sich baulich in nichts von den übrigen Restaurants, Apotheken und Wäschereien unterschied, und bestellte eine Flasche weißen Jumilla. Der Wirt war ein völlig weißhäutiger Drei-Zentner-Mann, dessen einzige Zierde die dunkelvioletten, faltigen Ringe um seine Augen waren. Carvalho war allein mit ihm in dem Lokal, das von einem ungeheuren Kühlschrank beherrscht wurde. Seine Holzverkleidung war mit Chromleisten verziert, und der Lärm beim Auf- und Zumachen erinnerte Carvalho an die alten Eisschränke der Bars und Tavernen seiner Kinderzeit. Dieser hier war ein gigantisches Exemplar in den Dimensionen seines Besitzers, innen grün gekachelt. Der Wirt wollte in das Schweigen einbrechen, das Carvalho umgab.

»Eine Katastrophe. Die Lage ist katastrophal. Trockenes Brot und Schläge, mehr haben sie nicht verdient. Und der Rest gehört an die Wand gestellt. Wir sind sechzehn Millionen zuviel. Keiner mehr, keiner weniger. Da hilft nur noch ein Krieg!«

Carvalho leerte noch ein Glas und nickte lustlos, aber das genügte schon, die drei Zentner wälzten sich an seinen Tisch und machten sich auf der anderen Seite breit.

»Glauben Sie noch an die Gerechtigkeit? Natürlich nicht! Mich muß man studieren. Man muß mich zu nehmen wissen. Auf den Grund blicken. Aber mit Gewalt? Da läuft gar nichts! Wie gesagt. Sechzehn Millionen Spanier zuviel. Da gibt es keinen Ausweg. Bei Franco hätte es so etwas nicht gegeben. Da herrschte Disziplin, und wer aufmuckte – zack! – Rübe ab. Ich bin für klare Verhältnisse, das sage ich immer wieder. Auch wenn es manchmal weh tut. Ich will wissen, woran ich bin. Ich will nicht alles auf einem silbernem Tablett serviert, das ist es doch nicht, das ist es überhaupt nicht. Von mir aus kann die ganze Welt verrecken. Dabei bleibe ich, das können Sie wörtlich nehmen, so wie ich es Ihnen jetzt sage, komme was da will. Sie verstehen mich, nicht wahr?«

Carvalho nickte.

»Neulich kam einer an. Wir hatten schon gesagt, was zu sagen war. Du das, ich das. Gut. Da war nichts mehr zu sagen. Und dann, Sie werden es nicht glauben, eine Stunde später behauptet er das glatte Gegenteil von allem. Und lacht noch dazu, lacht so lange, bis mir der Kragen platzt und ich ihm einen Tritt verpasse, genau ins Schwarze, wenn Sie wissen, was ich meine.«

Carvalho leerte die Flasche und legte die achtzig Pesetas neben die zehn Kilo Unterarm des Riesen.

»Weiter so. Lassen Sie sich von denen nicht unterkriegen.«

»Die wissen nicht, mit wem Sie es zu tun haben«, antwortete der Mann und starrte auf den Weinrand, den Carvalhos Glas hinterlassen hatte. Carvalho trat auf die Straße hinaus und ging in den anspruchsvollsten Friseurladen, den er finden konnte. An den Wänden Fotos von Friseurmodellen und ein verblichenes Schild mit der Aufschrift *Wir modellieren Ihre Frisur.*

»Haare schneiden und rasieren, bitte.«

Vorsichtig musterte er die Hände des Friseurs, eine Angewohnheit aus der Zeit im Gefängnis, dort konnte man nicht mehr erwarten, als daß der Schmutz ein bestimmtes Maß nicht überschritt, und meistens hatte irgendein hypochondrischer Mörder den Posten des Friseurs inne. Carvalho erzählte die Geschichte von seinem verschwundenen Verwandten und zeigte das Foto. Der Friseur sah hin, ohne es wirklich anzusehen, als sei es ein Horizont, den er mit seinem Rasiermesser in Scheiben schneiden konnte. Dann ging das Bild unter den Kunden von Hand zu Hand und kam endlich wieder zurück zu dem Friseur, der es nun mit größerer Aufmerksamkeit studierte.

»Irgendwoher kenne ich dieses Gesicht ... aber ich weiß nicht, woher«, meinte er nach ein paar Sekunden, als er es Carvalho zurückgab.

»Behalten Sie es hier und sehen Sie es ab und zu mal an, bitte. Ich komme morgen wieder.«

»Das ist ein Gesicht, das ich schon mal gesehen habe, glauben Sie mir.«

Carvalho ging wieder an dem Weinlokal vorbei. Der Besitzer stand auf seinen kurzen Kegelbeinen vor seinem Geschäft und murmelte leise vor sich hin.

»Alles beim Alten?«

»Nein, alles wird schlechter.«

»Nicht aufgeben!«

»Lieber tot als das.«

Carvalho ging weiter, und der Mann versank wieder in seinen Grübeleien. Auch der einzige Zahnarzt in San Magín kannte weder das Gesicht noch das Gebiß von Stuart Pedrell. Ebensowenig die beiden Ärzte, deren Praxis von zahnlosen Alten überfüllt war, die wachsweiche Worte wiederkäuten. Carvalho klapperte alles ab, von der Boutique, wo direkt neben der seidenen Krawatte die Windelhöschen hingen, bis zu den Wäschereien, ohne dabei die Apotheken und die Zeitungsstände zu vergessen. Bei einigen Leuten schien die Fotografie einen Bodensatz im Gedächtnis aufzurühren. Aber mehr nicht. Auch in den beiden von zwei Brüdern aus Cartagena geleiteten Abendschulen war Stuart Pedrell nicht bekannt. Carvalhos Mut schwand, und nur der investierte Aufwand an Worten und Wegen veranlaßte ihn, diese selbstmörderische Suchaktion fortzuführen.

»Heute abend große Versammlung der katalonischen Sozialisten! Arbeiter: Für ein San Magín, das nicht nach den Bedürfnissen der Spekulanten, sondern nach euren Bedürfnissen gebaut wird! Kommt zur Versammlung der Sozialisten im Stadion La Creuta! Es sprechen Martín Toval, José Ignacio Urenda, Joan Reventós, Francisco Ramos. Die Sozialisten haben die Lösung!«

Die Stimme kam aus den Lautsprechern eines kleinen Lieferwagens, der langsam durch die Straßen fuhr. Die Leute hörten ohne große Begeisterung zu, sie waren sich bewußt, daß sie sowieso die Kommunisten oder Sozialisten wählen würden, einer bio-urbanistischen Notwendigkeit folgend, aber ohne kämpferischen Elan. Nur ein paar Kinder klopften an das Fenster des Lieferwagens und wollten Fähnchen. Sie kehrten enttäuscht zu ihrem Spiel zurück und maulten: »Die von der UCD sind aber schöner.«

Ein Schinkengroßhändler legte das Foto genau unter die fett-triefende Spitze eines aufgehängten Delikateßschinkens, so daß ein dicker Tropfen auf Stuart Pedrells Gesicht fiel. Der Händler machte seine Unachtsamkeit wieder gut, indem er das Fett mit dem Ärmel abwischte. Das Bild war nun verdunkelt und ver-wischt, als wären zwanzig Jahre Fotoalbum daraufgefallen. Carvalho verließ den Laden und begann die Portiers zu befra-gen in den Häusern, die noch nicht das System des automati-schen Türöffners eingeführt hatten. Alte, im Halbdunkel weiß gewordene Portiers tauchten vom Grunde ihrer Brunnen-schächte auf, die nur das Licht der Fernsehschirme kannten, um zu sagen, nein, sie hätten diesen Mann nie gesehen. Ein Häuserblock. Noch einer. Selbst wenn zwei Wochen bei der Suche draufgehen, sagte er sich, dachte aber dann daran, bei Einbruch der Dunkelheit aus San Magín zu fliehen und den lo-gischen Faden in einer anderen Richtung zu verfolgen. Die Portierslogen und ihre Insassen glichen einander, als ginge er immer durch ein und dieselbe Tür in ein und denselben Wohn-block. Plötzlich bemerkte er, daß die Gehwege voller Kinder waren, und der Himmel sah aus, als freue er sich über ihr La-chen, Schreien und Rennen. Irgend jemand hatte auch den schwangeren Frauen Ausgang gegeben, und sie watschelten über die Gehwege wie unsichere Entlein. Er ging hoch zur Kir-che auf der Kuppe des Hügels, an dessen Flanken San Magín erbaut worden war. Eine funktionale Kirche aus zerbröckeln-dem Material, an dem Wind, Regen und die despotische Son-nenglut des baumlosen Hügels ebenso ihre Wut ausgelassen hatten wie die handfeste Pest der Industrieabgase jenseits der Zuckerrohrfelder, die beharrlich die frühere Existenz eines heute toten Bächleins anzeigten. Die Wände der Sakristei be-deckten alte Plakate mit der Forderung nach bereits gewährten und überholten Amnestien. Eines war dabei, das auf italienisch den Film *Christus kam nur bis Eboli* ankündigte. Der Pfarrer trug Vollbart und einen nicht mehr ganz neuen Pullover im Stile des Kommunisten und Gewerkschaftsführers Marcelino Camacho.

»Dieses Gesicht habe ich schon einmal gesehen. Aber es ist schon länger her. Ich weiß allerdings weder, wie er heißt, noch wann ich ihn gesehen habe. Ein Verwandter von Ihnen?«

Das ganze Mißtrauen des Revolutionärs funkelte aus dem einen Auge, das er mehr öffnete als das andere. Carvalho ging, und dieser durchdringende Blick folgte ihm. Nun mußte er sich entscheiden, ob er in das Labyrinth der Satellitenstadt zurückkehren oder lieber zu ein paar hell erleuchteten Baracken gehen sollte, aus denen Musik drang.

Über der Tür hing ein Schild mit der Aufschrift der gewerkschaftlichen Basisorganisation *Comisiones Obreras von San Magín*, und aus dem Innern ertönte ein gefühlvolles Lied von Víctor Manuel, das die Liebe zweier Außenseiter besang. Er zeigte das Foto einem Hausmeister, der in der Mitte des Lokals einen Sägespanofen in Gang zu bringen versuchte. Um den Ofen standen zwei Dutzend Stühle verschiedener Herkunft, ein kleiner Eisschrank, eine Tafel und ein Bücherschrank, die Wände hingen voll mit Aufrufen und politischen Plakaten.

»Klar kenne ich den. Vor Monaten kam er oft hierher, als wir das Lokal hier gerade aufgemacht hatten.«

»Wie nannte er sich?«

»War er nicht ein Verwandter von Ihnen? Dann müssen Sie das selbst am besten wissen. Hier wurde er von allen ›Der Buchhalter‹ genannt. Nein, er ist kein Mitglied geworden. Aber er kam oft. Dann blieb er plötzlich weg.«

»War er sehr aktiv? Arbeitete er viel?«

»Was weiß ich. Ich weiß nicht, was er an seinem Arbeitsplatz machte.«

»Hier, meine ich. Ob er hier gearbeitet hat.«

»Nein. Er kam zu Versammlungen, aber diskutierte wenig.

Manchmal meldete er sich bei öffentlichen Diskussionen zu Wort.«

»War er ein Hitzkopf?«

»Nein, nein. Gemäßigt. Hier gibt es Leute aller Art, die die Revolution an einem Tag machen wollen. Er gehörte zu den Gemäßigten. Schon von seiner ganzen Art her. Verstehen Sie, ein sehr gebildeter Mensch. Sehr vorsichtig. Er sagte nichts, weil er niemanden verletzen wollte.«

»Kannten Sie seinen richtigen Namen nicht?«

»Antonio. Er nannte sich Antonio, obwohl alle ›Buchhalter‹ zu ihm sagten, weil er als Buchhalter arbeitete.«

»Wo?«

»Das weiß ich nicht.«

»War er nicht mit jemand befreundet? Eine feste Bekanntschaft, mit der er hier immer auftauchte?«

»Na klar.« Er konnte ein Lächeln nicht unterdrücken.

»Mit Mädchen?«

»Mit einem Mädchen. Eine von den Metallern, sie arbeitet bei SEAT, Ana Briongos.«

»Kommt sie noch regelmäßig hierher?«

»Nein. Ab und zu. Aber sie ist sehr, sehr radikal. Eine von denen, die über den Moncloa-Pakt sehr empört waren, und sie ist es immer noch. Manche Leute glauben, sie könnten die Dinge über Nacht ändern, man brauche nur zu wollen, daß sie sich ändern. Denen fehlt eine Erfahrung wie der Krieg. Die sollten mal einen Bürgerkrieg mitmachen! Der Mensch ist das einzige Tier, das zwei- oder dreimal über denselben Stein stolpert. Ein sehr nettes Mädchen, die Briongos. Und Mut hat sie. Sehr engagiert. Aber ungeduldig. Hier auf diesem Posten stehe ich seit 1934, und ich habe alles durchgemacht, hören Sie, alles. Schläge ausgeteilt und Schläge eingesteckt. Na und? Gehe ich jetzt hin und stecke Briefkästen an? Haben Sie mal Solé Tura reden gehört? Die hat mal eine Sache gesagt, über die ich nachdenken mußte. Mal sehen, ob ich es noch zusammenbringe. Die Bourgeoisie brauchte vier Jahrhunderte, um an die Macht zu kommen, und die Arbeiterklasse existiert erst seit hundert Jahren als organisierte Bewegung. Wortwörtlich, ich erinnere mich genau. Die Sache hat Hand und Fuß, oder nicht? Und da gibt es Leute, die glauben, sie brauchen nur mit ihrem Ausweis von den *Comisiones Obreras* zum Regierungspalast zu gehen und zu sagen: ›Los, nach Hause, jetzt gebe ich hier die Befehle.‹ Drücke ich mich klar aus? Solche Leute gibt es haufenweise. Man muß Geduld haben, Geduld, dann wird uns keiner kleinkriegen. Aber wenn wir blindwütig drauflosschlagen, dann kriegen wir hier wieder alles zurück, denn die schlagen nicht blind drauflos. Die sehen ein bißchen besser als eine kurzsichtige Kröte.«

»Wo finde ich die Briongos?«

»Das ist nicht meine Sache. Hier bekommen Sie die Adresse nicht. Sprechen Sie mit dem Verantwortlichen, wenn Sie wollen, aber wir geben hier nie Adressen raus. Das ist eine Sache der Verantwortung, wenn Sie verstehen, was ich meine.«

»Wissen Sie auch nicht, wo der Buchhalter arbeitete?«

»Sicher bin ich mir nicht. Ich glaube, er arbeitete stundenweise, führte die Bücher einiger Geschäfte für Glas, Flaschen und chemische Apparate. Im Block neun oder dort in der Gegend, weil ich ihn manchmal dort gesehen habe. Immer ging er ganz steif. Eine straffe Haltung, steif und straff. So ging er. Am Anfang trauten wir ihm nicht. Er kam uns fremd vor, und niemand wußte, wo er herkam. Aber daß er mit der Briongos kam, das war eine Garantie. Die war schon im Gefängnis, als sie noch Söckchen trug. Ihr Vater wollte sie verprügeln, aber sie hat zurückgeschlagen. Eine richtige Kämpferin. Es ist schade, wenn solche Leute dann resignieren und die Arbeit der ganzen Jahre zum Fenster rauswerfen. Jetzt kommt sie her und sagt, daß ihr alles egal ist und die Bourgeoisie sowieso schon alles unter Kontrolle hat. Stellen Sie sich vor. Mich soll die Bourgeoisie unter Kontrolle haben. Und man hört und hört, und schluckt und schluckt, bis man eines Tages den Löffel abgibt. Was hab ich mit der Bourgeoisie am Hut, Donnerwetter noch mal, können Sie mir das erklären?«

»Cifuentes, krieg dich wieder ein!« rief ihm ein Junge zu und stimmte in das Gelächter seiner Genossen ein.

»Macht mich nicht an. Ein bißchen mehr Erziehung, ihr Armleuchter! Euch ist doch auch schon alles egal.«

»Willst du einen Joint, Cifuentes?«

»Oder lieber ein halbes Kilo schwarze Afghanen?«

»Hören Sie die? Die machen nur Spaß, aber wenn das ein Klassenfeind hört, dann gibt's jede Menge Ärger. Das ist die Gedankenlosigkeit der Jugend. Man muß mit Vorsicht durchs Leben gehen und auf die besten Kampfbedingungen warten.«

Die besten Kampfbedingungen … Ein fernes Echo von Ideologie stellte sich in Carvalhos Gedächtnis ein. Die Bedingungen. Es gab die besten, die objektiven und die subjektiven.

»Plötzlich war der Buchhalter verschwunden, und keiner hat sich darüber gewundert?«

»Nein. Er ging, wie er gekommen war, und es ist nicht unsere Sache, uns über so etwas Sorgen zu machen. Wenn wir uns um jeden Sorgen machen würden, der zur Arbeiterbewegung stößt und wieder verschwindet, wären wir schon lange im Irrenhaus gelandet. Gerade in dieser Zeit. Am Anfang war alles Euphorie, und jeder wollte Mitglied werden. Und jetzt herrscht eine gewisse Disziplin am Arbeitsplatz, aber hierher verirrt sich kaum noch jemand. Das belebt sich hier erst wieder, wenn die Gewerkschaftsanwälte kommen und Sprechstunde halten. Der Franquismus hat uns alle verdorben. Wenn ich lese, das spanische Volk sei reif für die Demokratie, könnte ich die Wände hochgehen. Alles, bloß keine Reife!«

»Reg dich ab, Cifuentes!«

»Ich rege mich auf, solange es mir paßt, du Säugling. Geh doch nach Hause und nerv deine Eltern! Ich spreche mit diesem Señor hier und nicht mit dir.«

Er begleitete ihn zur Tür.

»Die Jungs sind in Ordnung, aber sie ärgern mich gerne. Wenn es drauf ankommt, geben sie mir ihr letztes Hemd, aber die Sticheleien können sie nicht lassen. So ist es eben. Ich lasse es mir gefallen, weil ich Rente kriege und hier den *Comisiones* einen Tagelöhner einsparen kann. Sechsmal war ich im Gefängnis, zum erstenmal 1934 und dann mit Núñez 1958, als wir die *Comisiones* neu gegründet hatten, und jedesmal wenn es Ärger gab bei Artes Gráficas, hieß es: ›Cifuentes, in die Vía Layetana!‹ Zum Kommissar Creix habe ich eines Tages gesagt: ›Wenn Sie wollen, ziehe ich hier ein‹, und der Zyniker hat gelacht. So ein übler Kerl, hören Sie. Er soll ja jetzt pensioniert sein.«

»Wer?«

»Creix. Es könnte stimmen. Er muß in meinem Alter sein. Das Beste wissen Sie ja noch gar nicht!«

Er nahm ihn am Arm, führte ihn hinaus auf die Straße und sagte mit leiser Stimme: »Creix und ich sind Kollegen.«

Er trat zurück, um die ganze Größe des Erstaunens richtig mitzubekommen, das sich sicherlich auf Carvalhos Gesicht zeigen würde.

»Sie verstehen es nicht? Na, gleich werden Sie's verstehen. Ich hab im Krieg Kurse für Führungskräfte besucht, auf der Parteischule in Pins del Vallés. Einige sind dann als Politkommissare an die Front gegangen, andere zur Polizei. Mir hat man gesagt, ich sollte zur republikanischen Polizei gehen. Comorera selbst hat mir dazu geraten, doch, doch, Sie haben richtig gehört! ›Schau mal, Cifuentes, Politkommissare haben wir, so viele wir wollen, aber wir brauchen loyale Polizisten, weil die Polizei von der fünften Kolonne unterwandert ist.‹ Gut, ich bin also zur Polizei gegangen. Und dann kam es, wie es kommen mußte. Ich war nämlich auf einem Kommissariat in Hospitalet, und mein Chef war ein gewisser Gil Llamas. Klingt Ihnen bekannt? Der muß damals schon bei der fünften Kolonne gewesen sein, denn nach dem Krieg machte er munter weiter im Polizeicorps.«

»Es kommt noch besser. Als ich 1946 aus dem Gefängnis kam, hab ich ihn auf der Ronda zufällig wiedergetroffen, ich weiß nicht, wie dieser Abschnitt der Ronda heißt, wo früher das *Olimpia* war, und er hat so getan, als ob er mich nicht kennen würde. Na gut, dann ging's mir 'ne Weile ziemlich dreckig, und vor ein paar Monaten kommt da ein Brief von einem Rentenberater, und der erzählt mir, ich könnte meine Rechte als Polizist der Republik geltend machen. Ich gehe hin zu ihm, ein sehr aufmerksamer, sehr professioneller Mensch. Er bekommt seine Provision, und alles ist paletti. Also, dann machen Sie mal! Auch wenn nichts dabei rauskommt. Und er machte. *Madre mia!* Da, sehen Sie!«

Aus einer Plastikbrieftasche zog er ein gefaltetes und abgegriffenes hektographiertes Schreiben. »... werden Ihnen die Rechte eines pensionierten Polizeibeamten mit dem Dienstgrad eines Unterkommissars zuerkannt.«

»Unterkommissar, ich! Und im Monat dreißigtausend Pesetas Pension. Was sagen Sie dazu? Meine Rente als Lagerarbeiter war fünfzehntausend, und jetzt dreißig! Ich komme mir reich vor, ein reicher Mann, und außerdem, sehen Sie, Unterkommissar. Es war auch Zeit, daß ich mal Glück hatte. Meine Frau will's noch gar nicht glauben. Sie ist ein wenig eigen, bei allem, was sie mitgemacht hat. Ich zeige ihr den Brief, ich zeige ihr jeden Monat die dreißigtausend Pesetas, und sie, stur wie ein Maulesel: ›Evaristo‹ – so heiße ich – ›Evaristo, das kann nicht gutgehen!‹ Was meinen Sie dazu?«

Die Frage galt Carvalho, dem Mann von Welt aus dem jenseitigen Reich der Stadt, aus der der Alte vertrieben worden war.

»Cifuentes, wenn man einmal als Beamter anerkannt ist, gibt es keinen, der einem das wieder wegnehmen kann. Sie brauchen sich keine Sorgen zu machen!«

»Mir geht es nicht um das Geld, es ist eine Sache der Ehre. Eines Tages gehe ich zu Creix und den vielen anderen, die mir bei lebendigem Leib die Haut abgezogen haben, und halte ihnen dieses Papier unter die Nase.«

Das Hinterzimmer des Kramladens eines Riesen war vollgestellt mit Fünfzig-Liter-Tanks für unsägliche Zaubertränke, Glasballons, Destillierkolben, Reagenzgläsern, Glasscheiben, die gelblicher Sägemehlstaub trübte, weißen Holzregalen, von Feuchtigkeit und Dunkelheit angegriffen, Wandteppichen, Strohteppichen, springenden Katzen wie aus sehnigem Metall, nackten Glühbirnen. Ein alter Athlet mit ergrautem Schnauzbart jonglierte mit Pappkartons. Ein trauriger Schäferhund beschnupperte den Neuankömmling. Am Ende eines Korridors zwischen gigantischen, toten Glasbehältern aller Art saß ein kräftiger, ernster Mann an einer Rechenmaschine, die auf der Tischkante stand, und ein Junge an seiner Seite prüfte den Schliff kleiner Spritzen. Aus einem Lautsprecher, der im Dunkel unter dem Dach hing, ertönte Alfredo Kraus' *Die Perlenfischer*. Über den Häuptern hörte man weibliche Absätze auf dem Fußboden der Kammer im Halbgeschoß. Der Mann an der Rechenmaschine fragte: »Sie wünschen?«, ohne den Kopf zu drehen; den bewegte er erst, als ihm Carvalho das Bild von Stuart Pedrell unter die Nase hielt. Er zog die Nase kraus, beendete seinen Rechenvorgang, gab Aufträge für Dinge, die vor Ladenschluß erledigt sein mußten, und setzte sich mit hochgezogenen Schultern und abgespreizten Armen in Bewegung. Er stieg die Holztreppe zum Halbgeschoß empor, und Carvalho, der ihm folgte, erblickte ein kleines Büro, in dem ein Mädchen tippte und eine gewaltige Frau mit verkleinerten, traurigen Augen hinter ihrer dicken Brille die Arbeit unterbrochen hatte, um auf katalanisch zu telefonieren. »Tantchen, die Mama läßt fragen, ob du am kommenden Sonntag nach La Garriga kommst.« Beim Anblick von Carvalho stutzte sie kurz und setzte dann ihr Telefonat leiser fort. Der Chef schickte das Mädchen mit einem Auftrag weg, setzte sich auf einen Bürotisch und lehnte sich an den grauen Aktenschrank aus Blech. Eine Katze fraß ein Stückchen Leber neben dem Papierkorb. Ein Jagdhund betrachtete den Neuankömmling mit der unbeweglichen Miene von Buster Keaton. Ein anderer, jüngerer Hund, der Lauren Bacall ähnelte, beschnüffelte ihn aufdringlich und versuchte, mit den Zähnen seinen Knöchel zu markieren, bis ihn das Zungenschnalzen seines Besitzers unter einen Tisch jagte. In einem Käfig tanzten zwei durchgedrehte Kanarienvögel den Sklaventanz. Der Besitzer drückte eine Taste, die Stimme von Kraus verstummte, und die Luft war wieder erfüllt von der Halbstille eines Geschäftes, das wie ein U-Boot in der Tiefe eines der hundertzweiundsiebzig Stockwerke hohen Klötze von San Magín lag.

»Die Mama macht Gemüse und gebratenes Fleisch.«

»Hat dieser Mann hier gearbeitet?«

»Ja, fast ein Jahr lang, als Aushilfe. Er machte unsere Buchführung, ein paar Stunden täglich.«

»Er hieß Antonio, und wie weiter?«

»Ich glaube, Porqueres.«

»Glauben Sie oder wissen Sie es?«

»Er hieß Porqueres, weil ich immer Señor Porqueres zu ihm gesagt habe. Er machte seine Arbeit, ich bezahlte ihn, alles war in Ordnung.«

»Machte er seine Sache gut?«

»Sehr gut.«

»Wie kam er zu Ihnen?«

»Ich hatte ein Schild an die Tür gehängt, und er kam und stellte sich vor.«

»Und Sie stellen einfach so mir nichts, dir nichts einen Buchhalter für Ihr Geschäft ein?«

»Er brachte ein Empfehlungsschreiben mit. Ich weiß nicht mehr genau, von wem. Josefina, weißt du noch, von wem Señor Porqueres die Empfehlung hatte?« fragte er seine Frau auf katalanisch. Die Frau zuckte die Schultern, ohne den Telefonhörer vom Ohr zu nehmen.

»Ich glaube, sie war von Señor Vila, dem Unternehmer oder Subunternehmer, der hier alle Bauarbeiten macht.«

»Und Porqueres blieb weg, ohne sich zu verabschieden? Auf die französische Art?«

»Ja.«

134

»Und das hat Sie nicht gewundert?«

»Ein wenig schon. Wir haben alles geprüft und alles war in Ordnung. So, wie er gekommen war, ist er gegangen. Es mußte eines Tages so kommen. Diese Arbeit, dieser Stadtteil paßten nicht zu ihm.«

»Warum?«

»Was würden Sie von einem Mann halten, der alle Platten von Plácido Domingo auswendig kennt und der Ihnen so lebendig die Schlußszene der *Salomé* von Strauss beschreibt, wie ihn die Caballé singt? Ich bin ein großer Opernfan und habe selten das Vergnügen, einen wirklichen Kenner zu treffen. Er war einer.«

»Haben Sie nur über Opern geredet?«

»Über Opern und das Geschäft. Wir haben uns sehr selten gesehen. Ich leite das Geschäft unten und meine Frau macht das Büro hier oben.«

»Der Freund von der Miriam kommt auch. Hör mal, Inés, hast du keine Post vom Onkel aus Argentinien bekommen?«

»Wo wohnte er?«

»Hier ganz in der Nähe, aber genau kann ich es Ihnen nicht sagen. Ist ihm etwas passiert?«

»Er ist ein Verwandter von mir, und ich suche ihn. Er ist verschwunden.«

»Mir kam die ganze Geschichte sowieso rätselhaft vor. Aber ich mische mich nicht gern ein in anderer Leute Angelegenheiten. Mir reicht es, wenn sie ihre Arbeit gut machen. Guten Tag, bis morgen. Das ist die ideale Beziehung.«

»Ganz allgemein?«

»Ganz allgemein, mit aller Welt, und besonders mit den Angestellten.«

»Wo wohnt der Señor Vila, der ihn empfohlen hat?«

»Die genaue Adresse weiß ich nicht. Er wohnt am Rand der Trabantenstadt in einer kleinen alten Villa. Sie können es nicht verfehlen, er hat einen Garten hinter dem Haus. Bekomme ich Schwierigkeiten? Ich kann nur wiederholen, er war eine Aushilfskraft, arbeitete stundenweise und machte seine Sache sehr gut. Mehr weiß ich nicht.«

Lauren Bacall hatte ihr Versteck verlassen und betrachtete den Unbekannten mit unverschämten grünen Augen. Carvalho deutete eine Bewegung an, die die Solidarität eines Hundebesitzers mit einem anderen Hund ausdrücken sollte. Aber Lauren Bacall bellte empört, und erst ein erneutes Schnalzen ihres Herrchens ließ sie in ihr wachsames Exil zurückkehren.

»Wie ich sehe, haben Sie einen kompletten Zoo hier.«

»Es fängt damit an, daß man den Welpen eines Freundes annimmt, und am Ende hat man die reinste Arche Noah. Zu Hause gibt es auch noch einen Hamster.«

»Inés, weißt du, daß die Piula womöglich schwanger ist? Wenn das mal gutgeht!«

Die Frau verabschiedete sich von ihm, ohne sich vom Hörer zu trennen.

Der Besitzer brachte ihn zur Tür, blieb dort stehen und blickte ihm nach. Er mußte wieder den Knopf gedrückt haben, denn die Stimme von Kraus erklang erneut auf der ungeteerten Straße, kroch an den Wänden der bewohnten Schluchten empor, klopfte an geschlossene Fensterscheiben und wischte den Staub von den melancholischen Geranien, und ließ wie ein sanfter leichter Windstoß ein paar Markisen aufflattern, die auf drei Quadratmeter großen Minibalkonen überwintert hatten. Die Scheinwerfer der palmenartigen Neonlaternen markierten Lichtkreise, die sich immer weiter entfernten. Sie verstärkten die zunehmende Dunkelheit, in der San Magín versank, während ein kalter, feuchter Wind von Prat heraufkam und in Carvalhos Kopf Sehnsucht nach Decken und flackerndem Kaminfeuer erzeugte. Er sprang nun von Lichtkreis zu Lichtkreis und strebte einer Grenzlinie entgegen, die von weitem eine Inschrift am Himmel anzeigte, extra beleuchtet, das Ende des Paradieses ankündigend: *Sie verlassen San Magín. Bis bald!*

Es war eines der Landhäuser, deren architektonischer Vater unbekannt war, Wochenende für Wochenende von einer andalusischen Maurerkolonne in Schwarzarbeit hochgemauert. Der Erbauer war wohl ein kleiner Einzelhändler der vierziger Jahre gewesen, der seine ganzen Ersparnisse in ein Häuschen mit Garten gesteckt hatte, weit weg von der Stadt, um sich eines Tages von der Hektik der schweren Nachkriegszeit erholen zu können. An der Tür empfing ihn ein vierschrötiger, grauhaariger Mann in einem gesteppten Schlafrock und Wildlederpantoffeln, gefüttert mit Kaninchenfell. Im Haus roch es nach Béchamelsoße. Man hörte Kinder quengeln und Frauen schimpfen.

Vila führte ihn hinauf in sein Büro, ein kleines Zimmer, in dem alles so sauber aufgeräumt war, als sei es noch nie benutzt worden. Sie versanken in den beiden braunen Skaisesseln. Als er das Foto erblickte, rief Vila überrascht aus: »Señor Stuart Pedrell!«

»Kannten Sie ihn?«

»Warum sollte ich ihn nicht kennen? Ich habe die Bauarbeiten des ganzen Viertels geleitet. Anfangs war ich Vorarbeiter eines einzigen Blocks und bin dann zum Bauleiter aufgestiegen, weil ich das Vertrauen von Señor Planas gewonnen hatte. Mit Señor Stuart Pedrell dagegen hatte ich nichts zu tun. Er kam nie in die Nähe der Baustellen. Was für ein schrecklicher Tod! Ich weiß es aus der Zeitung.«

»Sagt Ihnen der Name Antonio Porqueres etwas?«

»Nein!«

»Wie es scheint, haben Sie diesen Herrn an einen Geschäftsmann des Viertels empfohlen.«

»Ach ja. Aber ich habe ihn nie persönlich kennengelernt. Señor Stuart Pedrell hatte mir von ihm erzählt. Eines Tages rief er mich an und sagte, er brauche eine Wohnung und Arbeit für einen Jugendfreund. Er bat mich, die Sache mit größter Diskretion zu behandeln. Ich habe diesen Señor Porqueres nie zu Gesicht bekommen.«

»Eine Wohnung?«

»Ja.«

»Haben Sie ihm eine beschafft?«

»Ja.«

»Wo?«

»Die Firma hat hier fünf oder sechs Etagen für sich reserviert. Sie werden manchmal von Leuten bewohnt, die für die Firma arbeiten. Eine dieser Wohnungen habe ich Señor Porqueres zur Verfügung gestellt.«

»Ohne ihn gesehen zu haben?«

»Für mich war der Wunsch von Señor Stuart Pedrell Befehl. Die Schlüssel deponierte ich beim Portier. Ich weiß aber nicht, ob dieser Herr dort noch wohnt. Señor Stuart Pedrell sagte, er würde die Miete direkt an die Zentrale überweisen.«

»Als Stuart Pedrells Tod bekannt wurde, haben Sie nicht nachgefragt, was aus Señor Porqueres geworden ist?«

»Wozu? Was hat denn das eine mit dem anderen zu tun? Außerdem hatte ich die Sache schon vergessen. Ich habe die Probleme von tausend Häusern im Kopf. Wissen Sie, wie viele Rohrleitungen täglich kaputtgehen? Wie viele Klos in einer Woche verstopft sind? Man könnte meinen, diese Häuser seien aus Pappe.«

»Haben Sie sie nicht selbst gebaut?«

»Ich habe nur ausgeführt, was mir aufgetragen wurde.«

»Ich komme im Auftrag von Señor Viladecans und Señora Stuart Pedrell. Ich muß unbedingt die Wohnung sehen, in der Señor Porqueres gelebt hat.«

»Sie können sich in meinem Namen an den Portier wenden, oder wenn Sie wollen, ziehe ich mich schnell um und begleite Sie.«

»Danke, das ist nicht nötig.«

»Ich gebe Ihnen ein kurzes Schreiben mit, das vereinfacht die Sache.«

Er begann drei- oder viermal von vorn, bis er eine befriedigende Formulierung gefunden hatte: ›Señor García, tun Sie, was der Herr verlangt, als hätte ich es selbst befohlen.‹

»Wenn Sie irgend etwas brauchen, wissen Sie ja, wo Sie mich finden. Wie geht es Señor Viladecans? Immer unterwegs bei den Gerichten. Ich weiß nicht, wie er das aushält. Jedesmal, wenn es hier Ärger gibt und ich aufs Gericht muß, bekomme ich Depressionen. Das ist unmenschlich, finden Sie nicht auch? Und die Señora Stuart Pedrell? Welch ein Schicksalsschlag! Welch ein harter Schicksalsschlag! Ich hatte ja immer nur mit Señor Planas zu tun, hören Sie, der hat Köpfchen. Es sah erst so aus, als hätte er von nichts Ahnung, dabei hatte er alles im Kopf, vom ersten Spatenstich bis zum letzten Sack Zement. Es ist schon ein großes Werk. Man kann alles mögliche daran kritisieren, nicht wahr, aber diese Leute haben vorher in Baracken oder zur Untermiete gewohnt, mehr schlecht als recht, und jetzt haben sie wenigstens ein Dach über dem Kopf. Und die Wohnungen wären nicht so schnell ruiniert, wenn diese Leute richtig damit umgehen würden. Aber sie benehmen sich, als wären sie immer noch in ihren Baracken. Alle Aufzüge sind kaputt, weil sie ständig mit Fußtritten bearbeitet werden. Mit der Zeit nimmt dieses Volk zwar etwas Kultur an, aber nur mit Mühe, nur mit Mühe! Es ist eine andere Lebenseinstellung, Sie verstehen schon.«

»Sie haben noch Glück gehabt, daß hier keine Zulus eingezogen sind.«

»Das ist gar nicht so witzig. Es gibt Neger hier, aus Guinea und anderen Ländern. Nicht in den Griff bekommt man das Problem mit den Untermietern. Manche Wohnungen sind genau für vier Personen gedacht, und zwar knapp, aber oft sind dann zehn Leute zusammengepfercht. Angeblich, damit sie die Raten bezahlen können, aber es ist genauso ihre lässige Einstellung. Wo fünfe reinpassen, passen auch zwanzig rein. Jetzt habe ich den Papierkorb voll anonymer Briefe, die sich über illegale chilenische und argentinische Untermieter beschweren. Wo kommen denn diese Leute alle her? Ich habe die Sache jedenfalls an Señor Viladecans weitergegeben. Die kommen als Flüchtlinge aus ihrer Heimat hierher und kriechen unter, wo sie nur können. Sie werden schon einen Grund gehabt haben, warum sie abhauen mußten. Niemand wird einfach so mir nichts, dir nichts verfolgt. Das können Sie mir glauben! Hier gibt es ständig nur Ärger. Die wissen ja nichts Besseres als zu protestieren. Alles ist ihnen zu wenig. Ich sage dann immer: Barcelona ist auch nicht an einem Tag erbaut worden, und mit der Zeit wird das hier wie in jeder anderen Stadt auch. Geduld! Aber das ist ein Wort, das die nicht kennen.«

Der Portier García hatte dafür um so mehr Geduld: Er kam aus seiner Portiersloge geschlurft, als müsse er sich erst ganz langsam an Licht und Luft der Außenwelt gewöhnen. Bedächtig nahm er das Schreiben entgegen. Er studierte es wie eine Abhandlung über Gastroenteritis und sagte zu guter Letzt: »Das heißt also ...«

»Das heißt also, daß ich die Wohnung sehen will, in der Señor Antonio Porqueres gewohnt hat. Ist sie wieder besetzt?«

»Sie ist noch genauso, wie er sie verlassen hat: Mir hat keiner etwas anderes gesagt. Ich bin hier blind, taub und stumm, außer, wenn ich Anweisungen von oben bekomme. Kommen Sie herein!«

Auf dem verglasten Tisch im Eßzimmer machte ein Junge mit den Händen seine Hausaufgaben, und mit den Augen verfolgte er den Film im Fernsehen. Der Portier beugte sich über die Schublade seines Tresens, als müsse er seine Nieren um Erlaubnis bitten. Auch die Arme unterstützten die träge Gymnastik, mit der er sich durchs Leben schlug.

»Hier ist der Wohnungsschlüssel.«

»Ich möchte auch den für den Hauseingang.«

»Bleiben Sie über Nacht?«

»Ich weiß es noch nicht.«

Es brauchte auch seine Zeit, bis er begriff, daß ihm Carvalhos Antwort keine andere Wahl ließ, als den Schlüssel auszuhändigen, aber er tat es nicht ohne Argwohn und hielt ihn mit den Fingern fest, bis Carvalho ihn sich schnappte.

»Es wird alles sehr schmutzig sein. Meine Tochter hat zwar

vor einem Monat mal saubergemacht, aber weil mir doch niemand irgend etwas gesagt hat ... Die Sachen von Don Antonio sind in seinem Zimmer und im Bad. Alles übrige war schon drin, als er es gemietet hat. Gehen Sie allein, ich komme nicht mit. Ich kann mich kaum noch bewegen.«

»Das sehe ich.«

»Es zieht. In dieser Portierswohnung zieht es dauernd.«

Es schien ein Ding der Unmöglichkeit, daß irgendein Luftzug in diese Krypta dringen konnte. Plötzlich schrie der Junge: »Acht mal vier macht zweiunddreißig.« Er schrieb es schnell auf das Papier, als gehe es um Leben oder Tod. Señor García schüttelte den Kopf und zischelte: »Dieser ewige Lärm! Das halte ich nicht aus!«


Der Aufzug war mit Blechstücken geflickt. Sein Boden war wie ein federndes Bett, das nicht wußte, ob es ihn zur Decke hochschnellen oder in die Tiefe stürzen lassen sollte. Carvalho hielt sich an den Wänden fest. Er gelangte in einen beige gestrichenen Korridor, den fettige Staubablagerungen noch dunkler erscheinen ließen. Das Licht der Zwanzig-Watt-Birnen, die hinter den vergitterten Lampenhaltern des Kellergeschosses brannten, machte ihn auch nicht heller. Acht angefaulte graue Holztüren verschlossen die acht Wohnungen. Vor der Nummer 7 H blieb er stehen. Jemand hatte mit einem Schlüssel den Namen Lola in die Farbschicht geritzt. Die Tür verbog sich beim Öffnen wie eine Buchseite. Er riß ein Streichholz an, um den Zähler zu suchen. Er hing direkt in Augenhöhe vor ihm wie ein gewichtiges vollautomatisches Steuerpult. Er machte Licht in dem kleinen Vorflur, einem Nichts mit nackten, fleckigen Wänden. Dann gelangte er in ein Wohn- und Eßzimmer mit einer metallgerahmten Couchgarnitur, die kariert bezogen war. Der schwarze Anstrich war abgeblättert, die Schottenkaros fleckig und ausgebleicht. Eine Stehlampe mit Wachspapierschirm und gedrechseltem Fuß. An der einen Wand ein Hufeisen, an der anderen eine valencianische

Frau, die ihren Busen mit einem Fächer bedeckte. Ein Fähnchen mit dem Namen einer Benzinmarke. Eine halbvolle Streichholzschachtel und ein Aschenbecher mit Ascheresten mitten auf dem Tisch. In einer Vitrine vier Sherrygläser und zwei Bücher: *Der Sinn der Ekstase* von Alan Watts und *Die glücklichen Vierziger* von Barbara Probst-Salomon. In einem Karton neben dem Klappbett entdeckte er noch mehr Bücher: *Sozialgeschichte der Psychiatrie* von Klaus Dörner, *Francis Scott Fitzgerald* von Robert Sklar, *Les paradis artificiels* von Baudelaire, *Der Mann aus Gips* von Joseph Kessel, *Dialog zwischen Macchiavelli und Montesquieu in der Hölle* von Maurice Joly, zwölf bis dreizehn Schulungshefte mit den Titeln *Was heißt Sozialismus ... Kommunismus ... Imperialismus* usw., ein Buch des Paters Xirinacs in katalanischer Sprache, *Gesammelte Lyrik* von Cernuda und *Die Struktur der modernen Lyrik* von Friedrich. Als er das Bett herunterklappte, kamen gefaltete Laken und Decken zum Vorschein, die den üblen Geruch monatealter Feuchtigkeit verbreiteten. An der Wand des Schlafzimmers hing eine Karte des Pazifischen Ozeans und der Küsten Amerikas und Asiens, wobei Asien das Maul aufsperrte, um Amerika in den Hintern zu beißen. Wieder überall Zeitungsausschnitte mit Reißzwecken an die Wände gepinnt, vergilbt und fast unleserlich. Politische Notizen zum Moncloa-Pakt, tote Nachrichten von Ende 1977 und von 1978, auch wenn es in diesem Jahr weniger waren, als hätte Stuart Pedrell das erste Fieber überwunden, das ihn veranlaßt hatte, an diesen fremden Wänden Orientierungspunkte anzubringen. Im Schrank ein dunkelgrauer Anzug aus einer Schneiderei in Hospitalet, eine Kombination aus derselben Werkstatt, Unterwäsche, eine Krawatte, ein Paar Sommerschuhe aus Segeltuch und Bast. Die Wüste in der Küche war bewohnt von einem halben Dutzend Teller, die auf dem Ausguß standen, einer Kaffeekanne mit zwei Tassen, einer Dose mit verklebtem Zucker und einer anderen mit gemahlenem Kaffee, der die Farbe verloren hatte. Im ausgeschalteten Kühlschrank war eine Scheibe Schinken wie durch ein Wunder mumifiziert und unversehrt geblieben. Ein Glas französischer Essiggurken mit Pfefferkörnern gab dem Ganzen eine exotische Note. Es stand ganz hinten im Kühlschrank, neben einem halben Pfund ranziger Butter in Stanniolpapier. Im verglasten Wandschrank ein Päckchen amerikanischer Reis *Uncle Ben's*, ein Glas Instant-Gemüsebrühe, ein ungeöffnetes Paket Kaffee, zwei Dosen Bier, zwölf Flaschen Mineralwasser, eine halbvolle Flasche billiger, trockener Sherry, eine Flasche Weinbrand Fundador und eine Flasche Anis der Marke Marie Brizard.

Im letzten und kleinsten Zimmer der Wohnung fand er einen Karton mit Schuhcreme und Bürsten und einen anderen mit der Grundausstattung einer Hausapotheke: Aspirin, Jod, Tabletten, Pflaster, Wasserstoffsuperoxid, Alkohol, ein Hornhautschaber. Im Bad ein komplettes Handtuchset, eine Flasche Badeschaum von Legrain, Paris, ein Bimsstein, ein weißer Bademantel, orientalisch anmutende Pantoffeln, ein sehr abgenutzter Scheuerlappen. Noch dreimal ging er die ganze Wohnung durch und registrierte alles, was er sah.

Dann verließ er die Wohnung, ohne den Zähler abzuschalten. Auf der Straße suchte er eine Telefonzelle. Die Zellen in der Nähe waren beide demoliert. Er ging in das Lokal mit den Weinen aus Jumilla. Der weiße Besitzer war allein und saß vor einem vollen Glas Likör. Er blickte nicht auf, sagte aber ja, als Carvalho fragte, ob er telefonieren könne. Er rief Biscuter an und bat ihn, nach Vallvidrera hinaufzufahren und Bleda etwas zu fressen zu geben.

»Ich habe nichts für einen Hund.«

»In Vallvidrera findest du genug. Was hast du für mich gekocht?«

»Kabeljau in Cidre.«

»Wo hast du den Cidre aufgetrieben?«

»Der Besitzer des Lebensmittelgeschäfts an der Ecke ist aus Asturien.«

»Gib ihr Kabeljau in Cidre. Aber entferne die Gräten sorgfältig!«

»Dem Hund? Kabeljau in Cidre für den Hund?«

»Man muß allmählich ihren Gaumen erziehen. Hat jemand nach mir gefragt?«

»Immer dieselbe.«

»Das Mädchen?«

»Das Mädchen.«

»Ich komme morgen frühzeitig ins Büro.«

»Soll ich es ihr sagen, wenn sie wieder anruft?«

»Nein. Paß mir mit den Gräten auf. Nicht, daß der Hund eine in die Speiseröhre bekommt!«

»Muß das sein mit dem Kabeljau?«

»Mach, was du willst.«

»Kann ich Sie nicht irgendwo erreichen?«

»Ich habe leider meinen Kompaß nicht dabei, sonst könnte ich dir Längen- und Breitengrade durchgeben.«

Er schnitt Biscuter das Wort ab, als er noch einmal wegen Bledas Futter fragen wollte. Guten Appetit, Bleda. Erhebe dich durch eine gepflegte Küche zu der Welt der zivilisierten Menschen, und wenn ich sterbe, erinnere dich daran, daß ich dir eines Tages das Abendessen gab, das Biscuter mit Liebe für mich zubereitet hatte.

»Was bin ich schuldig?«

»Mir ist keiner etwas schuldig. Ich bin es, der bei aller Welt Schulden hat«, antwortete ihm der Mann, vor sich hin starrend.

Carvalho suchte in den Straßen nach einer offenen Bar. Er bekam ein Sandwich mit Thunfisch und verzehrte eine Portion Kartoffeltortilla. Dann erstand er eine Flasche trockenen Weißwein ohne Stammbaum, kehrte zurück in Stuart Pedrells Wohnung und stellte den Heizlüfter an. Er ging unter die Dusche, seifte sich mit dem Badeschaum von Legrain, Paris, ein und hüllte sich in den muffig riechenden Bademantel. Dann ging er in der Wohnung umher, bis er ihre Kälte wahrnahm, die Kälte eines Grabes ohne Leiche. Er prüfte die Sauberkeit der Laken und Decken und machte sich das Bett fertig. Die Flasche Wein leerte er, während er Seite um Seite die Bücher durchging, die

Stuart Pedrell von seinem Schiffbruch gerettet hatte. Ihre Auswahl zeugte von einem intellektuellen Hunger, der Carvalho krankhaft erschien. Er fand aber nicht mehr als ein Zettelchen zwischen den Seiten der *Gesammelten Lyrik* von Cernuda.

*Ich erinnere mich, daß wir den Hafen erreichten*
*Nach langer Irrfahrt – und Schiff und Mole verlassend,*
*durch Gäßchen,*
*In deren Staub sich Blütenblätter und Fischschuppen*
*mischten,*
*Gelangte ich zu dem Platz der Basare.*
*Groß war die Hitze und gering der Schatten.*

Das Gedicht war überschrieben mit *Die Inseln* und erzählte die Abenteuer eines Mannes, der auf eine Insel kommt, dort mit einer Frau schläft und dann über die Erinnerung und das Verlangen nachdenkt. »Ist nicht die Erinnerung die Impotenz des Verlangens?« Carvalho schloß das Buch und machte das Licht aus. Er verkroch sich unter den Decken. Aus der Dunkelheit drang der Geruch abgestandener Luft auf ihn ein, entfernte Autogeräusche, eine Stimme, der tropfende Wasserhahn im Bad der Nachbarwohnung. Stuart Pedrell verbrachte in dieser Wohnung die Nächte eines langen Jahres. Er hätte nur wenige Kilometer zurückzulegen brauchen, um den Platz wieder einzunehmen, den er fünfzig Jahre lang eingenommen hatte. Statt dessen blieb er in dieser Dunkelheit, Nacht für Nacht, und spielte die Rolle eines Gauguin, der einem fanatischen Anhänger des sozialistischen Realismus in die Hände gefallen war, einem ignoranten Autor, der ihn für alle Sünden der herrschenden Klasse büßen ließ. Und dieser Autor war er selbst! Unfähig, seine Sprache abzuschütteln, hatte er sich selbst in Sprache verwandelt. Er lebte den Roman, den er nicht schreiben, und den Film, den er nicht drehen konnte. Aber für welches Publikum? Wer sollte am Ende applaudieren oder pfeifen? Er selbst. Er ist ein leidender Narziß, hatte der Marqués de Munt gesagt. Es bedurfte schon einer großen Portion Selbstverachtung, um Nacht für Nacht diese anonyme, dumpfe Einsamkeit zu ertragen. Carvalho hatte lange Zeit gebraucht, um einzusehen, daß es sich lohnte, allein für sich selbst zu kochen. Um so schwerer fiel es ihm zu begreifen, wie ein Mensch seine Rolle allein für sich selbst verfälschen kann, ohne die Möglichkeit, sich jemandem mitzuteilen. Hast du dich wenigstens im Spiegel betrachtet, Stuart Pedrell? Er sprang aus dem Bett, ging ins Badezimmer, machte Licht und schaute in einen Spiegel, der von Wasser- und Zahnpastaspritzern bedeckt war. Wie alt du bist, Carvalho! Er riß einen Streifen Klopapier ab und ging wieder zu Bett. Er dachte an die Witwe Stuart Pedrell, onanierte hastig, wie früher auf dem Schulabort oder hinter einem Baum, wischte sich mit dem Klopapier ab, ließ es zerknüllt zu Boden fallen und schlief ein, erfüllt von der Überraschung, wie sehr sich der Geruch von Sperma und von leeren Gräbern glich.

Nach zwei Stunden erwachte er wieder. Es dauerte eine ganze Weile, bis er wußte, wo er sich befand. Er versuchte, wieder einzuschlafen, aber der muffige Geruch und die Steifheit der Laken, die zu lange nicht benutzt worden waren, gingen ihm auf die Nerven. Er stand auf und machte sich Kaffee. Was kann man in San Magín um fünf Uhr morgens tun? Den Bus zur Arbeit nehmen. Nach einer halben Tasse Kaffee fiel ihm ein, daß Ana Briongos bald den Bus zur SEAT-Fabrik nehmen müßte. Er trank den Kaffee aus, überlegte hin und her, schließlich öffnete er das Glas mit den sauren Gurken, und probierte eine davon. Widerlich. Der Aufzug kam langsam zu ihm heraufgekrochen wie ein Wurm in seiner Höhle, in die er für immer eingesperrt ist. Die Gehwege waren leer, nur am Ende des Blocks bewegten sich einzelne menschliche Gestalten zielstrebig zum Ausgang des Viertels. Er ging schneller, um die Frühaufsteher einzuholen. Ein Junge, der die Kragen seiner schwarzer Lederjacke hochgeschlagen hatte, sagte ihm, daß die SEAT-Busse von dem

Platz mit dem Obelisken abfahren, jenem Obelisken mit der Inschrift *Eine neue Stadt für ein neues Leben*. Dort standen schon
zwei blaue Busse, das Licht im Innern beleuchtete die Gesichter
der ersten Fahrgäste und umgab sie mit einer häuslichen
Wärme, die zur feindlichen Kälte des frühen Morgens in kras-
sem Gegensatz stand.

»Sie nimmt immer den hinteren«, sagte ihm der Fahrer des
ersten Busses. »Nein, sie ist noch nicht da. Dieses Mädchen
fährt erst mit dem nächsten Bus, der geht in einer Stunde.«

»Wissen Sie vielleicht, wo sie wohnt?«

»Nein, aber sie kommt immer von dort drüben, aus dieser
Richtung.«

Schweigend füllten sich die Busse, und Carvalho sah ihrer
Abfahrt zu, als sei er der Besitzer von San Magín, der seine Ar-
gonauten ausschickt, um das Goldene Vlies zu holen. Sollte er
durch das erwachende Viertel gehen oder in Stuart Pedrells
Wohnung zurückkehren? Er wählte die dritte Möglichkeit und
blieb da, wo er war. Aber nach einiger Zeit zwang ihn die Kälte,
sich auf die Suche nach einer offenen Bar für die Früharbeiter
zu machen. Dies beschäftigte ihn eine halbe Stunde. Umsonst.
Immerhin lernte er dadurch ein neues Stück der Vorstadt kennen. Die Betonfronten begannen sich zu beleben. Hier und da
gingen Lichter an. Hinter den Blöcken ging die Sonne auf, und
ihr Glanz umgab Schultern und Haupt der grauen Dickhäuter
mit einer strahlenden Aura.

Er kehrte zu seinem Ausgangspunkt zurück, damit er noch
mit Ana Briongos reden könnte, falls sie früh genug kommen
sollte. Die leeren Busse warteten. Jetzt kamen Arbeiter in größeren Gruppen an. Durch die Helligkeit aufgemuntert, unterhielten sie sich und lachten. Ana Briongos kam näher, wuchs
und nahm die Gestalt einer kleinen, kräftigen jungen Frau mit
großflächigen braunen Gesichtszügen an. Ihr Haar hatte ein
Friseur des Viertels verschandelt. Am Aufschlag ihres rustika-
len gefütterten Wildledermantels steckte eine alte Plakette *Für
Meinungsfreiheit* und ein Emblem der Atomkraftgegner. Ruhig

erwiderte sie den Blick des Mannes, der sie um sechs Uhr früh fragte, ob sie Ana Briongos sei.

»Ja. Und wer sind Sie?«

»Ich bin auf der Suche nach einem Verwandten, der verschwunden ist. Ich habe die halbe Stadt auf den Kopf gestellt und endlich herausgefunden, daß er hier gelebt hat. Erkennen Sie ihn?«

Sie betrachtete mit einem Auge das Foto, mit dem anderen Carvalho und wollte weitergehen.

»Bedaure. Mein Bus fährt gleich.«

»Erst in zehn Minuten. Ich verstehe, daß jetzt nicht die richtige Zeit ist. Ich würde gerne später mit Ihnen sprechen, vielleicht zur Essenszeit?«

»Ich esse in der Fabrik, wenn die Schicht zu Ende ist.«

»Und dann?«

»Habe ich zu tun.«

»Den ganzen Tag?«

»Ja.«

»Ich werde bei Schichtende auf Sie warten.«

»Ich habe Ihnen doch schon gesagt, daß ich diesen Mann nicht kenne.«

»Vielleicht haben Sie sich das Bild nicht richtig angesehen. Ich habe gehört, daß sie sich kannten und zusammen ausgingen, und ich weiß es von einem alten Gewerkschaftsveteranen, einem Kommunisten von der Sorte, die nicht lügt, außer wenn Moskau es befiehlt, jedenfalls hab ich das als kleiner Junge so gelernt.«

»Was bilden Sie sich eigentlich ein? Also gut, ich kenne ihn, und je eher wir diese Geschichte hinter uns bringen, desto besser.«

»Sie verpassen Ihren Bus.«

»Für das, was ich zu sagen habe, reicht die Zeit noch. Dieser Señor heißt Antonio. Er hat hier gewohnt. Wir haben uns kennengelernt, uns ein paarmal getroffen, und eines schönen Tages war er verschwunden. Das ist alles.«

»Er ist von hier verschwunden, aber in einer Baugrube wieder aufgetaucht. Erstochen.«

Sie wandte ihr Gesicht ab, um ihre Tränen zu verbergen, drehte Carvalho den Rücken zu und begann hemmungslos zu schluchzen. Eine Freundin ging schnell zu ihr hin.

»Was hast du?«

»Nichts, ich komme gleich.«

Sie hatte sich wieder umgedreht und blickte Carvalho in die Augen. Die paar Tränen hatten genügt, um ihre Nase zu röten, und ihre vollen Lippen zitterten, als sie sagte: »Heute abend um sieben hier auf dem Platz.« Sie setzte sich im Bus neben ihre Freundin und erklärte ihr etwas, das mit Carvalho zu tun hatte, denn das andere Mädchen hörte zu, nickte und beobachtete ihn mit besorgter Miene. Der Detektiv machte kehrt, überquerte den Platz und ging zum Eingang der U-Bahn, ließ sich vom Strom der Menschen mitziehen, die die ausgetretenen Metallstufen hinabgingen, ausgetreten von Millionen müder Schritte, die belastet waren von der Erkenntnis, daß ein Tag dem andern gleicht.

»Du hättest gleich in einer Bank anfangen sollen, als du noch jung warst. Da hättest du jetzt schon beinahe deinen Rentenanspruch.«

Das hatte ihm sein Vater ein paar Tage vor seinem Tod gesagt und damit das ewige Lamento wiederholt, mit dem er Carvalho seit dem Tag verfolgte, an dem dieser ihm klargemacht hatte, daß er ohne Lorbeerkranz aus der Universität, dem Gefängnis, seinem Land und schließlich aus dem Leben gehen würde.

»Und am besten noch bei der *Caja de Ahorros*. Da gibt es achtmal im Jahr Geld.«

Carvalho hörte sich diese Klagen mit Empörung an, bis er dreißig war, dann mit Gleichgültigkeit und in den letzten Jahren mit Zärtlichkeit. Sein Vater wollte ihm ein Testament mit Sicherheiten hinterlassen. Sicherheit, das hieß zweimal täglich U-Bahn oder Bus fahren, zur Arbeit hin und wieder zurück.

Carvalhos U-Bahn näherte sich dem Herzen der Stadt, er

stieg auf dem Paralelo aus, überquerte diese einsame, bucklige Straße und ging weiter zu den Ramblas.

Er begrüßte manche Ecken, die er kannte, als sei er von einer weiten Reise zurückgekehrt. Die häßliche Armut des Barrio Chino besaß eine historische Patina. Sie hatte nichts gemein mit der häßlichen Armut, die serienmäßig hergestellt wurde von serienmäßig hergestellten Spekulanten, serienmäßigen Herstellern der serienmäßig hergestellten Trabantenstädte. Lieber eine schmutzige Armut als eine mittelmäßige. In San Magín lagen keine Betrunkenen vor den Eingängen und wärmten sich an dem Luftzug, der aus finsteren Treppenschächten kam. Aber das war keine Errungenschaft des Fortschritts, sondern das glatte Gegenteil. Die Einwohner von San Magín konnten sich diese Selbstzerstörung einfach nicht leisten, sie mußten erst einmal das ganze Geld zurückzahlen, das ihre Wohnlöcher in dieser neuen Stadt für ein neues Leben gekostet hatten. Auf der Titelseite einer druckfrischen Zeitung stand, daß die USA 1980 ein Nullwachstum erreichen werden. Präsident Carter bestätigte es mit seinem Erscheinen auf der Titelseite. Er könnte auch der Filialleiter der *Caja de Ahorros* sein, jeden Tag von neuem erstaunt über die Tatsache, daß es auch zu seinem Aufgabenbereich gehört, Moskau zu bombardieren oder sich zu jeder Tageszeit mit *apple pie* zu überfressen. Was würdest du tun, wenn du Präsident der Vereinigten Staaten wärest? Du würdest Faye Dunaway flachlegen. Das wäre nur der Anfang. Falls sie dich lassen würde. Achtung, ich bin der Präsident! Faye würde ihn mit ihren wilden Augen ansehen und einen Kuß vortäuschen, um ihn dann heimtückisch in die Nase zu beißen und sie ihm abzureißen. Achtung, Sie haben soeben die Nase des Präsidenten der Vereinigten Staaten von Amerika verzehrt! Carvalho betrat leise sein Büro. Biscuter schnarchte auf dem Feldbett, das er jeden Abend aufschlug, wenn er die Speisen vorbereitet hatte, mit denen er Carvalho am nächsten Tag überraschen wollte. Er schlief auf der Seite, ein Auge stand offen. Die blonden, schlaffen Haarsträhnen standen von seinem Hinterkopf ab wie mißgebildete Hörner, die ihren richtigen Platz verfehlt hatten.

»Sind Sie's, Chef?« fragte er mehr mit dem offenen Auge als mit dem Mund, der zu schnarchen aufgehört hatte.

»Kein anderer. Du machst ein Konzert! Wie kann man nur so schnarchen!«

»Wenn ich wach bin, Chef ...« Und er schnarchte weiter. Carvalho stieg über das Bett und wollte Kaffee aufsetzen. Aber Biscuter stand schon neben ihm und rieb sich die wimpernlosen, vorquellenden Augen. Er lächelte ihn an wie ein häßlicher Engel, den man in ein gelbes Pyjamafutteral gesteckt hatte.

»Die ganze Nacht rumgetrieben, Chef? Sie machen es richtig. Die Verrückte hat wieder angerufen und Charo und eine Dame, die wie eine Dame sprach ... Ich hab ihren Namen auf dem Block notiert.«

Carvalho stellte fest, daß die damenhafte Stimme der Witwe gehörte. Sie lud ihn zu einem Aperitif im *Vía Véneto* ein.

»Was wird gefeiert?«

»Die Wahl von Señor Planas zum Vizepräsidenten der CEOE. Die Señora Stuart Pedrell hat sonst keine Zeit. Vergessen Sie nicht, eine Krawatte anzuziehen. Im *Vía Véneto* sind sie sehr genau.«

Die Sekretärin erinnerte ihn noch einmal daran, daß das Treffen um ein Uhr stattfinden sollte.

»Hast du irgendeine Krawatte, Biscuter?«

»Ja, ich habe eine, meine Mutter hat sie mir vor zwanzig Jahren geschenkt.«

»Die wird genügen.«

Biscuter kam mit einer länglichen Pappschachtel an. Sie war mit Mottenkugeln gefüllt, und darunter schlief die Krawatte, blau mit weißen Tupfen.

»Sie stinkt.«

»Ich hänge aber daran. Es ist ein Erinnerungsstück.«

»Häng dein Erinnerungsstück lieber vors Fenster und laß es ein wenig auslüften. Wenn ich mit diesem Duft auf die Straße gehe, werde ich sofort ins Krankenhaus gesteckt, wegen Ansteckungsgefahr.«

»Solche Sachen halten sich aber nur mit Mottenkugeln.«

Biscuter machte ein Fenster auf, spannte eine Schnur in die Öffnung und hängte die Krawatte daran auf, wobei er sie mit Wäscheklammern mehr liebkoste als festklemmte. Carvalho rief im Hause Stuart Pedrell an.

»Nein, bitte wecken Sie die Señorita Yes nicht. Sagen Sie ihr nur, daß ich angerufen habe. Ich erwarte sie um zwei Uhr im Restaurant *Río Azul* in der Calle Santaló.«

Kaum hatte er aufgelegt, begann das Telefon zu klingeln. Die Stimme eines lyrischen Tenors säuselte:

»Ist dort ein Privatdetektiv?«

»Jawohl, da ist einer.«

»Ich möchte Sie in einer vertraulichen Sache konsultieren.«

»Hat Ihre Frau Sie verlassen?«

»Woher wissen Sie ...?«

»Intuition.«

»Ich möchte nicht am Telefon darüber sprechen. Es ist eine sehr delikate Angelegenheit.«

»Kommen Sie in mein Büro, jetzt gleich.«

»In einer Viertelstunde bin ich da.«

Biscuter blickte ihn erstaunt an, als er auflegte.

»Wie haben Sie das erraten?«

»An der Stimme. Etwa neunzig Prozent dieser Stimmen gehören Ehemännern, denen die Frau davongelaufen ist. Wahrscheinlich, weil sie diese Stimme nicht mehr hören konnten.«

Biscuter ging einkaufen. Carvalho zeichnete geblümte Monster auf ein Blatt Papier. Der Mann klingelte sozusagen unhörbar. Ein zerknitterter Anzug hing um seine nicht weniger zerknitterte Gestalt. Die Glatze war mustergültig, und seine Stimme lag zwischen Tenor und Sopran. Es gibt Menschen, die sehen schon von Geburt an wie ein verlassener Ehemann aus, dachte Carvalho, obwohl, das schlimmste ist, überhaupt wie ein Ehemann auszusehen.

152

Schon nach der ersten Frage, die Carvalho ihm stellte, kamen ihm die Tränen. Als er herausgebracht hatte, daß seine Frau blond sei und Nuria heiße, brach er zusammen.

»Trinken Sie einen Schluck. Es ist *orujo*.«

»Ich trinke nicht auf nüchternen Magen.«

»Um diese Zeit muß man nicht nüchtern sein. Möchten Sie ein Sandwich? Vielleicht habe ich noch Kabeljau in Cidre.«

Der Mann hatte die zum Lüften aufgehängte Krawatte entdeckt und starrte sie mit einem Auge an, während er mit dem anderen Carvalho beobachtete.

»Ich bin ein bescheidener Brotfabrikant. Ich habe eine kleine Fabrik.«

Absolut widerlich. Wie konnte man nur eine Brotfabrik haben?

»Es liegt mir im Blut. Meine Eltern hatten eine Bäckerei in Sants, und ich bin in diesem Metier geblieben. Was soll ich sagen! Es ist mein Leben.«

»Ist Ihre Frau auch Bäckerin?«

»Sie hilft bei der Buchführung. Aber sie stammt aus einer besseren Familie. Ihr Vater war Richter.«

»Wissen Sie, wo sie jetzt ist?«

»Ich habe einen bestimmten Verdacht.«

»Wo?«

»Es ist sehr peinlich für mich.«

»Sie wissen nicht nur, wo, Sie wissen sogar, bei wem sie ist!«

»Ja. Verstehen Sie doch, es ist sehr peinlich für mich. Sie ist in einer der Straßen hier in dieser Gegend. Sie ist mit dem Señor Iparaguirre gegangen, einem baskischen Pelotaspieler, der sich als Wer-weiß-was aufspielt.«

»Als was?«

»Oh! Fragen Sie nicht! Verrücktes Zeug. Ich weiß nicht, was Frauen an solchen Typen interessant finden.«

»Aber als was spielt er sich auf? Sagen Sie es mir.«

»Als einer von der ETA. Sie verstehen schon. Er wohnte als Untermieter in einer Wohnung des Hauses, in dem sich die Zentrale meiner kleinen Fabrik befindet, und er hat sich immer gern mit mir oder meiner Frau unterhalten. Daß die Basken so mutig wären, daß die Basken dies, daß die Basken jenes. Die werfen ein paar Bomben, töten ein paar Unschuldige und fühlen sich gleich wie Kirk Douglas oder Tarzan.«

Er lachte weinerlich über seinen Scherz.

»Sie haben Glück, sie hätte auch mit einem von der GRAPO weggehen können.«

»Wieso Glück?«

»Mit der ETA ist es etwas besser. Das ist nun schon der zweite Fall, daß ein Ehemann an der Nase herumgeführt wird von einem, der sagt, er sei von der ETA.«

»Und es stimmt nicht?«

»Nein.«

»Was für ein Heuchler!«

»Zum Anbändeln ist jedes Mittel recht. Als ich jung war, brauchte man nur die Stimme etwas zu senken und von Politik zu reden: Schon hatte man Chancen. Heute sind die Frauen anspruchsvoller, sie verlangen stärkere Sensationen.«

»Aber meine Nuria hat sich nie um Politik gekümmert. Und hören Sie, ihr Vater, ein Rechter, ein Ultrarechter, war einer von den Richtern, die die Nationalen eingesetzt haben, und, *madre mía*, was die alles auf dem Gewissen haben. Wie kommt sie denn plötzlich auf so etwas? Ich übrigens auch nicht. Mich interessiert die Politik überhaupt nicht. Ich verdiene mein Brot auf anständige Weise.«

»Nun gut. Sie wissen also, wo sich Ihre Frau befindet und mit wem sie zusammen ist. Was wollen Sie nun von mir?«

»Daß Sie zu ihr gehen und ihr klarmachen, daß sie unrecht tut. Sie hat die Kinder verlassen. Zwei Mädchen.«

Wieder Tränen.

»Ich kann leider erst in ein paar Tagen für Sie tätig werden. Man muß ihnen Zeit lassen ...«

»Aber wenn wir zu lange warten ...«

»Was dann?«

»Das ist unmoralisch!«

»Das Unmoralische ist schon geschehen. Man muß der Sache Zeit lassen, um die Moral wiederherzustellen.«

»Ich zahle jede Summe.«

»Das hoffe ich.«

»Hier ist mein Personalausweis. Bitte betrachten Sie mich nicht nur als Ihren Kunden, sondern als Freund. Und was soll ich den Kleinen sagen?«

»Was haben Sie ihnen denn bis jetzt gesagt?«

»Daß ihre Mutter nach Zaragoza gefahren ist.«

»Warum nach Zaragoza?«

»Weil sie öfter dorthin fährt.«

»Was macht sie in Zaragoza?«

»Wir kaufen dort bei Großhändlern unser Mehl und verkehren auch privat mit ihnen. Ich weiß nicht recht, ich dachte schon, ich sollte ihnen sagen, daß … In solchen Momenten fallen einem die unmöglichsten Dinge ein …«

»Was wollten Sie ihnen sagen?«

»Daß sie tot ist.«

Seine Augen glühten, er blickte Carvalho wild, ja heroisch an, als zeige er ihm gerade den Dolch, mit dem er die Ehebrecherin erstochen hatte.

»Sie wird eines schönen Tages zurückkommen, und die Kinder würden einen riesigen Schreck davontragen. Bei den Pelotaspielern dauern die Affären nie lange.«

»Er ist kein Saisonspieler. Ich glaube, er hat einen festen Vertrag mit einem Verein in Barcelona.«

»Das ist ein launisches, flatterhaftes Volk. Sie sagten, sie sind in diesem Stadtteil?«

»Ja.«

»Woher wissen Sie das?«

»Vor zwei Monaten sprach der Baske plötzlich nicht mehr mit mir, und Nuria kam immer zu spät nach Hause oder ins Büro. Eines Tages hielt ich es nicht mehr aus und folgte ihr. Sie traf sich mit diesem Mann hier ganz in der Nähe. Auf dem Platz

155

mit dem Denkmal. Sie gingen zu einer zwielichtigen Pension und stiegen die Treppe hoch. Ich fragte den Portier, ob der Baske hier wohnte, und er nickte. Ich nehme an, sie sind jetzt beide dort. Ich gebe Ihnen die Adresse und lege mein Schicksal in Ihre Hände, koste es, was es wolle! Ich weiß den Wert guter Arbeit zu schätzen. Wollen Sie einen Scheck? Zehntausend? Zwanzigtausend?«

»Es macht fünfzigtausend.«

»Fünfzigtausend?« wiederholte der Mann und schluckte, aber dann griff er nach seiner Brieftasche.

»Bezahlen Sie später. Eine Woche, nachdem Ihre Frau wieder zu Hause ist, dann können Sie mir das Geld bringen.«

Seine Höflichkeit war jetzt so überschwenglich wie vorher seine Niedergeschlagenheit. Als Carvalho die Tür hinter ihm schloß, sagte er zu sich selbst: Nuria, ich gebe dir noch ein paar Tage zur Erholung. Du hast Ferien von der Ehe verdient. In seinem Terminkalender vermerkte er den Tag, an dem er die arme Ehefrau aus den Klauen des Terroristen befreien mußte. Dann befreite er die Krawatte von ihrem Galgen und schnüffelte daran. Der Gestank hatte sich etwas verflüchtigt. Biscuter trat in dem Moment ein, als Carvalho mit der Krawatte kämpfte wie mit einer Schlange, die sich nicht um seinen Hals legen wollte.

»Biscuter, ich schaff's nicht.«

»Vorsichtig, Chef. Sie machen sie mir noch kaputt.«

Und Biscuter knüpfte ihm den Knoten mit virtuosen Künstlerfingern.

»Schauen Sie sich jetzt im Spiegel an. Sie steht Ihnen hundertprozentig.«


Der Zar war nicht anwesend, aber das Lokal hätte den Ansprüchen des Zaren fast aller russischen Länder Genüge getan. zweihundert oder dreihundert Männer mit Schlips oder Kragen, die Gesichter kunstvoll modelliert von einem Bildhauer, der sich auf

Direktoren und Aufsichtsratsvorsitzende spezialisiert hatte. Fünfzig Frauen, die tagtäglich einen harten, unnachgiebigen Kampf gegen Zellulitis, Krampfadern und Verkehrspolizei führten. Etwa dreißig Kellner mit Tabletts servierten Kanapees. Gelangweilte Hände griffen zu, aber die Kinnbacken verschlangen unerbittlich kleine Stückchen vom Paradies, den Quadratmillimeter zu zweihundert Pesetas: Russischer Kaviar, asturischer Wildlachs, Datteln gebunden in Speckhaut, Tortilla mit aufgerichteten Scampi als Wappentier auf Mayonnaisefeld, Kalamata-Oliven, Püree von russischen Flußkrebsen an französischer Sauce, Häppchen mit Schinken aus *Cumbres Mayores*.

Die meisten bestellten alkoholfrei, während sie sich mit einer Hand über die Körpermitte strichen, an der ein Masseur seinen Klassenhaß ausgetobt hatte. Alkoholfreies Bier, alkoholfreien Wermut, alkoholfreien Wein, alkoholfreien Sherry, alkoholfreien Whisky ...

»Einen Whisky mit Alkohol«, bestellte Carvalho, und der Kellner holte eine Flasche Whisky mit Alkohol.

»Das ist alkoholhaltiger Whisky«, sagte er zu der Witwe, als stellte er ihr einen Fremden vor. Sie trug einen Turban aus mauvefarbener Seide, um die Ähnlichkeit hervorzuheben, die sie mit Maria Montez und Jeanne Moreau verband.

»Ich muß Sie unbedingt sprechen, leider war es zu keiner anderen Zeit möglich.«

»So finde ich Gelegenheit, Señor Planas zu gratulieren.«

»Das ist Ihr Problem. Mein Problem ist, daß ich darauf warte, von Ihnen über den Stand der Dinge informiert zu werden, und Sie lassen nichts von sich hören.«

»Es gibt praktisch nichts zu berichten. Ich kann nicht in ein paar Stunden ein Problem lösen, das seit über einem Jahr besteht.«

»Mit wem haben Sie gesprochen?«

Er verschwieg alles, was mit San Magín zusammenhing. Sie zeigte keine Bewegung, als er die Namen Lita Vilardell und Nisa Pascual erwähnte.

»Sergio Beser? Wer ist Sergio Beser?«

»Er hat sich auf *Die Regentin* spezialisiert, einen Roman von Clarín. Aber er ist auch ein Kenner der italienischen Literatur.«

»Warum haben Sie ihn aufgesucht?«

»Ich bin nicht allwissend. Lyrik ist nicht meine starke Seite, und Ihr Gatte war ein begeisterter Verehrer der Poesie.«

»Kommen Sie zur Sache. Was haben Sie erreicht?«

»Nichts und auch sehr viel.«

»Wann werde ich endlich etwas erfahren? Ich gehe davon aus, daß Sie mich als erste über alles in Kenntnis setzen. Lassen Sie die anderen Kandidaten oder Kandidatinnen aus dem Spiel, zum Beispiel meine Tochter. Nicht sie, sondern ich habe Sie engagiert.«

»Der Verbrecher kehrt immer zum Ort des Verbrechens zurück.«

Mit diesen Worten schaltete sich Planas in das Gespräch ein.

»Erwartet Señor Carvalho etwa, bei uns das zu finden, wonach er sucht?«

»Ich habe ihn kommen lassen. Es gab keine andere Möglichkeit, mit ihm zu reden.«

»Ich habe Ihnen immer noch nicht gratuliert.«

»Danke. Wie ich schon in meiner Antrittsrede sagte, dies ist ein Amt, dem man dienen muß, nicht eines, dessen man sich bedienen darf.«

»Du brauchst hier keine Rede zu halten.«

»Ich muß es mir so lange wiederholen, bis ich selbst daran glaube.«

Damit ging er hin, wo er hergekommen war, ein Glas Fruchtsaft in der Hand. Er wurde lange und ausgiebig umarmt von dem Marqués de Munt, der in der Admiralsuniform eines Landes ohne Flotte erschienen war. Der Marqués nahm Planas beiseite, um sich lächelnd und säuselnd mit ihm zu unterhalten, wobei der hochgewachsene, greise Marqués dem Wahlsieger die Hände auf die Schultern legte. Während des Gesprächs blickte sich Planas einen Moment lang nach Carvalho um, und der Blick des Marqués bekam eine gewisse kritische Härte, als er den Detektiv entdeckte.

»Man sieht sich nach uns um.«

»Na und?«

»Wenn in einem Film der Held zur Heldin sagt: ›Man sieht sich nach uns um‹, muß sie leicht errötend in ein kleines Lachen ausbrechen, ihn bei der Hand nehmen und mit ihm in den Park gehen.«

»Hier sieht sich jeder nach jedem um.«

»Ja, aber nicht offen. Ihre beiden Partner dagegen, Planas und der Marqués de Munt, tun es ganz offen, sie kommen sogar zu uns herüber.«

»Carvalho, Sie trinken keinen Weißwein? Haben Sie Ihre Marke hier nicht bekommen?«

»Sie trinken ja auch keinen.«

»Nein, ich trinke etwas Heterodoxes, das ich in Portugal entdeckt habe. Einen Portwein mit einem kleinen Eiswürfel und einer Scheibe Zitrone. Das ist besser als jeder Wermut. Seine Königliche Hoheit, der Graf von Barcelona, in dessen Rate zu dienen ich die Ehre hatte, verriet mir das Rezept während einer dieser endlosen Sitzungen in Estoril. Isidro, du mußt deine Diät absetzen, wenn auch nur für einen Augenblick, und davon kosten. Señor Carvalho, dieser Mann ist unmöglich. Wenn er Diät macht, macht er Diät, und wenn er Gymnastik treibt, treibt er Gymnastik.«

Mit dem Handrücken tätschelte er Planas' Wange, und diese Wange wich mit ebenso großer Natürlichkeit wie Schnelligkeit aus.

»Mima, du siehst bezaubernd aus. Du wirst von Tag zu Tag jünger. Als ich dich von weitem sah, dachte ich: ›Wer ist diese strahlende Schönheit?‹ Wer hätte es anderes sein können?«

»Señor Planas, Señor Ferrer Salat läßt Sie zu sich bitten.«

Es wurde still im Saal. Der Präsident der Unternehmerpartei sprach und beglückwünschte sich dazu, einen so effizienten, hartnäckigen und intelligenten Mann wie Isidro Planas an sei-

ner Seite zu haben. Planas lauschte aufrecht, die Hände auf
dem Rücken verschränkt, das Haupt hoch erhoben. Zwischendurch ließ er es auf die Brust sinken, vor allem dann, wenn er
über Anspielungen oder ironische Seitenhiebe von Ferrer Salat
grinsen mußte. Der Applaus war kurz, aber heftig, genau den
Gegebenheiten des Ortes und den Umständen angemessen.
Planas trat an das Rednerpult, sein Kopf schwankte hin und
her, als kämen die Worte über eine hydraulische Pumpe aus
seinem Innern.

»Ich werde mich bei niemandem dafür entschuldigen, daß es
mich gibt. Wir Unternehmer müssen aufhören, uns für unser
Dasein zu entschuldigen. Der größte Teil des Wohlstands, den
wir erreicht haben, ist das Resultat unserer Mühe und Arbeit,
und dennoch! Was sind das für Zeiten, in denen man das Gefühl hat, man muß sich dafür schämen, daß man Unternehmer
war oder ist! Ich wiederhole: Ich werde mich bei niemandem
dafür entschuldigen, daß ich geboren wurde, und ich bin zum
Unternehmer geboren!«

Applaus. Munt benutzte die Gelegenheit, um sich zu Carvalho hinüberzubeugen und ihm ins Ohr zu flüstern: »Was für
ein Demagoge!«

»Und ich werde mich nicht nur nicht dafür entschuldigen,
daß ich lebe, sondern meinen Beitrag dazu leisten, daß wir alle
das Selbstbewußtsein wiedergewinnen, das man uns nehmen
will. Es gibt viele Selbstmorde im Schoß dieser Gesellschaft, die
davon keine Ahnung hat. Sie weiß nicht, daß der Ruin der Un-
ternehmerschaft den Ruin des Landes und der Arbeiterklasse
bedeutet. Eine freie Gesellschaft ist immer eine Gesellschaft, der
die Marktwirtschaft und das freie Unternehmertum ihr Gesetz
diktieren. Das ist unser Gesetz, denn wir glauben an eine freie
Gesellschaft. Die Freiheit darf nur dem Überleben geopfert werden, aber solange das eine mit dem anderen verbunden werden
kann, ist es vorzuziehen, daß es so bleibt. Wie ihr wißt, habe ich
mich bis jetzt noch nie um einen Posten beworben. Widerwille
gegen die Politik? Mein Freund, der Marqués de Munt, würde

es ein ästhetisches Unbehagen nennen. Ich sage nicht ja und nicht nein. Aber ich glaube, daß wir Unternehmer waren, sind und sein werden, unter welchem politischen Regime auch immer, und es ist unsere Aufgabe, einen allgemeinen Wohlstand zu schaffen, der allen zugute kommt und Frieden und Freiheit garantiert. Ich unterstelle mich bedingungslos den Befehlen unseres Präsidenten, und wenn ich mich von ihm mit einer Umarmung verabschiede, tue ich es mit dem Worten: *¡Carles, si tu no afluixes, nosaltres no afluixarem, jo no afluixaré!*«

Im Applaus verhallte der Sarkasmus ungehört, mit dem der Marqués de Munt leise rief: *¡No afluixis, Carles!*

»Sie sind unverbesserlich. Wir werden nie über die Rhetorik hinausgelangen. Und du, Mima? Willst du nicht für die Wahlen der Vereinigung weiblicher Unternehmer kandidieren?«

Die Augen der Witwe tadelten den Marqués milde. Carvalho fühlte auf seinen Schultern den alten, hohlen Arm des Marqués, roch sein Sandelparfum und fühlte sich verstrickt in ein Netz von Vertraulichkeiten und wohlerzogener Heuchelei.

»Sie sind mein Freund, Carvalho. Sind Sie mit Ihrer Untersuchung vorwärts gekommen? Ich habe noch einmal über unser Gespräch nachgedacht. Vielleicht war es gar nicht so dumm, was ich da über den Plan gesagt habe, an die Universität zu gehen. Mir fiel plötzlich ein, daß Stuart davon sprach, er wolle ein sehr großzügiges amerikanisches Stipendium beantragen, das es ihm erlauben würde, sich nach Belieben in den USA aufzuhalten, um Sozialanthropologie zu studieren, glaube ich. Er war begeistert vom Mittleren Westen. Aber das war vor dem Südseeprojekt. Nicht wahr, Mima?«

»Zwischen dem Stipendium und der Südseegeschichte hatte er noch den Plan, nach Guatemala zu gehen, um die Kultur der Maya zu erforschen.«

»Alle vierzehn Tage eine neue Idee! Aber das mit der Südsee war etwas anderes. Göttlich, Isidro, einfach göttlich!«

Planas ließ sich von dem Marqués umarmen.

»Ein Jammer, dieser Schlußsatz! Klingt wie eine der Empfehlungen, die Bella Dorita im *Molino* gab. ¡*No afluixis, Carles!* Ist das das nationale Motto der Unternehmer?«

›Daß du dich immer über alles lustig machen mußt!«

›Über alles, nur nicht über das Fortbestehen meines Erbes. Das stimmt. *No afluixeu. No afluixeu.* Essen wir zusammen, Mima, Señor Carvalho? Mit dir rechne ich nicht mehr, Isidro, du wirst mit deinem Chef essen wollen, nehme ich an.«

›Ja, ein Arbeitsessen. Morgen fliegen wir nach Madrid zum Empfang bei Abril Martorell.«

›Dein Kreuzweg beginnt. Und was ist mit euch?«

›Ich habe eine Verabredung.«

›Ich esse mit dir, wenn du mich noch zwei Minuten mit meinem Detektiv allein läßt.«

›Ich darf die Beste aus der Gruppe mitnehmen. Das macht mich ungeheuer glücklich, Mima.«


»Sind Sie immer so?«

»Wie?«

»So verlogen.«

»Lassen Sie jeden sein Spiel spielen, wie er will. Ich möchte, daß Sie alle Ihre fünf Sinne auf das konzentrieren, was Ihre Aufgabe ist. Ich will so schnell wie möglich Ergebnisse sehen. Nichts und niemand darf Sie ablenken.«

»In fünf Minuten bin ich mit Ihrer Tochter verabredet.«

»Das meinte ich unter anderem.«

»Ich dränge mich ihr nicht auf.«

»Es gibt viele Arten, Kontakt zu suchen oder nicht zu suchen, aber nur eine, ihn zu vermeiden. Ich will alle achtundvierzig Stunden einen Bericht haben.«

»Über die Sache mit Ihrer Tochter?«

»Spielen Sie hier nicht den Witzbold.«

Yes wartete. Sie saß auf einem Stuhl, der vom Tisch weggerückt war, Knie und Füße zusammen, die Hände umklammerten die Stuhlkanten, und sie wartete auf ein Zeichen, das sie befreite und ihr erlaubte aufzustehen. Dieses Signal war Carvalhos Erscheinen. Sie erhob sich unsicher. Dann stürzte sie hastig auf ihn zu und küßte ihn auf die Wangen. Carvalho nahm sie am Arm, machte sich von ihr los und setzte sich an den Tisch.

»Endlich!« sagte sie, als sei er aus einem langen Krieg heimgekehrt.

»Ich komme gerade von deiner Mutter und ihren Geschäftspartnern.«

»Was für ein Horror!«

»Es gibt Schlimmeres. Deine Mutter hat mich im Verdacht, ein Sittenstrolch zu sein, der dich verführen und im Orient verkaufen will.«

»Und – bist du einer?«

»Noch nicht. Ich möchte, daß zwischen uns alles ganz klar ist. In einer Woche etwa ist meine Arbeit zu Ende. Ich werde deiner Mutter meinen Bericht abliefern, kassieren und mich mit einem neuen Auftrag beschäftigen, wenn ich einen bekomme. Du und ich, wir werden keine Gelegenheit mehr haben, einander zu sehen. Geschweige denn eine Beziehung aufrechtzuerhalten. Wenn du es gut findest, in dieser Woche ab und zu mit mir ins Bett zu gehen, würde mir das sehr gut gefallen. Aber mehr nicht. Auch in Zukunft nicht. Es gehört nicht zu meinen Aufgaben, mich um sensible Jugendliche zu kümmern.«

»Eine Woche. Nur eine Woche! Ich möchte die ganze Zeit mit dir zusammen sein.«

»Du hast in deinem Leben noch nie etwas Schlimmes erlebt, das merkt man dir an.«

»Und es ist nicht meine Schuld, daß mir nie etwas Schlimmes passiert ist, wie du sagst. Wer ist in deinen Augen überhaupt gut genug? Wen läßt du überhaupt gelten? Die Leute, die von Geburt an leiden? Eine Woche. Dann gehe ich und falle dir nie mehr auf die Nerven, das verspreche ich.«

Sie hatte über den Tisch weg Carvalhos Hand ergriffen, und der Kellner mußte sich räuspern, um ihre Aufmerksamkeit wieder auf die Karte zu lenken.

163

»Irgendwas.«

»In einem China-Restaurant kann man nicht irgendwas bestellen!«

»Bestell du etwas für mich.«

Carvalho wählte eine Portion gebratenen Reis, zwei Frühlingsrollen, Abalonen, Riesenkrabben und Kalbfleisch in Austernsauce. Yes hatte den Kopf auf die Hand gestützt, während sie lustlos im Essen herumstocherte. Carvalho überwand den Ärger, der ihn stets in Gesellschaft eines lustlosen Essers überkam, und glich ihre Versäumnisse aus.

»Meine Mutter will mich wieder nach London schicken.«

»Ausgezeichnete Idee.«

»Wozu? Ich kann die Sprache, und das Land kenne ich auch gut genug. Sie will mich nur aus dem Weg haben. Für sie ist alles perfekt. Mein Bruder auf Bali macht ihr keinen Ärger, gibt weniger Geld aus als hier und steckt seine Nase nicht ins Geschäft. Die beiden andern fahren jeden Tag Motorrad, und die Schule sitzen sie nur ab. Zwei nutzlose Fleischklopse, die man getauft hat. Der Kleine gehört ganz ihr, sie hat ihn im Griff, und er macht, was sie will. Nur ich bin ihr im Weg, genau wie früher mein Vater.«

Carvalho aß weiter, als spreche sie nicht mit ihm.

»Sie hat ihn umgebracht.«

Carvalho kaute langsamer.

»Das sagt mir meine Intuition.«

Carvalho kaute wieder schneller.

»Diese Familie ist schrecklich. Mein ältester Bruder ging weit fort, weil er das alles nicht mehr aushielt.«

»Was hielt er denn nicht mehr aus?«

»Ich weiß nicht. Er ging nach Bali, als ich noch in England war. Dieses Getue, als sei sie eine Diva! Ihre gespielte Selbstsicherheit! Genauso hat sie meinen Vater behandelt. Sie hat ihm seine Abenteuer nie verziehen, weil sie zu feige war, selbst welche zu haben. Weißt du warum? Weil sie meinem Vater sonst hätte verzeihen müssen. Nein, nein, lieber blieb sie weiter tugendhaft und schimpfte, forderte, verdammte. Mein Vater dagegen war ein zarter, phantasievoller Mensch.«

»Die Langusten sind ausgezeichnet.«

»Er lernte Klavier spielen, ohne daß er einen Lehrer brauchte, und er spielte so gut wie ich, sogar besser.«

»Dein Vater war genauso egoistisch wie jeder andere auch. Er lebte sein Leben, das ist alles.«

»Nein. Das stimmt nicht. Man kann nicht mit dem Gedanken leben, daß alle Menschen Egoisten sind, daß alle ein Haufen Scheiße sind.«

»Ich habe es geschafft, mit dem Gedanken zu leben. Ich bin überzeugt davon.«

»Bin ich auch ein Haufen Scheiße?«

»Eines Tages wirst du es sein. Ganz bestimmt.«

»Und die Menschen, die du geliebt hast, waren sie auch ein Haufen Scheiße?«

»Das ist eine Fangfrage. Wir müssen freundlich umgehen mit denen, die mit uns freundlich umgehen. Das ist ein ungeschriebenes Gesetz. Normalerweise leben wir, als wüßten wir nicht, daß alles und alle ein Haufen Scheiße sind. Je intelligenter einer ist, desto weniger vergißt er das, desto mehr ist er sich dessen bewußt. Ich kenne niemand, der wirklich intelligent ist und die anderen liebt oder ihnen vertraut. Er hat höchstens Mitleid mit ihnen. Dieses Gefühl kann ich gut verstehen.«

»Aber die anderen müssen nicht unbedingt schlecht oder invalide sein. Ist es das, wonach du die Leute einteilst?«

»Es gibt auch noch Dumme und Sadisten.«

»Sonst nichts?«

»Arme und Reiche, und Leute aus Zaragoza und Leute aus La Coruña.«

»Und wenn du ein Kind hättest?«

»Solange es ein schwaches Geschöpf wäre, hätte ich Mitleid mit ihm. Wenn es dein Alter erreichte, würde ich es allmählich studieren, ausspionieren, um den Zeitpunkt nicht zu verpassen, wenn das junge Opfer seine Metamorphose erlebt und die ersten Gehversuche als Täter macht. Wenn es ein Täter wird, würde ich mich bemühen, ihm soweit wie möglich aus dem Weg zu gehen. Wenn es ein erfolgreicher Täter würde, würde es mich nicht brauchen. Wenn es ein Opfer würde, würde es mir mit Zinseszinsen die Hilfe zurückzahlen, die ich ihm geben könnte. Es würde sie mit der ungeheuren Freude zurückzahlen, die es mir machen würde, es weiterhin zu beschützen.«

»Dich sollte man sterilisieren.«

»Nicht nötig. Dafür sorge ich schon selbst. Das erste, was ich von meinen Partnerinnen verlange, ist ein Zertifikat, daß sie eine Spirale oder ein Diaphragma tragen oder die Pille nehmen, und wenn sie nicht gerade ihre Tage haben, ziehe ich mir eben ein Kondom über. Davon habe ich immer eine Packung in der Tasche. Ich kaufe sie bei *La Pajarita*, einem Präservativgeschäft in der Calle Riera Baja. Dort habe ich sie zum erstenmal gekauft, und dabei bleibe ich. Ich bin ein Gewohnheitstier. Willst du einen Nachtisch?«

»Nein, danke.«

»Ich auch nicht. Dadurch spare ich dreihundertfünfzig oder vierhundert Kalorien. Planas hat mich mit seiner Diätsucht angesteckt.«

Yes rümpfte die Nase.

»Du kannst Planas nicht leiden?«

»Überhaupt nicht. Er ist das Gegenteil von meinem Vater.«

»Und der Marqués de Munt?«

»Der ist eine Operettenfigur.«

»Du überraschst mich. Du bist sehr hart mit anderen Menschen.«

»Sie waren Bekannte meines Vaters. Sie haben ihn in diesem mittelmäßigen Leben, in diesem mittelmäßigen Teufelskreis festgehalten.«

»Dein Vater hatte in der letzten Zeit Freundinnen in deinem Alter.«

»Na und? Hat er sie vielleicht bezahlt? Irgend etwas haben sie an ihm gefunden. Du weißt nicht, wie mich das freut!«

»Wer oder was hat deinen Vater getötet?«

»Alle: Meine Mutter, Planas, der Marqués, Lita Vilardell ...
er hatte sie alle so satt, genau wie ich.«

»Dasselbe könnte deine Mutter sagen.«

»Nein. Sie ist jetzt glücklich. Alle Welt bewundert sie. Wie intelligent! Wie mutig! Sie macht es besser als ihr Mann! Klar
macht sie es besser. Sie hat nichts, was sie ablenkt. Sie ist wie ein
Jäger, der nur seine Beute sieht. Sie weiß nicht, was Leben, was
Genießen ist.«

Sie ergriff Carvalhos Hand, die die Zigarre hielt, und ein
Stückchen Asche fiel in den duftenden Jasmintee.

»Nimm mich mit nach Hause zu dir. Einen Tag. Heute.«

»Du bist wie verrückt nach meinem Haus.«

»Es ist wunderbar. Das erste Haus, das ich kenne, in dem
meine Mutter sich nicht wohlfühlen würde.«

»Man merkt, daß du noch nie in den Häusern warst, die dein
Vater für andere gebaut hat. Ich erwarte dich heute nacht bei
mir. Aber erst spät!«


»Die Kirchenglocken haben doch gar nicht geläutet. Und du
hier! Welche Ehre!« Charo war gerade dabei, sich zu schminken. Sie gab ihm die Tür nicht frei.

»Ich glaube, wir kennen uns irgendwoher.«

»Läßt du mich jetzt rein oder nicht?«

»Wer könnte es schon verhindern wollen, daß der große Pepe
Carvalho eintritt! Ich war halb tot vor Ungeduld, daß der Herr
zurückkommt, von einer Expedition zum Nordpol, könnte
man meinen. Gibt es viele Eisbären am Nordpol?«

Carvalho nahm das Zimmer in Besitz mit der Automatik langer Gewohnheit. Er hängte sein Jackett an denselben Stuhl wie
immer, ließ sich in seine angestammte Sofaecke fallen und zog
automatisch den Aschenbecher zu sich heran.

»Seit fünfzehn Tagen haben diese Wände Euer Ehren nicht
mehr gesehen. Er wird wohl Papst von Rom geworden sein,

habe ich mir gedacht, wo die Päpste doch heutzutage so oft sterben und mein Pepe so ein Jesuit ist. Du bist wirklich ein Jesuit.«

»Charo …«

»Jesuit ist viel zu wenig. Ein Oberjesuit. Wenn man Charo braucht, läßt man sie kommen. Wenn Charo nicht mehr gebraucht wird, ab mit ihr in die Rumpelkammer. Aber Charo muß immer da sein, immer wenn der Señor gerade etwas braucht. Ich schwöre dir, Pepe, daß es mir bis hier steht. Noch viel höher als bis hier.«

»Entweder du beendest jetzt die Szene, oder ich gehe.«

Charo stand breitbeinig da, die Hände in die Hüften gestemmt, die Wut stand ihr ins weißgrundierte Gesicht geschrieben. Sie warf den Kopf in den Nacken und schrie mit geschlossenen Augen: »Geh hin, wo du hergekommen bist! Ich bin an allem schuld, ich Idiot, immer ich!«

Carvalho erhob sich, griff nach seinem Jackett und ging zur Tür.

»Jetzt geht er! Diesem Herrn darf man nicht mal die Meinung sagen, er ist ja so leicht beleidigt. Und ich, darf ich nie beleidigt sein? Wo willst du hin? Glaubst du, du kannst jetzt einfach gehen? Nein, jetzt bleibst du hier!«

Sie stürzte zur Tür und schloß sie ab. Dann begann sie zu schluchzen und suchte Trost bei Carvalho. Obwohl er seine Arme nur zögernd öffnete, barg sie weinend ihren Kopf an seiner Brust.

»Ich bin so allein, Pepe! Immer allein. Ich habe mir Gedanken gemacht, Gedanken, die mir angst machen, Pepe, das schwör ich dir. Du willst nichts mehr wissen von mir, weil ich eine Nutte bin. Ich habe immer befürchtet, daß es mit uns nicht lange gutgeht.«

»Charo, seit acht Jahren sind wir zusammen!«

»Es war aber nie so schlimm wie in letzter Zeit, Pepe. Du hast eine andere. Ich spüre es!«

»Ich hatte immer mal wieder eine andere.«

»Wer ist es? Wieso brauchst du überhaupt noch andere? Ich habe andere Typen, weil ich davon lebe. Aber du?«

»Hör auf mit dem Theater, Charo. Wenn ich das gewußt hätte, wäre ich nicht gekommen. Ich habe einen schwierigen Fall am Hals und bin dauernd unterwegs.«

»Gestern nacht warst du nicht zu Hause.«

»Nein.«

»Hast du dich rumgetrieben?«

»Nein, nicht was du denkst. Ich habe in einer Gruft geschlafen.«

»In einer Gruft?«

»Der Tote war fort.«

»Du bleibst bei mir, Pepe!« Sie lachte unter Tränen.

Pepe machte sich von ihr los und ging zur Tür.

»Ich wollte dich eigentlich fürs nächste Wochenende einladen, aber wenn du nicht willst, vergiß es.«

»Ich und nicht wollen? Ein ganzes Wochenende? Wohin denn?«

»Ich habe von einem Restaurant in der Cerdanya gehört. Ein Rentnerehepaar hat es eröffnet, und die Frau kocht ausgezeichnet. Bei der Gelegenheit könnten wir ein wenig nach Frankreich rüberfahren. Ein bißchen Käse einkaufen und Pâté.«

»Und ich kaufe mir eine Creme gegen Pickel. Guck mal, wie häßlich ich bin, überall bekomme ich Pickel!«

»Ich ruf dich am Freitag um zwölf Uhr an. Wir können abends losfahren.«

»Freitag abend habe ich viel zu tun, das weißt du doch!«

»Also, dann Samstag früh.«

»Nein, nein, Pepe, am Freitag. Die Arbeit muß auch mal ruhen.«

Sie küßte ihn auf den Mund, als wollte sie ihn austrinken, und ließ ihn gehen. Dabei streichelte sie ihn fast bis zum letzten Moment, als seine Füße schon auf den Treppenstufen standen. Die Gesichter der Witwe Stuart und ihrer Tochter schoben sich über das von Charo. Auf der Straße begannen die Prostituierten ihre Jagd zu einer Tageszeit, die vor der Krise undenkbar gewesen wäre. Was für ein Markt! Alte, betrunkene Nutten standen neben jungen, die eben erst ihre moralischen Vorurteile über Bord geworfen hatten. Sie hatten mehr Zynismus in den Augen als die alten.

»Ich mach dich glücklich, Süßer, wie wär's?«

Hausfrauen, die gerade ihren Abwasch gemacht hatten und für ein paar Stunden auf den Strich gingen, mußten dauernd auf die Uhr sehen, wann es wieder Zeit war, für Mann und Kinder das Abendessen vorzubereiten. Sie tarnten sich, indem sie vor Schaufenstern herumstanden, in denen es nichts zu sehen gab. Er hatte Charo vor einem Schaufenster voller Koffer kennengelernt. Sie hatte damals schon den Sprung geschafft von der festen Arbeit im Puff zum Callgirl, das auf eigene Rechnung im Dachgeschoß eines Neubaus mitten im Barrio Chino arbeitete. Carvalho war betrunken und fragte sie nach dem Preis, worauf sie sagte, er sei im Irrtum.

»Wenn ich mich geirrt habe, bin ich bereit, noch viel mehr zu bezahlen.«

Carvalho sah zum erstenmal die Wohnung, die des öfteren sein Zuhause werden sollte, bis neunzehn Uhr, wenn Charo begann, ihre festen Kunden zu empfangen. »Würde eine Wohnung im Barrio Alto nicht besser zu dir passen?« Dort war die Miete höher, und den Kunden gefiel diese Mischung aus alltäglichem Dreck und technischem Fortschritt. Barrio Chino und Telefon. »Das nächste Mal ruf mich an. Ich möchte nicht auf der Straße angesprochen werden. Ich bin noch nie auf den Straßenstrich gegangen. Ich bin nicht eine von denen!« Carvalho gewöhnte sich an die Schizophrenie des Mädchens, an ihre Doppelrolle einer eifersüchtigen Verlobten bei Tag und einer Telefonhure bei Nacht. Am Anfang schlug er ihr vor, damit aufzuhören, aber sie versicherte ihm, sie tauge zu nichts anderem. »Wenn ich als Tippse arbeite, dann begrabscht mich der Chef genauso, und wenn ich heirate, nimmt mich mein Mann, der Schwiegervater, der Onkel und die ganze Sippschaft. Lach

nicht! In meinem Dorf treibt es jeder mit den verheirateten
Frauen, und die Schwiegerväter am allermeisten. Macht es dir
etwas aus, daß ich in diesem Metier arbeite? Nein? Also, dann
laß mich. Ich liebe nur dich und basta. Wenn du mich brauchst,
dann werde ich keine Müdigkeit vorschützen.« Sie sprach nie
von ihrer Arbeit oder ihren Klienten. Carvalho mußte ihr nur
einmal aus der Klemme helfen. »So ein alter Bock will mir beim
Kacken zusehen, und wenn ich es nicht mache, bedroht er mich
mit einer Pistole.« Carvalho wartete an der Treppe auf ihn und
goß ihm eine Flasche Urin über den Kopf, als er kam. »Wenn du
nochmal kommst, mache ich dasselbe mit Scheiße, aber bei dir
zu Hause, vor deiner Frau.«

Es gab in letzter Zeit zu viele Frauen in seinem Leben. Die
Witwe, die sich in einer Welt behauptete, in der Männer wie
Planas und ihr Gatte das Sagen hatten. Das neurotische Mädchen, das plötzlich die Welt von Schmerz und Tod entdeckt
hatte. Charo, die ihm die Rechnung präsentierte für alles, was
sie an Sex und gemeinsam verbrachten Stunden investiert hatte.
Die nächste würde Ana Briongos sein, der er ihre Geheimnisse
von Liebe und Tod im Fall Stuart Pedrell entreißen mußte. Und
zu guter Letzt Bleda. Die Vorstellung von Bleda rührte ihn, wie
sie allein im Garten in Vallvidrera Geräusche und Gerüche verfolgte und überall ihr Schnäuzchen hineinsteckte, um den Dingen auf den Grund zu gehen. Sie war die Schwächste von allen.
Er hatte noch über eine Stunde Zeit bis zu dem Treffen mit Ana
Briongos. Als er im Auto saß, fuhr er automatisch in Richtung
Vallvidrera, und auf halbem Weg wurde ihm erst klar, daß er
das nur aus Sehnsucht nach dem Hündchen tat, er hatte sogar
Lust, es mit nach San Magín zu nehmen. Du würdest ein schönes Bild abgeben, Pepe Carvalho. Du würdest in die Geschichte
eingehen als Pepe Carvalho und Bleda, ähnlich wie Sherlock
Holmes und Dr. Watson. Seine Schwäche irritierte ihn, und er
kehrte um. Bledas Mandelaugen verfolgten ihn kilometerweit.
Ich bin ein Rassist. Für ein menschliches Wesen hätte ich das
Opfer gebracht, und schließlich und endlich, wer hat das be-

stimmt, daß ein Mann und eine Frau menschliche Wesen sind und ein Hund nicht? Er würde sie Abitur machen lassen. Er würde sie auf das Französische Gymnasium schicken und sagen: Machen Sie aus meiner Hündin eine Messedirektorin oder die Vorsitzende der Nationalen Vereinigung der Hunde in leitender Position. Kosmonaut. Bleda könnte Kosmonautin werden oder zum Bolschoi-Theater gehen oder Generalsekretärin der PSUC werden. Kein Hund hat je in San Magín gebaut. Kein Hund hat je einen Bürgerkrieg angefangen.


Das Mädchen erwartete ihn. Ihre Figur war von einem dicken Mantel verhüllt, der nur ihre kurzen, kräftigen Beine sehen ließ. Sie mußte sein Kommen gespürt haben, denn sie wandte sich genau in dem Moment um, als Carvalho sein Auto neben ihr zum Stehen brachte.

»Wollen Sie einsteigen?«

Ana Briongos stieg ein, ohne Carvalho anzusehen. Dann saß sie da, im Hintergrund glitt San Magín vorbei, sich selbst ständig wiederholend, als sei es eine weltumspannende, unendliche Stadt.

»Unterhalten wir uns doch hier, in einer Bar. Haben Sie eine Wohnung?«

»Ja, mit zwei anderen Mädchen zusammen.«

»Und Ihre Familie?«

»Meiner Familie geht es gut. Und Ihrer?«

»Entschuldigung. Ich weiß nicht, welche Höflichkeiten in der Arbeiterklasse üblich oder nicht üblich sind.«

»Es gibt vieles, was Sie und die anderen Bullen über die Arbeiterklasse nicht wissen.«

»Ich bin kein Bulle.«

»Die Geschichte von dem verschwundenen Verwandten kaufe ich Ihnen nicht ab.«

»Das ist in Ordnung. Aber ich bin kein Bulle. Die Familie des Toten hat mich mit der Untersuchung beauftragt. Es ist ein

Job wie jeder andere. Haben Sie noch nie einen Krimi gelesen?«

»Ich habe andere Sachen zu lesen.«

»Gramsci las Kriminalromane und entwickelte sogar eine Theorie darüber. Kennen Sie Gramsci?«

»Ein Italiener.«

»Sehr gut. Einer der Gründer der KPI.«

»Was geht mich das an, was der gelesen hat?«

Sie hatte die politischen Forderungen immer noch am Mantelaufschlag. *Atomkraft – nein Danke* und *Meinungsfreiheit*, dahinter eine Theatermaske, der ein roter Strich brutal den Mund verschloß. Es hatte oft darauf geregnet, einige Buchstaben waren schon verwischt, und die Plakette war rissig.

»Ich kann hier im Auto nicht reden. Gehen wir zu Julios Hütte. Bei der Kirche.«

Julios Hütte war ein altes Gartenlokal, das ohne Zweifel aus dem Kulissenvorrat von Metro-Goldwyn-Mayer stammte. Tische mit rotkariertem Wachstuch, *chorizos*, Schinken und Knoblauch in Bündeln. Die Fußballmannschaften FC Barcelona, Español und Granada posierten auf Fotos für die Nachwelt. Die Kneipe war erfüllt vom Klappern der Dominosteine und Stimmen, die sich durch Qualm und Zigaretten nach draußen kämpften. Die hölzernen Sonnendächer vor der Hütte warteten auf den Sommer, auf den Ansturm der Großfamilien, die der Enge ihrer Behausungen entflohen und die staubige, verschwitzte Kühle am Rand ihres Viertels suchten. Carvalho bemerkte, daß die Freundin, die morgens Ana Briongos begleitet hatte, ein paar Tische weiter mit einem Mann saß und sie nicht aus den Augen ließ. Ana bestellte einen Kaffee, Carvalho einen Pfefferminzlikör mit Eiswürfeln. Das Mädchen blickte verblüfft auf Carvalhos Getränk.

»Ich dachte immer, das sei nur etwas für den Sommer oder für Frauen, die es an den Eierstöcken haben.«

»Wer hat keine Probleme mit den Eierstöcken? Also, Mädchen, jetzt reden wir mal klar und deutlich.«

»Warum duzen Sie mich? Also doch ein Bulle. Nur Bullen duzen einen sofort.«

»Du kannst mich auch duzen.«

»Ich sage Sie zu Ihnen und Sie sagen Sie zu mir.«

»Wie hieß Ihr Freund?«

»Meinen Sie Antonio? Das wissen Sie doch schon. Er hieß Antonio Porqueres.«

»Erste Lüge. Weiter: War er Buchhalter?«

»Wieso Lüge? Er hieß Antonio Porqueres und war Buchhalter oder arbeitete als solcher in der *Casa Nabuco*.«

»Zweite Lüge. Wollen Sie wirklich behaupten, Sie hätten nicht gewußt, wer er in Wirklichkeit war?«

»Wenn er einen anderen Namen hatte, ist mir das auch egal. Ich kannte ihn als Antonio und basta.«

»Wie haben Sie ihn kennengelernt?«

»Bei einer politischen Veranstaltung. Das war Ende 1977. Wir mußten einige öffentliche Veranstaltungen organisieren, um den Genossen den Abschluß des Moncloa-Paktes zu erklären. Das fand damals keiner richtig, nur wir redeten voller Zuversicht und versuchten, die anderen davon zu überzeugen, daß er auf lange Sicht gesehen der Arbeiterklasse nützen würde und so weiter. Wir sagten eben das, was man uns aufgetragen hatte. Später wurde klar, daß es ein Schwindel war, wie alles übrige. Ich hielt eine Rede bei einer Veranstaltung im Kino Navia, das ist das Kino hier. Am Schluß kam Antonio zu mir her und diskutierte mit mir. Er war gegen den Moncloa-Pakt. Was lachen Sie?«

»Konnte er Sie überzeugen?«

»Mehr oder weniger. Er war ein Mann, der zuhören konnte, der reden konnte, ohne den anderen zu überfahren. Er war nicht wie die übrigen, die ich kenne. Ich verachte keinen und verstehe mich gut mit meinen Leuten, weil es eben meine Leute sind. Aber er hatte gute Manieren, Kultur, er war gebildet, hatte Reisen gemacht und viel gelesen.«

»Er war wohl vom Mars gekommen und direkt hier gelandet. Haben Sie ihn nicht danach gefragt?«

»Er erzählte mir, seine Frau sei gestorben und er sei lange Zeit im Ausland gewesen. Er war müde und wollte einfach nur da sein, beobachten und die neue Etappe des Landes miterleben.«

»Kamen Sie sich näher?«

»Wir kamen uns näher.«

»Ganz nahe?«

»Was zum Teufel wollen Sie wissen? Ob wir miteinander geschlafen haben? Na klar haben wir das!«

»Und plötzlich ging er fort. Ohne sich zu verabschieden?«

»Und plötzlich ging er fort. Ohne sich zu verabschieden.«

»Und Sie haben nichts unternommen, waren nicht einmal überrascht?«

»Ganz genau. Er war gegangen, wie er gekommen war.«

»Die Frauen werden es nie lernen. Sie glauben immer noch an den ausländischen Matrosen, groß und blond wie das Bier.«

»Ich glaube nicht an Matrosen. Ich weiß schon, worauf Sie hinauswollen. Da täuschen Sie sich. Auch hier in San Magín hat sich einiges geändert! Ein Mann und eine Frau können sich kennenlernen, sich gut verstehen, zusammen leben und genausogut wieder auseinandergehen, ohne Probleme. Sie glauben wohl, diese Freiheit könnten sich nur die Bürgerlichen leisten!«

»Und Sie bleiben dabei, daß er Antonio Porqueres war und niemand anderes?«

»Ich habe Ihnen gesagt, was ich weiß.«

»Sie wissen wenig, so hat es jedenfalls den Anschein. Ihr Freund war in Wirklichkeit Señor Carlos Stuart Pedrell. Schon mal gehört?«

»Ja, schon mal gehört.«

»Wissen Sie, wer das ist?«

»Ich hab mal was in der Zeitung gelesen, da kam sein Name vor. Ein Industrieller?«

»Ein Industrieller. Der Erbauer von San Magín.«

Die Augen von Ana Briongos reichten nicht aus, um ihre

Überraschung zu verbergen. Sie wollte etwas sagen, brachte aber kein Wort heraus.

»Sie haben mit einem zusammengelebt, der für dieses Paradies mitverantwortlich ist.«

»Es ist kein Paradies, aber es geht uns hier besser als in den Baracken. Sie wissen nicht, wie schlimm das war. Ich habe meine Kindheit dort verbracht. Antonio ...«

Sie hatte sich zurückgelehnt, der Mantel öffnete sich und enthüllte eine üppige Brust in einem Kleid aus dünnem Wollstoff. Und darunter wölbte sich fast übergangslos ihr schwangerer Bauch, der nun von seiner Tarnung befreit war. Instinktiv wollte sie den Mantel schließen, unterließ es aber in dem Bewußtsein, daß es dafür zu spät war. Sie sahen einander an. Die Trauer, die aus ihren Augen sprach, tränkte schließlich die von Carvalho.

»Wird es ein Mädchen oder ein Junge?«

»Hoffentlich ein Mädchen. Ein Arschloch weniger auf dieser Welt.«

»Und wenn es ein Junge wird?«

Sie zuckte die Schultern, ihr Blick wich aus, schweifte über die Reihen aufgehängter Schinken, *chorizos*, Kuhglocken und Knoblauchknollen, die wie uniformiert aussahen, denn auf allen hatte sich der Staub und der Qualm der billigen Zigaretten niedergeschlagen.

»Ist Señor Stuart Pedrell der Vater?«

»Ich bin die Mutter und der Vater.«

»Kam Ihnen nie der Gedanke, daß Antonio Porqueres ein anderer war, als er vorgab?«

»Ich habe es immer vermutet, aber es war mir egal.«

»Er ließ Sie immer an seiner rechten Seite gehen, brachte manchmal Blumen mit, hatte mehr gelesen als Sie, benutzte zwei- bis dreitausend Wörter mehr als Sie und konnte den Zauber eines Aprilmorgens in Paris beschreiben. Hat er Ihnen nie gesagt, daß der April der grausamste Monat von allen ist? Hat er nie gesagt, er wolle lesen, bis die Nacht einbricht, und im Winter in den Süden fahren?«

»Was wollen Sie mir da unterjubeln? Die Rolle des unschuldigen Mädchens, das geschändet und verlassen wurde? Ich habe ihm erklärt, wofür wir kämpfen. Ich habe erzählt, wie es im Kellergeschoß in der Vía Layetana und im Frauengefängnis von La Trinidad zugeht.«

»La Trinidad. Ein seltsamer Zufall. Auf einem Bauplatz im Stadtteil La Trinidad wurde seine Leiche gefunden.«

Anas Gesicht zeigte, daß sie ihm nicht glaubte.

»Er hatte mehrere Messerstiche bekommen. Wie es aussieht, haben zwei Hände zugestochen. Eine schwach, unschlüssig, die andere gezielt, mörderisch.«

»Es gefällt Ihnen wohl, das so genau zu beschreiben.«

»Sie warfen ihn in den Keller einer verlassenen Baustelle, über den Bauzaun wahrscheinlich. Aber er ist woanders ermordet worden. Man fand ihn ausgeblutet. Um ihn herum war kaum ein Tropfen Blut. Er ist von einem anderen Ort dorthin geschafft worden. Dieser andere Ort ist San Magín. Seine Mörder suchten das andere Ende der Stadt, vielleicht wußten sie nicht einmal, wie sehr ihnen sein falscher Name helfen würde. Oder sie wußten es doch. Sie müssen mir helfen. Sie müssen doch etwas wissen, was mir auf die Spur hilft.«

»Vielleicht war es ein Raubüberfall?«

»Trug er immer viel Geld mit sich herum?«

»Nein, nicht mehr als nötig. Mit dem wenigen, was er hatte, war er sehr großzügig und überlegte dauernd, was er mir schenken könnte. Blumen, nein. Es gibt keine Blumen in San Magín. Darin haben Sie sich geirrt.«

»Eines Tages erschien er nicht zu Ihrer Verabredung. Was taten Sie?«

»Ich wartete ein paar Stunden. Dann ging ich zu seiner Wohnung. Er war nicht da. Aber alles sah aus, als würde er gleich zurückkommen.«

»Hatten Sie einen Schlüssel?«

»Ja.«

»Und am nächsten Tag gingen Sie wieder hin?«

»Und am übernächsten.«

»Und Sie hinterließen ihm keine Nachricht für den Fall, daß er zurückkam?«

»Ja ... nein ..., ich hinterließ nichts. Wozu? Mir war sofort klar, daß er nicht wiederkommen würde.«

»Wußte er von dem Kind?«

»Ja.«

»Glaubten Sie, daß er wegen des Kindes fortgegangen sei?«

»Zuerst dachte ich nicht daran, weil ich ihm sehr klar gesagt hatte, daß es allein mein Kind sein würde. Aber dann begann ich nachzudenken. Vielleicht fühlte er sich schuldig? Aber was rede ich da! Ich rede, als wäre er fortgegangen, dabei ist er in Wirklichkeit ermordet worden.«

»Kamen Sie nicht auf die Idee, die Krankenhäuser anzurufen, oder die städtische Polizei? Haben Sie sich nicht gewundert, daß seine Wohnung nach Wochen immer noch unberührt war?«

»Ich bin dort nicht mehr hingegangen. Außerdem gab es wenige persönliche Dinge von ihm dort. Es war eine Mietwohnung. Nicht mehr als ein paar Bücher. Alles andere war von der Firma oder vom Vormieter.«

»Sie wissen, was passiert, wenn ich zur Polizei gehe und ihnen von Stuart Pedrells Doppelleben in San Magín erzähle. Sie werden über Sie herfallen. Sie sind die einzige, die etwas Näheres darüber weiß.«

»Damit habe ich Erfahrung. Seit ich vierzehn bin, weiß ich, wie man mit der Polizei umgehen muß. Ich habe nichts zu verbergen.«

»Es gibt immer einen dunklen Punkt, und die Polizei weiß das.«

»Ich kenne meine Rechte. Ich komme immer durch, machen Sie sich keine Sorgen. Gehen Sie ruhig zur Polizei und erzählen Sie ihnen, was Sie wissen. Wenn Sie wollen, gehe ich selbst hin.«

»Das kann ich nicht zulassen. Ich mache rein private Nachforschungen im Auftrag der Witwe.«

»Die Witwe. Was ist sie für eine Frau?«

»Älter als Sie und viel reicher.«

»Haben sie und ihr Mann sich gut verstanden?«

»Nein.«

»Er sah immer traurig aus.«

»Und Sie haben ihm die Freude am Leben wiedergeschenkt.«

»Einen Dreck habe ich. Glauben Sie denn, ich bin blöd? Ich habe das Gefühl, Sie meinen, Sie hätten es hier mit einem Stamm von Wilden zu tun!«

»Letzte Frage für heute: Erinnern Sie sich an gar nichts, was mich auf die Spur des Mörders bringen könnte?«

»Letzte Frage für heute und für immer. Und meine letzte Antwort: Nein.«

»Wir sehen uns noch«, sagte Carvalho und erhob sich unwillig.

»Hoffentlich nicht.«

»Und sagen Sie Ihrer Freundin und deren Begleiter, sie sollen sich beim nächstenmal besser tarnen.«

»Sie hatten keinen Grund, sich zu tarnen. Sie sind hier, weil sie einfach Lust dazu hatten, und ich auch.«


Carvalho fuhr mit dem Auto zu Señor Vila. Der saß im Kreise seiner Enkel vor dem Fernseher und sah sich eine Sendung mit Pferden an. Er erhob sich und bat ihn wieder nach oben in sein Büro.

»Sie haben doch sicher die Daten der Leute hier im Viertel.«

»Nicht von allen. Aber von fast allen.«

»Bestimmt haben Sie auch eine Kartei.«

»Señor Viladecans hat mich beauftragt, eine anzulegen. Es gibt eine Verwaltungskartei und eine mit dem, was man so hört. Die Verwaltungskartei ist praktisch komplett, die andere nicht so sehr.«

»Was hört man denn so?«

»Wenn die Leute in dunkle Geschichten verwickelt sind.

Schließlich muß man wissen, woran man ist. Das ist hier ein Dschungel.«

»Ich muß alles über Ana Briongos wissen.«

»Das kann ich Ihnen ohne Kartei sagen. Sie ist eine Rote, macht aber hier keinen Ärger mehr. Seit Monaten nicht. Seit fast einem Jahr sieht man sie kaum noch. Ich habe gehört, sie sei verlobt.«

»Wo wohnt sie, wer sind ihre Freunde, wie sind die Familienverhältnisse? Sagen Sie mir alles, was Sie darüber wissen.«

»Ich will mal nachsehen.«

Ein kleines Schränkchen, das nach Hausapotheke aussah, enthielt mehrere Kartons voller Karteikarten. Vila wühlte darin herum, zog schließlich drei oder vier Kärtchen heraus und hielt sie weit von sich weg, um sie besser lesen zu können.

»Ohne Brille sehe ich gar nichts.«

Die Adressen von Ana Briongos und ihren Eltern. Sechs Geschwister. Die Familie stammt aus Granada, der älteste Sohn ist dort geboren, die anderen irgendwo in Barcelona, wo die Zugewanderten wohnen, der Jüngste in San Magín. Der Vater ist Platzanweiser in einem Kino in La Bordeta. Die Mutter Putzfrau in demselben Kino. Der Älteste ist verheiratet, arbeitet in einer Pfeifenfabrik in Vic. Dann kommt Ana, dann Pedro Larios.

»Warum heißt er nicht Briongos, sondern Larios?«

»Er ist kein richtiger Bruder. Mehr kann ich Ihnen nicht sagen. Ein Mädchen arbeitet als Friseuse in San Magín. Die beiden Kleinen gehen zur Schule.«

Die Karteikarte von Ana enthielt eine lange Liste politischer Aktivitäten, bei Pedro Larios Briongos stand ein Hinweis auf einen Motorraddiebstahl mit vierzehn Jahren.

»Was wissen Sie noch über diesen Jungen?«

»Das ist keine Kriminalkartei. Ich schreibe hier nur auf, was ich so höre.«

Carvalho notierte sich einige Daten.

»Absolute Diskretion!«

»Keine Sorge. Haben sie etwas ausgefressen?«

»Ich glaube nicht. Reine Routine.«

»Es ist mir unangenehm, die Leute zu kontrollieren. Aber heute ist diese Kontrolle nötiger denn je. Das mit der Freiheit ist ja schön, aber es muß eine verantwortliche und vor allem überwachte Freiheit sein. Hat es etwas mit dem Mieter zu tun, nach dem Sie mich neulich gefragt haben?«

»Wahrscheinlich.«

»Ich lehne jede Verantwortung ab. Es war ein direkter Befehl von Señor Stuart Pedrell, er ruhe in Frieden. Ich muß mit Señor Viladecans darüber sprechen.«

»Im Moment bitte nicht. Ich muß ihn selbst informieren.«

»Wie Sie wollen. Trinken Sie ein Gläschen?«

»Was bieten Sie mir an?«

»Was Sie wollen. Calisay, Magenbitter, Cognac, Anis, Aromas de Montserrat.«

Er trank ein Glas Aromas de Montserrat und sah sich die traurige Geschichte von der Frau eines mexikanischen Gutsbesitzers an, die von ihrem Mann verlassen wurde, weil ihm seine Pferde wichtiger waren.

»Opa, was ist ein *xarro*?«

»Ein Cowboy mit einer Pistole.«

»Ein Cowboy aus dem Wilden Westen?«

»Nein, aus Mexiko. Sie wollen alles wissen in diesem Alter, und man weiß nicht immer eine Antwort auf ihre Fragen.«

»Fast nie.«

»Das ist wahr, was Sie da sagen, sehr wahr.«

»Wie ich höre, hat die Familie Briongos es nicht gern gesehen, daß ihre Tochter in politische Auseinandersetzungen verwickelt war?«

»Stimmt. Weiß der Himmel, warum das Mädchen so geworden ist. Seit sie laufen kann, macht sie Ärger. Schon zu Francos Zeiten, man sollte es nicht glauben. Und sie hat Schläge gekriegt, weil sie sie gesucht hat. Eines Tages diskutierte ich mit ihr, als es um die hirnrissige Forderung nach einer Ambulanzklinik ging. Sie sagte, ich sei früher Faschist gewesen. Gar nichts war ich. Ich habe im Bürgerkrieg ein paar Schüsse abgegeben, für die Roten, weil mich der Krieg eben auf dieser Seite erwischt hat, aus keinem anderen Grund. Ich sagte zu ihr, sie sei streitsüchtig, und die Menschen würden sich nur miteinander verstehen, wenn man redet, nicht wenn man schreit. Und da sagt sie mir doch tatsächlich, ich sei ein Faschist. Von Franco habe ich nicht profitiert. Was heißt nicht. Er hat mir Ruhe und Arbeit gegeben. Man kann viel gegen Franco sagen, aber zu seiner Zeit hätte es so etwas nicht gegeben. Keiner will mehr arbeiten. Jeder, der gerade aus dem Süden, aus Almería oder sonstwoher gekommen ist, glaubt, er brauche sich nur zu bücken und ein Stück Papier aufzusammeln, und schon hat er tausend Pesetas verdient. Hören Sie, ich bin auch nicht für die Diktatur, aber das hier ist das reinste Chaos, und wenn wir so weitermachen, gibt es eine Katastrophe. Ich habe wie ein Tier gearbeitet, um im Alter meine Ruhe zu haben. Keiner hat mir etwas geschenkt. Meine Kinder sind verheiratet und haben eine gute Arbeit. Gesundheit. Ein bißchen Geld für die Zeit, wenn ich nicht mehr arbeiten kann. Was will ich mehr? Also was kümmern mich die paar Idioten, die den Mond vom Himmel holen wollen? Nein. Die Eltern sind nicht so. Anständige Leute. Fleißig. Ich habe mit dem alten Briongos geredet und gesagt, er soll seiner Tochter Gehorsam beibringen. Mal fordert sie eine Ambulanzklinik, ein andermal sollen Schulen gebaut und die Straßen asphaltiert werden. Kinder, Kinder, hört mir auf! Auch wenn ich noch soviel Geld hätte. Außerdem habe ich hier nichts zusagen. Zum Glück verhält sie sich seit Monaten ruhig. Man sieht, daß die Verlobung ihr gutgetan hat. Ich sage immer: Gott schütze uns vor unbefriedigten Weibern!«

Er zwinkerte Carvalho zu, als wollte er sich für sein anzügliches Wort entschuldigen, hob die Ellbogen wie Flügel, mit denen er zum Flug ansetzen wollte, und sein Lachen klang mehr wie ein Niesen. Das störte die Enkel, und sie schimpften, weil sie der traurigen Geschichte nicht richtig folgen konnten, der

Geschichte von der schönen Mexikanerin, die wegen ein paar Pferden verlassen wurde.

Señor Briongos roch nach Omelette, und die Ölspuren, die er mit einem Taschentuchzipfel von seinem Kinn zu wischen versuchte, stammten ebenfalls von einem Omelette. Er sah aus wie ein verarmter Croupier von einem Mississippidampfer, der mindestens ein Magengeschwür hat. Ausgelaugt, kahlköpfig, dieselben großen Augen wie seine Tochter. Er sprach mit weit ausholenden Gesten, als würde er Carvalho in einem riesigen Schloß empfangen und seiner Familie und der Dienerschaft befehlen, sich auf ihre Gemächer zurückzuziehen. Das Zimmer war dasselbe wie das Wohn- und Eßzimmer von Porqueres mit der karierten Couchgarnitur. Es blieb kaum Platz zwischen dem gigantischen Fernseher mit Zimmerantenne, dem neoklassischen, schwülstigen Eßtisch, den Stühlen, der Büffetvitrine und den zwei großen grünen Kunstledersesseln, in denen zwei Jungen und ein Mädchen saßen, das die Finger der einen Hand in eine Dose steckte.

»Macht den Fernseher aus und geht in euer Zimmer. Ich habe mit diesem Señor zu sprechen.«

Der drohende Blick des Vaters erstickte jeden Protest der Kinder im Keim. Die mexikanische Schönheit hatte beschlossen, reiten zu lernen, um so ihren Mann, den *xarro*, begleiten zu können. Die dicke Frau des Hauses begann das schmutzige Geschirr vom Tisch zu räumen, ihr Haar war stümperhaft mit platinblonden und braunen Strähnen eingefärbt.

»Ist das Mädchen wieder in Schwierigkeiten? Ich muß Ihnen gleich sagen, ich habe nichts damit zu tun. Sie lebt ihr Leben und ich das meine.«

»Ach Gott, ach Gott«, klagte die Frau, ohne ihre Arbeit zu unterbrechen.

»Diese Tochter hat uns nur Kummer und nie Freude bereitet. Es liegt nicht daran, daß wir ihr nicht den rechten Weg gezeigt hätten. Was kann man denn mehr verlangen von Eltern, die so viele Kinder haben und beide arbeiten müssen?«

»Zu viele Bücher und schlechte Gesellschaft«, schrie die Frau aus der Küche herüber.

»Lesen ist nichts Schlechtes, es kommt darauf an, was man liest. Aber mit der schlechten Gesellschaft hat sie recht. Los, was hat sie getan, sagen Sie es schon! Ich bin auf das Schlimmste gefaßt.«

»Keine Bange, sie hat nichts angestellt. Ich wollte nicht direkt über sie sprechen, sondern über einen Freund von ihr, mit dem sie letztes Jahr zusammen war.«

»Sie hat jede Menge Freunde gehabt, so viele, daß ich rot werde vor Scham. Ich weiß nicht, wofür ich mich mehr schäme, daß sie sich dauernd in politische Streitereien einläßt, oder daß sie mit jedem ins Bett geht, der ihr gefällt, seit sie herausgefunden hat, daß das Ding da nicht bloß zum Pissen gut ist. Verzeihen Sie, aber meine Tochter bringt mich noch zur Verzweiflung.«

»Er war schon älter. Ein Mann namens Antonio Porqueres.«

»Ach so, der Musiker! Er fragt nach dem Musiker, Amparo!«

»Ach so, der Musiker!« schrie Amparo aus der Küche.

»War er Musiker?«

»Wir nannten ihn so, weil er eines Tages hier auftauchte und die ganze Zeit von Musik quatschte. Ich hatte mir eine Platte von Marcos Redondo gekauft, er sah sie und fing an, von Musik zu reden. Als er ging, war der Teufel los. Sole, das Mädchen, das vorher hier saß, ist ein großer Witzbold. Sie fing an, alles durch den Kakao zu ziehen, was er gesagt hatte. Wir haben uns bepißt vor Lachen, bepißt! Das war ein komischer Vogel! Sie brachte ihn mit, weil sich ihre Mutter nicht mehr aus dem Haus traute, denn das ganze Viertel fragte: ›Hat sie jetzt einen festen Verlobten?‹ und sie hatte ihn noch nie nach Hause mitgebracht. Ich bin zur Bushaltestelle gegangen und habe ihr die Meinung gesagt: Bring den Mann wenigstens einmal mit zu uns, wenn es auch nur deiner Mutter zuliebe ist! Und eines Tages brachte sie ihn mit. Dann verschwand er und hinterließ ihr das, was er ihr nun hinterlassen hat.«

»Wissen Sie denn, was er ihr hinterlassen hat?«

»Ich hab ja Augen im Kopf.«

»Ach Gott, ach Gott!« jammerte Amparo in der Küche.

»Ich bin noch einmal zur Bushaltestelle gegangen und habe ihr die Meinung gesagt: Du mußt jetzt allein zurechtkommen. Ich will nichts damit zu tun haben. Mit Pedrito habe ich schon genug durchgemacht.«

»Wer ist Pedrito?«

»Mein Sohn. Es ist eine lange Geschichte. Als Ana schon geboren war, ging ich eine Zeitlang auf Montage nach Valencia. Meine Familie blieb zu Hause und dann, Sie wissen schon, wie das eben so geht.«

»Der Señor muß überhaupt nicht wissen, wie das so geht. Es gibt auch Männer, die wissen, was ihre Pflicht ist.«

»Halt den Mund und kümmere dich um deine eigenen Sachen. Also, ich hatte ein Verhältnis mit einem Mädchen dort, und sie starb mir nichts, dir nichts, im Kindbett. Das ganze Dorf war gegen mich, und ich mußte das Kind mitnehmen. Dabei war sie mit allen Männern dort im Bett gewesen. Ich kam also nach Hause mit dem Jungen, und Amparo – sie ist eine Heilige! – hat ihn aufgenommen. Eine Schande, daß er so ein Nichtsnutz geworden ist. Schlechter Samen. Weiß der Himmel, wer sein Vater ist, von mir ist er nicht, das sehe ich immer deutlicher. Aber lachen Sie nur über das mit dem Samen. Ana ist ganz bestimmt von mir, und Sie sehen ja, was aus ihr geworden ist! Weder Ana noch Pedro haben jemals Gehorsam gelernt. Nicht, daß es an Schlägen gefehlt hätte! Schließlich haben wir Pedrito ins Erziehungsheim gegeben. Amparo wollte es so, es ging einfach nicht mehr mit ihm. Wir konnten nicht mehr. Er ist sofort ausgerissen. Wir haben ihn wieder hingebracht. Er ist wieder ausgerissen. Und so geht es bis heute.«

»Wohnt er bei Ihnen?«

»Nein!« schrie die Frau aus der Küche mit schneidender Stimme. »Das kommt nicht in Frage, solange ich da bin.«

»Er ist nicht wirklich böse, er hat keine schlechten Gefühle, der Junge.«

»Er hat überhaupt keine Gefühle, weder gute noch schlechte.«

»Übertreib nicht.«

»Ich will nichts mehr von diesem Bastard hören, sonst sehe ich rot, das weißt du!« Sie stand drohend in der Tür, als wollte sie sich gleich auf sie fallen lassen und sie erdrücken.

»Kann ich mit Ihrem Sohn sprechen?«

»Wieso?«

»Wieso?« wiederholte die Frau, die jetzt resolut im Zimmer stand.

»Vielleicht hatte er ein anderes Verhältnis zu diesem Mann.«

»Er hatte gar kein Verhältnis zu ihm. Er hat ihn nicht einmal gesehen, als er hier war.«

»Fragen Sie Ana, die sagt Ihnen das gleiche.«

»Fragen Sie Ana.«

Ihr habt Angst. Ich weiß nicht, ob es diese Angst vor allem Unbekannten ist, die jeder hat, der sich sein Leben lang durchschlagen mußte. Jedenfalls habt ihr Angst.

»Pedro hat mit keinem von uns Kontakt.«

»Mit keinem.«

»Wir haben ihn seit Monaten nicht gesehen. Ich könnte Ihnen nicht mal sagen, wo er wohnt.«

»Er lebt sein eigenes Leben. In dieser Familie lebt jeder sein eigenes Leben, nur wir nicht. Wir hängen noch an den anderen. Stimmt's, Amparo?«

Die Frau ging mit finsterem Blick in die Küche, und er erhob sich. Das Gespräch war beendet. Carvalho gab ihm ein paar Telefonnummern.

»Wenn Ihr Sohn hier auftauchen sollte, sagen Sie ihm bitte, daß ich ihn sprechen möchte.«

»Der kommt sowieso nicht. Da bin ich fast hundertprozentig sicher.«

Er begleitete ihn zur Tür.

»Man glaubt, man hat das Beste für seine Kinder getan, und dann gibt es zwei Möglichkeiten: Entweder sie danken es einem nicht, oder man hat etwas falsch gemacht. Ich bin schon mit der Tochter nicht fertig geworden. Was sollte ich mit dem Sohn machen? Er ist ein Rebell. Wenn ich ihm ein paar klebte, schaute er mich nur trotzig an. Ich klebte ihm noch ein paar, und er schaute immer noch trotzig. Mit Amparo war er noch schlimmer. Eines Tages warf er ein eingeschaltetes Bügeleisen nach ihr, dieser Bastard! Ihn ins Heim zu stecken war vielleicht nicht das richtige. Aber was sollten wir denn tun? Aus dem Heim sind sehr ordentliche Männer hervorgegangen. Er hatte dort vielleicht eine Chance, sich zu bessern und später mal eine Familie zu gründen. Es stimmt nämlich nicht, daß er im Innern böse ist. Im Grunde liebt er uns. Als ich ihn das letzte Mal rausgeworfen hatte, kam er heimlich her und brachte den Kleinen Bonbons. Vielleicht wird doch noch etwas aus ihm.«

Wenn er das Glück hat, daß sein Sohn seinem Blick nicht trotzig standhält, wenn er ihn schlägt.

»In seinem und in Ihrem eigenen Interesse, bestellen Sie ihm, daß er sich bei mir melden soll!«

»Was soll das heißen?«

»Finden Sie ihn!«


Bromuro, der Schuhputzer, versuchte lustlos, mit einem Zahnstocher die Kalamaresstücke zu harpunieren, die in einer bräunlichen dünnen Brühe schwammen. Alle Haut seines verbrauchten Gesichts hing schlapp herab, und er bot seine von Altersflecken und Mitessern übersäte Glatze den trotteligen Blicken des Kellners, der über den Tresen hinweg beobachtete, wie oft Bromuros Zahnstocher sein Ziel verfehlte.

»Du fängst nichts …«

»Was soll ich denn auch fangen? Ist doch nichts drin außer Wasser. Ich weiß gar nicht, wieso ihr das Kalamares in Soße nennt. Das ist das Mittelmeer mit ein bißchen Tomatensoße.

Nicht mal das Essen macht mehr Spaß. Gib mir noch ein Glas Wein. Damit wenigstens der Suff funktioniert. Aber vom richtigen, nicht vom gepanschten!«

Carvalho streifte Bromuros Schulter.

»Pepiño, Mensch! Eine Katastrophe, wie du in letzter Zeit rumläufst. Schau dir mal deine Schuhe an! Soll ich sie dir ...?«

»Iß erst mal deine *tapa* auf.«

»Ach was, *tapa*! Das ist so was wie der Untergang der Titanic. Noch nie hab ich soviel Soße für so wenig Kalamares gesehen. Junge, bring uns die ganze Flasche und zwei Gläser in die Ecke dort!«

Carvalho nahm Platz, und Bromuro beugte sich über seine Schuhe.

»Ich wollte mit dir sprechen.«

»Schieß los!«

» Bist du über Messerstecher auf dem laufenden?«

»Aber immer! Hier im Viertel kenn ich alle Banden, und das will was heißen, denn es gibt jeden Tag neue. Jeder, der ein bißchen Mumm hat, macht sich heute selbstständig.«

»In den Vorstädten? La Trinidad, San Magín, San Ildefonso, Hospitalet, Santa Coloma ...«

»Hör schon auf! Es gibt keinen, der da den Überblick hat. Du bist nicht auf der Höhe der Zeit, Pepiño! Dies Regionen haben heute alle Autonomie. Es ist nicht mehr wie früher, wo man alles erfuhr, was in Barcelona passierte, hier auf dieser Meile, wo ich mich bewege. Die Zeiten sind vorbei. Für mich ist einer aus Santa Coloma ein Ausländer. Ist das deutlich genug ausgedrückt?«

»Und du hast keine Möglichkeit, was rauszukriegen?«

»Keine, gar keine. Wenn es um Taschendiebe oder typische Gangster vom alten Schlag geht, von damals, aus meiner oder deiner Zeit, kriege ich jede Information. Aber nicht, wenn es um Messerstecher geht. Die sind ganz eigen, arbeiten auf eigene Faust, haben ihre eigenen Gesetze. Die sind jung, und du weißt ja, wie sie ist, die Jugend von heute. Eigenbrötler. Fehlt nur noch, daß sie Kinostars werden. Aus dem Kino, das sage ich dir, die sind wie aus dem Kino!«

»Was hast du da?«

»Einen Anstecker gegen Atomkraft.«

»Was, in deinem Alter mischt du dich noch in die Politik ein?«

»Ich war einer der ersten mit diesen Sachen. Die vergiften uns! Wir atmen und essen Scheiße. Das Gesündeste ist das, was wir scheißen, denn unser Körper behält das Schlechte bei sich und scheidet das Gute aus. Sollen sie ruhig über mich lachen und mich Bromuro nennen, weil ich seit vierzig Jahren predige: Die schütten Brom ins Brot und ins Wasser, damit wir keinen Ständer kriegen, damit wir nicht anfangen, wie verrückt herumzuvögeln!«

»Und was hat das mit Atomkraftwerken zu tun?«

»Also, das ist ein und dasselbe. Jetzt wollen sie uns den Arsch aufreißen, aber im großen Stil, ein ganzes Volk ausrotten. Ich lasse keine Demonstration aus.«

»Du bist ein Öko!«

»Ökoscheiße. Trink Wein, Pepe, und mach dich nicht über mich lustig, ich gehe bald über den Jordan. Mir geht's verdammt schlecht, Pepiño. Am einen Tag tut mir die eine Niere weh, am nächsten die andere. Da, faß mal an! Spürst du nicht eine Beule? Ich weiß Bescheid, weil ich mich genau untersuche. Ich bin ein Tier und mache es wie die Tiere. Was macht eine Katze, wenn sie krank ist? Geht sie zur Sozialklinik? Neee. Sie geht auf den Balkon und frißt eine Geranie. Was macht ein Hund? Wir sollten uns ein Beispiel an den Tieren nehmen! Also, ich untersuche mich, und das da ist vor zwei Wochen angeschwollen. Wetten, du weißt nicht, wieso?«

»Nein.«

»Weil ich wochenlang von Herzmuscheln aus der Dose gelebt habe. Ein Schwager von mir ist Geschäftsführer in einer Konservenfabrik in Vigo, und der schickt mir ab und zu ein Paket mit Büchsen. Ich war knapp bei Kasse und hab mir gesagt: Bromuro, jetzt werden die Büchsen aufgegessen; diese Meerestiere, das gibt Kraft. Und dann habe ich diese Büchsen gegessen, bis ich diese Beule entdeckte. Die Sache ist ganz klar. Ich hab nur Brot mit Tomate und diese Büchsenmuscheln gegessen. Brot und Tomate esse ich schon immer und hab noch nie 'ne Beule bekommen. Also, sag selbst: woher kommt sie?«

»Von den Herzmuscheln.«

»Du sagst es.«

»Bromuro, du läßt mich hängen. Ich dachte, du hilfst mir mit den Messerstechern.«

»Ich bin wieder an allem schuld! Diese Stadt ist nicht mehr das, was sie mal war. Früher war eine Nutte eine Nutte und ein Gauner ein Gauner. Heute gibt's Nutten an allen Ecken, und jeder ist ein Gauner. Eines Tages erzählt mir noch einer, du hättest ein Schinkengeschäft in die Luft gejagt, und ich glaub's! Das Böse kennt keine Gesetze mehr, keine Ordnung, keine Organisation. Früher unterhielt man sich mit ein paar Typen, dann wußte man Bescheid. Heute geht das nicht mal, wenn man mit hundert spricht. Erinnerst du dich an meinen Freund, den hübschen Zuhälter, den *Goldenen Hammer*? Neulich haben sie ihn zu Tode geprügelt. Wer? Die Konkurrenz? Die aus Marseille? Nee. Ein paar aus Guinea haben sich zusammengetan, und die wollen Krieg. Das hätte es früher nicht gegeben. Da hatte man noch mehr Respekt. Wir sind ein schlimmes Volk. Alle verrückt. Wir brauchen eine harte Hand. Männer wie Muñoz Grandes müßten her, mein General bei der Blauen Division. Das war einer, der sich Respekt zu verschaffen wußte. Und anständig! Paquito hat seiner Witwe ein gutes Polster hinterlassen, aber Muñoz Grandes verließ diese Welt so, wie er sie betreten hatte. Wieso interessierst du dich für Messerstecher?«

»Weil sie einen mit ihren Messern erstochen haben. Den Mann einer Klientin.«

»Also, da seh ich Probleme auf dich zukommen. Ein Mord mit dem Messer ist viel schwerer aufzuklären als einer mit der Pistole. Wer hat schon kein Messer!«

Es ist ein kalter Tod. Du siehst die Augen des Todes. Sie kommen her zu dir, bleiben stehen, und schon hast du den Tod in dir drin, der sich eiskalt in dein Fleisch bohrt. Carvalho berührte das Springmesser, das er stets in der Tasche trug, ein Tier, das zeitlebens den Tod zwischen den Zähnen hält, bis es ihn plötzlich mit seiner ganzen aufgestauten Wut losläßt.

»Paß auf mit den Messerstechern, Carvalho! Die sind alle verrückt und jung ... Sie haben nichts zu verlieren ...«

»Ich werde es beherzigen. Da, nimm! Laß die Herzmuscheln sein und kauf dir ein Steak!«

»Ein Tausender für nichts! Nein, Pepe, das will ich nicht.«

»Du beschaffst mir ein andermal wieder Informationen.«

»Außerdem vertrage ich kein Fleisch, mein Magen ist kaputt, und Fleisch füllt ihn mir mit Hormonen und Wasser. Man kann nicht mal mehr atmen. Ich kaufe mir zwei Flaschen Wein davon, vom guten, von dem, den du auch trinkst. Das gibt Kraft und bringt die Bakterien um.«

»Viel Glück bei deinem Kampf für eine Welt ohne Atomkraft!«

»Vom Glück ist nichts in Sicht. Alles wird nuklear, sogar die Fieberzäpfchen. Und sie werden uns die ganzen nuklearen Zäpfchen in den Hintern stecken. Hast du die Politiker gesehen? Die schlucken alles. Alle sagen ja zu den Atomkraftwerken. Aber ja doch! Sie sollen mit Zustimmung des Volkes gebaut werden, die Demokratie-Orgie darf nicht gestört werden. Ein Muñoz Grandes muß her. Sogar ein Franco, das sage ich!«

»Es war Franco, der die ersten Atomkraftwerke gebaut hat.«

»Weil Muñoz Grandes tot war. Warum sonst?«

Er telefonierte mit Biscuter, um ihm mitzuteilen, daß er direkt nach Vallvidrera fahren wollte, und erwischte dann, nach langer telefonischer Verfolgung, Viladecans endlich im Büro von Planas.

»Ich möchte noch einmal mit dem Polizisten reden, den Sie mir geschickt haben.«

»Nutzen Sie diesen Kontakt nicht zu oft!«

»Es ist nicht zu oft. Ich muß ihn unbedingt sprechen.«

»Mal sehen, was ich tun kann. Seien Sie morgen zwischen zehn und elf Uhr in Ihrem Büro. Wenn ich ihn erreiche, schicke ich ihn um diese Zeit zu Ihnen. Warten Sie, Señor Planas will Ihnen noch etwas sagen.«

»Carvalho, hier Planas. War es unbedingt nötig, den ganzen Hühnerstall in San Magín aufzuscheuchen?«

»Sie haben ja sehr zuverlässige Mitarbeiter. Niemand hat mir verboten, in San Magín Nachforschungen anzustellen.«

»Im Moment wäre jede Beziehung zwischen Stuart Pedrells Tod und unseren Geschäften sehr nachteilig für uns. Ich möchte persönlich mit Ihnen darüber sprechen. Paßt es Ihnen morgen? Wir könnten zusammen essen. Um zwei Uhr im *Oca Gourmet*.«


Yes war über den Gartenzaun gesprungen. Sie saß auf der Treppe und zog Bleda spielerisch an den Ohren.

»Zieh sie nicht an den Ohren! Sie sind sehr empfindlich, und ich will nicht, daß sie geknickt werden und schlapp nach unten hängen«, sagte Carvalho, bevor er die Tür öffnete. Bleda setzte mit ihrer Zunge die Arbeit des Schuhputzers Bromuro fort und wollte dann mit den Hosenbeinen weitermachen, aber Carvalho hob sie hoch, hielt sie in Augenhöhe und fragte sie, was sie den ganzen Tag getrieben habe. Das Tier dachte mit hängender Zunge über die Antwort nach.

»Ich bin auch noch da.«

»Ich hab dich schon gesehen.«

»Schau mal, was ich zum Essen mitgebracht habe.«

»Das kann ja schrecklich werden. Was hast du gekocht? Eine Vichysoise mit Kokain?«

Yes hielt ihm einen Bastkorb hin, als wäre er ein Köder.

»Es sind wunderbare Sachen darin. Vier Sorten Käse, die du bestimmt noch nie probiert hast, Hühnerleberpâté von einer alten Frau aus Vic, die du auch nicht kennst, und Wildschweinwurst aus dem Tal von Arán.«

»Wo hast du das alles her?«

»Jemand hatte mir neulich von einer Fromagerie in der Calle Muntaner erzählt. Hier habe ich dir die Adresse aufgeschrieben.«

Carvalho schien den gastronomischen Teil des Abends zu billigen und ließ das Mädchen eintreten.

»Ich hab dir sogar ein Buch zum Verbrennen mitgebracht. Ich weiß nicht, ob es dir gefällt.«

»Mir ist jedes Buch recht.«

»Es ist das Lieblingsbuch meiner Mutter.«

»Soll es brennen!«

»Es heißt *Die Ballade vom traurigen Café.*«

»Das alles soll brennen, die Ballade, das Café und die Traurigkeit, und sogar der Bucklige, der darin vorkommt.«

»Hast du es gelesen?«

»Als du noch gar nicht auf der Welt warst. Los, zerreiß es!«

Als Carvalho mit einem Arm voll Feuerholz zurückkam, stand Yes vor dem Kamin und las in dem Buch.

»Ein schönes Buch. Es ist zu schade zum Verbrennen.«

»Wenn du mal so alt bist wie ich, wirst du mir dankbar sein, daß du ein Buch weniger gelesen hast, und vor allem das da. Das stammt von einer armen, unglücklichen Frau, die nicht einmal mit Schreiben überleben konnte.

»Gnade!«

»Nein. Auf den Scheiterhaufen damit!«

»Ich tausche es gegen eins von deinen Büchern, gegen das, was du am meisten haßt. Ich tausche es gegen zwei, nein drei. Ich verspreche dir, ich bringe dir von zu Hause zehn Bücher mit, die du verbrennen kannst.«

»Mach doch, was du willst!«

»Nein, nein, ich zerreiß es.«

Sie tat es und warf die toten Seiten auf die alte Asche. Carvalho entfachte das Kaminfeuer, und als er sich umdrehte, entdeckte er, daß Yes den Tisch gedeckt hatte.

»Fehlt nur noch das Kokain.«

»Das kommt später. Es wirkt viel besser nach dem Essen.«

Carvalho holte eine Flasche roten Peñafiel.

»Erkläre mir, was es mit der Wildschweinwurst auf sich hat.«

»Der im Laden hat es mir gesagt. Sie heißt auf katalanisch *xolis de porc senglar*. Sie ist sehr selten und schwer zu bekommen, es war die einzige, die er hatte.«

Cabrales, Schafskäse aus Navarra, Chester und ein Frischkäse aus dem Maestrazgo. Yes freute sich über Carvalhos Lob.

»Wir hatten ein Dienstmädchen, die sagte immer: Wer für eine Sache taugt, taugt zu allem.«

»Dieses Dienstmädchen war dumm.«

»Jetzt, nachdem du gegessen hast und das Raubtier in dir satt ist, will ich dir von meinem Plan erzählen. Wenn du mit deiner Arbeit fertig bist, wenn du sie überhaupt zu Ende führen willst, setzen wir uns ins Auto und fahren weg: Italien, Jugoslawien, Griechenland, Kreta. Die Insel kann im Frühling herrlich sein. Wenn es gut läuft, überqueren wir den Bosporus und fahren weiter in die Türkei, nach Afghanistan ...«

»Wie lange?«

»Das ganze Leben.«

»Für dich ist das zu lange.«

»Wir mieten uns irgendwo ein Haus und warten.«

»Warten worauf?«

»Daß etwas geschieht. Und wenn etwas geschieht, reisen wir weiter. Ich möchte ganz gern meinen Bruder in Bali besuchen. Er ist ein guter Junge. Aber wenn du dazu keine Lust hast, fahren wir nicht nach Bali, oder wir fahren hin, ohne ihn zu besuchen.«

»Und wenn wir ihm auf der Straße begegnen?«

»Dann tue ich so, als ob ich ihn nicht kennen würde. ›Yes! Yes!‹ – ›Sie verwechseln mich mit jemand!‹ – ›Bist du nicht meine Schwester Yes?‹ – ›Nein, nein, ich bin die Schwester von niemand.‹«

»Dann behauptet er, daß seine Schwester eine Narbe unter der linken Brust hat und will sofort nachsehen.«

»Das wirst du natürlich nicht zulassen.«

»Und Bleda?«

»Nehmen wir mit.«

»Und Biscuter?«

»Nein! Wie schrecklich! Den lassen wir hier.«

»Und Charo?«

»Wer ist Charo?«

»Praktisch meine Frau. Sie ist eine Nutte, und wir sind seit acht Jahren zusammen. Wir haben an diesem Tisch gegessen und in diesem Bett gevögelt. Erst vor ein paar Tagen.«

»Es war nicht nötig, mir zu sagen, daß sie eine Prostituierte ist.«

»Es stimmt aber.«

Yes erhob sich abrupt, so daß der Stuhl hinter ihr umkippte. Sie ging in Carvalhos Schlafzimmer und schloß sich ein. Der Detektiv ging zum Plattenspieler und legte *Himno de Riego* auf. Die Flammen versuchten vergeblich, den Kamin hinauf zu entfliehen. Carvalho lehnte sich im Sofa zurück und schaute ihnen zu. Nach einiger Zeit legten sich die Hände von Yes auf seine Augen.

»Warum wirfst du mich immer hinaus?«

»Weil du gehen mußt, je schneller, desto besser.«

»Warum muß ich gehen? Warum je schneller, desto besser? Ich will doch nur mit dir zusammen sein.«

»Du willst ein Leben lang unterwegs sein mit mir.«

»Ein Leben lang, das kann eine Woche sein, zwei Jahre, fünf Jahre. Wovor hast du eigentlich Angst?«

Er erhob sich, um *Himno de Riego* noch einmal aufzulegen.

»Diese Musik ist sehr passend.«

»Es ist die passendste, die ich habe.«

Er entkleidete sie Stück für Stück und drang in sie ein, als wolle er sie auf den Teppich nageln. Sie umschlang ihn zärtlich. Ihre vom Feuerschein geröteten Körper ermatteten in der Hitze und Feuchtigkeit, und als sie sich voneinander lösten, war jeder wieder allein mit der Zimmerdecke und seiner Sehnsucht.

»Ich hatte schon immer große Angst davor, zum Sklaven meiner Gefühle zu werden, weil ich genau weiß, daß ich soweit kommen könnte. Ich bin nichts für Experimente, Yes. Du mußt dein eigenes Leben leben.«

»Was für ein Leben hast du für mich ausgesucht? Muß ich einen Erben heiraten, einen reichen natürlich? Kinder kriegen? Den Sommer in Lliteras verbringen? Ein Liebhaber? Zwei? Hundert? Warum kann ich mein Leben nicht mit dir zusammen verbringen? Wir müssen ja nicht unbedingt reisen. Wir könnten immer hierbleiben. In diesem Zimmer.«

»Als ich vierzig wurde, dachte ich darüber nach, was mir noch bevorsteht: Meine Schulden abzahlen und die Toten begraben. Ich habe dieses Haus abgezahlt und meine Toten begraben. Du kannst dir nicht vorstellen, wie müde ich bin. Jetzt muß ich entdecken, daß ich keine größeren Schulden mehr machen kann. Ich könnte sie nicht mehr zurückzahlen. Der einzige Tote, den ich noch begraben muß, bin ich selbst. Ich habe kein Interesse daran, eine *amour fou* mit einem Mädchen zu leben, die zwischen Liebe und Kokain keinen Unterschied macht. Für dich ist das wie Kokain. Schlaf heute nacht hier. Morgen früh gehst du, und wir werden uns nie mehr wiedersehen.«

Yes erhob sich. Vom Boden aus sah Carvalho die exakten Linien und Rundungen ihres Körpers und die sanfte Feuchtigkeit ihres Geschlechts, an dem ein gefräßiges Tier geleckt hatte. Ihre planetarischen Hinterbacken entfernten sich zur Tür. Einen Moment lang wandte sie sich um und strich ihr Haar hinters Ohr zurück. Dann betrat sie das Schlafzimmer und machte die Tür hinter sich zu. Carvalho wartete ein wenig, dann ging er ihr nach und fand sie, wie sie gerade eine Prise Kokain schnupfte. Sie lächelte ihm zu aus den Tiefen eines weißen Traums.


»Können Sie mich nicht endlich mit dieser Sache in Ruhe lassen? Ich hatte Ihnen doch gesagt, daß ich mich nicht exponieren möchte.«

»Ich muß unbedingt mit Ihnen sprechen.«

»Ich bin doch nicht Ihr Diener! Das habe ich auch schon Viladecans gesagt Er hat mir einmal einen Gefallen getan, und ich habe mich dafür revanchiert. Ein Polizist ist kein Diener.«

Er ging nervös in Carvalhos Büro auf und ab.

»Es wäre mir sehr unangenehm, wenn einer meiner Kollegen erfahren würde, daß ich mit einem Hosenschlitz-Schnüffler zu tun habe. Ich will Sie nicht beleidigen, aber so nennen wir Leute aus Ihrer Branche.«

»Ich weiß, ich weiß. Also, ganz kurz: Ich nehme an, daß Sie bei der Untersuchung der Umstände von Stuart Pedrells Tod als erstes die *navajeros*, die Messerstecherbanden, unter die Lupe genommen haben.«

»Wir haben getan, was wir konnten. Es heißt, daß in dieser Stadt auf jeden Einwohner eine Ratte kommt. Genauso kommt auf jeden Einwohner ein *navajero*. Wir haben ein paar Banden registriert, aber jeden Tag entstehen neue.«

»Haben Sie keinen Tip aus der Szene bekommen?«

»Wir haben den Hinweis bekommen, daß keine der bekannten Banden mit seinem Tod zu tun hat. Das brachte uns natürlich nicht viel weiter. Ich sage Ihnen doch, es gibt jeden Tag neue Banden. Man macht es ihnen ja leicht. Wissen Sie, daß der Richter, der darüber entscheidet, ob jemand gemeingefährlich ist, ein Roter ist? Sobald wir sie zu ihm schicken, läßt er sie laufen. Er nimmt sie nicht mal unter die Lupe. Dieser Job kotzt mich mit jedem Tag mehr an. Jetzt darf nur noch in Anwesenheit eines Anwalts verhört werden. Wie wollen Sie aus einem Gauner überhaupt etwas herausbekommen, ohne ihm ein paar Ohrfeigen zu verpassen? Die da oben, die die Gesetze machen, sollten mal mit diesem Pack zu tun haben. Immerhin haben die Anwälte mehr Angst als Pflichtgefühl und lassen sich bei uns kaum blicken.«

Seine Stimmung hatte sich gehoben, und er war etwas ruhiger geworden. Hinter der Sonnenbrille blickten seine Augen hämisch auf Carvalho: »Sie wollen doch nicht etwa, daß ich den Fall für Sie aufkläre? Jetzt sind Sie dran!«

»Haben Sie alle Stadtteile unter die Lupe genommen?«

»Vor allem La Trinidad und Umgebung. Dann mobilisierten wir überall unsere Gewährsleute. Es war schwierig, der Sache auf den Grund zu gehen, gegen den Druck der Familie. Wir durften zum Beispiel das Foto von Stuart Pedrell nicht veröffentlichen. Viladecans hat da oben einen langen Arm. Es ist alles nicht mehr das, was es einmal war. Ich sage Ihnen im Vertrauen, ich mache diesen Job nicht mehr lange mit. Aber bevor ich gehe, lege ich noch ein paar Rote um, und dann können sie mich suchen, solange sie wollen. Die schaffen ja eine Gesellschaft von Krüppeln. Sehen Sie her.«

Er zog einen Packen Geldscheine aus der Tasche.

»Vierzigtausend Eier. Ich habe sie immer griffbereit, falls es mich packt. Das reicht, um nach Paris zu fliegen und ein paar Tage auszuhalten, bis ich bei einer Söldnertruppe angemustert habe. Wenn es mich packt, schlage ich zu, und dann auf nach Rhodesien.«

»Rhodesien hat inzwischen eine schwarze Regierung.«

»Rhodesien auch? Alles löst sich auf. Dann gehe ich nach Südafrika, die haben es noch im Griff, dort läuft so etwas nicht.«

»Zu welchen Schlußfolgerungen sind Sie denn im Fall Stuart Pedrell gekommen?«

»Daß es irgendwann herauskommen wird, wer es war. Wenn man es am wenigsten erwartet, fängt man den dicksten Fisch. Man hängt ihm eine ganz große Sache an, und um dich weich zu kriegen, gesteht er ein Ding, das er gedreht hat. Das ist der Moment, wo alles rauskommt. Aber nur mit Gewalt, das versteht sich von selbst. Eines Tages geht der Mörder ins Netz. Systematisch hängen wir ihm das größte unaufgeklärte Verbrechen an. Er wird schwach und rückt mit etwas raus, das plausibel klingt. Man tut sich sozusagen gegenseitig einen Gefallen. Mir gefällt mein Beruf. Ich werde nie etwas anderes behaupten, aber es wird immer schwieriger. Die Roten hassen und fürchten uns. Sie wissen, daß wir das Rückgrat der Gesellschaft sind,

198

und wenn sie uns fertigmachen, dann haben sie das Sagen. Mit dieser Hand hier habe ich einen von diesen Abgeordneten ins Gesicht geschlagen, die heute so wichtig tun. Sie kamen mit dem Auftrag, dem Präsidenten der Diputation ein Schreiben zu übergeben, ohne daß sie eine Genehmigung hatten. Damals lebte der Alte noch. Der Typ wurde frech, und ich scheuerte ihm eine, woran er sich heute noch erinnern wird. Kennen Sie keinen Verleger, der Mumm hat? Ich rede Klartext. Ich habe ein Tagebuch, da steht alles drin, was ich mache, sehe und mitkriege. Wir sind von einer Verschwörung umzingelt. Sie würden vor Schreck umfallen, wenn ich Ihnen die Namen von hohen Tieren aus unserem Lande nennen würde, die beim KGB auf der Gehaltsliste stehen. Eine Bekannte bewahrt das Tagebuch für mich auf, falls mir was zustoßen sollte. Wenn Sie sich trauen, es einem Verleger mit Mumm anzubieten, kriegen Sie eine Kommission.«

»*Fuerza Nueva* hat einen Verlag.

»Die haben sich kaufen lassen. Die Regierung toleriert sie, damit sie die Jugend verdummen. Was machen die schon? Ab und zu eine Versammlung, ein paar Schlägereien, und damit hat sich's doch schon. So halten sie die Jungs dumm und verhindern, daß sie wirklich alles in die Luft jagen. Ich werde es veröffentlichen, wenn ich in Südafrika oder in Chile bin: *Spanien unter roter Herrschaft*. Wie finden Sie den Titel? Das Pseudonym habe ich schon: Boris le Noir. Klingt gut. Von klein auf habe ich mir selbst Comicgeschichten erzählt, und ich war immer Boris le Noir.«

»Ich mache Sie darauf aufmerksam, daß Boris ein russischer Name ist.«

»Es gibt auch Russen, die keine Kommunisten sind. Die große Mehrheit der Russen sind keine Kommunisten. Bei denen herrscht eine eiserne Diktatur. Aus einer faschistischen Diktatur entkommt man, aber aus einer kommunistischen? Nennen Sie mir eine einzige! Ich weiß nicht, wie die Leute so blind sein können! Die werden sich schließlich alles unter den Nagel reißen. Sie fangen damit an, daß sie die Männer kastrieren und die Frauen vermännlichen. Sie dringen überall ein. Es gibt nördlich vom Äquator schon keine männlichen Länder mehr. Passen Sie auf, was ich beobachtet habe: Die Länder, wo Demokratie und Kommunismus alles kaputtmachen, liegen im Norden, die Länder, wo das Individuum noch kämpfen kann und männlich ist, im Süden. Zum Beispiel Chile, Argentinien, Rhodesien, Südafrika, Indonesien. Es stimmt immer. Hören Sie auf mich! Wenn Sie noch den Wunsch haben, im Kampf zu fallen, mit einer Pistole in jeder Hand und den Eiern da, wo sie hingehören, hauen Sie ab und lassen Sie sich bei einer Söldnertruppe anheuern!«

»Denken alle Kollegen so wie Sie?«

»Nein. Die Truppe ist auch schon angefault. Da schießen die Sozialisten in letzter Zeit wie Pilze aus dem Boden. Wo wart ihr denn vor vier Jahren? frage ich sie, und keiner hat eine Antwort. Denen fehlt der Sinn fürs Abenteuer, das sind Bürohengste, verstehen Sie? Aber das Gespräch mit Ihnen hat mich aufgebaut. Ich glaube, ich gehe heute nacht zum Bahnhof, zur *Estación de Francia*. Und was soll ich mit dem Buch machen?«

»Nehmen Sie es mit und ergänzen Sie die eine oder andere Beobachtung über dieses Gebiet.«

»Keine schlechte Idee. Aber wenn ich es verliere? Ich mache eine Fotokopie und lasse sie bei meiner Freundin. Ich will Ihnen einen guten Rat geben: Verbrennen Sie sich nicht die Finger an dem Fall mit diesem Typen. Denken Sie sich irgendeine plausible Erklärung aus, liefern Sie die der Familie und kassieren Sie ab. Die haben nicht das geringste Interesse daran zu erfahren, was wirklich los war. Die wollten den Typ loswerden, das rieche ich. Alle.«

Er ließ seine Zunge von innen gegen die Wange schnalzen, rückte seine Sonnenbrille zurecht und ging.

»Ich weiß nicht, wie Sie so etwas aushalten, Chef. Wie Sie solche Typen überhaupt ertragen können!«

»Er ist ganz in Ordnung. Es wird nicht lange dauern, dann

liegt er da, durchlöchert wie ein Sieb. Der bringt es nie zum Generaldirektor.«

»Er will es ja nicht anders. Jetzt will er Neger umlegen, weil er an die Roten nicht rankommt. Der hat sie nicht alle.«

»Biscuter, ich habe eine Aufgabe für dich, für die nächsten drei Monate.«

»Zu Befehl, Chef.«

»Die chinesische Küche ist die gesündeste von allen. Schmeckt gut und macht nicht dick. Ich möchte, daß du alles tust, um gut chinesisch kochen zu lernen.«

»Soll ich Ratten und Schlangen braten?«

»Nein, die kannst du weglassen. Aber alles andere. Jeden Morgen gehst du ein paar Stunden ins Restaurant *Cathay*. Der Chef dort ist mein Freund, er bringt dir alles Nötige bei.«

»Jetzt, wo ich endlich die Spezialitäten von Rioja im Griff habe!«

»Die chinesische Küche ist die Küche der Zukunft.«

»Danke, Chef, es ist mir eine Ehre und ein Ansporn. Man darf im Leben nicht stillstehen. Seit ich für Sie koche, habe ich bemerkt, daß ich zu etwas nütze bin, und ich will gerne meine Kenntnisse erweitern.«

»Wenn du deine Sache gut machst, kann es durchaus sein, daß ich dir einen Aufenthalt in Paris bezahle, damit du lernst, wie man Saucen macht.«

»Ich lasse Sie hier nicht allein!«

»Wer sagt denn, daß ich allein hierbleiben will? Ich könnte auch nach Paris fahren und mich dort eine Zeitlang niederlassen.«

»Junge, Junge, das wär schon was, Chef, echt korrekt. Ich kann heute nacht bestimmt nicht schlafen, wenn ich daran denke!«

»Schlaf, Biscuter, schlaf ruhig. Was zählt, ist, daß wir einen Plan haben, der unser ganzes Leben ändern könnte.«

»Und Charo?«

»Kommt mit nach Paris.«

»Und der Hund?«

»Sowieso.«

»In eine Stadtwohnung? Wissen Sie, daß der Hund dann viel zu fett wird?«

»Wir mieten ein Häuschen außerhalb, an einem Flußufer, an einer Schleuse, und schauen zu, wie die Kähne vorüberziehen.«

»Wann, Chef, wann?«

»Ich weiß es noch nicht. Aber du bist der erste, der es erfährt!«


»Es stört Sie doch hoffentlich nicht, daß ich mich Ihrer Verabredung angeschlossen habe!«

Der Marqués de Munt trug eine Tweed-Kombination, und unter seinem Kinnbart und Adamsapfel ringelte sich ein wildgewordenes Halstuch. An seiner Seite saß Planas und schwenkte in seinem Glas ein Getränk, das bestimmt keinen Alkohol enthielt.

»Isidro hat mich darum gebeten.«

Planas schaute ihn überrascht an.

»Ein Essen zu zweit artet immer in einen doppelten Monolog aus. Erst die Anwesenheit eines Dritten ermöglicht ein wirkliches Gespräch.«

»Ich dachte, Sie seien heute in Madrid zur Audienz bei einem Minister?«

»Dort war ich schon.«

»So ist er, unser Isidro. Eines Tages hatten wir morgens um neun Uhr vereinbart, uns zum Mittagessen zu treffen. Wir trafen uns, und ich erfuhr, daß er in der Zwischenzeit in London gewesen war.«

»Señor Carvalho, ich will direkt zur Sache kommen.«

»Isidro, Isidro. Man kommt erst beim zweiten Gang zu geschäftlichen Dingen.«

»Ich will aber jetzt sofort zur Sache kommen.«

»Dann warte zumindest, bis wir den Aperitif genommen haben. Schließen Sie sich meinem Vorschlag an? Klar. Wie sagte doch Bertolt Brecht: Erst kommt das Essen, und dann kommt die Moral.«

Carvalho schloß sich nicht nur diesem Vorschlag des Marqués an, sondern auch dem, zum Aperitif einen Weißwein zu nehmen. Zwei Kellner gratulierten Planas zu seiner Ernennung. Er antwortete ihnen mit einem mißmutigen »*Gracias*«, ohne daß sich die finstere Miene aufhellte, mit der er Carvalho empfangen hatte.

»Einen grünen Salat und frischen Fisch *a la plancha*.«

»Isidro, warum bestellst du nicht Salat *a la plancha* und einen grünen Fisch? Du hättest die gleiche Menge Kalorien und würdest unsere visuelle Phantasie nicht so irritieren!«

»Jedem Irren sein Thema.«

»Er ist ein unmöglicher Mensch. Jetzt tut er alles, um sich die Jugendlichkeit seiner Muskulatur und seiner Eingeweide zu erhalten. Haben Sie ihn schon mal nackt gesehen? Ein griechischer Athlet. Jeder Muskel zeichnet sich genau ab. Und seine inneren Organe sind noch viel besser. Seine Leber ist so zart wie die eines jungen Ziegenbocks.«

»Mach dich ruhig lustig. Wer zuletzt lacht, lacht am besten.«

»Was du da sagst, ist kaum amüsant und noch weniger sachdienlich. Ich mit meinen über siebzig Jahren bin noch sehr gut erhalten, und ich habe auf keinen Genuß verzichtet.«

Carvalho bestellte sich eine Scampi-Mousse und Wolfsbarsch mit Fenchel. Der Marqués nahm Schnecken in Burgunder und bestellte dann ebenfalls den Wolfsbarsch.

»Jetzt, wo Ihr Magen etwas gefüllt ist, kann ich wohl beginnen. Es war mir sehr unangenehm, erfahren zu müssen, daß Sie in San Magín herumgeschnüffelt haben. Wenn Sie unbedingt etwas finden müssen, finden Sie es von mir aus überall, ich wiederhole, überall, nur nicht in San Magín.«

»Niemand hat mein Gebiet eingegrenzt. Weder Viladecans noch die Witwe.«

»Ich hatte es dir doch gleich gesagt! Viladecans weiß in letzter Zeit nicht mehr, wo sein Platz ist. Gestern wollte er mir doch tatsächlich Vorwürfe machen, weil ich mich rundweg weigere, San Magín abreißen zu lassen. Was glaubt der Junge eigentlich?«

»Ich habe kaum das Mißvergnügen, ihn zu kennen. Das ist deine Sache.«

»Aber wenn es Komplikationen gibt, betrifft es dich genauso. Carvalho, wir sind an einem kritischen Punkt angekommen. Die Revision der Gebäude von San Magín konnten wir verhindern, ebenso die Versuche einiger Journalisten, einen sogenannten Immobilienskandal dazu zu benutzen, um meinen Aufstieg zu behindern. Ich habe einen Posten erreicht, auf dem ich mir keinen Skandal leisten kann.«

»Ich schließe mich dem an, was Isidro gesagt hat, Señor Carvalho. Wenn ich ein Stadtplaner wäre, würde ich den Abriß von San Magín empfehlen. Aber das ist leider nicht möglich. Ein Skandal würde nur dazu dienen, Señor Planas und mir zu schaden. Ich habe damals meinen ganzen Einfluß geltend gemacht und vom Präsidenten der Regionalplanungskommission fast unmögliche Genehmigungen erhalten. Ein klarer Fall von Spekulation, den ich nicht verbergen will, dessen ich mich auch nicht schäme. Das Wirtschaftswunder der Franco-Zeit war ein Bluff. Wir haben alle mit dem einzigen spekuliert, was wir hatten: Grund und Boden. Weil es unter diesem Boden keine Bodenschätze gibt, lohnt es sich nicht, ihn zu erhalten. Unser Land ist schlecht dran. So viel Land und so wenig Bodenschätze. Und jetzt beginnt auch noch das Meer zu verfaulen. Haben Sie den Nachgeschmack bemerkt, den dieser Wolfsbarsch hatte? Der Wolfsbarsch ist der größte Schmutzfink unter den Meeresfischen. Er hängt sich an die Schiffsrümpfe und schluckt alles, sogar Erdöl.«

»Ich gebe Ihnen einen guten Rat, Carvalho, und wenn ich jemandem einen Rat gebe, dann ist es mehr als nur ein Rat.«

»Isidro!«

»Unterbrich mich nicht! Ich rede jetzt nicht vom Essen, sondern von der rauhen Wirklichkeit. Schließen Sie so bald wie möglich Ihre Nachforschungen ab, und geben Sie der Witwe eine plausible Erklärung. Ich zahle Ihnen dieselbe Summe wie sie ... Sie können doppelt kassieren.«

»Isidro! Das sagt man erst beim Kaffee, wenn nicht sogar erst nach einigen Gläsern Marc de Champagne!«

»Hätten Sie dasselbe gesagt?«

»Im Prinzip ja. In einem anderen Ton und selbstverständlich nach dem Marc de Champagne! Aber die Schlüsse aus dem, was ich gesagt hätte, wären denjenigen ohne Zweifel sehr nahe gekommen, die Sie jetzt gerade ziehen.«

»Haben Sie das mit der Witwe abgesprochen?«

»Nein, wir müssen das unter uns ausmachen. Die Witwe ist nur an einer Erklärung interessiert, die es ihr erlaubt, in Ruhe Stuart Pedrells Erbe anzutreten. Glauben Sie, daß Ihre Erklärung beruhigend ausfallen wird?«

»Wahrscheinlich.«

»Dann gibt es nichts mehr zu besprechen. Señor Carvalho hat kein Interesse daran, sich selbst und uns das Leben schwerzumachen, solange er das mit seiner Berufsehre vereinbaren kann. Oder irre ich mich?«

»Nein. Nein, Sie irren sich nicht. Ich fühle mich verpflichtet, meinem Klienten die Wahrheit mitzuteilen, die ich herausgefunden habe und die er braucht. Alles, was darüber hinausgeht, interessiert mich nicht.«

»Siehst du, Isidro?«

»Aber die Sache ist heiß. Was hatten Sie in San Magín zu suchen? Wer ist Antonio Porqueres? Hat er etwas mit dem Verschwinden von Stuart Pedrell zu tun?«

»Ja. Mehr sage ich nicht. Ich werde es zu geeigneter Zeit meiner Klientin mitteilen.«

»Vergessen Sie das Angebot nicht, das ich Ihnen gemacht habe. Ich könnte auch Ihr Klient werden.«

»Ein Detektiv, der ein doppeltes Spiel spielt, Señor Carvalho! Würde Sie so etwas nicht reizen?«

205

»Nein.«

»Das hatte ich erwartet, Isidro. Gib dich mit Señor Carvalhos Versprechen zufrieden, daß alles in der Familie bleibt.«

»Ich habe kein Vertrauen zu Versprechungen, die gratis gemacht werden.«

»Isidro Planas, wie er im Buche steht.«

»Was man gratis bekommt, kommt einen am Ende teuer zu stehen. Und du hörst auf zu lachen! Gestern abend hast du nicht gelacht. Du hast dich genauso aufgeregt wie ich.«

»Das war gestern.«

»In Wirklichkeit willst du allen und jedem überlegen sein. Mich führst du nicht hinters Licht, indem du den gelangweilten Aristokraten spielst.«

»Isidro, Isidro...«

Der Marqués tätschelte ihm den Rücken. Planas erhob sich abrupt und schleuderte die Serviette auf den Tisch, so daß ein Glas zerbrach. Er beugte sich zu dem Marqués herab, damit seine erstickte Stimme an den Nachbartischen nicht zu hören war.

»Ich hab die Schnauze voll von dir, kapiert? Bis hier oben!«

»Sag nichts, was du bereuen könntest!«

»Ich war immer derjenige, der sich exponiert hat. Du tust so, als wärst du jenseits von Gut und Böse, und der andere strich mit angewiderter Miene das Geld ein. Immer, wenn es etwas Schmutziges zu erledigen gab, mußte ich es tun. Wer hat denn ständig geschuftet wie ein Pferd?«

»Du, Isidro. Aber vergiß nicht, daß das so abgemacht war. Du warst ein armer Teufel, der es ohne unser Geld im Leben zu nichts gebracht hätte. Du würdest heute noch in irgendeinem Laden stehen und Scheuerlappen verkaufen!«

»Mir allein habt ihr doch euren Reichtum zu verdanken! Nur mir! Und nun bin ich endlich soweit, daß ich euch zum Teufel jagen kann. Ich brauche euch nicht mehr!«

Er ging zur Tür und hörte nicht mehr, wie der Marqués hinter ihm herrief:

»Könntest du wenigstens das Essen bezahlen? Ich habe kein Geld bei mir.«

Der Marqués entschied sich für ein Champagnersorbet zum Nachtisch. Carvalho wählte Birnen in Wein.

»Er ist äußerst erregt. Das ist die Nähe der Macht. Heute morgen ist er nicht von einem Minister empfangen worden, sondern von einem Superminister. Sein Drang nach Macht kann ihn noch ruinieren. Es ist die Achillesferse jedes Kämpfers. Aber nehmen Sie das ernst, was er gesagt hat! Im Prinzip schließe ich mich dem an. Ich bin eitel, was meinen Ruf angeht, und es wäre mir sehr unangenehm, wenn die Zeitungen mein Paßfoto bringen würden mit der Überschrift: *Bande von Immobilienspekulanten.*«

Plötzlich stand Planas wieder am Tisch. Zerknirscht murmelte er: »Verzeih mir.«

»Du kommst im richtigen Moment, wie immer, Isidro. Ich habe kein Geld bei mir. Du mußt bezahlen oder es von deinem Konto abbuchen lassen.«


Ein General und ein Oberst waren umgebracht worden, aber nichts würde den irreversiblen Weg zur Demokratie aufhalten. Das sagten alle. Selbst einige Generäle und Obristen. Die Sozialisten und Kommunisten hatten die ganze Nacht gearbeitet, die Ramblas und ihre Nebenstraßen waren übersät von Wahlplakaten. *Diesmal kannst du gewinnen*, versprachen einige. Wurde aber auch Zeit, murmelte Carvalho. *Du bist das Zentrum der Stadt*, verkündete die Regierungspartei von pomadierten Plakaten, auf denen sich pomadierte Archetypen selbst als das Zentrum der Stadt bezeichneten. Ein paar Abende zuvor war ein schwuler Betrunkener oder ein betrunkener Schwuler die Ramblas heruntergetorkelt und hatte verkündet: »Bürger, macht euch nichts vor! Das Zentrum der Stadt ist die Plaza de Catalunya!«

Zwei frühmorgendliche Transvestiten gingen spazieren, kostümiert als Eugenia de Montijo, die Spanierin, die mehr als Königin war.

*Der Wiederaufbau Kataloniens geht über die Demokratisierung der Rathäuser*, behauptete oder verkündigte ein bärtiger Parteiführer auf der Titelseite einer Zeitschrift. Aber keine Partei versprach, das niederzureißen, was der Faschismus aufgebaut hatte. Es ist der erste politische Führungswechsel, der die Ruinen respektiert. Jedes Jahrhundert produziert seine eigenen Ruinen, und unseren ganzen Ruinenbestand verdanken wir Franco. Deine Muskeln sind zu schwach, um so viele Ruinen abzutragen. Über Nacht müßte ein Wunder geschehen. Die Stadt würde erwachen, befreit von der Korruption, mit ein paar Lücken mehr, die Vorstädte wären eine herrliche Schutthalde, und die Bürger könnten den Neuaufbau auf den Ruinen des Alten beginnen. Vielleicht hätte Yes dann nicht die Sehnsucht, als einsamer Satellit die Welt zu umrunden, Charo wäre mit ihrer Arbeit zufrieden, Biscuter zufrieden mit seinen Kenntnissen der Küche von Rioja, und ihm selbst würde es gefallen, seiner täglichen Routine nachzugehen, zu arbeiten, zu sparen, zu essen, zwei- bis dreimal täglich die Ramblas auf und ab zu gehen und sich nachts nutzlos an der Kultur zu rächen, die ihn vom Leben getrennt hatte ... Wie würden wir lieben, wenn wir nicht aus Büchern gelernt hätten, wie man liebt? Wie würden wir leiden? Zweifellos weniger. Er würde in einen Kurort für Rekonvaleszenten gehen und dort Yes kennenlernen. Eine Liebesgeschichte zwischen Fangopackungen und Schalen mit Kräutertee. Ein Kurort in den Bergen, wo es jeden Nachmittag regnet und der Donner alle endgültig zum Schweigen bringt. Diesen Kurort nie mehr verlassen. Die Jahreszeiten in ihrem Zyklus miterleben, vertraut werden mit dem schwachen Licht, sich an kleinen Wegmarken orientieren, sich dankbar in die Wärme der Decken kuscheln und jede Minute den eigenen Körper spüren. Die Beziehung zu Yes wäre bittersüß und ewig. Die Wildkräuter würden ihn so verjüngen, daß er an der Seite von Yes immer jung bleiben würde. Um zu verhindern, daß sie eines Tages den Kurort verließ und dem Lockruf der Pfade des Ostens folgte, dem Ursprung und dem Stillstand der Sonne entgegen.

Auch heute war Charo wieder dabei, sich zu schminken. Sie umarmte ihn und lächelte erfreut, als Carvalho sich aufs Sofa fallen ließ und durch seine Haltung kundtat, daß er Zeit hatte. Sie sagte, sie sei gleich mit Schminken fertig, dann könnten sie miteinander schlafen.

»Heute nicht. Spar dir deine Energien fürs Wochenende!«

»Dieses Wochenende – also, ich darf gar nicht daran denken! Wir gehen nicht aus dem Zimmer. Den Schlüssel werfen wir zum Fenster hinaus, wie im Kino.«

»Ich möchte in dem Restaurant essen, von dem ich dir erzählt habe.«

»Du darfst dir fünf Mahlzeiten am Tag zubereiten, aber zwischen den Mahlzeiten kommst du ins Bett!«

Sie nahm seine Hände und legte sie sich auf Gesicht und Schultern, damit er sie streichelte. Carvalho streichelte sie lange genug, um sie nicht zu verärgern.

»Du bist traurig. Was ist mit dir los?«

»Die Verdauung.«

»Ach, das kenn ich. Nach dem Essen wird mir kalt, und ich schimpfe mit mir selbst, daß ich wieder zu viel gegessen habe. Manchmal fange ich sogar an zu heulen.«

Als sie ins Badezimmer ging, nutzte er die Gelegenheit, um sich zu verabschieden. Sie kam wieder heraus, an einem Auge hatte sie falsche Wimpern.

»Du gehst schon.«

»Ich muß die Arbeit zu Ende bringen. Ich möchte den Fall morgen abgeschlossen haben und dann in Ruhe wegfahren.

»Es ist gefährlich.«

»Nein.«

In der Zwischenzeit war ein Anruf gekommen. Biscuter hatte es auf dem Notizblock notiert und hinzugefügt, er habe erfahren, daß seine Mutter in den Mundet-Heimen sei, und er wolle sie besuchen. Carvalho hatte nicht einmal gewußt, daß Biscuter eine Mutter hatte.

Auf dem Notizblock stand: »Señor Briongos sagt, daß sein Sohn heute um neun Uhr am Eingang des Kinos Navia in San Magín auf sie wartet. Die Tochter von Señor Briongos hat auch angerufen und gesagt, Sie sollen nicht hingehen, sondern sich mit ihr in Verbindung setzen.«

Carvalho nahm sein Messer aus der Hosentasche. Er drückte die Feder, und die Klinge fuhr schnalzend heraus. Das Messer und Carvalho sahen einander an. Es schien den Befehl zum Angriff zu erwarten. Der Mensch schien sich vor ihm zu fürchten. Er klappte es wieder zusammen und steckte es ein. In einer Schachtel schlief der Revolver wie ein kaltes Reptil. Carvalho nahm ihn heraus und überprüfte ihn. Er zielte auf die Wand. Dann nahm er die Patronen aus einer anderen Schachtel und lud sorgfältig. Als er die Trommel einrasten ließ, war das schlafende Reptil wach, kampfbereit, tödlich. Er sicherte, um seiner Mordlust Zügel anzulegen, und steckte den Revolver in die Tasche mit dem ausdrücklichen Befehl, sich ganz ruhig zu verhalten. Er wärmte ihm diesen Teil des Körpers. Dem nächsten Karton entnahm er einen eisernen Schlagring und schob ihn über die Finger. Er öffnete die Hand und schloß sie wieder. Sein Arm schnellte gegen einen unsichtbaren Feind vor. Dann nahm er den Schlagring wieder ab und steckte ihn in die andere Jackentasche. Fertig. Die unbesiegbare Armada. Er nahm den Weißwein aus dem Kühlschrank, besann sich aber anders und ging auf die Suche nach der Flasche *orujo*. Davon leerte er zwei Gläser. Mit den Fingern aß er ein wenig von dem Stockfisch nach Maultiertreiberart, den ihm Biscuter zubereitet hatte, direkt aus der Kasserolle. »Bis gleich!« sagte er zu den vier Wänden und vertrieb sich die Zeit damit, gemächlich die Treppe hinabzusteigen und hier das Klopfen des Bildhauerhammers zu hören, dort

210

das lärmende Treiben des Friseursalons und die schallge-
dämpfte Trompete des Jungen in Lila. Unterwegs begegneten
ihm zwei Homosexuelle im Kostüm von Erstkommunikanten
oder zwei Erstkommunikanten, die schwul waren. Romeo und
Julia mit Schnurrbart auf der Flucht vor den Capulets oder den
Montescos.

»Pepe, Pepe, lauf nicht weg!«

Bromuro holte ihn ein, die Schuhputzkiste umgehängt.

»Ich geb dir einen aus! Was du willst! Dir verdanke ich es,
daß ich reich geworden bin!«

»Ich hab eine Verabredung.«

»Dann mach's ihr zweimal von vorn und zweimal von hinten, mit einer Empfehlung von mir!«

»Es ist nicht diese Art von Verabredung.«

»Schade. Wir Männer haben so wenig, dabei brauchen sie so
viel. Hast du das mal überlegt?«

»Irgendwann mal.«

»Und du findest das nicht zum Heulen? Als ich noch bei der
Division war, unter Muñoz Grandes, hab ich mal sechs Nummern in einer Nacht geschafft. Und sie, sie hätte gut und gern
noch mal sechs vertragen! Dabei war das meine Rekordnacht.
Sie sind uns überlegen, Pepe. Von hier an abwärts sind sie uns
überlegen.«

Er überließ Bromuro seiner Melancholie eines unzuläng-
lichen Machos, setzte sich ins Auto und fuhr bedächtig nach
San Magín. Als er die oberen Stadtteile erreichte, sah er sich
umringt von Autos mit Frauen am Steuer, die ihren Nachwuchs
von der Schule abholen wollten. Er machte sich die Straflosigkeit des Spanners zunutze und sie die der Flüchtenden. Die
Witwe Stuart hatte diese Wege Tag für Tag zurückgelegt, um
ihre Kinder abzuholen. Dann waren sie herangewachsen und
fortgegangen, nach Bali oder in die Vorhölle.

Ana Briongos kam in dem blauen Bus und atmete erleichtert auf, als sie Carvalho an der Haltestelle entdeckte. Sie sprang als erste heraus und eilte auf ihn zu.

»Danke, daß Sie gekommen sind.«

Sie ging los. Man konnte beinahe hören, wie die in ihrem Kopf angesammelten Worte rumorten. Sie sah Carvalho an und wartete auf ein Zeichen anzufangen, aber der schlenderte ebenso nachdenklich neben ihr her, als hätte er noch den ganzen Nachmittag und den ganzen Abend Zeit, spazierenzugehen und zu schweigen.

»Warum waren Sie bei meinen Eltern?«

»Das ist nun schon das zweite Mal an diesem Tag, daß ich mir Vorwürfe anhören muß, und alles wegen diesem Stadtteil. Schreibt doch an den Eingang: *San Magín, die verbotene Stadt.*«

»Sie wissen ja gar nicht, was Sie mit diesem Besuch angerichtet haben und noch anrichten können!«

»Der Schaden war schon angerichtet.«

»Meine Eltern sind zwei arme Irre, die sich wegen jeder Kleinigkeit vor Angst in die Hosen machen. Sie haben schon immer nur Angst gehabt.«

Carvalho zuckte die Schultern.

»Treffen Sie sich nicht mit meinem Bruder!«

»Wieso?«

»Es lohnt sich nicht.«

»Das weiß ich erst, wenn ich mit ihm gesprochen habe.«

»Mein Bruder ist kein normaler Junge. Er ist unberechenbar wie ein Kind, wie ein gewalttätiges Kind. Sein ganzes Leben lang war er der Prügelknabe. Wenn es Schläge gab, hat er sie bekommen. Meine Mutter hat ihn schon immer gehaßt. Sie ist böse, so schäbig böse, wie arme Leute sein können. Etwas anderes hat sie nicht. Es ist das einzige, was ihr Charakter, Persönlichkeit verleiht. Und mein Vater hat sich sein ganzes Leben lang von ihr unter Druck setzen lassen. Er mußte dafür büßen, daß Pedro unehelich ist.«

212

»Ein schönes Bild!«

»Mit sieben Jahren kam er ins Heim. Er hatte eine Nachbarin beklaut, um sich irgendeinen Blödsinn zu kaufen. Zwei Jahre später kam er zurück und war noch schlimmer als vorher. Mit neun Jahren! Die Regale der Buchhandlungen sind voll von Büchern, die die Erwachsenen auffordern, ihre Kinder mit Respekt zu behandeln. Mit neun Jahren war mein Bruder ständig die Zielscheibe für den Riemen von meinem Vater und die Schuhe oder Besen von meiner Mutter. Mit elf Jahren kam er wieder ins Heim. Ist Ihnen das Fürsorgeheim *Wad Ras* ein Begriff?«

»Ich gehöre zu einer anderen Generation. Uns drohte man damals mit der Besserungsanstalt *Durán*.«

»Trotz allem hat er die Familie immer sehr geliebt. Er hat sich immer als einer von uns gefühlt. Die paar Pesetas, die er hat, gibt er für meine Eltern oder für meine Geschwister aus. Er ist jetzt achtzehn Jahre alt. Erst achtzehn!«

»Nur vier oder fünf Jahre jünger als Sie.«

»Er ist ein ganz anderer Mensch als ich. Lassen Sie ihn in Frieden. Er mag getan haben, was er will. Sein ganzes Leben rechtfertigt ihn.«

»Was hat er denn getan?«

»Was wollen Sie? Sie sind ein mieser Knecht der Reichen und stecken Ihre Nase in eine Welt, die nicht die Ihre ist.«

»Wie Stuart Pedrell. Wie Ihr Antonio Porqueres. Er hat auch die Nase in eine Welt gesteckt, die nicht die seine war.«

»Ich kassiere kein Geld dafür, daß mir Antonios Tod weh tut. Und es tut weh. Hier.« Sie zeigte auf ihren Bauch. »Aber es war Schicksal.«

»Was ist passiert?«

»Warum gehen Sie nicht fort? Für Sie ist es ein leichter Sieg über ein paar schwache Opfer. Finden Sie das gut?«

»Ich passe, denn Sie beschreiben meine Rolle, wie sie ist. Ich bin der Knecht meiner Herren, genau wie Sie. Aber ich habe kein Vergnügen daran, daß es Opfer gibt, ob sie schwach sind oder stark. Die Opfer sind die logische Konsequenz.«

»Es sind Personen, Menschen, die ich liebe. Die man kaputt-machen kann. Manchmal erinnere ich mich an Pedro, als er noch klein war und nicht wußte, daß er eine Schuld trägt, die Schuld an der Demütigung meiner Mutter. Ich sehe noch sein Kindergesicht vor mir, und plötzlich verändert es sich, entstellt von der ganzen Brutalität, mit der man ihn behandelt hat.«

»Mein Zusammentreffen mit Ihrem Bruder ist ein Teil der Logik. Ich werde bis zum Ende gehen. Bei jedem Fall gehe ich bis zum Ende. Bis zu meinem Ende. Ich schließe den Fall ab, dann entscheidet mein Klient. Die Polizei übergibt sie dem Richter. Mein Richter ist mein Klient.«

»Eine hysterische Alte, die jede Menge Geld hat und nicht weiß, was Schmerz ist.«

»Sie hat zwar Geld, aber sie ist nicht alt. Und jeder Mensch weiß, was Schmerz ist. Sie reden und haben viele Vorteile auf Ihrer Seite. Sie gehören zu der sozialen Klasse, die recht hat, und das lassen Sie die ganze Welt spüren.«

»Ich wollte ihm gute Ratschläge geben. Pedrito, mach dies nicht! Pedrito, mach das nicht! Sobald ich aus dem Haus war, wurde ich unruhig. Was macht Pedro? Und wenn ich zurück-kam, hatte er immer etwas angestellt. Sie haben immer einen Grund, einen Vorwand gefunden, um ihn zu beschimpfen und fertigzumachen. Ich hab ihn von der Schule abgeholt, damit er sofort nach Hause kommt und unterwegs nichts anstellt. Als die Polizei kam und ihn wegen des Motorrads abholte, was glauben Sie, wie die ihn behandelt haben? Wissen Sie, wie sie auf der Polizeiwache und im Knast mit normalen Delinquenten umgehen?«

»Ich habe diese Welt nicht erschaffen, auch nicht diese Ge-sellschaft. Ich will nicht das schlechte Gewissen des Ganzen sein. Diese Rolle ist ein paar Nummern zu groß für mich. Ich nehme an, Sie haben mich nicht nur herbestellt, um mir die traurige Geschichte Ihres Bruders zu erzählen.«

»Ich wollte verhindern, daß Sie mit ihm zusammentreffen.«

»Das schaffen Sie aber nicht!«

»Sie wissen, was dann passiert.«

»Ich kann's mir denken!«

»Reicht es Ihnen immer noch nicht? Können Sie die Sache nicht auf sich beruhen lassen? Erzählen Sie Ihrer Klientin, was Sie wollen. Sie hat auch ein Interesse daran, daß ich schweige.«

»Das können Sie untereinander ausmachen.«

Sie packte seinen Arm und schüttelte ihn.

»Seien Sie doch nicht so blöd! Etwas Schreckliches kann passieren! Wenn ich reden würde, Ihnen alles erzählen würde … Würden Sie dann hierbleiben und nicht zu meinem Bruder gehen?«

»Ich will, daß er mir alles erzählt. Es ist seine Angelegenheit. Machen Sie sich nichts vor! Ihre Gewissensbisse würden Sie nie mehr in Ruhe lassen.«

Carvalho ging weiter, und sie blieb, zur Salzsäule erstarrt, an der Kreuzung stehen, eine Hand nach Carvalho ausgestreckt, die andere versuchte im leeren Raum der Manteltasche Halt zu finden. Dann lief sie los, um Carvalho einzuholen. Schweigend gingen sie nebeneinander her.

»Wie leicht wäre es, einfach von hier wegzugehen!«

»Dieses Viertel und seine Bewohner würden Sie begleiten. Jede Schnecke schleppt ihr Haus mit sich.«

»Ich will gar nicht weg von hier. Auch wenn es wie eine Lüge klingt, ich würde mich in einer anderen Umgebung nicht zurechtfinden.«

»Wenn es ein Junge wird, seien Sie nicht verzweifelt! Es gibt auch Männer, die Großes geleistet haben. In Zukunft werden die Männer besser sein als die Frauen. Ganz bestimmt.«

»Mir ist es egal, ob Mädchen oder Junge. Ich werde es so oder so lieben.«

»Einer meiner ersten Berufe war Grundschullehrer. Es war eine Schule im Stadtviertel, einem alten Viertel mit Geschichte, aber mit denselben Leuten, wie sie hier wohnen. Einer meiner Schüler war ein dunkelhäutiger, trauriger Junge. Mit den Gesten eines alten Weisen. Er sprach immer, als wollte er sich ent-

215

schuldigen. Eines Tages lernte ich bei Schulschluß seine Mutter
kennen. Es war eine dunkelhäutige, traurige Frau. Mit den Gesten einer alten Weisen. Sie sprach immer, als wollte sie sich entschuldigen. Sie war sehr schön, obwohl sie weißes Haar hatte.
Das Kind hätte aus jeder Stelle ihres Körpers herausgekommen
sein können. Aus dem Arm, aus der Brust, aus dem Kopf. Sie
hatte ein uneheliches Kind zu einer Zeit, als es dafür keine Entschuldigung gab. Der Krieg war schon zu lange vorbei, um als
Alibi zu gelten.«

»Und was geschah?«

»Nichts. Ich verließ die Schule und sah sie nie wieder. Aber
ich denke oft an sie und habe manchmal das seltsame Gefühl,
daß das Kind weiße Haare hatte. Ich war damals noch jung und
onanierte häufig. In manchen Nächten dachte dabei an diese
Frau.«

»Sie Schwein!«

»Die Natur ist, wie sie ist.«


Er trug Jeans und eine schwarze Kunststoffjacke voller falsch-
silberner Beschläge: Ringe, Reißverschlüsse, Nieten aus Metall
vom Mond, aber von einem Mond aus dem Ausverkauf. Stiefel
mit hohen Absätzen, um den sehnigen Körper größer erscheinen zu lassen, die Hände in den schräggeschnittenen Jackenta-
schen, der Stehkragen umgeschlagen, der lange Hals gebogen,
um den Anschein zu erwecken, als wäre der Kopf ständig auf
der Hut vor der gefährlichen Wirklichkeit, kurze, dünne, glänzende Haare um das junge Pferdegesicht. Er sah Carvalho an
und neigte den Kopf zur Seite, als gefiele es ihm gar nicht, was
er sah. Mit einer Schulterbewegung bedeutete er Carvalho, ihm
zu folgen.

»Hier können wir nicht reden. Gehen wir zu einem ruhigen
Platz.«

Er ging hastig, ruckartig, jeder Schritt war wie ein Peitschenhieb.

»Es ist nicht mehr weit!«

Carvalho antwortete nicht. Pedro Larios schaute sich ab und zu nach ihm um und grinste.

»Wir sind gleich da.«

Als sie um die Ecke bogen, legte sich die Dunkelheit und Verlassenheit der Rückseite von San Magín auf sie. Gegen den Mond zeichnete sich die Silhouette der Kirche ab. Aus einem Musikautomaten in der Nähe ertönte die Stimme von Julio Iglesias. Carvalho und Pedro Larios blieben im Lichtkegel einer Straßenlaterne stehen, die leicht im Wind schaukelte. Pedro hatte die Hände immer noch in den Taschen. Grinsend blickte er nach rechts und links, zwei Jungen kamen aus der Dunkelheit und nahmen Carvalho in die Mitte.

»In Gesellschaft redet es sich leichter.«

Carvalho taxierte die kräftige Gestalt zu seiner Linken. Er schaute ihm in die Augen. Sie waren trübe, als wollten sie nicht sehen, was sie sahen. Mit den Händen wußte er nicht wohin. Der andere war fast noch ein Kind. Er schaute Carvalho an und zog die Nase kraus, wie ein Hund vor einer Beißerei.

»Können Sie nicht mehr sprechen? Zu Hause bei meinem Vater, da konnten Sie es doch. Viel zu viel.«

»Haben die beiden dir geholfen?«

»Geholfen bei was?«

»Den umzubringen, der mit deiner Schwester gegangen ist.«

Pedro blinzelte unsicher. Die drei sahen sich an.

»Völliger Quatsch.«

»Treib's nicht zu weit, Alter! Paß auf, was du sagst!« zischte der Kleine.

»Also, ich weiß nicht, was mein Vater dir gesagt hat, aber das, was ich dir sagen will, das gilt. Ich hab was gegen Schnüffler. Und du bist ein ganz großer Schnüffler!«

»Er hat 'ne richtige Schnüffelnase!« bestätigte der Kleine.

»Los, machen wir endlich Schluß!« stieß der Große hervor.

»Ich hab was gegen Typen, die ihre Nase in Sachen reinstecken, die sie nichts angehen. Meine Kumpels hier auch.«

217

Sie traten zwei Schritte auf ihn zu. Carvalho stand in Reichweite ihrer Arme, hinter sich die Mauer einer Baustelle. Der Kleine zog als erster das Messer und fuchtelte damit vor Carvalhos Gesicht herum. Dann zog Pedro ebenfalls das Messer, das ihm sozusagen schon in der Tasche aufgegangen war. Der Große ballte die Fäuste, nahm die Schultern zurück und zog den Kopf ein. Der Kleine stieß mit dem Messer nach Carvalhos Gesicht. Der wich aus, indem er einen Schritt zurückwich, und der Große stürzte sich auf ihn, während Pedro frontal angriff. Die Faust des Großen traf kraftlos sein Gesicht. Carvalho versetzte dem Kleinen einen Fußtritt, daß er sich krümmte und aufheulte. Mit den Händen wehrte er den Angriff des Großen ab und stieß ihn gegen Pedro, der auf ihn zukam. Seine Hand erreichte den Revolver nicht mehr. Der Kleine ging fluchend auf ihn los und stach blindlings mit dem Messer zu. Da packte er ihn an einem Arm und verdrehte ihn so lange, bis man ein Knacken und einen Aufschrei hörte.

»Das Dreckschwein hat mir den Arm gebrochen!«

Die anderen sahen den lang und schlaff herabhängenden Arm des Kleinen. Pedro griff blindlings an, während der Große zurückwich. Das Messer schnitt in Carvalhos Wange. Der Große faßte Mut und griff ebenfalls an. Carvalho legte beide Fäuste zusammen und stoppte ihn mit einem Rückhand-Schwinger. An seinen Knöcheln blitzte der Schlagring. Platzwunden erschienen auf dem eckigen Gesicht des langen Kerls. Carvalho stürzte sich auf ihn und bearbeitete ihm das Gesicht und den ganzen Kopf mit beiden Händen. Im Fallen umklammerte der Junge Carvalhos Beine und riß ihn ebenfalls zu Boden.

»Bring ihn um! Mach ihn fertig, Pedro!« schrie der Kleine. Pedro suchte in dem Knäuel der beiden Körper die richtige Stelle für sein Messer. Carvalho richtete sich über seinem Gegner auf, packte den Hals des Großen von hinten und hielt ihm das Messer vors Gesicht.

»Bleibt weg, oder ich mache ihn fertig!«

»Gib's ihm, Pedro, bring ihn um!«

Der Große versuchte zu sprechen, aber Carvalho drückte ihm den Hals zu.

»Der Kleine soll abhauen. Los, du Scheißkerl, mach, daß du wegkommst!«

Pedro winkte ihm zu gehorchen. Der Kleine verschwand aus dem Lichtkreis und begann, aus der Dunkelheit mit Steinen zu werfen.

»Du triffst doch uns, blöder Hund!«

Die Steinwürfe hörten auf, Carvalho lockerte seinen Griff, gab dem Jungen einen Stoß, daß er sich umdrehte, und als er ihn von vorne hatte, drosch er rasend vor Wut auf sein Gesicht, Brust und Magen ein. Als er auf die Knie ging, bearbeitete Carvalho seinen Kopf so lange mit den Fäusten, bis er am Boden lag. Dann sprang er über ihn weg und stand vor Pedro. Der Messerstecher hielt ihn mit seiner Waffe auf Distanz und wich vor seinem Vorstoß zurück. Der Detektiv nahm den Schlagring ab, als er vorrückte, zog den Revolver aus der Tasche, stellte sich breitbeinig auf, hob den rechten Arm mit dem Revolver, unterstützte ihn mit der linken Hand und zielte Pedro mitten ins Gesicht. Er wollte sprechen, aber er war außer Atem, seine Brust und die Wunde im Gesicht brannten.

»Auf den Boden! Leg dich hin, oder ich schieß dir die Rübe ab! Wirf das Messer her! Aber vorsichtig!«

Das Messer löste sich aus Pedros Hand. Dann legte er sich hin, stützte sich aber auf die angewinkelten Arme, um Carvalho beobachten zu können.

»Los, runter auf den Boden, Säugling! Arme und Beine auseinander!«

Pedro lag da wie ein dunkles X unter dem Lichtkegel. Der Große versuchte, kriechend in die Dunkelheit zu entkommen. Carvalho ließ es zu. Langsam näherte er sich Pedro, während er versuchte, tief durchzuatmen und die rote Wolke zwischen seinen Schläfen zu vertreiben. Er stieß ihn mit dem Fuß an.

»Beine weiter auseinander!«

Der Gefallene gehorchte. Carvalho begann außer sich vor
Wut auf ihn einzutreten. Der andere wich zuckend aus, wie ein
elektrisiertes Tier, doch die Tritte trafen seinen Magen, seine
Nieren und suchten eifrig sein Gesicht. Am Boden liegend,
hörte Pedro aus Carvalhos halboffenem Mund das Keuchen
eines erschöpften und wutschnaubenden Tieres. Ein Tritt gegen
die Schläfe betäubte ihn, von jetzt an spürte er die Tritte nur
noch schwach, er brauchte sich nicht mehr zu verteidigen, er ergab sich wieder einmal in sein Unglück. Carvalho zog seinen
Kopf an den Haaren hoch, bis er auf die Knie kam und schließlich aufstand. Er sah das Gesicht des Detektivs und das Blut auf
der Wange ganz nahe vor sich. Der packte ihn am Jackenauf-
schlag, schob ihn vorwärts zu der Wand und schleuderte ihn
mit einem Stoß gegen die Ziegel. Wieder hörte Pedro hinter seinem Rücken den Detektiv wie ein erschöpftes, atemloses Tier
keuchen, als schrie die Luft beim Atmen vor Schmerz auf. Er
hörte auch, wie er hustete und sich übergab. Als er versuchte,
sich umzudrehen, verweigerte sein Körper den Gehorsam. Seine
Beine zitterten und sein Gehirn sagte ihm, daß er verloren hatte.
Wieder spürte er die feuchte Hitze von Carvalhos Körper. Die
Stimme des Detektivs klang nun fast heiter.

»Los, jetzt gehen wir zur Wohnung deiner Schwester. Denk
an meinen Revolver. Es ist sowieso ein Wunder, daß ich dich
nicht kaltgemacht habe, du Scheißkerl!«

Pedro setzte sich in Bewegung. Als sie belebte Straßen erreichten, drückte er sich auf Carvalhos leisen Befehl, aber auch
aus eigenem Antrieb dicht an die Hauswände. Er mußte übel
zugerichtet sein und wollte nicht, daß er so gesehen wurde.


»Es ist nicht tief.«

Ana Briongos zog Carvalhos Verletzung mit Merkurochrom
nach. Ihre Wohngenossinnen hatte sie weggeschickt. Pedro
ließ sich auf ein offenes Klappbett fallen. Carvalho sagte dem
Mädchen, sie solle ihn nicht einschlafen lassen. Sie beugte sich

220

über ihren Bruder. Als sie seine Fingergelenke prüfte, heulte er auf.

»Dieser Finger ist gebrochen, und sein Körper sieht aus wie eine Landkarte. Toll, wie Sie das geschafft haben, und alles ganz alleine! Kunststück, gegen einen Jungen.«

»Er hatte seine Komplizen dabei.«

Ana wußte nicht, wo anfangen. Sie säuberte die Schwellungen im Gesicht ihres Bruders mit Wasserstoffperoxid. Als sie ihm die Jacke ausziehen wollte, weigerte er sich stöhnend. Die Tür ging auf, und der Vater trat ein.

»Pedro, mein Junge, was haben sie mit dir gemacht!«

Er blieb abrupt stehen, als er Carvalho entdeckte.

»Guten Abend.«

»Einen wunderschönen guten Abend.«

Dann klagte er mit erstickter Stimme:

»Mensch, Pedro, ich hab's dir gleich gesagt! Ich hab's gleich gesagt!«

Ihm kamen die Tränen, und er blieb mitten im Zimmer stehen, als könnte er nicht beides zugleich, weinen und weitergehen.

»Deswegen hättest du nicht zu kommen brauchen, Papa.«

»Ist er verletzt?«

»Nur eine Tracht Prügel. Er wollte es ja nicht anders.«

Der Vater sah Carvalho an wie einen Gott, von dem sein Schicksal abhing.

»Was haben Sie mit ihm vor?«

Carvalho setzte sich. Die ganze Szene rückte einen Moment lang weit weg von ihm. Ana war eine Krankenschwester und versorgte einen Verletzten, mit dem Carvalho nichts zu tun hatte. Der alte Briongos stand in der Tür einer fremden Wohnung und wagte nicht zu fragen, ob er eintreten dürfe. Carvalho hatte Durst und hörte plötzlich seine eigene Stimme um Wasser bitten. Ana brachte es ihm. Es war kalt, schmeckte aber nach Chlor.

»Gib dem Señor einen Schnaps! Dann kommt er wieder zu Kräften.«

Der alte Briongos wartete immer noch auf seinen göttlichen Richterspruch. Carvalho erhob sich, nahm einen Stuhl, ging damit zu dem Bett, wo Pedro lag, und setzte sich zu ihm.

»Wenn du nicht sprechen kannst, dann hör mir zu, und sag nur ja oder nein!«

»Wenn ich will, kann ich sprechen.«

»Um so besser. Ihr drei seid also zu Stuart Pedrell gegangen und habt ihn umgebracht. Du und deine beiden Kumpels.«

»Wir wußten nicht, daß er so hieß.«

»Ihr seid also zu ihm gegangen und habt ihn umgebracht. Warum?«

»Haben Sie nicht gesehen, was er meiner Schwester angetan hat?«

»Du Schwachkopf! Du Idiot!« schrie Ana verzweifelt.

»Sie wollten es nicht. Sie wollten nicht soweit gehen.«

Der alte Briongos versuchte zu vermitteln.

»Wir wollten ihm nur einen Denkzettel verpassen. Aber der Typ spielte sich auf. Er legte mir die Hand auf die Schulter, das Ekel, und fing an, mir gute Ratschläge zu geben. Quisquilla, der Kleine, dem Sie den Arm gebrochen haben, stach zuerst zu. Mir rutschte plötzlich der Arm aus, und ich stach auch zu.«

Der alte Briongos hatte das Gesicht mit den Händen bedeckt und zitterte. Ana blickte ihren Bruder an:

»Du Schwachkopf! Wer hat gesagt, daß du das tun sollst?«

»Du bist doch meine Schwester!«

»Verstehen Sie ihn bitte, Caballero! Sie ist seine Schwester!«

Mit ausgebreiteten Armen schien der alte Briongos diese Geschwisterliebe in ihrer ganzen Unermeßlichkeit umfassen zu wollen.

»Wenn er nicht so viel gequasselt hätte, wäre ihm nichts passiert. Aber er fing an, mich vollzuquatschen. Daß ich dies tun sollte, daß ich das tun sollte. Meine Schwester wäre ein freier Mensch, und er wäre nicht der einzige Mann in ihrem Leben. Das hat er gesagt, Ana. Ich schwör's dir!«

»Na und, du Idiot! Stimmt es etwa nicht?«

»Und ihr habt das alles gewußt und euch zu Komplizen eines Mörders gemacht?«

»Ich kann doch meinen eigenen Sohn nicht anzeigen!«

»Und Sie?«

»Es half ja sowieso nichts mehr!«

Der alte Briongos nahm seinen letzten Mut zusammen und sagte:

»Er war ein Störenfried. Er gehörte nicht hierher.«

»Sei still, Papa!«

»Ihr habt ihn dann in eine Baugrube geworfen und liegenlassen, am anderen Ende der Stadt.«

»Kein Mensch hat ihn in irgendeine Baugrube geworfen.«

Carvalho blickte erstaunt von Pedro zu den beiden anderen, die seine Worte zu bestätigen schienen.

»Sag das noch mal!«

»Kein Mensch hat ihn auf eine Baustelle geworfen und dort liegengelassen. Er war schwer verletzt, aber er ging selbst weg.«

»Pedro kam nach Hause und sagte, er hätte Antonio schwer verletzt. Mein Vater und ich haben ihn die ganze Nacht überall gesucht und nicht gefunden.«

»Natürlich. Er hat die U-Bahn genommen, weil er lieber auf einer Baustelle in La Trinidad sterben wollte. Das soll ich glauben?«

»Sie brauchen überhaupt nichts zu glauben. Aber das ist die reine Wahrheit.«

In Briongos' Augen leuchtete eine letzte Hoffnung auf.

»Finden Sie heraus, was danach geschah!«

»Stuart Pedrell starb an den Messerstichen, die ihm diese beiden Killerlehrlinge beigebracht haben. Du wirst es nicht weit bringen, Junge. Der Kleine ist ein Verrückter, der tötet aus Lust am Töten, und der Große ist genauso feige wie blöd. Al Capone hatte bessere Männer.«

»Dein schlechter Umgang, Pedrito! Was hat dir dein Vater immer gepredigt?«

Pedro blieb liegen und starrte zur Decke. Als sich ihre Blicke trafen, sah der Detektiv in den Augen des Jungen einen kompromißlosen Haß, einen tödlichen Haß; das Versprechen einer Rache, die ihn sein Leben lang verfolgen würde. Carvalho verließ das Zimmer, gefolgt von Ana und ihrem Vater.

»Caballero, bitte! Bringen Sie nicht noch mehr Unglück über unsere Familie! Ich werde versuchen, alles in Ordnung zu bringen. Ich schicke ihn zur Fremdenlegion. Dort werden sie einen Mann aus ihm machen. Er wird Gehorsam lernen.«

»Halt den Mund, Papa! Quatsch nicht noch mehr Blödsinn!«

Briongos blieb zurück, und Ana brachte Carvalho zur Tür.

»Woran denken Sie?«

»Was tat der Mann mit zwei Messerstichen im Leib? Er konnte nicht lange zu Fuß gehen. Ein Auto hatte er nicht, und ein Taxi konnte er nicht nehmen, weil er nicht wollte, daß jemand die Wunde sah. Warum bat er niemanden, ihm zu helfen und ihn in ein Krankenhaus zu bringen?«

»Vielleicht dachte er, er könnte mir auf diese Weise helfen.«

»Wer brachte ihn zu dem verwilderten Gelände und warf ihn in die Baugrube wie einen toten Hund?«

Carvalho erwartete keine Antwort. Er stand auf der Straße. Die feuchte Nachtluft kühlte die brennenden Stellen von Gesicht und Körper. Er ließ die Betoninseln jener Südsee hinter sich, wo Stuart Pedrell die andere Seite des Mondes gesucht hatte. Er war auf einige verhärtete Eingeborene gestoßen, genauso hart wie jene, die Gauguin auf den Marquesas vorfinden würde, wenn die Eingeborenen endgültig begriffen hätten, daß die Welt ein globaler Markt ist, auf dem selbst sie ständig zu Verkauf stehen.

Er überquerte die Grenze und raste die Abhänge des Tibidabo hinauf zu seinem Haus. Vor dem erloschenen Kaminfeuer blieb er in Gedanken versunken sitzen. Er kraulte Bledas Samtohren und ihren Bauch, während sie wie ein wildgewordener Radfahrer mit einer Pfote zuckte. Zu wem war Stuart Pedrell in jener Nacht gegangen? Er hatte wohl den sichersten Hafen seines alten Reiches aufgesucht. Also gewiß nicht sein Zuhause. Wozu also die Recherchen? Auch von Nisa konnte er keine effektive Hilfe erwarten. Blieb nur die Wahl zwischen seinen Geschäftspartnern und Lita Vilardell.

Um drei Uhr früh rief er Lita Vilardell an. Ein Mann nahm den Hörer ab. An der Stimme erkannte er den Anwalt Viladecans.

»Fragen Sie Señorita Vilardell, ob sie morgen Klavierstunden hat!«

»Und deshalb rufen Sie um diese Zeit an?«

»Fragen Sie sie!«

Sie kam ans Telefon. »Was wollen Sie?«

»Ich will Sie morgen besuchen, möglichst früh.«

»Hätten Sie nicht warten und im Laufe des Vormittags anrufen können?«

»Nein. Ich will, daß Sie die ganze Nacht darüber nachdenken, worüber wir morgen wohl sprechen werden.«

Die Frau entfernte sich vom Telefon. Sie tuschelte mit Viladecans. Dann kam er an den Apparat.

»Könnten Sie nicht jetzt gleich kommen?«

»Nein.«

Carvalho legte auf und ging zu Bett. Er schlief unruhig, zuckte immer wieder zusammen und warf sich im Bett hin und her. Wenn er zwischendurch wachlag, tröstete er sich mit dem Gedanken, daß er nicht der einzige war, der in dieser Nacht keine Ruhe fand.


Sie hatten eben geduscht. Sorglos fragten sie Carvalho, ob er mitfrühstücken wolle. Der Detektiv lehnte mit einer Handbewegung ab. Also machten sie weiter, bestrichen Toastscheiben mit Butter und verteilten mit kindlicher Begeisterung Marmelade darauf. Tranken ihren *café con leche* wie ein Lebenselixier. Atmeten die frische Morgenluft, die durch die halbgeöffnete Balkontür kam, und seufzten zufrieden.

»Möchten Sie nicht wenigstens einen Kaffee trinken?«

»Ja, einen schwarzen Kaffee. Ohne Zucker. Danke.«

»Sind Sie Diabetiker?«

»Nein. Eine Jugendliebe von mir war verrückt nach schwarzem Kaffee ohne Zucker. Aus Liebe und Solidarität übernahm ich diese Gewohnheit.«

»Was ist aus dem Mädchen geworden?«

»Sie hat einen Österreicher geheiratet, der ein Sportflugzeug besaß. Jetzt lebt sie in Mailand mit einem Engländer, sie schwärmt für Engländer, und schreibt surrealistische Gedichte, in denen ich manchmal vorkomme.«

»Sieh mal an, was für ein interessantes Leben dieser Mensch führt!«

Viladecans lächelte ausgiebig, während er sich ausgiebig eine Zigarette anzündete und ausgiebig das ganze Zimmer mit maßlosem Qualm einnebelte, als wollte er die Zigarette in einem Zug aufrauchen.

»Treffen Sie Ihre Terminvereinbarungen immer um drei Uhr nachts?«

»Ich hielt den Zeitpunkt nicht für unpassend. Man kommt um diese Zeit nach Hause, oder man hat das Liebesspiel beendet.«

»Sie haben sehr konventionelle Vorstellungen. Mir ist die Zeit nach dem Essen lieber.«

»Mir auch.«

Viladecans hatte sich nicht am Gespräch beteiligt.

»Ich weiß eigentlich nicht, was ich hier soll!« sagte er schließlich.

»Das werden Sie gleich erfahren. Es betrifft Sie wahrscheinlich mehr, als man auf den ersten Blick meinen würde. Jetzt, wo Ihr Magen gefüllt ist, will ich Ihnen mein Problem darlegen. Señor Stuart Pedrell erhielt vor drei Monaten in der Vorstadt San Magín zwei Messerstiche. Er war schwer, wahrscheinlich tödlich verletzt und brauchte Hilfe. Wahrscheinlich überlegte er kurz, wer ihm am ehesten helfen würde, und wandte sich dann an Sie. Nicht umsonst hatten Sie acht Jahre lang eine leidenschaftliche Beziehung zueinander gehabt.«

»Leidenschaftlich ist zuviel gesagt.«

»Es war Leidenschaft. Egal. Fest steht, daß er sich an Sie gewandt hat. Er bat Sie zu kommen und ihn abzuholen. Er brauchte Sie, er war verletzt. Sie suchten vielleicht Ausflüchte, vielleicht auch nicht, aber schließlich fuhren Sie hin und holten ihn ab. Sie brachten ihn irgendwohin. Hierher? Wahrscheinlich. Ohne Zweifel riefen Sie jemand zu Hilfe. Vielleicht mußten Sie auch gar nicht rufen, denn dieser Jemand war bereits hier. Irre ich mich in der Annahme, daß Sie das waren?«

Viladecans blinzelte grinsend. »Absurd.«

»Wenn Sie es nicht waren, dann war es der mit der Harley Davidson.«

»Von welcher Harley Davidson reden Sie?«

»Die Dame versteht schon, was ich meine. Also gut. Sie mußten feststellen, daß Stuart Pedrell sterben würde. Sie stellten das so lange fest, bis er hier starb. Dann packten Sie und Viladecans oder Sie und der Motorradfahrer die Leiche ins Auto. Sie suchten einen Ort weit weg von der Stadt. Einen Ort, wo man ihn nicht so bald finden würde, und sie entschieden sich für einen Keller auf einem verlassenen Bauplatz. Dieser Keller und dieser Bauplatz dürften Señor Viladecans bekannt gewesen sein, er ist doch Bevollmächtigter einiger Immobilienfirmen. Sie fuhren also hin, hievten die Leiche über den Bauzaun, gaben ihr einen Stoß und hörten sie drüben hinunterpoltern. Sie dachten, es würde Wochen dauern, bis er gefunden würde, aber leider flüchtete ein kleiner Autodieb schon am nächsten Tag genau in diesen Keller, die Polizei erwischte ihn und entdeckte die Leiche. Stuart Pedrell muß gesprochen haben, bevor er starb. Wahrscheinlich erzählte er zusammenhanglos ein paar Dinge über den Ort, wo er die ganze Zeit gewesen war. Das Jahr seiner Abwesenheit wurde zu einem gefährlichen Loch in der Zeit. Ob jemand davon wußte, daß er bei seiner ehemaligen Geliebten Zuflucht gesucht hatte? Bei jener Frau, mit der er sich einmal

227

um vier Uhr nachmittags im Hyde Park in London verabredet hatte? Oder im Tivoli in Kopenhagen, am Brunnen des Lachens.«

»Sie sind über Carlos' erotische Phantasien sehr gut informiert.«

»Ich sagte Ihnen doch schon, man weiß alles über Sie. Sie mußten in Erfahrung bringen, wohin Stuart Pedrell gegangen war. Welche Südsee er erreicht hatte. Sie mußten es ebenso dringend wissen wie seine Witwe und seine Geschäftspartner. Es geht schließlich um millionenschwere Interessen.«

»Ich war es nicht, der Sie mit den Nachforschungen beauftragt hat! Das war allein Mimas Idee. Mehr noch: Das Ganze kam mir absurd vor, von Anfang an. Aber als Rechtsanwalt konnte ich nicht nein sagen.«

»Als Rechtsanwalt und als Beteiligter. Ich bin kein Moralist und will Ihnen auch nicht das Recht absprechen, sich Ihre Leichen vom Hals zu schaffen. Vielleicht war Ihre Vorgehensweise wenig menschlich. Aber der Wert der Menschlichkeit ist und bleibt eine Konvention. Vielleicht hätten Sie etwas unternehmen können, um ihm das Leben zu retten.«

»Da war nichts mehr zu machen.«

»Lita!«

»Laß es gut sein! Was soll's? Er weiß alles, und er weiß nichts. Sein Wort steht gegen unseres. Sie haben sich in keinem Punkt geirrt. Es war nicht der Fahrer der Harley Davidson, es war dieser Freund hier. Wir waren zusammen, im Bett, um das Bild zu vervollständigen, als er anrief. Hätte er mich aus dem entferntesten Winkel der Südsee angerufen, wäre es mir nicht unwahrscheinlicher, nicht absurder vorgekommen. Zuerst wollte ich nicht fahren. Aber seine Stimme klang alarmierend. Wir fuhren beide hin und holten ihn ab. Er wollte nicht in ein Krankenhaus. Wir boten ihm an, ihn dort an der Pforte abzusetzen und uns unauffällig zu entfernen. Er wollte nicht. Er wollte einen befreundeten Arzt. Aber er ließ uns keine Zeit, darüber nachzudenken, wen wir rufen sollten. Er starb.«

228

»Von wem stammte die Idee, ihn dort hinabzuwerfen?«

»Das spielt jetzt keine Rolle. Wir stellten uns die Situation vor: Die Leiche Stuart Pedrells taucht im Appartement seiner Geliebten auf, die zu dieser Zeit ein Verhältnis mit seinem Anwalt hat. Eine Reportage in *Interviu* prangert die Schlechtigkeit der Reichen an und bringt nebenbei alles über die Projekte, an denen Carlos beteiligt war ... Wir hatten keine andere Wahl.«

»Sie hätten ihn vor die Tür seiner Villa legen können. In der Haltung eines Menschen, der mit letzter Kraft klingeln will und es nicht mehr schafft. Der Vagabund kehrt heim, um im Kreise seiner Familie zu sterben.«

»Darauf sind wir nicht gekommen. Ich hatte noch nie literarische Phantasie. Du auch nicht, stimmt's?«

»Ich weiß nichts von dem, was du da gesagt hast! Ich habe bei nichts geholfen. Ich habe nichts gesagt.«

»Du könntest noch hinzufügen, daß du nur in Gegenwart deines Anwalts sprechen willst, der du selbst bist.«

»Mach dich ruhig über mich lustig, wenn du willst! Aber jetzt kommt es vor allem darauf an, wie Mima reagiert.«

»Was soll die schon unternehmen? Die Flagge ihrer verwundeten Liebe hissen? Stuart war ihr doch noch weniger wichtig als mir. Was meinen Sie, Señor Carvalho? Können wir hoffen, daß die Geschichte gut ausgeht?«

»Ich habe den Eindruck, Sie wollen eigentlich wissen, ob sie ohne Unannehmlichkeiten ausgeht.«

»Genau!«

»Das hängt nicht von mir ab. Die Witwe hat das letzte Wort.«

»Ich möchte Ihnen einen Vorschlag machen, Señor Carvalho – und ich gebe weiterhin nichts zu, damit das ganz klar ist –, wie sich die Sache zur vollen Zufriedenheit aller Beteiligten lösen ließe. Könnten Sie uns aus der Geschichte heraushalten? Ich bin bereit, Sie für diesen Dienst fürstlich zu entlohnen.«

»Ich zahle keinen Céntimo. Mach keine Dummheit! Was haben wir zu verlieren?«

»Meine Rechnung für die Witwe wird ziemlich hoch ausfallen. Ich fühle mich gut genug bezahlt. Außerdem hatte ich Gelegenheit, eine exemplarische Geschichte kennenzulernen, die mich beinahe zu einem Anhänger des Fatalismus gemacht hat. Es gibt Dinge, die gegen die Natur sind. Dem eigenen Alter, der eigenen sozialen Stellung entfliehen zu wollen, führt zur Tragödie. Denken Sie immer daran, wenn Sie in die Versuchung kommen, sich in die Südsee abzusetzen!«

»Sollte ich eines Tages dorthin fahren, dann nur mit einem Kreuzfahrtdampfer. Aber es ist keine Versuchung für mich. Meine Schwester war schon dort, und es stimmt, es ist alles sehr hübsch, aber man kann nicht mal den großen Zeh ins Wasser stecken. Wenn keine Seeschlangen da sind, dann wimmelt es von Haien. Das Mittelmeer oder die Karibik sind mir lieber. Das sind die einzigen zivilisierten Meere der Welt.«

»Wenn Sie mit Mima sprechen, denken Sie an mein Angebot! Kein anderer, auch keine Zeitschrift, die sich auf Diffamierung spezialisiert hat, zahlt Ihnen soviel wie ich!«

Der Anwalt hatte es plötzlich sehr eilig. Er werde schon seit einer Stunde im Gerichtssaal erwartet. Carvalho tat, als fühlte er sich nicht angesprochen, auch dann nicht, als der Anwalt an der Tür stand und offensichtlich darauf wartete, daß er vor ihm ging. Lita Vilardell gab Viladecans durch ein Zeichen zu verstehen, daß er allein gehen sollte. Carvalho sah ihr in die dynastischen Augen, die sie vom letzten europäischen und ersten katalanischen Sklavenhändler geerbt hatte. Allmählich löste sich die ironische Starre ihres Gesichts, und sie betrachtete die Blätter der Bananenstauden auf der Dachterrasse, die in einer plötzlichen Brise schaukelten.

»Der Wind ist die Rettung dieser Stadt.«

Schließlich gab sie sich einen Ruck und stellte sich dem Blick Carvalhos.

»Es überrascht Sie vielleicht, aber es ist für die Geliebte demütigender als für die eigene Frau, wenn sie wie eine alte Konkubine im Harem vergessen wird.«

Carvalho wollte sich auf dem schnellsten Wege betrinken. Während er seinen Bericht fertigstellte, leerte er eine Flasche Ricard und den gesamten Vorrat an Wasser, das Biscuter im Kühlschrank kaltgestellt hatte. Als sich sein Magen in ein Meer aus anisversetztem Wasser verwandelt hatte, brauchte er tonnenweise Essen, um die Flüssigkeit zu absorbieren. Der Stockfisch nach Maultiertreiberart verschwand, danach die Kartoffeltortilla mit Zwiebeln, die Biscuter improvisiert hatte, und zuletzt brauchte er noch ein Sandwich mit marinierten Sardinen. Die Marinade war eine Spezialität Biscuters, er gab dem Oregano den Vorzug vor dem Lorbeer. Er telefonierte mit Charo, um ihr zu sagen, daß es mit dem Wochenende klappte, und wann sie ihn im Büro abholen sollte, um mit ihm nach Vallvidrera hinaufzufahren.

»Was ist denn mit dir los? Du klingst total erkältet.«

»Ich bin besoffen.«

»Um diese Zeit?«

»Welche Zeit ist denn die beste?«

»Hoffentlich willst du nicht das ganze Wochenende betrunken verbringen!«

»Ich verbringe es, wie es mir paßt, verdammt!«

Er legte auf und besänftigte seine Reue mit den flambierten Bananen, die Biscuter zubereitet hatte. Carvalhos plötzlicher Anfall von Gefräßigkeit hatte ihn ziemlich verblüfft.

»Biscuter, geh auf die Ramblas hinunter und bestelle einen Blumenstrauß für Charo! Sie sollen ihn heute noch ausliefern!«

Er schloß den Bericht ab, steckte ihn in einen Umschlag und schob ihn in die Tasche. Dann nahm er ein neues Blatt Papier und schrieb darauf:

*Vielleicht solltest Du wirklich diese Reise machen, aber allein oder in besserer Begleitung. Such Dir einen netten Jungen, dem Du mit dieser Reise eine Freude machen kannst. Ich rate Dir zu einem sensiblen Menschen mit einer gewissen Bildung und nicht viel Geld.*

*Diese Sorte Mensch findest Du haufenweise in der Universität bei den Geisteswissenschaftlern. Ich lege Dir die Adresse eines Freundes bei, der dort Professor ist. Er wird Dir bei der Suche behilflich sein. Bleibe mindestens bis Katmandu mit ihm zusammen, und sorge dafür, daß er genug Geld für die Rückreise hat. Du selbst wirst weiterreisen und nicht zurückkommen, bis Du müde oder alt bist und nicht mehr kannst. Dann wirst Du immer noch rechtzeitig zurückkommen, um festzustellen zu können, daß hier alle entweder erbärmlich mittelmäßig oder verrückt oder alt geworden sind. Es gibt nur diese drei Möglichkeiten, in einem Land zu überleben, das die industrielle Revolution nicht rechtzeitig mitgemacht hat.*

Er schrieb Namen und Adresse von Yes auf einen Umschlag, steckte die Botschaft und die Anschrift von Sergio Beser hinein sowie einige Hinweise und Erläuterungen zur Mentalität der Leute aus dem Maestrazgo. Er befeuchtete die Briefmarke mit einer Unmenge alkoholisierter Spucke und ging auf die Straße hinaus. Dabei hielt er den Brief in einer Hand wie ein Taschentuch, mit dem man Autofahrern signalisiert, den Rettungswagen durchzulassen. Er stürzte ihn in die Abgründe eines Briefkastens, blieb davor stehen und starrte ihn an, als sei er gleichzeitig ein nicht identifizierbarer Gegenstand und das Grab eines geliebten Wesens. Mission erfüllt, sagte er zu sich selbst, aber irgend etwas ließ ihn nicht zur Ruhe kommen, und plötzlich, als er an der Stelle vorbeikam, wo im Jahr zuvor der Pelotaplatz *Jai Alai* gewesen war, fiel es ihm ein: Die Bäckersfrau und ihr Baske! Er blickte in sein Notizbuch und stürzte sich ins abendliche Gewimmel der Gassen, die von den eben erwachten Schönen der Nacht belebt waren. Pension *Piluca.*

»Ist die Señora Piluca da?«

»Señora Piluca ist meine Mutter und schon vor Jahren gestorben.«

»Verzeihen Sie! Ich suche einen Basken, er heißt so ähnlich wie fast alle Basken. Er wohnt hier mit einer Frau.«

»Sie sind gerade ausgegangen. Sie gehen immer in die Bar an der Ecke.«

»In dieser Straße wimmelt es nur so von Bars und Ecken.«

»Die Bar *Jou-Jou*.«

Ein finsteres Loch, das mit gutem Beispiel voranging und so viel elektrische Energie wie möglich sparte, damit die Fliegen auf den *tapas* und den *chorizos* aus Hundefleisch nicht so auffielen. Der Baske und die Bäckersfrau saßen an einem Ecktisch und aßen ein Sandwich.

»Sie erlauben.«

Er setzte sich, bevor sie reagieren konnten.

»Ich komme von der ETA.«

Der Mann und die Frau blickten sich an. Er war stark und braun, sein Bart war ein blauer Rasen auf seinen starken Kinnbacken. Sie war eine hellhäutige, rundliche Dame mit blonden Locken, die nur mangelhaft die kastanienbraunen Haarwurzeln verbargen.

»Wir haben erfahren, daß du dich hier als Terrorist aufspielst, und das haben wir nicht gern.«

»Daß ich was?«

»Du spielst dich hier als Terrorist auf, um dich an Frauen wie diese heranzumachen und sie ins Bett zu kriegen. Wir sind informiert und haben dich auf die Liste gesetzt. Du weißt, was das heißt. Es gibt Leute, die wegen viel weniger immer noch unterwegs zum Nordpol sind. Du hast zwei Stunden Zeit, um deine Koffer zu packen. Und paß auf, daß sie dir nicht beim Packen in die Luft fliegen!«

Carvalho lehnte sich zurück und räkelte sich, damit sich sein Jackett öffnete und der Baske den Revolver sah, der über den Hosenbund herausschaute. Der Baske war aufgestanden. Er

233

blickte auf die hellhäutige Dame, die am Boden zerstört war, und auf Carvalho.

»Zwei Stunden«, wiederholte er.

»Gehen wir!«

»Du gehst. Sie bleibt. Wollen Sie mit diesem Pappterroristen mitgehen?«

»Ich wußte nicht ...«

»Ich rate Ihnen sehr, hier zu bleiben. Wenn er sich ruhig verhält, passiert ihm nichts. Aber wenn er in nächster Zeit noch einmal mit diesem Schwindel anfängt, würde ich Sie nicht gerne an seiner Seite wissen, wenn wir ihn in die Luft jagen müssen.«

Der Mann kam hinter dem Tisch hervor.

»Bezahl ihr dieses widerliche Sandwich, bevor du gehst! Laß die Sachen der Frau oben, sie holt sie, wenn du weg bist.«

»Ich habe nicht mehr mitgenommen, als ich anhabe.«

»Um so besser. Dann nimm das, was noch da ist, zur Erinnerung mit.«

Carvalho schaute ihm nicht nach, als er ging. Die halbe Arbeit war getan. Fünfundzwanzigtausend Pesetas. Jetzt hieß es, die anderen fünfundzwanzigtausend zu verdienen. Die Frau saß völlig aufgelöst und panisch auf dem schmierigen Stuhl.

»Seien Sie ganz beruhigt, Ihnen wird nichts geschehen! Wir kennen den Typ schon länger. Es ist das dritte oder vierte Mal, daß er uns diesen Streich spielt. Er ist kein schlechter Kerl, aber die Bumserei gefällt ihm zu gut.«

»Wie konnte ich nur so verrückt sein!«

»Nein, ich glaube, es war sehr gut, daß Sie sich einen Urlaub gegönnt haben. Ihrem Mann wird es auch gut bekommen.«

»Er wird mich verstoßen. Und die Kinder! Meine Töchter!«

»Aber, aber, er wird Sie mit offenen Armen empfangen. Wer soll denn die Buchführung machen? Die Kinder versorgen? Und den Haushalt führen? Wer soll nach Zaragoza fahren und Mehl einkaufen? Nutzen Sie die Reisen nach Zaragoza besser, oder verlassen Sie ihn später wieder, aber suchen Sie sich das nächste Mal einen besseren Begleiter!«

»Nie wieder!«

»Das soll man nie sagen!«

»Mein Mann ist ein so guter Mensch.«

»Ehemänner müssen gut sein, vor allem, wenn sie sonst nichts sind.«

»Und er ist sehr fleißig.«

»Gut, dann ist es etwas anderes. Das sind schon eine Menge Qualitäten. Gehen Sie wieder zu ihm zurück! Ich bin sicher, er erwartet Sie.«

»Woher wissen Sie das alles? Sie wissen so viel!«

»Haben Sie noch nie von unseren Informationskommandos gehört? Wir wissen über alles Bescheid, besser als die Regierung. Wir haben diesen Komödianten in Ihrem Haus aufgespürt und einen unserer Leute auf ihn angesetzt.«

»Ich habe aber kein neues Gesicht auf der Treppe gesehen, außer vielleicht mal einen von den Aushilfsarbeitern. Die kommen und gehen.«

»Sehen Sie!«

»Woher weiß ich, daß er mich wieder aufnehmen will? Begleiten Sie mich?«

»Rufen Sie ihn an!«

Während sie telefonierte, aß Carvalho das Sandwich auf, das der Baske liegengelassen hatte. Es war mit *chorizo* belegt, aber die Wurst war nicht aus Hundefleisch – sie mußte aus Ratten- oder Echsenfleisch gemacht sein, und statt Paprika hatte man Mennige zum Würzen verwendet, damit nichts oxidierte. Sie kam tränenüberströmt, aber strahlend vom Telefon wieder.

»Ich darf zurückkommen. Ich muß mich beeilen. Er hat gesagt, wir würden zusammen die Kinder von der Schule abholen. Vielen, vielen Dank! Ich bin Ihnen unendlich dankbar.«

»Sagen Sie Ihrem Mann, er soll mich nicht vergessen!«

»Wir werden Sie nie vergessen, weder er noch ich. Wie komme ich jetzt nach Hause? Ich fürchte mich, allein durch dieses Viertel zu gehen.«

Carvalho begleitete sie bis zur Plaza del Arco del Teatro, rief ihr ein Taxi und ging dann die Treppe hinunter zu einem Pissoir, um ausgiebig zu pinkeln und dabei das erste Quantum gereinigten Alkohol auszuscheiden, gefiltert von seinem Körper, der sich fühlte, als wäre er voller Sand.

»Hier habe ich alles für Sie aufgeschrieben. Man wird alt. Früher konnte ich einen Abschlußbericht fließend vortragen, und die Klienten waren immer zufrieden.«

Die Witwe Stuart Pedrell hatte die Schubfächer ihres Schreibtischs geöffnet, die Augen ebenfalls, und ihre Hand bewegte einen Stift, der sie nachdenklich an der Schläfe kratzte. Eine halblange kastanienbraune Perücke verdeckte ihr schwarzes Haar. Ihr wohlgeformter Körper, der auf dem Direktorensessel ruhte, war gekleidet mit der Diskretion einer Frau in leitender Stellung, die den Hunger nach letzten Festen verbergen will. Sie blätterte Carvalhos Bericht durch, ohne ihn zu lesen.

»Viel zu lang.«

»Ich kann Ihnen eine mündliche Zusammenfassung geben, aber vielleicht vergesse ich das eine oder das andere dabei.«

»Das Risiko kann ich eingehen.«

»Ihr Gatte wurde von ein paar *navajeros* im Stadtteil San Magín ermordet. Eine Frage der Moral. Er hat die Schwester eines der Mörder geschwängert und versucht, eine ganze Familie, ein ganzes Stadtviertel zu erlösen. Es war zuviel. Vor allem, wenn man bedenkt, daß Ihr Gatte einer der Erbauer dieser greulichen Trabantenstadt war. Das Mädchen bekommt ein Kind, sehr wahrscheinlich von Señor Stuart Pedrell, aber seien Sie unbesorgt! Sie will absolut nichts von Ihnen. Sie ist ein modernes Mädchen, eine Arbeiterin, eine Linke. Glück für Sie! Für Sie und Ihre Kinder. Aber der Fall ist damit noch nicht zu Ende. Ihr Gatte, tödlich verletzt, suchte Zuflucht im Hause einer seiner Geliebten, der Señora oder Señorita Adela Vilardell. Sie war eben aus einem Bett gestiegen, in dem Rechtsanwalt Viladecans immer noch lag. Ihr Mann starb sozusagen in

Viladecans' Armen. In Panik, weil er quasi ein vom Tode Auferstandener war, vernichtete das Liebespaar alle seine Papiere bis auf die verwirrende Notiz ›Mich bringt keiner mehr in den Süden‹ und brachte ihn auf ein unbebautes Grundstück am Stadtrand. Das war eine Tat, die von der Vorsehung geleitet war, denn ein Fehler, der durch die Lage des verwilderten Geländes bedingt war, brachte mich auf die richtige Spur ... aber das erfahren Sie alles aus dem Bericht. Sie weinen doch nicht etwa?«

Aus der Frage Carvalhos klang kaum verhohlene Ironie. Die Witwe zerkaute beinahe die empörte Antwort:

»Sie gehören also auch zu den Leuten, die glauben, wir Reichen hätten keine Gefühle!«

»Sie haben welche. Aber weniger dramatische. Ihre Leiden kosten sie weniger, oder sie bezahlen jedenfalls weniger dafür.«

Sie hatte ihre Fassung wiedergewonnen und musterte den Bericht wie eine Ware. »Wieviel?«

»Auf der letzten Seite befindet sich eine aufgeschlüsselte Rechnung. Alles in allem dreihunderttausend Pesetas. Dafür haben Sie die Gewißheit, daß niemand auch nur einen Céntimo des Erbes antasten wird.«

»Ein gutes Geschäft, vor allem, wenn das Mädchen die Vaterschaft meines Mannes nicht geltend macht.«

»Das wird sie nicht tun. Es sei denn, Sie würden diesen Bericht der Polizei übergeben und ihr Bruder würde gesucht werden. Das wäre ein Grund für sie, alles bekanntzumachen.«

»Das heißt also ...«

»... daß Sie dieses Verbrechen ungesühnt lassen müssen, wenn Sie in Ruhe das Prestige und das Vermögen genießen wollen.«

»Auch wenn das mit dem Mädchen nicht gewesen wäre, hätte ich keinen Finger dafür gerührt, daß die Polizei den Mörder findet.«

»Sie sind amoralisch.«

»Ich brauche Erholung. Seit einem Jahr arbeite ich als Geschäftsfrau, und ich arbeite hart. Ich habe Erfolg gehabt. Jetzt gehe ich auf Reisen.«

»Wohin?«

Carvalho konnte die Antwort aus dem ironischen Funkeln ablesen, das ihre schwarzen Pupillen noch größer wirken ließ.

»In die Südsee.«

»Eine sentimentale Pilgerfahrt? Ein Akt der Wiedergutmachung?«

»Nein. Eine Reise der persönlichen Bestätigung. Wie meine Tochter – mit der Sie ja anscheinend sehr intim geworden sind – Ihnen bereits mitgeteilt haben dürfte, gibt mein ältester Sohn auf Bali das Geld aus, das ich ihm schicke. Ich werde die Reise nutzen, um ihn zu besuchen, und dann weiterfahren.«

»Auf der Route, die Ihr Gatte auf der Karte hinterlassen hat.«

»Und bei einem Reisebüro. Die Route war sehr gut ausgearbeitet. Ich habe erreicht, daß die Tickets auf mich übertragen wurden, und so die Anzahlung gerettet.«

»Und das taten Sie in den Wochen, nachdem Ihr Mann gefunden worden war?«

»Ja. Ich ließ die Tickets bei dem Reisebüro umschreiben.«

Die Witwe hatte sich erhoben. Sie ging zu einem Tresor, der hinter einem Bild von Maria Girona in die Wand eingelassen war, öffnete ihn, füllte einen Scheck aus, riß ihn ab und händigte ihn Carvalho aus.

»Sie bekommen fünfzigtausend Pesetas Trinkgeld.«

Carvalho pfiff anerkennend durch die Zähne, ganz der Privatdetektiv, der seine Dollars in Santa Mónica von einer kapriziösen Klientin in Empfang nimmt.

»Ich möchte, daß das alles unter uns beiden bleibt.«

»Sie müssen die Gruppe erweitern: Viladecans, die Señora oder Señorita Adela, das Mädchen von San Magín und ihre Familie ...«

»Sie haben doch hoffentlich meiner Tochter nichts davon erzählt!«

»Nein. Und ich werde es auch nicht nachholen, da wir uns nicht mehr sehen werden.«

»Das freut mich.«

»Ich hatte nichts anderes erwartet.«

»Ich bin keine besitzergreifende Mutter. Aber Yes hat durch den Tod ihres Vaters ein Trauma erlitten. Sie sucht einen Vaterersatz.«

»Ich werde zwar älter, habe aber noch nicht das Alter erreicht, in dem die Pädophilie den Wunsch tarnt, noch einmal jung zu sein, oder umgekehrt.«

Carvalho war aufgestanden. Er hob die halb geöffnete Hand und erwartete keine weitere Verabschiedung. Aber an der Tür hielt ihn die Frage der Witwe auf:

»Wollen Sie nicht mit mir in die Südsee fahren?«

»Auf Ihre Kosten?«

»Von dem, was Sie jetzt kassiert haben, könnten Sie sich gut eine Reise leisten. Aber das wäre kein Problem.«

Aus der Entfernung wirkte sie kleiner, zerbrechlicher. Seit einiger Zeit versuchte Carvalho in solchen Situationen, bei Erwachsenen die Gesichtszüge und Gesten ihrer Kindheit und Jugend zu entdecken. Das machte ihn gefährlich nachgiebig. Die Señora Stuart Pedrell mußte ein Mädchen gewesen sein, das zu aller Begeisterung der Welt fähig war. Sie hatte immer noch sehr ausdrucksvolle Augen, und ihre etwas welken Gesichtszüge verwandelten sich in Carvalhos Vorstellung in das Gesicht eines Mädchens voller Hoffnung und Optimismus, das noch nicht wußte, wie kurz die Krankheit war, die die Geburt vom Alter und Tod trennt.

»Ich bin zu alt für einen Gigolo.«

»Sie sehen aber auch in allem etwas Schmutziges: Entweder Pädophile oder Gigolos.«

»Das ist eine Berufskrankheit. Ich würde mit Vergnügen mit Ihnen fahren. Aber ich habe Angst.«

»Vor mir?«

»Nein, vor der Südsee. Und ich habe Verpflichtungen: Eine

Hündin, die erst ein paar Monate alt ist, und zwei Menschen, die mich zur Zeit brauchen, oder wenigstens glauben, daß sie mich brauchen.«

»Die Reise wird nicht lange dauern.«

»Früher las ich Bücher, und in einem davon hatte jemand geschrieben: ›Ich möchte einen Ort erreichen, von dem ich nie mehr zurückkehren will.‹ Alle suchen diesen Ort. Ich auch. Es gibt Leute, die besitzen den Wortschatz, um diese Sehnsucht auszudrücken, andere haben das Geld, um sie sich zu erfüllen. Aber Millionen und aber Millionen wollen in den Süden fahren.«

»Adios, Señor Carvalho.«

Carvalho hob wieder die Hand und ging, ohne sich noch einmal umzuwenden.


Carvalho hatte Feuer gemacht, die Füße in die Hauspantoffeln gesteckt, die vom langen Gebrauch schon fast durchsichtig waren. Er hantierte in der Küche auf der Suche nach der zündenden Idee für ein Gericht, das in seiner Vorstellung noch nicht richtig Gestalt annehmen wollte, als ihm plötzlich auffiel, daß Bleda noch gar nicht gekommen war, um ihn zu begrüßen. Er wärmte ihr ein wenig Reis mit Gemüse und Leber auf, schüttete alles in ihren Teller und ging in den Garten hinaus, um sie zu rufen. Sie kam nicht. Zuerst dachte er, sie könnte mit der Putzfrau entwischt sein, oder sie sei über die Gartenmauer gesprungen oder in eins der Zimmer eingesperrt. Aber eine dunkle, schmerzvolle Angst trieb ihn, alle Winkel des Gartens abzusuchen, bis er sie fand. Sie lag wie ein leeres Spielzeughündchen in einer Pfütze ihres eigenen Blutes. Ihre Kehle war durchschnitten, und der Kopf baumelte herab, als Carvalho sie hochhob, um sie zu untersuchen. Das Blut war auf dem Fell verkrustet und gab ihr das Aussehen einer Marionette aus dunkler Pappe, einer Marionette aus dunkler Pappe, die tot war. Sie hatte die Mandelaugen halb geschlossen und die Zähnchen in einer rührenden Geste nutzloser Tapferkeit gebleckt. Ihr Körper war von Pappe, ihr Bellen und Heulen für immer verstummt. Das Messer hatte ihr mit einem tiefen und langen Schnitt den Hals geöffnet, als wollte es den Kopf vom Rumpf trennen.

Die Stadt schimmerte in der Ferne, und ihre Lichter begannen, in Carvalhos Augen Pfützen zu bilden. Er holte einen Spaten aus dem Keller und machte sich daran, neben Bleda eine Grube auszuheben, wie um ihr das letzte Geleit geben. Er übergab den kleinen Pappkörper der dunklen Tiefe der feuchten Erde. Vorsichtig ließ er die Freßschüssel aus Plastik, die Shampooflasche, die Bürste und das Desinfektionsspray, das gegen diese endgültige Wunde nutzlos war, auf den leblosen Körper gleiten und schaufelte Erde darauf, wobei er den im Profil sichtbaren Kopf von Bleda, das kleine, unergründliche Funkeln ihres halbgeschlossenen Auges bis zuletzt aussparte. Die Erde bedeckte er wieder mit dem Kies, den er beiseite geräumt hatte, und warf den Spaten weg. Dann setzte er sich auf den Rand der Gartenmauer und klammerte sich an der Ziegelsteinkante fest, damit ihm der Weinkrampf nicht die Brust sprengte. Seine Augen brannten, aber er empfand eine plötzliche Reinheit im Kopf und in der Brust. Die Lichter der Stadt betrachtend, murmelte er:

»Dreckige Schweine! Dreckige Schweine!«

Er leerte eine Flasche eisgekühlten *orujo*, und um fünf Uhr morgens weckten ihn der Hunger und der Durst.

# Glossar

| | |
|---|---|
| a la plancha | vom Backblech |
| arroz a banda | Spezialität der Costa del Levante: gekochter Fisch serviert mit Reis, der im Fischsud gegart ist. |
| Caguera de bou que quan plou s'escampa. La de vaca sí la de burro no. | Scheiße vom Rind die, wenn's regnet zerrinnt. Die von der Kuh, die vom Esel nicht. |
| Carles, si tu no afluixes, nosaltres no afluixarem, jo no afluixaré! | Carlos, wenn du hart bleibst, bleiben auch wir hart! Dann bleibe ich selbst auch hart! |
| Caspe | 1412 einigten sich die Delegierten der katalanischen, aragonesischen und valencianischen Parlamente im Kompromiß von Caspe auf Fernando de Antequera als Nachfolger Martíns I. auf dem Thron von Aragón. |
| Chorizo | typ. spanische Paprikawurst |
| Jabugo-Schinken | Der Schinken der halbwilden, schwarzen iberischen Schweine aus Extremadura, die sich im Herbst hauptsächlich von Eicheln ernähren, ist so teuer wie Kaviar. |
| La luna rossa, il vento, il tuo colore di donna del Nord, la distesa di neve | Der rote Mond, der Wind, deine Farbe einer Frau aus dem Norden, die verschneite Fläche. |

| | |
|---|---|
| leche frita | Milchpudding, der anschließend scheibenweise in Mehl und Eiern gewälzt und in Fett ausgebacken wird. |
| ¡No afluixis, Carles! No afluixeu. | Schlaff nicht ab, Carlos! |
| No afluixeu. | Ich bleibe hart. Ich bleibe hart. |
| orujo | Span. Tresterschnaps |
| Paquito | Kosename für Franco |
| Porqueres | »Por qué eres« = Warum existierst du? (Anm. d. Ü.) |
| tapas | Kleine pikante Beilagen zum Wein |
| Vía Layetana | Damals Hauptwache im Hafenviertel |
| Ximena | Tochter des Grafen Lozano und Frau des Cid |

Wenn Tote baden

»Europa ist wie eine Kurklinik.«
Javier Pradera

# Die Hauptpersonen

Endlich ist es soweit: José Pepe Carvalho gönnt sich den lang-ersehnten Aufenthalt in der renommierten Kurklinik *Faber und Faber*. Nach anfänglichen Depressionen durchströmt eine selt-same Euphorie seine Adern, die zum Teil dem Entschlackungs-prozeß zu verdanken ist, aber zum Teil auch der Wäsche des vergifteten Gehirns:

> *Dein Körper wird es dir danken.*
> *Verachte dich nicht selbst! Pflege dein Äußeres!*
> *Gott schenkt das Leben. Du mußt für die Gesundheit*
>    *sorgen!*
> *Iß, um zu leben! Lebe nicht, um zu essen!*
> *Kaue auch das Wasser!*
> *Jeden Bissen solltest du 33 mal kauen.*
> *Dein Körper ist dein bester Freund.*
> *Die Diät ist ein Mittel, um das Leben zu verlängern.*
> *Was für andere ein gesundes Essen sein mag, kann für*
>    *dich Gift sein.*
> *Es gibt keine Wunderdiät, aber auch keine*
>    *Wundertabletten.*
> *Stelle dir vor, du seist schlank, und verhalte dich*
>    *entsprechend!*
> *Im Kühlschrank lauert dein schlimmster Feind!*
> *Wenn das Essen zum Laster wird, hört es auf,*
>    *ein Genuß zu sein.*
> *Übermäßiges Essen ist eine harte Droge.*

Hätten sich Doktor Gastein, Mme. Fedorowna, Mrs. Simpson, Karl und Helen Frisch, von Trotta und Hans Faber doch nur an diese goldenen Regeln vegetarischer Lebensführung gehalten!

In meiner Eigenschaft als oberster Schöpfer dieses Romans erkläre ich, daß jede Ähnlichkeit der darin vorkommenden Orte, Gestalten und Situationen mit realen Orten, Gestalten oder Situationen rein zufällig zustande gekommen sind – oder sie sind die Frucht krankhaften Lesens, und dafür ist der Autor nur minimal verantwortlich. Gleichzeitig spreche ich den Kurhäusern und Fastenkliniken meinen Respekt aus, die einer ungeheuren Minderheit des menschlichen Geschlechts so engagiert helfen, in Würde alt zu werden.

Schließlich widme ich diesen Roman Francesc Padullés, dem Menschen, der nach Josep Solé Barberà und Rafael Borràs – jeder der beiden aus anderen Gründen – mit der größten Ungeduld die Carvalho-Romane erwartet.

»Die Triglyzeride sind eine Katastrophe, das hat mit den erhöhten Zuckerwerten zu tun. Alles, was oberhalb der Cholesterolgrenze liegt, ist schlecht, alles darunter gut. Von den Lipidwerten reden wir lieber erst gar nicht: Wenn Sie nicht bereuen und Ihr Leben ändern, sind Sie eine selbstmörderische Zeitbombe.«

»Ich bin nur hierhergekommen, um ein paar Tage lang Buße zu tun. Nach zwei Wochen der Läuterung kann ich wieder zehn Jahre lang sündigen.«

»Glauben Sie das ja nicht! Kurz vor Ihrer Entlassung werden wir noch einmal Ihr Blut untersuchen, und alle gefährlichen Werte werden gesunken sein. Sollten Sie zu Ihrem schlechten Lebenswandel zurückkehren, stehen Sie nach drei Monaten erneut vor dem Abgrund.«

»Wir haben unterschiedliche Vorstellungen vom Leben. Was halten Sie von Kabeljau *al pil-pil*?«

»Was ist das?«

»Ein spanisches Gericht, aus dem Baskenland.«

»Der Kabeljau ist doch sicherlich frisch?«

»Nein, eingepökelt. Er wird gewässert, mit Öl und Knoblauchzehen gegart und dabei gerüttelt, damit sich mit der Gelatine, die die Haut absondert, eine Emulsion bildet.«

»Wenig Öl?«

»Viel Öl!«

9

»Wie schrecklich!«

Doktor Gastein wies die Vorstellung des imaginären Gerichtes mit beiden Händen weit von sich. In seiner schlanken Gepflegtheit, die er der vegetarischen Medizin verdankte, wirkte er wie ein männliches Model, umrahmt von einem Fenster, das sich auf den stillen Frieden des subtropischen Parks im Tal des Río Sangre öffnete. Ein Mikroklima, sagte sich Carvalho ein ums andere Mal, wenn er über das Wunder der Jacarandas, der hohen Gummibäume, Hibiskussträucher und Bananenstauden staunte. Aber auch die Mittelmeerflora war vertreten. Es gab Pinien, Johannisbrot- und Orangenbäume, Lorbeerbüsche, so hoch wie dicke Türme, und Oleander in gewaltigen Hecken oder als ausladende Bäume mit blühender Krone. Von dem großen Fenster des zentralen Sprechzimmers aus war die rationale Abfolge der Vegetationsformen zu erkennen: der alte Wald, der das Gelände umgab, und der gepflegte Park mit dem Hauptgebäude und dem Fangobad, einem Pavillon im arabischen Stil. Was von hier aus wie Wegweiser aussah, damit sich niemand im Labyrinth der Vegetation verlief, waren in Wirklichkeit Leitsätze für die Gesundheit, die die Gäste des Kurbades an jeder Wegkreuzung vorfanden, und die ihnen überall auflauerten, über dem Brunnen mit schwefelhaltigem Wasser und über den Eingängen der Sporthalle oder der anderen Gebäude, die zu der großen Gesundheitsmaschinerie gehörten.

*Dein Körper wird es dir danken.*
*Verachte dich nicht selbst! Pflege dein Äußeres!*
*Gott schenkt das Leben. Du mußt für die Gesundheit*
  *sorgen!*
*Iß, um zu leben! Lebe nicht, um zu essen!*
*Kaue auch das Wasser!*
*Jeden Bissen solltest du 33 mal kauen.*
*Dein Körper ist dein bester Freund.*
*Die Diät ist eine Methode, um das Leben zu verlängern.*

*Was für andere ein gesundes Essen sein mag, kann für dich
  Gift sein.
Es gibt keine Wunderdiät, aber auch keine
  Wundertabletten.
Stelle dir vor, du seist schlank, und verhalte dich
  entsprechend!
Im Kühlschrank lauert dein schlimmster Feind!
Wenn das Essen zum Laster wird, hört es auf ein Genuß
  zu sein.
Übermäßiges Essen ist eine harte Droge.*

»Die Schilder? Sicher, einigen Klienten erscheinen sie ein wenig kindisch, vor allem den Spaniern. Die Spanier befürchten immer, kindisch zu wirken oder wie Kinder behandelt zu werden. Uns Mitteleuropäern ist das nicht so wichtig, vielleicht, weil wir nicht den Komplex haben, unreif zu sein. Aber eben die Spanier. Ich möchte Ihnen nicht zu nahetreten, aber die Spanier bilden sich ein, unreif zu sein, obwohl sie es gar nicht sind.«

»Stammen die Schilder von Ihnen?«

»Nein. Sie hängen in allen Kliniken von *Faber und Faber*. Madame Fedorowna hat sie hier anbringen lassen. Sie besitzt ein ausgeprägtes Sendungsbewußtsein. Sie hätte eine große Nonne werden können, etwa wie Mutter Theresa in Kalkutta.«

»Eine umgedrehte Mutter Theresa, für überfütterte Reiche!«

»In gewissem Sinne, ja. Aber nicht alle, die hierherkommen, sind dick, auch nicht alle reich. Sie selbst sind ja auch nicht dick, aber vielleicht sind Sie ja reich.«

»Vielleicht.«

»Die Leute kümmern sich mehr und mehr um ihren Körper. Denn unser Wissen wird immer größer, und wir können unseren Körper immer besser beherrschen.«

»Eine ausgezeichnete Devise. Ich habe sie auf den Schildern nicht entdeckt.«

»Man muß ja noch etwas für die Sprechstunden lassen!«

Gastein lachte und baute damit eine goldene Brücke, über die sich Carvalhos letztes Mißtrauen davonmachen konnte.

»Sie wirken angespannt.«

»Es ist nur Vorsicht, das ist alles.«

»Warum?«

»Es ist weder normal noch natürlich, daß ich mich drei Wochen in einer Kurklinik einschließe, um zu hungern.«

»Sie werden keinen Hunger haben.«

»Doch, im Gehirn!«

»Ah, das Gehirn!«

Gastein führte die Hand zum Kopf, wie um nachzuprüfen, ob er noch an seinem Platz war. Sein Kopf war grau und sein kahler Schädel wie geschaffen, um die sanften Künstlerlocken an den Seiten zur Geltung zu bringen. Sonnengebräunt und athletisch, obwohl er in den späten Sechzigern war, hatte der Arzt die Bewegungen eines jungen Mannes, aber sein Blick war alt hinter Brillengläsern, die sich bei hellem Licht verdunkelten. Wenn er spanisch sprach, verriet nur das verschleppte »r« den Ausländer, aber auch die schlecht verhehlte Herablassung eines Mannes, der zu Kindern in einer Kindersprache spricht.

Aus der Art, wie er die Losungen auf den Schildern wiederholte, die den Eingang des Sangretales säumten, hätte man schließen können, daß sie von ihm selbst stammten, oder daß er sie sich so zu eigen gemacht hatte, als stammten sie tatsächlich von ihm. Carvalho ahnte jedoch im Hintergrund einen zweiten Blick, eine zweite Stimme, die Gastein vielleicht für Dinge benutzte, die für ihn von größerer Bedeutung waren, als die Rolle eines Arztes für Bürger, die ökonomisch und sozial zur Oberschicht gehörten, aber arme und schwache Menschen waren, unfähig, den alltäglichen Versuchungen zu widerstehen, oder deren genetischer Code nicht an die moderne Kultur des Aussehens gekoppelt war, die sich erst nach den Jahren des weltweiten Wiederaufbaus entwickelt hatte, als noch ein übermäßiger Nachholbedarf an Fetten, Vitaminen und Proteinen eine gewisse Rolle spielte.

12

»Fühlen Sie sich deprimiert?«

»Etwas.«

»Sorgen Sie dafür, daß Sie mit Ihren Kurgenossen in Kontakt kommen! Das Gespräch hilft, das Fasten zu ertragen, und es schafft einen Anreiz, eine Wettbewerbssituation, damit man nicht schummelt.«

»Schummeln?«

Plötzlich brach Gastein in hemmungsloses Gelächter aus. Es war wie die Enthüllung eines der Dinge, die Carvalho hinter seiner Fassade witterte.

»Sie würden sich wundern, wie kindisch manche unserer Gäste sind! Sie kommen aus eigenem Antrieb. Sie bezahlen große Summen. Alles, was wir ihnen bieten, dient ihrem Wohl. Aber sie nehmen ihrerseits jede Gelegenheit wahr, sich von hier wegzuschleichen, in die umliegenden Dörfer zu fahren und zu essen, was sie selbstverständlich nicht dürfen. Außerdem ist es gefährlich. Es kann zu einem plötzlichen Leberkoma führen, und während des Fastens zu essen ist genauso, als würde man eine Plastikbombe im Magen anbringen. Der Reinigungstag befreit den Magen von Verdauungssäften, deshalb werden Sie kein starkes Hungergefühl haben. Sie werden es zwar haben, aber es ist eingebildet, kulturell erworben, nicht vom Fluß der Magensäfte diktiert. Nun stellen Sie sich einmal vor, daß in diesen schutzlosen, der korrosiven Kraft seiner Säfte beraubten Magen zwei Portionen gebratener Sardinen oder eine *tapa* mit Jabugoschinken oder Schweinelende gelangen … Stellen Sie sich das vor! Man muß schon sehr unvernünftig sein, um etwas Derartiges zu tun, aber die Welt wimmelt von Verrückten. Meinen Sie nicht auch?«

»Das ist einer der ersten Schlüsse, zu denen man in meinem Beruf kommt.«

»Was ist Ihr Beruf?«

»Ich bin Privatdetektiv.«

Gastein versteckt sich hinter einem ironischen Grinsen, und sein Pfeifen ist unpassend, dachte Carvalho. Du hast weder das richtige Alter noch siehst du aus wie ein Erwachsener, der pfeift. Aber Gastein hatte gepfiffen.

»Irgendein Auftrag hier in der Gegend?«

»Nein, ich sagte es Ihnen schon, ich habe mir die Kur selbst verordnet. Ich hatte das Bedürfnis, mit Trinken, Essen und Rauchen aufzuhören; ich bin gespannt, ob ich von diesen Drogen loskomme.«

»Ihr Körper wird es Ihnen danken. Ihr Körper ist Ihr bester Freund.«

Carvalho wich seinem Blick aus und schaute zum Fenster hinaus, um sich die Antwort zu verbeißen, zu der ihn die Moralpredigt reizte. Das war also die Kurklinik. Ein Gebäudekomplex über der Schlucht des Río Sangre, des »blutigen Flusses«. Weißgetünchte Architektur wie von Juan de Herrera, die Dächer in blutigem Ocker. Über den Schultern von Dr. Gastein schwebte die präarabische Kuppel jenes Gebäudeteils, das noch vom alten Kurbad übrig war und Jara del Río schon im Mittelalter berühmt gemacht hatte, als die Abderrahmans, Almansors, Almotamids und sonstigen Khomeinis gekommen waren, um in seinem schwefelhaltigen Wasser ihre Flohbisse zu kurieren. Der restaurierte Pavillon mit der Kuppel, die als Oberlicht diente, war immer noch in Benutzung – erinnerungsträchtige Zuflucht für die alten rheumatischen Einheimischen, die mindestens einmal im Jahr hierherpilgerten, um Bäder zu nehmen, Fangopackungen zu bekommen und die Zipperleins von Körper und Seele in den gekachelten Badewannen zu lassen. Aber das Fangobad war nur noch ein ethisches und ästhetisches Feigenblatt, umgeben vom Rundbau der neuen Badeklinik der Gebrüder Faber und Faber, zwei Schweizer Vegetarier und Besitzer eines kleinen multinationalen Gesundheitsimperiums, das auf der Grundlage fast vollständigen Fastens und der vegetarischen Regeneration des Körpers fußte. Als Andenken an die Gesundheit vergangener Zeiten bewahrte der Pavillon eine rituelle Klientel und ebenso rituelle Preise für die alten rheumatischen Einheimischen, die ihn wie zu einem Bußritual aufsuchten. Die neue Klientel nutzte das Fangobad kaum – dicke oder wegen der schlechten modernen Lebensgewohnheiten erkrankte Reiche – Deutsche, Schweizer, Franzosen, Belgier und übergewichtige Spanier aus dem Geltungsbereich des Madrider Dollars oder der Katalanischen Mark.

Empfangen wurde man in einem hellen Speisesaal, wo es nach Frischkäse, aromatischen Kräutern und Tees aus Malz oder Heilkräutern duftete. Zum Auftakt gab es einige Tage lang Obst und Naturreis, um allmählich die Anker zu lichten, darauf folgte ein Tag der Reinigung und Hinternerkältung auf der harten Klosettbrille. Erste Anfälle von Selbstzweifeln angesichts der Aussicht, tagelang nichts anderes als eine Tasse Gemüsesuppe mit Petersilie zur Mittagszeit und ein Glas Fruchtsaft am Abend zu sich zu nehmen. Die – selbstverständlich moralische – Verpflichtung, mindestens zwei oder drei Liter Wasser pro Tag zu trinken, war allgegenwärtig, genau wie das Wasser, in Form von Dutzenden von Flaschen, die in allen Bereichen der Kurklinik aufgebaut waren, als genüge schon die Tatsache ihres Vorhandenseins, um das Bedürfnis danach zu wecken.

Wasser, um viel zu urinieren und dadurch die Fette und anderen toxischen Stoffe auszuscheiden, die beim Stoffwechsel anfallen. »Wasser, viel Wasser! Nützen Sie jeden Moment, jede Gelegenheit, um Wasser zu trinken! Gewöhnen Sie sich an, alles, was sie beunruhigt, mit Wasser zu assoziieren! Sie haben Hunger – trinken Sie Wasser! Sie fühlen sich niedergeschlagen – trinken Sie Wasser! Sie haben Heimweh – trinken Sie Wasser! Sie haben sexuelle Wünsche – trinken Sie Wasser!«

»Hat man denn sexuelle Wünsche?«

»Jeder Klient ist ein Fall für sich, aber es stimmt, sexuelle Wünsche kommen vor, obwohl dadurch, daß die übergewichtigen Klienten in der Mehrzahl sind, tendenziell eine asexuelle Atmosphäre entsteht. Es gibt immer Ausnahmen – und dann treibt die erotische Phantasie ihre Blüten.«

»Kommt es in diesem Konvent für Dicke auch zu Promiskuität?«

»Ich wiederhole noch einmal, es sind nicht alle dick, die hier sind.«

Gastein zeigte aus der Entfernung auf Carvalhos Leber, mit einem Finger, der in der Kunst des Zeigens geübt war, lang, von einem expressionistischen Bildhauer geformt, überzeugend, stark, leicht und gleichzeitig erbarmungslos.

»Sie haben es Ihrer Leber zu verdanken, daß Sie hier sind. Sie haben viel getrunken.«

»Ich habe viel gelebt.«

»Leben heißt also trinken?«

»Warum nicht?«

»Es wird Ihnen hier bei uns schlecht gehen, wenn Sie sich nicht eine weniger selbstzerstörerische Philosophie aneignen. Man kann den Körper hintergehen, solange man jung ist – jung im biologischen Wortsinn. Sie sind noch jung, allerdings im statistischen Sinne. Sie sind jung, weil Sie erwarten können, noch fünfundzwanzig bis dreißig Jahre zu leben – eine Erwartung im statistischen Sinne. Sie können sich nicht mehr allzu viele Ausschweifungen erlauben. Fragen Sie sich einmal selbst: Warum bin ich hier? Und antworten Sie die Wahrheit: Weil ich vor meinem Körper Angst habe. Weil ich vor mir selbst Angst habe.«

Auf die Angst folgt die Verachtung und die Auslieferung des Willens an ein beliebiges rettendes Agens, das die Medizinmänner vorschlagen. Vielleicht die aufregendsten Erfahrungen, die die Kurgäste erwarten, ebenso bittersüß wie durchschlagend, sind die Einläufe – ein Euphemismus, hinter dem sich die alte Praxis des Klistiers verbirgt – und das morgendliche Wiegen, direkt nach dem Aufstehen, die Damen im Schlüpfer, die Herren im Slip. Der Einlauf versetzt sie zurück in die Zeiten der alten Kindheitsschrecken und der Entdeckung des Schmerzes: Injektionen, Impfungen, Umschläge, Senfpflaster, Klistiere. Der Einlauftag hat etwas von einem kindlichen und moralischen Ritus. Frühmorgens von den Schwestern angekündigt, die mit spitzem Kugelschreiber auf die fatale Indikation tippen und dabei den Patienten ansehen, als nehme sein Gesicht schon die

16

Form eines Hinterns an. ›Heute sind Sie mit einem Einlauf dran.‹ Und da wartet er auch schon, im Klosett, der Behälter für das Wasser, das die verschmutzten Eingeweide reinigt, und das Rohr, das sich erbarmungslos seinen Weg bahnen wird durch die enge Pforte, die, obwohl von der Natur ausschließlich als Ausgang vorgesehen, von der Medizin und der Sexualität als Schwingtür benutzt wird. Die Krankenschwester kommt mit singender Stimme herein, um von den Schrecknissen abzulenken, sie hantiert im Klosett, während der Patient seinen Hintern ausliefert an das Fremde, den Schließmuskel genauso verkrampft wie die Phantasie, und die Würde mit dem Gesicht zur Wand. Sein Schicksal ist besiegelt, wenn die Frau sich bedrohlich der Liege nähert, und er sie aus der Perspektive eines Insektes betrachtet, das aufgespießt werden soll. Da ist es soweit. Eine vergessene Rauheit dringt ein ins Labyrinth der endgültigen Verwesung und beginnt, sich ins Körperinnere zu ergießen, vorgebend, ihn von ausgedienten Bestandteilen zu befreien. Die Zeit wiegt schwer wie eine Plastiktüte voll schmutzigen Wassers, und das Gehirn ringt mit dem Schließmuskel, um zu verhindern, daß er sich öffnet und eine Schamlosigkeit zeigt, für die es weder die Zeit noch der Ort ist. Sie kennt diese dialektische Spannung zwischen Gehirn und Arsch genau, die Krankenschwester, und sie kündigt ihren Rückzug an, um eventuellen Spritzern zu entgehen. Würde es trotzdem dazu kommen, dann würde sie sie mit einer strikten Professionalität aufnehmen, die sie aber nicht unnötig verschwenden will. Jetzt ist es soweit. Der Patient schließt die Augen und gleichzeitig alle Körperöffnungen, als suchte er die Essenz des Loches in seiner symbolischen Repräsentation als Punkt. Es ist soweit. Die singende Stimme der Schwester entfernt sich. Zurück auf dem Bett bleibt die Vergewaltigung, die Eingeweide angefüllt mit seekrankem Wasser auf der Suche nach einem Ausgang, und im Gehirn bestätigt sich der Verdacht, daß wir ein Nichts sind, wenn drei, vier oder fünf Minuten später die Fluten den Ausweg finden, und der Patient zur Klosettschüssel eilen und den

Süden seines Körpers und seiner Seele entleeren muß, wobei sein Geist schwankt zwischen Assoziationen von Geburtswehen und dem Vergnügen, das es bereitet, sich von den schlechtesten Anteilen seiner selbst zu befreien. Während diese Erfahrung das Selbstwertgefühl am stärksten in Frage stellt, ist der morgendliche Schritt auf die Waage die erregendste. So etwas wie die Erwartung einer guten Note für die strikte Einhaltung der geforderten Normen. Die Dicken: abnehmen, die Mageren: zunehmen! Den Blutdruck in seinen Grenzen halten! Auf der Waage oder mit der Aderpresse am Arm erwartet der Patient die Benotung der Schwester, die dazu angehalten ist, die notwendigen Lobeshymnen anzubringen, um positive Gewichtsverluste oder -zunahmen zu belohnen, und seien sie auch noch so miserabel und in keinem Verhältnis zu dem, was der Patient an Geld und freiem Willen investiert hat. Es gibt Leute, die lorbeerbekränzt das Wiegezimmer verlassen, und andere, die sich sofort auf die Suche nach einem Strick oder, in Ermangelung dessen, nach einem Spiegel machen, vor dem sie sich selbst ohrfeigen und ihren Stoffwechsel verfluchen können, wenn nicht gar die eigene Mutter, die sie geboren hat – ein Ausdruck, der bei Verzweiflungsausbrüchen der inländischen Klienten häufiger vorkommt als bei den Ausländern, die seit langer Zeit darin geschult sind, die Dinge zu nehmen, wie sie sind, und sie als Wirkungen von Ursachen zu sehen, die nicht mehr aus dem geheimen Code zu tilgen sind, der Körper und Seele bestimmt. Medizinische Kontrolle ist unerläßlich, darauf beruht die Seriosität unserer Behandlung. Der gesamte Kurplan wird von unseren Ärzten erstellt. Es sind zwei ärztliche Untersuchungen pro Woche vorgesehen und Sprechstunden, sooft der Klient wünscht. Eine Blutuntersuchung bei Kurbeginn und eine am Ende sind erforderlich, um die Wirkung der Kur zu überprüfen.«

Gastein war der Chef des medizinischen Teams, aufgrund seines Alters und seiner ausländischen Herkunft, so versicherten die spanischen Klienten, die argwöhnten, daß die Gebrüder Faber und Faber mehr Vertrauen zu deutschen und schweizerischen Spezialisten hätten als zu spanischen. Der iberische Beitrag zu der Klinik bestand in der Landschaft, einem Drittel der Klienten und dem subalternen Personal: mehreren Krankenschwestern, Masseuren, dem Gymnastiklehrer und dem Dienstpersonal. Die Mädchen, die putzten, die Zimmer in Ordnung brachten und nach einem genauen Zeitplan mit Tee belieferten, wurden in den Bergdörfern angeworben, zum einen, weil sie in der Nähe lagen, und zum andern, um in der Gegend eine ökonomische Abhängigkeit zu schaffen, die die letzten Reste von Ressentiments gegenüber der ausländischen Kontrolle über einen Ort abbauen sollte, ohne den das Sangretal seine Hauptattraktion verlieren würde. Ebenfalls aus den Bergdörfern stammten die männlichen Angestellten, zuständig für die Wartung der Kessel, die Reinigung des riesigen, beheizten Swimmingpools, die Arbeiten in dem subtropischen Park, die Instandhaltung des großen modernen Gebäudekomplexes und, als handle es sich um ein Gebäude von künstlerischem Interesse, die Erhaltung des kuppelgekrönten Pavillons für die Fangobäder. Er wurde eher als ein Monument der Vergangenheit konserviert denn als Werkzeug der Gesundheit, das der modernen Technologie von Nutzen sein könnte. Vor dem Hintergrund des grünen Parks, der zum Ufer des Río Sangre abfällt, hatte der maurische Pavillon innerhalb des Gesamtbilds des multinationalen Unternehmens dieselbe Funktion wie eine Salve spanischer Gitarrenakkorde innerhalb einer beliebigen Sinfonie des französischen Impressionismus, die *Afrika* heißen könnte. Es war ein Zugeständnis an die Sehnsucht nach Exotik und die Nostalgie.

»Es wundert mich, daß Sie die Fangoabteilung des alten Kurbades erhalten.«

Gastein blickte von dem Rezept auf, das er gerade ausstellte, und es dauerte eine Weile, bis er Carvalhos Frage begriffen hatte.

»Seit zweihundert Jahren ist eine städtische Verordnung in

Kraft, wonach die Einwohner der Umgebung und des Ortes bis Bolinches das Recht haben, das schwefelhaltige Wasser zu nutzen, unabhängig davon, wer die Konzession besitzt. Die Wassermenge ist geringer geworden und gestattet keine Nutzung mehr im herkömmlichen Sinne, aber es wird teils für den Bedarf der Klinik und teils für diese Verpflichtung genutzt. Ich selbst nannte den Herren Faber noch einen weiteren Grund, als ich ihnen riet, den alten Vertrag zu übernehmen: Alle Kurbäder haben eine magische oder religiöse Vergangenheit, wie Sie wollen. Die magischen Bezugspunkte dürfen nicht angetastet werden. Sie sind in gewissem Sinne heilig, finden Sie nicht auch?«

Es war schwierig, das Alter des Arztes zu bestimmen. Auch wenn er nicht durch den weißen Rock seiner Priesterschaft geadelt war, sondern zum Beispiel Tenniskleidung trug und den harten Aufschlag von Frau Doktor Hoffmann, der Analytikerin, parierte oder dem Atombombardement der mächtigen Mme. Fedorowna standhielt, die in Abwesenheit der Gebrüder Faber die Kurklinik leitete und die Leitungsaufgaben mit Señor Molinas, dem Geschäftsführer, teilte, der in erster Linie Personalchef war. Mme. Fedorowna war eine große, kubische Russin mit dem Gesicht einer gealterten Puppe und einem sanft-trüben Blick, wie ihn häufiges Fasten hervorbringt. Ihre Funktion in der Klinik bestand darin, daß sie in dem Moment, wenn sie die Gemüsesuppe oder den Fruchtsaft zu sich nahmen, an der Seite der Fastenden auftauchte, um ihnen ins Gesicht zu sehen und zu sagen: »Wie wunderbar sind doch die Produkte der Natur! Haben Sie schon einmal bedacht, Señor Carvalho, wie wunderbar eine Schöpfung ist, die uns ohne Gewaltanwendung alles gibt, was wir zum Leben brauchen? Denken Sie nur an das kleine, aber zugleich außerordentliche Wunder eines Karottensaftes, so wie der, den Sie soeben zu sich nehmen ...« Dann bestellte Mme. Fedorowna selbst einen Karottensaft, kostete, schnalzte mit der Zunge, um den dunklen, erdigen Geschmack der Karotte zur Entfaltung zu bringen, und ihr Gesicht nahm den Ausdruck einer erfahrenen Weinkennerin an, die in der Lage war,

Marke und Jahrgang der Wurzel zu bestimmen. Sie ermunterte Carvalho weiterzutrinken, und in ihrem Blick lag die Bitte, daß seine Augen die innere Freude zeigen sollten, die es bereitete, seinem Körper Gesundheit und nichts als Gesundheit zu verschaffen. *Ihr Körper wird es Ihnen danken.* Das war gleichzeitig ein Slogan, ein Wahlspruch und die syntaktische Kompensation für mangelnden Inhalt. *Ihr Körper wird es Ihnen danken.*

»Ich bezweifle das, Mme. Fedorowna, ich bezweifle es sehr!«

»Sie müssen das Vertrauen zu Ihrem Körper wiederfinden!«

»Er ist ein Gauner, Señora, ein ausgekochter Halunke!«

Mme. Fedorowna war etwas aus dem Konzept gebracht, aber schließlich verstand sie, lachte und ordnete Carvalho automatisch unter den Klienten ein, die zynisch, aber sympathisch und auf lange Sicht gute Kunden waren, denn jede Ironie beinhaltet die Unmöglichkeit einer Besserung. So fanden sich die ironischen Klienten immer wieder ein, denn früher oder später verfielen sie immer wieder dem Laster des Alkohols, des Fleisches und des süßen Lebens. Sie verließ Carvalho mit einem komplizenhaften Lächeln und begab sich zu einem anderen Klienten, um die Weihe des Karottensaftes zu wiederholen und eine weitere Gehirnwäsche hinsichtlich schlechter Eßgewohnheiten in Angriff zu nehmen.

»Mme. Fedorowna spricht von Säften, Kräutern, Pflanzen, Kartoffeln, fettfreiem Käse … als seien es Zauberkräfte, magische Schlüssel zur Gesundheit.«

Gastein hatte das Rezept ausgeschrieben und lehnte sich im Drehsessel zurück.

»Mme. Fedorowna ist eine Frau mit einem starken Glauben. Vor Jahren hatte sie ein schweres Leiden, von dem sie sich dank unserer Diät erholte, und das hat sie nicht vergessen.«

»Sie ist Russin, nicht wahr?«

»In einem allgemeinen Sinne, ja. Aber eigentlich ist sie Weißrussin. Das ist nicht dasselbe.«

»Ist sie vor dem Terror der Sowjets geflohen?«

»Sie ist nicht alt genug, um das zu sein, was man früher in

21

Rußland einen ›Weißen‹ nannte. Sie hat die UdSSR nach dem Zweiten Weltkrieg verlassen, soviel ich weiß. Ich weiß nicht sehr gut Bescheid über die Geschichte des Klinikpersonals. Sie interessieren sich für das Leben von Mme. Fedorowna?«

»Sie sind Mitteleuropäer, wie es scheint, und dort ist es nicht so ungewöhnlich, plötzlich einer Mme. Fedorowna zu begegnen. Für uns dagegen ist es viel schwieriger, und es erinnert zwangsläufig an Gestalten aus der russischen Literatur oder antisowjetischen nordamerikanischen Filmen.«

Gastein reichte Carvalho den Paß der Kurklinik, ein Doppelkärtchen, auf dem das Datum seines Eintritts vermerkt war, sein tägliches Gewicht, die Medikation, der festgestellte Blutdruck, die Einläufe, die er bekommen sollte, die Gesamtanzahl der Fastentage, die Tage der Wiederherstellung der Verdauungsfunktionen und der Tag der Abreise, ebenso die Unterwassermassagen.

»Und die Fangopackungen?«

»Sie wollen Fangopackungen? Das halte ich nicht für notwendig. Sie sind doch kein Rheumatiker!«

»Ich muß Ihnen gestehen, daß einer der Hauptgründe für mein Kommen die Fangopackungen waren.«

»Das brauchen Sie von allem am wenigsten!«

»Ich habe noch nie so genau gewußt, was ich brauche.«

»Nun gut. Es ist kein Problem, in Ihrem Paß zusätzlich zwei bis drei Fangobäder pro Woche einzutragen.«

»Stammt der Fango von hier?«

»Nein, das Pulver dazu kommt aus Deutschland. Aber es wird mit dem wenigen schwefelhaltigen Wasser angerührt, das noch fließt. Sie können die Fangobäder in den modernen Einrichtungen neben der Sauna und dem Massageraum nehmen oder auch im ehemaligen Saal des alten Kurbades.«

»Mit demselben Fango, demselben Wasser?«

»Ja. Aber wir beschäftigen dort noch alte Masseure des früheren Kurbades, bis sie in Rente gehen. Das wird nicht mehr lange dauern.«

»Ich nehme die Fangobäder im alten Pavillon und die Massagen hier. Wird man von Männern oder Frauen massiert?«

»Masseure haben kein Geschlecht.«

Der Gymnastiklehrer hatte soeben zum hundersten Mal erklärt, daß bei der NASA das Verhältnis zwischen der beschleunigten Atmung des Sportlers und dem Sauerstoffgehalt des Blutes untersucht wurde und dabei einen bedeutungsvollen Blick in die linke Ecke des Raumes geworfen, wo General Delvaux dankbar seine Anstrengungen zur Sauerstoffversorgung unterbrach, um den Erklärungen des Moniteurs zu lauschen. Die Blicke aller Teilnehmer, die erschöpft auf Decken am Boden lagen, galten mit einem Auge der Uhr, die noch zehn Minuten Gymnastik anzeigte, und mit dem anderen dem NATO-General, der für eine Cholesterinkur die Klinik der Gebrüder Faber und Faber ausgewählt hatte – ein Mann in den Sechzigern, schlank trotz des gewölbten, vorspringenden Bauches, mit schütterem Haar zwischen rötlich und braun, der Backenbart etwas angegraut, als trage er am Kopf eine unentschlossene ästhetische Kombination in der Art jener braunen Anzüge, die sich über ihre eigene Farbe nicht klarwerden können, weil eine schlechte Farbgebung, die nicht nur die Existenz mancher Brauntöne, sondern auch fast aller Grau- und Gelbtöne bestimmt, sie daran hindert. Die Teilnehmer der Gymnastikstunde suchten Zuflucht bei der theoretischen Begnadigung des Lehrers und schauten hartnäckig auf den General, als wollten sie ihm die Verantwortung dafür übertragen, daß der Lehrer weiterredete und die Gymnastik nicht fortführte. Der Militär übernahm die Rolle, obwohl er nichts verstand; er war sich jedoch seiner strategischen Schlüsselstellung bewußt sowie der Tatsache, daß der Lehrer die NATO mit der NASA in Verbindung brachte, zwei Organisationen, die zu einem Universum transzendentaler Abkürzungen jenseits des Horizontes des Durchschnittsspaniers gehörten.

»Kalt! Kalt! Ich haben kalt!«

Das war eine Erklärung, zugleich aber auch eine Beschwerde. Die Blicke wandten sich von dem NATO-General ab und richteten sich auf Mrs. Simpson, eine fünfundsechzigjährige amerikanische Witwe mit einer offensichtlichen Gymnastikbegeisterung, die einem Körper in permanenter dialektischer Spannung zugute kam, kämpften in ihm doch Gymnastik und Massage gegen den passiven Widerstand von Zellen an, die zwischen Selbstmord und Zellulitis schwankten. Mrs. Simpson trug das passende Make-up für die Gymnastikstunde. Sie hatte die Brauen mit Rötel nachgezeichnet und ein sanftes Mauve auf die Lippen aufgetragen, diesen tektonischen Graben zwischen konvergenten Faltungen im geologischen Mittelpunkt eines Gesichts, das aussah wie der Ausschnitt aus einer Karte mit Höhenlinien, die ein akribischer Kartograph gezeichnet hatte.

»Das Kältegefühl wird Ihnen gleich vergehen, Mrs. Simpson!«

Der Gymnastiklehrer hatte schneidend und kaltblütig gesprochen, und die anderen befürchteten das schlimmste. In der Tat warf sich der Lehrer mit seinem sehnigen Körper zu Boden, als wollte er in einem symbolischen Akt der Selbstzerstörung seine Nase zerschmettern, aber bevor es dazu kommen konnte, verschmolzen die Handflächen mit dem versiegelten Parkett des Fußbodens, und die Arme beugten sich, während sie gleichzeitig Gegendruck ausübten und das Körpergewicht in der Schwebe hielten. Nun, da der Fall unter Kontrolle war, gab sich der Lehrer Windungen im Bauchbereich hin, die die Strategie der Spinne und die Kraft von Krakenarmen erforderten. Der Lehrer blieb allein in der Präzision seiner Bewegungen, oder beinahe allein, denn Mrs. Simpson folgte ihm in geringem quantitativem und qualitativem Abstand, zum ungläubigen Erstaunen der übrigen in der Sporthalle Versammelten, die in ihrem eigenen Versagen versanken, keuchend, mit haßerfüllten Blicken auf die vorbildlichen Bewegungen des Lehrers und die erstaunliche Ausdauer der alten Dame. Selbst General Delvaux hatte aufgegeben und verfolgte den Wettkampf zwischen den beiden, wie er taktische Manöver eines benachbarten Heeres verfolgen würde.

»Wahnsinn!«

Das entfuhr Don Ernesto Villavicencio, sechzig Jahre alt, kurzarmig, mit den Knöcheln eines Elefanten und dem massigen Körper eines Lastträgers im Dienste des Herzens eines Infanterieoberts a. D. Obwohl er ständig die Nähe des Generals suchte, hatte er diesem die berufliche Verwandtschaft noch nicht enthüllt. Zum Teil einfach wegen der Sprachbarriere, obwohl Delvaux stets mit der Miene eines Mannes zuhörte, der alle Sprachen versteht, ohne sich dafür zu interessieren, was man ihm sagt. Don Ernesto verschwendete sein Lächeln an den General und die blonde, schlanke Schweizerin, deren Aufmerksamkeit während der Gymnastik eher dem korrekten Sitz ihres makellosen Tänzerinnentrikots als den Anweisungen des Lehrers galt. Ein Mann, der wachsam alles und jeden beobachtete, mächtig und kahlköpfig, wich nicht von ihrer Seite. Man hätte ihn für einen athletischen Manager halten können, den der Whisky zwischendurch und das Brüten über negativen Bilanzen ruiniert hatte. Karl und Helen Frisch, die größte erotische Attraktion einer Kurklinik, in der es von Leuten wimmelte, die für die Erscheinung ihres Körpers um Verzeihung zu bitten genötigt waren: entweder übergewichtig, rheumatisch, von Tabak und Alkohol abhängig oder einfach alt und zitternd entschlossen, in der teuren Würde ihr Alter zu verbringen und schließlich zu vollenden, die ihnen die Preise von *Faber und Faber* verschafften. Helen Frisch strich mit den Händen über ihr glänzendes Trikot und prüfte dabei die Festigkeit ihrer langen Glieder, die die Sonne vor kurzem während einer Kreuzfahrt in Amerika vergoldet hatte: Vancouver, San Francisco, San Lucas, Panama, Antigua, Jamaika. Die Augen ihres Gatten verfolgten dabei die Hände, als hätte er sie im Verdacht, sie würden in seinen Privatbesitz eindringen. Während die Augen der Männer bemüht waren, zu dem in dieser Umgebung deplazierten Körper Helens vorzustoßen, bemühten sich die der Frauen in gleicher Weise um Karl. Wohl war er etwas dick und fast kahl, aber er besaß eine muskulöse Rundheit, die an diesem Ort selten zu sehen war, und sein depressives Schweigen machte ihn zu einer rätselhaften, mitleiderregenden Erscheinung. Er wirkte wie ein Mann, der mit fünfundvierzig seine Pubertät wiedererlangt hatte. Mehr als einer der Klienten hatte Helen und Karl in abgelegenen Winkeln des Parks dabei überrascht, wie ihre Hände mit mechanischer Zärtlichkeit über seinen Kopf strichen, der hingegeben und wie abgehackt in ihrem Schoß lag, und ihn in einem geheimen Rhythmus liebkosten, während sie dabei eine Litanei tröstender Worte murmelte.

»Er hat geschluchzt, geweint wie ein Kind. Die Tränen kullerten nur so herunter.«

Diese übertriebene Darstellung der Verzweiflung stammte von Telmo Duñabeitia, einem baskischen Industriellen mit fünfzehn Kilo Übergewicht und dem Bedürfnis, sein Blut zu reinigen – und seine Laune, wie er hinzuzufügen pflegte, denn das sei kein Leben mehr im Baskenland, und wer keine Revolutionssteuer bezahle, sei entweder schwachsinnig oder ein Geizhals. Dies sagte er jedem, der eine ehrliche Auskunft darüber bekommen wollte, wer er war, was er hatte, und was er wollte. Zu jung, um so dick zu sein, sagte er sich und tätschelte dabei einen Bauch, der möglicherweise zu dick war, doch sein Übergewicht war gut verteilt auf den stämmigen Körper des Nachfahren eines *aizkolari*, der seinerzeit ein Sägewerk aufbaute und eine Dynastie ins Leben rief, die wie ein heiliger Berg auf Duñabeitia lastete.

»Sie sieht einfach verdammt gut aus!«

Das war das Urteil des Basken über die schöne Helen, und eines Tages faßte er sich ein Herz und fragte die Schweizerin nach dem Grund ihres Klinikaufenthaltes. Sie hätte das doch nicht nötig, bei ihrem guten Aussehen, wandte der Baske in einem fließenden Englisch ein, das ihm gestattete, seine furnierten Preßspanplatten in die halbe Welt zu verkaufen. Die schöne Helen war in Gelächter ausgebrochen und hatte dann ganz leise geantwortet, sie habe es nicht nötig, hier zu sein, aber Karl, Karl mache eine schwere Krise durch. Das war fast unhörbar gesagt, aber doch nicht leise genug, denn Karl stürzte fast hysterisch herbei, um seine Frau vor der baskischen Gefahr zu retten.

Duñabeitia nutzte jedesmal, wenn ihnen der Gymnastiklehrer den Rücken zuwandte, die Gelegenheit, um entweder den Sport zu parodieren oder sich auf den Rücken zu legen, zur Decke zu starren und den Flug von Vögeln zu verfolgen, die außer ihm keiner sah. Ab und zu blitzte in seinen dunklen Augen ein geheimes inneres Licht, das er an seine nächsten Leidensgenossen weitergab. Es bedeutete, daß er einen Streich ausheckte. Wer bereit war mitzumachen, erwiderte seinen Blick, und die anderen konzentrierten sich auf die Windungen des Moniteurs, um nicht den Verdacht aufkommen zu lassen, der Baske könnte sie mit seinen absurden Ideen in Versuchung führen. Beispielsweise alle Teile des Heimtrainers lockern und abwarten, bis ein Unvorsichtiger versucht, ihn zu benutzen – oder den Medizinball während des Spiels plötzlich dem Moniteur an den Kopf schleudern, nicht gerade um ihn zu enthaupten, aber um sein Gesicht zu entstellen, dieses makellose Gesicht eines grazilen Hirten in einer Herde von Kühen mit Hufen von Blei. Derjenige, der mit dem größten zynischen Vergnügen die Vorschläge des Basken unterstützte, war Juanito Sullivan lvarez de Tolosa, ein Großgrundbesitzer aus Jerez, der schlicht und einfach Sullivan genannt werden wollte und seinen Überdruß und seine ungeheure Spottlust ganz in den Dienst des baskischen Fabrikanten und seiner Anfälle von Verhaltensstörung gestellt hatte.

»Zweihundert, zweihundert Familien leben in Saus und Braus durch mein Unternehmen«, wiederholte Duñabeitia ein ums andere Mal, wenn er sich mit Mineralwasser oder Heidelbeerblättertee betrank, »und eine Menge Flüchtlinge aus dem Süden sind dabei, die vor euch abgehauen sind, ihr Scheißgutsbesitzer! Sullivan, ja, ja, das bist du, ein Scheißgutsbesitzer.«

»Beschissen, aber ein ganzer Mann«, pflegte der Andalusier

27

darauf zu erwidern, der unentwegt in der Sonne am Swimmingpool lag, wo Mrs. Simpson alle Rekorde an Ausdauer und Langsamkeit schlug.

»Wie diese Alte schwimmt! Sieht aus wie eine getrocknete und gepökelte Meerjungfrau.«

Sullivans liebster Gesprächspartner war aber weder der Baske noch der pensionierte Oberst, sondern der Mann im Trainingsanzug, in vorgerücktem Alter, mit dem Schnurrbärtchen des ehemaligen franquistischen Beamten, der dauernd um seine Frau herumscharwenzelte, die so mager war wie der Inbegriff kastilischer Weiblichkeit in den nationalistischen Romanen der vierziger Jahre. Der Mann im Trainingsanzug hatte es sich selbst zur Aufgabe gemacht, Sánchez Bolín zu überwachen, einen dicken und wortkargen Schriftsteller, von dem alle wußten, daß er enge Verbindungen zur kommunistischen Partei unterhielt.

»Wußten Sie schon, daß wir einen Kommunisten in der Kurklinik haben?« Dies hinterbrachte der Mann im Trainingsanzug der Oberschwester, und da die deutsche Frau Helda der Angelegenheit keine Bedeutung beimaß, lief er zur Empfangsdame und drang vor bis zu dem Mann, den die Gebrüder Faber mit der Geschäftsführung betraut hatten: Señor Molinas.

»Die Gesinnung unserer Klienten interessiert uns nicht.«

»Nein, ich meine ja nur ... Aber ein Kommunist ist und bleibt ein Kommunist, nackt oder im Smoking!«

»Und außerdem«, so würde er später im kleinen Kreis auftrumpfen, »er ist kein einfacher Kommunist, sondern einer von der ganz abgefeimten Sorte, und wer weiß, aus welcher Quelle das Geld stammt, mit dem er die Kurklinik bezahlt.«

Die Sorge des Mannes im Trainingsanzug ließ Oberst Villavicencio nicht gleichgültig, und seine kleinen Augen verengten sich noch mehr, als er nach dem Grund für die marxistische Unterwanderung dieses idyllischen Traumlandes für hinfällige Kranke suchte. Dennoch grüßte er Sánchez Bolín diskret, aber höflich, wenn er ihm auf der Treppe zum Aufenthaltsraum oder im kleinen Wartezimmer der Massageabteilung begegnete, in der Sauna, im Arztzimmer oder beim Betreten oder Verlassen des Fernsehraumes. Sánchez Bolín schien es völlig gleichgültig zu sein, daß sein Aufenthalt im Kurbad eine kleine Sensation bedeutete, und er ließ sich kaum auf Gespräche ein. Er nahm die liebenswürdigen und höflichen Redensarten der andern bestenfalls mit einem verglasten Lächeln zur Kenntnis, das kaum zu einer Fortsetzung des Gesprächs einlud. Aber er fing die negativen Schwingungen des Mannes im Trainingsanzug auf und bekam den verdeckten Hinweis, daß dieser eine Kampagne zur Identifizierung seiner Person lanciere. Der Baske hatte es ausgeplaudert, und Sullivan an seiner Seite hatte bemerkt: »Zum Teufel, als hättet ihr Rotkehlchen eine ansteckende Krankheit! Meine Cousine Chon war eine hundertfünfzigprozentige Kommunistin, aber bei jeder Prozession in der *Semana Santa* ging sie neben mir. Jetzt ist sie bei den Sozialisten und hat einen Posten in der Landesregierung von Andalusien, verdient gut, zieht sich gut an und genießt das Leben!«

Sánchez Bolín betrachtete den Gymnastiklehrer mit dem Ressentiment des Besiegten und suchte mit seinen kurzsichtigen Augen nach Anzeichen der Schwäche oder Rebellion unter den Mitturnern. In den skeptischen Augen des Mannes neben ihm glomm ein ironisches Funkeln, und sein Familienname war galizisch, wie er sich zu erinnern glaubte. Carvalho.

»Man schreibt es mit ›lh‹, weil mein Vater es aus bestimmtem Anlaß satt hatte, Spanier zu sein und die portugiesische Staatsbürgerschaft beantragte. Ich weiß nicht wie, aber er hat es geschafft, daß in allen unseren Papieren der Name ›Carvalho‹ steht.« Die Damen der Kolonie fanden Carvalho fast genauso pittoresk wie den Basken und ebenso geheimnisvoll wie Sánchez Bolín. Vor allem Doña Solita, die Gattin von Oberst Villavicencio, die eines Tages Carvalho in der Laube im Freien dabei überrascht hatte, wie er, nach Süden gewandt, mit den Fingerspitzen ein Buch hochhob und mit der anderen Hand ein brennendes Feuerzeug daranhielt.

»Hast du gesehen, wie es hieß?« fragte ihr Gatte.

Nein, sie hatte nicht auf den Titel geachtet, aber sie glaubte, daß es sich um ein teures Buch handelte, nicht eins von den billigen Taschenbuchreihen, die an den Zeitungsständen verkauft, sondern eins von denen, die im Fernsehen empfohlen werden.

»Man muß das Datum festhalten«, sagte der Oberst zu sich selbst, der schon sein Leben lang von einer Situation träumte, die seine angeborenen Führungsqualitäten unter Beweis stellen würde.

Er war zu spät geboren, um am Bürgerkrieg teilzunehmen, und er hatte nicht den Mut verloren, obwohl er, trotz der Diplome, die ihn für einen Stabsposten qualifiziert hätten, nur turnusgemäß befördert worden war.

»Wann haben Sie Ihren Abschied genommen, General? Als die Sozialisten an die Macht kamen?«

»Nicht so vorlaut, Sullivan, oder es knallt. Ich bin nie zum General befördert worden. Ich habe es bis zum Oberst gebracht und mich zurückgezogen, weil ich lieber weiterhin zufrieden gemischtes Viehfutter herstellen wollte, als unzufrieden im Dienst zu bleiben, wo heutzutage alle Werte zerstört werden, die wir so hart erkämpft haben.«

Zwei italienische Mädchen traten bei allen Veranstaltungen der Kurkliniken Seite an Seite auf. Sie waren groß, überschlank, dunkel, hatten Ringe unter den Augen, bekamen eine Spezialdiät, um zuzunehmen, und das Turnen bedeutete für sie eher eine Mobilisierung von Knochen als von Muskeln. Ihre Antipoden bildeten die »deutschen Schwestern«, wie Carvalho sie nannte, vier bayrische Mädchen, stämmig und kubisch, die bei den Übungen immer einen geistig abwesenden Eindruck machten, als überbrückten sie damit nur die Minuten, bis es Zeit war, einen Apfelstrudel aus dem Backofen zu holen oder die Waschgänge einer ungenügend automatisierten Waschmaschine fortzusetzen.

Von seinem Balkon aus konnte Carvalho in das Zimmer einer der Italienerinnen sehen, ihre müde Müdigkeit und die

Kränklichkeit ihres trägen und gleichgültigen Skeletts ausspionieren, das kaum die horizontale Lage verließ, um in Zeitlupe zum Telefon zu greifen oder auf den Balkon zu gehen, um dort eine halbe Stunde lang auf die Fingernägel zu starren und dann zu beschließen, mit einem komplizierten Chirurgenbesteck Maniküre zu treiben.

Ab und zu ging die andere Italienerin, die ein halbes Kilo mehr Vitalität besaß als ihre Landsmännin, durch den Park und hob den Kopf, um sie stets dasselbe zu fragen:

»*Silvana, che cosa fai?*«

»*Niente.*«

Der Sportlehrer feuerte sie ständig an, sich zu bewegen, warf ihnen Bälle zu oder hielt ihre Füße am Boden fest, damit sie die Bauchgymnastik richtig ausführten. Sie beschränkten sich stets unbeeindruckt darauf, die Atmung zu beschleunigen und sich in das harte Los appetitloser Äthiopierinnen zu fügen.

»Unter diesem Fett steckt bei Ihnen die Muskulatur eines Athleten!« So ermutigte der Moniteur einen jungen Mann mit vielen Polstern, der laut einer konventionellen Erzählung aus der Mancha stammte. Über den wachen Augen hatte er zusammengewachsene Brauen, schwarze Haare in Form einer Baskenmütze auf dem Kopf und den sinnlichen Mund eines Nachfahren von Maultiertreibern, die alles tranken, was gut war, dazu kurze, aber stämmige Beine und den Brustkorb eines keltiberischen Samsons. Der Mann aus der Mancha besaß eine Kette von Käsegeschäften, das Hauptgeschäft war in Madrid und gab den Filialen den Namen *Käsehandlung Sánchez Pérez, Gebrüder & Söhne* – und dabei war er durch Todesfälle und sonstige Ausfälle unter den Gebrüdern und Söhnen der Alleineigentümer der Firma. Viel zu jung für soviel Verantwortung und Reichtum, wurde er von keinem der Häuptlinge der Fastenvereinigung in der Hierarchie anerkannt, und der Oberst behandelte ihn kaum besser als eine Ordonnanz ohne festen Aufgabenbereich.

»Tomás! Mein Vater sagte mal zu mir: trau keinem, bei dem es staubt, wenn er furzt!«

»Also den Witz verstehe ich nicht, Herr Oberst.«

»Du kommst nie dahinter, Kaufmann. Mein Vater wollte mich vor den kleinen Dicken warnen, Mensch! Vor dir zum Beispiel!«

»Ach, hören Sie doch auf Herr Oberst, und sowas in Spanien!«

»Die Leute hier werden immer größer. Unter Franco ist alle Welt gewachsen, und du hättest dich mal ranhalten sollen, den einen oder anderen Käse wirst du doch verzehrt haben? Oder eßt ihr keinen Käse, damit ihr mehr verkaufen könnt?«

Der Käsehändler wurde schnell rot, vor allem, wenn ein kleines, rundliches Mädchen in der Nähe war. Sie fastete, um ein wenig schlanker zu werden und sich mit weniger Komplexen an der Fakultät für Tropenmedizin in Brüssel einschreiben zu können. Amalia hieß die Kleine, »... und meine Mutter ist Baskin«. Dabei mischten sich im Bekenntnis der Herkunft ihrer Mutter der Stolz der überlegenen Rasse und die Furcht vor der eventuellen Möglichkeit, mit dem baskischen Terrorismus identifiziert zu werden. Das Mädchen war belesen, und der Käsehändler aus der Mancha war Dichter, wie er ihr gestanden hatte. Er hatte ziemlich viele Hefte mit Gedichten dabei, die nicht mehr aus der Pubertät stammten, sondern aus den letzten Jahren. Sie hatten ihm geholfen, den Streß abzubauen, den die Führung der diversen Geschäfte seit dem Tod der Eltern und des Onkels mit sich brachte. Gelegentlich sah man das Paar, wie sie subtropische Winkel aufsuchten, die vom Fango-Pavillon aus nicht einzusehen waren. Sie taten es, damit Tomás ihr in Gartenlautstärke Gedichte über Madrider Nächte vortragen oder aus seiner anstrengenden Kindheit als Sohn eines bedeutenden Käsehändlers erzählen konnte. Es war das erste Mal, daß Amalia einem Dichter zu Füßen lag, und sie kultivierte diese Beziehung sogar in der Sporthalle, indem sie ihre Matte neben die des Käsehändlers legte und ihm ermutigend zublinzelte, wenn ihm das Blut kochte und er sich krümmte, um die korrekte Gymnastikposition zu finden. Er schaffte es nicht, trotz Amalias Ermutigungen und obwohl der Lehrer ein ums andere Mal betonte: »Unter diesem Fett steckt bei Ihnen die Muskulatur eines Athleten!« Was Amalia betraf, so besaß sie trotz ihrer offensichtlichen Rundlichkeit etwas, das der Lehrer innere Elastizität nannte, und allmählich erreichte sie unter diversen ermutigenden Bemerkungen und dem Applaus des Meisters die Normen der Gymnastik. »Sehr gut, Amalia. Nur kein Mitleid mit deinem Hintern! Nimm ihn tüchtig ran!«


Eine der stets wiederholten und nicht immer beachteten Empfehlungen an die Klienten war die, sich dem morgendlichen Spaziergang durch das Sangretal anzuschließen, über den Wasserfall des Niño Moro hinaus, wo sich der Fluß in Mäandern windet und eine Breite vortäuscht, die er nur in den Zeiten der Schneeschmelze wirklich erreicht. Man hatte die Wahl zwischen einer schnellen Bestätigung der an einem Fastentag verlorenen Gramme auf der Waage, mit den üblichen Empfehlungen Frau Heldas oder einer ihrer Krankenschwestern, und diesem Spaziergang, von dem die Leute, in einer klösterlichen Reihe hintereinandergehend, müde, aber glücklich zurückkehrten – zufrieden, so früh am Morgen die kostenlosen Reize der Natur geplündert zu haben. Im Schlepptau des Sportlehrers folgte die Expedition in gutem Tempo dem Flußufer.

In Zeiten größerer Prosperität hatte *Faber und Faber* für jede Betreuungsaufgabe über eine Fachkraft verfügt, aber nach der Ölkrise hatte die Verwaltung der Kurklinik – ohne daß jemand genauer definiert hätte, welche ausgetrockneten Energiekanäle nun das florierende Gesundheitsgeschäft im Stich gelassen hätten –, allmählich immer mehr Personal abgebaut und verschiedene Funktionen auf die übriggebliebenen Kräfte verteilt. Daher führte der Gymnastiklehrer auch den ersten Spaziergang im Morgengrauen an, ebenso die ausgedehnte und anstrengende sonntägliche Wanderung in die Berge, einen vierstündigen Fußmarsch über Wege, die nicht einmal breit genug waren für einen ordentlichen Ochsenkarren. Die Sonntagsexkursion war die wöchentliche Bestätigung der These von Dr. Gastein, derzufolge der menschliche Körper zunächst ein träger, langsamer Motor war, der erst während des Betriebes eigene Motivation erzeugte. Entsprechend widerwillig und lustlos begannen die Patienten und schwangen sich von ihrem niedrigen Tonus auf immer höhere Niveaus wanderbegeisterter Selbstüberwindung, bis sie schließlich nur so über die Felsen dahinflogen, die einen aus Freude an der eigenen Anstrengung, die anderen aus dem Wunsch heraus, diesen langweiligen Ausflug so schnell wie möglich hinter sich zu bringen. Carvalhos Gedanke, den größtmöglichen Nutzen aus der Investition zu ziehen, die sein Aufenthalt in der Kurklinik bedeutete, lag auch den sublimen Entscheidungen vieler Gipfelstürmer zugrunde, die entschlossen waren, sich müde zu laufen, weil sie dafür bezahlt hatten. Sie hatten ihr Geld dafür investiert, sich anzustrengen und die Schuld der Vergnügungen zu sühnen, die ihnen ein innerer Kodex ihres eigenen Körpers verbot, und es war kein Masochismus. Die selbstzerstörerische Besessenheit der Ausflügler war vielmehr Ausdruck der bürgerlichen Einstellung, niemals einen Groschen auszugeben, ohne eine Gegenleistung zu erhalten. Der Lehrer konnte predigen, soviel er wollte, wie wichtig es sei, von Anfang bis zum Ende ein bestimmtes Tempo einzuhalten – trotzdem beschleunigte gewöhnlich die sportliche Avantgarde auf halbem Weg ihren Schritt und setzte sich unaufhaltsam von der Gruppe der Ältesten oder Dicksten ab, obwohl sich ab und zu ein Schwergewicht zu ihnen gesellte, von dem verzweifelten Wunsch getrieben, die Sache so schnell wie möglich hinter sich zu bringen, oder von der tiefinneren Gewißheit ausgehend, daß sein eigenes Gewicht nur eine kulturelle Bestimmung war und die schlanke Seele, die jeder Dicke in sich trägt, schließlich ausschlaggebend dafür war, einem leichten Gang Sinn und Mechanik zu verleihen. Das heißt, manche bestätigten zu Lebzeiten die Vermutung, daß die Seele sich nach dem Tode vom Körper befreit, im Zimmer schwebt und der Totenwäsche und den Beileidsbezeugungen zusieht, ohne daß man wüßte, wieviel Zeit ihr für eine derart kritische Distanzierung zur Verfügung steht. Die agilen Dicken waren die gefährlichsten Tempobrecher einer Exkursion, die auf den durchschnittlichen Büromenschen zugeschnitten war, den »gewöhnlichen Stubenhocker«, wie Gasteins treffende Formulierung lautete.

An jenem Sonntag war es Tomás, der die Rolle des dicken Provokateurs übernahm. Der Käsehändler war von dem Wunsch beseelt, Amalia die jugendliche Frische seiner verborgenen Muskeln zu demonstrieren und so schnell wie möglich die Kurklinik zu erreichen, um sich ins warme, schwefelhaltige Wasser des Swimmingpools zu stürzen.

Da Carvalho schon die Vorstellung einer Wanderung in der Gruppe unangenehm war, ging er ebenfalls schneller, um jede Möglichkeit auszuschließen, mit der Herde identifiziert zu werden. Er stellte fest, daß in seinem Kielwasser der Baske folgte, das Schweizer Ehepaar und der Oberst, der mit geschlossenen Augen und im Takt seiner Schritte mit den Armen rudernd, langjährige Erfahrung im Bergsteigen bewies. General Delvaux hingegen war nicht bereit, über seine Bedürfnisse hinaus irgendwelche Anstrengungen zu unternehmen, und vertuschte seine mangelnde Kondition, indem er den Lehrer nach den spanischen Bezeichnungen für die artenreiche Flora der Gegend befragte. Er war taub für die stummen oder lauten Aufforderungen des pensionierten Obersts, sich denen anzuschließen, die den Zug anführten. In dem Bewußtsein, daß er ganz alleine das Militär repräsentierte, blieb der Oberst der Vorhut auf den Fersen, nicht nur, weil sein Körper es so verlangte, sondern auch, um rechtzeitig das Kommando übernehmen zu können, falls es zu Komplikationen kommen sollte, die die Zivilisten nicht vorhergesehen hatten. Eine halbe Stunde später stand der junge Kaufmann als erster auf dem dunkelvioletten Berg, dem die Expedition zustrebte, in kurzem Abstand gefolgt von Carvalho, Helen, Karl und dem Oberst, der sich den letzten Platz vorbehalten hatte, da die junge Frau Shorts trug und ihre Beine

35

ebenso wohlgeformt waren wie ihr schöner langer Hals und der goldblonde Pferdeschwanz, der im Rhythmus ihrer leichten, kundigen Schritte hin und her schwang. Von Villavicencios Blickwinkel aus waren Helens Beine von einer beherrschten, aber goldenen Üppigkeit. Von Carvalhos vorgeschobener Position aus gesehen waren sie zwei notwendige Elemente, die dafür sorgten, daß die Brüste unter der Trikotbluse wippten wie zwei Früchte der europäischen Tropen, jener verborgenen Tropen, die durch die europäische Kultur in eine Abstraktion verwandelt worden sind. Ab und zu trafen sich die Blicke des Obersts aus den Reihen der Nachhut und die Carvalhos aus der Vorhut und schufen eine gemeinsame Begierde und eine gewisse Komplizenschaft, wie sie nur eine ausländische, goldene Frau zwischen Carvalho und einem Militär schaffen konnte.

Die Vorhut schien sich endgültig formiert zu haben, als sich Mrs. Simpson aus der nachfolgenden Gruppe, zu der auch der Sportlehrer gehörte, löste und ihre sprachlosen Mitstreiter hinter sich ließ, die zu keiner Reaktion fähig waren. Die Siebzigjährige stürmte den Berg hinauf wie eine tschechische Leichtathletin, die einen Platz auf dem Siegerpodium anstrebt, und unter der Vorhut breitete sich bange Bestürzung aus. Sie gingen nun ihrerseits schneller, um von Mrs. Simpson nicht eingeholt zu werden. Aber die Zähigkeit der Alten hatte das Rennen schon entschieden, und sie nutzte das psychologische Innehalten bei der Ankunft auf dem Gipfel, um sie einzuholen und, damit nicht zufrieden, zu überholen und mit ziemlichem Tempo den Abstieg zu beginnen. Daß sie einen Vorsprung gewinnen konnte, lag einerseits an der Unentschlossenheit des jungen Käsehändlers, der nicht sicher war, ob er der alten Frau die Freude, den Wettlauf zu gewinnen, streitig machen durfte oder nicht, und andererseits an der vorübergehenden sportlichen Unlust Helens, die damit beschäftigt war, ihren Pferdeschwanz wieder in Ordnung zu bringen; dafür mußte sie ihn ganz aufmachen, und die Begleiter waren hingerissen von der unbekümmerten Gelassenheit, mit der sich ihre goldenen Haare um ihren

Kopf herum ausbreiteten und ihre Pfirsichwangen und den Paradiesvogelhals umspielten. Aber angesichts des Zögerns von Tomás und der Wut in Karls beißenden Blicken, mit denen er die Blicke des Obersts und Carvalhos auf seine Frau verfolgte, setzte Villavicencio der Alten nach, und alle anderen folgten ihm, ohne Rücksicht auf Helens Protest, der eine Haarspange zu Boden gefallen war. Mrs. Simpson gewann immer mehr Vorsprung und drehte sich ab und zu nach ihnen um. Sie hatte sich extra für die sonntägliche Exkursion zurechtgemacht: halblange angeklebte Wimpern, beige gepuderte Wangen und ein allgemeiner Grundton von Reismehl auf der physischen Landkarte ihres Gesichtes. Ein herausforderndes Lächeln ließ ihr luxuriöses falsches Gebiß aufblitzen, dessen Weiß mit dem Gelb ihrer Augäpfel kontrastierte, und man hatte den Eindruck, sie lache sarkastisch über die Verblüffung und Bestürzung ihrer Verfolger. Vielleicht hätte der Oberst die Flüchtige eingeholt, wenn er sich nicht den Knöchel verstaucht hätte, als er seinen Fuß auf vermeintlich festen Fels setzte, der in Wirklichkeit nur eine verwitterte zerfallende Kante war. Während er fluchend seinen Knöchel rieb, stellte er fest, daß seine Mitverfolger seinen Schmerz nicht beachteten und wie Windhunde hinter der Alten herhetzten. Zu allem anderen wurde der hinkende Oberst auch noch von den »gewöhnlichen Stubenhockern« eingeholt und mußte für den Rest des Weges die pragmatische Sportphilosophie des Lehrers über sich ergehen lassen sowie eine Reihe von Ratschlägen, die davon ausgingen, daß seine Knöchel auch nicht mehr das waren, was sie vielleicht einmal gewesen sind.

»Ich habe früher Zehn-Kilometermärsche mit einem Sandsack auf der Schulter gemacht«, verkündete der Oberst, während seine Augen den schon weit entfernten Kampf in der Vorhut verfolgten, wo die vier Verfolger von Mrs. Simpson die Ellbogen schwenkten, während diese kaum noch wahrnehmbar als lilafarbener Punkt am Horizont des Abstiegs auszumachen war. Die alte Frau bewegte ihren ganzen Körper wie eine Maschine, die sich selbständig gemacht hatte. Zwei Kilometer vor der Kurklinik schaute sie sich um und stellte fest, daß nur Carvalho und der Baske eine Bedrohung darstellten, während Helen und Karl erst in ziemlichem Abstand folgten, in einen Streit vertieft, der diesem Wettkampf an Ausdauer in nichts nachstand. Im Vollgefühl ihrer Überlegenheit marschierte Mrs. Simpson weiter und legte sich einen Satz zurecht, der gleichzeitig herablassend und triumphierend sein sollte, um damit ihre Verfolger vollends am Boden zu zerstören, sobald sich ihre Niederlage bestätigt hatte. Der Baske war der verbissenste Verfolger und trieb die anderen an: »Laßt sie nicht gewinnen! Diese alte amerikanische Dörrzwetschge macht sich über uns alle lustig! Es gibt noch Klassen, auch unter den Nationen!«

»Ich laufe nicht aus patriotischen Gründen!«

»Denken Sie nicht nach, warum Sie rennen, sondern rennen Sie, sonst werden wir eingemacht!«

Aber die Würfel schienen gefallen. Fünfhundert Meter trennten die alte Dame noch von ihrem Sieg, als ein unter- oder übermenschliches Geheul das Keuchen im Tal verstummen ließ. Mrs. Simpson blieb ebenso stehen wie ihre Verfolger und die Nachzügler. Die einzigen, die sich bewegten, waren Helen und ihr Mann. Sie versuchte, ihn zurückzuhalten, und er kämpfte, um sich von ihr loszumachen und schrie dabei wie ein Eingeborener aus gefährlichen Ländern. Als er sich befreit hatte, setzte er zum Endspurt an, vorbei an den beiden Männern, die wie gelähmt dastanden. Auch Mrs. Simpson reagierte zu spät. Sie erkannte die wahre Absicht des Schweizers erst, als er sie schon überholt hatte und sie seinen Hintern sah, der im Zickzack hin und her wackelte und auf das usurpierte Ziel losging. Die Alte fluchte und versuchte wettzumachen, was nicht mehr wettzumachen war, denn Karl hatte schon die Schwelle der Kurklinik überschritten und war aus ihrem Blickfeld verschwunden. Er erholte sich von seiner Anstrengung, als er sie keuchend und triumphierend empfing, wobei sein einziges Interesse der Ankunft der schönen Helen galt, die er umarmte, während er mit leuchtenden Augen stammelte: »Ich hab gewonnen ... ich hab gewonnen!«

»Mein Held! Mein Baby!« sagte die schöne Helen und strich ihm über den Kopf mit den geschwollenen Adern und dem Schweiß der Erschöpfung. Der Baske hatte nur einen vernichtenden Blick für den Schweizer übrig, lediglich Mrs. Simpson brachte ihren Ärger adäquat zum Ausdruck. Sie sagte zu Karl: »Typisch Schweizer!«, als sie an ihm vorbeiging und auf das Direktionsbüro zusteuerte, um sich zu beschweren. Weder die anderen noch sie selbst wußten genau, worüber.

»Da heißt es immer, wir Spanier seien verrückt oder wir Basken gefährlich, aber Sie haben ja selbst diesen Schweizer gesehen, der sich wie ein hysterisches Kind aufgeführt hat, weil die Alte kurz davor war zu gewinnen, oder weil Sie oder ich vor ihm angekommen wären. Ich habe mit den Ausländern darüber gesprochen, und sie amüsieren sich alle sehr, alle außer Mrs. Simpson, klar, das ist was anderes, sie ist Dillinger im Rock. Aber der Oberst ist sauer, das muß er auch sein. Passen Sie mal auf, was ich Ihnen jetzt sage, und das sage ich als Baske, und ich bin der Meinung, daß die von der ETA mehr Mut haben als alle anderen zusammengenommen – also, obwohl ich meine Revolutionssteuer bezahle und denke, daß, je schneller die spanische Besatzung unser Land verläßt, desto besser, aber trotz alledem kann ich diesen pensionierten Oberst sehr gut leiden; das ist ein Kerl von echtem Schrot und Korn, einer, der vor nichts Angst hat. Obwohl er hinkte, hat er sich vor dem Schweizer aufgebaut und ihm gesagt, daß wir Spanier uns das mit der Schwertspitze nehmen, was wir mit der bloßen Hand nicht bekommen, und dann, daß man einem, der gut zuhört, nicht viel zu erklären braucht – aber umsonst, ich habe zwar versucht, diese Redewendungen ins Deutsche, ins Französische und ins Englische zu übersetzen, aber ich hab es nicht richtig geschafft. Zur Strafe für diese Idiotie sollten wir mal die Schweizerin durchvögeln! Wie gefällt Ihnen die Kleine? Demnächst mache ich sie an. Ich nehme sie mit nach Bolinches und lade sie zu einem Mineralwasser ein. Ihr Körper ist eine einzige Herausforderung, obwohl sie es durch ihr Geschmuse mit diesem Riesenbaby vertuschen will.«

Es waren die Minuten des Gespräches vor der abendlichen Fernsehrunde. Die Nationalitäten hatten sich getrennt. Die Ausländer hatten sich entweder in den Videoraum zurückgezogen, um englischsprachige Filme anzusehen, spielten Bridge oder gingen über die Berge nach Bolinches, um die Zeit zwischen dem letzten Fruchtsaft und der endgültigen abendlichen Schließung der Klinik totzuschlagen. Die Direktion hatte eine Reihe soziokultureller Veranstaltungen eingeplant, eigens dafür gedacht, der Ausländerkolonie Einblicke in die Tiefen der spanischen Seele zu vermitteln, und diesem Vorhaben war das Absatzgeklapper zu verdanken, das jeden Mittwoch die Spanier bei den Freuden des Fernsehens überraschte. Für diese kulturelle Transfusion zog die Direktion stets Juanito de Utrera heran, *El Niño Camaleón*, einen Flamencotänzer, der seinerzeit den großen Teich überquert hatte, um in den besten Häusern von Ländern aufzutreten, deren Namen er nicht genau angab. Er hatte ebenfalls unzählige Europatourneen unternommen und dabei überall unauslöschliche Eindrücke vom Wesen des andalusischen Tanzes hinterlassen. Im Bewußtsein, daß er für ein ebenso betuchtes wie erlesenes Publikum auftrat, erschien Juanito de Utrera zu der wöchentlichen Veranstaltung in Begleitung eines Flamencogitarristen, der den Inhalt der Lieder, die er vortragen wollte, in ein dürftiges Englisch übersetzte.

*I've walked very hard,*
*I've walked very hard,*
*But I didn't find a face like yours.*

Aus der Melodie schlossen die wenigen Spanier, die diese Abende der kulturellen Verbrüderung besuchten, daß es sich um den Text einer Sevillana von García Lorca handelte:

*Lo traigo andado*
*Lo traigo andado*
*Cara come la tuya no la he encontrado.*

40

Und das in einer Version, die ebenso vereinfacht wie wirkungsvoll war, denn sie führte die Fremden in die tiefsten Tiefen der dargebotenen Ästhetik ein, der eine oder andere stieß ein »olé« aus, und Mrs. Simpson trat, wie die meisten nicht anders erwartet hatten, in die Arena und tanzte die *Danse macabre* von Saint-Saëns in einer Version, die andalusisch wirken sollte. Aber Mrs. Simpson war eine Ausnahme, was ihrer schon betagten, amerikanischen Naivität zugeschrieben wurde. Der Rest der eher gesetzten Europäer betrachtete die kulturellen Veranstaltungen der Kurklinik als notwendigen Bestandteil ihrer Klinikerfahrung, der zudem im Preis inbegriffen war. Etwas anderes war es, wenn es sich bei dem kulturellen Angebot der Direktion um einen kleinen Markt mit diversen heimischen Handwerksprodukten handelte, in der Rezeption oder im Flügelzimmer, im Fasten- oder im Bridgesalon, das heißt in dem Raum, der für Veranstaltungen vorgesehen war, und wohin die Fastenden eilten, um ihr überlebensnotwendiges Glas Wasser zu sich zu nehmen, psychologisch unterstützt durch einen äußerlichen Rahmen, der zum ausschließlich linguistischen Gebrauch des Mundes anregte. Sobald ein Bazar veranstaltet wurde, modifizierte der achte Sinn, die Kauflust, sogar den Tonus des Körpers, der dann von der obligaten Entspanntheit des Fastenden zur Angespanntheit eines Tieres auf der Jagd nach günstigen Gelegenheiten überging, die obendrein in einer der liebenswertesten Währungen Europas bezahlt werden konnten. Schmuck und legere Kleidung waren die beliebtesten Objekte, und die Ausstellungsatmosphäre verwandelte sich schlagartig in die einer Börse: Angebot und Nachfrage führten manchmal zu Liquiditätsstockungen, die anderntags auf der Waage zu Buche schlugen. Markt und Kultur interessierten im allgemeinen mehr die Europäer, denn die Spanier, erst vor kurzem zur Modernität erwacht, mißtrauten allem, was ihnen nicht unmittelbar einging und sinnvoll erschien. Alles, was ihre geistige Trägheit oder ihre gutgekleidete Ignoranz offensichtlich machte, war *un palo*, ein altes Wort mit neuer Bedeutung, die, obwohl von ihren Sprößlingen geborgt, doch an einem Abend dazu herhalten konnte, den Film von Rossellini zu verurteilen – ganz gleich welchen – oder eine Reportage über den zehnten Jahrestag des Falls von Saigon.

Während die Männer sich eher für das TV-Journal interessierten, tauschten die Frauen Diätrezepte aus, die ihnen in Zukunft ebenso viele Kilos ersparen wie zusätzliche Gaumenfreuden bringen sollten, die jetzt verboten waren. Es war einfach mitleiderregend, das Schauspiel mit anzusehen, mit welchem Stöhnen der Ohnmacht und Verzweiflung die üppige Lebensmittelwerbung von den Fastenden aufgenommen wurde. Das Trauma des Fastens und die mutmaßliche Rechnung dämpften allerdings die spontane Reaktion, sich auf den Fernseher zu stürzen und die allervergilbtesten Mayonnaisen und härtesten Kekse vom Bildschirm abzulecken, und es kam oft vor, daß, nachdem man der Versuchung zum Selbstmitleid erlegen war, sich ein Tonfall durchsetzte, der beides umfaßte, die moralische Reinwaschung und das Schuldgefühl, und zwar bis zu dem Grad, der Realität und Wunsch zur Deckung bringt.

»Ausgerechnet Mayonnaise schmeckt mir so gut, dabei macht sie doch so dick!«

»Wenn du sie mit Maisöl zubereitest, enthält sie weniger Kalorien, oder mit Paraffinöl, das macht überhaupt nicht dick!«

»Aber Paraffinöl ist ungesund für den Körper! Das habe ich in *ABC* gelesen!«

»Es ist nur schlecht, wenn du es zum Braten verwendest, aber nicht bei Mayonnaisen.«

»Ach, und diese Kekse! Hast du diese Kekse gesehen?«

»Mensch, das sind Bomben! Kalorienbomben! Ich kaufe nur die für Diabetiker, sie sind ohne Zucker und so lecker!«

»Guck! Schau dir diese Werbung an!«

Die unter anderen Umständen verachteten Päckchensuppen erstrahlten im herrlichsten Technicolor, wie es nicht einmal die *Columbia Broadcasting* in ihren besten Zeiten zustandegebracht hatte. Es war dieses Bild einer perfektionierten Küche, das die Zuschauer in einen frenetischen Austausch von Rezepten ausbrechen ließ, vor allem von vegetarischen, die sie in Zukunft ebenso glücklich wie schlank und gesundmachen würden. Die Estragon-Auberginen von Doña Solita schafften es, den Fernsehraum in eine Aula voller Studentinnen zu verwandeln, die den obligatorischen Kugelschreiber von Cartier zückten und Notizen machten.

»Die Auberginen und Tomaten gibt man, in Stücke geschnitten, in eine Kasserolle, dazu den Saft einer Zitrone, zwei kleingehackte Oliven und einen Teelöffel Estragon. Sie werden eine Stunde lang zugedeckt auf kleiner Flamme gekocht.«

»Und das ist alles?«

»Das ist alles.«

»Das ist aber nicht besonders nahrhaft.«

»Was heißt hier nicht nahrhaft?«

Die Dame, die hier so erstaunt fragte, war eine frühere Apothekerin, die sich die kulturellen Gelüste ihres alleinstehenden Daseins für Gelegenheiten wie diese aufgespart hatte.

»Die Aubergine enthält Sodium, Phosphor, Kalzium, Magnesium, Kalium, Protide, sehr viel Vitamin C und die Vitamine A, PP, B 1 und B 2.«

Dem widersprach ein in seinen Ausführungen etwas weitschweifiger Herr, der dafür die Selbstsicherheit eines Mannes besaß, der im Interesse seines Antiquitätengeschäftes das halbe Leben zwischen Madrid und New York verbracht hatte. Er meinte, die Aubergine sei ein mittelmäßiges Nahrungsmittel, welches zwar – dies sei sicherlich richtig – wenig Kalorien enthalte, aber eben deshalb auch wenig Energie liefere und für den Herzmuskel unverträglich, ja toxisch sei.

»Sehr relativ, sehr relativ!« argumentierte die ehemalige Apothekerin, in die Enge getrieben, und ging plötzlich zu einem fulminanten Angriff über: »Sie werden doch nicht bestreiten wollen, daß sie diurethische und verdauungsfördernde Wirkung besitzt!«

Nein, nein, das wollte er nicht bestreiten, aber dieselben diurethischen Eigenschaften besitze beispielsweise die Petersilie, und sie habe dabei keinerlei Kontraindikationen.

Die Erwähnung der Petersilie im Kurbad zeugte entweder von einer extremen Selbstsicherheit in der Argumentation oder von einer gefährlichen Unbesonnenheit, denn die Petersilie war der gemeinsame Nenner des Geschmackes der gesamten vegetarischen Fastensuppen, und irgend jemand hatte das Kurbad schon in »Petersilienbad« umgetauft. »Hören Sie auf mit Petersilie! Kommen Sie bloß nicht mit Petersilie!« Es war ein allgemeiner Aufschrei. Aber der Gentleman war nicht bereit abzuschwören und begann eine Verteidigungsrede für die Petersilie, welche gerade von ihrer Genügsamkeit in Form und Ökonomie ausging, um dann durch beziehungsreiche Vergleiche zu dem Schluß zu kommen, daß wenige Lebensmittel, die so wenig kosten, auch so vollwertig sind, reich an Vitamin A wie kein anderes Gemüse, ganz zu schweigen von den Vitaminen C, B 1, B 2 und K. Außerdem verleihe die enthaltene Kalziummmenge der Petersilie eine mineralisierende Kraft, und das Verhältnis Kalzium – Phosphor, das bei fast allen anderen Gemüsen nur einen Wert von 1 oder 2 erreicht, gehe bei Petersilie bis zum Wert 4.

»Außerdem ist es eines der wenigen Nahrungsmittel, das keinerlei Nebenwirkungen besitzt.«

Angesichts derartiger Gelehrsamkeit verebbte die Welle der Empörung, und die kritischen Stimmen verstummten ziemlich schnell. Manche erinnerten sich sogar an Argumente zugunsten der Petersilie, die Mme. Fedorowna in ihren Unterrichtsstunden zur diätetischen Umerziehung angeführt hatte. Nicht etwa, daß die Spanier diesen Unterricht freiwillig und mit Begeisterung besucht hätten, nein, gewöhnlich war es so, daß Mme. Fedorowna als gute Kennerin der einheimischen Mentalität die Spanier schon vorher in ein Gespräch verwickelte und sie dann mit ihrer mächtigen Erscheinung zwang, in den Vortragsraum mitzukommen. Dort gab sie Ratschläge zur Regeneration des Körpers, denen zufolge man auf neunzig Prozent von allem verzichten mußte, was die angenehme Erinnerung an spanische

Gastronomie darstellte. Sie waren gewürzt mit einigen ergänzenden Phobien wie der vor süßem Kochschinken, einer industriellen toxischen Teufelei, gegen die sie seit Jahrzehnten einen harten und unnachgiebigen Kampf führte. Nach Mme. Fedorowna war dieser Schinken ebenso leicht zu verfälschen wie die Mortadella; er war alles, nur kein Schinken, und die chemischen Farb- und Aromastoffe genügten schon, um den einzigen Vorzug des Produktes, nämlich seinen niedrigen Kaloriengehalt gegenüber dem verdammungswürdigen Serrano-Schinken, zunichte zu machen. Das Gesicht von Mme. Fedorowna, die sich anschickte, den Mythos vom Serrano-Schinken zu zerstören, verfolgte die Insassen bis in ihre Träume von Stangenbrot mit Schinken – das Brot mit Tomate eingerieben, wenn ein Katalane träumte, bei den übrigen Spaniern ohne Tomate. Das war es wohl, was sie Mme. Fedorowna am wenigsten verziehen. Sie hatten ihr sogar die Kritik an der Kartoffeltortilla abgenommen, die sie als eines derjenigen diätetischen Übel bezeichnete, die am meisten zum physischen Ruin der Spanier beigetragen haben. Den Männern war der diätetische Flohmarkt des Damenkränzchens nicht gleichgültig, aber ihr Interesse galt eher den Ereignissen in der Welt und in Spanien, und sie liebten es, ihre Meinung zu Personen und Dingen lautstark zu äußern. Es hagelte sarkastische Bemerkungen, sobald einer der regierenden Sozialisten auf dem Bildschirm erschien, und man hörte, wie der Mann im Trainingsanzug eher schrie als sagte: »Den würde ich sofort an die Wand stellen«, als Marcelino Camacho auf dem Bildschirm erschien, der Generalsekretär der *Comisiones Obreras*. Aber kein Ausruf und kein Kommentar reichten jemals an das heran, was der Baske im Oktober 1982 hier in eben diesem Salon gehört hatte. Als anläßlich des Wahlsieges der Sozialisten der zukünftige Vizepräsident Alfonso Guerra im Fernsehen auftrat, hatte eine große, dunkelhäutige Dame, die an Schmuck und Kleidung nur das beste vom Besten trug, aufgeschrieen: »Afghanistan! Afghanistan!« als fürchtete sie, daß die sozialistische Administration zu einer Afghanisierung Spaniens führen könnte. Kaum waren die Worte gefallen: »Den würde ich sofort an die Wand stellen!« betrat der Schriftsteller Sánchez Bolín den Fernsehraum, weshalb geargwöhnt wurde, er hätte die Bemerkung vielleicht schon vor der Tür gehört, so daß selbst der Mann im Trainingsanzug nicht ruhig blieb; auch die unangebrachte Geschwätzigkeit des Basken half nicht allzusehr, der sich bemühte, seine Zustimmung hinunterzuschlucken und zu widersprechen. »Also, ich wüßte nicht, warum man Marcelino Camacho an die Wand stellen sollte! Zuallererst würde ich die Arschlöcher an die Wand stellen, die uns dauernd die Steuern erhöhen!«

Jawohl. Genau. Sogar die Damen schlossen sich dieser Suche nach Feinden an, die höherstanden als der Sekretär der kommunistenfreundlichen Gewerkschaft, ohne daß Sánchez Bolín ihnen in diesem oder im nächsten Leben diese Geste gedankt hätte – denn kaum hatte er festgestellt, daß es wenig Bereitschaft gab, einen Film von Rossellini anzusehen, nahm er seine ganze Taubheit, Kurzsichtigkeit und seinen Kommunismus wieder mit auf sein Zimmer. Er hinterließ eine peinliche, desillusionierte Situation und einen eingeschnappten Oberst Villavicencio, dem die militärischen Befugnisse, die sich der Mann im Trainingsanzug angemaßt hatte, ein Dorn im Auge waren. Dieses Mißfallen behielt er für sich, bis die Fernsehsitzung vorüber war, rückte aber damit heraus, als er hinter seiner leichtfüßigen Gattin die Treppe hinaufstieg.

»Wen zum Teufel will diese Null an die Wand stellen! Der einzige, der hier befugt ist, irgend jemanden an die Wand zu stellen, bin ich!«

»Reg dich nicht auf, Ernesto, sonst geht dein Blutdruck wieder hoch!«

»Soll doch hochgehen, was will und wohin es will! Aber es kann nicht angehen, daß Zivilisten ihre Nase in Dinge stecken, die sie nichts angehen, vor allem, wenn es sich dabei um Basken handelt – denen sollte man eigentlich verbieten, daß sie überhaupt den Mund aufmachen! Sie sind kannibalischer als die

Kannibalen und töten, weil es ihnen Spaß macht, genau wie ihre idiotischen Sportarten.«

»Ernesto!«

»Was soll man denn von Typen halten, die sich königlich damit amüsieren, Bäume zu fällen oder Steine zu stemmen?«

»Ernesto!«

»Das soll er bloß nicht noch mal sagen, wenn ich dabei bin, sonst kann er was erleben, den kaufe ich mir!«

»Ernesto!«

»Der wird mich noch kennenlernen!«


Den ersten Tag hatte Carvalho damit verbracht, den Ort und die Leute kennenzulernen, obwohl er sich fragte, was er eigentlich hier wollte, ob er nur dem Rat seines Arztes gefolgt war oder ob ihn einfach der Mythos der Kurbäder angezogen hatte, Krankenhäuser ohne Mauern, wo der Tod in verschnörkelten Korbsesseln oder in alten, schmiedeeisernen Liberty-Stühlen sitzt, um die sich der Rost mit der weißen Farbe streitet. Aber dann kam der Tag der Darmreinigung und die beiden ersten Tage mit Gemüsebrühe und Fruchtsäften, und so etwas wie Depression trieb ihn in die Nähe des Telefons; er war drauf und dran, Biscuter, Charo oder Fuster anzurufen, tat es aber nicht, denn er war sich nicht sicher, ob er mit normaler Stimme sprechen könnte. Die Einsamkeit des Fastenden ist die schlimmste aller Einsamkeiten.

Später fühlte er sich eingefangen von der Routine der Klinik, der Erwartung des Wiegens, der Gymnastik und des Swimmingpools, und er vereinbarte sogar einen Termin mit dem Tennislehrer, um seine in den Vereinigten Staaten erworbenen Kenntnisse aufzufrischen. Der Lehrer war ein alter und bedächtiger, schlanker Deutscher, der sich darum kümmerte, daß Carvalho die Schläge wieder erlernte, aber bitte mit Eleganz. Er führte ihm eigenhändig den Arm und brachte seine Füße mit leichten Tritten in die richtige Stellung.

»Wir spielen hier Tennis, nicht Squash, und auch kein Ping-pong! Wenn Sie viel laufen, werden Sie den Ball zwar zurück-schlagen können, aber ohne Eleganz. Und wenn Sie ohne Eleganz spielen, wird man Sie nicht auf die besten Tennisplätze einladen.« Carvalho hatte keine Zeit, verblüfft zu sein. Er be-folgte alle Ratschläge des Herrn von Trotta und hatte nach drei Tagen Übung einen Drive, wie ihn Nurejew nicht besser gehabt hätte. Er schlug die Bälle mit der Kraft eines Rod Laver, aber mit der Eleganz von Margot Fonteyn zurück. Dafür schmet-terte er wie ein Killer, wie der Lehrer ihm mitteilte.

»Was Sie da machen, das sind keine Tennisaufschläge, son-dern Mordanschläge! Denken Sie daran, daß Sie nie auf die be-sten Tennisplätze eingeladen werden, wenn Sie ohne Eleganz spielen!«

»McEnroe spielt ohne Eleganz und wird trotzdem auf die be-sten Plätze eingeladen!«

»Das ist kein Tennisspieler, sondern ein unerfahrener Rowdy, der in einer Zeit Erfolg hat, in der die größten Stilisten verschwunden sind.«

Von Trotta tanzte das Tennis, als sei es die *Invitation à une valse*. Er war untröstlich, wenn er mit den massigen Managern aus Köln oder Düsseldorf spielen mußte, die sich vorgenommen hatten, ihn mit Bällen abzuschießen und sich bemühten, jede Tennisstunde in das Endspiel von Forest Hill zu verwandeln. Um so mehr freute er sich über das Spiel von Sullivan – sehr ele-gant, vielleicht etwas schwach, aber elegant.

Nach dem Tennis kam die Unterwassermassage, das Eintau-chen in das warme Wasser der Wanne und der Arm einer Kran-kenschwester, die einen Schlauch wie einen Elefantenrüssel hielt. Daraus schoß ein Hochdruckstrahl, dessen Aufprall durch das Wasser in der Wanne gemildert wurde. Der Strahl at-tackierte Carvalhos Fettpolster wie ein gereiztes Frettchen, und Carvalho wunderte sich, daß sich die Fluten nicht mit losgeris-senen Fleischfetzen füllten. Nach der Massage lag man ent-spannt im Wasser, dem Rat folgend, nicht aufzuspringen, sondern langsam aufzustehen, andernfalls drohe ein Kreislaufkollaps. Bei einem dieser entspannenden Bäder hörte er durch die angelehnte Verbindungstür zum benachbarten Massageraum einen heftigen Wortwechsel zwischen zwei Frauen. Zuerst erkannte er die Stimme von Mme. Fedorowna, dann sah er durch den Türspalt, wie Mrs. Simpson vorbeiging und sich zurückzog. Sie hatten weder Englisch noch Deutsch gesprochen, sondern Russisch. Ein neues Talent, das dem Gesamtbild der alles niederwalzenden Mrs. Simpson hinzugefügt werden mußte. Irgendein Umstand des Gespräches rumorte in seinem Gedächtnis weiter wie ein lästiges Geräusch, etwas, das nicht ins Bild gepaßt hatte, und nach einiger Zeit wurde ihm bewußt, daß es der strafende Ton von Mme. Fedorowna und die schrille Verteidigung der sportlichen alten Dame waren, was ihn überrascht hatte. Wenn es ein hervorstechendes Merkmal der Beziehungen innerhalb der Kurklinik gab, dann war es die Korrektheit der Umgangsformen, die Voraussetzung, daß keiner den anderen von irgend etwas überzeugen mußte und niemand irgendwelche Erklärungen schuldig war. Selbst wenn Frau Helda beim Wiegen durch einen plötzlichen Gewichtsanstieg zu dem Schluß kommen konnte, daß der Patient gegen die Vorschriften verstoßen hatte, kam keine Strafpredigt über ihre Lippen, sondern lediglich der Vorschlag, anderthalb Liter Maishaartee zu trinken, ein Diurethikum, das das im Organismus angesammelte Wasser austreiben würde. Es war undenkbar, daß Mrs. Simpson derart gegen irgendeine Norm verstoßen könnte, daß sie Mme. Fedorownas Zorn erregte, außer, sie wäre dabei ertappt worden, wie sie süßen gekochten Schinken verzehrt oder eine Kartoffeltortilla in die Klinik geschmuggelt hätte. Abgesehen davon blieb das Verhalten der alten Amerikanerin unverändert, eine permanente Zurschaustellung der siebenten Jugend, in der sie sich befand, sowohl in der Sporthalle wie im Swimmingpool oder bei der Übung, schwerelos wie eine Ballerina einherzuschweben, die soeben im Scheinwerferlicht der besten Filme von Stanley Donen zu einem Rendezvous mit Gene Kelly eilt.

Carvalho nutzte die Massagen, um sich mit den Masseurinnen zu unterhalten, bis er an eine Mauer von Diskretion stieß, die das Privatleben der Klinik umgab. Carvalho war neugierig auf die menschlichen Bestandteile der Firma *Faber und Faber*, und die Masseurin sagte, es seien zwei Brüder um die 60, die zweimal jährlich die Klinik besuchten und ansonsten nur bei außergewöhnlichen Vorkommnissen auftauchten.

»Was heißt außergewöhnlich?«

Einbruchsversuche. Besonders einer, bei dem ein Lieferwagen auf das Gelände vorgedrungen war. Glücklicherweise war er von einem Patienten mit Schlafstörungen entdeckt worden, der im Park spazierenging. Als er sich näherte, war der Lieferwagen weggefahren. Es mußte ein sehr umfangreicher Raub geplant worden sein, wenn ein Lieferwagen erforderlich war, und es wurde sogar spekuliert, daß das Archiv der Kurklinik geraubt werden sollte, und zwar im Auftrag einer Gruppe von Finanzleuten, die den Aufbau eines gleichartigen Unternehmens geplant hatte. »Die Küchenrezepte sind alle geheim«, teilte ihm die Masseurin mit gesenkter Stimme mit. »Welche Rezepte?« »Alle, von der Fastensuppe bis zu den verschiedenen kalorienarmen und kalorienreichen Diätgerichten.« Der Mythos von Schlankheit und natürlicher Ernährung hatte sich sogar des Personals bemächtigt – nicht der Arbeiter, die ihren traditionellen Gerichten treu blieben, aber der einheimischen Angestellten, die sogar von Zeit zu Zeit fasteten, nicht aus Solidarität mit den Insassen, sondern um den Segen der Entgiftung zu genießen und dadurch den Erfahrungen der Klienten näher zu sein. Dieser Glaube wurde durch das Niveau der Durchschnittsklienten gefördert, ebenso durch die vereinzelten Besuche bedeutender Gestalten aus dem *Gold Gotha*, der Aristokratie des Geldes und der Intelligenz. Zum Beispiel wurde dauernd gemunkelt, Christina Onassis werde demnächst eintreffen, und manchmal kam sie sogar. Ein anderer Stammgast war Orson Welles, und man erinnerte sich sogar an einen Aufenthalt von Audrey Hepburn, die ein paar Kilo zunehmen wollte, um das Problem zu lösen, daß sie nicht in eine Kinowelt paßte, in der der menschliche Körper mehr denn je bestimmten Standards leicht verdaulicher Schönheit zu entsprechen hatte. Unvergeßlich war die Erinnerung an die Ankunft eines arabischen Scheichs mit seinem ganzen Harem und an die Schwierigkeiten, einen Gebäudetrakt ausschließlich für die Frauen des Scheichs zur Verfügung zu stellen. Der Sarazenenprinz war ein Gelehrter auf den Spuren des Islam in Spanien. Er wußte, daß seine Vorfahren an diesem Ort ihre reinigenden Bäder genommen hatten, und der Anblick des orientalisch anmutenden Äußeren des erhaltenen Pavillons hatte ihn so bewegt, daß er versprochen hatte, eine gewisse Summe eigens zu dem Zweck zu spenden, daß auf der westlichen Anhöhe eine Moschee gebaut würde, mit Blick auf Bolinches und das Mittelmeer, hoch über dem sanften Wasserfall des Río Sangre, dem Salto del Niño Moro.

»Ist Mrs. Simpson Stammgast?«

»Sie ist jetzt zum viertenmal hier, seit ich hier arbeite.«

»Sie ist sehr eigenwillig.«

»Ja, sehr.«

»Für ihr Alter ist sie beneidenswert vital.«

»Da haben Sie recht. Diese Frau hält sich überdurchschnittlich gut. Sie sagte mir, daß sie jeden Tag eine Stunde lang Gymnastik treibt, und ich kann mich schon nach einer Viertelstunde kaum noch auf den Beinen halten.«

»Wird sie oft unverschämt?«

»Unsere Klienten werden niemals unverschämt, mein Herr«, antwortete die Masseurin auf Carvalhos unverschämte Frage. Er lag auf dem Bauch. Sein Körper gehörte den energischen und aseptischen Handbewegungen des Mädchens, und sein Gehirn widmete sich teils der Neugier auf alles, was an diesem Ort vor sich ging, und teils einem neuen Genuß, der besser als alles andere die Wahrheit des Slogans verdeutlichte, der die ganze Atmosphäre der Kurklinik prägte: *Der eigene Körper ist der beste Freund des Menschen.*

Carvalho hatte seinen Körper neu entdeckt. Er beobachtete ihn tatsächlich aufmerksam vom Aufstehen bis zum Schlafengehen. Kaum hatten seine Füße den Boden berührt, ging er zum Urinieren, um durch das Abschlagen der nächtlichen Wassermassen bei der zweiten Station des narzißtischen Kreuzweges weniger Gewicht auf die Waage zu bringen. Die Gymnastik oder die Kasteiung des sündigen Körpers. Die Sauna, die ihm das überflüssige Wasser entzog und die Poren öffnete, damit die akkumulierten Giftstoffe der vielen eisgekühlten *Orujos* und der Orgien mit *Salmis de pato*, die er zu vorgerückter Stunde mit dem Berater Fuster gefeiert hatte, ausgeschieden werden konnten sowie die Rückstände aus den regelmäßigen Mahlzeiten des häßlichen, kleinen Biscuter, die ihm dieser mit dem Eifer einer nährenden Mutter ständig anbot und auf seinem Schreibtisch im Büro aufbaute wie Opfergaben für einen Furcht und Schrecken verbreitenden Gott des Hungers. Carvalho betrachtete seinen Körper nach jeder aufbauenden Erfahrung im Spiegel des Badezimmers. Aber keine war so sehr geeignet, das Gefühl dafür zu vermitteln, was sein Körper ist und was er nicht ist, wie die manuelle Massage, bei der die Hände des Experten Fettpolster und Mängel anprangern, die Schlaffheit des Vorgefundenen und die verlorene Festigkeit der Muskeln. Nach anfänglichen Depressionen durchströmte eine seltsame Euphorie die Adern, die zum Teil dem Entschlackungsprozeß zu verdanken war, aber zum Teil auch der Wäsche des vergifteten Gehirns, das wie ein gefräßiges und stets durstiges Tier programmiert war. Es war wie die Seelenwäsche eines Geistes, aufgebaut durch spirituelle Übungen, eine Reinheit, die erst vollkommen werden würde durch einen Kniefall vor Gott und die Bitte um Vergebung aller begangener Sünden. Wann würde der Moment kommen, in dem er, vor der Herrlichkeit des Sangretales kniend, die Götter der richtigen Ernährung um Vergebung bitten würde – er, Pepe Carvalho, vergiftet von *Bacalao al pil-pil*, jungen Bohnenkernen mit Venusmuscheln, Kartoffeln mit *Chorizo a la riojana*, Brioches mit *Foie-gras* und Knochenmark,

Reis mit Sepiatinte, Tomatenweißbrot – Verführerin zu zahlreichen außerplanmäßigen Imbissen – Stockfischreis, Pudding aus Seehecht und Miesmuscheln – der neuesten Spezialität, mit der Biscuter noch seine Schwierigkeiten hatte. Wenn er zurückblickte, stand er vor der Notwendigkeit, einen See eisgekühlten *Orujos* zu überqueren und dann einen Fluß von Weißwein hinaufzuschwimmen. Seine Besessenheit von bestimmten Anbaugebieten hatte sich periodisch verändert und ihn schließlich zu einem Verehrer des Marqués de Griñón werden lassen; dabei wußte er nicht, ob dies der unbezweifelbaren Qualität des Weines zuzuschreiben war, oder ob sich nicht dahinter ein tangentialer Annäherungsversuch an die Frau Marquesa verbarg, mit Mädchennamen Isabel Preysler, eine philippinische Lou von Salomé. Hatte ihre Vorgängerin Nietzsche, Rilke und Freud in ihre Sammlung eingereiht, so übertrug sie jene ruhmreiche Triade in postmoderne Zeiten und machte daraus Julio Iglesias, den Marqués de Griñón und einen Wirtschaftsminister, der ihretwegen seine Familie und die Kontrolle über den Staatshaushalt im Stich ließ. Das Kapitel der Rotweine wollte er übergehen, jener Rotweine, die er auf einem dunklen Hintergrund von Blut sah. Blutig. Wie blutig und ruiniert mußte seine Leber nach dieser jahrelangen Mißhandlung sein! *Der eigene Körper ist der beste Freund des Menschen*, hörte er sich selbst sagen, nicht ohne Besorgnis, denn trotz der offensichtlichen Freude über sein Wohlverhalten, das Fasten und das körperliche Training sagte ihm irgend etwas, daß die neurotischen Dämonen Hunger und Durst nur an einen nicht näher zu bestimmenden Ort seines Gehirnes verbannt waren und dort auf der Lauer lagen. Diese Botschaft gefiel ihm. »Und überhaupt«, sagte Carvalho vor dem Spiegel zu sich selbst, mit nacktem Oberkörper, und sein Finger deutete auf die Stelle, wo sich etwa die Leber befinden mußte:

»Von mir aus kannst du platzen, du Dreckstück!«

Obwohl er nur ein Relikt war, hätte man meinen können, der maurische Tempel des Schlammes gebe dem ganzen Komplex der Kurklinik seinen eigentlichen Sinn. Er war seine Geschichte, sein uraltes Gedächtnis, und gleichzeitig befand er sich im hypothetischen Mittelpunkt des Kreises, von dem die Segmente ausgingen, die dann den Umfang der modernen Hauptgebäude bestimmten. Tagsüber strahlte die blendend weißgekalkte Fassade im Sonnenlicht; bei Nacht, wenn der Mond schien, bot er seine ganze Leuchtkraft auf, um die gespenstische Silhouette eines Gebäudes zu verschönen, das die Seele einer Ruine hatte. Die Klinikpatienten gelangten über einen ab und zu von Stufen unterbrochenen Weg zu ihm hinab, der zu seinem schmiedeeisernen Haupttor führte. Die Patienten aus dem Ort betraten ihn durch eine Hintertür, durch die man andererseits auch die Südpforte des Parks erreichen konnte und dann vor einer der wasserreichsten Schluchten stand, die den Río Sangre speisten. Sobald man durch das schmiedeeiserne Haupttor eingetreten war, stand man vor dem Brunnen, einer Imitation des Löwenbrunnens der Alhambra, gekrönt von einer kleinen Skulptur, die in früheren Zeiten kontinuierlich heißes, schwefeliges Wasser geliefert hatte. Heute wurde es durch einen Wasserhahn dosiert, um sein fortschreitendes Versiegen aufzuhalten. Blattförmige Stuckornamente an Säulen und Decken, Kacheln an hohen, restaurierten Kapitellen, zu beiden Seiten eine lehmziegelüberwölbte Galerie, rechts für Frauen, links für Männer. Flure mit Bänken aus gekacheltem Zement, deren Türen zu den Fangokabinen führten, kleinen Räumen von fünf Quadratmetern, in denen es eine Zementbank mit Matratze gab und offene Tröge, in denen das schwefelige Wasser zirkulierte. Damit wurde das antirheumatische Pulver deutscher Herkunft zu Schlamm angerührt. Spärliche Beleuchtung, Schwefelgeruch, einheimische Masseure in verwaschenen Unterhemden und kurzen Hosen, die wie Unterhosen aussahen. Bei diesen Masseuren war nichts von der Durchdrungenheit vorgegebener Formalitäten zu verspüren, die man von einem modernen Masseur erwarten kann. Es waren alte Praktiker, die mit großen Händen den Schlamm auf die schmerzenden Stellen des Patienten klatschten und ihn in schwefelgelbe Laken hüllten, um ihn zu einer mit eigenen Exkrementen eingehüllten Mumie zu machen. Der Schlamm besitzt die Konsistenz der schwefligen Fäkalien der Erde, und in seiner hingestreckten, in Leichentücher gehüllten Position glaubt der Patient zu fühlen, wie ein seltsamer Dünger in seinen Körper eindringt, über ihm das von Feuchtigkeit tropfende Gewölbe und auf den Augen den Druck spärlichen Lichts, das Menschen und Dinge wie Silhouetten im Fegefeuer erscheinen läßt. In der Hingabe des Körpers an den Schlamm lag etwas von dem Glauben an die Existenz von Dingen, die wir nicht sehen können, und die Wiederherstellung eines Kontaktes mit Gut und Böse in der Verbindung mit der Erde selbst. Es war der Lehm, der Ur-Lehm, aus dem wir, wie die Heilige Schrift sagt, gemacht sind, der kam, um das Zipperlein zu kurieren und den Rost aus den Gelenken des Körpers zu kratzen.

Aber Carvalho war noch kein Rheumatiker und hatte sich die Sache ganz anders vorgestellt. Schlammbad hieß für ihn, in einen Schlammteich einzutauchen, der geradewegs aus den Eingeweiden eines erloschenen Vulkans stammt. Dieses Erlebnis reduzierte sich nun darauf, mit Lehm von einem einheimischen Maurer beworfen zu werden, dem nur noch die Kelle fehlte, um mit routinierter Hand eine Mauer aus Rheumatikern und Gichtkranken hochzuziehen, eine Mauer aus Fleisch, die dann verputzt wurde, um mit dem Strahl aus einem Schlauch abgespritzt zu werden und zu einer sauberen Nacktheit zurückzukehren, eher matt als glänzend in der gelben Atmosphäre jener Katakomben. Überall das Geräusch von kontrolliertem oder unkontrolliertem Wasser, dazu das Gefühl, daß das unkontrollierte Wasser von weit her kam und hinter dem Rücken der Barbaren aus dem Norden, die es gefaßt und verändert hatten, um es der Gesundheitsindustrie anzupassen, in ein zweites Leben des alten Kurbades mündete. Der äußere Umfang des Pavillons und die Fläche der genutzten Räume stimmten nicht überein, woraus Carvalho schloß, daß es ungenutzte Räume geben mußte.

»Es gibt eine kurze, zugemauerte Galerie und eine Treppe zu einem Kellergeschoß, das nicht benutzt wird. Genau dort kommt das schwefelhaltige Wasser aus dem Berg, und es soll einen offenen Stollen geben, der ziemlich weit in den Cerro del Algarrobo hineinführt. Er heißt Cerro del Algarrobo, der »Berg des Johannisbrotbaumes«, aber nicht, weil es dort nur einen Baum davon gibt, er ist ziemlich voll damit.«

Der einheimische Masseur mißtraute jedem, der aus der neuen Kurklinik kam und das Wagnis unternommen hatte, zu einem Nebengebäude herabzusteigen, das die ausländischen Klienten normalerweise eher als Teil der Landschaft denn als Kureinrichtung betrachteten. Andererseits bewegte er sich mit natürlicher Selbstverständlichkeit unter den meist in Schlafröcke gehüllten Alten, die warteten, bis sie an der Reihe waren. Er war ein Meister der Friseurladengespräche und wirkte wie eine Mischung aus Maurer, Friseur und Schafscherer nach Feierabend, dieser Masseur, der Carvalho behandelt hatte, ein Relikt einer alten Methode, die Heilkräfte der Erde auszubeuten. Die Patienten der neuen Kurklinik traten bei den Gesprächen fast nie in Erscheinung, weder als Gesprächspartner noch als Thema, beinahe so als seien sie gar nicht vorhanden. Die Zahl derer, die im alten Pavillon Schlammbäder nehmen wollten, war klein; die meisten näherten sich ihm nur und betrachteten ihn, als seien sie soeben einem Reisebus entstiegen, der sie auf eine Tagesrundfahrt zu den archäologischen und geographischen Sehenswürdigkeiten mitgenommen hatte. Deshalb überraschte es Carvalho, Mrs. Simpson zu sehen, die in einem gesteppten Nylonmorgenmantel und auf den kräftigen, hohen Absätzen von quastenverzierten Pantoffeln auf die Damengalerie zusteuerte. Die munteren Rufe, die die Amerikanerin zur Begrüßung ausstieß, durchbrachen jede Logik des Pavillons; die Friseurladengespräche verstummten, die männlichen und weiblichen Masseure erstarrten, und jede Mumie auf ihrer Liege war sich dessen bewußt, daß gerade ein unerwarteter Besuch in der Absicht, sich bemerkbar zu machen, aufgetaucht war. Die meisten Eingeborenen fanden lautes Rufen bei einer Dame unpassend, vor allem, wenn sie so gut betucht war. »Wenn das Geld nicht wenigstens für gute Manieren sorgt, wozu ist es dann gut?« – »Na, um sich einen schönen Lenz zu machen, wie die dort oben.« – »Was heißt hier einen schönen Lenz? Die werden dort schlechter behandelt als meine Schweine! Sie kriegen nicht mal Johannisbrot! Jeden Mittag bekommen sie etwas Abwaschwasser und am Abend einen Obstsaft und müssen dafür bezahlen wie Rockefeller. Und das alles nur, weil es ihnen zu gut geht! Die würde ich hinstellen und Autobahnen bauen lassen, dann würden die Wehwehchen ganz schnell vergehen! Ich würde sie aus den Büros holen und Straßen bauen lassen, dann würden sie die anderen weniger schikanieren und brauchten keine Diät zu machen.« Dieses Gespräch hörte Carvalho mit, als er gerade in sein Leichentuch aus Schlamm gehüllt worden war. Zum erstenmal seit langen Jahren fühlte er sich einer Gruppe zugerechnet, er, der immer so stolz darauf war, ein Grenzgänger zu sein, ein Außenseiter, der die Grenzen mißachtete. Für die Stammgäste in der Katakombe gab es keinen Unterschied zwischen ihm und General Delvaux, den deutschen Schwestern oder dem Großgrundbesitzer Sullivan, den katalanischen Vertretern oder den deutschen Managern, die jeden Morgen versuchten, den armen von Trotta mit ihren Bällen zu durchlöchern. Hatten sie nicht recht? Er besaß nicht ihr Geld, aber er spielte ihr Spiel mit. Sowohl der Form als auch dem Ziel nach – er versuchte, mit Würde zu altern, indem er sich das Altwerden eines Reichen finanzierte oder zumindest die Angst vor Altersschwäche und Tod mit Kurbadspielen vertrieb.

»Ich wollte nicht mit denen tauschen.«

»Sie wissen nicht, was Sie da sagen! Diesen Leuten geht es hier vierzehn, zwanzig oder dreißig Tage lang schlecht, und nicht mal so schlecht, denn sie tun etwas für ihre Gesundheit, wie sie sagen. Aber dann kommen sie aus der Klinik und leben genau wie vorher, sind genau wie vorher und genauso reich wie vorher.«

Auch er würde wieder er selbst sein, zu seiner aufgeschobenen Realität zurückkehren, zu der fortschreitenden Melancholie Charos mit ihren beiden kaputten, aber lebenswichtigen Spielzeugen, ihrem Beruf und ihrer Beziehung mit Carvalho, und zu Biscuter. Er würde Biscuter umerziehen müssen und ihm kalorienarme Küche beibringen.

»Tun Sie etwas für Ihre Gesundheit, Chef! Ich studiere in der Zwischenzeit ein Buch, das ich mir gekauft habe, mit Rezepten, die für den Körper gut sind.«

»Übertreib nicht, Biscuter! Man darf ihnen nicht zu weit nachgeben!«

»Wem?«

»Wem? Denen!« hatte Carvalho zur Antwort gegeben und es Biscuter überlassen, die Feinde unter dem Rest der Menschheit herauszufinden. Während der Autofahrt zum Sangretal hatte er mit sich selbst über die Folgerichtigkeit seines Verhaltens gestritten. Er hatte Angst vor einem hilflosen, langen und bettlägerigen Alter, investierte jedoch einen Teil seiner Ersparnisse in eine zukünftige Altersqualität – eine Investition, die ihm keiner danken würde, nicht einmal er selbst. Fast alle Leute in der Kurklinik glaubten an ihre eigene Gesundheit, ja sogar an deren soziale Nützlichkeit, und hielten es für stilvoll, ihren Kindern stets eine stattliche Erscheinung zu bieten. Das war das einzige, was sie erschreckte, was sie tief bewegte: Die Furcht vor einem möglichen Verrat ihrer eigenen Biologie. »Irgendwann bringe ich mal einen Kochtopf mit und mache einen pikanten Reis mit Schnecken und Kaninchen, direkt neben dem Park der Kurklinik. Dann werden sich diese verhungerten Gestalten ärgern!« Carvalho stand im Morgenrock vor der halbgeöffneten Tür und betrachtete das rachsüchtige Männchen, das auf seine Fangopackung wartete.

»Schon der Geruch wird sie verrückt machen.«

»Sie werden es nicht zulassen, daß du das machst!«

»Wer soll mir denn verbieten, im Wald meinen Reis mit Kaninchen zu kochen?«

»Ich. Wie macht man denn diesen Reis, Señor Luis?«

»Also, das ist das einfachste der Welt. Ein *sofrito* mit allem, was dazugehört, Kaninchen, eine schöne gehackte Mischung aus *ñoras*, Knoblauch und grob gemahlener Pfeffer; die vorgekochten Schnecken gibt man dazu, wenn der Reis halb gar ist, damit sie schön ganz bleiben. Und Paprikapulver. Kein Safran.«

»Aber Paprika stößt mir immer auf.«

»Dann nimmst du eben Safran, Mensch, auf diese Kleinigkeit kommt es nicht an.«

»Und was mache ich gegen die Gicht?«

»Aha, gegen die Gicht! Vor dem Reis Primperán und nach dem Reis Natronpulver. So mache ich es immer, seit ich die Gicht habe, und ich hab mir schon manchen pikanten Reis zwischen die Kinnladen geschoben.«

»Und dann auf zum Fango, weil Sie sich kaum mehr auf den Beinen halten können!«

»Ich steh so fest auf den Beinen wie eh und je. Die Schlammbäder nehme ich, weil das schon mein Vater und mein Großvater getan haben ... Das machen hier alle schon seit Römerzeiten so, und nicht nur wegen dem Rheuma, das gab es früher noch nicht so häufig wie heute.«

»Was Sie nicht alles wissen!«

»Das habe ich in einem Buch gelesen. Früher starben die Leute an einem Axthieb, oder weil sie nichts zu essen hatten, aber sie hatten nicht so viele Wehwehchen wie heute.«

Als sie in Carvalho einen aus der Kurklinik erkannten, grüßten sie ihn höflich und folgten ihm mit neugierigen Blicken. Carvalho blieb bei dem alten Männchen stehen, das im Warteraum saß, eine kleine Säule aus zerbrechlichen Knochen mit dem Kopf eines gerupften Vogels.

»Verzeihen Sie, aber ich habe Ihr Rezept für den pikanten Reis mit Kaninchen gehört und möchte gern wissen, ob frische Paprika dazugehört oder nicht.«

»Es ist ein ganz bescheidener Reis, keine große Sache.«

Der Alte lachte mit geschlossenen Augen, um seinen Verdacht zu überspielen, daß seine kritischen Äußerungen gehört worden waren. »Natürlich können Sie Paprika dazugeben, und wenn die Schoten gebraten und abgezogen sind, um so besser, Sie können grüne oder rote nehmen. Und irgendein Gemüse dazu, am besten junge grüne Bohnen, von den breiten, die etwas herber schmecken.«

»Sie wissen, was gut ist, Großväterchen!«

»Beim Essen machen mir nicht mal die Franzosen etwas vor, und die sollen ja die besten Köche sein!«

Carvalho hob die Hand zum Abschied, aber der Alte hielt ihn mit einem Zuruf auf. »Junger Mann, wenn der Reis richtig gut werden soll, daß man sich danach die Finger leckt, dann braten Sie die Kaninchenleber und hacken sie zusammen mit dem Knoblauch und den *ñoras*.« Dabei zwinkerte er ihm zu.

»Du alter Fuchs! Die Geheimtips behältst du immer für dich, und bei den Fremden läßt du die Katze aus dem Sack!«

»Der war in Ordnung. Der ißt gerne gut!«

Carvalho trat an den Brunnen mit dem schwefelhaltigen Wasser und blieb genau vor Mrs. Simpson stehen, die ganz entrückt etwas betrachtete, das nur sie allein sah.

»Dieses Wasser ist so alt wie die Welt, Mrs. Simpson.« Die Alte schaute auf, überrascht über das eher amerikanische als kontinentale Englisch, in dem Carvalho sie angesprochen hatte. Ein nichtssagendes Gesicht mit einem Make-up, das ohne Zweifel genau auf Fangopackungen abgestimmt war. Ein schreckliches Gesicht, es sah aus wie eine Landkarte von Katastrophen, bedeckt von einer tristen weißen Creme. Mit einer ebenso liebenswürdigen wie kühlen Stimme sagte sie: »Die Welt hat bereits vor vierzig Jahren aufgehört, mich zu interessieren.«

Endlich, am Rande des Swimmingpools, wagte Oberst Villavicencio General Delvaux die Enthüllung zu machen, daß er der Armee angehörte, nun ja, angehört hatte, »obwohl, Herr General, Sie wissen ja, das Bewußtsein der Armee ist universell, ein Militär ist und bleibt ein Militär, solange er lebt«.

Die Tatsache, daß er es ihm enthüllte, hatte nicht direkt zur Folge, daß der andere die Tatsache auch sofort aufnahm. Es schien zwar so, er lächelte, aber schon ging er zur Treppe, um seine täglichen Unterwasserübungen zu absolvieren, als Duñabeitia erklärte, daß Delvaux wegen des äußerst mangelhaften Französisch des Oberst kein Wort verstanden habe, und sich dann als Dolmetscher anbot. Delvaux hörte aufmerksam zu, trat dann einen Schritt zurück und rief aus: »*C'est extraordinaire!*«

Villavicencio salutierte seinerseits militärisch, obwohl alle beide nur ihre Badehose anhatten, und dann drückte er ihm herzlich die Hand, verlegen, weil das Geheimnis nun gelüftet war, aber mit innerer Befriedigung.

»*C'est extraordinaire!*« sagte der belgische General zu seiner Frau, einer schwächlichen, farblosen Rothaarigen, die Villavicencio betrachtete, als könnte sie es nicht fassen, daß er ein Militär sein sollte.

»Zu Befehl, Herr General! Ich betrachte mich immer noch als im Dienst, trotz meiner Demission, zu der ich durch Umstände gezwungen war, die meine vaterländische Gesinnung auf eine harte Probe stellten.«

Diesmal verhielt sich der Baske nicht korrekt und hinterging Villavicencios Vertrauen, indem er Delvaux sagte, dieser habe den Dienst quittiert, weil ihm die Sozialisten in Anwendung des Unvereinbarkeitsparagraphen seine Viehfutterfabrik wegnehmen wollten. Delvaux fand die Sache immer noch außergewöhnlich, grüßte vage und ging zum Swimmingpool, während Villavicencio Duñabeitia mit Fragen bestürmte.

»Was hast du ihm da von Unvereinbarkeiten gesagt? Du siehst, ich habe dich verstanden!«

»Ich sagte ihm, daß du und die Sozialisten unvereinbar seid. Weil du das so verdreht ausgedrückt hast, Mann, daß er es gar nicht verstehen konnte!«

»Wir Militärs haben die Gewohnheit, uns verschlüsselt auszudrücken.«

»Aber die Belgier verwenden nicht denselben Code wie wir in Spanien.«

»Die verschlüsselte Ausdrucksweise ist ein Code in sich selbst.«

»Menschenskind, ich habe getan, was ich konnte.«

»Dir traue ich nicht über den Weg. Hier übersetzt du meine Worte, wie es dir gerade paßt, und dort im Baskenland knallst du mich ab, wenn du mich erwischst.«

Doña Solitas Versuch, diese Bemerkung mit einer einfachen Geste zu verbieten, indem sie mit dem Stricken aufhörte und einen Finger an die Lippen legte, kam zu spät. Der Baske schien den Vorwurf überhört zu haben und warf sich bäuchlings auf die Liege, um die Schweizerin zu betrachten, die sich auf den Rasen gelegt hatte und ihre Brüste sonnte. Neben ihr lag ihr melancholischer Ehemann.

Villavicencio ließ sich weiter darüber aus, wie interessant ein Austausch von Meinungen und strategischen Informationen mit dem Belgier wäre, »aber nicht mit dem da als Dolmetscher, der geht danach her und erzählt alles brühwarm denen von der ETA«.

»Halten Sie den Mund, Oberst, und lassen Sie mich dieses Wunder anschauen! Und Sie, Señora Solita, entschuldigen Sie, aber es gibt Dinge, denen man einfach nicht widerstehen kann.«

»Schauen Sie ruhig, junger Mann, schauen Sie genau hin, denn dazu ist man jung, und wir Frauen haben es im Grunde gern, wenn man uns anschaut.«

Der Baske hatte eine keltiberische Reaktion von seiten des Obersts erwartet, aber er stellte wieder einmal fest, daß dieser, wenn Doña Solita ihr Urteil gesprochen hatte, im Geist die

Hacken zusammenschlug, als sei es ein Befehl von einem Vorgesetzten – außerdem wagte es der Militär in Gegenwart seiner Frau nicht, die Schweizerin anzustarren, er tat es nur verstohlen und mit einer Miene, die ausdrücken sollte, so wild sei es ja nun auch nicht – dabei glühten seine Augen und das Schnurrbärtchen zitterte über einem Mund, der nicht wußte, wohin mit dem ganzen Speichel, der sich dort ansammelte. Man hatte drei Ausblicke zur Wahl: die Pflanzen, die Stalagmiten der Mineralwasserflaschen, die überall wuchsen, und die Schweizerin. Östlich von Helen röteten sich die deutschen Schwestern in der Sonne. In drei enganliegenden schwarzen Badeanzügen erinnerten sie an Dominosteine von hinten. Im Westen lag eine gut sortierte Auswahl europäischer Frauen, die ihre Brüste der Sonne darboten; Brüste wie Spiegeleier oder Birnen in Sirup oder eingeschrumpfte Punchingbälle. Die Spiegeleierbusen sahen aus wie diese Eier vom Backblech, die es in Cafeterias gibt – Eier, bei denen das Eiweiß mit einer gewissen traurigen Schlaffheit koaguliert und der Dotter dem anachronistischen Fluch des Alles oder Nichts zum Opfer fällt: entweder er schwabbelt, weil er zu roh ist, oder er hat durch das lange Garen seinen Aggregatzustand verändert. Die Birnenbrüste brauchten anscheinend das Netzwerk blauer Adern, um der Versuchung des Verfalls zu widerstehen, da ihre innere Festigkeit der Verschwörung der Drüsen zum Opfer gefallen war, und sobald sich die Besitzerin des Birnbaums in die Sonne legte, sahen ihre Brüste wie das mißratene Werk eines Konditors aus, wie Pudding, bei dem sich die Milch nicht richtig mit dem Biskuit verbunden hatte. Und was die Brüste anging, die wie ein geschrumpfter Punchingball aussahen – sie wurden in der Hoffnung auf ein Wunder der Wärme und des Frühlings der Sonne ausgesetzt. Der Baske hatte die Idee, daß sie, wenn man die Lippen an die Brustwarzen legen und blasen würde, wieder das würden, was sie einmal gewesen waren, und auf den Gesichtern der aufgereihten Sonnenbadenden würde sich ein zufriedenes und dankbares Lächeln ausbreiten, ohne daß sie das Bedürfnis hatten, die

Augen aufzuschlagen und nachzusehen, wer der begnadete Bläser war. Dann teilte der Baske die Männerbäuche, die sich der Sonne entgegenreckten, ebenfalls in Grundkategorien ein: der Gurkenbauch eines männlichen Schwangeren in der Horizontale, der Hängebauch auf der Jagd nach den eigenen Hoden und die Stahlkammer, in die alles hineinpaßt. Doña Solita lachte über die Klassifikationen des Basken, die, als er sie der spanischen Kolonie von Schlankheitsjüngern und Darmgereinigten anbot, passend zurechtgestutzt waren. »Nein, was für amüsante Dinge der Junge erzählt! Erklären Sie es mir näher, sonst sterbe ich vor Lachen!«

»Also gut, meine Theorien über die Brüste lassen wir mal beiseite, denn es sind Damen anwesend, und sicherlich gut ausgestattete. Konzentrieren wir uns auf die Männerbäuche! Ich würde sagen, der unangenehmste von allen ist die schwangere horizontale Gurke, denn der Betrachter hat den Eindruck, daß die Entbindung jeden Moment erfolgen kann, und zwar explosionsartig. Er ist der aggressivste Bauch. Dann kommt der Hängebauch, der wie eine Gletschermoräne aussieht, die alles vor sich herschiebt. Er ist der häßlichste, aber man braucht ja nicht hinzusehen. Der dritte, der Stahlkammerbauch, ist unverzichtbar, denn sein Eigentümer sieht aus wie ein Schrank, vom Adamsapfel bis zu den Geschlechtsteilen – entschuldigen Sie den Ausdruck! – und darin ist Platz für die Eingeweide, den Familienschmuck und sogar das Schwarzgeld.«

»Nein, er ist wirklich witzig, der Baske, Ernesto!«

»Sehr witzig, der Baske, sehr witzig.«

»Mit irgend etwas muß man ja die Zeit totschlagen, denn ich bin ein aktiver Mensch, und wenn das Wiegen, die Massage, die Gymnastik und der Einlauf erledigt sind ... kurz und gut, das ganze Theater, dann weiß ich nicht mehr, was ich machen soll, und bekomme Depressionen. Wenn ich meine Depressionen habe, erkenne ich mich selbst nicht mehr wieder, ich könnte mich in jedes Abenteuer stürzen, je verrückter, desto besser. Manche überwinden ihre Depressionen, indem sie sich

italienische Seidenkrawatten kaufen oder Schweizer Schokola-
dentaler, aber ich kriege einen Hang zum Größenwahn, und
wenn ich deprimiert bin, könnte ich einen Zeppelin klauen oder
den perfekten Raubüberfall durchführen.«

»Wie amüsant, hör nur, wie amüsant!« wiederholte Doña
Solita wieder, hingerissen von der Fähigkeit des Basken, sie in
Erstaunen zu versetzen.

»Ich will Ihnen noch etwas verraten: ich habe schon manchmal geplant, meine eigene Fabrik zu überfallen. Ich habe das alles schon ganz genau durchdacht. Man muß vor allem auf die
Reaktionen meiner Schwester und ihres ältesten Sohnes achten,
die etwas schwierig vorherzusehen sind, denn meine Schwester
ist Verkaufsleiterin, und mein Neffe macht die Public Relations.
Aber es gibt einen Tag im Monat, das ist normalerweise ein
Freitag, da haben die beiden einen festen Zeitplan, und ich weiß
jederzeit, wo sie sind. An diesem Tag mache ich den Überfall,
und kein Schwein merkt etwas davon. Bis sie es bemerkt haben,
bin ich schon über alle Berge, und mit mir die Tasche mit dem
Zaster.«

»Und was würden Sie dann tun?«

»Na, zurückgehen und alles erzählen! Im Endeffekt wäre
das, was ich mitnehmen würde, lächerlich, denn unsere Kasse
ist immer nur halb gefüllt, damit nicht eines Tages ein Überfall
passiert und uns ruiniert – bei der Unsicherheit in den Städten
heutzutage!«

»Ja, warum würden Sie sich denn dann selbst überfallen?«

»Das weiß ich auch nicht, Señora, fragen Sie mich nicht!
Vielleicht, um den Nervenkitzel zu erleben und trotzdem keine
Straftat zu begehen. Was zählt, ist, sich der Herausforderung zu
stellen. Das Resultat ist das Unwichtigste an der Sache.«

Sullivan kam gähnend an. Er trug schwer an der Last seines
Handtuches, trotz der Eleganz, mit der er es trug, und sein
Morgenmantel war so schlaff wie sein Körper.

»Jetzt stehst du erst auf?«

»Ja.«

65

»Es ist doch schon Zeit für die Gemüsesuppe!«

»Na ja, heute nacht war ich mit einem Freund in Bolinches, der zu Besuch kam. Also ich kann euch sagen! Ich bin ganz schön spät zurückgekommen.«

»Und ... und ganz schön blau«, sagte der Baske mit versagender Stimme, innerlich zitternd vor Aufregung, und die Schwingungen dieser Erregung übertrugen sich auf Don Ernesto und bewirkten, daß Doña Solita zu stricken aufhörte, für den Fall, daß sich die Geschichte lohnte. Sullivan sah sich nach allen Seiten um, senkte die Stimme und erzählte: »Ein paar Stückchen Jabugoschinken und eine halbe Goldbrasse im Salzmantel!«

»So eine Schweinerei! Eine halbe Goldbrasse im Salzmantel! Habt ihr das gehört, dieses Arschloch da macht sich einen schönen Lenz, während wir anderen hier beinahe verhungern!«

Der Baske war empört, nicht wegen der Tabuverletzung, sondern wegen der mangelnden Kameradschaft des Gutsbesitzers. »Ein ganz schöner Egoist, dieser Gutsbesitzer«, wiederholte der Baske mit wachsendem Zorn, »so läuft das in Andalusien, und dann schickt ihr die ganzen Saisonarbeiter zu uns, die ihr nicht braucht, und wir können sie im Baskenland durchfüttern.«

Sullivan war baff über diese Reaktion, und der Oberst wurde nachdenklich. Er wog das Für und Wider der Situation ab, und obwohl er Sullivan das Recht nicht absprach, sich mit einer halben Goldbrasse im Salzmantel zu vergiften, war er doch nicht weit davon entfernt, sich als der hungrige Dumme zu fühlen und beleidigt zu sein, wie es der Baske tat.

»Mensch, stell dich nicht so an! Nächstes Mal gehst du nach Bolinches und ißt einen Schinken, der von Fett trieft, wenn du willst!«

»Darum geht es nicht, Mann, bestimmte Dinge macht man einfach nicht, und wenn man sie schon macht, dann erzählt man sie nicht!«

»Aber du selbst hast mich doch gebeten, zu erzählen!«

»Und wie war es heute früh beim Wiegen?«

»Ich war gar nicht dort.«

»Er war nicht beim Wiegen! Habt ihr das gehört? Er war nicht beim Wiegen.«

Sullivan gestikulierte heftig mit den Armen, um bei dem Ehepaar Verständnis für sein Verhalten zu finden, dann mußte er Colom und dem Ladenkettenbesitzer und der elastischen kleinen Dicken, die das Schimpfen des Basken herbeigelockt hatte, Erklärungen abgeben.

»Und wie teuer kam dich das Menü?« fragte der junge Ladenkettenbesitzer.

»Hat es dir hier drin nichts ausgemacht?« wollte der Katalane wissen.

»Ich hab Mumm in den Knochen. Das mit dem Leberkoma haben die sich nur ausgedacht, um uns bei der Stange zu halten, genau wie die Priester das mit dem Rückenmarksschwund, wenn man sich einen runterholt.« Der Baske war weggegangen, um seinen Zorn verrauchen zu lassen, und maß mit seinen Schritten den ganzen langen Weg um den Swimmingpool. Er hatte die Hände über dem Hintern gekreuzt und führte Selbstgespräche.

»Menschenskinder, den hat's ganz schön erwischt!«

»Sehen Sie, Sullivan, hier steht man ganz schön unter Strom. Das macht das Fasten, es macht uns ganz besonders empfindlich.«

»Dieser Baske ist wie ein Kind, das sag ich dir!«

»Im Grunde langweilt sich hier jeder, der keinen Spaß daran hat, sich zu betätigen oder zu lesen, und Duñabeitia grübelt den ganzen Tag nur. Das ist nicht gut!«

Der Oberst bekräftigte die Erklärung seiner Gattin und überhörte die Solidaritätsbekundung mit dem Basken aus dem Mund des jungen Mädchens. Oder er hörte ihn nur mit halbem Ohr, wie das ganze Geplapper, das er sich aus Höflichkeit anhören mußte, das ihn aber mit seinen weithergeholten Argumenten nicht überzeugte. Das junge Mädchen war entzückt von der Spontaneität des Basken. Seine Reaktion war ehrlich

67

gewesen, und das mußte man ihm zugute halten in einer Zeit allgemeiner Unaufrichtigkeit, in der man sagte, was man nicht tat, und tat, was man nicht sagte. »Hier werden viele Worte gemacht und wenig getan.«

Darauf reduzierte der Oberst die Meinung des Mädchens, und als seine Behauptung nicht die erwartete Neugier erregte, kniff er ein Auge zu und murmelte: »Verstehen Sie, was ich meine?«

»Also, ehrlich gesagt, nein.«

Der Oberst durchsiebte den jungen Käsehändler mit einer ganzen Salve von vernichtenden Blicken.

»Das ist doch ganz klar, Mensch! Wenn ich sage, das ist so, dann ist das auch so. Und wenn ich einen ganzen Schinken aufessen will, dann esse ich ihn auch auf, und wenn die ganze Welt kopfsteht. Rekrut, los, lauf zu dem Basken und sag ihm, daß ich ihn hier erwarte! Ich hatte gerade eine Idee, die ihn auf andere Gedanken bringen wird!«

Der Käsehändler tat es und man sah, wie er mit dem Basken einen dialektischen Kampf ausfocht, bis er ihn überzeugt hatte und ihn mitbrachte, die Stirn gerunzelt und den Blick starr auf die Fliesen am Rande des Swimmingpools gerichtet.

»Baske, setz dich hierher, denn euer Oberst hat sich einen Plan ausgedacht, an den man sich in dieser Kurklinik noch in Jahrhunderten erinnern wird.«

»Was für einen Mist hast du dir denn ausgedacht?«

»Einen Überfall.«

Der Oberst zwinkerte Colom zu, denn er war von der geistigen Ernsthaftigkeit der Katalanen überzeugt und wollte, daß er sich der Partie anschloß. Dieser lachte kurz auf, brummelte »Immer zu einem Scherz aufgelegt, der Oberst!« und ging weg, um nicht in die Verschwörung hineingezogen zu werden.

»Du bleibst bei deinem Strickstrumpf, und wir kümmern uns um unsere Sachen!« befahl der Oberst seiner Frau und winkte Sullivan, den Basken und den Käsehändler zu sich heran, um ihnen seinen Plan zu erläutern.

»Ich brauche Männer mit Schneid, die vor keiner Schwierigkeit zurückschrecken und zu jedem Opfer bereit sind, wenn
eine entsprechende Beute winkt.«

»Genau das sind wir«, urteilte Sullivan.

»Wir sind aber noch nicht genug. Nach Maßgabe der verschiedenen Aufgaben, die ich euch in meiner Eigenschaft als
Gruppenchef zuteilen muß, benötigen wir noch ein fünftes Element. Ich habe den menschlichen Bestand kurz überblickt, mit
dem wir rechnen können, und bin zu dem Schluß gekommen,
daß die restlichen Männer der spanischen Kolonie entweder zu
alt sind oder zu katalanisch, das heißt zu eigenwillig und zu wenig vertrauenswürdig bei Plänen sind, wo es auf Kühnheit und
den Überraschungseffekt ankommt. Durch Eliminierung bin
ich schließlich auf den einen gekommen, der sich Carvalho
nennt. Auf den kann man zählen, er ist ein schneidiger Typ und
hat Erfahrung. Was haltet ihr von ihm als fünftem Element?«

»Meiner Meinung nach hat er Mumm, Herr Oberst.«

Sullivan legte die Hand an einen hypothetischen Mützen-
schirm. »Also, dann mußt du ihn für unsere Sache gewinnen.
Ich nenne es: Operation Kalorienüberschuß.«

»Kalorienüberschuß, das gefällt mir, klingt vielverspre-
chend.«


Trotz seiner direkten und wenig komplexbeladenen Art fiel es
Sullivan nicht leicht, Carvalho auf die Vorschläge des Oberst
anzusprechen, die der Baske, der Käsehändler und er selbst
schon rückhaltlos unterstützten. Er machte Umschweife,
sprach vom *taedium vitae* und den irrationalen Situationen,
die sich manchmal in abgeschlossenen Lebensräumen entwik-
keln.

»Jeder Bezugsrahmen«, führte Sullivan aus, »entwickelt
seine eigene Kultur, seine eigene Art zu sprechen, zu denken
und zu handeln.«

Carvalho fiel es seinerseits schwer, Sullivan als Philosophen des Verhältnisses von Bewußtsein und Verhalten zu akzeptieren, aber er ließ ihn reden und wartete darauf, daß er das Geheimnis lüftete oder sich herausstellte, daß er einfach Lust hatte, zu philosophieren.

»Eigentlich ist es ja so: der Oberst, der ja, unter uns gesagt, wie die Karikatur eines Offiziers aussieht, aber trotzdem ein ganzer Kerl ist, also er hat ein Ding ausgeheckt, das für ihn allein eine Nummer zu groß ist, er braucht die Mitarbeit von vier Typen, die zu allem bereit sind. Und wir haben uns gedacht, der Fünfte sollten Sie sein! Weil Sie sich genauso langweilen wie wir alle.«

»Ich weiß nicht, wie sehr Sie sich langweilen, aber ich gebe zu, daß ich mich ab und zu tatsächlich langweile.«

»Es geht um eine Aktion, die gleichzeitig Strafexpedition und Beutezug sein soll.«

»Gegen wen?«

»Gegen *Faber und Faber*. Das heißt, gegen die Verwaltung dieser Kurklinik und gegen diese unglückselige, repressive Philosophie, mit der sie uns traktieren. Wir wollen einen nächtlichen Überfall auf die Küche vorbereiten, mit dem Ziel, alles Eßbare mitzunehmen, das wir finden.«

»Das wird nur Diätnahrung sein.«

»In der Küche gibt es von allem etwas, denn die Angestellten sind nicht alle Vegetarier und außerdem, egal was sie haben, es ist immer noch besser als diese miserable Gemüsebrühe, die wir bekommen. Machen Sie mit?«

»Ich bin dabei.«

»Um zwölf; nach der zweiten Gymnastikstunde treffen wir uns in der Sporthalle. Seien Sie pünktlich! Wie der Oberst sagt, Pünktlichkeit ist die Basis jeder militärischen Aktion.«

Eine tiefsitzende Erziehung zum Respekt vor der militärischen Macht – atavistisch, nahm Carvalho an – war eingegraben in das Unterbewußtsein eines Volkes, das seit der Zeit von Viriatus oder, wenn man ihn nicht mitrechnet, von Scipio Africanus, seine Kämpfe gegen die Militärs regelmäßig verloren hatte – diese Erziehung zwang ihn, während des ganzen Vormittags an die genaue Uhrzeit des Treffens zu denken. Bei dem monotonen Dasein in der Kurklinik waren Dinge willkommen, die man mit Ungeduld erwarten konnte und die dem Ablauf der Zeit einen Sinn gaben, besser als die Strichlisten der leeren Mineralwasserflaschen oder der großen Tassen mit Gemüsesuppe, die ihn noch von dem großartigen Tag der ersten festen Nahrung trennten, einem Apfelbrei. Die Aufregung, daß es bald zwölf Uhr war, ließ ihn in der Sprechstunde bei Gastein die Fragen des Arztes nach seinen Schwierigkeiten mit dem Fasten und der speziellen Atmosphäre der Klinik zerstreut und unkonzentriert beantworten. Ohne zu wissen wie, hielt er plötzlich eine »Rechentafel« in Händen und mußte den Ausführungen des Arztes größere Aufmerksamkeit schenken.

»Es wäre wünschenswert, daß Sie sich allmählich geistig auf die Zeit nach dem Fasten vorbereiten. Auf dieser Rechentafel finden Sie den Anteil an Proteinen, Fetten, Kohlehydraten und Kalorien, den die häufigsten Nahrungsmittel der Spanier enthalten, dieser Allesfresser. Sie sind Katalane?«

»Ich wohne und arbeite in Katalonien.«

»Also gut. Alle Katalanen reagieren sehr betroffen, wenn sie erfahren, daß 100 Gramm *butifarra* 541 Kalorien entsprechen. Wußten Sie, daß eine knappe Handvoll Nüsse über 600 Kalorien enthält? Und 100 Gramm gefüllte Oliven sind schon 200 Kalorien!«

»Hören Sie auf. Das macht mich fertig!«

»Sie werden mich vielleicht für einen Sadisten halten, aber Sie müssen rechnen ... Rechnen Sie! Sie haben nicht zuviel Fett auf den Muskeln, aber Ihr Cholesterinspiegel ist zu hoch. Jegliche kalorienreiche Nahrung führt zur Vermehrung des Fettes.«

»Ich wiederhole noch mal, hören Sie auf! Ich gehe, ich will mit meinem Kummer alleine sein.«

»Und rechnen Sie! Rechnen Sie!«

Aufgefordert, seine Phantasie spielen zu lassen, kalkulierte Carvalho ein aufregendes Menü, während er auf dem Balkon seines Zimmers in der Sonne lag. 50 Gramm Kaviar, 70 Kalorien. Eine winzige Kleinigkeit. Ein Seehechtrücken in Cidre, 400 Kalorien. Paella mit Meeresfrüchten, 700 Kalorien. Etwas Vorsicht bei den übrigen Gerichten, und wenn dabei einer dick wird, dann will er es nicht anders. Was den Fettgebrauch anging, so war die reichliche Verwendung von Olivenöl bei der Paella unvermeidlich, aber beim Rest des Menüs konnte darauf ganz verzichtet oder seine Menge stark reduziert werden. Die gastronomische Zukunft sah immer rosiger aus, solange er die Exzesse mit *Salmis de pato* vermied, bei dem er nicht unter 500 Kalorien wegkam, auch wenn er die Bestie vorher um den größten Teil ihres Fettes erleichtern würde. Er fand es empörend, daß die Natur in 100 g Reis 371 Kalorien versteckt hatte und daß 100 g des leckersten Brotes, nämlich des ofenfrischen, es bis auf 380 Kalorien brachten. Dafür kam ein miserables, widerliches hartes Ei, dieser weiche, blasse Tumor, nicht einmal auf 90 Kalorien, ein gemeiner Fraß, der nach Impotenz der Phantasie schmeckte. Ein gutes *Foie-gras* enthielt 600 Kalorien, dafür kam ein ekliger Farmhähnchenschenkel nur auf 120. Wegen dieses Zeitvertreibs wäre er beinahe zu spät zu dem Treffen mit dem Oberst gekommen, aber er schaffte es noch rechtzeitig. Die Verschwörer waren alle versammelt und umringten die höchste militärische Autorität am Platze.

»Sehr gut! Dafür, daß es sich heute um das erste Treffen handelt, hat alles hervorragend geklappt. Meine Herren, ich bin kein Freund vieler Worte, bis zum Tag X und der Stunde Y gibt es wenig zu sagen und viel zu tun! Ein militärisches Ziel muß vor allem anderen gut bekannt sein, und deshalb steht uns eine Periode der Observation bevor, nachdem wir die Vorabinformationen, die uns hier und jetzt schon zur Verfügung stehen, gesammelt haben. Als erstes, du, Rekrut ...«

»Tomás.«

»Tomás, du studierst die allgemeinen Bewegungen im Hause. Man muß die günstigste Nacht herausfinden. Den Feind schlagen, wenn er es am wenigsten erwartet!«

»Dafür braucht sich Tomás nicht in Bewegung zu setzen, Herr Oberst. Der morgige Abend ist für den Gesellschaftstanz reserviert. Fast alle werden im Salon sein.«

»Richtig, Sullivan. Du wärst ein großartiges Mitglied des militärischen Geheimdienstes. Den Tag X haben wir also schon. Jetzt ist es notwendig, uns auf die Uhrzeit, den richtigen Moment, zu konzentrieren, wenn die Küche leer oder nur mit einer minimalen Anzahl von Wachelementen bestückt ist, die wir ausschalten können.« Sullivan nahm mit dem Ernst eines Schülers, der ein *summa cum laude* anstrebt, ein Notizbuch und einen Kugelschreiber aus der Tasche seines Morgenmantels und begann mitzuschreiben.

»In der Küche geht um halb elf das Licht aus«, behauptete der Baske kategorisch. »Ich buche immer dasselbe Zimmer, und von meinem Balkon aus sehe ich alles, was im Speisesaal vor sich geht. Ich kann auch sehen, ob in der Küche gearbeitet wird oder nicht.«

»Seht ihr? Seht ihr die faszinierende Logik der Sache? Schon haben wir Tag und Stunde. Mal sehen, alle Uhren vergleichen … Jetzt haben wir viertel nach zwölf. Morgen Abend Punkt zehn Uhr dreißig treffen wir uns wieder hier. Es wäre nützlich, einen Plan für die Erkundung des Geländes zu erstellen, wo wir uns bewegen werden. Die Rekognoszierung ist der Schlüssel zur Präzision der späteren Truppenbewegungen. Bei einem anständigen Feldzug, wie Gott es befiehlt, müßten wir rund um das zu erkundende Objekt Beobachtungsposten ausheben, aber das ist hier unmöglich. Man muß die Gegebenheiten des Geländes nutzen. Achtung! Die Beobachtung muß permanent, unauffällig, mehrfach und umfassend sein. Permanent, damit uns keine Fakten entgehen, die wertvolle Informationen liefern könnten. Unauffällig, damit der Feind die Beobachtungsposten nicht ausfindig macht und sie mit seinem Beschuß ausschaltet, was die Beobachtung erschweren oder unmöglich machen würde. Mehrfach, damit jede Einzelheit gleichzeitig von mehreren Organen gesehen werden kann, was die Zuverlässigkeit erhöht und gestattet, die Informationen zu überprüfen. Umfassend, das heißt organisiert auf allen Stufen, um den Wirkungsgrad zu erhöhen. Alles klar?«

»Eine Frage noch, Herr Oberst.«

»Schieß los, Sullivan, aber keine Rhetorik, bitte! Direkt zur Sache. Was gut durchdacht ist, dafür findet man auch schnell die richtigen Worte, wie Victor Hugo gesagt hat.«

»Oberst, du hast von Organen geredet, genauer gesagt, meine Notizen lauten: ›… mehrfach, damit jede Einzelheit gleichzeitig von mehreren Organen gesehen werden kann, was die Zuverlässigkeit erhöht …‹ etc. etc. Welche Organe meinst du damit?«

»Laß deine Witze, Sullivan, die Sache ist ernst!«

»Das ist kein Witz, Ernesto, ganz und gar nicht! Welche Organe meinst du?«

Der Oberst explodierte mit einer herzlichen Wut, die nicht frei war von professioneller Strenge. »Ich meine nicht das Organ zum Pissen, darauf wolltest du doch hinaus, Sullivan, ich kenne dich doch! Organe! Ja, Organe. Verschiedene Personen oder was auch immer, mit der Funktion, ein und dasselbe von verschiedenen Standorten aus zu beobachten. Habe ich mich klar ausgedrückt?«

»Glänzend, Herr Oberst.«

»Schieß los, Baske.«

»Müssen wir bewaffnet kommen?«

»Das würde dir so passen, bewaffnet kommen, verdammt noch mal, du alter *Etarra*! Du bist ein ganz ausgekochter *Etarra*. Wegtreten! Alle in den Salon, die Brühe wird ausgeteilt und es ist nicht gut, wenn wir uns verdächtig machen.«

Einer nach dem anderen ging hinaus, mit derart übertriebenem Ernst im Gesicht, daß Sullivan und der Baske, als sie sich auf der Treppe zum Salon hinauf begegneten, ihre starre Miene keine Sekunde länger aushielten und in lautes Gelächter ausbrachen, das sich in heiße Tränen auflöste.

»Verdammt, er nimmt das Ganze tatsächlich ernst!«

Carvalho ging an den beiden vorbei, die sich vor Lachen krümmten, und Tomás, der ihm dicht auf den Fersen folgte, versuchte, an seine Seite zu gelangen, um ihm etwas mitzuteilen.

»Ich habe es dem Mädchen erzählt, der Kleinen da, Amalia.«

»So.«

»War das falsch?«

»Nein.«

»Ich sagte es Ihnen nur, damit Sie sich nicht wundern, falls Sie sie sehen und sie etwas zu Ihnen sagt.«

Die Fastenden hatten ihre Schalen mit der Suppe in Empfang genommen und sich auf die Tische verteilt, als versuchten sie, die Substanzlosigkeit der Brühe durch die Substanz des Rituals zu ersetzen. Sie zogen die einzelnen Schlucke in die Länge, die einen aus einem tiefen Haß gegen den angebotenen Geschmack, die anderen, um die Illusion eines ausgiebigen und sättigenden Essens hervorzurufen, und manche, um zu gleicher Zeit ein interessantes Gespräch zu führen – über geplante Ausflüge nach Bolinches, Einkäufe und sogar Aussichten auf die Zukunft, wenn sie wieder den Status eines Allesfressers erlangt haben würden – obwohl ihnen nicht entgangen war, daß sie von nun an in ihrem Innern für immer die Angst davor tragen würden, mit Genuß zu essen; Schuldgefühle bei einem Genuß, der während ihrer gesamten Erziehung als reine Notwendigkeit getarnt gewesen war. Amalia kam Tomás und Carvalho mit einem sehr zufriedenen Lächeln entgegen, gleichzeitig im Bewußtsein der Wichtigkeit der Sache. Mit gesenkter Stimme fragte sie. »Alles klar?«

»Jawohl.«

»Phantastisch. Ich finde die Idee genial. Ihr werdet die Furien entfesseln. Es wird wie eine große Katharsis sein, Tomás.«

»Sag nichts zu dem Oberst ... Ich will nicht, daß jede Menge Leute Bescheid wissen.«

»Dieser Oberst ist einfach toll. Ein Geschenk des Himmels. Ich beneide euch! Ich hätte ja so gerne mitgemacht, aber der

Oberst will keinen Weiberrock dabei haben. Wenn er einen Weiberrock akzeptiert hätte, hätte er mich auch enttäuscht.«

Das schüchterne Mädchen war also mit anderen Worten eine brillante Rednerin. Carvalho verzog sein Gesicht zu einem leichten Lächeln der Aufmerksamkeit, mußte es aber angesichts der Lawine von Mme. Fedorowna teilen, die ihn wie die Gastgeberin eines Banketts mit Liebenswürdigkeiten überschüttete.

»Trinken Sie! Lassen Sie es sich schmecken! Aber schön langsam, schön langsam. Lassen Sie es sich auf der Zunge zergehen!«

Carvalho versuchte sein Lächeln zu einer abgeschlossenen Botschaft zu formen, das heißt zu einem ganzen Gesprächsbeitrag, der auch die Verabschiedung beinhaltete, aber Mme. Fedorowna übersprang alle Barrieren, auch die der Stummheit, und drang in pädagogischer Absicht in sein physisches Territorium ein.

»Es ist heute eine wunderbare Suppe aus Kartoffeln und Gurke. Das allerbeste Duirethikum, schmackhaft, kräftig, und dann dieses herrliche Kreuzkümmelaroma! Der Kreuzkümmel ist ein großartiges Gewürz und dazu praktisch unschädlich. Er greift den Magen weniger an als der Pfeffer. Schmeckt Ihnen der Kreuzkümmel, Señor Carvalho?«

»Am richtigen Ort, ja.«

»Zum Beispiel?«

»Zu bestimmten Gemüseeintöpfen mit Kürbis, Kartoffeln, Schinkenknochen, Kichererbsen, Stockfisch … Wenn man will, als Ersatz für den rohen Schinken.«

»Schinkenknochen!« sagte Mme. Fedorowna zu sich selbst und suchte im Speicher ihrer botanischen Kenntnisse die Pflanzenart, zu der dieses Produkt gehörte. Als sie feststellte, daß es nicht vegetarisch war, sondern daß es sich dabei, wie der Name sagte, um den Knochen aus einem Schweineschinken handelte, schwankte sie zwischen einer angeekelten Grimasse, die Carvalho eventuell beleidigt hätte, und einem kleinen Lachen schelmischer Komplizenschaft, das die bewußtseinsverändernde

Wirkung tagelanger ideologischer Überzeugungsarbeit in Frage gestellt hätte. Sie entschied sich daher für das Lächeln einer Taube, die nichts gehört hat, und ohne Carvalhos Lebensraum zu verlassen, suchte sie mit den Augen ein anderes menschliches Opfer aus, um sich ihm zu nähern und ihre Erläuterungen über die Kartoffel- und Karottensuppe fortzusetzen.

Carvalho hatte Hochachtung vor ihrer Fähigkeit zur Selbstbeherrschung und folgte dem majestätischen Flug des alten und blonden Blickes, der nach geeigneteren Nestern suchte, und fragte sich dabei wieder einmal, ob die grauen Trübungen im Weiß ihrer Augäpfel gute oder schlechte Anzeichen für eine gute oder schlechte Ernährung seien. Es waren die Augen einer Nonne, das Weiße im Auge einer Nonne, ein Weiß, das so genau abgegrenzt war wie das der zweifarbigen Sommerschuhe in der Nachkriegszeit oder das der gestärkten Schürzen der Krankenschwestern.

Während dieser aufmerksamen Betrachtung der Augen von Mme. Fedorowna bemerkte er, wie sich die Pupille auf ein Minimum verengte, als gehe das Kleinwerden der Augen Hand in Hand mit der Konzentration eines aggressiven Blickes auf einen bestimmten Punkt im Saale. Als die Augen von Mme. Fedorowna einen durchbohrenden Ausdruck annahmen, schlossen sich ihre Lippen und bildeten eine grausame Linie; ihr Mund blieb mit Anstrengung geschlossen, um zu verhindern, daß ihm Schimpfworte oder Schlimmeres entschlüpften. Mme. Fedorowna haßte jemanden oder etwas in diesem Saal, und wie Tänzer kehrten ihre Augen wieder und wieder zu der alten Mrs. Simpson zurück, obwohl das Lächeln langsam auf ihr Gesicht zurückkehrte und ihre Augen wie eine Litanei mehrmals die aufgeschobene Aussage ausdrückten:

»Einen Schinkenknochen, wie? Das hätte gerade noch gefehlt.«

Tomás kam als erster, und er wurde unsicher, als er sah, daß der Oberst allein in der Sporthalle war. Der Oberst ging durch den Raum und blieb ab und zu stehen, um seine meditative Haltung im Spiegel zu bewundern. Mit einer leichten Handbewegung schnitt er den Versuch des Jungen ab, militärisch zu grüßen, und hing weiter seinen Überlegungen nach, die ohne Zweifel der bevorstehenden Aktion galten. Dann kam der Baske, der eher einschlich als eintrat, da er wünschte, dem Kommando alle erforderlichen militärischen Merkmale zu verleihen. Und nach ihm kam Carvalho. Der Oberst schaute kritisch auf die Uhr, als Sullivan eine Viertelstunde zu spät auftauchte.

»Das würdest du bei einer Aktion im Krieg nur einmal machen. Ich würde dich an die Wand stellen lassen.«

»Bei einer Aktion im Krieg würde ich erst gar nicht auftauchen.«

»Auch noch Defätismus! Du kommst vor ein militärisches Schnellgericht und ab an die Wand! Aber lassen wir das. Achtung!« Er hielt sich zurück, obwohl er ein »Stillgestanden!« hinzufügen wollte, aber er konnte nicht umhin, die Versammelten kritisch zu mustern, als lasse er sie Revue passieren. »Sehr gut, Sullivan, wunderbar, dieses weiße Hemd, damit uns jeder schon vom Kilimandscharo aus sehen kann! – Dieser Bauch, Junge, mit diesem Bauch wirst du eher rollen als kriechen. Und du, Baske, dich will ich während der ganzen Aktion in meinem Blickfeld haben und keine Sekunde lang im Rücken. – Und Sie, als Beobachter, Sie gehen als Nachhut und melden jeden auffälligen Vorfall hinter unseren Reihen!

So weit, so gut. Ich weiß nicht, ich weiß nicht, was ich mit diesem Haufen tolpatschiger Zivilisten anfangen soll. Vor allem stehe ich vor einem ernsthaften Problem der militärischen Kasuistik: was stellen wir eigentlich dar? Eine Patrouille, eine Guerillaeinheit oder eine Antiguerillatruppe? Außerdem darf man nicht vergessen, daß wir eine Truppe von Unbewaffneten – ich wiederhole von unbewaffneten Männern sind, die ein militärisches Ziel verfolgen.«

»Wenn Sie gestatten«, meinte Sullivan, »mir fällt gerade ein, daß man dies, meiner Meinung nach, als eine Gruppe von Kriegsdienstverweigerern beschreiben könnte, deren kleinster gemeinsamer Nenner die Bedingung ist, keinen umzubringen.«

»An der Front werden keine Bedingungen gestellt! Also, was ist eine Patrouille?« Allen offenbarte sich ein ganz neuer, didaktischer Villavicencio, der, um die Wichtigkeit bestimmter Wörter zu unterstreichen, seine Stimme fortschreitend anhob, als wollte er sie aus der Syntax herausheben und von der Erde abheben lassen.

»Eine Patrouille ist jede kleine Anzahl oder jede Gruppe von Männern, die eine Einheit bilden oder zur Erfüllung eines Auftrages gegenüber der eigenen Einheit oder dem Feind abkommandiert sind. Im allgemeinen besteht eine Patrouille aus zwei Kerngruppen, einer für die Erfüllung des ›Spezialauftrags‹, den die Patrouille erhalten hat, und der anderen für die Sicherheit und den Schutz der Patrouille selbst. So, hier beginnen schon die Schwierigkeiten, denn wir haben nicht genügend Männer, um diese Kerngruppen zu bilden. Aber nicht alle Schwierigkeiten lassen sich darauf zurückführen. Welche Aufträge hat eine Patrouille? Was meinst du dazu, Baske, Sergeant …«

»Wieso denn plötzlich Sergeant, was soll das?«

»Ab jetzt bist du Sergeant. Sag mir, welche Aufgabe hat eine Patrouille zu erfüllen? Keine? Null? Menschenskind, das sind mir die richtigen Unteroffiziere heutzutage! Also gut. Eine Patrouille kann die Vorhut einer kleinen Einheit bilden, die bestimmte Arbeiten durchführt oder einen Geländepunkt vor der Einheit erkundet, die sich auf dem Marsch oder in Stellung befindet. Sie kann an einem Punkt des Geländes vor oder an der Flanke ihrer Einheit in Stellung gehen, um den Gegner zu beobachten und zu überwachen, die An- und Abwesenheit des Feindes festzustellen …«

»Verzeihung, Herr General! Wenn nun die Patrouille die Abwesenheit des Feindes feststellt, hört sie dann auf, eine Patrouille zu sein?«

»Was redest du da für einen Quatsch?«

»Das Problem ist nicht aus der Luft gegriffen. Ich erinnere mich, daß wir uns damals, in der Universität, als ich als Roter mit meiner Cousine Chon studierte, mit dem metaphysischen Widerspruch des Begriffes ›Diktatur des Proletariats‹ auseinandersetzten. Kann man von einer Diktatur des Proletariats sprechen, wenn die Bourgeoisie de facto gestürzt und beinahe vernichtet ist? Ist demzufolge eine Patrouille ohne Feind, auf Grund der Abwesenheit des Feindes, wie du so treffend formuliert hast, Oberst, ist das dann noch eine Patrouille?«

»Eine Patrouille bleibt so lange eine Patrouille, bis der Chef das Gegenteil anordnet!«

»Jetzt ist mir alles viel klarer, Herr Oberst.«

»Weiter, und ich dulde jetzt keine Unterbrechungen mehr, die aus Zeitgründen unsere notwendigen Ziele in Gefahr bringen! Ich sagte, daß eine Patrouille die An- oder Abwesenheit des Feindes feststellen kann, den Feind beobachten, in einer Zone mit Hindernissen den Weg freimachen, und …« Er schaute sie der Reihe nach an, um sie wachzurütteln und auf die Bedeutung dessen aufmerksam zu machen, was er jetzt sagen wollte. »… und Hinterhalte legen. Das sind die wesentlichen Merkmale, die uns helfen zu definieren, was das ist, eine Patrouille. So, nun muß man des weiteren denken, daß wir uns ein paar Merkmale der Guerilla und der Antiguerilla zu eigen machen. Der Guerilla: Wahrung der Freiheit der Initiative durch Mobilität, Kenntnis des Geländes, Unterstützung durch die Bevölkerung und Anwendung geeigneter taktischer Methoden. Antiguerilla: hier gibt es weniger Übereinstimmungen, aber eine gewisse Übereinstimmung besteht: zum Beispiel die Koordination zwischen zivilen und militärischen Aktionen. Ich fasse zusammen: wir sind eine Patrouille in Ausführung einer Strafaktion, also dessen, was die Nordamerikaner vor allem im Kino unter dem Namen ›Kommando‹ populär gemacht haben.«

»Wir sind ein Kommando!« rief Sullivan begeistert aus.

»Aus diesem Grunde habe ich einen Plan der Erkundung des

Aktionsortes und der Aktionen erstellt, die die Patrouille auf
dem Gelände durchzuführen hat. Wir werden die Sache im
Handstreich erledigen, und dabei sind zwei Phasen zu unterscheiden: Organisation und Durchführung. Sehen Sie sich diese
Skizze an!«

Er entrollte eine Landkarte und hängte sie mit Klebeband an
das Fenster der Sporthalle. Vor den Augen der Patrouille er-
schien ein Gewirr von durchgezogenen und unterbrochenen
Linien auf einem topographisch dargestellten Kampfgelände.
Unter den Linien, die alle auf einen Winkel zuliefen, der mit der
Spitze auf die Küche der Kurklinik wies, stand in säuberlich mit
Schablone ausgeführter Schrift:

1. Ziel
2. Wachen
3. Stoßrichtung einer wahrscheinlichen feindlichen Reaktion
4. Zielpunkt
5. Gruppe Sicherung
6. Gruppe Unterstützung
7. Mitglieder des Kommandos zur Ausschaltung von Wachen
8. Gruppe Angriff
9. Sammlungsgebiet

»Ziel? Die Küche, und konkret, die Speisekammer. Wachen: als
solche können wir Señora Encarnación und ihren Mann betrachten, man kann sogar ihren Sohn einbeziehen, wenn er
nicht nach Bolinches gegangen ist, um den Rowdy zu spielen.
Hoffen wir, daß es nicht nötig sein wird, sie auszuschalten, damit sie nichts ausplaudern – aber falls sie auftauchen, müssen
sie ausgeschaltet werden.

Bei dem gegebenen Mangel an Männern und Waffen bildest
du, Baske, den Stoßtrupp. Du, Dicker, deckst den linken Flügel
und bildest gleichzeitig die Gruppe Sicherung. Du, Sullivan, bist

81

der rechte Flügel und gleichzeitig die Gruppe Unterstützung. Sie, Detektiv, gehen als Nachhut und beobachten, was wir bei den Gegebenheiten des Geländes nicht sehen können. Überwachen Sie vor allem die Fenster des Salons, denn an diesem Abend wird getanzt, und jeder x beliebige kann herausschauen. Ich selbst marschiere genau im Zentrum dieses Winkels, und sobald der Baske mir das Signal gibt, rücke ich zum Ziel vor. Das ist der Moment, in dem die anderen mich unterstützen müssen. Aber erst in *diesem Moment*. Der Baske muß niesen, und das heißt dann: Weg frei. Wenn Wachen da sind, muß er ein weißes Taschentuch schwenken. Dann rücke ich schneller vor, um bei ihrer Ausschaltung mitzuwirken. Ja, ja, ich weiß, es ist sehr unorthodox, aber mehr ist nicht drin. Noch Fragen?«

»Dürfen wir Gefangene machen?«

»Was soll diese Frage, Sullivan?«

»Oberst, du hast von der Ausschaltung des Ehepaares gesprochen, das Küche und Speisesaal betreut, aber wie? Lassen wir sie über die Klinge springen oder nehmen wir sie mit?«

»Sei nicht so albern, Sullivan. Wenn wir sie mitnehmen, dann wird unsere Aktion früher als nötig entdeckt. Aber bedauerlicherweise können wir sie weder über die Klinge springen lassen noch niederschlagen oder gefesselt zurücklassen. Unterscheiden wir also die *theoretische* von der *praktischen* Ausschaltung! Bei der theoretischen Ausschaltung exekutieren wir sie – Zack! – bei der faktischen schreien wir sie ein paarmal an und sagen ihnen, sie sollen uns nicht stören. Fassen wir zusammen! Unsere Bewegungen werden sein: Anmarsch, Attacke, Rückzug und Auflösung.«

Carvalho schaltete sich ein. »Sie haben den Nachtwächter vergessen, Oberst, der die äußere Umgebung des Anwesens überwacht. Normalerweise dürfte er nicht hereinkommen, aber wenn er kommen sollte, stoßen wir mit einer bewaffneten Macht zusammen, die nicht über unsere tatsächlichen Absichten im Bilde ist. Was tun wir, wenn der Wachmann mit der Pistole vor uns steht?«

»Dann bekommt er ein paar Tritte in die Eier und ein paar Flüche an den Kopf. Genausogut könnte uns der Mond aufs Haupt fallen. Ich kenne den Stoff, aus dem ihr Intelligenzler gemacht seid. Sie führen dich intelligent aufs Glatteis und dabei sterben sie in Wirklichkeit vor Angst. Wenn einer zuviel Hirn hat, dann hat er zuwenig Mumm. Alles klar! Sobald wir unser Ziel erreicht haben, treten wir den Rückzug an, in umgekehrter Reihenfolge wie wir gekommen sind, also zuerst der Baske, dann der Dicke, Sullivan, der Detektiv, und ich gehe als letzter. Treffpunkt am Eingang des alten Pavillons. Zeitlimit … Los, Uhren vergleichen! Meine zeigt neun Uhr fünfundvierzig.«

»Eine Stunde früher als auf den Kanarischen Inseln«, meinte Sullivan mit unverschämt heiterer Miene, er konnte sich nicht bis zum Ende des Satzes beherrschen und brach in ein brüllendes Gelächter mit viel Speichel aus. Auch der Baske fiel einem Lachanfall zum Opfer und trommelte mit den Fäusten an die Wand, um seine Fassung wiederzugewinnen. Der Oberst sah sie verächtlich an und klopfte ungeduldig mit einem Fuß auf den Boden. Der Junge machte sich Sorgen um die Reaktion des Obersts, und Carvalho versuchte zu demonstrieren, daß er mit dem Ganzen nichts zu tun hatte. Als der Heiterkeitsausbruch vorüber war, schickten sie sich an, in der festgelegten Reihenfolge hinauszugehen. Der Baske ging in den Garten und observierte alle wichtigen Orientierungspunkte. Links oben war der hellerleuchtete Saal und die Schattenspiele der tanzenden Paare. Rechts, am Ende des Abhanges, lag der Fangopavillon, ihm gegenüber, in etwa 100 Metern Entfernung der Swimmingpool, und links davon der Küchentrakt mit dem Speisesaal.

»Scheiß doch der Hund drauf!« rief der Oberst gedämpft aus. »Hat keiner daran gedacht, etwas zum Verdunkeln der Gesichter mitzubringen? Wenn ich nicht an alles denke! Dieses Hemd, Sullivan, das verrät dich. Zieh es aus! Wir müssen geduckt bis zu den Oleanderbüschen schleichen, und wenn wir dort sind, hinlegen und über den Rasen robben! Es ist fast offenes Gelände, wir sind zu sehr dem Feindbeschuß ausgesetzt.«

83

Das Kommando schwärmte in Rhombusform aus, und der Baske ging mit gutem Beispiel voran, geduckt, fast in der Hocke, und kaum hatte er die Linie der Oleanderbüsche überquert, warf er sich zu Boden und robbte auf Ellbogen und Knien vorwärts. Mit ungleichem Ergebnis taten es ihm seine Kameraden nach, und der Oberst war nicht der einzige, der seine Unfähigkeit zu robben vertuschte, indem er in der Hocke dem Vorposten folgte. Dann hob der Oberst den Arm, um den Vormarsch zu stoppen, und wartete, was der Baske über das Ziel berichtete. Sein Niesen war das Signal, daß der Weg frei war, und die vier restlichen Mitglieder der Patrouille überquerten das Gelände, das sie vom Ziel trennte, bis alle vor der Seitentür der Küche zusammenkamen.

»Nichts Neues, Herr Sergeant?«

»Nichts Neues, Herr Oberst.«

»Verluste?«

»Der Funker hat uns im Stich gelassen.«

»Warum?«

»Seine Frau erwartet ein Kind.«

»Damit wird sich das Kriegsgericht befassen. Jetzt machst du die Tür auf, Dicker!«

»Sie ist geschlossen.«

»Gerade deshalb! Mach sie auf!«

»Sie ist aber von innen abgeschlossen.«

»Versager! Du solltest mal einen richtigen Krieg erleben, das ist es, was du brauchst, du nutzloser Wicht! Ist das vielleicht eine Antwort? Sie ist geschlossen! Man kann nicht eine ganze Operation stoppen mit der Ausrede, die Tür sei geschlossen.«

»Übernehmen Sie die kollektive Verantwortung, wenn ich mir erlaube, die Scheibe zu zerstören?«

»Angenommen.«

Carvalho nahm ein Mehrzweckklappmesser aus der Tasche, an dem er einen Glasschneider angebracht hatte. Er setzte ihn im rechten Winkel über der Scheibe an, an der Stelle, die dem Schloß am nächsten war, und da er über keinen Saugnapf verfügte, gab er bekannt, daß das Glas beim Fallen Lärm machen würde.

»Räuspere dich, Baske, mal sehen, ob die Tarnung klappt.«

Der Baske räusperte sich in dem Moment, als Carvalho das Glas eindrückte, so daß es zu Boden fiel und zersprang.

Das Geräusch hatte nicht allzuviel Aufsehen erregt. Carvalho steckte die Hand hinein und dann den ganzen Arm, bis er mit den Fingerspitzen den Schlüssel berührte, der dort steckte, und ihn umdrehen konnte. Die Tür öffnete sich durch ihr eigenes Gewicht. »Einer nach dem anderen!« mahnte der Oberst. Sie waren im Speisesaal, die Tische waren schon für das Frühstück der Patienten gedeckt, die das Fasten hinter sich hatten. Aber es war nichts Eßbares zu finden außer Plastikfläschchen mit Saccharin und kleinen Gefäßen mit Kleie, dem fundamentalen Element, um die Verdauungsfunktionen derer, die gefastet hatten, wieder in Gang zu bringen.

»Hier gibt es nichts zu requirieren. Gehen wir in die Küche.«

Hinter der Flügeltür lag die Küche, und dorthin marschierten sie, als plötzlich das Licht anging, so daß sich alle fünf automatisch zu Boden warfen. Jemand hatte von außen die Küche betreten, lärmte mit den Töpfen und machte Schubladen auf und zu. Seine Schritte näherten sich dem Speisesaal, die Flügeltür öffnete sich, und eine Zehntelsekunde später schien helles Licht auf die Tische und auf die Kommandogruppe. Niemand konnte Villavicencio ein gutes Reaktionsvermögen absprechen. Mit einem Satz war er auf den Beinen und rief: »Hände hoch! Ergeben Sie sich!«

Der Baske unterstützte ihn, und sie gingen zu zweit auf den Mann von Doña Encarnación zu, der nur langsam begriff, worum es ging, oder es vielleicht nie begreifen würde, denn als er zu grinsen begann, weil er eines der Gesichter wiedererkannt hatte, stieß ihn der Oberst an die Wand, zwang ihn, die Hände im Nacken zusammenzulegen, und durchsuchte ihn sorgfältig.

»Dicker, du schaltest den Gefangenen aus! Fessele ihm die Hände und knebele ihn!«

Aber Sullivan war schon dabei, Servietten zu einem Strick zusammenzuknoten, und in Sekundenschnelle war das angstvolle Keuchen des Gefangenen von einer Schlange aus gelben Servietten erstickt und seine Handgelenke mit bunten Bändern gefesselt. Der Oberst stieß die Tür zur Küche auf, und sie standen in einer Landschaft aus Edelstahl und Kacheln. Es war eine saubere, hygienische Küche mit verschiedenen großen Herden und ungeheuren Kesseln, aber ohne die geringste Spur von etwas, das man in den Mund stecken konnte. Sie hoben die Deckel von den Kesseln, sie waren leer, und die ganze Hoffnung konzentrierte sich zuerst auf die Wandschränke der Speisekammer und dann auf die beiden großen Kühlschränke, aber an den Türen hingen Vorhängeschlösser mit elektronischem Schließmechanismus, und Carvalho erklärte sich außerstande, sie zu öffnen.

»Bring den Gefangenen her!«

Der Käsehändler brachte ihn mit großer Zuvorkommenheit und sagte ihm, er solle sich keine Sorgen machen, das Ganze sei ein Scherz. Aber weder der Oberst noch der Baske waren zum Scherzen aufgelegt.

»Hören Sie mal, Señor«, sagte der Oberst klar und deutlich zu ihm. »Wir betrachten Sie als Kriegsgefangenen, allerdings rechnen wir Sie zur Gruppe der Priester und Sanitäter, weshalb Sie, wenn Sie mit uns kooperieren, so schnell wie möglich in Ihr Heimatland zurückkehren dürfen. Trotz des Umstandes, daß an Ihrem linken Arm die Binde fehlt, die Ihre Identität beweisen würde.«

»Aber wie soll denn dieser Mann eine Binde tragen, wo er doch nicht einmal wußte, daß wir Krieg haben.«

»Schweig, Sullivan, oder du bekommst Arrest! Die Gesetze und Gebräuche des Krieges sagen es klar und deutlich: Er hat am linken Arm eine Binde zu tragen, resistent gegen Feuchtigkeit und mit dem Kennzeichen versehen, dem Roten Kreuz, dem Roten Halbmond oder dem Roten Löwenhund der Sonne auf weißem Grund. Ausgegeben und abgestempelt von der Militärbehörde. Außerdem ist eine spezielle Ausweiskarte mitzuführen. Nimm dem Gefangenen den Knebel ab! Sag ihm, er soll nicht schreien, oder es wird ihm leid tun, ansonsten wird ihm nichts geschehen. Sie müssen zugeben, daß die Armbinde fehlt, die Sie als subalternen Angestellten, Sanitäter oder sonst etwas ausweisen könnte. Daher könnten wir Sie als Angehörigen der kämpfenden Truppe betrachten. Nun gut, Schwamm drüber! Sie brauchen uns nur zu erklären, wie wir die Speisekammer oder den Kühlschrank aufbekommen.«

»Hm, also, das sieht sehr schlecht aus, Herr Oberst, weil wir die Schlüssel jeden Abend der Frau Leiterin aushändigen müssen, seit hier im letzten Herbst Marmelade gestohlen wurde.«

»Verflixt und zugenäht! Was nun?«

Der Baske verteilte Fausthiebe in die Luft und wollte sich nicht mit dem Scheitern der Expedition abfinden. Er riß Schubladen auf und rüttelte an den Vorhängeschlössern.

»Sag ihm, daß wir seine Aussage nachprüfen, und wenn er uns angelogen hat, wird er an die Wand gestellt!«

»Hier ist ein Apfel!« meldete die unsichere Stimme des Käsehändlers, und alle Augen bestätigten die unbezweifelbare Präsenz eines Apfels in einer Ecke der Arbeitsplatte der Köche. Einer. Ein einziger Apfel. Der Apfel. Der Urapfel an sich. Der Baske stürzte sich darauf, um als erster seine Zähne hineinzuschlagen, aber Sullivans Zähne waren schon in der Frucht, bevor die Hand des Obersts dazwischenfahren konnte.

»Die gesamte Beute ist Eigentum des Oberkommandos, und dieses wird ihre gerechte Verteilung veranlassen. Das Ganze war ein Fehlschlag. Rückzug! Löscht die Lichter, und den Gefangenen nehmen wir mit, damit er keinen Alarm schlägt. Sullivan und du, Tomás, ihr seid mir für den Gefangenen verantwortlich. Ihr geht rüber zum Schwimmbecken und kommt dann herunter zum Sammelpunkt. Baske, geh du voran, für den Fall, daß wir überrascht werden, und Sie, Detektiv, gehen am Schluß und passen auf, vor allem auf die Leute im Salon!«

Als sie im Garten waren, hörten sie sogar die Musik, nach der getanzt wurde. Jemand hatte die Fenster geöffnet, ein Slowfox wurde gespielt, *Tres Monedas en la Fuente – Drei Münzen im Brunnen* – wenn Carvalho sich richtig erinnerte. Er folgte dem Oberst und erreichte in seinem Kielwasser den Eingang des Pavillons, wo Duñabeitia schon auf sie wartete. Die anderen kamen nicht, und der Oberst ließ sich auf die Stufen nieder, die zum Pavillon hinunterführten.

»Ich habe euch die ganze Zeit beobachtet, jeder einzelne von euch hat das Zeug zum Soldaten, und ob! Ich meine nicht die Tapferkeit im heißen Gefecht, die der Theoretiker Villamartín die ›sanguinische‹ Tapferkeit nennt, sondern die ›zähe‹ und die ›kalte‹ Tapferkeit. Versteht ihr, wovon ich rede? Ich sage euch den Text auswendig, so, wie ich ihn auf der Akademie gelernt habe: ›Es gibt eine Tapferkeit, die man die sanguinische nennen kann, jene angriffslustige, fröhliche, turbulente, gedankenlose Tapferkeit, die vorwärts stürmt, ohne sich umzusehen, die aber, vielleicht durch eine gewaltsame Reaktion zurückgeworfen, sich unter Umständen in Angst und Panik auflöst. Es gibt die zähe Tapferkeit, die Tapferkeit in der Stellung, die zwar nicht mit Impetus vorrückt, aber auch durch keine menschliche Gewalt zum Rückzug zu bewegen ist. Dann gibt es noch die Tapferkeit, die sich auf die Gefahr ›vorbereiten‹ muß, mit abgestuften Emotionen, die angesichts einer unvorhergesehenen Gefahr verschwindet. Es gibt die Tapferkeit als Kind der Eigenliebe, aber sie braucht Theater und Zuschauer. Es gibt auch die kalte Tapferkeit, die Tapferkeit dessen, der sich inmitten der Gefahr bewegt, als gehe sie ihn überhaupt nichts an, und der den Eindruck erweckt, als tauche der Tod in seiner Rechnung als Faktor nicht auf. Das ist die Tapferkeit des Generals, der in seinem Hauptquartier seine ganze Aufmerksamkeit auf die Landkarte richtet, ohne den Staub zu bemerken, den die Kugeln vor seinen Füßen aufwirbeln. Es ist die Tapferkeit des Offiziers, der die Situation ganz genau beobachtet, die Ausrichtung und Gegebenheiten einer Festung oder einer Stellung im Schützengraben, genau so, als befinde er sich auf dem Übungsgelände. Es ist die stoische Tapferkeit großer Männer.‹ Genug zitiert, ich will nur noch hinzufügen, das war die Tapferkeit Francos. Wo bleiben die Kerle denn?«

Obwohl sie sie gelöscht hatten, brannten die Lichter im Speisesaal und in der Küche wieder. Etwas war dort im Gange, und ebenfalls in der Nähe, denn sie hörten Zweige rascheln und menschliches Atmen, das aus dem Gebüsch kam. Sullivan lief ohne Deckung auf sie zu, um ihnen, trotz Dunkelheit, sein verärgertes Gesicht zu zeigen.

»Blödsinn ist und bleibt Blödsinn. Der Dicke ist mit dem Gefangenen abgehauen, also, er ist mit ihm durchgebrannt und hat mir zugerufen, wir seien zu weit gegangen. Jetzt wird man uns wohl aus der Klinik rauswerfen.«

»Unsere Aktion wird schon richtig verstanden werden, und was den Dicken da angeht, wenn ich den erwische, den mache ich fertig! Ich weiß nicht, wie diese heutigen Generationen aufwachsen. Sie machen sich über alles lustig und haben keine Achtung vor Dingen, denen sie eigentlich Achtung schulden. Und dabei macht der Junge gar nicht den Eindruck, daß er auf irgendeiner Modewelle reitet, aber man sieht, daß die heutige Zeit alles kaputtmacht.«

Aus der Küche drangen Stimmen, die Musik verstummte, plötzlich gingen fast gleichzeitig alle großen Fenster des Salons auf, und die Tänzer schauten heraus, als ob ein Spektakel angekündigt worden sei. Das Kommando blickte von den Fenstern zu dem Licht in der Küche, von wo sich jetzt die hellen Strahlen einer Taschenlampe näherten.

»Hinter dieser Taschenlampe geht der Typ mit der Pistole. Und die ist echt. Man wird uns für Gauner halten, geschieht uns ganz recht, wir haben es nicht anders verdient.«

»Sei ruhig, Baske! Mutig den Tatsachen ins Auge geblickt! Wenn er vor uns steht, ergeben wir uns, und ich werde eine öffentliche Erklärung über unsere hervorragende taktische Übung abgeben.«

»Halt! Keine Bewegung! Ich habe eine Pistole, die ist schärfstens geladen.«

»Wir wollen uns ehrenhaft ergeben! Ich bin Oberst Villavicencio von der Infanterie in besonderer Mission, und das hier sind meine Männer. Ich erinnere Sie daran, daß wir nach Kriegsrecht nur zur Nennung von Vor- und Familiennamen verpflichtet sind, der Beschäftigung, Geburtsdatum, Soldbuchnummer und dem entsprechenden Vermerk. Die Verhöre sind in einer Sprache zu führen, die der Gefangene versteht, und es ist unter keinen Umständen gestattet, Druck auszuüben oder physische oder moralische Folter anzuwenden, um weitere Informationen zu erhalten.«

»Gut gut, lassen wir endlich die Witze! Es ist kaum zu glauben, gestandene Männer wie Sie und führen sich auf wie Halbstarke!«

»Mit irgend etwas muß man sich amüsieren, Chef!«

Der Baske trat zu dem Wachmann, hinter dem der in der Küche Gefangene mit einem Nudelholz in der Hand herkam, sowie Mme. Fedorowna, deren indignierte Blässe die Dunkelheit verbarg. Es hatte den Anschein, als verliere das Skelett des Obersts die rigide Starrheit, die es den ganzen Abend an sich gehabt hatte, Villavicencio entspannte sich, trat auf den Wachmann zu, gab ihm die Hand und beglückwünschte ihn zu der perfekten Durchführung seiner Aktion.

»Sie haben das Überraschungsmoment gut ausgespielt.«

»Waren es nur Sie? Die vier, die hier sind, und der Junge, der zu mir kam und mir Bescheid sagte?«

»Jawohl. Ein Kommando, das ganz offensichtlich der Bedeutung der Aktion nicht gewachsen war.«

»Und welche Rolle spielte diese Dame hier?« Die Körper wandten sich um und folgten dem Strahl der Taschenlampe, der Mrs. Simpson zeigte, die sich an die Tür des Pavillons preßte. Alle erstarrten und verstummten, bis auf Mrs. Simpson, die sich wieder in Bewegung setzte und zwischen ihnen hindurch, ohne jede Erklärung, zur Kurklinik schritt. Mit langen Schritten, in feuchten, dreckig verschmierten und quietschenden Segeltuchschuhen.

Man hätte in Mrs. Simpsons Fall sogar von einem sportlichen Tod sprechen können. Ihre Leiche wurde gefunden, wie sie im Wasser des Swimmingpools trieb, aber es war nicht ihr Stil, sich als Leiche der Willkür des Todes und der Wellen auszuliefern, sie hielt immer noch eine gewisse Muskelspannung aufrecht, als wollte sie aus dem Jenseits eine letzte Botschaft der Körperbeherrschung schicken. Der Mann, der für die Sauberhaltung des Swimmingpools zuständig war, hatte sie entdeckt und Mme. Fedorowna und den Geschäftsführer benachrichtigt. Aber nach wenigen Sekunden hatte die Nachricht schon das Vorzimmer des Wiegeraumes erreicht und kam sogar noch rechtzeitig für diejenigen, die sich zum Morgenspaziergang am Río Sangre anschickten. Daher mußte Mme. Fedorowna ein Gedränge von Klienten um die Leiche von Mrs. Simpson herum über sich ergehen lassen. Dr. Gastein beugte sich über sie, um routiniert den Tod festzustellen. Nur neue Klienten schienen erschüttert oder überrascht zu sein; die älteren Insassen kannten die sportlichen Laster von Mrs. Simpson und wußten, daß sie oft im Morgengrauen ins Schwimmbecken sprang und als Aperitif für die folgenden morgendlichen Aktivitäten in korrektem Stil ihre tausend Meter zurücklegte. Ein Schwindelanfall, eine kurze Bewußtlosigkeit, hatten ohne Zweifel zu dem Unfall geführt, und nur Carvalho glaubte, eine besondere Absicht in der Ausdauer zu sehen, mit der Gastein den Kopf und den Hals des Opfers leicht hin und her bewegte, und in dem zusätzlichen Ernst, der seine Züge bedrückte. Gastein fixierte Mme. Fedorowna, als wollte er ihr eine Botschaft übermitteln, die nur sie allein verstehen konnte, und er erhob sich, nachdem er über das Gesicht der Toten die Decke gezogen hatte, die schon über ihren Körper gebreitet war. Blicklos ging er durch die Schaulustigen, die ihm den Weg freimachten, und als er an Carvalho vorüberging, dauerte es eine Weile, bis er realisiert hatte, welche Beobachtung der Detektiv äußerte.

»Schädelbasisbruch.«

Als Gastein begriffen hatte, was Carvalho da gesagt hatte,

wandte er sich ihm mit kritischem Gesicht zu und fragte: »Sind Sie Mediziner?«

»Nein, aber Sie.«

Die beiden Männer sahen einander an, ohne daß einer den Blick senkte, und Gastein neigte den Kopf, um weiterzugehen, während er murmelte: »Schon möglich.«

Carvalho behielt seine Beobachtung für sich und bewegte sich während des ganzen Vormittags wie in Zeitlupe, genau wie die übrigen Kurgäste. Er ging von Grüppchen zu Grüppchen, die sich die sportlichen Taten von Mrs. Simpson in Erinnerung riefen, und die rationale Rache derer, die sie besiegt hatte, bestand jetzt in der Argumentation, man hätte es ja kommen sehen, es sei ja unmöglich, daß eine Frau in diesem Alter Aktivitäten von derartiger Quantität und Qualität entfalten könne. Einige sorgten für Aufsehen, indem sie über »superenergetischen« Selbstmord theoretisierten, den viele alte Menschen begehen. Sie setzen sich über ihre eingeschränkten Möglichkeiten und ihre Schmerzen hinweg und stürzen sich in Hyperaktivismus, durch den sie bewußt und freiwillig das Ende herbeiführen. Fast alle wollten lieber in hektischer Aktivität sterben als auf dem Krankenlager; binnen einer Stunde fand Mrs. Simpson Eingang in das Buch des vorbildlichen Sterbens.

Der Streifenwagen der Polizei erschien protokollgemäß, um die amtliche Untersuchung durchzuführen und die Ambulanz zu eskortieren, die Mrs. Simpsons Leiche und Señor Molinas zum Gerichtsmedizinischen Institut nach Bolinches brachte. Eine Autopsie sei in solchen Fällen unumgänglich, argumentierte Mme. Fedorowna gegenüber einer Schar von Klienten, die ihr Fragen stellten über die Zukunft der sterblichen Reste von Mrs. Simpson und die Notwendigkeit einer Bestattungszeremonie in der Kurklinik. Mme. Fedorowna beteuerte, die Religionszugehörigkeit der Toten sei ihr nicht bekannt, aber falls es notwendig werden würde, würde man auf ein eklektisches Ritual zurückgreifen, ganz schlicht und funktional, das die religiösen Gefühle weder der Mehrheiten noch der Minderheit verletzten würde. Man könnte einen Trauergottesdienst nach vegetarischem Ritus abhalten, meinte Sullivan, der sich vor Lachen krümmte und vor dem ärgerlichen Schnauben flüchtete, das seinem Mangel an Respekt galt – so wurde jedenfalls in dieser Situation bemerkt. »Ich will nicht bestreiten«, sagte Villavicencio zu Sullivan, »daß ihr andalusischen Grundbesitzer manchmal amüsant seid, aber ihr seid imstande und bringt für einen guten Witz euren eigenen Vater um.«

»Und wieso nicht, wenn der Witz gut ist?«

Carvalho war nicht in der richtigen Stimmung für derartige Dialoge und bemerkte, wie sich seine innere Muskulatur anspannte in Erwartung der Ereignisse, die nur er wittern konnte. Er bezog im Salon Posten und setzte sich so, daß er das Kommen und Gehen vor den Direktionsbüros im Auge hatte. Die Rückkehr eines in sich gekehrten Molinas. Die Aufforderung an Mme. Fedorowna und Gastein, zu einer Besprechung zu kommen. Dann eine Besprechung mit dem Personal, das für Instandhaltung und Überwachung des Geländes zuständig war, und das Durchsickern der Frage, ob jemand kurz nach Tagesanbruch Mrs. Simpson in der Nähe des Schwimmbeckens gesehen hätte – um den Zeitpunkt des Unfalls zu bestimmen, wie es hieß. Carvalho erwartete, bald die Sirene eines Polizeiwagens zu hören, oder, wenn nicht das, so doch das unverwechselbare Geräusch von zuschlagenden Türen und das Auftauchen von zwei oder drei Männern im Türrahmen, mit flinken Augen und sparsamen Bewegungen. Die Autopsie sollte am selben Tag noch durchgeführt werden. Man war schon dabei. Es wurde versucht, die Verwandten von Mrs. Simpson in den Vereinigten Staaten ausfindig zu machen. Aber bei Anbruch des Abends war noch nichts passiert, und das Tun und Treiben der Kurklinik kehrte in seine gewohnten Bahnen zurück. Der Abend versprach sogar interessant zu werden, denn ein englischsprachiger Videofilm war angekündigt worden, *Zwei auf gleichem Weg*, mit Audrey Hepburn und Albert Finley – sie eine Exklientin der Klinik und er, nach seiner Neigung zum Übergewicht zu urteilen, ein mehr als wahrscheinlicher zukünftiger Klient. Andererseits sollte im Fernsehen ein Ausscheidungsspiel um den Europapokal zwischen einer spanischen und einer belgischen Mannschaft übertragen werden, Madrid gegen Anderlech, wie es hieß, und es kam zu präventiven und hartnäckigen strategischen Truppenbewegungen, um Positionen zu besetzen, die einen guten Blick auf das Spielgeschehen erlauben würden. Das ging so weit, daß es an jenem Abend des Wettkampfes an der Tür des Fernsehraumes zu einem Gerangel kam und Mme. Fedorowna einen zusätzlichen Fernsehapparat im Salon aufstellen mußte. Die Spaltung des Publikums vollzog sich nach geographischer Herkunft: die Europäer versammelten sich um den Fernseher im Salon und die Spanier um den im Fernsehraum. Kein äußerer Faktor hatte diese Spaltung herbeigeführt, sondern ein innerer, der Schweizer, Deutsche, Franzosen und Belgier auf der einen Seite vereinigte und die Spanier auf der anderen. Die italienischen Mädchen verschwanden bei Einbruch der Dämmerung. Sie hatten Depressionen und schliefen stundenlang, wobei ihre geschlossenen Augen in den heiteren Seen ihrer dunkelgeränderten Augenhöhlen ruhten. Carvalho ging vom Film zum Fußballspiel, aber zwischendurch begab er sich ab und zu hinauf zur Rezeption, um zu sehen, ob das eintrat, was er erwartete. Nach elf Uhr war es dann soweit. Man hörte keine Sirene, aber das Zuschlagen der Wagentüren klang überall gleich, ironisch amüsiert schloß er die Augen. Als er sie wieder aufschlug, standen sie da, zu zweit, der breitere weiter vorne, ein bleicher junger Mann mit etwas nachlässiger Kleidung und einem sparsamen Gang. Sein Kollege war ein träger Dicker mit Walroßbart, dessen Augen flink über Personen und Dinge glitten. Nach einer respektvollen Verbeugung vor der Empfangsdame verschwanden sie rasch im Büro von Molinas, und Gastein tauchte unerwartet auf, der um diese Zeit sonst nie in der Klinik war, begleitet von Mme. Fedorowna. Nach einigen Minuten öffneten sich die geschlossenen Türen, und ein niedergeschlagener Molinas kam heraus, nach ihm die beiden Inspektoren. Sie hielten einen Meter Abstand, als würde sein Schatten Unglück bringen. Man tuschelte in der Mitte des Salons mit Mme. Fedorowna, und die Russin gab sich selbst und der Empfangsdame, die bis um zwölf Uhr Dienst hatte, eine Reihe von Anweisungen. Sie gingen in verschiedene Richtungen auseinander, und Carvalho sah, wie die Polizisten, Molinas und Gastein schweigend und distanziert in der Mitte des Salons zurückblieben. Nach einiger Zeit gingen Türen auf, und Klienten kamen die Treppe herauf – man hatte alle zu einer dringenden Versammlung im großen Saal zusammengetrommelt. Selbst die italienischen Mädchen waren genötigt, sich aus ihrer Lethargie aufzuraffen, sie kamen als Nachzügler und brachten noch ihr Äußeres in Ordnung. Señor Molinas stand dort, wo sonst Juanito de Utrera stand, *El Niño Camaleón*, und wandte sich in spanischer, englischer, französischer und deutscher Sprache an die Klienten. Die Mitteilung war kurz. Da es notwendig sei, einige Begleitumstände von Mrs. Simpsons Tod aufzuklären, werde darum gebeten, daß weder Klienten noch Personal für die Dauer der polizeilichen und gerichtlichen Maßnahmen die Klinik verließen.

Selbst die Klienten, die entlassen werden sollten, mußten dableiben. Die Kosten ihres Extraaufenthaltes würden zu Lasten der Firma *Faber und Faber* gehen. Molinas betonte, es handele sich dabei um eine reine Routinemaßnahme, es bedeute nicht, daß aus dem Vorfall alarmierende Schlüsse gezogen würden, und unter ähnlichen Umständen wäre an jedem anderen Ort genauso verfahren worden – eine rätselhafte Erklärung, die den Umständen in dem über jeden Verdacht erhabenen Ort eine Sonderstellung einräumte. »Die Polizei«, fügte Molinas hinzu, »wird Ihnen Fragen stellen, und ich bitte Sie, ihr entgegenzukommen. Je mehr Sie ihr entgegenkommen, desto schneller werden die Untersuchungen beendet sein.« Nach allgemeinem Schweigen fragte ein Deutscher, ob das Verbot, die Kurklinik zu verlassen, im buchstäblichen Sinn gelte: Ob es verboten sei, die physischen Grenzen der Kurklinik zu verlassen.

95

»In der Tat«, erklärte Molinas mit singender Stimme. »Morgen – es ist zu hoffen, daß es nur morgen sein wird – darf niemand die Kurklinik verlassen, später wird möglicherweise die Grenze auf den Gemeindebezirk ausgedehnt, aber es muß für mindestens zwei oder drei Tage mit einer intensiven Folge von Verhören gerechnet werden.«

Diese Erklärung mobilisierte diejenigen, die die schwächsten Nerven hatten; sie stürzten zu den Telefonen, um sich mit den Konsulaten und Botschaften in Verbindung zu setzen. Molinas versuchte, sie aufzuhalten, und bat sie, in den Videoraum zurückzukehren oder sich das Fußballspiel anzusehen, denn die Herren Inspektoren hätten mit Rücksicht auf die spezielle Diäternährung und die nötige Ruhe die Verhöre auf den morgigen Tag verschoben, und es lohne sich nicht, unnütz die Konsulate zu alarmieren. Dies hätte nur negative Konsequenzen für die Kurgäste, denn es würde die Presse mobilisieren und einen Belagerungszustand herbeiführen, der für niemanden angenehm war. Es entstand ein Gedränge wie auf einem Flughafen, wo das letzte Flugzeug startet und die Passagiere mit dem Gefühl auf der Erde zurückläßt, die letzte Chance verpaßt zu haben, oder wie auf einem Bahnhof, wenn der Zug abfährt und Leute zurückläßt, die vor einem nicht näher konkretisierbaren Terror auf der Flucht sind und rennen und rennen, bis der Bahnsteig unter ihren Füßen verschwindet. Eine Gruppe verärgerter Deutscher, der sich der Antiquitätenhändler anschloß, bezeichnete die getroffenen Entschlüsse als untragbar. Es würden ihre Interessen geschädigt und deshalb zwangsläufig zu Schadensersatzansprüchen und Regreßforderungen führen.

Carvalho studierte die Reaktion des einen Polizisten. Was passierte, schien ihn kaltzulassen. Er hatte das Körpergewicht auf ein Bein verlagert und das andere entspannt, seine Schultern waren locker und sein Blick verlor sich in einer Falte seines eigenen Denkens. Dann kam der Moment, wo es ihm zuviel wurde. Er sagte Molinas etwas ins Ohr. Der Verwalter unterhielt sich daraufhin besorgt mit dem Polizisten. Die Gesten des Beamten waren nun voller Entschiedenheit und Energie; er verlangte, Molinas solle die Situation klären, sonst würde er selbst eingreifen. Er bellte ihm etwas ins Ohr, und Molinas blieb nichts anderes übrig, als in den verschiedenen Sprachen zu wiederholen: »Inspektor Serrano fragt mich, was Ihnen lieber ist: Soll er Sie hier verhören, wo Sie Ihren normalen Lebensrhythmus beibehalten können, oder in Bolinches auf der Wache?«

Serrano wußte die Antwort bereits. Er blieb ungerührt, denn die zunächst stattfindende Verschärfung des Protestes war nur die Vorstufe dafür, daß die Mehrheit zur Mäßigung rief und durchsetzte, daß die erträglichere Lösung akzeptiert wurde.

Der Inspektor schloß sich dem Rückzug der Klinikleitung an, ohne jemanden dabei anzusehen. Seinen Jägerblick sparte er sich für die Gelegenheit auf, wenn er sie einzeln vor sich haben würde.

Kaum hatten sie den Saal verlassen, bildeten sich nationale Gruppen. Die stärkste war die deutsche, gefolgt von den Belgiern und Spaniern, danach kam ein französisches Sextett, ein Quintett von Schweizern und die beiden italienischen Mädchen. Molinas kam zurück, und als er die Situation erkannt hatte, wandte er sich an die Gruppe der Spanier und bat sie mehrmals: »Helfen Sie mir!«, ohne dies näher zu erläutern. Dann ging er abrupt zu den anderen Grüppchen, wo er mit Lächeln und Versprechungen um sich warf: »Nein, meine Herren, nein! Eine Aufsplitterung der Initiativen wäre … Ich verstehe ihre Nervosität sehr gut, aber ideale Bedingungen haben wir nur, wenn die Klinikleitung der einzige anerkannte Vermittler zwischen den Klienten und der Polizei bleibt, außerdem werden die Gebrüder Faber demnächst eintreffen. Angesichts der Situation haben sie beschlossen, so schnell wie möglich hierherzukommen.«

Die Nachricht von der bevorstehenden Ankunft der Gebrüder Faber beruhigte die Deutschen und die Schweizer. Dafür beunruhigte es die Franzosen noch mehr, während die Belgier sich indifferent verhielten, obwohl diese Indifferenz vielleicht der Kühlheit ihres erklärten Führers zuzuschreiben war, General Delvaux, der wie die gleichmütigen Helden der Artus-Sage über den Dingen zu stehen schien. Die erste internationale Verbindung knüpfte Villavicencio, der sich in Begleitung des Basken vor Delvaux aufbaute und zu ihm sagte: »In diesen außergewöhnlichen Zeiten ist es notwendig, daß Persönlichkeiten mit Sinn für Disziplin und Führungsqualitäten die Verantwortung übernehmen, um zu vermeiden, daß es zu einer Massenhysterie und ihren irreparablen Folgen kommt.«

»In der Tat«, antwortete Delvaux, wobei er den ganzen Kopf benutzte, um seine Zustimmung zu bekräftigen, »in der Tat, es ist außergewöhnlich, *c'est extraordinaire, c'est extraordinaire*!«

»Ich verbleibe in Erwartung Ihrer Initiative, Herr General«, fügte Villavicencio hinzu und machte kehrt, während der Baske übersetzte. Als er wieder zur Gruppe der Spanier stieß, berichtete er von seiner Aufforderung an den Belgier und fügte hinzu: »Ich mußte es tun.« Fast alle stimmten dem zu, nur die Katalanen ergingen sich in dunklen Anspielungen. Einem entfuhr sogar die leise Bemerkung, das alles sei eine »poca soltada«, eine Formel, die das Gefühl fast zur Aggressivität steigerte, daß Villavicencios Tat eine sinnlose Dummheit gewesen sei. Aber in der Gruppe erwartete man nicht allzuviel von der möglichen Mitarbeit der Katalanen, man hielt sie für übermäßig introvertierte Leute, die sich ohne Sinn für die Gemeinschaft immer abseits hielten und seit dem 18. Jahrhundert mit den Chromosomen ihrer Eltern die feste Überzeugung vererbt bekamen, daß alle Bewohner der Welt jenseits des Ebro ein Haufen unzuverlässiger Verrückter und alle jenseits der Pyrenäen Gauner waren.

Die Gebrüder Faber trafen im Laufe des Vormittags in der Kurklinik ein. Der größere, dickere und kahlköpfige Bruder ging voran, und ihm folgte eine maßstabsgerecht verkleinerte Ausgabe seiner selbst. Sie trugen eine der außerordentlichen Situation angemessene Miene zur Schau, mußten aber den Ausdruck von Besorgtheit verstärken, als sie feststellten, welche Erschütterung die ganze Kurklinik erlebte. Fast keiner war zum Wiegen erschienen, und die gesellschaftlichen Aktivitäten bestanden darin, entweder nach Nationalitäten getrennt die Liegen am Schwimmbecken zu bevölkern oder um die Direktionsbüros herumzulungern, wo Inspektor Serrano, sein Assistent und eine Schreibkraft Aussagen aufschrieben. Die Ankunft von Hans und Dietrich Faber unterbrach die Verhöre, und die beiden Polizisten liehen den kritischen Vorschlägen ihr Ohr, die in einem sehr sanften Redestrom von den dicken, glänzenden Lippen Hans Fabers flossen. Er war nicht mit der Maßnahme einverstanden, die Klienten in der Kurklinik einzusperren, als seien sie alle eines eventuellen Verbrechens verdächtig. Darüber hinaus sei noch nicht einmal die Hypothese des Verbrechens bewiesen, und es fiel ihm nur das Wort »überstürzt« ein, um das zu kennzeichnen, was hier vorsichging. Serrano hörte mit übertriebener Aufmerksamkeit zu und brauchte lange, um sich zu einer Antwort durchzuringen, wobei er Molinas als Dolmetscher benutzte. Daß Señora Simpson ermordet worden sei, liege auf der Hand, nicht nur auf Grund des Schädelbasisbruches, sondern weil an ihrem Körper auch andere Spuren von Gewaltanwendung gefunden worden seien, die näher zu beschreiben nicht der richtige Zeitpunkt sei. Ausgehend von den Gegebenheiten der Kurklinik sei der Fall quasi eine Variante des Mordes im verschlossenen Zimmer, von daher sei es logisch, daß alle Bewohner des Hauses den polizeilichen Maßnahmen zur Verfügung stehen mußten, bis man ein annähernd korrektes Bild von der Situation jedes einzelnen und seines Aufenthaltsortes zum Zeitpunkt des Verbrechens habe. Ein verschlossenes Zimmer? Seit wann war die Kurklinik ein verschlossenes Zimmer?

»Sie ist ein Raum, der von bewohnten Orten weit entfernt liegt, aber über die Straße und die Wege über die Berge leicht zu erreichen ist. Jeder Beliebige könnte hierherkommen, eindringen, Mrs. Simpson ermorden und wieder verschwinden. Der Mörder kann schon Tausende von Kilometern weit weg sein.«

»Jede Untersuchung entspricht den besonderen Merkmalen des Falles, und die Typologie dieses Falles macht es erforderlich, daß wir alle verhören, die zum Zeitpunkt des Verbrechens hier unter einem Dach lebten. Ich werde dafür sorgen, daß dieser Vorgang beschleunigt wird.«

Nun zog Faber seinen alles entscheidenden Joker, und diesmal auf spanisch.

»Demnächst, Señor Serrano – Sie heißen doch Serrano, nicht wahr? –, werden Sie einen direkten Anruf vom Innenminister bekommen, mit dem ich heute vormittag vor meiner Abreise aus Zürich sprach. Wie Sie wissen werden, zählen einige ehemalige Minister und die Inhaber hoher Ämter auch des gegenwärtigen Staatsapparates zu unseren Klienten. Ich hoffe, daß eine gegenseitige Zusammenarbeit zum Triumph der Gerechtigkeit führen und dafür sorgen wird, daß unser Unternehmen so wenig lädiert wie möglich aus der Sache hervorgeht.«

»Ich habe schon mit dem Minister gesprochen«, antwortete Serrano, der der Tatsache an sich genausowenig Bedeutung beimaß wie dem theatralischen Ton, mit dem Faber seine Beziehungen zu Politik und Verwaltung ausgespielt hatte.

»Der Herr Minister billigt die Maßnahmen, die ich ergriffen habe, und auch den Geist, in dem sie ergriffen worden sind.« Faber schloß die Augen und reichte dem Polizisten die Hand. »In diesem Falle will ich mich nicht in Ihre Arbeit einmischen. Je schneller Sie sie zum Abschluß bringen, desto besser für alle Beteiligten.«

Er änderte Tonfall und Sprache, als er sich an Molinas und die übrigen leitenden Angestellten wandte, und bat das Team wieder in den Konferenzsaal der Direktion. Faber sprach mit seinem Bruder und lauschte seinen Antworten, als würden sie ihn interessieren. Zwei Räume wurden geschlossen. In dem einen tagte die Klinikleitung, in dem andern wurden die routinemäßigen Verhöre der Insassen fortgesetzt: sie wurden nach dem Grad ihrer Bekanntschaft mit Mrs. Simpson befragt, wann sie sie das letzte Mal gesehen hatten, ob sie ihnen vielleicht irgendeine Enthüllung gemacht hatte, die mit dem Verbrechen in Verbindung stehen könnte, und ob sie Juwelen getragen hatte, die nicht in der spärlichen Inventarliste der Polizei aufgeführt waren. Allmählich machte die Nachricht die Runde, daß das Zimmer von Mrs. Simpson durchsucht worden und ihre Stahlkassette verschlossen, aber leer im Schrank gefunden worden war. Mrs. Simpsons Geld war verschwunden, nicht aber ihre Kreditkarten und der Schmuck, den sie trug, als man sie im Swimmingpool fand. Raub paßte als Motiv nicht zu den Begleitumständen des Mordes. Wo war er ausgeführt worden? Im Zimmer, als der Gangster von Mrs. Simpson überrascht worden war? Wie hatte es der Mörder dann geschafft, die Leiche aus einem Zimmer im ersten Stock hinauszuschaffen und vierhundert Meter weit zum Swimmingpool zu schleppen, ohne gesehen zu werden, ohne Lärm zu machen, der jemanden aufgeweckt oder den Nachtwächter alarmiert hätte? Derartige Überlegungen wurden in jeder Gesprächsrunde angestellt, und außer den Italienerinnen war der Gatte der Schweizerin der einzige, der sich nicht für die Vorfälle interessierte. Niedergedrückt von einer inneren Melancholie saß er in einer Ecke des Salons, während seine Frau mit den Deutschen oder den Schweizern plauderte. Schwester Helda mußte das Ritual aufrechterhalten, das dem Klinikaufenthalt seinen Sinn gab, und machte die Opfer der Einläufe darauf aufmerksam, daß ihre Stunde nahte. Mme. Fedorowna ersuchte die Massagechefin, die ausgefallenen Massagen telefonisch zu reklamieren. Die Tendenz zur Normalisierung der Lage setzte sich durch, je mehr die traumatische Erinnerung an Mrs. Simpson als Wasserleiche unter einer billigen Decke verblaßte, und vor allem dank der Schnelligkeit und Einfachheit der Verhöre. Das Bewußtsein in bezug auf die Kurklinik spaltete sich: Einmal war es eine Kurklinik in nächster Nähe und doch weit entfernt, objektiv ein Gebäude in einer Landschaft, in dem ein Verbrechen geschehen war; zum anderen war es dieselbe Kurklinik wie immer, ein Zentrum entspannter und auf lange Sicht behaglicher Bußübungen für die Sünden, die man gegen den eigenen Körper begangen hatte. Die innere Logik des Corpsgeistes fast aller, die dort isoliert waren, brachte sie immer mehr dazu, den Fall von Mrs. Simpson als Episode einer Fernsehserie zu betrachten, innerhalb derer sie sich wie Zuschauer fühlen konnten oder wie Außenstehende, die in der Lage waren, früher als das übrige Weltpublikum zu erfahren, wie es ausging. Die spanischen Morgenzeitungen meldeten die Sache als Unfall, ohne den Namen der Einrichtung zu erwähnen, und unter den Kurgästen wurde schon spekuliert, daß die Nachricht im Fernsehen kommen könnte, ja sogar, daß die Fernsehkameras schon vor den Toren der Klinik auf die Genehmigung der Gebrüder Faber warteten.

Die Verhöre folgten keiner logischen Reihenfolge, weder alphabetisch noch nach Zimmernummern, und wurden in Gegenwart von Molinas durchgeführt, der als Dolmetscher fungierte. Aber Carvalho sah eine besondere Bedeutung darin, daß er an fünfzehnter Stelle aufgerufen wurde, als erster der Spanier. Er hatte es geahnt und betrat das Büro mit dem Vorsatz, weiterhin die Rolle eines normalen Kurgastes zu spielen, aber es genügte schon, das Grinsen des schnauzbärtigen Polizisten zu sehen, um zu verstehen, daß es schwer sein würde, dies zu schaffen. Als Inspektor Serrano Molinas bat, den Raum zu verlassen, wurde ihm klar, daß es unmöglich sein würde. Molinas sträubte sich, aber Serrano argumentierte, Carvalho sei ein Sonderfall, und damit fand sich der Manager ab. Serrano saß hinter einem Verwaltungsschreibtisch und schaute ihn nicht an, dafür ließ ihn sein Assistent nicht aus den Augen.

»Sieh da, sieh da! Wer hätte gedacht, daß wir hier einen Kollegen treffen würden!«

Serrano konnte ein kurzes Lachen nicht unterdrücken und tauschte mit lachenden Augen einen Blick mit seinem Assistenten.

»Am Rauch sieht man, wo das Feuer brennt! Wo ein Privatdetektiv auftaucht, da muß ja etwas faul sein. Darf man erfahren, was ein junger Mann wie Sie an einem Ort wie diesem hier macht?«

»Gesundheit! Ich unternehme etwas für meine Gesundheit.«

»Ich habe Ihr Dossier noch im Kopf. Es wurde mir soeben telefonisch von Barcelona durchgegeben, und ich bekomme es später per Telex. Sie sind ein guter Fachmann, aber es sieht nicht gerade danach aus, als gehe es Ihnen finanziell besonders gut. Und dieses Haus hier ist teuer, sogar das Nicht-Essen ist hier teuer. Können Sie sich dieses luxuriöse Fasten denn leisten, Señor Carvalho?«

»Ich besitze in der Tat nicht allzuviel Geld, aber wenn Sie so wollen, habe ich genug, um sagen wir mal, mir einen Nerzmantel zuzulegen.«

»Und wozu zum Teufel brauchst du ...?«

»Sie, bitteschön!« schnitt Carvalho dem mit dem Schnauzbart das Wort ab und milderte seinen schneidenden Tonfall durch ein Lächeln.

»Sie, Paco, Sie! Señor Carvalho ist ein ganz normaler Klient der Klinik. Aber: Wozu brauchen Sie einen Nerzmantel?«

»Man hat schon von teureren Launen gehört!«

»Sie sind also mit anderen Worten aus einer Laune heraus hier.«

»Launen, Manien! Ich möchte keinen Fehler machen, aber Sie sehen kerngesund aus, und wie einer, der gerne viel und gut trinkt und ißt, und trotzdem sind Sie kerngesund.«

»Stimmt.«

»Vor zwanzig Jahren ging es mir genauso wie Ihnen. Aber jetzt muß ich auf mich aufpassen.«

»Das ist für mich der erste Fall eines Schnüfflers, der sein Geld in so ein Irrenhaus wie dieses hier trägt.«

Carvalho musterte den Schnauzbärtigen und sagte zu Serrano: »Ihr Freund dagegen sieht gar nicht gut aus. Er ist zwar schlank, aber um die Hüften zu breit und hat einen Hängebauch, weil er jeden Tag zu lange sitzt.«

103

Serrano schloß die Augen, und diese Geste bremste seinen Kollegen, der schon auf Carvalho zustürzte. Er hielt die Augen weiterhin geschlossen und fragte: »Seien Sie mal ehrlich! Früher oder später wird es sowieso bekannt, und das wäre um so schlimmer für Sie. Sind Sie aus beruflichen Gründen hier? Wußten Sie irgend etwas, das Sie auf die Idee brachte, Mrs. Simpson könnte etwas zustoßen?«

»Nein.«

»Erzählen Sie mal, was hier neulich nachts los war.«

»Was meinen Sie?«

»Den Einbruchsversuch in die Küche.«

»Das kann Ihnen Oberst Villavicencio am besten erklären. Er war der Chef des Kommandos.«

»Was soll das heißen, Kommando?«

»Ich meine unser Kommando. Wir waren nicht genug Leute, um eine Patrouille zu sein. Also beschlossen wir, daß wir ein Kommando sind. Machen Sie sich über diese Geschichte keine Gedanken! Das war ein dummer Jungenstreich, mehr nicht. Uns war es hier sehr langweilig, und wir hatten die Aggressionen, die wir nicht rauslassen konnten, unterdrückt, bis wir eine gemäßigte Form gefunden hatten, sie loszuwerden. Genau wie in Gefängnissen oder Kasernen.«

»Sie führten eine nächtliche Aktion durch, um einen Apfel zu erbeuten. Und Sie schlossen sich der Aktion an, einfach so, aus Spaß an Streichen. Das ist schwer zu glauben.«

»Noch schwerer zu glauben ist, daß ein Oberst die Aktion angeführt hat.«

»Ein Oberst a. D.«

»Ein Oberst bleibt immer ein Oberst, genau wie ein Polizist immer ein Polizist bleibt.«

»Sieh mal an, wohl ein kleiner Philosoph?«

»Sei still, Paco! Señor Carvalho ist von irgend jemand engagiert worden, nachdem hier einige Diebstähle vorgekommen waren. Das ist doch der eigentliche Grund Ihres Hierseins, stimmt's?«

»Nein, von den Diebstahlversuchen erfuhr ich erst hier. Ich war fast nackt, lag auf einer Liege, und eine Masseurin versuchte, meinen Rücken wieder in Ordnung zu bringen. In dieser Lage erfuhr ich von den Diebstahlversuchen. Außerdem, wenn es um die Diebstähle ginge, dann wäre ja die Firma mein Auftraggeber. Fragen Sie doch Molinas oder die Herren Faber!«

»Das werde ich auch tun, und gnade Ihnen Gott, wenn Sie gelogen haben!«

Er kam nicht dazu zu antworten. Nach einem diskreten Klopfen öffnete sich die Tür, und Molinas tauchte im Türrahmen auf, ganz außer sich.

»Bitte kommen Sie mit und sagen Sie gar nichts. Ich habe etwas Furchtbares entdeckt ...«

Er wartete keine Antwort ab und taumelte hinaus, obwohl er beim Anblick einer Gruppe von Gästen, die auf ihn zukam, seine Haltung wiederfand und sogar mit einem gewissen Optimismus ging. Die beiden Inspektoren folgten ihm, und Carvalho schloß sich spontan an; niemand schien es zu bemerken. Molinas ging in den Garten hinunter, nahm den gepflasterten Weg zum Swimmingpool, schlug einen Haken, um nicht mitten durch die Badenden zu gehen, und hielt vor einer Hütte an, in der sich die Maschinen zur Reinigung des Wassers befanden. An der Tür stand Gastein, am Boden zerstört, wie ein Schutzengel, der genau weiß, daß er nichts mehr zu beschützen hat, und so agierte er auch: Er trat beiseite, und Molinas trat mit seinen drei Begleitern ein. Unübersehbar hing ein menschlicher Körper von der oberen Rohrleitung herab, der dicksten, die den Hauptabfluß des Swimmingpools mit der Filteranlage verband. Ein Erhängter nimmt nie eine elegante Haltung ein, obwohl es Erhängte gegeben haben soll, die ihre Henker anflehten, sich um ihr Aussehen zu kümmern, wenn sie tot waren. Aber im Fall des Tennislehrers war Carvalho bereit, die Möglichkeit in Erwägung zu ziehen, daß sich seine Leiche eines eleganten Aussehens erfreute; es war eine Leiche, die einen bevorzugten Platz in den besten Kriminalromanen eingenommen hätte, wegen des

105

edlen Anstands, mit der sie den Kampf gegen das Gesetz der Schwerkraft verloren hatte. Selbst die Kürze und gute Farbe des Stücks Zunge, das aus dem Mund heraushing, waren lobend zu erwähnen. Als er sich gerade ein wenig umsehen wollte, um irgendeinen Hinweis zu entdecken, bemerkte der Polizist mit dem Schnauzbart Carvalhos Anwesenheit. Es sah aus, als wollte er den Detektiv wie eine Raubkatze anspringen, aber sein Kollege hielt ihn am Arm zurück.

»Ruhig, Paco, ruhig! Ich wußte schon, daß er dabei war.«

Carvalho mußte sich verpflichten, über die Entdeckung zu schweigen, und die wenigen Klienten, die sich über von Trottas Fehlen beschwerten, erhielten die Antwort, er sei unpäßlich. Ein Lieferwagen kam von Bolinches, um die Leiche durch den Hintereingang des Klinikparks aufzunehmen. Inspektor Serrano sah ihm nach. Dabei pfiff er etwas mit fast geschlossenen Lippen und wühlte mit den Händen in seinen Hosentaschen. Die Fabers hatten sich in ihre Gemächer zurückgezogen, um sich die wenigen verbliebenen Haare zu raufen, Gastein hatte sich mit dem Gerichtsmediziner zum Meinungsaustausch in die Sporthalle zurückgezogen, und Carvalho folgte den Polizisten auf dem Fuß, bis Serrano von seiner Gegenwart genug zu haben schien und ihn mit einer Handbewegung wegschickte.

»Sie können jetzt gehen. Es kommt nicht mehr darauf an; die Sache ist mittlerweile überall bekanntgeworden.«

»Es wird schwierig sein, die Leute hier festzuhalten. Es riecht nach einer ganzen Epidemie von Verbrechen.«

»Gehen Sie, lassen Sie sich schön massieren – und uns bitte in Ruhe!«

Bei der Rückkehr ins Hauptgebäude stellte Carvalho sofort fest, daß die Leute ihre passive Haltung vom Vormittag aufgegeben und die Erregtheit der besten Stunden des Vortags wiedergefunden hatten, als die Leiche von Mrs. Simpson gerade eben entdeckt worden war. Jetzt klärte die Leiche von Trottas den Fall auf, wie Señor Molinas einer Vorhut von Klienten mitteilte. Eine unerklärliche, noch ungeklärte Beziehung verband Mrs. Simpson mit dem Tennislehrer, irgendeine alte, schlüpfrige Geschichte, die den Lehrer dazu gebracht hatte, erst die Frau umzubringen und dann sich selbst. Als diese offizielle Erklärung der Firmenleitung über Molinas Lippen kam, hatte bereits eine Abteilung der Guardia Civil das Sangretal erreicht, um alle Eingänge des Kurbades, die ja gleichzeitig mögliche Ausgänge waren, zu bewachen. Ja, telefonieren war gestattet, vor allem, nachdem sich eine besondere Telefonabhöreinheit in einem kleinen Lastwagen unter den Bäumen des benachbarten Waldes versteckt hatte. Serrano hatte eine Eilobduktion verlangt, und vor Anbruch des neuen Tages würde man wissen, damit rechnete Carvalho, daß von Trotta auch umgebracht worden war. Die allgemeine Stimmung würde erneut umschlagen, und die ganze Gegend würde von Polizisten aus Madrid wimmeln. Es war nicht Villavicencio, der das Gerücht in die Welt setzte, es könnte sich um eine terroristische Provokation handeln, die mit einer Reihe von Aktionen gegen den Tourismus in Zusammenhang stand, die die ETA zu Sommerbeginn gestartet hatte. Aber das Bedürfnis nach einem äußeren Feind konkretisierte sich zuerst in der Möglichkeit des Terrorismus, was ebenso bedrohlich wie für die Gemeinschaft entlastend war. Es war die rationalste Möglichkeit einer irrationalen Erklärung – und man brauchte eine vernünftige irrationale Erklärung, die gleichzeitig die Gemeinschaft entlastete. Am Nachmittag wußten schon alle von dem Selbstmord von Trottas, und es dauerte seine Zeit, bis die Gemüter sich auf den neuen Umstand eingestellt hatten und Pläne für den Abend gemacht wurden: Video, Fernsehen, Bridge, Lektüre, Gespräche – aber strikt nach nationalen Gemeinschaften getrennt. Diese hatten sich noch nicht aufgelöst, als würde ein Argwohn sie aufrechterhalten, das Mißtrauen gegenüber Identitäten, die schon durch die Tatsache verdächtig waren, daß sie nicht die eigene war.

Die Mehrheit klammerte sich an die Erklärung der Ge-

schäftsleitung, aber die Spekulationen nahmen kein Ende, obwohl die Gebrüder Faber an diesem Abend Mme. Fedorowna
bei ihrem Rundgang zur Ermunterung der Fastenden begleiteten. Weniger geübt als Mme. Fedorowna, übertrieben die Fa-
ber-Brüder ihre Liebenswürdigkeit, indem sie singende Laute
ausstießen, die im Spanischen besonders unangenehm waren,
einer Sprache, die für übertriebene Höflichkeiten wenig geeignet ist. Übertrieben war auch ihre Begeisterung, wenn sie einen
Klienten entdeckten, der schon einmal dagewesen war, oder der
Optimismus, mit dem sie Neulinge zum Durchhalten ermunter-
ten, vor allem die, die kurz davor standen, die Klinik zu verlassen und hinauszugehen in eine Welt voller Whisky Black Label,
Burgunder *Réserve du patron* und Speisen, die keinen anderen
Zweck hatten als die Obszönität des Genusses. Es war üblich,
daß am Ende des Fastens und zum Beginn der kurzen Periode
der Umstellung auf feste Nahrung die Klinikinsassen im Speisesaal als symbolische Auszeichnung für ihre Ausdauer im Fasten
ein Diplom bekamen und eine Kerze für sie angezündet wurde.
Mme. Fedorowna hatte das Ritual gut im Griff, aber die Fabers
führten es nur bei ihren turnusmäßigen oder außerordentlichen
Besuchen durch und malträtierten die kleinen Kerzen mit den
plumpen Annäherungsversuchen ihrer dicken Finger. Seltsa-
merweise hatte noch kein einziger Klient in den langen Jahren
der Existenz der spanischen Dependance von *Faber und Faber*
gegen das Ritual protestiert und sich dazu bekannt, daß es an
die Grenze der Lächerlichkeit ging und das Gefühl vermittelte,
einer schlecht gespielten Komödie beizuwohnen. Trotzdem
bestand der Verdacht, daß alle Mitteleuropäer eines gewissen
Alters und insbesondere die Franzosen die Feier schätzten und
das Diplom sogar für ihre alten Tage und ihr ganzes Leben lang
aufbewahrten, um ihre Fähigkeit zu fasten zu beweisen. Dem
Diplom wurde eine Kalorientafel beigefügt, die für ein paar
wenige Wochen, so lange, wie die guten Vorsätze hielten, zu
unzertrennlichen Begleitern der frisch Entlassenen werden
würde. Bei jedem beliebigen Essensangebot würden sie sie wie

ein Notizbuch oder einen japanischen Taschenrechner aus der Brieftasche ziehen, und wenn sie festgestellt haben würden, daß zehn gefüllte Oliven über 120 Kalorien enthielten, konnten sie sich mit genauer Sachkenntnis entscheiden, ob sie sie essen wollten oder nicht. Den Kalorientafeln lagen einige Rezepte und ein Wochenernährungsplan bei, der in der Gewißheit verfaßt worden war, daß die Klienten die Einrichtung mit einem bis ans Ende ihrer Tage zugemauerten Gaumen verlassen würden, und daß das *Salmis de pato* oder das Lamm *a la chilindrón* aus ihrem Programm getilgt waren. Mme. Fedorowna hatte sich ein missionarisches, aber entspanntes Verhalten antrainiert, was den Gebrüdern Faber völlig fremd war, so daß sie eher wie Vertreter der Zeugen Jehovas wirkten. Nach dem Veranstaltungsplan der Woche am Anschlagbrett sollte an diesem Abend Gastein einen Vortrag zu dem Thema *Sinnlicher Genuß und vernünftige Ernährung* halten, aber es erschienen lediglich die vier deutschen Schwestern. Sie machten das Gespräch zu einem heiteren Kaffeegeplauder über die Rolle der Kartoffel bei der Ernährung und den niedrigen Kaloriengehalt von Frankfurter Würstchen im Vergleich zu anderen frischen Würstchen, die demselben Zweck dienten. Sie waren große Verehrerinnen von Kartoffeln und Würstchen, die deutschen Schwestern, und versuchten, dem Doktor seinen Segen zu entlocken, damit sie sie weiterhin essen durften, wenn sie die Klinik verlassen haben würden.

»Es kommt auf die Menge an«, urteilte Gastein, »obwohl die Frankfurter zur Konservierung und Erhaltung der Farbe einige industrielle Zusätze erforderlich machen, deren Toxizität noch nicht nachgewiesen ist.«

Das informelle Plauderstündchen mit Gastein wurde dadurch unterbrochen, daß er dringend zur Rezeption gebeten wurde. Carvalho hatte sich von einem Seegurkensessel verschlingen lassen, und Sánchez Bolín hatte sich in den Zwillingssessel neben ihn gesetzt, begierig, seinen Lagebericht zu hören.

»Ich sitze den ganzen Tag in meinem Zimmer und schreibe.«

»Sie haben sich eine menschliche Erfahrung entgehen lassen, wie man sie im Leben nur selten macht.«

»Die menschlichen Erfahrungen denke ich mir lieber aus.«

»Zehren Sie beim Schreiben von der Rendite Ihrer Erlebnisse?«

»Ich schreibe, weil ich mir alles vorstelle, was ich nicht erlebt habe. Deshalb habe ich soviel Phantasie.«

»Es gibt schon zwei Leichen.«

»Das ist ja nicht auszuhalten! Nicht mal die allerblödesten Kriminalromane können sich heutzutage leisten, mehr als eine Leiche zu bringen. Es ist dasselbe wie bei den Familien: Fast alle haben nur noch ein Einzelkind. Zwei Leichen wären literarisch ein Unding. Nun gut, in der Realität kommt jeder Blödsinn vor. Ist der Mann im Trainingsanzug noch nicht umgebracht worden?«

»Vielleicht ist er der nächste.«

»Sagen Sie mir Bescheid, wenn es soweit ist, wenn Sie so freundlich sein würden.«

Der Schriftsteller begab sich zurück auf sein Zimmer, aber Carvalho registrierte sein Verschwinden kaum. Seine Aufmerksamkeit galt vielmehr dem plötzlichen Abgang von Gastein. Wahrscheinlich war das Ergebnis der Autopsie angekommen, und Gastein hatte nun volle Gewißheit darüber, daß sich von Trotta nicht aus freien Stücken aufgehängt hatte. Die beiden Personen, die am meisten isoliert gewesen waren und mit den übrigen Klienten und dem Hilfspersonal am wenigsten Kontakt gehabt hatten, waren eliminiert. Über von Trotta hieß es, die Direktion wäre ihn eigentlich gerne losgeworden. Seine tennistische Lässigkeit sei nicht das Bestreben nach Eleganz, sondern Altersschwäche gewesen, und die Klienten hätten sich laufend über das wenig anregende, elegante Spiel des Alten beschwert. Carvalho lauschte den kritischen Kommentaren, mit denen die erlesene Klientel das Personal in ihren Diensten bedachte, und diese Kommentare würden schriftlich an die Direktion weitergegeben, zu dem Zweck, die Entlassung der Inkompetenten zu bewirken. Nur die vermeintlich Starken überleben nach dem Prinzip der natürlichen Selektion, und so widmeten diese einen guten Teil ihrer Energie der Suche nach Schwächeren, um sie zu vernichten – vielleicht weil ihnen vor der möglichen Solidarität der Schwachen und Unfähigen graute, oder vor jeglichem Element der Reflexion, das die Fähigkeiten in Frage stellen würde, dank derer sie auserwählt waren. Carvalho hatte sich den proletarischen Anstand bewahrt, nicht allzu hart über Verlierer zu urteilen, aber er lebte in einer Welt von Herren, die mehrmals täglich das Spiel spielten, den Cäsar zu bitten, keine Gnade mit den gefallenen Gladiatoren zu haben. Trotz allem, soviel Kritik der alte Lehrer auch provoziert hatte, und sosehr die Direktion auch gewünscht haben mochte, ihn loszuwerden, die Motive schienen dennoch nicht auszureichen dafür, daß ihn die Klienten, allen voran die Manager aus Düsseldorf und Köln, oder die Direktion selbst stranguliert hätten. Außerdem mußte man bedenken, daß die Direktion auf der letzten Personalversammlung bessere Entlassungsmöglichkeiten durchgesetzt hatte, eine Vereinbarung, die in dem psychologischen Klima einer Ausnahmesituation ausgehandelt worden war und derzufolge über den Arbeitern des Kurbades die Drohung einer Stellenkürzung schwebte. Die Schwierigkeit, von Trotta zu entlassen, so hatte ihm der Baske erklärt, ein Veteran unter den Kurgästen, war dem Umstand zuzuschreiben, daß er mit dem Unternehmen seit seinen allerersten Anfängen verbunden war, so eng, daß man sogar eine weitläufige Verwandtschaft entweder mit den Fabers oder mit der organisatorischen oder technischen Leitung vermutete.

Eine Stunde später, genau so lange, wie ein Fahrzeug für die kurvenreiche Strecke von Bolinches zum Kurbad brauchte, stellten sich vier mit Walkie-Talkies ausgerüstete Wachmänner auf, die die ganze Nacht auf dem Klinikgelände und im Park Wache schieben würden. Serrano hatte den direkten Einsatz der Guardia Civil angeregt, aber den Fabers war das allzu skandalträchtig erschienen. Carvalho ging auf sein Zimmer, erregt und beunruhigt darüber, passiver Zeuge der Ereignisse zu sein, und konstatierte einmal mehr die Neigung zur Schlaflosigkeit, die das Fasten erzeugt. Bei dieser Feststellung klingelte das Telefon. Es war die Stimme von Molinas im Dienste eines Schwalles von Entschuldigungen, die den Vorschlag vorbereiteten, ins Direktionsbüro zu kommen. Die Klinik schlief, ihre Korridore lagen im Dunkeln, die Reihen der Mineralwasserflaschen schliefen, die Carvalhos Weg zur Rezeption flankierten, und vom Park herein kam ein starker Duft von Rosmarin, der mit dem Petersiliengeruch kämpfte, den die Klinik nachts absonderte. Im Büro erwartete ihn ein unrasierter, zerknitterter Molinas, und Serrano lag verschlafen auf einem Sofa, richtete aber ein halbgeöffnetes Auge auf Carvalho.

»Señor Carvalho, Sie sind sehr liebenswürdig. Entschuldigen Sie den Anruf zu so später Stunde, aber die Situation ist ernst, sehr ernst. Wir haben den gerichtsmedizinischen Bericht über von Trotta vorliegen. Er ist an Sauerstoffmangel gestorben, aber nicht durch Erhängen, er wurde erwürgt.« Das letzte Wort sprach er mit belegter Stimme, als ersticke er selbst gerade. »Es scheint Sie nicht zu überraschen.« Serranos Schläfrigkeit war schlagartig verschwunden, er war mit einem Satz auf den Beinen und verwickelte Carvalho in ein Kreuzverhör.

»Ich habe nicht viel Erfahrung mit Erhängten, aber was den Ort angeht, den er sich ausgesucht hat, um sich aufzuhängen, so scheint es mir, daß dies der allerletzte Ort wäre, den sich ein ehrlicher Erhängter ausgesucht hätte. Zu viele Röhren in der Nähe. Der Körper konnte praktisch nicht hin- und herschwingen.«

Serrano klopfte mit dem Zeigefinger mehrmals auf Carvalhos Brust.

»Sehr gut beobachtet. Sie kommen hier voll auf Ihre Kosten. Da wird Ihnen ein Schauspiel geboten, wie Sie es sich besser gar nicht wünschen können.«

»Ach, Carvalho, wir wollten Sie um einen Gefallen bitten ...«

112

»Ich nicht.«

»Nein, natürlich nicht, die Gebrüder Faber bitten Sie um einen Gefallen. Sie sind Fachmann und gleichzeitig Klient der Klinik. Das erlaubt Ihnen, die Ereignisse von einer privilegierten Perspektive aus zu betrachten und außerdem in Erfahrung zu bringen, was unter den Gästen gesprochen und getan wird. Wir möchten Sie engagieren, damit Sie uns bei den Ermittlungen helfen, ohne daß es allzusehr auffällt. Ich weiß nicht, ob Sie mich verstehen.«

»Ich betone, es handelt sich hier um einen außerordentlichen und fast illegalen Auftrag, von dem ich nichts gewußt haben will.«

Carvalho schien verärgert.

»Bitte haben Sie Verständnis dafür, Señor Molinas, daß ich Ihren Vorschlag nicht akzeptieren kann, da ich die Polizei gegen mich habe.«

»Ich habe auch nicht gesagt, daß ich dagegen bin. Ich will gar nichts davon wissen.«

»Ich werde die nötigen Schritte unternehmen, damit eine Zusammenarbeit zustandekommt, wobei es ganz klar sein muß, daß die Leitung der Ermittlungen in den Händen von Inspektor Serrano liegt.«

»Handelt es sich um einen professionellen Auftrag?«

»Ohne Zweifel. Wir haben an ein Tauschgeschäft gedacht. Als Gegenleistung für Ihre Dienste, wenn ich Ihre Mitarbeit so bezeichnen darf, können Sie sich als geladener Gast der Kurklinik betrachten.«

»Ich lasse mich lieber in ein gutes Restaurant einladen. Einladungen zum Fasten behagen mir gar nicht. Ich werde nach Tarif mit Ihnen abrechnen, und je nachdem, wie lange dieser Rummel dauert, kann das für Sie sogar billiger werden.«

»Wer wird jetzt ans Geld denken! Es soll so sein, wie Sie wollen.«

»Ich will vor allem andern, daß Ihr Kollege, der mit dem Schnauzbart, netter zu mir ist.«

113

Serrano zuckte die Achseln und kehrte zu seinem Sofa und seinem Halbschlaf zurück.

»Und ich muß alles wissen, was Sie bis jetzt über Mrs. Simpson und von Trotta in Erfahrung gebracht haben.«

»Wir haben bei Interpol und bei den jeweiligen Botschaften einen Bericht angefordert. Wir können Ihnen gleich sagen, daß Mrs. Simpson den Namen ihres verstorbenen Gatten, nicht ihren eigenen, trug; sie stammte auch nicht aus Amerika. Sie besaß zwar die Staatsangehörigkeit, war aber in Europa geboren.«

»Sie reist um die Welt und kehrt immer wieder zum alten Europa zurück. Europa ist sehr groß. Woher stammte Mrs. Simpson?«

»Hier beginnen die Schwierigkeiten. Sie selbst behauptete, Polin zu sein, aber das ist nicht so klar. Es war in ihrem Falle eine nach dem Zweiten Weltkrieg deklarierte Nationalität.«

»Mrs. Simpson sprach russisch.«

»Woher wissen Sie?«

»Ich hörte sie bei einer bestimmten Gelegenheit russisch sprechen.«

»Viele Polen sprechen russisch, aus Gründen der Nachbarschaft, der Besatzung, kultureller Einflüsse.«

»Und von Trotta?«

»Sie werden es kaum glauben, aber trotz der vielen Jahre, die er im Kurbad gearbeitet hat, wissen wir über ihn weniger als über unseren neuesten Klienten.«

Carvalho steckte seinen Sonderpassierschein in die Tasche, der ihm gestatten würde, unbehelligt von den Wachmännern jederzeit die Klinik zu betreten und zu verlassen. Er ging über die Flure zu seinem Zimmer zurück, und als er um die letzte Ecke bog, sah er an der Tür eines anderen Zimmers eine menschliche Gestalt. Es war Helen, die Schweizerin, in einem leichten zweiteiligen Pyjama. Sie stand zwischen Zimmer und Flur, schamhaft halb hinter der Tür versteckt, und sagte mit einem Lächeln und fast unhörbarer Stimme: »Was ist los?«

»Nichts. Können Sie nicht schlafen?«

»Ja, genau. Und meinem Mann geht es so schlecht.«

»Was ist mit ihm?«

»Er hatte einen Nervenzusammenbruch, und man hat ihm ein Beruhigungsmittel gegeben. Sehen Sie selbst!«

Die Tür ging auf, und Carvalho folgte diesem Körper, der den Geruch eines warmen Tieres verströmte. In einem der beiden Betten schlief der hünenhafte Schweizer, unter den Augen und auf den Wangen immer noch Tränenspuren. Helen stand aufrecht, wirkte aber verschüchtert und starrte zu Boden. »Ich habe Angst.«

»Wovor?«

»Hier passieren schreckliche Dinge.«

Helen stürzte sich auf ihn, umarmte ihn und preßte ihre Lippen auf die seinen, um dann wieder zurückzuweichen.

»Ich küsse Sie nicht, denn beim Fasten hat man Mundgeruch.«

»Ich habe immer einen guten Atem.«

»Gehen Sie, bitte, gehen Sie!«

Ein Stöhnen kam von den Lippen des Gatten, als träume er von der bloßen Möglichkeit ihrer Untreue, und Carvalho ging rückwärts hinaus, um das Paar im Auge behalten zu können. Aber der Mann schlief weiter, und sie schien vor allem besorgt, mit den Händen ihre Brüste zu bedecken, die golden und wach unter dem durchsichtigen Pyjama schimmerten.

Als er schon in seinem Zimmer war, beschloß Carvalho, daß der Schlaf, wenn er wollte, ihn im Kampf Mann gegen Mann überwältigen sollte und nicht in der gequälten Position des verschmähten Schläfers. Er trat auf die Terrasse hinaus und zündete sich eine *Cerdán* an, die erste Zigarre, seit er beim Eintritt in die Klinik von Mme. Fedorowna über das ausdrückliche Rauchverbot innerhalb des Kurbades informiert worden war. Es war ein Verstoß gegen die Normen, weniger schwer als ein

Mord, dafür bot die Spitze der brennenden Zigarre von der bedrohlichen Umgebung aus ein ausgezeichnetes Ziel. Unter dem Balkon gingen in regelmäßigen Abständen die Wachmänner vorbei, die ständig durch den Park patrouillierten. Aber nicht nur Carvalho und die Wachmänner waren wach. Im Fenster des Sprechzimmers, das auf den Garten hinausging, stand Gastein. Sein weißer Schlafrock verriet ihn, er leuchtete im Mondschein wie ein Irrlicht. Er bewegte sich nicht und schien nachzudenken oder gebannt in die Ferne zu starren, die beim Fangopavillon aufhörte. Sein Körper verlangte nach einem Bett, und Carvalho gab dem Verlangen nach. Kaum lag er auf dem Laken, war er auch schon eingeschlafen. Er erwachte mit dem Gefühl, gerade eben zu Bett gegangen zu sein und etwas Dringendes erledigen zu müssen, aber nichts hatte Eile im Kurbad, und so tat er, was er jeden Tag tat: pissen, Zähne putzen, Slip und Schlafrock anziehen, den Klinikpaß nehmen, wo Gewicht und Blutdruck eingetragen werden sollten, und sich in die Ecke des Flures begeben, wo die Gäste darauf warteten, von Frau Helda gewogen zu werden. Normalerweise war es langweilig und ruhig, man tauschte förmliche Begrüßungen aus und sprach höchstens über das Wetter, diese Wolken, die immer von Westen kommen und vorübergehend den Eindruck erwecken, daß die Sonne nicht scheinen wird; oder ein extrovertierter Klient drückte vor oder nach dem Wiegen seine Besorgnis darüber aus, ob er wirklich abgenommen hatte, und stellte sich den anderen zur Diagnose, als hinge der Gewichtsverlust oder die Gewichtszunahme von ihrer Meinung ab.

Aber heute unterhielt man sich und lauschte vor allem den Ausführungen eines Deutschen, der gewohnt war, daß man ihm zuhörte. Er erklärte den Ernst der Lage und des Umstandes, daß sie festgehalten wurden, was nicht nur seine Interessen schädige, sondern auch seine Gesundheit einer harten Belastungsprobe unterziehe. Das Fasten nach der Methode Faber erforderte den inneren Zustand tiefster Ruhe. Wie konnten sie Ruhe finden, wenn irgendwo ein Verbrecher auf sie lauerte? Welches

Vertrauen konnte man haben zu der einheimischen Polizei, die vor ganz Europa ihre Unfähigkeit im Kampf gegen den Terrorismus bewiesen hatte und nun alles damit lösen wollte, daß sie das Kurbad in ein Konzentrationslager verwandelte? Wenn die Erklärung für die ganzen Vorfälle schon nicht der Terrorismus sei, handele es sich doch ohne Zweifel um Verbrechen, und man mußte diejenigen aufs Korn nehmen, die am ehesten als Delinquenten in Frage kämen, aber nie und nimmer eine Klientel, die sich durch ihr Ansehen innerhalb und außerhalb der Klinik auszeichnete.

»Gestatten Sie mir, mich vorzustellen! Mein Name ist Klaus Schimmel. Ich leite eine Tapetenfirma und bin der jüngste Sproß einer echten Industriellendynastie, die bis auf meinen Urgroßvater zurückgeht, den besten Einschaler in ganz Essen. Wie viele Leute wie mich gibt es hier? Wenn jeder einzelne von Ihnen seine Geschichte erzählen würde, würde sich ein repräsentatives Bild des Solidesten, Solventesten und Ehrwürdigsten ergeben, das Europa zu bieten hat, das arbeitende Europa, das allen inneren und äußeren Schwierigkeiten zum Trotz wächst und gedeiht. Haben wir es verdient, daß man uns wie eine Hammelherde behandelt und uns eine Situation aufzwingt, an deren Zustandekommen wir keine Schuld haben?«

Helens Mann entriß dem Industriellen aus Essen die Hauptrolle. Bis jetzt hatte er dem Redeschwall kopfnickend zugehört, aber nun ließ er sich hinreißen und erhob seine Stimme mit einer Heftigkeit, die schon der Zusammenhanglosigkeit nahe kam. »Wir sind umzingelt, eingekreist von Elenden, die uns umbringen wollen, weil sie uns beneiden! Sie beneiden uns um alles, was wir haben. Unser Geld, unsere Bildung, unsere Frauen, und das wollen sie uns wegnehmen. Schluß jetzt mit der Passivität! Man muß die Belagerung aufbrechen, egal mit welchen Mitteln, wir müssen uns wieder sicher fühlen können in unseren eigenen vier Wänden.«

Mitten im Vortrag des Schweizers gingen Zimmermädchen

mit Stapeln weißer Wäsche vorbei, und der Redner wies anklagend auf sie: »Sollen sie doch unter denen suchen ... Unter denen da, dort müssen die Mörder sein. Welche Gründe hätten wir, uns gegenseitig umzubringen?«

Obwohl seine Heftigkeit die Logik seiner Ausführungen etwas in Mißkredit gebracht hatte, stimmte die Mehrheit der Versammelten dem letzten Argument zu. Wenn Mrs. Simpson nicht vom politischen Terrorismus umgebracht worden war, dann gab es offensichtlich keine andere Möglichkeit als den ökonomischen Terror. Die politischen Terroristen sind moralisch und ästhetisch uniform, aber die ökonomischen nicht, noch viel weniger in einem rückständigen Land, in dem es von Arbeitslosen wimmelt, wie in Spanien oder Italien oder Portugal. Warum gingen die Ermittlungen nicht in diese Richtung? Die deutschen Schwestern stimmten mit der polyphonen Abgestimmtheit ehemaliger Wunderkinder der Trapp-Familie begeistert zu, und eine von ihnen schlug vor, eine Kommission zu bilden, die alle ausländischen Gruppen repräsentieren sollte, um bei Polizei und Direktion Druck auszuüben. Damit war der Essener nicht einverstanden. »Die Initiative, der sich unser Schweizer Freund so eifrig angeschlossen hat, ging ja von den Deutschen aus, deshalb haben wir das Recht, unsere eigene Kommission zu bilden. Die anderen werden sich schon arrangieren.«

In der Tat hatte man eine allzu passive Haltung auf Seiten der Franzosen und Belgier beobachtet, und auf die anderen konnte man auch nicht zählen. Zu diesem Zeitpunkt stieß Sullivan dazu, der müde sein langes Skelett schleppte, und brauchte eine Weile, um zu kapieren, was vor sich ging. Carvalho faßte es kurz für ihn zusammen. »Über die Reinheit der Rasse kommen sie zur angeborenen Unschuld. Sie sind Deutsche und Reiche und deshalb unschuldig. Bald werden Franzosen und Belgier dieselbe Entdeckung machen, und der Kreis um die Verbrecher, die Mörder, schließt sich immer mehr.«

»Mörder? Hat denn nicht dieser von Trotta alles auf dem Gewissen, der alte Trottel?«

»Nein, von Trotta ist selbst auch ermordet worden.«

»Wenn das so ist, werden wir auch etwas unternehmen müssen.«

»Was heißt wir?«

»Na, die Spanier. Wenn es um die nationale Sache geht, lasse ich mir von keinem am Zeug flicken.«

»Sie haben das Personal im Verdacht.«

»Bei denen könnte man anfangen, da gibt es etliche, die aussehen, als seien sie gerade mit der zusammenklappbaren Knarre in der Hand aus dem Gebirge gekommen. Und dieser Serrano, der von der Polizei, weiß der schon, was zu tun ist?«

»Er glaubt es zu wissen. Aber er hat mehr Angst als wir alle zusammen, daß der Fall ihm über den Kopf wächst, und er dürfte um diese Tageszeit von allen Seiten her unter Druck gesetzt werden, von der Firma, von Politikern und Diplomaten, daß er dieses Durcheinander so schnell wie möglich löst.«

»Ich bin ja gespannt, ob die mir nicht den Ausgang am Samstag vermasseln. Ich glaube, ich suche ihnen irgendeinen Mörder und sage ihnen, hier bitte, den da in den Knast und alle anderen raus! Dann würden wir uns schon irgendwie einig werden.«

Carvalho war an der Reihe, auf die Waage zu treten, und Helda empfing ihn mit einem maliziösen »Guten Tag«, wie immer. »Na, mal sehen, wie schwer wir wieder sind. Wie viele Whiskys waren es denn gestern abend? Gut, gut. Sie haben nicht viel abgenommen, aber bei der Atmosphäre, die hier zur Zeit herrscht, spricht der Organismus nicht auf die Behandlung an, und die Nerven halten Flüssigkeit zurück.«

»Eigenartig, der Fall von Trotta.«

»Fangen Sie bloß nicht damit an! Ich konnte die ganze Nacht nicht schlafen. Eine absurde Tat. Der Mann war so, so ...«

»Elegant.«

»Elegant, das ist das richtige Wort.«

»Aber es ist schon erwiesen, daß er es nicht selbst getan hat, man weiß, daß er ermordet worden ist.«

Helda sah sich nicht genötigt, Überraschung zu zeigen. Sie

bewegte kaum den Kopf, »Ah, ja?«, was ihre Aufmerksamkeit nicht von den Zuckungen der Nadel ablenkte, die Carvalhos Blutdruck aufzeichnete.

»Ihr unterer Wert ist sehr abgesunken, das ist gut, in Ordnung. Ich glaube nicht, daß Sie ein chronischer Fall von Hochdruck sind, aber Sie sind in einem sehr schlechten Zustand hier angekommen. Wenn Sie draußen sind, sollten Sie Ihren Blutdruck so oft wie möglich überprüfen – es gibt jetzt diese Apparate in den Apotheken, wo man eine Münze einwerfen muß; sie messen den Blutdruck ganz genau.«

»Stand es für Sie fest, daß es zwischen von Trotta und Mrs. Simpson eine Beziehung gab?«

»Für mich? Wieso? Von Trotta arbeitete hier schon, bevor ich anfing, und Mrs. Simpson war, glaube ich, das vierte Mal hier in der Klinik. Es ist alles so absurd, so unerklärlich.«

»War sie eine schwierige Klientin?«

»Mrs. Simpson war anspruchsvoll, nicht schwierig. Sie verlangte von anderen dasselbe, was sie von sich verlangte.«

»Aber sie war etwas streitlustig. Ich sah, wie sie mit leitenden Angestellten einen Wortwechsel hatte.«

»Man mußte sie zu nehmen wissen. Hier sind alle Leute so lange nett und freundlich, bis das Gegenteil bewiesen ist. Morgens im Schlafrock sehen alle gleich aus. Aber diese Uniformierung trügt. Sie haben ihre Probleme von draußen nur aufgeschoben, nicht aufgehoben.«

»Welche Probleme?«

»Wer keine reale Angst hat, erfindet sie sich, meinen Sie nicht auch, Señor Carvalho?«

»Schon möglich.«

Mit ordnungsgemäß ausgefülltem Paß ging Carvalho hinaus, wo er Sánchez Bolín begegnete, der als einziger im Wartezimmer saß.

»Was ist denn hier los? Ist die Klinik evakuiert worden?«

»Gerade eben war es hier noch voll.«

»Nun, als ich kam, gingen alle im Gänsemarsch hinaus, und

vornedran marschierte dieser Verrückte, der Ehemann der Schönen. Gibt's irgendwas Neues?«

»Von Trotta ist umgebracht worden.«

»Wer ist das? Hat er etwas mit einer deutschen Regisseurin zu tun?«

»Ich glaube nicht. Er war der Tennislehrer.«

»Mein Gott, der Erhängte! Nicht genug damit, daß er sich aufgehängt hat, er mußte sich auch noch umbringen lassen.«

Sánchez Bolín ging, um etwas über sich selbst zu erfahren, das heißt, wieviel er heute morgen wog, und Carvalho begab sich zur Direktion. Dort hatte sich die deutsche Delegation versammelt, und Wortführer waren teils der Schweizer, teils der Essener Geschäftsmann. Die Haltung des Schweizers löste sich allerdings immer mehr in hysterischen, schrillen Schreien auf. Dafür zeigte der ehrenwerte Geschäftsmann aus Essen sich als selbstbewußter Herr der Lage, wofür ihm seine Landsleute dankbar waren. Der Schweizer wurde allmählich eher als Last denn als Hilfe empfunden. Carvalho suchte Helen in der Gruppe, aber sie war nicht dabei. Sie hielt sich abseits, kaute an ihren Fingernägeln und starrte wie gebannt auf ihren Mann, als wollte sie ihm eine telepathische Botschaft schicken, die er aber nicht empfing oder nicht empfangen wollte. Der Aufruhr der Deutschen hatte das ganze Kurbad aufgeschreckt, und in respektvollem Abstand bildeten sich andere Gruppen, die dem Verhalten der Deutschen zunächst kritisch gegenüberstanden, aber dann mehr und mehr Verständnis entwickelten und zusehends überzeugter davon waren, daß es, wenn selbst die kühlen und vernünftigen Deutschen auf diese Art reagierten, auch einen evidenten Grund dafür geben mußte, und es notwendig war, bei der Sache Partei zu ergreifen. Molinas schaute zur Tür heraus und forderte sie auf, eine Delegation zu bestimmen, die schließlich aus dem Industriellen, einer der deutschen Schwestern und dem Tennisspieler bestand, der Morgen für Morgen versucht hatte, von Trotta zu vernichten. Daß er nicht zu den Unterhändlern gehören durfte, war für den Schweizer zuviel. Er verließ die Gruppe, begann alle laut schreiend mit Schimpfworten zu bedenken, mit dem Fuß aufzustampfen, in die Luft zu boxen, und ließ sich plötzlich zu Boden fallen, krümmte sich, und Schaum trat aus seinem Mund. Es war offensichtlich ein epileptischer Anfall, und in der Runde der Zuschauer fiel Helen auf, die umherrannte, sich ein paarmal auf Zehenspitzen dem am Boden liegenden Körper ihres Mannes näherte, um dann wieder zurückzuweichen und bei den Zuschauern Zuflucht zu suchen. Carvalho versuchte, seiner Aufforderung Gehör zu verschaffen, man solle ihm die Zunge festbinden, aber keiner hörte auf ihn, und als er sich anschickte, sich mit dem Gürtel seines eigenen Schlafrockes in der Hand auf den Schweizer zu stürzen, eilte Helda mit einer Gruppe von Sanitätern im Laufschritt herbei. Unter ihnen befanden sich auch Dr. Gastein und der kräftigste der Masseure. Sie umringten den Körper des Schweizers, schoben ihm einen metallischen Gegenstand in den Mund, den er nicht verschlucken konnte und der gleichzeitig verhinderte, daß er sich auf die Zunge biß. Während sie ihn festhielten, gab ihm Helda eine Beruhigungsspritze in seinen birnenförmigen, weißen Hintern voller Pickel und Haare, die dort kabbalistische Zeichen bildeten. Dann luden sie den Körper auf eine Bahre und schoben ihn schnell zum Aufzug, umringt von dem medizinischen Kommando und Helen. Carvalho nutzte den Aufruhr, um das Büro zu betreten, das die Polizei in Beschlag genommen hatte, und fand dort Serrano vor, der eine Sendung aus seinem kleinen Transistorradio hörte.

Ja, er wisse Bescheid, was draußen los gewesen sei. Aber er hörte weiter der Sendung zu, bei der es um Rauschgiftbekämpfung ging und um die Organisation der spanischen Polizei, die sich damit beschäftigen sollte. Ab und zu zwinkerte ihm Serrano zu und murmelte: »Alles gelogen. Mit den paar Piepen aus dem Budget bilden die sich ein, daß du ihnen jeden Tag einen Al Capone hinter Gitter bringst.«

Es bestand eine totale Diskrepanz zwischen der gemäßigten, höflichen und formellen Sprache der Polizisten, Beamten des Innenministeriums, Psychologen und des Moderators und den Witzen, mit denen sich Serrano, wie es schien, selbst unterhielt. Carvalho war nur eine Randerscheinung. Der Polizist hatte es schließlich satt, Dinge zu hören, die ihn nicht überzeugten, und schaltete das Transistorradio aus.

»Blödsinn! Reines Gerede! Totaler Quatsch! Ich habe in der Drogenfahndung gearbeitet, drei oder vier Jahre lang, und ich weiß, wovon ich spreche. Man reißt sich den Arsch auf, und die lachen bloß, das ist es, man wird nur ausgelacht. Aber wenigstens sieht man Resultate, kleine, unwichtige, aber Resultate, und dann bin ich zum Chef gerufen worden und er hat gesagt: ›Sehr gut, Serrano, noch so ein Fang in diesem Halbjahr und die Brigade wird berühmt.‹ Ich weiß genau Bescheid, wie sich die ganzen Typen aufführen, die Dealer, die Junkies, die drogensüchtigen Nutten und Stricher ... Ich kenne das alles wie meine Westentasche. Es ist irgendwie überschaubar, jeder verhält sich so, wie man es erwartet.«

»Sie sehnen sich wohl nach diesen Zeiten zurück?«

»Jawohl. Ein Polizist muß seine eigenen Grenzen kennen, und die darf er nicht überschreiten. Man bekommt ein Gebiet, und dann heißt es, ran an die Arbeit! Der Rest der Welt hängt nicht von dir ab. Auch nicht das Schicksal der Leute, mit denen du zu tun hast, im Guten wie im Bösen. Sie sind schon das, was sie sind, und das werden sie auch immer bleiben, da kannst du machen, was du willst. Verstehen Sie? Deshalb kann sich ein Polizist nach einem Verhör ruhig eine Zigarette anzünden und sie mit dem schlimmsten Mörder teilen. Nach dem Verhör haben beide ihre Pflicht getan und haben voneinander nichts mehr zu befürchten.«

»Nicht mal nach einer Tracht Prügel? Glauben Sie nicht, daß der Geprügelte Sie haßt?«

»Nein. Es kommt natürlich auch darauf an, mit welchem Typus man es zu tun hat. Ich habe die Zeit nicht mehr mitgekriegt, als Politische fertiggemacht wurden. Ich hatte es immer mit Gaunern zu tun, und wenn man denen ein paar Ohrfeigen gegeben hatte, waren sie zufrieden damit. Sie wußten, daß man sie ihnen geben mußte. So, Schluß mit der Nostalgie! Was ist hier los?«

»Diese Leute halten sich nicht an Ihre Spielregeln, Serrano. Hat denn noch keiner zu Ihnen gesagt: ›Sie wissen nicht, wen Sie vor sich haben?‹«

»Doch.«

»Jedenfalls scheint das allmählich der Kampfschrei in der ganzen Klinik zu sein. Alle fangen an und sagen: ›Sie wissen nicht, wen Sie vor sich haben!‹«

»Ich führe Befehle aus und habe eine Übergangslösung vorgeschlagen, einen Kompromiß, um die Gemüter zu besänftigen. Aber ich will noch etwas warten, bis ich die Berichte von Interpol über die beiden Leichen habe. Das Heilmittel darf nicht schlimmer sein als die Krankheit. Im Grunde ist niemand an dem Fall interessiert, aber der Minister will keine Anfrage im Parlament wegen schlampiger Arbeit. Wenn sich die Parlamentarier ihre Zunge dorthin stecken würden, wo ich meine, dann hätte ich diese Geschichte in sechs Stunden erledigt.«

»Haben Sie die Vorstrafen von allen, die in der Mordnacht hier in der Klinik waren?«

»Die von den Spaniern schon, von den Ausländern nicht alle.«

»Etwas Interessantes?«

»Es gibt schon einigen Stoff. Auch jemand, dem man die Tat in die Schuhe schieben könnte, wenn nötig. Aber man muß abwarten.« Er schaltete sein Transistorradio wieder ein. Die Audienz war beendet. Carvalho ging zur Rezeption. Bis dort waren die erregten Stimmen der deutschen Delegation zu hören, die mit Molinas diskutierte. Die Belgier warteten darauf, daß sie an die Reihe kamen, aber Delvaux stand nicht an der Spitze der Delegation. Er hielt sich im Hintergrund, unterstützte zwar die Aktion, aber aus den hinteren Linien, im Bewußtsein der zusätzlichen Bedeutung, die das Ganze bekäme, wenn er alle seine Sterne in die Waagschale werfen würde. Die Spanier waren im

Fernsehraum versammelt. Das teilte ihm Mme. Fedorowna mit, als wollte sie damit sagen: Nichts wie hin!

Sie waren vollzählig versammelt, selbst Sánchez Bolín, und lauschten aufmerksam den Ausführungen eines Katalanen. Colom, ein älterer Herr mit getöntem Haar und sorgfältig gepflegten grauen Schläfen, besaß die jährliche Bräune des *Club Natación de Barcelona* und einen Bauch, den drei Massagen pro Woche das ganze Jahr über in Form hielten – die erste manuell, die zweite unter Wasser, die dritte für die Lymphknoten. Er versuchte, ohne jemandem zu nahe treten zu wollen, wie er ein ums andere Mal wiederholte, zu erklären, daß mit ihm nicht zu rechnen sei: daß er keinen Grund habe, sich mit irgend jemandem zusammenzurotten. Dieser Meinung waren die meisten Katalanen, die beleibten alleinstehenden Damen ebenso wie die reifen, illustren Männer, für die ihr zweimaliger jährlicher Kuraufenthalt der einzige Urlaub war, ihre einzigen Ferien, wie sie betonten, um die übrigen Spanier, die eine wenig arbeitsfreudige Mentalität auszeichnete, zu beeindrucken. Sie waren zumindest weniger arbeitseifrig als die Katalanen, aber das drittbeste Volk in der Weltrangliste der Fleißigen nach den Japanern und den Nordamerikanern.

»Ohne Vorwurf, ja? Es soll sich keiner getroffen fühlen, ja? Das sind Dinge, die jeder nach seinen eigenen Maßstäben für sich allein entscheiden muß. Es ist nicht so, daß ich mich nicht als einer der euren fühle, ja? Aber jeder ist für sich selbst verantwortlich, und was soll es bringen, uns zum Hanswurst zu machen und zu demonstrieren, als seien wir Bauarbeiter, und Señor Molinas unter Druck zu setzen, der Ärmste, er ist ja schon total überlastet. Überhaupt ist gar nichts gewonnen, wenn man Krach schlägt. Wenn man miteinander spricht, kann man sich auch verstehen; aber wen es juckt, der soll sich kratzen, denn wenn er es nicht selbst tut, wer soll es dann tun! Das ist ein Sprichwort, nicht wahr? Ich respektiere jeden Standpunkt, jeden, ja?«

»Es geht doch nicht darum, eine subversive Vereinigung zu

bilden, Colom, Menschenskind! Es geht darum, daß sich alle Welt organisiert hat, damit das hier so schnell wie möglich aufhört, und wir werden als letzte aus der Messe kommen.«

»Dann sind wir eben die letzten, Oberst, was soll's? Wenn die anderen etwas damit erreichen, daß sie Stunk machen, dann werden wir schon davon profitieren.«

Eine Dame aus Madrid, die aber in Toledo aufgewachsen war, wie sie jedem erklärte, holte ihre Gedanken aus dem kantabrischen Kranzgesims ihrer Brüste und stürzte sich mit kurzatmigen Seufzern in die dialektische Arena. »Ich bin ja nicht einverstanden mit dir, Colom, aber das soll nichts heißen ...«

»Gut. Ich will ja meine Meinung auch keinem aufdrängen, nicht wahr?«

»Aber es macht ja nichts, Colom, es macht ja nichts ... Und es ist ja nicht so, daß ich ... Ich bin ja auch nicht der Papst ... Aber mit dir, Colom, bin ich nicht einer Meinung, überhaupt nicht, *ganz und gar nicht*!«

»Ganz und gar nicht ... ganz und gar nicht ...« respondierte ein überwiegend weiblicher Chor.

»Also, Colom, ich verstehe euch Katalanen überhaupt nicht!«

»Ich weiß schon, Sullivan, wir gehen immer unsere eigenen Wege ... Wir sind sehr eigen ...«

»Was verlieren wir denn, wenn wir mal meckern? Wir gehen zu Molinas oder den Fabers und sagen ›Hört mal zu, wir kriechen euch nicht in den Arsch, und wenn ihr euren Landsleuten Konzessionen macht, dann bitteschön uns auch.‹ Das baut Adrenalin ab. Man schimpft und dann auf zur Gemüsesuppe oder zum Einlauf, dafür sind wir ja hier. Aber was schadet es, denen ein wenig auf die Zehen zu treten?«

»Ich bin nicht einverstanden mit dem katalanischen Freund, aber mit dir auch nicht, Sullivan!«

»Laß hören, Oberst!«

»Der übertreibt es mit seiner Vorsicht, mit dem, was man in Katalonien *seni* nennt.«

»*Seny.*»

»Gut, auf spanisch wird das, was du sagst, *seni* ausgesprochen, glaube ich. Aber wir wollen uns nicht in linguistische Probleme verstricken, bleiben wir auf dem Teppich. Ich bin nicht damit einverstanden, daß wir uns die Zunge abbeißen und uns Ohrfeigen verpassen lassen. Aber es kann doch nicht sein, daß wir einfach aus Spaß an der Freude stänkern. Das kann man einmal machen, so wie neulich abends. Aber ernste Dinge geht man ernsthaft an, Sullivan, du bist auch keine zwanzig mehr.«

»Ich würde gern die Meinung dieses Herrn dort hören.« Der Mann im Trainingsanzug hatte sich erhoben und zeigte anklagend auf Sánchez Bolín. »Ich nehme an, daß ein Schriftsteller in einer derartigen Situation einiges zu sagen haben dürfte.«

Sánchez Bolín betrachtete den Mann im Trainingsanzug, als sei er eine geistige Null, aber physisch war er es nicht, und deshalb entschied er sich für eine ausweichende Antwort. »Daß ich Schriftsteller bin, muß nicht heißen, daß ich zu allem, was geschieht, eine vorgefaßte Meinung habe. Solange keine dritte Leiche auftaucht, bin ich der Meinung, daß die Situation immer noch erträglich ist.«

»Aber von welchen Leichen spricht denn dieser Herr?« rief die Señora aus Madrid, die in Toledo aufgewachsen war, erschrocken. »Das ist eine Metapher, Señora«, antwortete Sánchez Bolín und schaute auf ihren Busen.

»Komm uns jetzt nicht mit Metaphern, die Situation ist prekär genug!«

Villavicencio erhob sich kopfschüttelnd, als sehe er sich gegen seinen Willen gezwungen, einzugreifen.

»Also, wir benehmen uns wirklich kindisch, streiten über Nichtigkeiten! Was man zu tun hat, das tut man! Ich schlage vor, eine Kommission zu bilden, die eine Erklärung verlangt, und ich erlaube mir, eine pluralistische Vertretung der hier anwesenden Berufe, Ämter, Ideologien und Autonomen Regionen vorzuschlagen: dich, Baske, Colom, den Detektiv, den Schriftsteller und mich.«

»Ein Olé auf deinen demokratischen Geist, Villavicencio!«
stichelte Sullivan. Sánchez Bolín erhob sich, neigte den Kopf
und rief aus: »Ich verneige mich vor der pluralistischen Kandi-
datenliste des Militärs!«

Der Baske applaudierte, und Villavicencio wurde von allen
Seiten beglückwünscht. Er erwiderte die Komplimente, indem
er fortwährend brummte: »Uns Militärs muß man eben verstehen.«

Nicht wirklich einverstanden war dagegen die Dame, die so
pointiert ihren Standpunkt dargelegt hatte, und als sie angesichts ihrer offensichtlichen Verärgerung nach deren Ursache
gefragt wurde, schrieb sie es dem männlich-chauvinistischen
Charakter der Kommission zu, der in der heutigen Zeit untragbar sei.

»Ernesto, das ist nicht schön! Nehmt eine Frau auf, wir sind
auch nicht aus Stein!« befahl Doña Solita und blickte dabei
über den Rand ihrer Brille und ihres Strickstrumpfes, an dem
sie während der ganzen Debatte gearbeitet hatte.

»Ja, wir sind wirklich ein Haufen Esel. Esel! Entschuldigen
Sie, Señora, ich schlage nicht nur vor, Sie in die Kommission
aufzunehmen, sondern ich verneige mich vor Ihnen.«

»Nein, das ist doch nicht nötig …«

Nun, da die Kommission komplett war, mußte man sich über
die Minimalforderungen einigen.

»Als erstes würde ich Befehl geben, daß Schwimmbad und
die Küche zu verhaften«, sagte Oberst Villavicencio.

Nicht nur die Kommission, die gesamte spanische Gemeinschaft war sprachlos.

»Nach militärischem Brauch wird eine Person oder ein Ding,
welche eine Person schädigen oder ihren Tod verursachen, un-
verzüglich verhaftet und vor ein Kriegsgericht gestellt«, erklärte
er.

»Und was bringt es uns, wenn wir das Schwimmbad verhaften? Und welches Militärgericht soll über ein Schwimmbad urteilen?«

»Es handelt sich um symbolische Maßnahmen, die der Gemeinschaft den Ernst der Lage verdeutlichen. Als ich noch ein junger Offizier war, erschossen wir einen Esel, der dem Sohn eines Feldwebels einen Tritt in die Leber verpaßt hatte.«

Colom bereute es sofort, daß er eingewilligt hatte, Mitglied der Kommission zu werden, und erzählte leise, daß er nicht den Mut habe, zur Rezeption zu gehen und die Verhaftung des Schwimmbades zu verlangen. Seine Kritik erreichte Villavicencios Ohren.

»Ich wette zehntausend Peseten, daß General Delvaux dieselbe Forderung gestellt hat.«

»Auf jeden Fall stellst du diesen Vorschlag besser zurück, Oberst, bevor du nicht weißt, ob Delvaux ihn schon gemacht hat«, schlug Sullivan vor, und Villavicencio beugte sich dem, wodurch Coloms Besorgnis gedämpft wurde. Man ging nun daran, eine Reihe vordringlicher Forderungen aufzustellen: gleiche Informationen, wie sie die übrigen Mitglieder der Gemeinschaft erhielten, Festlegung einer maximalen Frist, bis wann sich die Pforte für alle öffnen würde, ohne Unterschiede zu machen, und Garantien für die externe und interne Bewachung.

»Und wenn sie nein sagen?«

»Also, wenn sie nein sagen, dann treten wir in den Hungerstreik«, schlug der junge Käsehändler vor.

»Was für einen Streik? Ja Junge, glaubst du denn, man könnte noch mehr hungern, als wir es ohnehin schon tun?«

Man einigte sich darauf, daß Colom der Wortführer sein sollte, da man annahm, daß die Katalanen dialogfähig und vorsichtig in ihren Formulierungen seien. Vergeblich schützte Colom vor, er drücke sich auf spanisch sehr schlecht aus und sein Akzent sei sehr stark.

»Alle Akzente Spaniens sind Spanisch!« entgegnete ihm der Oberst, und die Expedition brach auf, während der Rest der Gemeinschaft unschlüssig war, ob man die Abgesandten bis vor die Tür des Büros begleiten oder im Fernsehraum das Ergebnis

129

abwarten sollte. Der erste Vorschlag begann sich gerade durchzusetzen, als Doña Solita beiläufig bemerkte, daß gleich die Sendung *Vorbeugen ist besser* beginnen würde, in der es heute um das Problem des dicken Kindes gehen sollte. »Oh, also, das muß ich sehen!« rief die in Madrid geborene, aber in Toledo aufgewachsene Dame aus und wollte ihren Platz in der Kommission einer anderen Frau abtreten. Dies stieß auf allgemeine Ablehnung, so daß sie die eingegangene Verpflichtung auf sich nehmen mußte, allerdings unter der Bedingung, daß man ihr einen zusammenfassenden Bericht davon geben würde, was in der Sendung empfohlen wurde. »Ich habe einen Sohn, den mittleren, er sieht aus wie Schweinchen Dick, und ich will nicht, daß das Kind das alles durchmachen muß, was ich durchgemacht habe.«

Der Elan der spanischen Expedition wurde gebremst, als sie das erste Basislager, die Rezeption, erreichten und feststellen mußten, daß die belgische Delegation noch nicht empfangen worden war, da sich ihre Mitglieder in Flamen und Wallonen aufgespalten hatten. Aus der anfänglichen Diskussion über die Notwendigkeit, sich in zwei Sprachen zu äußern – obwohl Molinas das Flämische nicht verstehen würde –, war ein hitziges Wortgefecht entstanden, bei dem Flamen und Wallonen schließlich jeweils ihre eigene Sprache sprachen und jeder so tat, als verstehe er den anderen nicht. Von den wütenden und kommunikationsfördernden Schreien gingen sie zu Handgreiflichkeiten über, die sich allerdings auf den einen oder anderen Stoß und ein paar Ohrfeigen beschränkten. Dann beschloß die wallonische Delegation, die Initiative zu ergreifen und sich zur Audienz zu begeben, ohne das Einverständnis der Flamen abzuwarten.

Villavicencio sah zu und verstand überhaupt nichts, obwohl ihm der Baske engagiert erklärte, daß eben überall nur mit Wasser gekocht werde. Als er endlich das ernste Problem des belgischen Schismas begriffen hatte, verstand er immer noch nicht, warum Delvaux nicht eingriff und seine Eigenschaft als Militär in die Waagschale warf, der über den brudermordenden Parteien steht. Tatsächlich war Delvaux aufgefordert worden, sich zu äußern, hatte aber ein Eingreifen diskret abgelehnt und mit knappen Worten dargelegt, daß die Frage ihn zwar betraf, aber seine Kompetenz überstieg, und daß jede Geste seinerseits die Institution hineinziehen würde, die er vertrat: Den Nordatlantikpakt. Ohne Rücksprache mit dem Oberkommando und unter Berücksichtigung der Tatsache, daß sich das alles in einem fremden Land abspielte, würde ein falscher Schritt das Prestige der Organisation in Mitleidenschaft ziehen. Molinas selbst überbrückte diese Spaltung, indem er herauskam und mit den Wallonen auf französisch und den Flamen auf deutsch verhandelte, wobei er lebhaft bedauerte, nicht in ihrer eigenen Sprache mit ihnen verhandeln zu können. »Das ist der Preis der Verachtung, den man für eine unterdrückte Sprache bezahlen muß«, antwortete ihm der Aufsässigste der Flamen. In der spanischen Delegation konnte man das besänftigende Tuscheln von Molinas nicht genau hören, der keinen zu überzeugen schien, aber dennoch für den Moment die Eskalation der Gewalt gestoppt hatte. Er hob die Augen zum Himmel, um sie dann zu schließen, als danke er für die soeben empfangene göttliche Kraft, als er die Spanier auf sich zukommen sah. Den übrigen Teilnehmmern der Kommission gefiel der allzu unterwürfige Ton nicht, in dem Colom seine Ausführungen begann, aber als er die drei minimalen Voraussetzungen für jede Art von Verhandlung nannte, war Molinas beinahe gerührt und bedankte sich für ihr Verständnis. Er akzeptierte die drei Forderungen sofort, und Colom verbeugte sich wiederholt vor ihm, überrascht und befriedigt über die Leichtigkeit seiner Verhandlungstätigkeit. Der Katalane zeigte schon den Arsch von hinten und versuchte, die Kommission wegzuführen, als Duñabeitias Stimme den Rückzug aufhielt.

»Einen Moment! Ich bin überrascht, Molinas, daß Sie so

schnell akzeptieren. Was hatten denn die anderen von Ihnen verlangt?«

»Ganz unter uns – ich verlasse mich auf Ihre Diskretion und die Unterstützung, die wir einander als Landsleute schuldig sind – es wurden verrückte Dinge gefordert. Zum Beispiel das Recht, Waffen zu tragen, und die Ausdehnung der Quarantäne auf das gesamte Dienstpersonal: die Zimmer- und Dienstmädchen, das heißt die Hilfsarbeiter, die Gärtner, das technische Personal etc. etc. ... ferner die tägliche Untersuchung der Zimmer des Personals ...«

»Die zweite Forderung scheint mir überhaupt nicht verrückt«, bemerkte Sullivan vor der spanischen Vollversammlung, nachdem die Expedition zurückgekehrt war. »Auch wenn sie unsere Landsleute sind, brauchen wir ihnen noch lange nicht die Kastanien aus dem Feuer zu holen. Der Gedanke ist naheliegend, daß die Verbrecher auf dieser Seite zu suchen sind. Sie waren zum Beispiel – ich habe stundenlang darüber nachgedacht, und es paßt alles – scharf auf etwas, das Mrs. Simpson hatte, klauten es, wurden von ihr überrascht und brachten sie um. Von Trotta hat alles mit angesehen, also knöpften sie ihn sich auch vor. Das ist die einfachste Erklärung.«

»Es kann auch ein Landstreicher gewesen sein, der sich hier eingeschlichen hat ...«

Ein gewichtiger Teil der Frauen neigte zu dieser Ansicht, aber Carvalho argumentierte, wobei er auf Sánchez Bolíns Verständnis hoffte: »Das kommt heute nicht einmal in den billigsten Krimis vor. Es ist die erste Erklärung, die den Gestalten von Agatha Christie einfällt, aber sie wird dann immer verworfen.«

»Das eine oder andere Mal wird es wohl trotzdem vorkommen«, urteilte Sánchez Bolín und fügte hinzu: »Der Tag, an dem wirklich ein Landstreicher der Verbrecher war, wird das Ende des Kriminalromans bedeuten.«

Villavicencio gab bekannt, daß er eine Pistole besaß – mit Waffenschein natürlich – und sie der Gemeinschaft zur Verfügung stelle. »Wir sollten die Anzahl unserer Zimmer feststellen und das Zentrum des Sicherheitsdienstes in meines verlegen. Wenn ihr dann etwas Verdächtiges bemerkt, braucht ihr nur zu rufen, und ich komme mit der Pistole.«

»Wenn ich irgendwo am Arsch der Welt bin, Ernesto, und bis du dann mit der Pistole herbeikommst, haben sie mich schon kaltgemacht.«

»Bei jeder defensiven Aktion muß man eine gewisse Anzahl von Verlusten einkalkulieren. Es kommt darauf an, sie so gering wie möglich zu halten. Wie viele Spanier sind wir?«

»Zweiundzwanzig, die Katalanen eingerechnet«, sagte Sullivan.

»Zehn Prozent Verlust wäre kein schlechtes Ergebnis.«

»Macht genau zwei Komma zwei.«

Damit bestätigte Sullivan den Verdacht, zu dem die anderen nicht offen zu stehen wagten: Der Oberst hielt es für möglich, daß zwei Komma zwei Mitglieder der spanischen Kolonie möglicherweise die Klinik nicht lebend verlassen würden. Ein Chor der Entrüstung brauste auf, und das Wort Barbar war noch das sanfteste, was Villavicencio zu hören bekam. Seine Frau tadelte ihn aus der Ferne, ohne mit dem Stricken aufzuhören. Nervös gestikulierend verließ er die Gruppe und setzte sich neben sie.

»Ernesto, immer redest du zuviel!«

»Ich weiß es ja, Solita, ich weiß es ja. Aber ich schenke ihnen reinen Wein ein, denn im Gefecht darf man die Soldaten weder belügen noch ihre Kampfmoral untergraben, aber sie müssen wissen, was gespielt wird.«

Allmählich wich die Hitze der kollektiv geführten Diskussion einem allgemeinen nachdenklichen Schweigen. Jeder dachte an sein eigenes Schicksal und überlegte, ob er fähig war, gegen diese Strömung aus eigener Kraft zu schwimmen und sich Respekt zu verschaffen. Der Baske kam zu Carvalho und sagte ihm, er habe mit einer zuverlässigen Kontaktperson im Baskenland telefoniert, und es stehe hundertprozentig fest, daß die ETA mit der Sache nichts zu tun hatte.

»Vielleicht der schiitische, der armenische oder der libysche

Terrorismus. Vielleicht hat auch Sullivan recht, dann ist alles viel einfacher. Gestern abend hat mich dieser Polizist verhört. Warst du schon bei ihm?«

»Ja.«

»Ein Wahnsinniger, nicht? Alle fünf Minuten ändert er seine Methoden. Vielleicht ist das auch sein Trick, um die Leute aus dem Konzept zu bringen. Ein Hanswurst! Sobald die einen Basken sehen, denken sie schon, er zieht die Parabellum aus dem Hosenschlitz. Und sein Kollege ist noch schlimmer. Ich werde dem Innenminister einen Brief schreiben, der sich gewaschen hat. Ich weiß nicht, was sich dieses Pack eigentlich einbildet. Die wußten noch gar nicht, was warmes Essen ist, bevor sie Beamte geworden sind. Spanien wimmelt von Beamten, sogar Punks sind darunter. Wer auch nur einen Duro riskiert, um dieses Land aufzubauen, ist ein Idiot.«

Colom hatte die letzten Sätze des Basken mitangehört und bestätigte sie energisch: »Sie rennen einem die Bude ein mit dem Märchen von Investieren und Arbeitsplätze schaffen. Hör mir bloß auf! Pah! Die sollen endlich mal aufwachen! Ich arbeite den lieben langen Tag, und meinen einzigen Urlaub verbringe ich hier und faste. Es ist schon traurig, ja, ja. Und dann soll man die paar Duros, die man verdient hat, für ein Gesindel investieren, das nichts von Arbeit hält und auch sonst an nichts glaubt, sondern einen nach Belieben schikaniert, sobald sie warm zu essen haben und sich ein Videogerät leisten können. Die haben nämlich alle Video, nicht? Machen wir uns nichts vor. Auch der ärmste Hungerleider hat sein Video.«

Carvalho überließ die beiden Unternehmer ihrem Kummer und ging hinauf zu der öffentlichen Telefonkabine, die in einer Ecke der Empfangshalle aufgestellt worden war. Er bat die Vermittlung, ihn mit Inspektor Serrano zu verbinden, und als er ihn am Telefon hatte, fragte er, ob er zu ihm kommen könne, wenn das jetzige Verhör zu Ende sei.

»Kommen Sie, aber gehen Sie durch das Büro von Molinas.«

Es war leer, und Carvalho wartete, bis die Verbindungstür

aufging und Serrano ihn hereinbat. Das Gesicht des Inspektors bestand nur noch aus von einem inneren Feind ausgehöhlten Ringen unter den Augen, und auf der Haut glänzte der schmierige Schweiß der Erschöpfung. Der Assistent würdigte ihn keines Blickes, und die Sekretärin nutzte die Pause, um sich wie eine schwarze Katze zu recken und zu strecken. Im Gegensatz zu ihren etwas männlichen Gesichtszügen waren ihre Brüste weich und rund.

»Was gibt es Neues?«

»Nichts. Ich warte auf die Dossiers der Toten. Es wird nicht mehr lange dauern, aber es sieht so aus, als gebe es Schwierigkeiten, vor allem mit dem Dossier der Alten. Die Botschaft der Vereinigten Staaten drückt sich nicht klar aus. Nach ihrer Darstellung gab es Mrs. Simpson gar nicht, bevor sie Mrs. Simpson wurde, das heißt, bevor sie einen gewissen Simpson heiratete. Es existiert eine Heiratsurkunde mit den Namen James F. Simpson und Perschka, aber das ist das erste und einzige Dokument, das es über diese Perschka gibt, als sei sie aus dem Nichts aufgetaucht, um sich zu verheiraten.«

»Und wie sieht es hier aus?«

»Ich sterbe noch an Lepra. Alle ergehen sich in Sprüchen, wie wichtig sie sind, und wie ungeheuer notwendig es ist, so früh wie möglich hier herauszukommen. Von diesem Schweizer habe ich besonders die Nase voll, ich meine den mit dem Anfall.«

»Ist er nach draußen geschafft worden?«

»Nichts da. Man hat seinen Anfall unter Kontrolle gebracht, fürs erste jedenfalls. Jetzt kann man weitersehen.«

»Und wie sieht's mit den Vorstrafen aus?«

»Kleinigkeiten. Fünf oder sechs von den Gästen. Finanzielle Dinge, aber nichts von Bedeutung. Bei den Spaniern gab es einen ungedeckten Scheck vor vier Jahren ... ein gewisser Royo aus Aragón, Pharmaindustrie ... nichts. Beim Personal sieht es anders aus, da gibt es drei Vorbestrafte. Der eine ist politisch vorbelastet. Er war ein Führer der Landarbeitergewerkschaft in Huelva und hatte vor zwölf Jahren Probleme. Der andere war

135

dran wegen Erregung öffentlichen Ärgernisses. Er beschäftigte sich damit, sein Pimmelchen am Ausgang von Tanzlokalen zu zeigen. Und der dritte ist ein Krimineller, Guzmán Luguín Santirso, ein interessanter Fall, vielleicht erinnern Sie sich sogar daran: Er war vor zwanzig Jahren Chauffeur bei einem Madrider Notar. Dann stahl er Schmuck und Geld im Wert von etwa zehn Millionen. Als er mit der Beute abhauen wollte, wurde er von einem Hausmädchen überrascht. Es kam zum Handgemenge, und sie wurde tot aufgefunden.«

»Ein Schlag oder hat er sie erwürgt?«

»Nein, sie ist vor Schreck zu Stein erstarrt, Herzattacke. Er bekam acht Jahre, vier davon hat er abgesessen. Soweit bekannt ist, hat er sich seither auf keine krummen Dinger mehr eingelassen. Sein Alibi taugt nichts, aber das ist bei allen so. Nach Mitternacht ist hier das Tal des Schnarchens. Jedes Käuzchen sitzt in seinem Baum, und keiner weiß, was der andere tut.«

»Gehört der Mann zu dem Personal, das hier im Haus schläft, oder wohnt er in Bolinches?«

»Er schläft hier. Er ist Fachmann für Kessel- und Reinigungsanlagen und kann jederzeit gebraucht werden.«

Carvalho begann zu lachen. »Wenn es diesen Mann nicht gäbe, müßte man ihn erfinden.«

»Ich behalte ihn in der Hinterhand.«

»Alle schreien nach einem Sündenbock.«

»Ich tue nur meine Pflicht.«

Das Telefon klingelte, und Serrano gab seinem Assistenten ein Zeichen. Der nahm ab und traute ein paar Sekunden lang seinen eigenen Ohren nicht.

»Entweder es verarscht uns hier einer, oder wir sind mitten in einem Comic. Die Guardia Civil hat einen gewissen Juanito de Utrera, *El Niño Camaleón*, und einen anderen Typen festgenommen.«

»Wo denn?«

»Sie wollten das Gelände betreten. Als man ihnen sagte, das sei verboten, wurden sie frech.«

»*El Niño Camaleón*! Das hat uns gerade noch gefehlt! Wer ist der Typ?«

Carvalho klärte ihn über die kulturellen Aktivitäten im Kurbad auf, und Serrano zuckte die Achseln. Er gab Befehl, die beiden durchzulassen, und ging in Molinas Büro, um zu erfahren, was es mit dem Flamencosänger auf sich hatte. Molinas befand sich im Gespräch mit den Fabers, gerade aus Madrid zurück, wie sie sagten, und während sie das sagten, sahen sie Serrano mit besonderem Nachdruck an. Molinas begann die Sache mit Juanito de Utreras zu erklären und entschuldigte sich bei den Fabers, daß er nicht daran gedacht hatte, den Auftritt des Duos zu verschieben. Da hörten sie vor dem Eingang erregte Stimmen und verließen das Büro, um festzustellen, daß Juanito de Utrera mit seinem andalusischen Sombrero dem auf dem Sofa liegenden Gitarristen Luft zufächelte.

»Schauen Sie sich das an, wie ihn die Zivilen zugerichtet haben, diese Schweine!«

*El Niño Camaleón* erklärte umständlich, wie sie dem sturen Zivilgardisten, der sie nicht passieren lassen wollte, ein wenig die Meinung gesagt hätten, und der Gardist hätte ihnen, nervös wie er war, in gemeiner Absicht ein paar harte Schläge versetzt, »das schwöre ich Ihnen, Señor Molinas, in gemeiner Absicht! Hier, sehen Sie mal, was er aus meinem Toupet gemacht hat, es sieht aus wie eine Baskenmütze! Und der ärmste hier, also ihm ist sowas noch nie passiert, er ist mir ganz blaß geworden, gelb und grün, und da liegt er jetzt. Es gibt keine Gerechtigkeit mehr!«

Molinas entschuldigte die Gardisten mit den vielen Stunden, die sie Dienst tun mußten, berichtete dem Flamenco-Duo, was geschehen war und wies sie daraufhin, wie unpassend es sei, jetzt die Gäste mit ihren Liedern zu erfreuen.

»Wir stimmen uns ganz auf die Situation ein, Señor Molinas, und singen etwas ganz Tiefes, Ergreifendes … etwas Trauriges, das zu Herzen geht – das Requiem von Mozart ist ein Cha-Cha-Cha dagegen!«

»Nein, nein, meine lieben Freunde, eure Kunst in allen Ehren, aber die Gäste haben dafür kein Verständnis, alle sind furchtbar nervös.«

»Hören Sie sich mal diesen Text an, Señor Molinas!

*Ich singe für dich,*
*weil du gestorben bist,*
*Geliebter meiner Seele.*«

Der Gitarrist erwachte wieder zum Leben und begann, den Sänger mit Zurufen anzufeuern und den Rhythmus zu klatschen. Molinas bestand darauf, daß nicht der richtige Zeitpunkt sei und betonte, daß sie sich wegen der Bezahlung für den Auftritt keine Sorgen zu machen brauchten. Sie würden bezahlt, als seien sie aufgetreten. Das Duo bedankte sich überschwenglich und versicherte, es gebe keine schönere Beerdigungszeremonie als einen Fandango, der von Herzen kommt. Carvalho überließ sie ihren Rokokofloskeln und folgte Serrano, der zu den Fabers zurückkehrte. Zunächst betrachteten die beiden Brüder Carvalho wie eine rätselhafte Erscheinung, aber Molinas übernahm es, sie miteinander bekanntzumachen, als er wieder zur Stelle war. Die Fabers beachteten ihn jedoch nicht, sie brannten vielmehr darauf, Serrano mitzuteilen, daß sie durch Vermittlung eines hohen Regierungsmitgliedes, eines guten Klienten der Klinik, eine Audienz beim Innenminister bewirkt hatten und dieser ihnen jede Art von Garantien gegeben habe, daß die ganzen Unannehmlichkeiten bald ein Ende haben würden.

»Ich fürchte, das Kurbad wird viele Jahre brauchen, um sich von dieser Schädigung seines guten Rufes zu erholen«, betonte Hans Faber, und er hätte noch weiter lamentiert, wenn sich nicht der Aufruhr am Eingang wiederholt hätte. Als alle hinausgingen, um nachzusehen, was los war, trafen sie wieder Utrera und seinen Gitarristen, in vollkommener Hysterie aufgelöst. Die Toupets saßen noch schräger auf den Köpfen, wenn das überhaupt möglich war, und zwei Zivilgardisten bewachten sie.

»Ich schwöre Ihnen, Señor Molinas, daß wir unschuldig sind!«

»Unschuldig woran?« fragte der Manager verblüfft und starrte auf die beiden Musiker und die Guardia Civil, aber der Pegel seiner Verblüffung wuchs, denn durch die Drehtür kamen zwei weitere Zivilgardisten herein, die einen Mann vor sich herschoben: Karl Frisch. Der Sergeant salutierte und meldete Serrano, daß sie bei der Überprüfung des Autos der Musiker den Schweizer im Kofferraum zusammengekauert entdeckt hätten.

Utrera und sein Kollege jammerten und zeigten auf den Schweizer, als sei er ein Ufo. »Kennst du den? Ich habe ihn noch nie im Leben gesehen!«

Carvalho schaute sich draußen um und entdeckte Helen am Fuß der Treppe, wie sie sich die Arme um den Leib schlang, verängstigt durch die Szene, deren Ursache sie bereits ahnte. Ihr Mann war kaum in der Lage zu gehen und mußte von zwei Zivilgardisten gestützt werden. Frau Helda ordnete an, daß er auf die Krankenstation gebracht wurde. Hatte ihn keiner gesehen, wie er in den Kofferraum stieg? Aber nein, aber nein, Herr Inspektor, er stieg ein, als wir mit Ihnen und Señor Molinas redeten. Die Künstler gingen von neuem, und Carvalho folgte Serrano zu der Krankenstation. Der Inspektor ging ein paar Schritte voraus, und Carvalho tat so, als gehe er zufällig denselben Weg, ohne auf die Person des Polizisten zu achten. Karl lag wieder auf der Bahre und schlief. Helda war dabei, ihm für die Untersuchung etwas Blut abzunehmen, und Helen hatte sich in die entfernteste Ecke des Zimmers gesetzt, anscheinend, um unbemerkt zu bleiben. Als sie Serrano eintreten sah, zuckte sie zusammen, aber Carvalhos Anwesenheit beruhigte sie wieder. Sie trug Tenniskleidung und hielt den Schläger auf ihren goldbraunen Knien. Nein, sie hatte nicht bemerkt, wie Karl sich hinausgeschlichen hatte. Sie war auf dem Tennisplatz mit Herrn Dörffmann verabredet gewesen, und er hatte augenscheinlich geschlafen, als sie hinausgegangen war. »Er ist wie besessen von der Idee, hier herauszukommen. Die letzten Monate waren schwer. Seine Nerven verliefen sowieso schon ganz dicht unter der Haut, und das hier hat ihm den Rest gegeben.«

»Er wird jetzt ein bis zwei Stunden schlafen«, teilte Frau Helda mit.

»Dann ziehe ich mich inzwischen um und schreibe ein paar Postkarten«, erklärte Helen und gab Carvalho mit den Augen ein Signal. Sie warteten, bis Serrano gegangen war, dann ging sie hinaus, und der Detektiv folgte ihr. Mit ihrem Pferdeschwanz, dem ärmellosen Trikot, dem kurzen Rock, der die Rundung der Hinterbacken betonte, den geraden und straffen Beinen und den Söckchen wirkte sie auf Carvalho wie eine seiner Jugendlieben, und ebenso jugendlich war es, wie sie sich ab und zu spielerisch nach ihm umschaute, um ihm mit ihren blauen Augen und den blaßrosa geschminkten Lippen ein süßes Lächeln zu schenken. Sie öffnete die Tür zu ihrem Zimmer und ließ sie weit offenstehen. Sie legte den Schläger auf eines der beiden Betten, fuhr sich mechanisch mit den Fingern durch den Pferdeschwanz und hielt eine Spange in ihrer Hand, als sie sie zurückzog, so daß die langen Haare offen fallen konnten. Sie lösten sich mit träumerischer Langsamkeit voneinander. Nun wandte sie ihr Gesicht Carvalho zu, und wo vorher das Lächeln gewesen war, standen jetzt Tränen. »Helfen Sie mir!«

Sie sank in die Arme des Mannes und verharrte dort, an ihn gedrängt, und umklammerte seine Arme mit ihren Händen. Dann hob sie den Kopf und bot ihm ihre verweinten Augen, blaue Augen, die von Tränen glänzten, und einen Mund, der sich wie eine kleine Wunde öffnete und sich zuerst auf Carvalos rechte Wange preßte, dann auf die linke, schließlich seine Lippen suchte und dort verweilte, wie um Atem zu schöpfen. Dann öffnete er sich und eine schmale, zarte Zunge schlüpfte heraus, die in den Mund des Mannes eindrang und sich dort wie ein Schmetterling bewegte, der sich freiwillig in Gefangenschaft begeben hatte. Carvalho bemerkte, daß ihr Atem nach zersetzter Petersilie roch, aber er hatte die Kontrolle über seine Sinne verloren, und es waren seine Hände, die die Festigkeit von Helens Brüsten prüften. Er hatte ihr den Pullover hochgeschoben und die beiden leichten Titten aus ihrer Gefangenschaft befreit. Carvalho vertiefte den Kuß, und sie hob die Arme, um ihren Oberkörper vollends zu entblößen. Er genoß das Glück, ihre Brustwarzen zu drücken oder mit der ganzen Hand zart darüber zu streichen und die sonnigen, warmen Busen in der Hand zu wiegen. Er drängte sie, den kurzen Tennisrock fallen zu lassen, so daß sie im weißen Tangaslip vor ihm stand, auf den seine Hände stießen, als sie nach den Pobacken tasteten. Es war ein Slip, der seinen Platz in der Welt gutwillig räumte und ihr puppenhaftes, hellbraunes Schamhaar zum Vorschein kommen ließ. Er hielt sie davon ab, ihre dreifarbigen Socken und die Tennisschuhe auszuziehen, und schob sie zum Bett, wo die Zungen ihre Körper von dem Geruch zersetzter Petersilie befreiten und den Geschmack menschlicher Haut genossen, die mit *Duschdas* geschrubbt war.

»Hilf mir!« rief sie ab und zu, wie um ihn an eine Schuld zu erinnern, die er irgendwann zu begleichen haben würde, und der Mann war zu jeglicher Hilfe bereit, denn seiner Begierde stand ein Körper von der aufklappbaren Mittelseite vom Penthouse-Playboy zur Verfügung, und zwar in einer der individuellsten und geglücktesten Ausführungen.

Helen war in ihrer besiegten Zartheit so köstlich, daß der Mann das Spiel zwischen Berührung und Menschenfresserei in die Länge zog und die Penetration für den Moment aufsparte, in dem ihre Augen ebensosehr wie ihre Syntax abdriften würden. Es war eher ein Stöhnen als Worte, die ihm anzeigten, daß der Moment erreicht war, wo sich alle Schließmuskeln der Frau öffneten, und Carvalhos Penis tauchte aus einer langen Hungerperiode auf und suchte die enge Pforte, die zu der notleidenden Stadt führte. Die Metapher mag überzogen sein, aber es war Luxusklasse, was sie da am unteren Ende des Körpers besaß, und das Keuchen der Frau entsprach, so schien es, einer wundervollen musikalischen Stufenleiter. Die Bewegungen ihres kleinen Gesichtes waren wild, wie auf der Suche nach mehr

Raum, um das Übermaß des Genusses aufzunehmen oder zu fassen.

Aber etwas in Carvalhos Bewußtsein war gebrochen, er war gespalten in das Tier, das eindrang und wieder fast herausschlüpfte aus der nackten Frau, und einen anderen Mann, der in der Lage war, sich von der Szene zu distanzieren und sie zu betrachten, als gehe sie in einer anderen Galaxie vor sich. Diese Bewußtseinsspaltung verringerte die Potenz jedoch nicht, und Helens Augen öffneten sich ab und zu zwischen Stöhnen und mehr Stöhnen und wunderten sich staunend über die Perlenschnur von Orgasmen, die ihr der so vollbeschäftigte Reiter verschaffte. Bald verebbte das »mehr, mehr!«, das sie in einem taubstummen Französisch hervorstieß, und es war beinahe Schmerz, was zuerst ihre Augen und dann die Lippen ausdrückten, und um einen Waffenstillstand baten für das, was als gutbemessener Koitus begonnen hatte und allmählich in die ausdauernde Tätigkeit einer gnadenlosen Maschine ausuferte, die die zartesten Häute der sexuellen Seele abschälte.

Carvalho versuchte, wieder zu einer einzigen Person zu werden, bei der der ausdauernde Reiter die Oberhand hatte, und zum erstenmal sein eigenes Vergnügen zu genießen und seinen Hunger zu stillen, verrenkt wie eine überfahrene Puppe, aber das war ihm einfach nicht möglich. Das »Aufhören! Aufhören!«, das von ihren Lippen sprudelte, ging bald vom Keuchen in Tränen über, und ihre Hingabe wurde zum Kampf, um sich von dieser in unaufhörlicher Bewegung befindlichen Bestie zu befreien. Carvalho gewann seine geistige Klarheit wieder und klinkte sich aus, mit voll aufgerichteten Attributen und dem dringenden Bedürfnis, ins Badezimmer zu gehen und mit Phantasie und einer Hand zu Ende zu bringen, was ein so langer Ritt nicht geschafft hatte. Beim Anblick der Kloschüssel schwelgte er zuerst in dem Genuß der Erinnerung an den unbestimmten Körper einer Frau – halb Charo, halb ein Traum, wahrscheinlich Helen – und an ein Gesicht voller Hingabe, das aus einer Windung seines Gedächtnisses aufgetaucht war, vielleicht das

142

einer Frau, mit der er absolut naiv und glücklich gewesen war und an deren Namen er sich nicht erinnern konnte oder wollte. Dann kam sein Orgasmus, dumpf, schnell und abgewertet, als hätte er nach einem halben Kilo Kaviar die verrückte Idee gehabt, ein *Bocadillo* mit panierten Kalamares zu verzehren. Er ging zurück ins Schlafzimmer, und da lag sie, in sich selbst zurückgezogen, ein goldener Körper im goldenen Widerschein des Abends.

»Du bist ein schrecklicher Mann!«

»Etwas Derartiges ist mir seit langem nicht mehr passiert; das letzte Mal war es sechs Monate nach dem Koreakrieg.«

Die Frau wußte nicht, ob sie versuchen sollte zu verstehen, was sie da hörte, oder lieber die Zeit zu nutzen, um ein Etappenziel dieses Festes zu erreichen. Sie bedeckte ihre Nacktheit mit einem Morgenmantel, und Carvalho schien es, als sei das Zimmer plötzlich dunkler geworden. Sie näherte sich ihm und küßte ihn sanft auf die Lippen.

»Wirst du mir helfen?«

»Wobei?«

»Ich muß hier raus! Sonst wird Karl durchdrehen und sich an mir rächen.«

Die Rache würde wohl sehr grausam ausfallen, denn ihre Stimme wurde ganz kläglich, und die Tränen kamen wieder, während ihre kleinen Hände die Ärmel von Carvalhos Hemd umklammerten.

»Warum soll gerade ich dir helfen? Ich bin hier ein ganz gewöhnlicher Gast, genau wie die anderen.«

»Nein, nein, du bist nicht wie die anderen! Ich habe gesehen, wie aktiv du bist. Du bist Herr der Lage.«

»Willst du alleine hier raus?«

»Ich alleine? Bist du verrückt? Ich muß mit Karl hinaus. Wenn nicht, bringt er mich um.«

Sie betonte jede einzelne Silbe, damit er die ganze Last der Wahrheit und Vorahnung verstand, die dieser Satz bedeutete.

»Wir müssen beide von hier weg. Später treffen wir uns wieder, wenn du willst, und machen Liebe so wie heute. Das war wundervoll!«

Er kannte ähnliche Szenen aus Filmen und aus dem Leben. Im Film waren sie häufiger als im Leben, dachte er. Langsam durchströmte ihn Müdigkeit, und er begann zu schwitzen. Er erhob sich und versuchte, sich so weit wie möglich von der Frau zu entfernen, als wollte er sein eigenes Hiersein und den ganzen Abend auslöschen.

»Nein, nein, es ist nicht so, wie du denkst. Ich habe dich nicht benutzt, um ihn zu retten, sondern mich, mich …«

Wieder sank sie in Carvalhos Arme, und er schob sie sanft weg, hielt sie auf Distanz und sah sie lange und intensiv an. Sie ist eine Kostbarkeit, dachte er, drehte sich um, verließ das Zimmer und machte die Tür hinter sich zu. Nur vier- oder fünfmal in seinem Leben hatte ihm die Natur so ein wunderbares Geschenk gemacht, und trotzdem vergällte ihm irgend etwas diesen Gedanken, wie ein offensichtlich sentimentaler Nachgeschmack. Er hatte den Eindruck, Liebe auf Kredit erhalten zu haben, und es tröstete ihn nur die fast sichere Gewißheit, daß er nicht in der Lage sein würde, den Kredit zurückzuzahlen. Er würde höchstens den Schweizer im Auge behalten und versuchen herauszufinden, welche Absichten Serrano mit dem unbequemen Kurgast hatte. Serrano befand sich zu diesem Zeitpunkt bei Gastein, und der Doktor war nicht überrascht über die Selbstverständlichkeit, mit der Carvalho den Raum betrat, und war bereit zuzuhören.

»Hatten Sie an die Tür geklopft?«

»Nein, aber es scheint mir ein glücklicher Zufall, daß Dr. Gastein hier ist. Ich habe mich gerade mit Señora Frisch unterhalten, der Gattin des Schweizers. Sie macht sich ernste Sorgen um die Gesundheit ihres Mannes, um seine geistige Gesundheit, meine ich. Halten Sie es nicht angesichts der komplizierten Situation für übertrieben, diesen Mann hierzubehalten?«

»Genau darüber sprach ich gerade mit Inspektor Serrano. Es wäre wünschenswert, wenn Señor Frisch die Klinik verlassen könnte, um in Bolinches psychotherapeutisch behandelt zu werden. Selbstverständlich könnte er, wenn der Inspektor meint, er brauche ihn noch als Zeugen, im Krankenhaus in Bolinches unter polizeiliche Bewachung gestellt werden.«

»Ich brauche ihn nicht mehr und auch nicht weniger als alle anderen, aber jeder wird mich fragen: Warum gerade den und die anderen nicht?«

»Ich würde Señor Serrano vorschlagen, Señor Frisch gehen zu lassen, unter Bewachung natürlich, und die Señora hier in der Klinik zu behalten. Dies würde jeder böswilligen Interpretation zuvorkommen. Er verläßt die Klinik, weil es unumgänglich ist, und sie bleibt, nicht als Geisel, sondern als Beweis dafür, daß hier ein faires Spiel gespielt wird.«

»Ist der Typ so verrückt, daß er ins Irrenhaus gesteckt werden muß?«

»Nein, darum geht es nicht, Herr Inspektor. Aber seine momentane Depression kann chronisch werden oder sich zum Verfolgungswahn entwickeln, und dann kann es zu gefährlichen Situationen kommen. Karl Frisch hierzubehalten ist genauso, als würde man in einem Pulvermagazin ein bengalisches Feuerwerk abbrennen.«

»So wie ich die Beziehung der beiden erlebt habe, ist es von ihm her ein striktes Abhängigkeitsverhältnis. Ich will mir nicht eine Qualifikation anmaßen, die ich nicht besitze, aber wenn dieser Mann im Krankenhaus erwacht und sieht, daß seine Frau nicht neben ihm sitzt, dürfte er wohl Probleme machen.«

»Wenn ich einen Rat brauche, dann den eines Arztes, mein Freund. Und Dr. Gastein rät, ihn hinauszuschaffen und sie hierzubehalten.«

»Ich bestreite nicht, daß Señor Carvalho zum Teil recht hat. Ich denke aber, daß Frisch nach seiner Abfahrt ein paar Tage in einem halbschlafartigen Zustand verbleiben wird, und bis er daraus erwacht, wird dieser ganze Alptraum glücklich überstanden sein und das Ehepaar Frisch wird gesund, froh und zufrieden nach Hause zurückkehren können.«

»Sehr gut, Doktor. Ich rufe meine Vorgesetzten an, erläutere ihnen den Fall, und sie sollen entscheiden. Sie bleiben hier, Carvalho!«

Das war eine mit einem Lächeln servierte Aufforderung an Gastein zu gehen. Kaum war der Arzt aus dem Zimmer, hatte Carvalho das Gefühl, daß zwischen ihm und Serrano wieder ein Abgrund von Mißtrauen klaffte.

»Ich müßte lügen, wenn ich behaupten wollte, meine Zweifel an Ihnen wären vom Tisch. Mir ist immer noch nicht klar, was Sie hier treiben. Vor allem nachts, wenn Sie in dunklen Parkecken Bücher oder Prospekte verbrennen! Halten Sie das für normal?«

»Nein.«

»Geben Sie das zu?«

»Jawohl, das tue ich.«

»Sagen Sie, was Sie verbrannt haben und weshalb!«

»Ich las zufällig in einer Zeitung, daß ein Buch von einem gewissen Juan Goytisolo erschienen ist, mit dem Titel *Jagdverbot*. Es wurde erklärt, worum es geht, außerdem brachten sie eine Polemik zwischen Goytisolo und seinem Bruder. Dabei ging es darum, ob nun der Großvater der beiden den Pimmel des oben erwähnten Juan Goytisolo angefaßt hat oder nicht, als er noch ein kleiner Junge war. Soweit ist es schon mit uns gekommen! Daß Literatur sich damit abgibt, Spekulationen über die Moral der Großväter anzustellen, ist für mich ein Zeichen für die Dekadenz unserer Zeit. Ich ging nach Bolinches, kaufte mir das Buch und verbrannte es. Zu Hause in Barcelona verbrenne ich oft Bücher, um das Kaminfeuer in Gang zu bringen. Ich habe noch genug, um bis zu meinem Tod den Kamin anzuzünden, aber bei diesem Anlaß war ich weit weg von zu Hause, und ich konnte es ja nicht im Zimmer anzünden. Also ging ich in eine Ecke des Parks und verbrannte es. Irgend jemand hat mich dabei gesehen und kam hierher, um mich bei Ihnen anzuschwärzen.«

Serrano schien fasziniert. Aber es war keine Faszination, was aus seinen zornigen Worten sprach. »Jetzt brat mir doch einer einen Storch! Haben Sie wirklich geglaubt, daß Sie mich so hinters Licht führen können?«

»Ich kann Ihnen die Telefonnummer und den Namen einer in Barcelona wohnhaften Person geben, Enric Fuster, das ist mein Steuerberater und Nachbar. Wenn er den Hörer abnimmt, fragen Sie ihn einfach: ›Kennen Sie Señor Pepe Carvalho?‹ Und wenn er ja sagt, fragen Sie weiter: ›Womit zündet er sein Kaminfeuer an?‹ Sie werden ja sehen, was er Ihnen antworten wird!«

»Hören Sie mal, Sie Witzbold, genau das tue ich jetzt, und wenn es so ausgeht, wie ich erwarte, dann können Sie was erleben!«

Er rief seinen Assistenten und erklärte ihm, was er tun und sagen solle. Der Polizist sah seinen Chef mit ungläubiger und Carvalho mit ärgerlicher Miene an. Aber er ließ sich herab, den Anruf zu tätigen. Er wurde mit einem anderen Apparat in einem anderen Büro des Steuerberaters verbunden, und als er ihn selbst an der Strippe hatte, ließ er die Frage auf ihn los. Die Antwort gefiel ihm gar nicht. Er sagte: »Einen Moment!« und wandte sich an Serrano und Carvalho.

»Er will wissen, wer ich bin und was mich das angeht.«

»Dann verraten Sie ihm schon, wer Sie sind.«

Er sagte es ihm, hörte sich die Auskunft des Beraters an und legte auf, nicht ohne sich vorher bedankt zu haben.

»Bücher! Er zündet seinen Kamin mit Büchern an!«

»Wenn ich behaupten würde, es interessiert mich, ob Sie Bücher verbrennen, müßte ich schon wieder lügen. Und wenn ich Ihnen das abkaufe, was Sie mir gerade gesagt haben, daß Sie gewissermaßen in einem bestimmten Zeitraum Ihr Verhalten von dem abhängig gemacht haben, was in Büchern steht, dann hat das nicht die geringste Bedeutung, weder für Sie noch für mich. Wenn ich mir meine Zeit damit vertreiben würde, Bücher zu verbrennen, würde man mich als Faschisten beschimpfen, als

Kulturschänder, all die schönen Dinge, die uns Ordnungshütern von denen angehängt werden, die mit dem Chaos spielen, ohne je ganz dazu stehen zu können. Wissen Sie, was ich sage? Diese Kurklinik stinkt allmählich nach Scheiße. Die Flure stinken nach Scheiße. Den ganzen Tag lang wird hier nichts anderes getan als gepißt, gepißt, gepißt. Sie pissen das Wasser, das sie getrunken haben, und mit diesem Wasser, so hat man mir erzählt, wird die ganze Scheiße aus dem Körper gespült, die sich normalerweise darin ansammelt. Und wenn nicht gepißt wird, dann wird ein Klistier genommen und geschissen. Und wenn nicht geschissen wird, dann ab in diese Badewannen, wo sie mit dem Schlauch abgespritzt werden, bestimmt hinterläßt man dort Eiterpickel, Hautschuppen und Schweiß. Meine Mutter war fett wie eine Kuh, aber dann hörte sie auf, Brot zu essen, und wurde dünn wie eine Bohnenstange; sie hatte es nicht nötig, an einen Ort wie diesen zu kommen, sie hätte auch gar nicht herkommen können, denn zu Hause hatten wir keine einzige Pesete. Als sie immer dünner wurde, bekam sie einen Schlaganfall und war plötzlich halbiert: der halbe Körper funktionierte noch, die andere Hälfte nicht. Mein Vater trinkt jeden Tag eine halbe Flasche Cognac mit dem Kaffee und hat zu hohen Blutdruck, trotzdem verkraftet er alles wie ein Stier. Mir scheuert er eine links und rechts und hebt mich dann wieder vom Boden auf. Es gibt hier eine Menge Verrückte und eine Menge Gesindel, und dieser Gastein ist so etwas wie ein Medizinmann, aber ein studierter. Mit einer großen Klappe, und das sind die schlimmsten. Es gibt nichts Schlimmeres als Leute, die ihr Wissen dazu benutzen, um andere hinters Licht zu führen, und deshalb sind mir die Leute lieber, die nicht viel wissen. Die machen mir nicht so leicht ein X für ein U vor. Heute abend habe ich Sánchez Bolín vernommen, den Schriftsteller. Ich habe kein Wort von dem geglaubt, was er mir gesagt hat, aber jetzt, wenn ich seine Erklärungen noch einmal durchlese, merke ich, daß es sowieso egal ist, ob ich es ihm glaube oder nicht, weil er mir nämlich überhaupt nichts gesagt hat. Er ist hierhergekommen, weil er einen Roman schreiben und soviel abnehmen will, daß ihm sein Anzug paßt. Den will er dann tragen, wenn der Roman von seinem letzten Klinikaufenthalt dem Publikum vorgestellt wird. Damals, als ich noch ein junger Polizist war, der gerade aus der Akademie kam, mußte ich noch mit zu irgendeinem Tumult, den die Staatsfeinde angezettelt hatten, diese Subversiven. Ich bin manchem Roten wie Sánchez Bolín begegnet, aber die waren aus einem anderen Holz geschnitzt. Sie machten den Eindruck, daß sie sich über alles und jedes Gedanken machten, und versuchten, einen davon zu überzeugen. Heute macht sich keiner mehr über irgend etwas Gedanken oder versucht, jemanden von irgend etwas zu überzeugen. Wozu auch? Dieser Sánchez Bolín hat mich nervös gemacht. Er spielt mit den Worten und glaubt, er sei gegen jede Möglichkeit abgesichert, Fehler zu machen, indem er den Alleswisser spielt. Er geht kein Risiko ein. Keiner geht mehr irgendein Risiko ein. Einen Moment lang wünschte ich mir, er würde sich wie ein Kommunist verhalten und so einen Blödsinn vom Stapel lassen, so wie den von früher. Nicht die Bohne! Später kann er schreiben, was er will, aber was geschrieben wird, überzeugt sowieso keinen mehr. Kennen Sie jemand, der noch an das geschriebene Wort glaubt? So weit, so gut, aber trotz dieser Schlußfolgerung – und denken Sie daran, daß das mit dem Anlaß zu diesem Gespräch zu tun hat, denn Sie verbrennen Bücher, und Sánchez Bolín schreibt sie –, trotz allem würde ich niemals Bücher verbrennen. Ich habe manchmal daran gedacht, wie es in Chile ist oder wie es früher war, als meine älteren Kollegen bei der *Brigada Social* waren, die haben mir erzählt, wie sie die verbotenen Bücher aus den Häusern der Roten geholt haben. Also, ich könnte keine Bücher verbrennen, das ist für mich etwas Heiliges. Wenn ich ein Buch für schlecht oder zersetzend halte, dann lese ich es nicht, aber verbrennen würde ich es trotzdem nicht, so wie Sie das machen. Ich will Ihnen auch sagen warum. Ich bin noch zu Respekt vor allem erzogen worden, was Arbeit kostet, und ein Buch zu machen kostet Arbeit, außerdem kann das nicht jeder beliebige

Hanswurst. Wetten, daß es Ihnen stinkt, daß das ein Polizist zu Ihnen sagt? Als ich Sie zum erstenmal gesehen hatte, wußte ich schon Bescheid. Dieser Schnüffler teilt die Polizisten in zwei Arten ein: die fetten und brutalen und die dünnen und sadistischen. Stimmt's? Als ich noch bei der Drogenfahndung war, hatte ich es mit wirklichen Typen zu tun, entsetzlichen, ungeheuerlichen, und manche waren der letzte Dreck, unglaubliche Arschlöcher, aber sie hatten keine Pesete – und hier, in dieser Kurklinik, besitzt auch der ärmste Typ noch einen Pelzmantel und eine kugelsichere Weste. Es wimmelt hier nur so von Typen mit Vitamin B, und ich würde denen mit größtem Vergnügen sagen, daß sie mich etwas ganz Bestimmtes können, aber natürlich sage ich das nicht, denn wenn es drauf ankommt, muß ich eben doch strammstehen und sagen: ›jawohl, mein Herr, jawohl, mein Herr, jawohl, mein Herr‹. Der Schweizer wird heute abend nach Bolinches gebracht, und morgen nehme ich Luguín fest, den mit den Vorstrafen. Wenn er erst mal im Gefängnis ist, dann halten wir ihn für zehn, vierzehn Tage fest; bis dann haben schon alle das Kurbad verlassen, und die ganzen Leute sind draußen. Der nächste Schub von Klienten wird hier sein, und wenn dann der Richter feststellt, daß es gegen Luguín keine Beweise gibt, wird er wieder auf freien Fuß gesetzt und der Fall zu den Akten gelegt – oder an Interpol weitergegeben. Also, wieso soll ich weiterhin so tun, als würde hier getan, was zu tun ist?«

Am nächsten Tag dachte Carvalho noch einmal darüber nach, wie der Inspektor Dampf abgelassen hatte, während sein Kollege schweigend und beinahe peinlich berührt im Zimmer auf und ab gegangen war und die Sekretärin sich die Augenbrauen gezupft hatte. Die Geschichte des Schweizers hatte in der ganzen Klinik viel mehr Aufsehen erregt als die Verhaftung von Luguín, wenigstens für den Moment. Luguín war durch die Hintertür weggebracht worden, und den Schweizer hatten sie gestern abend mit einem Krankenwagen abgeholt, der extra aus Bolinches gekommen war. Das Echo der Freudenrufe über die Verhaftung des Verdächtigen war noch nicht verklungen, als

man die wichtigsten Details über die Odyssee von Karl Frisch
erfuhr. Der Abschied war herzzerreißend gewesen. Helen hatte
den Körper ihres schlaftrunkenen Mannes umarmt und gefleht,
man möge sie auch gehen lassen. Später berichtete die Krankenschwester aus dem *Hospital Central* von Bolinches, daß Karl
eine ruhige Fahrt gehabt hätte, obwohl er gesprochen hatte, als
sei er im Delirium oder als hätte er einen alptraumhaften Krebs
im Gehirn. Das Begleitschreiben der Polizei zu dem Transport
enthielt keine anderen Empfehlungen, als einen Mann zur Bewachung vor dem Krankenzimmer aufzustellen, es wurde aber
nicht auf die mögliche Gefährlichkeit des Zeugen hingewiesen,
oder daß er eine besonders strikte Bewachung benötigen könnte. Im Krankenhaus angekommen, schlief der Schweizer immer
noch, und so sahen ihn auch der Zivilgardist, der um Mitternacht zu ihm hereinschaute, und die Nachtschwester, die um
ein Uhr seine Temperatur maß. Aber die Schwester, die ihm um
zwei Uhr die Bettschüssel brachte, genau um zwei Uhr morgens
– für den Fall, daß er nicht imstande war, aufs Klo zu gehen –
fand ein leeres Bett vor. Der Kranke war nicht da, und er war
auch nicht auf dem Klosett und irrte auch nicht wie ein Schlaf-
wandler im Krankenhaus umher. Er war schlicht und einfach
verschwunden. Wie konnte ein Mann in einem Pyjama mit kurzer Hose um zwei Uhr morgens unbemerkt durch Bolinches
gehen? Der Stationsvorsteher des Hauptbahnhofes und der
Besitzer der Absteige *Los Borrachos* wurden benachrichtigt,
ebenso der Flughafendirektor, der Fahrdienstleiter der Linien-
busse und der Chef des Taxiunternehmens. Hotels, Pensionen
und sogar die Privathäuser wurden durchsucht, die in der
Hochsaison Zimmer vermieteten, aber der Schweizer blieb die
ganze Nacht verschwunden. Gegen zehn Uhr morgens war es
klar, daß man Karl Frisch nicht finden würde. Man mußte den
privilegierten Klienten im Kurbad reinen Wein einschenken, als
Serrano mit der *Jefatura Superior de Policía* der Provinz Kontakt aufnahm und von dort angeordnet wurde, den *Plan Kopf-
wäsche* in Marsch zu setzen, das war das Signal für die Verhaf-

tung Luguíns. »Wascht ihm gründlich den Kopf!« Also waschen wir ihm den Kopf, dachte Serrano und machte sich auf den Weg zur Kurklinik, wo er Molinas mitteilte, daß er nun Luguín verhaften würde, um ihn auf der *Comisaría* zu verhören. Die Gebrüder Faber legten diesmal Wert darauf, ihm zu sagen, daß er es zwar tun solle, aber sie stünden immer noch hinter ihrem Angestellten, der sich während acht Jahren gegenseitiger Zusammenarbeit stets zu ihrer Zufriedenheit verhalten habe. Luguín verließ das Kurbad in Handschellen, eskortiert von zwei Zivilgardisten, und dann trat der Betriebsrat zusammen, um eine Erklärung an die Lokalpresse und die Vertretungen der UGT und CC.OO. von Bolinches herauszugeben. Darin wurde dem Genossen Luguín das Vertrauen ausgedrückt und gegen die Tatsache protestiert, daß sein Vorstrafenregister zu einer ungerechtfertigten Verhaftung geführt hatte. Luguín machte einen gelassenen Eindruck, aber seine Hände schwitzten und sein Adamsapfel hüpfte wie ein in die Enge getriebenes Eichhörnchen auf und ab. Während der Fahrt vom Kurbad nach Bolinches versuchte Inspektor Serrano, mit einer aggressiven Behandlung des Verhafteten sein schlechtes Gewissen und seine Unsicherheit zu verbergen. Er nannte ihn »Abschaum der Menschheit«, aber er ließ nicht zu, daß ihn ein anderer Polizist schlug, als Luguín ihnen sagte, er verdiene seinen Lebensunterhalt auf anständigere Weise als sie. An der Tür der *Comisaría* warteten Luis Hurtado, der beste Fotograf von Bolinches, der für die Provinzzeitung arbeitete, und Javier Tiemblo, der beste Reporter der Region. Er war so gut, daß zuerst *El País* und dann *Diario 16* versucht hatten, ihn anzuheuern, aber er pflegte zu erzählen, daß er als Laufbursche bei *El Meridional* angefangen habe und dieses Haus sei für ihn wie eine zweite Haut. Luis Hurtado erwischte Luguín in einem ungünstigen Moment, mit einem offenen und einem geschlossenen Auge und mitten in einer Bewegung, die aussah, als wollte er eher auf den Fotografen losgehen und nicht sich selbst vor der Kamera schützen. Auf dieser Fotografie basierte der schnell hingeworfene Artikel von

Javier Tiemblo über die schwere Last der Vorbestimmung im Leben. Er stellte Luguín als einen Mann dar, der vielleicht, wer weiß, schon durch seine Chromosomen zum Verbrecher prädestiniert sei und auf dem Gesicht den Stempel der Kriminalität trage. Bei Luguíns Ankunft strömten alle anwesenden Polizisten zusammen, umringten den Verhafteten, schrien ihn an, lachten ihn aus, und überall wurden Stühle herangeschleppt und mit Fäusten auf Tische gehauen, während vor den Augen des Verdächtigen die Gesichter aller Beamten nacheinander vorüberzogen, die darin wetteiferten, wer die übelsten Absichten in einem Blick zeigen konnte, und deren vorgeschobene Unterkiefer bereit waren, als Schleuderwaffe zu dienen.

Luguín verlangte einen Anwalt, der beim Verhör anwesend sein sollte, und es wurde ihm gesagt, selbstverständlich, aber Anwälte würden kommen und wieder gehen, und er solle an die Konsequenzen denken, die dieser Beweis von Mißtrauen gegen die Polizei gegen ihn haben könne. Als er insistierte und nicht wußte, welchen Anwalt er nennen sollte, bot ihm die Polizei mit allzu großer Bereitwilligkeit eine ganze Menge zur Auswahl an, so daß Luguín gar nicht wagte, sich für einen zu entscheiden, und verlangte, sich vorher mit Molinas beraten zu dürfen. Dies wurde ihm verweigert. Der Verhaftete hatte keine Verwandten, weder in Bolinches noch im Kurbad und auch nicht in Madrid, wo er herstammte, und in seiner Akte gab es einen Hinweis auf Homosexualität, wodurch sich das bißchen Respekt, das man ihm beim Betreten der *Comisaría* noch entgegengebracht hatte, bald in Luft auflöste. Es begann schon, Ausdrücke wie »Tunte, Süßer, schwule Sau« zu hageln, als ein Taxifahrer die Nachricht verbreitete, man habe Karl Frisch in der Umgebung von Bolinches gefunden, in einem Nadelstreifenanzug und mit echten amerikanischen *Sebagos* an den Füßen. Er trug ein Baumwollhemd von Armani mit einem runden und an den Rändern angesengten Loch in der Höhe des Herzens, durch das die Kugel einer 9-mm-Parabellum eingedrungen war, und der Henker oder ein Helfershelfer mit literarischer Phantasie hatte bei der

Leiche ein großes kariertes Blatt Papier hinterlassen, das zusammengefaltet wie ein Taschentüchlein in der Brusttasche des Hemdes steckte und auf dem stand: *Der Exterminator ist eliminiert.*

Serrano knallte die Tür hinter sich zu und versteckte sich im hintersten Zimmer der *Comisaría* vor sich selbst. Solange die Tatzeit nicht genau bekannt war, gab es noch einen minimalen Grund, Luguín weiterhin festzuhalten, aber sobald sie bekannt sein würde und bewiesen werden könnte, daß Luguín zu dieser Zeit im Kurbad gewesen war, etwa sechzig Kilometer von der Leiche des »Exterminators« entfernt, würde vom Himmel der totale Mißerfolg zur Erde herniederfahren und in jenem mikroklimatischen Winkel Südostspaniens wie ein Henkersmahl als Flammenzunge über dem Haupt von Inspektor Serrano schweben. Um einer erzwungenen Freilassung zuvorzukommen, ordnete Serrano an, die Befragung von Luguín schnell und als reine Formalität durchzuführen. Auf dem Entlassungsbefehl verlegte er die Uhrzeit der Entlassung zurück, eine Stunde vor das Auftauchen der Leiche des Schweizers, und Luguín stellte eine merkliche Änderung der Atmosphäre fest, besonders, als die Augen, die ihn umzingelt hatten, sich abwandten, jemand ihm eine nikotinarme Zigarette anbot und eine Stimme fragte: »Ein Bierchen? Kaffee-Cognac? Gin-Tonic? Etwas zu essen? Donuts? *Porras?* Ein Biskuit?« Das Gespräch wurde vertraulich, entspannt, und ging entweder darum, wie belastend diese routinemäßige Arbeit sein kann, bei der man nur ein kleines Rädchen im großen Getriebe sei, oder es ging um die Zukunft von *La Pantoja*, die nun, wie es aussah, nach fast einjähriger Trauer um den Tod ihres Gatten, des großen *Paquirri* wieder auftreten würde. »Der Tod ist das einzige, was nicht rückgängig gemacht werden kann, und er erwischt die berühmten Leute genauso wie die einfachen. Manchmal denken wir zu wenig an den Tod. Es würde uns helfen, die glücklichen Momente des Lebens zu genießen, ist es nicht so, Luguín?«

»Ja, Herr Inspektor.«

»Zum Beispiel damals, als du im Knast warst und acht Jahre Haft vor dir lagen, war das wie ein dunkler Berg, der dir die Aussicht verstellte. Mit dem Militärdienst ging es mir genauso. Aber als du Bewährung bekommen hast oder als du entlassen wurdest, warst du so glücklich, wie du nie gewesen wärest, wenn du vorher etwas anderes, weniger Schmerzhaftes erlebt hättest.«

»Ich bin nicht schwul, Herr Inspektor.«

»Aber wer behauptet das denn, Luguín? Es war einfach die lange Zeit im Gefängnis. Man muß ja ein Eisblock sein, um nicht schwach zu werden und der Versuchung mit der Homosexualität zu erliegen. Schließlich und endlich ist es eine Sache des Temperamentes, und ich habe echt männliche Typen gesehen, die einem hübschen Schwulen nachgestarrt haben. Sobald sie draußen sind, würden sie kotzen, wenn man ihnen einen Männerarsch vorsetzen würde, egal wie schön er ist. Aber Knast ist Knast, stimmt doch, Luguín, und nur wer drin war, weiß, was das bedeutet.«

Inzwischen schlug im Kurbad die Befriedigung über etwas, das als prompte und ersehnte Lösung empfunden worden war, in Schrecken und Empörung um, als die Ermordung von Frisch bekannt wurde. Seine Witwe wurde von einem Jeep abgeholt und zur Leichenhalle von Bolinches gebracht. Für die übrigen Bewohner des Kurbades war das Verbrechen ein weiterer Beweis dafür, daß gegen sie eine Verschwörung im Gange war und so schnell wie möglich ein Exempel statuiert werden mußte, und vor allem, daß sie aus dieser Mausefalle entkommen mußten. Das war in etwa der Tenor der Gespräche, als gegen ein Uhr nachmittags ein Streifenwagen der Polizei vor dem Haupteingang hielt. Zuerst stieg Inspektor Serrano aus und dann ein grinsender Luguín, der triumphierend die Arme hob, als er eine Gruppe von Kollegen entdeckte. Den Angreifer zu identifizieren, war im ersten Moment schwierig, denn er glich, wie ein Wassertropfen dem anderen gleicht, den zwanzig oder dreißig anderen europäischen Kurgästen über ein Meter fünfundachzig und über 110 Kilogramm Lebendgewicht. Aber dann wurde zweifelsfrei festgestellt, daß es sich um Klaus Schröder handelte, einen Elektroingenieur aus Köln, der angesichts der Tatsache, daß Luguín als freier Mensch zurückkehrte und damit der Alptraum weiterging, auf den kleinen Mann zugetreten war und ihm mit einem Faustschlag den Unterkiefer zerschmettert hatte, ohne daß Serrano oder der Wachmann, der ihn begleitete, etwas anderes tun konnten als Luguín wie ein zerbrochenes Spielzeug vom Boden aufzuheben.

Nach Molinas' Ansicht, der sich die Nachbarn und Alliierten des Betroffenen ohne Zweifel angeschlossen hätten, war Klaus Schröder kein schlechter Mensch, und er hatte auch Luguín nicht aus rassistischen oder klassenkämpferischen Gründen heraus angegriffen, sondern einfach weil der Ex-Zuchthäusler sich der ihm zugedachten Rolle des Sündenbockes entzogen hatte. Nicht etwa, daß er als Elektronikingenieur, der in Köln lebte und arbeitete, über jeden Verdacht erhaben gewesen wäre – zumal Elektroniker, die in Köln leben und arbeiten, respektable Menschen zu sein pflegen, die sich bewiesenermaßen unter Kontrolle haben. »Am wahrscheinlichsten ist«, meinte Gastein, »daß Schröder mit dem Angriff auf Luguín in Wirklichkeit versucht hatte, das aggressive Gespenst des ungeklärten Verbrechens zu Boden zu schmettern. Verstehen Sie? Luguín war für ihn die Lösung des Rätsels gewesen. Er hatte gedacht, alles sei aufgeklärt. Aber als er ihn zurückkommen sah, war wieder alles offen, und der Alptraum ging wieder von vorne los.«

»Und da ging er her und verpaßte ihm eine«, schloß Molinas die Überlegung auf direktestem Wege ab, die zu der unangenehmen Situation geführt hatte, die sie jetzt erlebten, und zu der dicken Luft, die vor allem in den Regionen verbreitet war, wo sich rumorend und mit bösen Gesichtern das Personal aufhielt.

Schröder war in dem Grundsatz erzogen worden, daß man seinen Nächsten nicht angreifen darf, aber ihn, wenn man ihn schon angreift, so schnell wie möglich außer Gefecht setzen muß – ein Prinzip, dem die individuelle und kollektive Prosperität der Menschheit soviel zu verdanken hat. Dabei war er nicht befriedigt über den anfänglichen Impuls des Faustschlages, sondern über dessen Endresultat – das heißt, die Tat war schlecht, aber technisch perfekt ausgeführt. Der Beweis dafür war Luguíns zerschmetterter Unterkiefer.

Unter den Ausländern hieß es, er hätte den mutmaßlichen Verbrecher nicht schlagen dürfen, aber es sei ein wirklich außerordentlicher Schlag gewesen.

Obwohl der Aggressor sich bei Molinas in aller Form entschuldigte und als Grund eine vorübergehende Bewußtseinstrübung angab, zu der das Klima der nervlichen Anspannung und der Panik, die sich aller Insassen bemächtigt hatte, geführt habe, wurde unter der Sirene des Rettungswagens, der Luguín nach Bolinches ins Krankenhaus brachte, heftiger Protest laut, die Glocken läuteten Sturm und riefen das Hilfspersonal der Klinik zur Versammlung mit dem Betriebsrat. Die Geschichte der Beziehungen zwischen Leitung und Angestellten der Kurklinik hatte im Zeichen eines rationalisierten Paternalismus begonnen, denn die Gebrüder Faber hatten die Arbeiter mit den gleichen Rechten ausgestattet, die sie im Stammhaus in der Schweiz oder in jeder anderen Niederlassung gehabt hätten, obwohl in Spanien immer noch die franquistische Gesetzgebung herrschte. Der Wille zur Demokratie und die ökonomische Blüte hatten ein Klima kooperativer Zusammenarbeit geschaffen, das sich in dem Maß verschlechtert hatte, wie die Faberschen Vorarbeiter Elemente einer verarmten Demokratie hinzugefügt hatten. Ein System, das entstanden war, um den Klassenkampf in reichen Demokratien zu regeln. Die Steigerung der Kosten und die mangelnde Bereitschaft, den Gewinn zu verringern, hatte zu unblutigen Personaleinsparungen geführt. Diese waren als vorgezogenes Rentenalter getarnt oder als Abmachungen, die zur freiwilligen Kündigung führten, ohne daß die frei gewordenen Arbeitsplätze wieder besetzt worden wären. Dadurch war der Arbeitsaufwand jedes einzelnen objektiv größer geworden. Daß die Methode, dieselbe Produktivität mit immer weniger Produzenten aufrechtzuerhalten, und die immer einschneidenderen Sparmaßnahmen nie zu dramatischen Situationen geführt hatten, war der Armut des regionalen Arbeitsmarktes und der daraus resultierenden Vorsicht der Arbeitnehmer zu verdanken, denen nur die Alternative blieb, durch die Pforte von *Faber und Faber* ins Nichts hinauszugehen. Aber die Behandlung, die Luguín erfahren hatte, wurde als Unterdrückung und Beleidigung aller Arbeiter der Firma angesehen. So drückte es der erste Redner der Versammlung aus, der Fahrer des Klinikbusses und das radikalste Element. Ihn trennten Lichtjahre von dem gemäßigten Zentrismus der aufgeklärtesten einheimischen Arbeitnehmer, zweier Krankenschwestern, des Gymnastiklehrers und der Chefin der Massageabteilung.

»Genossen, dieser Faustschlag zielte ins Herz der Spanier und der Arbeiter.«

»Sag lieber Arbeitnehmer, Cifuentes, denn ich bin keine Arbeiterin!«

Das war ein vernünftiges Argument, versprach aber eine hitzige Diskussion zwischen Arbeitern und Angestellten, wollte man nach der Lebhaftigkeit urteilen, mit der eine der Krankenschwestern es in einer Phase in die Debatte geworfen hatte, die letzten Endes nichts anderes als die Einleitung der Ansprache war.

»Mag sein. Aber Angestellte oder Arbeiter, fest steht, daß man uns geschlagen hat und wir darauf eine Antwort geben müssen.«

Applaus von zwei oder drei Leuten.

»Welche Antwort sollen wir darauf geben?«

Keiner sagte etwas, und der Verdacht keimte auf, daß der Redner die passende Antwort selbst noch nicht wußte.

»Nun, Genossen, die Sache ist doch ganz einfach ...«

Noch verriet er nichts.

»Ein unbefristeter, aktiver Streik!«

Gedanken, Atmung und Argwohn lösten sich, und die Antwort wurde sofort akzeptiert von denen, die am wenigsten zu sagen hatten. Nur der Gymnastiklehrer wiegte den Kopf. Er war ein Mann von einer gewissen Bildung und maßvollen Ansichten, zwar etwas desillusioniert, aber trotz allem Sozialist und bei den Arbeitern des Hauses sehr angesehen, weil sein Spanisch keinen lokalen Einschlag hatte.

»Man soll nicht mit Kanonen auf Spatzen schießen! Wir dürfen auf diese empörende, selbstverständlich empörende Provokation nicht mit einer unangemessenen Maßnahme reagieren, durch die wir uns schließlich selbst ins Unrecht setzen.«

Die Krankenschwestern und ein großer Teil der Masseure waren mit dem Gymnastiklehrer einer Meinung, und ein großer Teil des übrigen Personals war drauf und dran, sich von der Reinheit seiner Vokale und der Harmonie seiner Konsonanten verführen zu lassen, als der Busfahrer wieder das Wort ergriff:

»Heute haben sie dem Genossen Luguín den Unterkiefer gebrochen, morgen brechen sie ihn mir oder dir! Oder sie werden uns wie Hunde behandeln, die es nicht geschafft haben, rechtzeitig ihre Würde zu verteidigen. Unsere Tätigkeit besteht darin, ihnen ihre Scheiße wegzumachen. Das machen wir sehr gut, wirklich gut, Genossen, und darin liegt unser Recht und unsere Kraft. Wir müssen ihnen eine Lektion erteilen, die unsere Würde wiederherstellt. Der Kapitalismus in seiner dritten Expansionsphase versucht nicht nur, uns zum Hunger zu verdammen, sondern auch zum Schweigen. Denkt daran, daß die gegenwärtige Regierung der PSOE 800 000 neue Arbeitsplätze versprochen hat und daß heute in Spanien mit Ach und Krach 800 000 Leute überhaupt Arbeit haben. Sie schikanieren uns, weil wir das Maul halten!«

»Was hat denn die PSOE damit zu tun, was hier vor sich geht?«

»Ich verstehe, was ich meine, Genosse, und meine Leute verstehen mich auch. Es ist alles Teil ein und desselben Herrschaftssystems, das auf der Ungleichheit und dem Schweigen derer beruht, die am stärksten benachteiligt sind.«

Je mehr seine Argumentation und die unsichtbare Syntax seiner Aufrichtigkeit die übrigen zu überzeugen begannen, verstärkten die Angestellten ihr Grinsen und ihr mißbilligendes Kopfschütteln. Schließlich bewegten sie sich in einem diskreten Rückzug zur Tür. Ihr langsamer, aber unaufhaltsamer Abgang entging dem feurigen Redner nicht, der abwartete, bis sie weg waren, um dann auf die Tür zu zeigen, die sich hinter ihnen geschlossen hatte.

»Habt ihr es gesehen, was sie getan haben, diese Unternehmerknechte? Das sind wirklich Knechte, denen es gefällt, wenn ihnen der Patron den Rücken tätschelt. Die Verantwortung für die Unterstützung des Genossen Luguín liegt ganz allein bei uns. Wir dürfen ihn nicht im Stich lassen! Nicht nur ihm haben sie den Kiefer eingeschlagen, sondern uns allen, und das macht eine Antwort erforderlich, die einen neuen Angriff verhindert. Ich schlage vor, daß wir zum Direktionsbüro ziehen!«

Die subalterne Demonstration zog durch die rückwärtigen Gefilde des Kurbades, als wage man es nicht, den Klienten gegenüberzutreten, oder als würden sie Molinas' Bitte folgen, dort zu demonstrieren, wo sie am wenigsten störten. Aber es fehlte ihnen nicht an rebellischem Potential. Nicht weil sie politische Vorteile verfolgten oder es ihnen darum ging, alte Rechnungen zu begleichen, sondern weil sie den Aufstand wollten. Sie erlebten die Ungerechtigkeit gegen Luguín als gegen sie selbst gerichtet, hinzu kam das unbezähmbare Verlangen, durch eine Aktion die Dreistigkeit der Herren zurückzuweisen und zu bestrafen. Selbst Molinas hätte es toleriert, wenn die erregten Gemüter zum Haupteingang gekommen wären und eine Delegation von ihnen friedlich einen Bogen mit ihren Beschwerden übergeben hätte, aber soweit reichte die organisatorische Weitsicht des Rebellenhaufens nicht. Nachdem sie die Rückfront der Klinik abgeschritten hatten, tauchten sie vor dem Haupteingang der Direktion auf, zusammengeballt, aber ohne inneren Zusammenhalt. Im Vertrauen darauf, daß ein Auftreten in dieser Zusammensetzung die Gemüter beruhigen würde, kam Molinas in Begleitung von Mme. Fedorowna und dem jüngeren Faber heraus. In diesem Moment entrollten die Eingeborenen ein Transparent, das ihn direkt ansprach:

*Molinas, wie lange willst du noch deinen Herren dienen?*

»Diese Arschlöcher!« rief Molinas und fügte auf deutsch hinzu, damit der jüngere Faber ihn verstehen konnte: »Das geht zu weit!« Aber damit waren die direkten und indirekten Faktoren der Empörung noch nicht erschöpft. Als seine Anwesenheit hinter der Drehtür entdeckt worden war, rief eine volltönende Stimme, die wie ein dramatischer Tenor klang, und die Molinas dem Lieferwagenfahrer der Kurklinik zuschrieb: »*Molinas, cabróu, trabaja de peón!*«

»Die haben es wirklich auf mich abgesehen. Und das, wo ich immer ein offenes Ohr für sie hatte, ihnen recht gab, wenn sie recht hatten, und gerade eben Inspektor Serrano davon abgehalten habe, sich in diese Sache einzuschalten.«

Molinas hatte Kurse in Unternehmensführung absolviert, einen in Deutschland und einen in Spanien. In Deutschland hatte er gelernt, in Konfliktsituationen die Sache an gleichberechtigte Gruppen von Unterhändlern zu delegieren, die von beiden Seiten akzeptiert wurden – Professor Hoffmann von der Universität Tübingen hatte dies, wie er sich zu erinnern glaubte, »Beschwichtigung durch die Beschwichtigten« genannt. Aber in dem Kurs, den er in Spanien auf Kosten des Arbeitgeberverbandes Südost absolviert hatte, war ihm eingetrichtert worden, daß bei dem gegebenen Charakter unseres Volkes oft das persönliche Eintreten für eine Sache eine Konfliktsituation löst, die ansonsten, wenn sie in die Länge gezogen wird, einen guten Nährboden für Aufwiegler und Intriganten abgeben würde. Er hätte selbst nicht recht erklären können, warum er sich in diesem Moment für die spanische und nicht für die deutsche Lehrmeinung entschied. Er stand jedenfalls plötzlich allein auf der

161

anderen Seite der Drehtür und sah den Demonstranten kühl, aber hart in die Augen.

»Ihr könnt sagen, was ihr wollt, und schreien, was ihr wollt, aber ich weigere mich zu akzeptieren, daß ich euer Feind bin. Dieses Spruchband habe ich nicht verdient!«

Anklagend schnellte ein Zeigefinger vor und wies auf das Transparent, und dessen Träger schauten einander an, jeder mit seinem Stock in der Hand, und wußten nicht, ob sie es nun einrollen oder noch höher halten sollten.

»Ich will euch auch sagen, warum ich es nicht verdient habe. Als am Anfang des Jahres Stellenkürzungen anstanden, wer hat sich denn da für euch bei der Firma eingesetzt?«

»Niemand!« rief eine anonyme Stimme.

»Was, niemand? Der muß ein ganz schlechtes Gedächtnis haben, der das gerufen hat. Zwanzig Prozent der Stellen sollten gestrichen werden, und ich habe das glattweg abgelehnt. Ich hab's geschafft, daß du noch Arbeit hast, und du ...!«

Die so Angesprochenen fühlten sich beschämt, und dieselbe Stimme, die »Niemand!« gerufen hatte, sagte nun: »Mir kommen gleich die Tränen!«

Die Empörung stieg Molinas zu Kopf, und er sprang zwei Stufen hinunter. Dabei war sein Körper wie durch ein Wunder aufgebläht, als beherrsche er diese psychosomatische Fähigkeit einiger Tierarten, die es schaffen, größer zu wirken als sie sind, wenn sie in die Enge getrieben werden oder zum Angriff übergehen. »Dieser Hurensohn soll vortreten und mir das ins Gesicht sagen, was er gesagt hat!«

Der Hurensohn trat vor, und wie Molinas nicht anders erwartet hatte, es war der Lieferwagenfahrer. Der Geschäftsführer konnte nicht zurückweichen und wollte nach den Jackenaufschlägen des Untergebenen greifen, bekam sie aber nicht zu fassen, denn dieser trug einen flaschengrünen Overall und sonst nichts. Die Hände, die sich des verbalen Angreifers bemächtigen wollten, wirkten aggressiv, weshalb dem Lieferwagenfahrer nichts anderes übrigblieb, als einen Schritt zurückzutreten und zu einem Schlag auszuholen, der den Manager voll auf die Nase traf, so daß seine Brille von der Nase flog und zerbrach. In diesem Moment rief Mme. Fedorowna hinter der Drehtür »Hilfe!«, und die Spirale von Windmühlenflügeln und Wind setzte sich in Bewegung. Zwei Wachmänner traten auf den Plan, stürzten sich mit gezückter Pistole auf die Demonstranten und schlugen mit der freien Faust auf die Leute ein, die derlei nicht gewöhnt waren, vor allem die Putzfrauen, so daß zwei von ihnen die Treppe hinunterrollten. Der Anblick der beiden Frauen, die weinend, mit gespreizten Beinen, am Boden zerstört und ohnmächtig dasaßen, machte die Männer wütend. Sie umringten die Wachmänner, glichen die anfängliche Harmlosigkeit durch das Gewicht ihrer Überzahl aus, schlugen sie mehrmals mit dem Stiel eines Rechens mit voller Wucht auf die Köpfe, so gewaltsam, daß einer der Wachmänner die Pistole verlor und am Kopf blutend auf dem Platz blieb, während der andere sein Gesicht und möglicherweise seine Arbeit verlor, als er den rachsüchtigen Meuterern den Rücken kehrte und durch die Drehtür verschwand, wie einer, der sich in ein Rettungsboot schwingt. Da sie das Recht und die Märtyrer auf ihrer Seite wußten, schleuderten die zwanzig Demonstranten massive Gegenstände gegen die Tür und versuchten, Molinas und die Direktion an ihren sensibelsten Punkten zu treffen, indem sie gegen jede hergebrachte Gewohnheit und gegen den engen Zusammenhang zwischen gewissen Bereichen der Klinik und den Funktionen, die ihnen arbeitsmäßig zugeteilt worden waren, verstießen und die Hecke übersprangen, die sie von der Zone des Swimmingpools und den Tennisplätzen trennte. So drangen sie in den Lieblingsbezirk der Klienten ein, wo die wenigen Leute in der Sonne lagen, denen die Lust dazu noch nicht vergangen war, hauptsächlich Frauen mit ihren üppigen oder flachen, vollen oder leeren, mächtigen oder schmächtigen nackten Brüsten. Der Vorstoß des Personals wirkte auf sie wie ein Tatarenüberfall, und nach kurzem Zögern, das ebenso lange dauerte, wie das kollektiv veranlagte Gehirn der Badenden brauchte, um einen ebenso kollektiven Angriff zu konstatieren, vereinigten die dort verstreuten Insassen ihre Nacktheit und ihre Schreie, wodurch weiter entfernte Kräfte herbeigerufen wurden, sogar jene, die bei Gastein im Wartezimmer saßen oder auf ihre Massage warteten oder auf dem Tennisplatz cholerisch auf die Bälle eindroschen. Es herrschte beinahe eine zahlenmäßige Ausgewogenheit, wobei verschiedene elementare Gemütszustände aufeinanderprallten: aggressive Furcht auf der Seite der Klienten und eskalierte Gewalt, mit der die Arbeiter alle Tabuverletzungen vor sich selbst rechtfertigen wollten, die sie begangen hatten. Die Klienten, in der Hauptsache die Männer, formierten sich zu einem Stoßtrupp, wobei die Tennisspieler ihre Schläger im Anschlag hielten, und die Spanier, die sich dabei nicht gerade zurückhielten, allen voran Sullivan und der Oberst, die sich eine Bank geschnappt hatten und zusammen gegen die Feinde anrannten. Ihre Unterschiede an Statur und Leichtfüßigkeit führten dazu, daß der Oberst stolperte und über den Rasen gefährlich auf den Swimmingpool zurollte. Glücklicherweise bremste ihn die eigene zylindrische Exzentrizität seines Körpers, wo ja der Bauch eine zufällige Ausbuchtung bildete und dadurch das Tempo des Rollens verlangsamte. Durch den Fall des Oberst blieb Sullivan auf seiner Seite allein, dadurch der Möglichkeit beraubt, die Sitzbank kraftvoll zu schwingen, die er in den Händen hatte. Er hatte also keine Möglichkeit, anzugreifen, bot aber jede Gelegenheit, angegriffen zu werden. Das wurde er auch, mit bloßer Faust, und zwar von Demonstranten, die in ihm den Landsmann erkannt hatten und sich um so mehr berechtigt fühlten, ihn mit Fäusten und Füßen zu traktieren, bis er am Boden lag. Selbst dann hörten sie nicht auf, ihn zu treten, bis er beschloß, als Fluchtweg eine Rollbahn zu wählen, die parallel zu der verlief, die der Oberst unfreiwillig zurückgelegt hatte. Dafür gingen fünf dynamische deutsche Manager, der belgische Endivienzüchter und der bedeutendste Großhändler für Produkte aus dem Périgord mit beträchtlichem Know-how gegen die Meuterer vor und teilten

164

wirkungsvolle und treffsichere Hiebe aus, die Breschen in ihre Reihen schlugen und sie bis zur Hecke zurückweichen ließen. Und dabei wäre es geblieben, wäre nicht aus einer Seitentür, die zu den medizinischen und sportlichen Einrichtungen führte, unerwartet ein Schwarm unbeteiligter Putzfrauen herausgekommen, die, als sie die Schreie hörten und sahen, wie einige ihrer Ehemänner von diesen Ausländern hart gebeutelt wurden, sich wie Wespen auf die Angreifer stürzten und ihnen Kratzer im Gesicht beibrachten, die nicht vor vierzehn Tagen verheilt sein würden, und sie in eine blinde Wut versetzten, die sie zeitlebens nicht vergessen sollten. Dieselben Frauen, die um Erlaubnis, ja beinahe um Verzeihung gebeten hatten, wenn sie morgens in ihr Zimmer kamen, um ihnen das Bett zu machen, staubzusaugen, die Kloschüssel von schlecht abgewischten Durchfallspritzern zu reinigen, oder die ihnen um zwei Uhr dreißig mit japanischer Pünktlichkeit den Tee aufs Zimmer servierten, oder an dem Tag, wenn sie zur Normalkost übergehen durften, den Apfelbrei – oder den Extrajoghurt im Fall eines plötzlichen Sinkens ihres Blutdruckes –, und das immer mit jener orientalischen Höflichkeit, die kein vernünftiger Anthropologe in der ignorierten, vergessenen Substanz der tiefen Schichten der spanischen Seele vermutet hätte, eben diese Frauen stürzten sich auf ihre Klienten wie Piranhas auf angeberische Ochsen, die nicht wußten, wie sie sie von ihren zerbissenen Beinen abschütteln sollten. Die Sonne stand im mittäglichen Zenit und brannte herab auf das Schlachtfeld. Keiner hörte auf die Befehle des Oberst, der sich aufgerichtet hatte und nach einem Studium der Lage zu dem Schluß gekommen war, daß die Klienten momentan im Nachteil waren, weshalb er einen strategischen Rückzug vorschlug. Nur zwei der Frauen, die mit dem kantabrischen Kranzgesims und eine Dame zwischen Schlankheit und Bildungsdünkel, nahmen effektiv an dem Kampf teil, kratzten, wurden gekratzt und schafften es, keinen Schlag schuldig zu bleiben. Der Rest aber hatte sich zurückgezogen, um aus vorsichtiger Entfernung zu schreien, während die Männer harte

Schläge einstecken mußten, so daß die ältesten, dicksten oder vorsichtigsten ihre Solidarität immer mehr vergaßen und fahnenflüchtig wurden. Zu den letzteren gehörten auch Delvaux und Colom. Niemand hörte zu, aber wenn einer zugehört hätte, wäre er nicht überrascht gewesen, Delvaux sagen zu hören: »*C'est extraordinaire!*«

Colom sagte zu sich selbst – obwohl er glaubte, daß die andern ihm zuhörten –, daß man die Dinge nicht auf diese Art regelt, sondern indem man miteinander redet. Ein Knall übertönte das Geschrei, und ein Gummigeschoß flog zum Himmel wie ein Sektkorken. Hinter den Arbeitern tauchte Serrano mit einer Gruppe von Ordnungskräften auf, die weit ausgeschwärmt waren, um das Gelände zurückzuerobern. Es handelte sich um den Hilfsinspektor, den Nationalgardisten, der den Streifenwagen fuhr, und fünf Zivilgardisten. Es war nicht ihre Absicht, die Eingeborenen zwischen den Fronten aufzureiben, sondern sie zu umzingeln und zum Rückzug zu zwingen, um das Gelände seinen legitimen Nutznießern wieder zur freien Verfügung zu überlassen. Aber jede Gruppe interpretierte das Auftauchen des »Siebten Kavallerieregiments« auf ihre Weise oder alten Erinnerungen entsprechend, und während die Kurgäste sich gerettet fühlten, hatten die Aufständischen das Gefühl, angegriffen zu werden, und liefen in alle Richtungen auseinander, um der vermeintlichen Einkesselung zu entgehen. Nicht alle schafften es, auf Umwegen zu ihrer Ausgangsposition zurückzukehren, einige flüchteten blind, gerieten auf feindliches Territorium und wurden von Gruppen umzingelt, die wieder Mut geschöpft hatten und den Umstand ausnutzten, daß sie sich wie flüchtende Tiere verhielten, die den Rückhalt der Herde verloren hatten. So kam es zu Lynchversuchen, die nur deshalb keine schlimmeren Folgen hatten, weil die Mehrzahl der Gäste fastete und nach mehr als einer halben Stunde des Kampfes zu schwach war. Sie hatten fast ihre ganze Gesundheit verbraucht, die sie während des Kuraufenthaltes akkumuliert hatten. Die Versprengten konnten auf unehrenhafte

Weise fliehen und unter dem Marschallstab einer leitenden Minderheit wieder in Stellung gehen, die befahl, sich zurückzuziehen und auf freiem Feld hinter der Klinik zu sammeln. Die Insassen versammelten sich währenddessen auf dem Rasen zwischen Swimmingpool und Fango-Pavillon, und zwischen den Fronten stand das acht Mann umfassende Aufgebot der Polizei, unschlüssig, welche Partei sie nun bewachen sollten, obwohl sie über den spontanen Impuls nicht hinwegtäuschen konnten, die Agitatoren besonders im Auge zu behalten. Serrano ging auf die Kurgäste zu und legte ihnen nahe, auf ihre Plätze zurückzukehren. Sie sollten sich keine Sorgen machen, die Lage sei unter Kontrolle. Frau Helda und die beiden anderen Krankenschwestern hatten sich unter die Verletzten gemischt, verbanden Wunden und beruhigten die Hysterischen. Der ältere Faber kam seiner leitenden Funktion nach und hielt eine Maßnahme zur Befriedung für angebracht, die darin bestand, laut aus dem Fenster schreiend den Verletzten der anderen Partei sanitäre Hilfe anzubieten. Dort, im Rücken der Klinik, befand sich fast die gesamte Arbeiterschaft in offener Versammlung. Keiner kam seinem Vorschlag nach, aber er wurde auch nicht verbal attackiert, und Hans Faber glaubte eine tiefe Erschöpfung unter ihnen festzustellen, so als fühlten sie sich plötzlich erdrückt von der Last der Irrationalität, die auf fatale Weise den Verlauf von Aktion und Gegenaktion bestimmt hatte. Plötzlich setzte sich die Menge in Bewegung, stieß ins Gebäudeinnere vor, marschierte zu einer der äußeren Türen der Gymnastikhalle, verschwand darin und verschloß von innen die Tür. Die Gymnastikhalle stand mit den Fluren der Massageabteilung in Verbindung, und über diesen Korridor gelangte die Botschaft heraus, daß die Arbeiter der Firma *Faber und Faber*, besser bekannt unter dem Namen *Das Kurbad*, beschlossen hatten, als Ausdruck des Protests gegen die üble Behandlung, der sie ausgesetzt waren, in unbefristeten Hungerstreik zu treten.

»Ein Hungerstreik! Wie wenig Sinn hat das Wort Hunger in dieser Umgebung hier, nicht wahr?«

Die Bemerkung kam von Sánchez Bolín und die beiden, die mit ihm den Beobachtungsposten teilten, den Balkon des Salons, von dem aus man das Schlachtfeld überblicken konnte, nämlich Gastein und Carvalho, wußten nicht, wer von ihnen gemeint war.

»Sind wir hier bei einer Aufführung des Klassenkampfs?« fragte Carvalho den Schriftsteller.

»Nein, das glaube ich nicht. Es handelt sich eher um einen Kampf zwischen Nationalismus und Rassismus. Die Arbeiter des Kurbades fühlen sich genau deshalb diskriminiert, weil sie von hier stammen. Ihr Anliegen ist eine nationale Sache. Die Klienten fühlen sich diffus von einer dunklen, südlichen Rasse bedroht. Bei ihnen handelt es sich um ein quasi rassistisches oder kulturelles Vorurteil.«

»Und das Verhalten der spanischen Klienten? Sie haben sich auf die Seite der Ausländer geschlagen.«

»Bei ihnen hat wohl doch ein Mechanismus des Klassenkampfes funktioniert, aber in einem wenig wissenschaftlichen Sinn, wenn Sie mir gestatten, diesen Ausdruck zu verwenden. Was einen reichen Spanier am meisten beunruhigt, ist die Vorstellung, die Armen könnten in seine Toilette pissen.«

»Werden Sie sich solidarisieren?«

»Nein, dazu ist es weder der Ort noch die Zeit. Nationalistische und rassistische Fragen öden mich an. Ich schäme mich dafür. Sie bewirken, daß ich mich für andere Menschen schäme. Sie sind ein Rückschritt und verschleiern den Sinn der Geschichte und das revolutionäre Subjekt.«

Es dauerte eine ganze Weile, bis Sánchez Bolín bemerkte, daß Carvalho ihn alleingelassen hatte und Gastein selbstvergessen einen unbestimmten Punkt des Parks anstarrte, der ihn anzog wie die Stimme einer Sirene.

Die permanent tagende Versammlung der Arbeiter beschloß einen vierundzwanzigstündigen Streik, von dem nur fünf Putzfrauen ausgeschlossen waren, die ausschließlich die im strengsten Sinne medizinischen Abteilungen der Klinik und die Zimmer mit den schwächsten Kranken versorgen sollten. Die technischen und medizinischen Angestellten aus Spanien beschlossen ihrerseits, sich dem Streik nicht anzuschließen, gaben aber eine Erklärung ab, in welcher sie die Vorfälle bedauerten und von der Firma verlangten, Luguín öffentlich zu rehabilitieren. Während das Ziel des befristeten Streiks etwas nebulös war – Protest gegen üble Behandlung eines Kollegen als Symptom der Aggressivität eines Systems, das gegen die Arbeiter konzipiert war –, bot die Forderung der Techniker Molinas doch die Möglichkeit, die Tür zu einem glücklichen Ausgang einen Spaltbreit zu öffnen. Nach einer Beratung mit den Fabers und Serrano schloß Molinas sich mit Mme. Fedorowna in sein Büro ein und verließ es eine Stunde später mit dem Text für einen möglichen Aushang, der an den Anschlagbrettern der ganzen Kurklinik angeheftet werden sollte.

*Die Direktion der Kurklinik Faber und Faber erlaubt sich hiermit, öffentlich ihr vollstes Vertrauen in die Person ihres Angestellten, Señor Luguín, zu erklären und den Angriff auf seine Person zu bedauern. Nur in einem Klima der gegenseitigen Kooperation von Personal und Klienten können die optimalen Bedingungen für die Erfüllung der Aufgaben der Kurklinik erzielt werden: Die Gesundheit von Körper und Geist auf einer Insel der Heiterkeit und der Ruhe, unberührt von den Wirren der heutigen Zeit.*

Mme. Fedorowna hatte den Schlußsatz für übertrieben gehalten, aber Molinas war sehr stolz darauf, ihn formuliert zu haben, und setzte sich durch. Die Erklärung erschien überall, in die verschiedenen Sprachen übersetzt, die im Hause gesprochen wurden, mit Ausnahme des Flämischen und Katalanischen. Und, als seien die Anschlagbretter nicht genug, beschloß Molinas, sie vervielfältigen und unter dem Türspalt hindurch auf die einzelnen Zimmer verteilen zu lassen. Wenige Minuten nach der Verteilung hatte man zwar erreicht, die Gemüter der Eingeborenen zu beruhigen, nicht aber die der Ausländer, die zwar damit einverstanden waren, den Angriff auf den Spanier zu bedauern, aber doch der Meinung waren, daß die Vertrauenserklärung zu Luguín nicht nur den Angreifer exponierte, sondern die Gesamtheit der Gäste der Kurklinik, die sich von neuem zu der Annahme genötigt sahen, daß der Übeltäter unter ihnen wohnte. In jeder Nationalitätengruppe kam es zu leidenschaftlichen Reden über die bis ins Psychologische reichende Notwendigkeit, Luguín weiterhin zu verdächtigen, mit oder ohne gebrochenem Unterkiefer, in dem mangelnden Vertrauen, daß die spanische Polizei in der Lage sein würde, die Suche nach der Wahrheit bis zur letzten Konsequenz durchzuführen. Zwar bekräftigte jede nationale Gruppe die Notwendigkeit, den kollektiven Geist aufrechtzuerhalten – »Einigkeit macht stark« war bei jedem Treffen der am häufigsten gebrauchte Satz –, aber die Verzögerung der Aufklärung des Falles führte zu dem kaum unterdrückten Bedürfnis, nach der Devise zu handeln *Rette sich, wer kann* und zunächst hysterisch danach zu streben, daß die Quarantäne aufgehoben würde und man so schnell wie möglich die plötzlich finster gewordene Kurklinik verlassen konnte. Aber als Serrano die Gesuche um Ausgangserlaubnis wiederholt ablehnte, kamen die Insassen zu der Einsicht, daß der Polizist der starke Mann war und man ihn isoliert bedrängen mußte, jeder Einzelfall mit seiner speziellen Note, jeder einzelne mit dem mehr oder weniger großen Geschick sich argumentativ durchzusetzen angesichts der Tatsache, daß die Kollektive an Normen gescheitert waren, welche ein mächtigeres Kollektiv aufgestellt und ausgearbeitet hatte.

Dies führte dazu, daß das für Serrano hergerichtete Büro mit Gesuchen um Einzelgespräche überrollt wurde, Gesuchen, die nicht einer kollektiven Vereinbarung entsprachen, sondern dem überall gleichzeitigen Überhandnehmen der Haltung *Rette sich, wer kann*. Zunächst waren es schriftliche Gesuche, aber dann

eine verstohlene Reihe von Gesprächen, die in Serranos schmer-
zendem Gehirn ein Puzzle von Unsicherheit und Hoffnungen
auf kollektive Flucht hinterließen. Obwohl fast alle zu dem einsamen Laster der individuellen Erlösung zurückgekehrt waren,
konnten sie gerade deshalb auf ein gewisses kooperatives Ritual
kaum verzichten, das den Anschein aufrechterhielt, ein wachsames kollektives Subjekt in Notwehr zu sein, das Wachposten
organisierte, um terroristische Attentate der Eingeborenen zu
verhindern. Was die spanischen Klienten anging, die schon vom
ersten Tag an schlecht organisiert waren, so schwanden ihre
ethischen und ästhetischen Hemmungen, an Serranos Tür zu
klopfen, als sie gehört hatten, daß Klaus Schimmel, der natürliche Führer der deutschen Gruppe, den Polizisten aufgesucht
hatte, um als bevorzugter Flüchtling anerkannt zu werden.
Selbst das, was Schimmel gesagt hatte, prägte, obwohl es nicht
weitergegeben worden war, einen ganzen Stil.

»Jawohl, Herr Inspektor, Klaus Schimmel, Nachfahre des besten Verschalers von Essen. Herr Inspektor, in meiner Heimat
werde ich oft gefragt, wie ein Mann wie ich, der über soviel
gesellschaftlichen Einfluß, Geld und Prestige verfügt, dazu
kommt, im Urlaub nach Spanien zu fahren, was auf den ersten
Blick – natürlich nur auf den ersten – ein Land für den Billig-
tourismus ist. Aber ich habe dieses Land schätzen gelernt. Ich
habe es schätzen gelernt, was sich schon immer hinter der Erscheinung dieses ungeordneten Landes, dieses Landes ohne
Norden und voller leichtsinniger Traumtänzer – das ist es,
Traumtänzer, wie ihr diese Art von Leuten nennt – verborgen
hat. Als der spanische Regierungschef neulich in Deutschland
war – ein echtes Talent, Herr Inspektor –, lud die Industrie- und
Handelskammer Frankfurt alle Unternehmer, die irgendwie mit
Spanien zu tun haben, zu dem Empfang ein, der in Bonn zu Ehren Ihres Präsidenten gegeben wurde. Wenige Unternehmer
meines Landes machten sich die Mühe, der Einladung zu folgen, aber ich tat es und hatte die Ehre, Herrn González und
seine bezaubernde Gattin zu begrüßen. Ich erzählte ihnen von

meiner Vorliebe für dieses Kurbad und wie sehr ich meine Gesundheit dieser Kurklinik verdanke, und sie waren sehr an meinen Erfahrungen interessiert. Unter uns gesagt, es war nicht irgendein Empfang ohne Ziel und Zweck, und im Moment spanne ich die Drähte einer ökonomischen Transaktion, die für Spanien sehr rentabel sein wird. Es geht um die Errichtung einer Fabrik, gar nicht so weit von hier entfernt, und zwar einer Fabrik für synthetische Stukkatur für die Verkleidung von Zimmerdecken. Wir können bis zu vierunddreißig Varianten für jede Art von Decke anbieten, alle auf ein und demselben Modul, für jeden Geschmack der Kundschaft, und genau dieselbe technische Ausrüstung kann auf die Produktion von kleinen Fliesen und Auffahrrampen für Behinderte umgestellt werden. Ich habe einen Katalog mitgebracht, damit Sie begreifen, wie wichtig es für Spanien sein kann, als erstes Land in Südeuropa unsere Patente herzustellen. Ihr seid nicht auf den Kopf gefallen! Ihr könnt euch unter die führenden Nationen in der Welt einreihen! Aber dafür ist es notwendig, daß wir euch vertrauen und ihr uns vertraut. Außerdem habe ich Ihnen noch diese Fotografien mitgebracht, die mich mit Bundeskanzler Kohl auf der Möbelmesse in Köln zeigen.«

»Seit zwanzig Jahren schleppe ich meine beiden Schwestern jedes Jahr mit hierher nach Spanien. Ich, Britt, war als erste hier. Verwechseln Sie mich nicht mit Frauke oder Tilda, denn wir sehen einander ziemlich ähnlich, aber wenn Sie uns aufmerksam betrachten, werden Sie feststellen, daß Tilda dunklere Haut hat und Frauke die stämmigsten Schenkel, deshalb hat sie diesen selbstsicheren Gang, und wenn wir zusammen sind, muß sie immer vorangehen. Aber Entscheidungen treffe ich, oder schlage sie wenigstens vor. In meiner Jugend habe ich in Göttingen Romanistik studiert und dabei dieses spanische Wunder entdeckt, diesen außergewöhnlichen Schriftsteller, der wesentlich berühmter wäre, als er jetzt ist, wenn er ein Nordamerikaner gewesen wäre: Lope de Vega. Ich habe mich in Lope de Vega verliebt und seine Texte auswendig gelernt, sogar ein historisches Poem über den Conde de Benavente. Dieser Benavente hat nichts mit dem Nobelpreisträger Benavente zu tun. Ich arbeite nicht als Romanistin, aber die Begeisterung für die spanische Kultur läßt mich nicht los, und so oft ich kann, entfliehe ich in den Süden. Als ich jung war, hatte Spanien in Deutschland keinen allzu guten Ruf – bei den einen, weil es Hitler nicht in dem Maß unterstützt hat, wie er erwarten konnte, und bei den andern, weil hier ein faschistisches Regime herrschte. Aber ich kam ab und zu mit meinen Studienkollegen hierher, wir schlugen uns im *Mesón de la Tortilla* in Madrid den Bauch voll, und ein paar sehr sympathische Jungen führten uns zum Tanzen aus, die uns sentimentale Lieder ins Ohr summten und uns mit ihren kleinen Schnurrbärtchen kitzelten. Ich habe immer gut über Spanien gesprochen, früher unter Franco und auch heute, sogar heute, denn Spanien, Herr Inspektor, das ist für mich Lope de Vega, der Conde de Benavente und Federico Garcia Lorca. Deshalb habe ich auch durchgesetzt, daß meine Schwestern mit hierherkamen, und sie waren so begeistert, daß sie jedes Jahr wiederkommen. In einem Jahr fasten wir hier, im nächsten fahren wir nach Madrid und essen Tortilla. Ein einziges Mal kamen wir mit meinem Mann, er ist Assessor in der Justizabteilung des bayrischen Staates, und alles, was er sah, gefiel ihm sehr gut. Mein Mann kennt viele spanische Richter, er unterhielt sogar mit einem Briefkontakt, der dann vor wenigen Jahren von Terroristen umgebracht wurde. Der Terrorismus kennt ja keine Grenzen, und in Deutschland wimmelt es von Palästinensern, die Bomben legen. Haben Sie schon einmal daran gedacht, daß das, was hier geschehen ist, das Werk von Palästinensern sein könnte?«

»Wenn ich mich Ihnen als Oberst der spanischen Armee vorstelle, obwohl ich es im praktischen und operativen Sinn nicht bin, dann deshalb, weil Sie als Diener der Ordnung dafür Verständnis haben werden, daß ein Militär, genau wie ein Seelsorger, bis zu seinem Tode das bleibt, was er ist. Ich hatte die Ehre, mich kürzlich Ihrem Befehl zu unterstellen, ja, ich bin Oberst

Villavicencio, aber ich versichere Ihnen nochmals meine Loyalität und mache Sie darauf aufmerksam, daß ich Ihnen von großem Nutzen sein kann. Wer einmal Truppen geführt hat, erwirbt einen sechsten Sinn für Psychologie, der ihn die Menschen durchschauen läßt. Die Menschheit, Herr Inspektor, läßt sich vor allem in zwei große Gruppen aufteilen: die einen, die Fürze loslassen, und die andern, die sie riechen – im Klartext gesprochen. Dann muß man unterteilen und weiter unterteilen ... das ist Aufgabe der Zivilisten. Uns Militärs und im weiteren Sinne euch, den Polizisten, genügen die großen Klassifikationen, denn wir müssen handeln und haben keine Zeit für feine Unterschiede. Ich war schon über hundertmal in der Situation, in der Sie sich jetzt befinden. Der Wehrbereichskommandant dieser Region, ein guter Freund von mir, kann Ihnen Auskunft geben. Ich bin sicher, sobald er erfährt, daß ich hier festgehalten werde, wird er persönlich auftauchen und mir sagen: ›Villavicencio, hör auf mit dieser Brühe, komm mit nach Hause, wir wollen ein paar gebratene Sardinen essen!‹ Der Wehrbereichskommandant ist ganz verrückt auf gebratene Sardinen. So wie ich hier vor Ihnen stehe, wurde ich schon zweimal für das Große Militärische Verdienstkreuz vorgeschlagen; das erste Mal, als während der Instruktion ein Rekrut in nächster Nähe eine Handgranate warf, und ich stürzte hin und schlug drauf. Ich weiß nicht mehr, womit ich sie traf, jedenfalls flog die Bombe weg wie ein Geschoß, und wir alle waren wie durch ein Wunder gerettet. Das andere Mal war in Ifni, wohin ich mich als Freiwilliger gemeldet hatte, als es damals zu diesem Konflikt gekommen war. Na ja, Sie waren da noch ein Schüler in kurzen Hosen oder noch nicht mal auf der Welt. In Ifni nahm ich einem Mohren das Maschinengewehr ab und schleppte es bis zu unseren Stellungen. Sie hätten mal das Gesicht sehen sollen, das der Mohr machte! Mein damaliger Oberst, der früh verstorbene Jose Cortés de Comenzana, sagte zu mir: ›Villavicencio, so ungehobelt wie du bist, so tapfer bist du auch!‹ Na ja, mit zwei Augen im Gesicht sieht man, was man sehen muß, und hinter allem, was geschieht, steckt etwas anderes, wie es die Kaltblütigkeit beweist, die der belgische General an den Tag legt, Delvaux, er ist ja, wie Sie wissen, ein NATO-Kommandeur. Zum NATO-General bringt es nicht jeder, Serrano, und wenn Sie meine Hilfe brauchen, um mit Delvaux Kontakt aufzunehmen, werde ich meine eigenen Interessen hintanstellen, nämlich so schnell wie möglich hier herauszukommen, und jeder Art von gemeinsamem Oberkommando zur Verfügung stehen, das hier eingerichtet wird.«

»Ich weiß nicht, ob Sie die Bedeutung meines Dienstgrades und meiner Aufgabe richtig einschätzen. Jules Delvaux, General im Hauptquartier der NATO in Luxemburg, zuständig für die Versorgung des Hauptquartiers, um genauer zu sein. Dem brauche ich eigentlich nichts hinzuzufügen. Tun Sie Ihre Pflicht! Ich selbst müßte eigentlich mit beispielhafter Diskretion vorangehen, aber Angelegenheiten von großer Tragweite erwarten mich in Luxemburg, und ich möchte die Möglichkeit nicht ausschließen, daß das Oberkommando zum gegenwärtigen Zeitpunkt schon meine Entlassung aus der Kurklinik betreibt und jeden Moment der Hubschrauber auftauchen kann, der mich abholt. Ich bedaure, daß ich Ihnen nicht nützlicher sein kann, aber in der Tat ist die Versorgung mein Metier, mehr noch, die Erforschung von Möglichkeiten des Überlebens in Extremsituationen, daher mein großes Interesse an der Ernährungslehre. Ich bin in der Lage, zu beweisen, daß Lupinen die Welternährungsreserve der Zukunft darstellen. Solange es Lupinen gibt, gibt es auch Kühe, und wenn es Kühe gibt, kann der Mensch seinen Hunger stillen. Sobald ich pensioniert bin, beschäftige ich mich mit Studien über Ernährung und Rattengift. Es genügt nicht, daß der Mensch das Problem der primären Nahrungsquellen löst, es ist auch notwendig, daß er die Ratten vernichtet. Ich habe einen sechsten Sinn, einen Spürsinn, und kann Ihnen versichern, ohne die geringste Furcht, mich zu irren, daß diese Kurklinik von Ratten wimmelt, auch wenn sie nicht in Erscheinung treten.«

»Bitte entschuldigen Sie, daß ich nicht die dem Anlaß entsprechende Kleidung trage, aber ich habe eine besondere Hautallergie und trage darum den ganzen Tag einen Trainingsanzug. José Hinojosa Valdés. Ich besitze eine Wurstfabrik in Segovia, fünf Bars in Madrid und fünfzig Prozent der Aktien der auflagenstärksten Zeitschrift Spaniens, einer Zeitschrift mit Kreuzworträtseln und Unterhaltung. Aber lassen Sie sich nicht davon beeindrucken, was ich heute bin, oder daß ich dauernd im Trainingsanzug herumlaufe. Sie haben den jüngsten Centurienchef der Provinz Segovia von 1952 vor sich und den Gewinner der Goldmedaille der SEU 1956. Beinahe wäre ich Generalinspektor der SEU geworden, aber so ein Hanswurst hat mir die Sache verdorben. Sie wissen ja, wie die Dinge heute stehen. Ich komme immer direkt zur Sache, vor allem, wenn ich mit einem Ordnungshüter spreche. Wir beide brauchen einander nichts vorzumachen. Sie wissen genausogut wie ich, daß die Feinde Spaniens, dieselben wie immer, hier in dieser Kurklinik stecken und auf der Lauer liegen. Nicht einmal dieser Ort der Ruhe wird mehr respektiert. Ich muß Ihnen meinen Verdacht in bezug auf Sánchez Bolín ausdrücken, diesen kommunistischen Schriftsteller von der ganz verschlagenen Sorte, der sich bei mehr als einer Gelegenheit gegen die etablierte Ordnung ausgesprochen hat – gegen die von früher, gegen die von heute und überhaupt gegen jede. Er ist verschwiegen und zwielichtig wie alle Roten, und ich lasse ihn nicht aus den Augen. Bei der erstbesten Gelegenheit, sobald ich sehe, daß er etwas Unnormales unternimmt, nehme ich ihn fest und liefere ihn Ihnen aus. Ich habe Freunde, die trotz der beklagenswerten Situation, die unser armes Spanien durchmacht, hochgestellte Persönlichkeiten sind. Auch die Sozialisten konnten es nicht mit ihnen aufnehmen, und sie sind, wo sie sind, und werden immer für mich einstehen, wenn es sein muß.«

»Ich weiß nicht, ob Sie schon vom *Côte de Dumesneuil* gehört haben, einem Rotwein aus dem Gebiet, das an das Anbaugebiet der Rotweine von Nuits de Saint-George angrenzt. Ich heiße Armand Dumesneuil und bin der Besitzer der Marke, außerdem schreibe ich Essays über den katholischen Modernismus im 20. Jahrhundert. Ich gebe sie auf eigene Kosten heraus, über einen Verlag, den ein Schwager von mir leitet, der aber mir selbst gehört, das heißt, ich teile ihn mir mit meinem Sohn, einem erfolgreichen Architekten, der vor allem in Paris tätig ist. Er ist mit Renée d'Ormesson verheiratet, einer reichen Erbin, die eng mit der Duquesa de Alba und Don Pío Cabanillas befreundet ist, einem spanischen Politiker, der hier anscheinend einen sehr guten Ruf genießt. Bei einer bestimmten Gelegenheit hielt ich vor der Königlich Spanischen Akademie für Jurisprudenz einen Vortrag über das Thema: *Der Schuldbegriff bei Charles Peguy*, und mein Vortrag bekam eine begeisterte Kritik in *ABC* von Don José María de Areilza. Vor kurzer Zeit trat ich in *Apostrophe* auf, einer sehr renommierten Sendung des französischen Fernsehens, und Monsieur Pivot, der Moderator, fragte mich: ›Sind Sie der Ansicht, daß Europa gläubig ist?‹ Fällt Ihnen auf, wie hinterhältig diese Frage ist? Ich tat so, als würde ich nachdenken, aber die Antwort lag mir schon auf der Zunge. Sie lautete so: ›Von welchem Europa sprechen Sie? Meinen Sie vielleicht Polen? Ich weiß nicht, ob Ihnen bekannt ist, daß es in keinem anderen Land so viele Prozessionen gibt wie in Polen. In keinem anderen Land habe ich eine tiefere, kollektivere Religiosität erlebt.‹ Amintore Fanfani hält mich seiner Freundschaft für würdig, und ich revanchiere mich durch meine Gastfreundschaft bei ihm. Obwohl er von Hause aus zur linken Christdemokratie gehört, weiß Amintore gute Suppen zu schätzen und ist ein begeisterter Verehrer des *Confit d'Oie* und *Foie-gras* aus dem Périgord, und zwar speziell der Sorten, die mein lieber Cartaud herstellt, der beste *Artisan Conservateur* von Brantome. Ich habe Ihnen von Amintore Fanfani erzählt, weil wir unzählige Male über die Bedeutung des Wortes Religiosität diskutiert haben. Was ist Religiosität? Ein Bewußtseinszustand? Ein Gemütszustand? Eine Einstellungssache?«

»Mein Mann war Generaldirektor unter der ersten Regierung Arías, und ich bin in Madrid geboren, aber in Toledo aufgewachsen. Heute ist mein Mann Vertreter einer nordamerikanischen Elektronikfirma und unterstützt meinen Vater bei der Vertretung von zwei oder drei Artikeln aus tschechischem Glas, russischen Boien und eines naturreinen dänischen Kaugummis, der während des Kauens dreimal seinen Geschmack ändert. Mein Mann ist zweiter Vizepräsident von *Atlético*, ich glaube von Madrid, aber ich bin nicht ganz sicher, denn ich gehe nie auf den Fußballplatz. Er kennt Señor Faber, weil er manchmal hierherkommt und mich besucht. Er nimmt sich dann ein Zimmer in Bolinches, und Señor Faber, Sie wissen ja, daß er sehr gerne Tennis spielt, lädt ihn zu einer Partie mit ihm und seinem Bruder ein. Ich glaube, der Bürgermeister von Bolinches ist immer noch dieser kleine, dicke Sozialist, dessen Schwägerin aus Toledo stammt, nicht wahr? Also, er ist auch ganz eng mit meinem Antonio befreundet, und der Zivilgouverneur dieser Provinz war, glaube ich, mit meinem Mann zusammen in der UCD oder der *Alianza Popular*, ich erinnere mich nicht mehr genau, aber ich weiß, daß sie zusammengearbeitet haben. Mein Schwager kämpfte mit der Blauen Division, und mein Vater nahm als ehemaliger Frontkämpfer am Krieg teil, nein, natürlich war er erst nach dem Krieg ein Ehemaliger, klar, er war ja Reserveleutnant und hatte es bis zum Kommandanten gebracht, aber dann bekam er eine Maschinengewehrsalve ins Bein, und seither beschäftigt er sich mit Geschäftsvertretungen. Einer meiner Brüder ist Abgeordneter in der PSOE, wo, weiß ich nicht, aber er ist einer von den zivilisierten Sozialisten, nicht von der Guerra-Fraktion, sondern von der andern. Ein anderer Bruder von mir ist mit einer Segeljacht um die Welt gefahren und war schon auf der Titelseite von *AS*. Was noch? Ach, also ich halte es hier keinen Tag länger aus, denn mein Mann und meine Kinder sind alleine, und die Diät liegt mir wie ein Stein auf der Leber.«

»Juan Sullivan lvarez de Tolosa. Man nennt mich zwar Sullivan, als sei das ein Spitzname, aber es ist der Familienname meines Vaters, eines Önologen aus einer alten Önologenfamilie, die seit über hundert Jahren in Jerez ansässig ist. Schau mal, Serrano, ich will nicht vor dir mit meinen Freunden und Beziehungen protzen, so wie du es sicher erwartest. Ich nenne nur eine einzige: den König! Verstehst du? Die Bekanntschaft mit dem König kam direkt über meine Cousine Chon zustande, die früher bei den Roten war, aber dann einen Kommandanten geheiratet hat, einen Marqués, der mit dem König zusammen die Militärakademie abgeschlossen hat. Serrano, du kannst den König nach dem alten Sullivan fragen, du wirst dann schon sehen, was er dir antwortet. Verzeihen Sie, wenn Sie das *Du* stört! Ich duze einfach alle Welt. Daß mir das gerade jetzt passieren mußte! Also, entschuldigen Sie, aber ich sage es noch mal: fragen Sie den König nach Sullivan, dann fängt er ganz bestimmt an zu lachen und sagt: ›Sullivan ist der unverschämteste Witzbold, den ich kenne.‹ Sie wissen ja, wie die Bourbonen sind. Ein Bourbone ist eben ein Bourbone und damit basta. Sie wollen nicht einmal mit ihrem eigenen Vater zu tun haben, und wenn ein Bourbone sich an jemanden erinnert, dann will das schon etwas heißen. Vor kurzem war der Bürgermeister von Jerez bei einer Audienz des Königs in Madrid. Er ist ein knallharter Sozialist, einer von denen, die uns unser Gut wegnehmen würden, wenn sie könnten. Aber als der König hörte, daß er Bürgermeister von Jerez ist, sagte er zu ihm: ›Wenn du Sullivan siehst, sag ihm, daß der Sommer bald wiederkommt!‹ Dabei fing er an zu lachen, denn es ist das Losungswort zwischen dem König und mir.«

»Oriol Colom, zu Ihren Diensten. Ich weiß nicht, ob Sie eine klare Vorstellung davon haben, was wir sind, wir Katalanen, aber ich sage Ihnen ein Sprichwort, das ganz gut auf uns zutrifft: *Els catalans de les pedres fan pans*, das heißt, wir Katalanen machen aus Steinen Brot. Damit ist alles gesagt. Ich komme hierher, um im wahrsten Sinne des Wortes Urlaub zu machen. Mein Urlaub besteht darin, hierherzukommen und zu hungern, damit ich gesund bleibe und weiterschuften kann wie ein Pferd. Jeder weitere Tag bedeutet für mich einen Verlust an Arbeit und

Geld. Wenn es nötig wäre, sich für eine Sache aufzuopfern, dann würde ich gerne in den sauren Apfel beißen und alles auf mich nehmen. Aber hier, Herr Inspektor, hier vertrödeln wir doch nur unsere Zeit, und ich weiß nicht, welchen Vorteil es haben soll, uns hier weiter wie in Quarantäne gefangenzuhalten. Meine Geschäfte können keinen Tag länger auf mich warten. Hunderte von Familien verdanken es mir, daß sie genug zu essen haben, und die Lage ist nicht danach, daß man uns Unternehmern auch noch das Leben schwermachen darf, uns, die wir immer noch etwas riskieren und reinvestieren, rekapitalisieren – außerdem gibt es bei mir keine Probleme, nicht mit einem einzigen von meinen Arbeitern. Ich werde zur Hochzeit ihrer Kinder oder der Erstkommunion oder der Taufe eingeladen. Señor Colom hier, Señor Colom da, und als die Demokratie kam, war ich sehr beunruhigt, rief einen von der Partei an und sagte zu ihm: ›Giral, was passiert jetzt? Chaos? Tumulte? Ausschreitungen?‹

›Überhaupt nicht, Señor Colom‹, gab er mir zur Antwort, ›Arbeit und Tarifverhandlungen, Arbeit und Tarifverhandlungen, Arbeit und Tarifverhandlungen.‹

›Aha, gut, Giral, dann werden wir uns miteinander verstehen, aber nicht mit Mätzchen und faulen Tricks, klar?‹

Und so läuft es. Sie kümmern sich um ihre eigenen Angelegenheiten, man verhandelt, und es hat noch keine ernsten Probleme gegeben. Deshalb sage ich Ihnen, daß ich dort unabkömmlich bin, und es gibt eine Lösungsmöglichkeit: Sie nennen mir Ihre Bedingungen, ich prüfe sie, und wenn ich kann, nehme ich sie an. Wenn Sie zu mir sagen: ›Sehen Sie, Colom, ich lasse Sie gehen, und Sie melden sich jeden Tag auf der *Comisaría* in Barcelona, bis das alles vorbei ist!‹, dann melde ich mich dort und alles geht klar, verstehen Sie, Señor Serrano?«

»Ich heiße Anne, Anne Roederer, und bin Krankenschwester in Straßburg. Wird diese Gefangenschaft hier noch lange dauern? Ich habe sehr ernste persönliche Probleme in Straßburg. Ich wollte sie hinter mir lassen, schob alles auf und kam hierher, um mich ihnen zu entziehen. Das war dumm, denn gesundheitlich geht es mir gut und ich brauche weder Bäder noch Massagen noch sonst etwas. Ich ließ meine Tochter bei meinem geschiedenen Mann, aber das sollte nur für kurze Zeit sein, und eigentlich hätte ich schon vor zwei Tagen zurückfahren müssen ... Hier verstehe ich überhaupt nichts. Ich habe mit meiner Botschaft telefoniert, aber sie konnten mir keine große Hoffnung machen. Was geht hier vor? Mein Leben ist nicht sehr interessant, aber aufregende Situationen liebe ich gar nicht. Wozu brauchen Sie mich denn hier, eine so uninteressante, irrelevante Person wie mich? Wenn ich morgen abfahren würde, würden Sie es nicht einmal bemerken. Ich gehe oft irgendwo weg, ohne daß es jemand bemerkt. Das ging mir zu Hause genauso wie bei der Arbeit – ich bin irgendwie unsichtbar. Mein Mann sagte immer: ›Sag was, damit ich überhaupt merke, daß du da bist!‹ Ja, so ist das, Herr Inspektor.«

»Mein Name ist Stiller, ich bin Schweizer. Ich habe mich freiwillig zu diesem zweiten Verhör gemeldet, um jeglichen Zweifel an meiner gestrigen Aussage zu zerstreuen. Ich bin Prokurist der Rothschild-Bank in Zürich. Ich weiß nicht, wieviel oder wie wenig Ihnen das sagt, aber vielleicht wird Ihnen klar, welche schweren Konflikte daraus entstehen können, wenn sich mein Aufenthalt hier noch länger hinzieht. Wir Manager sind zu einer sehr präzisen Nutzung unserer Zeit verpflichtet, und ich habe für meinen Besuch dieser Klinik genau die Zeit zwischen einer Konferenz von Rothschild in Paris und einer Brasilienreise eingeplant, wo wir in Kürze eine Tochterfirma eröffnen werden. Ein Aufschub dieser Reise nach Brasilien bedeutet einen Verlust von Millionen Franken bzw. damit Sie es richtig verstehen, von Dollars. Ich habe Verständnis dafür, daß Sie Ihre Pflicht tun, aber ich möchte auf jede Art und Weise sicherstellen, daß weder Sie noch ich unsere Zeit vertrödeln. Jeder Mann auf einem verantwortungsvollen Posten, das heißt, Menschen wie Sie und ich, wissen, daß jede Routinesache einen gewissen Bodensatz an Wahrheit erfordert, wie jedes Protokoll. Aber die

Ausnahme bestätigt die Regel, und es ist nichts damit gewonnen, wenn ich meine Abreise aus dieser Klinik um zwei oder drei Tage verschiebe. Stellen Sie sich andererseits vor, daß die Gründe für eine Verlängerung meines Aufenthaltes von der Presse meines Landes aufgegriffen würden und dann zu Spekulationen Anlaß geben, die meinen guten Ruf und den meiner Bank schädigen! Das Bankwesen beruht per se auf dem Kredit. Ich glaube, das ist leicht einzusehen. Ich bin bereit, mich für jegliche Maßnahmen zu Ihrer Verfügung zu halten, die Sie in Zukunft für nötig erachten. Außerdem, gehen Sie doch von den einfachsten Statistiken aus! Es liegt nahe, daß dieses Verbrechen eine Sache der Einheimischen ist. Ein kleiner Raubüberfall, dort dürfte die Erklärung liegen. Was könnte irgend jemand von Rang und Namen sich davon versprechen, diese beiden Alten umzubringen?«

»Mein Name ist Julika Stiller-Tschudy, und ich möchte mich dem anschließen, was mein Mann gesagt hat – nicht weil *er* es gesagt hat, sondern weil es zwingend einsichtig ist. Ich will ja nicht behaupten, daß Spanier schneller zum Mörder werden als andere Menschen, aber unter den gegebenen Voraussetzungen ist es logisch, daß sich der Verbrecher unter dem Personal befindet oder ein hergelaufener Landstreicher ist. Vielleicht zwei hergelaufene Landstreicher? Möglicherweise kam er zurück, um von Trotta verschwinden zu lassen. Ja, natürlich, die Ermordung von Señor Frisch ist nicht so leicht zu erklären, aber sie ist Teil derselben Logik. Wir sind Leute, die etwas darstellen und hierherkommen, um uns zu erholen und unsere Gesundheit zu festigen. Zu Hause muß ich mit Augenbinde und Ohrstöpseln schlafen, und sobald das Fasten beginnt, erhole ich mich. Dazu kommt diese wundervolle Sonne, die Sie hier haben, nach dem Fasten kann man ein wenig im Süden umherfahren und das Leben genießen! Ihr Land ist wundervoll, verteidigen Sie es und lassen Sie sich nicht zur Gewalt oder zur Mittelmäßigkeit verleiten! Die Mehrzahl der Klienten dieser Klinik sind mehr oder weniger VIPs und ihre Meinungen machen Meinung. Können Sie sich vorstellen, was geschieht, wenn alle das Kurbad verlassen und überall erzählen, was sie erlebt haben? Vor allem von dem Gefühl, als Geiseln festgehalten zu werden, das wir alle haben? Ich bezweifle, daß eine wirklich demokratische Regierung ein Kidnapping dieser Dimension erlaubt hätte. Aber von den Sozialisten muß man ja jeder Art von Grobheit gewärtig sein. Sie sind weder besser noch schlechter als andere Politiker, sie sind einfach ungehobelt. Sie besitzen keinen Stil, und das kommt daher, daß sie von ihrer Herkunft her voller sozialer Unzufriedenheit stecken und sich in die Politik begeben haben, um etwas reicher zu werden und uns Reiche etwas ärmer zu machen. Unterbrich mich nicht, Liebster! Ich weiß, was ich sage, und ich beleidige niemanden. Ich spreche nicht nur von den spanischen Sozialisten, sondern von den Sozialisten im allgemeinen, und Señor Serrano versteht und begreift mich, denn ein Polizist, ein guter Polizist, erkennt letzten Endes das Chaos überall dort, wo es entsteht, und der Sozialismus führt zum Chaos, einem mittelmäßigen, kleinkarierten Chaos, aber trotzdem Chaos. Sie versuchen, einem soviel wie möglich abzuknöpfen, damit die Rentner kostenlos U-Bahn fahren können, dann sind sie zufrieden. Später stellt sich zwar heraus, daß die Rentner sie nicht leiden können, aber sie wählen sie, um uns eins auszuwischen.«

Ich, wir. Alle Monologe waren vom Ich ausgegangen, um dann zum Wir überzugehen, aber das Wir dieser Kaste war eine einfache Summierung verschiedener Ichs. Serrano ging noch einmal die Liste mit den Gesprächen durch. Es fehlten nur die italienischen Mädchen, Carvalho und der Baske. Die italienischen Mädchen räkelten sich weiterhin auf ihren Betten und riefen sich ab und zu über den Balkon zu:

»*Che cosa fai, Silvana?*«

»*Niente.*«

Mit Carvalho war nicht zu rechnen, im Gegenteil, er hielt sich in der Nähe von Molinas' Büro auf und registrierte die Audienzen mit einem Grinsen, das den Beichtkindern nichts sagte, das aber der Beichtvater als eine Grundsatzerklärung über das Schicksal der Menschen und der Welt verstand. Es war Carvalho selbst, der Serrano an der Tür ansprach, als er den Kopf herausstreckte, um nachzusehen, ob noch jemand mit ihm sprechen wollte.

»Der Baske fehlt noch.«

»Ich weiß, daß der Baske fehlt«, antwortete Serrano aggressiv und ärgerte sich über Carvalho.

»Die Italienerinnen fehlen auch noch. Wenn Sie so schlau wären, wie Sie tun, dann hätte Ihnen das auffallen müssen.«

»Diese Mädchen zählen nicht. Sie werden in Sekundenschnelle immer größer und immer dünner.«

Der Baske tauchte auf, als Serrano die Beichtstunde schon für abgeschlossen hielt. Er tauchte auf am Ende des Flures, und sein Wille war geteilt zwischen dem Bestreben, mit dem rechten Fuß vorwärts und dem linken rückwärts zu gehen. Sein Körper schwankte dabei wie ein träges Tier, was ihn daran hinderte, das Büro des Inspektors zu erreichen. Schließlich aber entschloß er sich doch, als ihn noch zehn Meter von der Tür trennten, schoß wie ein Sprinter an Carvalho vorbei und schlüpfte ins Büro des Inspektors, bevor der Detektiv irgendeine Bemerkung machen konnte.

»Ja, ja, ich weiß, ich bin etwas spät dran, Herr Inspektor. Mein Name ist Telmo Duñabeitia, Sie kennen mich schon, ich bin ein sehr geachteter und in ganz Spanien bekannter Industrieller. Es gibt keine besseren Preßspanplatten als die von Duñabeitia, und ich komme, um Sie zu ersuchen, mich so schnell wie möglich gehen zu lassen. Sehen Sie, ich habe überall gute Freunde, und das will in der heutigen Zeit schon einiges heißen, denn auf uns Basken schaut jeder herab, nur weil es bei uns ein paar allzu überspannte Typen gibt, die von der ETA. Ich will diesen Leuten nicht absprechen, daß sie Schneid haben, stimmt's, Herr Inspektor? Sie sind nicht wie die anderen, die einem ins Gesicht lächeln und ihn dann von hinten abknallen, aber sie übertreiben, und alle Basken werden über denselben

184

Kamm geschoren. Ich gebe vielen Familien Brot und Arbeit, und wenn ich länger hier festgehalten werde, führt das zu meinem Ruin. Außerdem, ich kenne meine Leute, und sie werden denken, daß ich hier festsitze, weil ich Baske bin, weil man uns Basken nicht leiden kann. Ich bin mit aller Welt befreundet und verstehe mich mit jedem. Ich bin wirklich nicht der Mensch, der die Polizei aus Prinzip haßt. Wenn Sie ins Baskenland kommen, werde ich mich nicht gerade mit Ihnen auf der Straße zeigen, aber wenn ich Ihnen einen Gefallen tun kann, dann werde ich es tun. Der Respekt vor dem, was die Leute denken, ist schön und gut, aber wichtiger ist der Wunsch, daß wir uns alle miteinander verstehen, weil wir alle Söhne einer Mutter sind und jeder zwei Hände und zwei Füße hat. Gut, na ja, jeder außer den Einarmigen und Einbeinigen.«


Daß Mme. Fedorownas Leiche auf der Asphaltschicht des Tennisplatzes gefunden wurde, auf der Nordseite, bekleidet mit einer leichten, aber züchtigen Kombination für weibliche Champions von Roland Garros aus den dreißiger Jahren, überraschte nicht so sehr wie die Tatsache, daß irgend jemand, wahrscheinlich der Mörder, den Tennisschläger mit dem Netz über ihr Gesicht gelegt hatte. Eine nutzlose Jalousie über dem Loch, wo die Kugel in der Mitte der Stirn eingedrungen war, während sich die Austrittsstelle an der Grube der Schädelbasis befand. Diese von oben nach unten verlaufende Geschoßbahn legte die Vermutung nahe, daß Mme. Fedorowna entweder von einem Riesen erschossen worden war, wenn man von der beträchtlichen Größe der Dame ausging, oder daß der Mörder sie gezwungen hatte, niederzuknien, um ihr den Gnadenschuß in die Mitte ihrer hohen, breiten, weißen Stirn zu geben, so voller nobler Gedanken über den Saft der Karotte und voller gesunder Warnungen vor der Tortilla und dem Gebirgsschinken. Unter anderen Umständen wäre die Geschoßbahn ein weniger wichtiges Diskussionsthema gewesen, aber die Häufigkeit des Todes hatte in der Kurklinik zu einer gewissen Abstumpfung gegen die Tatsache an sich geführt, aber auch dazu, daß man sich sachverständige Gedanken darüber machte, was Villavicencio die Details des Verbrechens nannte.

Auf der anderen Seite machte sich der Führer der deutschen Gruppe, der Geschäftsmann aus Essen, seine Gedanken, und der wichtigste davon war ein Versuch, radikal die Spannung der Eingeschlossenen zu lösen:

»Der erste Mord traf einen Klienten, gewiß. Aber dann kamen von Trotta und Mme. Fedorowna, und das bedeutet, daß die Mitglieder der Direktion mit größerer Wahrscheinlichkeit ermordet werden als die Klienten.«

Es war eine Meinung, über die man streiten konnte und die daher auch von denen bestritten wurde, die daran erinnerten, daß man die Leiche von Karl Frisch außerhalb von Bolinches gefunden hatte. Obwohl der Schweizer ein Mitglied der Gemeinschaft gewesen war, konnte man angesichts der verächtlichen Geste des Geschäftsmannes die Theorie aufstellen, daß zumindest er ihn nicht als ebenbürtig betrachtete – daher würde die Leiche von Helens Mann für immer durch die Milchstraße irren, ohne eine Heimat und letzte Ruhestätte zu besitzen.

Allein die Tatsache, daß darüber debattiert wurde, ob Frisch ein vollwertiges Mitglied der Gemeinschaft gewesen sei oder nicht, machte das rätselhafte Verschwinden seiner Gattin zum Thema, die das Kurbad als Witwe verlassen hatte, um einer konventionellen Trauerfeier beizuwohnen, und von deren Rückkehr keiner etwas wußte. Der Verdacht, die Schweizerin habe ihren privilegierten Status ausgenutzt, brachte die Gemüter in Wallungen, und die Leiche von Mme. Fedorowna wäre der Sonne und den blauen Fliegen überlassen worden, wenn es bei ihrem Abtransport nach dem Willen der Kurgäste gegangen wäre. Molinas mußte seinen ganzen Mut zusammennehmen, um einerseits der Tatsache des Todes seiner erfolgreichen Mitstreiterin ins Auge zu blicken und andererseits dem Gewitter der Beschwerden über Helen Frischs Abwesenheit zu trotzen.

Er kämpfte sich durch Zeit und Raum, so gut er konnte, aber sein Körper war geschwächt durch die Kilos, die er in den durchwachten Nächten und an den Tagen dialektischer und physischer Kämpfe verloren hatte. Aber er schaffte es nicht, Mitleid zu erregen, in seinem Zerberusblick trug er das Stigma eines Geschäftsführers in Zeiten der Flaute, und die Klagen, mit denen er auf seine Leiden und die Last seiner Verantwortung aufmerksam machen wollte, wurden auch von den Gebrüder Faber nicht in gebührender Weise aufgenommen. Sie waren endgültig von den Ereignissen überrollt, vor allem der ältere und aktivere, während der kleinere, seine maßstabsgerechte Verkleinerung, in einem abwartenden Schweigen verharrte, das nicht dazu einlud, auch nur ein Wort an ihn zu richten.

»Wie ist die Lage?« fragte Sánchez Bolín, als er Carvalho in die Sauna kommen sah.

»Urteilen Sie selbst! Vier Tote.«

»Unwahrscheinlich. Ich wiederhole noch einmal, das ist Pfusch! Vier Tote sind eigentlich schon Völkermord, und das verpflichtet den Sicherheitsrat der Vereinten Nationen zum Eingreifen.«

»In dem Tod von Mrs. Simpson, von Trotta und jetzt Mme. Fedorowna liegt eine gewisse Logik. Der Fall Frisch hat unter Umständen mit den anderen gar nichts zu tun.«

»Wenn es eine derartige Häufung von Morden auf so wenigen Quadratmetern und innerhalb desselben Zeitraums gibt, dann ist keiner davon ein Fall für sich. Haben Sie unsere Klinikgenossen beobachtet? Die von der Leitung haben abgenommen, aber ich glaube, die Klienten nehmen zu. Ihr Stoffwechsel ist wohl durcheinandergeraten. Ist der Mann im Trainingsanzug noch am Leben?«

»Er lebt noch.«

»Dann ist er der Mörder.«

»Der hat an dem Tag mit der Welt abgeschlossen, als Franco starb.«

»Mir geht es genauso. Ich habe zwar nicht mit der Welt ab-

187

geschlossen, wohl aber mit meiner eigenen Geschichte. Es ist, als wäre meine eigene Geschichte abgeschlossen und ich hätte die nutzlose Möglichkeit, von der Vergangenheit aus eine Zukunft zu betrachten, die mit mir selbst nichts zu tun hat.«

»Interessiert es Sie nicht, was hier in der Kurklinik vor sich geht?«

»Nein, offengestanden nicht. Diese Leute haben alles verdient, was ihnen zustößt. Sie haben schon das Ende des Dramas ausgerufen, das Ende der Weltgeschichte, und sich angeschickt, in Würde zu altern. Narzißmus bringt mich zur Weißglut.«

»Aber Sie sind auch ein Klient der Klinik.«

»Zum Teufel mit den Widersprüchen, in denen jeder drinsteckt.«

Die Sauna machte Carvalho nervös, aber sie war im Preis inbegriffen, und er wollte den Fabers keinen Centimo schenken. Als er fertig war, nahm er sein Zimmer und seine Kleidung wieder in Besitz und machte sich daran, sich die Situation jeder einzelnen Hauptfigur der Katastrophe zu vergegenwärtigen ... Er stöberte wie ein Jäger nach einzelnen Fragmenten des Bildes und fand heraus, wie jeder auf seine Weise den Erfordernissen seiner Rolle nachkam.

Inspektor Serrano hatte den ganzen Vormittag damit zugebracht, alle Welt anzuschreien, sogar sich selbst; die Gebrüder Faber machten den Eindruck, als hätten sie sich soeben gegenseitig ihr Beileid ausgedrückt. Molinas hatte seine Ruhe oder sein ungläubiges Staunen wiedergefunden. Gastein tauchte ab und zu drinnen oder draußen an einer Ecke auf, als wollte er irgendeine Neuigkeit in dem Moment miterleben, in dem sie geschah, um sich dann wieder in seine Höhle im Sprechzimmer zurückzuziehen. Der Mörder hatte sich in jeder Hinsicht entgegenkommend verhalten: Die Kugel wurde unter der Leiche von Mme. Fedorowna gefunden, die Patrone in nächster Nähe des Netzes, und die Pistole lag schlecht versteckt in den Oleanderbüschen. Serrano diktierte mit tonloser Stimme und immer wieder zufallenden Lidern der Sekretärin seinen Bericht. Sein Gehirn war müde, und sein Blick suchte nach Personen oder Gegenständen, um auszuruhen und die Verunsicherung loszuwerden, die auf ihm lastete.

»Und Sie spielen hier den Touristen? Soviel ich weiß, sind Sie von der Geschäftsleitung auch gebeten worden, Nachforschungen anzustellen.«

»Brauchen Sie Hilfe?«

»Nein, eine Wachablösung. In diesem Moment ist ein hoher Beamter des Ministeriums mit dem Flugzeug unterwegs hierher. Nach seiner Ankunft werde ich ihm den Fall persönlich übergeben. Man kann die Leute hier nicht mehr länger festhalten.«

»Manche liegen sogar wieder in der Sonne, und der Swimmingpool ist voll.«

»Wer auch der Mörder sein mag, er hat übertrieben.«

»Als ich Mme. Fedorownas Leiche sah, habe ich mir überlegt, ob ich nicht doch einen Fehler gemacht habe. Vor ein paar Tagen wurde ich durch Zufall Zeuge eines Streits zwischen Mrs. Simpson und Mme. Fedorowna. Molinas maß dem keine Bedeutung bei, und ich stimmte ihm zu, da ich keinen Zusammenhang zwischen der alten exzentrischen Amerikanerin und der russischen Hausdame sah.«

»Und jetzt sehen Sie einen?«

»Den Tod. Der Tod stellt einen Zusammenhang zwischen den beiden her. Die Gestik, die Stimmen, alles bekommt plötzlich einen anderen Sinn. Mme. Fedorowna hat sich mit Mrs. Simpson gestritten. Auf russisch ...«

»Woher wissen Sie, daß sie miteinander stritten?«

»Der Tonfall ihrer Stimmen. Eine unlogische Situation, und es sind gerade die unlogischen Situationen, die unsere Aufmerksamkeit verdienen. Erstens, warum sprachen die beiden russisch? Weshalb wählten sie eine besondere Sprache, die in keinerlei Zusammenhang mit der Situation hier steht und nichts mit den Bedingungen und Erfordernissen des Kurbades zu tun hat? Zweitens, seit wann konnte es sich Mme. Fedorowna erlauben, einen Kurgast zornig zu beschimpfen?«

»Schlußfolgerungen?«

»Keiner ist hier das, was er zu sein scheint. Weder Mrs. Simpson noch Mme. Fedorowna, weder von Trotta noch Karl Frisch.«

»Und die Überlebenden?«

»Auch die nicht. Auch sie stehen unter dem Verdacht, nicht die Person zu sein, die sie zu sein vorgeben. Apropos, was ist mit Helen Frisch?«

»Sie hat sich auf Dr. Gasteins Rat in eine Villa zurückgezogen, bis sie ihr emotionales Gleichgewicht wiedergefunden hat. Eigentlich müßte *ich* dort sein, um mein emotionales Gleichgewicht wiederzufinden. Um mein emotionales Gleichgewicht kümmert sich keiner.«

»Bestimmt wissen Sie schon, wer Mrs. Simpson, von Trotta und Mme. Fedorowna in Wirklichkeit waren ...«

»Möglich. Ich sagte Ihnen ja schon, daß Mrs. Simpson aus Polen stammte und Perschka hieß.«

»Und von Trotta?«

»Der war Deutscher.«

»Aber in Wirklichkeit war er nicht von Trotta.«

»Zumindest hieß er nicht so, sondern Siegfried Keller.«

»Und er war kein Tennislehrer.«

»Er hätte es sein können. Er war Tennischampion beim Pangermanischen Preis 1941. So steht es in seiner Akte.«

»Das heißt also, Sie haben Akten!!«

»Sie sind vertraulich und unvollständig. Meine Vorgesetzten haben sie mir verschafft, und ich warte auf die Ankunft des Beamten, von dem ich Ihnen erzählt habe. Ich sehe allerdings keinerlei Veranlassung, Ihnen Ihre Sache zu erleichtern, Carvalho. Sie sind es gewohnt, alleine zu arbeiten, haben also keinen Grund, an der Tür meines Büros zu stehen und um eine milde Gabe zu betteln.«

»Es wird möglicherweise noch mehr Tote geben.«

»Das ist nicht mein Problem. Bei dem ersten oder dem zweiten Toten konnte man noch etwas unternehmen, oder man hätte etwas unternehmen können. Danach war die Sache nicht mehr aufzuhalten. *Ich* werde sie nicht aufhalten. Alle Computer, alle Datenterminals dieser Welt laufen auf Hochtouren und suchen nach dem Grund für diese Vorfälle. Was kann ich da schon tun, außer höflich die Leute empfangen, die kommen, und die Reste mitnehmen, die noch übrig sind.«

Er gehorchte dem Wink des Inspektors und machte sich auf die Suche nach einer Erklärung, ohne dabei andere Verbündete zu haben als seine fünf Sinne.

Er nutzte einen Moment, als Molinas sich gerade entspannte, um ihn in den Videoraum zu lotsen und ihn einzuladen, mit ihm die abendliche Dämmerung, fast Dunkelheit, zu teilen, die der neuesten Folge von *Petulia* vorausging.

»Wie gemütlich das hier ist«, seufzte Molinas. »Niemand meckert, keine Anführer, keine Komitees, keine Verbrechen.«

»Wie lange arbeiten Sie schon hier, Molinas?«

»Acht Jahre, schon eine ganze Menge, jawohl. Am Anfang waren es die Herren Faber und Mme. Fedorowna, und natürlich Dr. Gastein. Aber als sich die Einrichtung vergrößerte und es immer mehr Leute wurden, brauchten sie einen Einheimischen. Man braucht ein besonderes Geschick im Umgang mit den Angestellten und den Klienten, eine direkte Art bei den Angestellten und Raffinesse bei den Klienten.«

»War von Trotta schon Tennislehrer, als Sie hier anfingen?«

»Ja, er gehörte zur Stammbesetzung.«

»Wie war denn das Verhältnis zwischen ihm und Mme. Fedorowna?«

»Gut. Es hätte gar nicht besser sein können. Sie kannten sich seit ewigen Zeiten. Es war eine große Freundschaft.«

»War die Freundschaft mit den Gebrüdern Faber ebenso groß? Und mit Gastein?«

»Mit dem älteren Faber wohl, es war Freundschaft, aber keine Kameradschaft, dieses Wort paßt eher für den Umgang von Fedorowna und von Trotta. Gastein ist ein Mensch, der gerne für sich bleibt. Dabei ist er der eigentliche Chef hier. Im

Vertrauen gesagt, hier fällt kein Blatt vom Baum, wenn es Gastein nicht angeordnet hat. Ich meine natürlich unter normalen Umständen, das ist klar.«

»Sind die Fabers die unumschränkten Herren?«

»Es ist eine GmbH, aber offiziell haben sie die Aktienmehrheit.«

»Nur offiziell?«

»Gastein ist ebenfalls Aktionär, und Mme. Fedorowna und von Trotta waren auch Aktionäre.«

»Von Trotta?«

»Jawohl, von Trotta.«

»Aber unter den Klienten hieß es doch, er sollte entlassen werden?«

»Das war ein Irrtum. Von Trotta arbeitete nur zu seinem Vergnügen. Ich würde sagen, er war ein reicher Mann. Er besaß einen herrlichen Landsitz in Los Monteros, den er sich von seinen Tennisstunden nicht hätte leisten können.«

»War Mme. Fedorowna auch reich?«

»Manchmal sah es danach aus, manchmal aber auch nicht. Sie beklagte sich gerne, aber ich würde meinen, sie verfügte über ein ganz gutes Polster.«

»Wunderbar! Alle waren sie reich, aktiv, angesehen, gutaussehend. Plötzlich kommt eine offensichtlich alte Witwe aus Nordamerika, und alles ändert sich schlagartig. Man läßt sich umbringen, und es beginnt ein Hin und Her mit dem Tod, das bis zum heutigen Tag noch nicht beendet ist. Hat Ihnen Mme. Fedorowna nie etwas über Mrs. Simpson gesagt?«

»Das Übliche. Sie war eben eine Stammkundin und etwas exzentrisch. Es war jetzt das vierte Mal, daß sie hierherkam. Mich hat es sehr überrascht, daß sie keine Amerikanerin war, denn sie wirkte wie der Inbegriff dieser reichen alten Amerikanerinnen, die sich weigern, alt zu werden.«

»Mir schwirrt der Kopf von den vielen Einzelteilen des Puzzles, Señor Molinas. Mit der Zeit fügen sie sich wieder zusammen, und es werden komplette Szenen erkennbar, die manchmal weiterhelfen, manchmal nicht. Aber es gibt da zwei Fragmente, die mich nicht loslassen: Mme. Fedorowna, die Mrs. Simpson auf russisch beschimpfte, und das mysteriöse Auftauchen von Mrs. Simpson an der Tür des alten Kurbades in der Nacht der Militäraktion von Oberst Villavicencio.«

»Die erste Szene ist schockierend, das gebe ich zu. Die zweite nicht, sie hätte spazierengehen können.«

»Sie kam aber aus dem Pavillon.«

»Unmöglich! Der Pavillon wird abends um Punkt sechs abgeschlossen, sobald der letzte Masseur nach Hause geht.«

»Wenn Sie eine Erklärung der Vorfälle geben müßten, was würden Sie sagen?«

»Ein Verrückter, ein Sadist, ein verkappter Irrer. Es gibt keine andere Erklärung.«

»Es würde keine andere Erklärung geben, wenn der Tod die einzige Verbindung zwischen den Opfern wäre. Aber da ist dieser zornige Dialog zwischen den beiden Frauen in russischer Sprache und noch eine wichtige Tatsache: Frisch. Karl Frisch bemühte sich sehr darum, das Kurbad zu verlassen. Er wollte hinaus und setzte alle Hebel in Bewegung, um das zu erreichen. Kaum war er in Bolinches, wurde er ermordet. Ob ihn etwa derselbe irre Killer verfolgte, der hier drinnen frei herumläuft?«

»Mir platzt gleich der Kopf! Das ist nicht mein Beruf. Dafür sind Sie und der Inspektor zuständig, obwohl ich ja bei dem Inspektor den Eindruck habe, daß ihm die Sache jetzt über den Kopf wächst.«

»Er ist Experte in Drogensachen. Er ist glücklich, wenn er Rauschgiftsüchtige festnehmen kann. Der Rest der Menschheit interessiert ihn nicht. Es gibt Kaninchenjäger, die niemals auf ein Rebhuhn schießen würden.«

Carvalho verließ nach Molinas den Videoraum, und ohne zu wissen warum, strich er durch die Flure des Erdgeschosses und zögerte das Wiedersehen mit den Nervenzentren der Kurklinik hinaus. Ab und zu begegneten ihm Teile einer komplementären Bemühung um das Funktionieren dieser Gesundheitsmaschine, die ungeachtet des Leichengeruchs weiterarbeitete. Ein Mädchen, das ein Krankenbett voller Bettwäsche schob; der Gärtner mit einer Art Räuchergerät; die Kosmetikmasseurin im Laufschritt, da sie zu einem Termin zu spät kam; der Mann der Küchenchefin, der einen großen Koffer schleppte, zu groß für seine Lustlosigkeit. Er kam zu dem Raum, von dem die Korridore zu den Massageräumen und zur Sporthalle ausgingen, nahm sich vor, durch die Tür der Sporthalle in den hinteren Teil des Parks zu gehen, und tat es auch, blieb aber direkt vor der Tür stehen, als er aus dem Inneren zornige Stimmen hörte. Die Tür war nicht ganz geschlossen, und durch den Spalt konnte er die Gebrüder Faber dabei beobachten, wie sie ein unbestimmtes Fragment eines offensichtlichen Psychodramas spielten. Der ältere Bruder schrie auf deutsch den Spiegel an, sich selbst; er war außer sich, sein Kopf hochrot, und sein Körper krümmte sich unter der Spannung, die von den zu Raubtierkrallen gekrümmten Fingern der Hände ausging. Der andere Faber trat in die Pedale des Heimtrainers, mißgelaunt, als gehe ihn die dramatische Erregung seines Bruders gar nichts an, mehr noch, als verachtete er ihn dafür und hielte sie für nichts weiter als ein spaßiges Gemurmel.

Carvalho öffnete die Tür weit, und der ältere Faber erstarrte in seiner Gebärde wie eine Küchenschabe, die von einem Lichtstrahl überrascht wird. Dem andern gefiel das Eindringen ebensowenig. Nach einem kurzen Innehalten tat er so, als trete er um so heftiger in die Pedale, um die Ekstase der körperlichen Betätigung zu erreichen.

»Entschuldigen Sie, aber ich wollte in den hinteren Park.«

»Gehen Sie ruhig durch, gehen Sie durch!« forderte ihn der ältere Faber mit schlecht beherrschter Stimme auf, wobei sich seine Hände bemühten, die Spuren der Erschütterung aus seinem Gesicht zu wischen.

Carvalho ging an ihnen vorüber, ohne mehr zu erwarten als ein kurzes Neigen des Kopfes als Antwort auf sein strahlendes Entschuldigungslächeln, ging in den Park hinaus und strebte

194

dem abgeschiedenen, rasenbewachsenen Winkel zu, der den an
die Kurklinik angrenzenden Teil des Monte del Algarrobo
krönte. Eine Zypressenhecke bildete die Grenze, die entweder
versuchte, das Gelände der Einrichtung zusammenzuhalten
oder den Einbruch des ungezähmten Berges in diese Oase do-
mestizierter Natur zu verhindern. Nach einer Weile bemerkte
er, daß er nicht allein war, sondern daß sich in dem Winkel, den
die Hecke bildete, wie beschützt oder gewissermaßen versteckt
durch zwei Wände, Tomás und Amalia sich tief und speichel-
triefend küßten, etwas keuchend und unordentlich, wie sehr
dicke Paare zu küssen pflegen. Wenn Dicke küssen, dann tun sie
es mit ihrer schlanken Seele, nicht aber die Körper. Die Körper
genügen den Erfordernissen der Umstände nie.

Am Morgen nach der Entdeckung der Leiche von Mme. Fedorowna nahmen zwei Wachmänner einen Reporter von *Interviú*
in dem Moment fest, als er sich über den Stacheldrahtzaun
schwang, der die Kurklinik von der wilden Natur des Monte
del Algarrobo abgrenzte. Dies war das erste Anzeichen dafür,
daß die Nachricht von den Ereignissen in der Kurklinik eine in-
formative Ware geworden war. Stunden später erreichte eine
Autokarawane voller Journalisten und Fotografen die Tore des
Anwesens und wurde auf- oder festgehalten von einer Kette von
Zivilgardisten und Wachmännern, die versicherten, nur ihre
Pflicht zu tun. Das Stimmengewirr der protestierenden Journalisten war nicht bis zum Swimmingpool zu hören, wohl aber
das Brummen eines Hubschraubers, der über die Kurklinik hin-
wegflog, während die Badenden ihre Schamteile bedeckten und
gegen die vermuteten Fotografien protestierten, die von dort
oben gemacht wurden.

Das Bewußtsein der Bewohner des Ortes war gespalten:
einerseits wollten sie gerne fotografiert werden und im Ram-
penlicht stehen, viele hatten dies schon in Teilgebieten ihrer beruflichen Tätigkeit erlebt, aber andererseits fürchteten sie sich

vor dem Schaden, den eben diese Publizität ihrem beruflichen, geschäftlichen oder industriellen Prestige zufügen konnte.

In der Zwischenzeit schlugen die Journalisten in ihren Autos ein richtiges Lager auf. Manche waren mit Telefonen ausgerüstet und in der Lage, den Redaktionen Nachrichten über die Beschränkungen zu übermitteln, denen ihre Arbeit unterworfen war. Zunächst versuchten sie, die Zivilgardisten und Wachmänner auszuhorchen, dann liefen sie Sturm auf die Versorgungslieferwagen, die hinein- oder hinausfuhren, und baten die Fahrer, am Seitenfenster hängend, ihnen zu berichten, was dort drinnen vor sich ging. Jemand stellte einen UKW-Empfänger auf, der nur Musik hergab, und kurz darauf tanzten unter den anfeuernden Rufen ihrer Kollegen zwei gleichgeschlechtliche Fotografen miteinander. Whiskyflaschen wurden aufgemacht, und ein Kommando fuhr nach Bolinches mit dem Auftrag, einen ganzen Schinken, Brot und Käse zu erwerben.

»Die Belagerung wird lange dauern, aber die kriegen uns hier nicht los.«

Molinas näherte sich dem Gittertor am Eingang gerade so weit, daß er die Belagerer sehen konnte, ohne selbst gesehen zu werden.

»Sagen Sie mal, sind Sie der Chef hier?«

Er war doch entdeckt worden und zog sich hastig zurück, von den Rufen und Protesten der Journalistenmeute verfolgt, die der Schrei des jungen Fotografen aufmerksam gemacht hatte. Wieder im Büro, hinter wohlverschlossener Tür, diskutierten die Fabers, Molinas und Serrano über die Möglichkeit, eine Erklärung herauszugeben, welche die Belagerer zufriedenstellen würde, ohne ihnen zu erlauben, in die Intimsphäre der Klinik einzudringen.

»Eine Invasion von Journalisten wäre unser Ruin! Viel schlimmer als ein ganzes Dutzend Verbrechen!«

»Ich kann Sie weder zu einer Erklärung bevollmächtigen, noch Ihnen diese verbieten, aber ich habe vom Ministerium die

Anweisung bekommen, vorsichtige Zurückhaltung zu wahren, bis der Untergeneraldirektor hier ankommt.«

»Inspektor, Sie haben Ihre Gründe und wir die unsrigen. Wir können die Türen über längere Zeit hinweg nicht geschlossen halten.«

Einem Journalisten gelang es, die Wachen auszutricksen, und er tauchte plötzlich am Swimmingpool auf wie ein Wesen aus einem anderen Jahrhundert, das plötzlich aus dem Winterschlaf erwacht ist, oder der Bewohner eines anderen Planeten, der irrtümlicherweise aus einer fliegenden Untertasse ausgestiegen war. Er war modisch gekleidet, aber die Knitterfalten seines Anzugs hatten schon vor langer Zeit aufgehört, schön zu sein. Auf der Brust seines weiten Baumwollhemdes hingen die Kameras wie bedrohliche mechanische Augen. Der Journalist war jung und gelenkig genug, um den Sprung über den Gatterzaun zu schaffen, aber jetzt wurde er unsicher, vielleicht aus Überraschung darüber, daß das Wasser im Swimmingpool blau und nicht blutrot war, oder weil ihn das Verhalten der halbnackten Schwimmer, die ihn wie einen bedrohlichen Eindringling betrachteten, eher an die Elite eines Privatclubs erinnerte, die sich über das Eindringen eines Emporkömmlings entrüstet, als an eine Menschengruppe, die von einer Mordepidemie bedroht ist. Der Junge wich vor den strafenden Blicken der Klienten und dem taktischen Vorrücken der Wachmänner zurück, bis diese ihn umringt und in die Enge getrieben hatten und in eine Hecke drängten, erregt durch die sichere Jagd und provoziert durch die Fotos, die der Junge machte, während er zurückwich. Als sie ihn gegen die Hecke gedrängt hatten, packten sie ihn an den Armen und brachten ihn ungeachtet seiner Protestrufe an einen versteckten Ort, wo sie auf ihn einschlugen, bis Molinas wie ein rettender Superman auftauchte und schreiend, um sich schlagend und sich entschuldigend den Journalisten befreite, um ihn Gasteins Obhut zu übergeben, falls er bei der Prügelei verletzt worden war.

»Entschuldigen Sie, aber man kann nicht überall zugleich

sein. Es ist ein Unterschied, ob man keinen hereinläßt oder ob man die Leute verprügelt.«

»Sie haben mir meine Kamera kaputtgeschlagen.«

»Machen Sie eine Schadensliste, und wir bezahlen Ihnen alles inklusive Zinsen.«

»Hören Sie mal, können Sie mir erklären, was hier eigentlich los ist? Ich habe diese Leute am Swimmingpool gesehen, sie wirkten äußerst schlecht gelaunt. Sie lagen schlecht gelaunt in der Sonne, und als sie mich entdeckt hatten, befürchtete ich einen Augenblick, aufgefressen zu werden.«

»Sie haben eine Gefängnispsychose, das ist alles.«

»Geben Sie mir ein paar Exklusivauskünfte, und ich und meine Firma vergessen diesen unglücklichen Zwischenfall.«

»Es gibt nichts, worüber ich Auskunft geben könnte. Schauen Sie zum Fenster hinaus! Was sehen Sie? Friedliche Menschen, die in der Sonne liegen, Wasser trinken oder schwimmen gehen. Friedlich. Haben Sie den Eindruck, daß Sie die Szenerie eines Massakers betrachten?«

»Nein, aber die Toten hat es gegeben.«

»Es ist sehr übertrieben worden, und eine viel einfachere Erklärung kann nicht ausgeschlossen werden.«

»Welche?«

»Langsam, immer mit der Ruhe. Sie werden doch selbst den Widerspruch zwischen Gerücht und Wahrheit bemerkt haben. Sie haben ein paar glückliche Leute in der Sonne gesehen.«

»Sie können sagen, was Sie wollen, aber die Nerven dieser Leute sind angespannt wie Drahtseile.«

»Es sind kultivierte und erfahrene Leute, die sich von ersten Eindrücken nicht aus der Ruhe bringen lassen. Sie denken über die Dinge nach und verdauen sie. Das ist etwas, was wir Spanier erst noch lernen müssen: Wir sind noch zu unmittelbar. Sagen Sie Ihren Lesern, daß nicht einmal diese unglücklichen Unfälle den Frieden der Kurklinik stören, den die Elite Europas und Spaniens hier sucht.«

Der Journalist wurde von zwei Zivilgardisten zur Tür geleitet. In der Tasche trug er einen Scheck über das Dreifache des Preises seiner Kamera, und er hielt dicht, als seine Kollegen ihn umringten; er gab nicht einmal zu, daß das blau angelaufene Mal unter seinem Auge von einem Faustschlag herrührte. Er lief zu seinem Auto und gab dem Chauffeur die kurze Anweisung, loszufahren, während er sich auf die Rückbank setzte und die Schlagzeile für einen Artikel in ein kleines Tonband diktierte.

»Im ›Kurbad des Todes‹ habe ich die lebendigen Toten gesehen. Sie warten darauf, wer das nächste Opfer einer geheimnisvollen Mordserie sein wird, die dem Namen des Tales einen Sinn verliehen hat, in dem sich die Kurklinik *Faber und Faber* befindet: Das Tal des Sangre, das Tal des Blutes.«

Der Journalist ahnte nichts von dem Knoten aus Zorn und Angst, den die Kurgäste in ihrem Gehirn trugen, obwohl die Fatalität der Ereignisse und die Kompliziertheit der Situation offensichtlich bewirkt hatten, daß sich die Insassen an die Möglichkeit eines Unglücks gewöhnt hatten und sich ein wenig an dem Umstand schadlos hielten, daß jederzeit ein Schauspiel geboten sein konnte. Aber jede nationale Gruppe hat ihre eigenen Fähigkeiten, sich anzupassen oder zu verweigern, und während die Belgier Wetten darüber abschlossen, wie viele Leichen es noch geben würde, und die Deutschen mit Molinas über den Abschluß einer Lebensversicherung verhandelten, die mehr zahlte als die üblichen Leistungen bei Kunstfehlern während einer medizinischen Betreuung, hatten die Spanier ihre Kraft verloren und sich fatalistischen Selbstgesprächen überlassen, als seien sie Fleisch für den Henker und als bliebe ihnen nichts anderes übrig, als die Tunika zu heben und sich damit das Gesicht zu verhüllen, um nicht das Blitzen des Dolches zu sehen, der sie niederstrecken wird. Seit dem Scheitern seiner Führerschaft war der Oberst nicht mehr derselbe wie früher und irrte durch die Gänge, wie alle großen Militärs durch die Inseln ihres Exils irrten, die die Geschichte vergessen hat.

»Bald werden sie kommen und mich holen, jawohl. Jetzt

sieht man mal, daß es nicht möglich ist, einen wachen Geist zu behalten, ohne sich auf den Sinn für Organisation und Disziplin zu stützen, den wir Militärs besitzen.«

»Hör auf, dich grün und blau zu ärgern, Ernesto! In der Welt gibt es eben mehr Zivilisten als Militärs.«

»Und so sieht es dann im Endeffekt aus! Wenn in der ganzen Welt in jedem menschlichen Wesen ein Militär stecken würde, dann würden die Dinge anders aussehen. Korrekt, transparent, tadellos!«

Ein andermal dachte der Oberst mit so lauter Stimme nach, daß ihn jeder hören mußte, der nicht taub war:

»So eine Schande! Diese Schwäche! Eine Ausnahmesituation macht außerordentliche Maßnahmen erforderlich, hier haben wir aber nur Landsleute, die nichts als Dummheiten machen, ohne zu wagen, die Situation im Handstreich zu klären.«

Es fehlte nicht an Leuten, die ihm recht gaben, vor allem unter den Damen, aber der Oberst war ein schlechter Verbreiter seiner eigenen Botschaft, und obwohl man oft mit dem Inhalt einverstanden war, blieb die Form beunruhigend oder zu wenig beruhigend. Carvalho hatte es geschafft, wie ein Unsichtbarer unter ihnen zu leben, wie ein Voyeur, der nicht will, daß man ihn sieht. Dies wurde nur bei wenigen Anlässen durchbrochen, wenn irgendeine Person der allzu liebenswürdigen Sorte alle Welt in ihr Spiel einbeziehen wollte und sich sogar an den wandte, der gar nicht mitspielte.

»Und Sie, was meinen Sie denn zu diesem ganzen Durcheinander, Señor Carvalho?«

Doña Solita hatte den zweiten Pullover für den nächsten Enkel angefangen, der in der Reihe ihrer reichhaltigen Sammlung von Enkeln Schlange stand, und hatte sich an Carvalho gewandt, ohne von dem nervösen Hin und Her ihrer Wollfäden aufzublicken.

»Ich denke manchmal, daß dieses Schauspiel in der Rechnung inbegriffen ist. Daß jede Gruppe von Kurgästen ein ähnliches Schauspiel geboten bekommt.«

»Wie interessant, was Sie da sagen ... Ihre Annahme ...«

Doña Solita hatte das Strickzeug sinken lassen und tat so, als sähe sie ihn vom Grund ihrer tiefen Brillengläser an, aber sie war es seit vielen Jahren gewohnt, mehr zu hören als zu sehen, und Carvalho gewann den Eindruck, daß er auch weiterhin unsichtbar bleiben könnte. Fast unsichtbar waren der Mann im Trainingsanzug und seine Frau geworden; sie hatten sich auf ihr Zimmer zurückgezogen und von allem, was nicht unmittelbar zu den Dienstleistungen des Kurbades gehörte, Abstand genommen. Er hatte nicht einmal mehr Lust dazu, an der Tür des Zimmers von Sánchez Bolín vorbeizugehen, hinter der das unablässige Maschinengewehrgeknatter der Schreibmaschine zu hören war.

»Sie schreiben etwas, nicht wahr?« hatte Amalia den Schriftsteller gefragt.

»Ja, das stimmt«, hatte er trocken geantwortet, peinlich berührt von der Plattheit seiner eigenen Antwort, und hatte geglaubt, liebenswürdig zu sein, als er hinzufügte: »Einen Essay. Ich arbeite an einem Essay.«

»Das ist schwerer als ein Roman, nicht wahr?«

»Es kommt drauf an.«

»Wie ist der Titel?«

»Der prädestinierte Kollektividiot oder das Geheimnis des Mannes im Trainingsanzug.«

Amalia hatte das Gefühl, daß Sánchez Bolín sie nicht an sich heranlassen wollte, und damit hatte sie völlig recht. In der Tat schienen sie und Tomás die einzigen zu sein, die sich in der Situation wohlfühlten. Dem Basken standen die entgangenen Geschäfte in den Augen, und Sullivan hatte die Nase gründlich voll von dem ganzen blutigen Spaß. Die Katalanen, angeführt von Colom, hatten ein gemeinsames Telegramm an den Präsidenten ihrer autonomen Regierung geschickt und ihn aufgefordert, einzugreifen oder ihnen andernfalls ausreichende Garantien zu bieten, daß ihre Interessen nicht geschädigt wurden. Die Señora aus Madrid, die in Toledo aufgewachsen war, litt um ihren Mann und um ihren dicken Sohn, aber besonders um ihren Mann, der ohne sie weder aus noch ein wußte.

»Er weiß nicht einmal, wie man das Personal um eine saubere Garnitur Unterwäsche bittet, da muß ich als Dolmetscherin herhalten.« Einige Eheleute, die sich mit der Information aus den Medien oder den direkten Telefongesprächen mit ihren Ehepartnern nicht zufriedengeben wollten, waren nach Bolinches übergesiedelt und hatten Passierscheine mit Zutritt zu dem Anwesen erhalten, immer in Begleitung eines Pärchens von Zivilgardisten. Sogar Carvalho hatte einen Anruf von Biscuter erhalten, ihm aber wenig und schlecht zugehört, da er im Grunde gerührt war. Auch Charo füllte sein Postfach mit Ankündigungen ihrer Anrufe. Schließlich mußte er sie anrufen und ihr auf jede erdenkliche Art versichern, daß es ihm in der Todesklinik gutging. So hatte die reißerische Schlagzeile von *Interviú* gelautet, die von nun an für immer der Geschichte der medizinischen Einrichtung *Faber und Faber* anhaften würde.

»Hier werden nur Ausländer umgebracht, Charo. Ich schwöre es dir! Spanier zählen nicht.«

»Dann ist es ja noch schlimmer! Schließlich und endlich ist Spanien schon Europa.«

»Die Verbrecher haben das aber noch nicht bemerkt.«

»Stimmt es, daß es dabei um eine Abrechnung zwischen Heroindealern geht? Das stand in *El Periódico*. Und du ... geht es dir gut? Siehst du gut aus? Bekommt dir das Fasten?«

»Schade, daß es hier überall nach Leichen riecht.«

»Und deine Leber?«

»Ist auf dem Posten, wie ein Mann!«

»Hast du dein Blut noch einmal untersuchen lassen, damit du die Fortschritte siehst?«

»Erst eine Minute, bevor ich gehe.«

»Und wann ist das?«

»Es gibt hier eine unerschöpfliche Quelle von Leichen. Wie ein Faß ohne Boden. Ich will hierbleiben, bis die Sammlung komplett ist.«

Die Gespräche mit Biscuter und Charo hatten in seinem Gedächtnis den Weg nach Hause und den Umriß der ureigensten Dinge nachgezeichnet, aber es war klar, daß er besonderen Ehrgeiz entwickeln würde, diesem ungeheuerlichen Geheimnis auf den Grund zu gehen, einmal wegen des Auftrags, an den sich wahrscheinlich nicht einmal mehr Molinas selbst erinnerte, außerdem wegen des professionellen Kitzels, der ihn trieb, wenigstens soviel zu wissen wie der Mörder.

»Oder die Mörder.«

In wie mit einem Tropfenzähler gezählten Worten teilte ihm Serrano mit, das Ergebnis der gerichtsmedizinischen Untersuchung zeige, daß Mme. Fedorowna nicht auf dem Tennisplatz ermordet worden sei.

»Aber sie trug Tenniskleidung.«

»Die trug sie manchmal am frühen Morgen, um eine Partie zu spielen, bevor der Platz überfüllt war.«

»Mit wem wollte sie an jenem Vormittag spielen? Normalerweise werden die Namen der Partner auf einem Zettel an der Rezeption eingetragen, damit jeder weiß, daß der Platz um diese Zeit besetzt ist. Und wenn sie mit einem Partner verabredet war, wie kam es, daß er die Verabredung nicht einhielt? Ansonsten hätte er die Leiche entdecken und Anzeige erstatten müssen.«

»Ihr Partner war der ältere Señor Faber. Er erklärte, er habe sich mit einer gewissen Verspätung an die Verabredung mit Mme. Fedorowna erinnert, und dann, als er zum Tennisplatz lief, vor vollendeten Tatsachen gestanden. Ein Gärtner hatte die Leiche der Russin entdeckt.«

»Aber Mme. Fedorowna war nicht auf dem Platz ermordet worden, wie Sie sagen.«

»Nein, aber es sollte so aussehen. In Wirklichkeit wurde sie auf dem Weg vom Fango-Pavillon zum Tennisplatz getötet. Auf dem Rasen waren noch Reste von Blut, und es gibt Büsche, die durch das Schleppen von etwas Schwerem beschädigt wurden. Außerdem wurden auf dem Gras Haare der Russin gefunden.«

Von neuem hatte sich der Fango-Pavillon in dieser Geschichte durchgesetzt, als bewahre er den Schlüssel zu allen Ereignissen, vielleicht aber auch nur, um optisch in Erscheinung zu treten und nicht vergessen zu werden. Carvalho entfernte sich von Serrano und trat ans Fenster, das einen perfekten Rahmen für die alten Gebäude abgab, als seien sie eine dreidimensionale Verbeugung vor dem Obsoleten.

Don Ricardo Fresnedo Masjuán traf im Kurbad ein mit einem Chauffeur aus Mieres, Ex-Champion im Halbschwergewicht aus Asturien, und zwei jungen, schmalen Leibwächtern, die eher Mitleid als Respekt einflößten. Don Ricardos offizielles Amt war zwar mit respektgebietenden Titeln ausgestattet, er selbst wirkte jedoch nicht direkt eindrucksvoll, obwohl der Inhaber des Amtes und der Anatomie, die ihn stützte, in die atavistische Trickkiste von Mensch und Tier gegriffen hatte, um dem imponierenden Eindruck nachzuhelfen. Er sprach mit sonorer Stimme und neigte dazu, sich in die Brust zu werfen und auch Personen auf die Schulter zu klopfen, die fast einen Kopf größer waren als er. Leute, die seinen Lebenslauf nicht kannten, und das waren alle, konnten nicht umhin, diesen ziemlich schnell aus den biographischen Hinweisen zu erschließen, die Don Ricardo permanent fallenließ wie der Däumling die Brotkrumen, um den Weg nach Hause wiederzufinden. Es konnte der falsche Eindruck entstehen, daß sich in Don Ricardos Gefolge ein Biograph befand, der die alleinige Aufgabe hatte, die biographischen Einzelheiten zu notieren, die er scheinbar widerwillig von sich gab. Aber daß ein derartiger Biograph nicht existierte, erkannte man auf den ersten Blick, und Don Ricardo erzählte sich seine Geschichte selbst, mit dem Ziel, die Zuhörer in Staunen zu versetzen über das, was er schon geleistet hatte, er, der mit Parteigenossen und einigen Schwimmkrebsen gerade seinen siebenundzwanzigsten Geburtstag gefeiert hatte.

»Nun, ich mußte den Abflug etwas verschieben, denn Alfonso – Alfonso Guerra natürlich – hatte erfahren, daß ich siebenundzwanzig geworden war, ja, ja, siebenundzwanzig Jährchen, und er schickte mir ein Buch von einem arabischen Dichter mit einem sehr komplizierten Namen. Ich rief ihn sofort an und sagte zu ihm: ›Alfonso, eine Hand wäscht die andere, dafür ißt du heute ein paar Schwimmkrebse auf mein Wohl‹, und dann ging ich zum Regierungssitz mit einer Schachtel Schwimmkrebse und der erstbesten Flasche, die der da auftreiben konnte – er stammt aus Mieres und ist noch hinterwäldlerischer als ein Hirtenfeuerzeug mit Lunte. Mit Alfonso verbindet mich eine große Freundschaft, seit ich ihm einmal auf einem Treffen der *Juventudes Socialistas*, zu denen ich seit 1976 gehöre, gesagt habe, er sei ein kleinbürgerlicher Reformist, und das hat ihm gefallen, er fand das amüsant, daß ich, ein Grünschnabel, der sich noch kaum rasieren mußte, so etwas zu ihm gesagt hatte. Dann schlug er mich für den Posten des Koordinators des Koordinationsbeauftragten der sozialen Bewegungen in Madrid vor und sah, daß ich hart arbeite und einsatzfreudig bin. 1978 sollte ich eigentlich als Kandidat für den Kongreß aufgestellt werden, da holte mich Galiote zu sich und sagte zu mir: ›Junge, du bist noch zu frisch, um ein halbes Leben lang im Kongreß zu gähnen; arbeite in der Mannschaft von Sanjuán, sammle Erfahrungen, und wenn wir an die Macht kommen, ist dir ein Posten im Innenministerium sicher.‹ Ich sah mich mal in der Kaderschule der französischen Sozialisten um und lernte, was man über öffentliche Ordnung lernen kann, denn öffentliche Ordnung – da werden Sie mir vielleicht widersprechen, Severio …«

»Serrano, mein Name ist Serrano.«

»Entschuldigen Sie, Serrano, und widersprechen Sie mir, wenn ich etwas Falsches sage! Öffentliche Ordnung lernt man durch Erfahrung in Ämtern, von denen die öffentliche Ordnung abhängt, Tag für Tag. Ist das falsch oder nicht?«

»Es ist nicht falsch.«

»Ein Jammer, daß Guerra keine Schwimmkrebse mag, aber mir zu Ehren hat er zwei davon gegessen … zwei! Zwei

Schwimmkrebse für Guerra! Ich esse Meeresfrüchte sehr gerne, sie sind gesund, machen nicht dick, man bekommt einen klaren Kopf, und sie stärken Geist und Körper. Ich bin Karateka, zwar Amateur, aber Karateka. Auf wieviel Tote haben wir es schon gebracht, Inspektor?«

»Wir sind beim vierten.«

»Gut, gut. Ist das Ihr Mitarbeiterstab?«

»Nicht ganz. Francisco Lojendio schon, er ist Beamter beim *Cuerpo Superior*, und Milagros ist meine Sekretärin. Die Herren Faber sind die Besitzer der Kurklinik ...«

»*Faber*! Die besten Farbstifte! Ein Mythos meiner Kindheit! Allerdings mußte ich mich mit der Marke *Alpino* zufriedengeben, denn wir hatten zu Hause keine Kohle, keine Kohle, aber den festen Willen, uns hochzuarbeiten, zäh und fleißig, ich habe nichts anderes getan als gelernt ... und der Señor hier?«

»Er ist der Geschäftsführer der Klinik.«

»Und der hier?«

»Ein Privatdetektiv. Er war hier als Klient und wurde von den Herren Faber engagiert.«

Der junge Verwaltungslöwe rümpfte die Nase.

»Ein Privatdetektiv? Wozu denn, um Himmels willen? Sind wir selbst denn nicht genug? Ist der Staat nicht mehr imstande, die Sicherheit der Bürger zu gewährleisten? Nichts gegen Sie, Señor, aber es wäre mir lieber, wenn Sie die Sitzung verlassen würden. Ich habe vertrauliche Informationen und sehe keinen Grund, sie Ihnen mitzuteilen.«

Carvalho neigte den Kopf und schickte sich an zu gehen, als er von einer gegenteiligen Überlegung des jungen Ricardo zurückgehalten wurde: »Nun gut, die Stunde der Enthüllungen ist noch nicht gekommen, und Sie können hierbleiben. Vielleicht können Sie die Ergebnisse der Nachforschungen von Inspektor Serrano ergänzen.«

Don Ricardo lauschte Serranos Zusammenfassung der Ereignisse und bekam von ihm ein umfangreiches Dossier, das die Einschätzung der Ereignisse enthielt.

»Bedenklich, sehr bedenklich«, sagte Don Ricardo jedesmal, wenn Serrano Atem holte, und als der Inspektor die Summe dessen, was er wußte und im Gedächtnis hatte, mit der Beobachtung abschloß, daß Mme. Fedorowna weit entfernt von dem Ort ermordet worden war, wo man ihre Leiche gefunden hatte, schaute der Subdirektor der öffentlichen Ordnung den Anwesenden der Reihe nach ins Gesicht und forschte nach, ob sie seine eigene Bereitschaft zu einem besorgten, aber gefaßten Staunen teilten.

»Unerhört. Ich möchte die Orte einen nach dem anderen in Augenschein nehmen, wo sich die bedauerlichen Ereignisse abgespielt haben.«

Molinas führte den Zug an, und sie besuchten der Reihe nach die verschiedenen Bezirke der Kurklinik. Es gab keinen Stein und keine Pflanze, die Don Ricardo nicht zu einer beiläufigen Frage inspiriert hätten, weshalb man den Obergärtner in die Begleitmannschaft aufnehmen mußte. Er folgte den beiden Leibwächtern und dem Chauffeur aus Mieres in respektvollem Abstand.

»Es ist erstaunlich und faszinierend, daß inmitten der strahlenden Herrlichkeit der Natur die Blumen des Bösen gedeihen. Und dieses lustige Gebäude, was ist das?«

Der Frage nach dem Fango-Pavillon folgte eine komplette Erklärung über die rechtliche Verpflichtung, ihn im althergebrachten Sinne zu nutzen, und das Bestreben der Gebrüder Faber, einen alten Brauch zu erhalten, der ein Bestandteil der kollektiven Erinnerung der ganzen Gegend um Bolinches war. »Tradition und Revolution, das ist der Schlüssel jeglicher Modernität. Dies und nichts anderes ist die Philosophie der sozialistischen Regierung. Spanien modernisieren, aber ohne seine Wurzeln zu zerstören!«

Beim Tennisplatz angelangt, konnte Don Ricardo einen Ausruf des Erstaunens nicht unterdrücken.

»Hervorragend! Asphaltbeschichtung, poröse Oberfläche?«
»Jawohl.«

»Das allerbeste, wenn man keine festgestampfte Erde zur Verfügung hat. Die Asphaltbeschichtung ist allerdings zu hart und schadet den Sehnen. Tennis gehört auch zu meinen Hobbys, nicht ganz so intensiv wie Karate, aber auch. Ich habe einen guten Drive, aber meine Rückhand ist zu schwach.«

Er führte mit dem Arm die entsprechende Bewegung vor. »Sehen Sie? Ich nehme den Arm zu weit zurück, dadurch treffe ich manchmal den Ball zu spät. Und ich bringe das Handgelenk nicht in die richtige Ausgangslage zurück, um den Schlag zu wechseln; außerdem tendiere ich dazu, den Ball zu sehr zu verziehen. Das ist der Fehler aller, die mit Tischtennis begonnen haben und dann auf Tennis umgestiegen sind. Ich war Tischtennismeister bei einem Provinzturnier der Kirchengemeinde, das die *Acción Católica* von Madrid organisiert hatte. Aber damals war ich noch ein Kind. So, genug der Abschweifungen. Meine Herren, lassen Sie uns, während meine Begleiter einen Imbiß zu sich nehmen, ein gut abschließbares Büro aufsuchen, eine kleine Stärkung zu uns nehmen, um dann über ernsthaftere Dinge zu reden.«

Carvalho tauschte einen forschenden Blick mit Molinas, und dieser richtete es so ein, daß sie am Ende des Gefolges ungestört reden konnten.

»Sie kommen nicht mit zu der Konferenz! Ich werde Ihnen hinterher über alles berichten, was besprochen wurde. Ihnen und Gastein. Warten Sie in zwei Stunden in Gasteins Sprechzimmer auf mich, falls ich Sie nicht schon früher zu mir bitte.«

Carvalho versuchte, die Zeit vor dem Fernseher totzuschlagen, aber die Zeit vor den Drei-Uhr-Nachrichten war auch dort schlecht genutzt. Als er die Wiederholungen satt hatte, ging er trotz der sengenden Sonne in den Garten hinaus, um seine Schritte dem Fango-Pavillon zuzuwenden, diesem arabisierenden Altertum, das sich seiner Rolle als anachronistisches Versatzstück in dem supermodernen Gebäudekomplex bewußt war. Er ging mehrmals um das Gebäude herum und musterte seine frischgekalkten Mauern, die Kuppel, die als Oberlicht diente, die hölzerne Kassettierung und die Alabasterstukkatur, die Legenden aus dem Koran darstellte. An der Tür glaubte er wahrzunehmen, wie ihm eine Welle von schwefligen Zauberformeln der Erde und des Lehms entgegenschlug, und er hörte das Tropfen der Feuchtigkeit dieses antiken Palastes bodenständiger Gesundheitslehren. Noch vor der verabredeten Uhrzeit begab er sich ins Sprechzimmer von Gastein. Der Doktor selbst räkelte sich dort in seinem Sessel und zählte kleine Tierchen, die nur seine Augen sahen. Zunächst betrachtete er Carvalho als Eindringling, aber als er seine Erklärungen gehört hatte, löste Ironie seinen Argwohn ab. »Willkommen zum Bankett mit den Resten der Information! Molinas ist ein genialer Protokollchef. Deshalb habe ich mich unter zehn Bewerbern für ihn entschieden.« – »Nun, er hat seinen Meister gefunden. Aus Madrid ist ein zukünftiger Minister gekommen, der noch weit protokollarischer ist.«

Ironie und Erschöpfung. Die Erschöpfung überwog, denn Gastein fuhr sich mit der Hand über das Gesicht, und danach war er nur noch müde.

»Vielleicht müssen die Dinge erst extrem kompliziert werden, um dann wieder einfach werden zu können. Wir versuchen erst, etwas in Ordnung zu bringen, wenn es schon fast zerstört ist oder droht, uns zu zerstören. Dieses Prinzip haben die Strategen der nordamerikanischen Außenpolitik gründlich studiert. Es ist von allen Prinzipien, die ich kenne, dasjenige, das dem ärztlichen Standpunkt am allermeisten widerspricht. Wir Ärzte sind dafür, vorzubeugen. Die Politiker wühlen am liebsten in der Verwesung. Es ist der beste Zeitpunkt für Verhandlungen, Verträge. Erinnern Sie sich noch daran, mit welcher Meisterschaft Kissinger die Verhandlungen mit Vietnam führte?«

»Das ist schon so lange her ...«

»So lange ist es gar nicht her. Überhaupt nicht. Die ganze Welt sah diese Eskalation von Gewalt und Barbarei mit an und fragte sich, ob es dafür überhaupt eine Grenze gab. Es gab sie. Und das war der richtige Moment, um zu verhandeln und einen

Friedensschluß zu erreichen. Um Krisen lösen zu können, muß man sie hervorrufen.«

»Hat das etwas mit den Ereignissen von hier zu tun?«

»Warum nicht? Hinter allem muß eine Strategie stecken. Ein einzelnes Verbrechen könnte das Resultat einer irrationalen Anwandlung sein, vier Verbrechen nicht. Es sind provozierende, mutige Verbrechen, die den Zweck haben, Aufsehen zu erregen.«

Molinas kündigte die große Tragweite seiner kommenden Ausführungen mit einem angemessenen Gesichtsausdruck an: glänzende, halbgeschlossene Augen, gerunzelte Stirn, hektisches Schlucken, Händereiben und ein einleitendes Schweigen, das die gespannte Erwartung seiner Enthüllungen noch steigerte. »Diese Mitteilungen mache ich Ihnen auf eigene Verantwortung, in dem Bewußtsein, daß ich es Doktor Gastein schuldig bin, weil er im Grunde die Seele der Kurklinik ist, und Ihnen, weil Sie auf ausdrücklichen Wunsch der Gebrüder Faber und meiner selbst beruflich mit der Sache befaßt sind.«

Gastein nahm den Tribut großmütig entgegen, den Molinas ihm zollte, und Carvalho schrumpfte in seinem Sessel zusammen.

»Ich weiß gar nicht, wo ich beginnen soll. Ich habe mir ein paar Notizen gemacht, daran will ich mich halten. Vor allem anderen, Doktor Gastein, muß ich Ihnen mein Erschrecken über die zahlreichen Überraschungen ausdrücken, die ich heute erlebt habe. Menschen, mit denen wir seit Jahren zusammengearbeitet haben, Seite an Seite, waren überhaupt nicht die, wofür wir sie hielten. Wir wußten schon, daß Mrs. Simpson in Wirklichkeit Ana Perschka hieß und aus Polen stammte, aber auch das war nicht die ganze Wahrheit. Mrs. Simpson nannte sich nach 1946 Ana Perschka, als sie ihr Einreisevisum in die USA erhielt, aber ihr wirklicher Name war Tatjana Ostrowsky, sie war Staatsbürgerin der UdSSR und lebte bis zum Ende des Zweiten Weltkriegs in Weißrußland. Halten Sie sich fest, das ist noch lange nicht alles! Auch unsre Mme. Fedorowna hieß nicht Fe-

210

dorowna, sondern Katalina Ostrowsky und war die Schwester von Tatjana. Kurzum, die große Überraschung ist: Mme. Fedorowna und Mrs. Simpson waren Schwestern.«

Er ließ ihnen Zeit, um die erste Portion der Wahrheit zu verdauen. Als alte Bluffer ließen sich weder Gastein noch Carvalho eine besondere Gemütsbewegung anmerken. Dies ermunterte Molinas, mit seinem Bericht fortzufahren: »Was von Trotta angeht, so war er wirklich deutscher Abstammung. Sein echter Name war Josef Siegfried Keller, er war Spionageoffizier der Hitlerarmee und, jetzt kommt der Clou, seit 1942 der Ehemann von Katalina Ostrowsky, also Mme. Fedorowna. Sie haben diese Verbindung seit mindestens zwanzig Jahren geheimgehalten, also seit sie in den verschiedenen medizinischen Einrichtungen der Gebrüder Faber zusammenarbeiteten.

Karl Frischs wirklicher Name ist der, unter dem wir ihn kennengelernt haben, obwohl er in der Kartei von Interpol unter verschiedenen Decknamen geführt wird. Der häufigste davon war ›Exterminator‹. Er war ein käuflicher Killer, früher war er Söldner in Afrika.«

»Der Exterminator ist eliminiert«, sagte Gastein zu sich selbst in Erinnerung an den Zettel, der bei der Leiche von Helens Mann gefunden worden war, und, als führe er einen nicht ausgesprochenen Gedanken weiter, fragte er: »Und Señora Frisch?«

»Es gibt keine Señora Frisch. Zumindest waren sie nicht verheiratet. Sie hat in Bolinches erklärt, sie hätten sich in diesem Winter auf einer Kreuzfahrt in die Karibik kennengelernt, und dann habe er ihr vorgeschlagen, mit ihm hierherzukommen und sich als Mann und Frau auszugeben. Aber sie hatte keine Ahnung, woher er kam, was er machte und wer er war.« Molinas schien darauf zu warten, daß Gastein oder Carvalho etwas sagten.

»Ist das alles?« fragte Gastein.

»Nein, es kommt noch einiges, aber Señor Fresnedo sagte, die Angelegenheit sei sehr delikat, und das nordamerikanische

211

State Department habe die Berichte von Interpol abgefangen, sich daraufhin eingeschaltet und die spanische Regierung aufgefordert, den Fall geheimzuhalten, da sie noch weitere Informationen sammeln wollten. Außerdem baten sie die spanische Regierung um Erlaubnis, in einer Angelegenheit zu intervenieren, die sie direkt betreffe, genau das sagte er, es betreffe sie ganz direkt, das sagte Señor Fresnedo mehrmals.«

»Existieren über Señor Carvalho keine Unterlagen?« fragte Gastein und versuchte, das Lachen zu unterdrücken, das dann aber doch glucksend hervorsprudelte.

»Nein, aber sehr wohl über andere spanische oder ausländische Klienten der Klinik. Sie enthalten aber nichts Besonderes. Über Sánchez Bolín gibt es eine politische Akte, wo er als Anhänger des ästhetizistischen Radikalismus bezeichnet wird. Er ist ein Experte der linken Ideologie, sagte Señor Fresnedo, aber nicht gefährlich.«

»Ihre Bestandsaufnahme ist unvollständig, Molinas. Besitzen Sie keine entlarvenden Daten über die Gebrüder Faber?«

»Doktor Gastein, darum ging es doch nicht ...«

»Und über mich? Was wissen Sie alles über mich? Heiße ich wirklich Gastein? Bin ich's oder bin ich's nicht?«

»Ich beneide Sie um Ihren Humor, Doktor.«

»Sehr gut, ich fühle mich beneidet! Das ist sehr schmeichelhaft. Leider haben Sie uns eine Reihe biographischer Berichtigungen und geheimer Verwandtschaftsbeziehungen geliefert, die dieses Bäumchen-wechsel-dich-Spiel des Verbrechens in keinster Weise erklären. Es sei denn, es handelte sich um Erbschaftsstreitigkeiten.«

»Mrs. Simpson war steinreich, aber nicht durch ihren Besitz in Europa, sondern durch ihre zwei oder drei Heiraten in Amerika. Sie war nach dem Zweiten Weltkrieg geflohen.«

»Geflohen vor wem?«

Zum erstenmal war Carvalhos Stimme zu hören, und Gastein schenkte ihm ein bewunderndes und aufmunterndes Lächeln.

»Weiter, nur zu, denken Sie laut weiter, Señor Carvalho!«

»Ich denke nicht gerne laut, aber die Frage hat einen Sinn. Vor wem floh Tatjana Ostrowsky am Ende des Zweiten Weltkriegs? Vor der Roten Armee? Vor ihrer eigenen Vergangenheit? Warum hielten von Trotta und Mme. Fedorowna ihre Ehe geheim? Und welche Rolle spielt diese Kurklinik bei der ganzen Geschichte? Wer hat Frisch angeheuert? Warum? Wozu?«

»Das werden wir erst erfahren, wenn uns die Amerikaner die fehlenden Details liefern.«

»Ein oder mehrere Mörder laufen in dieser Kurklinik frei herum. Es ist unmöglich, herauszufinden, was sie mit so vielen Verbrechen bezweckten, aber es muß etwas sein, das sich hier befindet und wichtig genug ist, um eine solche verzweifelte Schlächterei anzufangen.«

»In diesem Punkt bin ich nicht einer Meinung mit Ihnen, Señor Carvalho. Es muß keine verzweifelte Schlächterei sein. Ich habe Ihnen schon von meiner Krisentheorie erzählt: Um sie lösen zu können, muß man sie hervorrufen. Jemand hat diese Krise herbeigeführt, um eine endgültige Lösung zu erzielen.«

»Eine Lösung wofür?«

»Das ist die Frage.«


Der Untergeneraldirektor für öffentliche Ordnung empfing die Vertreter der Klienten und stellte ihnen allen ein baldiges Ende des Alptraums in Aussicht. Er deutete an, daß die Sache den Zuständigkeitsbereich und die Kompetenz der örtlichen spanischen Behörden überstieg, und versprach ihnen eine symbolische Entschädigung in nächster Zukunft – eine Einladung seiner Regierung zu einem Spanienurlaub an einem Ort ihrer Wahl. Er hörte sich ohne ein Wimpernzucken die Forderungen des Essener Industriellen an, der verlangte, für psychische Schäden und finanzielle Verluste Schadenersatz zu leisten, vor allem für diejenigen, die ihren Klinikaufenthalt eigentlich schon absolviert hatten und durch die Ereignisse gezwungen worden waren, dazubleiben.

213

»Jede Stunde, die ich meiner Fabrik fernbleibe, bedeutet einen Verlust von fünftausend DM.«

»Meine Regierung bedauert das außerordentlich, aber sie kann derartige Garantien nicht geben. Es ist dasselbe, wenn Sie in einem Land X Urlaub machen und es kommt dort plötzlich zu einem Erdbeben oder einer Revolution. Würden Sie dafür eine Entschädigung bekommen?«

Für Carvalho selbst hatte er auch ein paar Minuten Zeit.

»Entschuldigen Sie meine Äußerung von vorhin, aber Vorschrift ist Vorschrift. Ich habe Ihre Akte eingesehen, die sich in Serranos Besitz befand, und es ist ganz eigenartig. Sie sind ein eigenartiger Typ, Carvalho! In Ihnen spiegelt sich die Dramatik unserer Zeit. Dieses Überwechseln von der PCE zur CIA! Es steckt viel persönliche Tragik hinter diesen Dingen. Als ich noch ein kleiner Student war, besaßen die Kommunisten eine mythische Größe, zu der ihnen vor allem der Franquismus verholfen hatte.«

»Sie besaßen Größe, das ist alles.«

»Verstehen Sie mich nicht falsch! Ich sage nicht, sie hätten nichts historisch Wertvolles geleistet. Aber betrachten Sie sich selbst: Sie wechselten die Seiten und gingen zur CIA. Man muß ein ethisches Gleichgewicht finden, glaube ich. Ich habe es bei der Sozialdemokratie gefunden. Es ist der dritte Weg zwischen zwei Arten der Barbarei, daran gibt es nichts zu rütteln. Es interessiert mich, was Sie über die Ereignisse hier denken, schließlich sind Sie Profi.«

»Mein Auftraggeber ist die Kurklinik. Bitte haben Sie Verständnis dafür, daß ich meine Informationen geheimhalte.«

»Ich bin eher an einem Gesamteindruck interessiert. In so wenigen Stunden und hinter einer Mauer von Gefolge kann ich, obwohl ich ein scharfer Beobachter bin, mir keinen direkten Eindruck von dieser Umgebung verschaffen. Und zuweilen ist gerade die Umgebung sehr wichtig, um Situationen wirklich zu erfassen. Ich habe zu dem da gesagt, er solle einen Spaziergang machen und Augen und Ohren offenhalten.«

»Der da« war der Chauffeur aus Mieres, der ehemalige Champion im Halbschwergewicht von Asturien.

»Und was hat er Ihnen gesagt ... der da?«

»Daß es hier eine Menge Kohle und eine Menge seltsamer Typen gibt.«

»Damit liegt er nicht falsch. Serrano sagt dasselbe.«

»In ein paar Tagen ist der Alptraum vorbei. Ich rechne damit, daß in drei Tagen alle nach Hause fahren können. Es hängt davon ab, ob ein paar Daten, auf die ich warte, so pünktlich eintreffen, wie mir versprochen wurde. Das Wichtige an Politik und Geschichte ist nicht, sie zu erträumen, sondern sie zu machen.«

»Notieren Sie diesen Satz! Sie können ihn bei jeder beliebigen Wahlkampfversammlung verwenden.«

Er war kein schlechter Kerl, aber man hatte ihm eine Spielwiese zugewiesen, und er verstand es nicht, sich selbst im Spiegel zu betrachten. Es gibt Leute, die sich selbst nicht im Spiegel betrachten können. Gab es überhaupt jemanden, der sich im Spiegel betrachten konnte? Carvalho war wieder in seinem Zimmer und stand genau vor dem Spiegel. Seine Leber mußte wie neu aussehen, aber er hatte immer noch das Gesicht eines verlebten Menschen. Das Ende der Quarantäne würde mit dem Ende seines Fastens zusammenfallen, dann würden die drei Tage der Umstellung auf feste Kost folgen, und danach würde er wieder zu Hause sein, bei den Gerichten von Biscuter oder seinen eigenen oder auf einer Pilgerfahrt durch Restaurants, von denen er geträumt hatte. Er wollte bestimmte Gerichte essen, die ihm in rosa und engelsweißen Wölkchen erschienen waren. Das erste, was er unternehmen würde, wäre eine gastronomische *Tour de Cataluña*, ein selbstmörderisches großes Fressen, das in der Cerdaña beginnen würde, und zwar im *Hostal del Boix* in Martinet de Cerdaña. Folgen würden *Can Borell* in Meranges, *Builli* in Rosas, *Cypsele* in Palafrugell, *Big Rock* in Playa de Aro, *El Dorado Petit* in San Feliu de Guíxols und *La Marqueta* in La Bisbal. Dort würde er alten und neuen

Vorlieben frönen, die nach Makkaroni mit Rosmarin dufteten, Nouvelle Cuisine, mit einem Hauch des Mittelmeeres: Sepias mit zarten Bohnen, Schweinsfüße mit Muscheln, Stockfisch mit Roquefort und schwarzem Reis. Er durfte nicht versäumen, im *María de Cadaqués*, im *Peixerot de Vilanova* oder bei *Els Perols de l'Empordá* in Barcelona einen Reis in Brühe zu verzehren. Aber zuerst würde er ins *Hispania* gehen und mit etwas gelangweilter Stimme zu Señora Paquita sagen: »Bringen Sie mir alles zum Frühstück, was ich in einem Monat zu Abend essen könnte.« Dann würde er wie Peter Pan im Himmel von einem barcelonesischen Mittagstisch zum anderen tanzen, vom *Casa Leopoldo* zu *La Odisea*, zu *Bota Fumeiro*, *La Dorada* oder *Casa Rodri*, und sich auf die Suche nach Konversation und gastronomischen Landschaften begeben, um sich für diesen Tümpel von Gemüsesuppe zu entschädigen, der ihm das Gehirn zersetzt hatte, als wäre es ein Fluch unmöglicher Gerichte. Jener Salat aus jungen Aalen mit Kiwi und Entenschinken! Diese Crêpes mit Schweinsfüßen in Aioli und roter Sauce! Gebackene Goldbrasse auf Mittelmeerkräutern und schwarzen Oliven, dampfgegarte Kartoffeln mit Kaviar und Sauce Hollandaise, mit Meeresfrüchten gefüllte Paprika, Seeteufel in Knoblauchsauce, Hirsch mit Preiselbeermarmelade, panierter Camembert mit Tomatenmarmelade ... bei jedem Öffnen und Schließen seines inneren Auges blitzte ein imaginäres Blitzlicht auf und machte jede Erinnerung zu einer Fotografie und einem Versprechen. Er fühlte in seinem Inneren das Wiedererwachen eines sinnlichen Tieres, das nicht bereit war, sich das Leben mit Handschuhen und Pinzette anzueignen. Er hatte über die Verschwörungen der Tugendapostel triumphiert. Und damit hatte er seine Fähigkeit, Pläne zu schmieden, wiedergewonnen, den Bezug zur Zukunft. Dasselbe Klima atmete er am Abend im Fernsehraum, wo die Gruppe der Spanier ihre Lebhaftigkeit und damit ihre Gesprächigkeit wiedergefunden hatte. Der Oberst dozierte über moderne Waffensysteme und legte an diesem Abend besonderen Wert auf das Lob der Raketen, vor allem der Luft-Luftraketen, in deren Perfektion und korrektem Gebrauch der Schlüssel zur Überlegenheit in jeder Luftschlacht liege. Eine *Sparrow AIM-7* sei zum Beispiel ein ebenso perfektes menschliches Werk wie die Kathedrale von Burgos, oder wenigstens beinahe. Jeder einzelne Baustein ist ein Wunder in sich selbst und im Zusammenspiel mit den anderen Bausteinen. Genau wie Michelangelo, oder wer es auch war, könnte der Konstrukteur einer *Sparrow AIM-7* seinem Werk ganz gut einen Klaps geben, wenn es fertig ist, und rufen: »Sprich!« Als hätte die poetische Phantasie des Oberst den Startschuß für die Gesprächsrunde gegeben, erhoben sich sofort die Stimmen und wurden lauter, und in Sekundenschnelle war der Raum ein Babylon an Zukunftsplänen und Ungereimtheiten. Dabei waren alle Gemüter von der Euphorie über die Nachrichten beflügelt, die von der Direktion her durchgesickert waren: Sobald die angefallenen und noch anfallenden Leichen eingefroren sein würden, würden sich die Tore des Schlosses öffnen. Die Wiederbegegnung mit der Normalität schimmerte in ihren Phantasien in den leuchtendsten Farben. Jeder Klient verläßt die Klinik mit dem Vorsatz, seine Lebensgewohnheiten zu verändern, und der Gewichtsverlust, egal, ob wenig oder viel, hat ihn auf ein gewisses Niveau der Askese gehoben. Alle verlassen die Klinik mit zu weiten Kleidungsstücken, spitzeren Gesichtern und leichteren Schritten, und aus dieser inneren Ruhe heraus versprechen sie, Diät zu halten und sich weiterhin sportlich zu betätigen. Sie hoffen, dadurch diesem perfekten inneren Schönheitsideal näherzukommen, das jeder einzelne von sich hat, unabhängig von den Erscheinungsformen, die von den anderen akzeptiert werden. Mancher, der die Kurklinik in dem Bewußtsein betreten hat, vor seinem inneren Gerichtshof eine Gazelle zu sein, aber ein Walfisch und Fettwanst in den Augen der anderen, hat nach der Kur zwar nicht die Kilos verloren, die den Walfisch von der Gazelle trennen, aber doch soweit abgenommen, um trügerischerweise zu glauben, daß endlich zwischen seinem inneren Gazellen-Ich und dem realen Anblick, den er den anderen bot,

Übereinstimmung herrscht. Die Veteranen wußten, daß sie Momente erleben würden, die sie für vieles entschädigten, Begegnungen mit Personen, die sie angenehm überrascht betrachten würden, um dann auszurufen: Mensch, hast du abgenommen! Diese fremde Anerkennung machte jedes Opfer wett, das der Kuraufenthalt gekostet hatte, selbst die angsterregende Rätselhaftigkeit der gegenwärtigen Situation, weil jede menschliche Anstrengung das definitive Ziel hat, groß, reich und schön zu werden, ohne Unterschiede nach Geschlecht, Staatsangehörigkeit oder Zugehörigkeit zu einer bestimmten Ideologie.

Zu der Euphorie über das nahende, glückliche Ende trug noch ein Ereignis bei, das die Gesinnungsgenossen jener Nacht immer im Gedächtnis behalten würden. Nicht der Baske war die Hauptfigur, obwohl das Mineralwasser ihn anscheinend betrunken gemacht hatte, auch nicht Sullivan, der Konversation und ironische Bemerkungen über die Dekolletés der mächtigen Damen machte. Auch nicht der Katalane, der wie eine wohlwollende Gouvernante dem Rummel zusah. Es war Tomás, der Käsehändler. Sullivan hatte ihn nach seiner unerfüllten Berufung gefragt, woraufhin er mit der Antwort gezögert, Amalia in die Augen geblickt und von dort den Befehl empfangen hatte, die Wahrheit zu sagen.

»Steptänzer.«

Obwohl sie es alle richtig verstanden hatten, wiederholten sie im Geist das Wort ein ums andre Mal, mit der Unfähigkeit konfrontiert, die Verbindung zu diesem Dickwanst aus der Mancha herzustellen, dem Lieblingsenkel von Sancho Pansa. Angesichts des stummen Zweifels der Runde sprang Tomás auf und begann, auf dem freien Raum zwischen den Sesseln rhythmisch zu steppen. Er starrte dabei auf seine Schuhe, die mit der lässigen Perfektion des einzigartigen Fred Astaire den Boden berührten. Nicht genug, daß er demonstriert hatte, daß er mit seinen Füßen die Seele aus den Fußbodenbrettern trommeln konnte, sprang Tomás auf ein Sofa und von dort auf das Tischchen, das in der Mitte stand, wo er das harmonische Vibrieren seiner

218

Beine fortsetzte. Er war diesmal dem burlesken Stil von Donald O'Conner näher als dem gymnastischen Steppen von Gene Kelly oder dem clownesken Tanz von Fred Astaire. Tomás tanzte mit hochrotem Kopf, ohne das verdutzte Publikum anzusehen, und nach einer geheimen Melodie, die er leise vor sich hinsummte. Wegen der physischen Anstrengung, und damit ihm sein Lied nicht entwischte, hielt er dabei die Zungenspitze zwischen den Zähnen fest. Als er fühlte, daß er den Salon und das Publikum in der Hand hatte, machte er einen Korsarensprung, landete einen halben Meter vor dem offenen Fenster und sprang hinaus in den Garten, um mehr Platz zu haben. Dort tanzte er um die Bäume und um die Laternen, auf der Suche nach der Identität des freien Steptänzers in der freien Natur. Seine Landsleute sahen ihm durchs Fenster zu, um keine Sekunde dieser ekstatischen, übermenschlichen Inspiration zu versäumen. Wer sie am allerwenigsten versäumen wollte, war Amalia, die mit der nötigen Regelmäßigkeit ausrief: »Er ist genial! Einfach genial!«

Als er die Tanzfiguren im Park vollendet, alle Laternen und Palmen um die Taille gefaßt und sich auf jede Bodenerhebung geschwungen hatte, die ihm Gesten des Begehrens und Zurückweisens erlaubten, dieses Ja, aber doch nein, das der Philosophie des Steptanzes zugrundeliegt, wandte er sein entrücktes und etwas kuhähnliches Gesicht dem Fenster zu, durch das er hinausgesprungen war, nahm Anlauf, um mit einem sauber angesetzten Sprung mit gegrätschten Beinen zurückzukehren, und nötigte so die Zuschauer zu einem überstürzten Rückzug, gerade rechtzeitig, damit sich Tomás auf den Mitteltisch schwingen, eine Doppelkapriole mit kleiner Schere ausführen und zu einem absatzklappernden Finale übergehen konnte, das eher dem Flamenco als der New Yorker Step-Schule entstammte. Schließlich erstarrte er in der Schlußfigur wie eine barocke Statue, überrascht vom Verstummen einer Musik, die nur er allein gehört hatte.

Der Beifall nötigte ihn, sich zu verbeugen.

»Gleich wird er einen Anfall bekommen«, urteilte Doña Solita, als sie das Geflecht irritierter und rebellischer Adern sah, die sich an Schläfen und Hals des jungen Käsehändlers abzeichneten.

Er hätte wirklich einen Anfall bekommen, wenn man ihm nicht das Hemd geöffnet, etwas zu trinken gegeben und Platz geschaffen hätte, damit er frei atmen konnte. Aber er hatte seinen Triumph erreicht, und noch einmal rauschte der Beifall auf.

»Daß du auch keinem etwas davon verraten hast!«

»Ich habe doch eine Schule besucht.«

»Jedenfalls tanzt du meisterhaft.«

Carvalho fühlte sich, als hätte er in seinem ganzen Körper ebensoviel Hitze angestaut wie Tomás, und er sprang durch dasselbe Fenster in den Garten hinaus. Zuerst hatte er vor, im Vollmondlicht am Swimmingpool entlangzugehen, um auf den Weg zu kommen, der zum Haupteingang der Klinik führte. Aber seine Schritte lenkten ihn zum Fango-Pavillon, der wie eine Erscheinung strahlte und mit weißen Mauern im weißen Mondlicht schimmerte. Von den Stufen aus, die zur Eingangspforte hinabführten, überblickte er die modernen Gebäude, versetzte sich an die Stelle des alten Pavillons und machte sich die Überlegungen zu eigen, die diesen wohl angesichts eines solchen Anblicks an Zweckmäßigkeit und Rationalität bewegten, das ihn andererseits vor dem Bulldozer bewahrt hatte. Carvalho ging die Stufen hinab und strich liebevoll über die verschnörkelte Schmiedearbeit der Tür, die die dicken, undurchsichtigen Scheiben schützte. Die Tür gab dem sanften Druck seiner Fingerkuppen nach, und vor ihm lag ein Ausschnitt aus der Dunkelheit im Innern des Gebäudes. Er trat einen Schritt zurück und überlegte, zur Rezeption zu eilen und das Vergessen zu melden, aber dann nahm er an, daß es möglicherweise gar kein Vergessen war, und daß jemand trotz der Dunkelheit zu dieser Tageszeit dort drinnen sein könnte. Die Dunkelheit war nur in der Eingangshalle ein Problem, weiter innen sorgte die Lichtkuppel für Mondscheinhelle, die in milchigen Weißtönen auf den Skulpturen des verstummten Brunnens lag und die leeren Hallen mit ihren Wartebänken, Fango-Räumen und Zisternen zeigte, in denen der Lehm in hölzernen Zubern feucht gehalten wurde. Irgendwo in einer Ecke des Pavillons plätscherte Wasser, und dieses Plätschern übertönte eine Zeitlang ein anderes Geräusch, das er erst allmählich wahrnahm. Es war das Klatschen von Schuhen auf feuchtem Boden, wo sich vielleicht auch einige Pfützen befanden. Schließlich nahm er hinter dem Mittelbrunnen eine Silhouette wahr; sie schien zu der Wand zu gehen, die die unsichtbare Halle abschloß, die Halle, die nicht benutzt wurde. Er glaubte, den älteren Faber zu erkennen, und zog sich zur Eingangstür zurück. Dort wartete er, daß sich die Geräusche in Zeit und Raum konkretisierten, aber statt dessen verstummten sie, und er kehrte zu seinem vorherigen Ort zurück. Von dem älteren Faber war keine Spur mehr zu sehen. Nicht das leiseste Geräusch wies auf einen Menschen im Pavillon hin. Irgendwo im Verborgenen tropfte Wasser. Carvalho ging durch alle Hallen und Räume, die auf die rheumatische Menschheit des nächsten Tages warteten, durch alle Toiletten, Umkleideräume und Lagerräume für Handtücher. Von dem älteren Faber keine Spur. Er ging denselben Weg wieder zurück und trat in den Garten hinaus. Dort ließ er eine Sicherheitsfrist verstreichen, während der er Selbstgespräche führte und sich das unauffälligste Verhalten überlegte. Schließlich hatte er das nötige Selbstvertrauen gefunden und begab sich zur Rezeption.

»Nein, Señor Molinas ist nicht da. Er ist nach Bolinches gefahren, um den Herrn Untergeneraldirektor zu verabschieden. Aber, wenn Sie wollen, können Sie mit Señor Faber sprechen.«

»Mit welchem von den beiden?«

»Mit beiden. Sie sind im Videoraum.«

Und tatsächlich, beide saßen im Videoraum.

Der ältere Faber schaute sich den Film nicht zu Ende an und verließ kurz nach Carvalho den Raum. Der Detektiv bemühte sich, seinen Vorsprung zu halten, blieb dann abrupt stehen, als sei ihm gerade etwas eingefallen, und drehte sich nach dem Besitzer der Kurklinik um.

Seine Espadrillos waren dunkel vor Nässe, und seine Hosenaufschläge waren vor kurzem mit Wasser in Berührung gekommen.

»Entschuldigen Sie, Señor Faber, aber wir hatten noch nie Gelegenheit, uns in aller Ruhe zu unterhalten, und ich meine, alles was geschehen ist und der Auftrag, den Sie mir freundlicherweise gaben, machen ein Gespräch erforderlich.«

»Ich stehe ganz zu Ihrer Verfügung.«

»Hätten Sie jetzt sofort Zeit?«

Zu der überschwenglichen Liebenswürdigkeit, die er normalerweise Klienten gegenüber an den Tag legte, fügte Faber noch die Extradosis Liebenswürdigkeit hinzu, die seiner Meinung nach einem Experten gebührte, der in der Lage war, die Rechnungen seiner Klinik zu bezahlen. Mit weit ausholender Geste wies er den Flur entlang und ließ Carvalho den Vortritt auf dem Weg zu seinem Büro.

»Leider kann ich Ihnen nur ein Wasser anbieten.«

Er lachte über seinen eigenen Scherz. Sein Spanisch klang unerhört deutsch. Er war ein alter, aber kräftiger Mann mit einem ausgezeichnet instandgesetzten Gebiß, das sich weiß von einer zwar faltigen, aber unter der Sonne der elegantesten Tennisplätze gebräunten Haut abhob. Vielleicht hatte er bei von Trotta gelernt, elegant Tennis zu spielen.

»Hat die doppelte Identität von Trottas Sie überrascht?«

»Sehr. Aber nicht so sehr wie die von Mme. Fedorowna. Wir haben gemeinsam gearbeitet, und daß ich nun eine derartige Überraschung erleben muß ...«

»Haben Sie das Ehepaar hier in Spanien kennengelernt?«

»Nein, während des Aufbaus unserer ersten Kurklinik in der Schweiz. Mme. Fedorowna war Ernährungsspezialistin, obwohl sie in unserer Klinik eigentlich mehr mit Administration und Public Relations zu tun hatte. Sie war es, die von Trotta bei uns einführte.«

»Sie meinen sich und Ihren Bruder?«

»Mein Bruder war damals noch nicht so eng mit unserer Arbeit verbunden. Er ist jünger als ich. Ich meine Gastein und mich. Gastein stand mir von Anfang an zur Seite.«

»Warum entschlossen Sie sich zu einer Niederlassung in Spanien?«

»Wir führten eine klimatische Studie durch, die die größtmögliche Rentabilität des Unternehmens garantieren sollte. Hier im Sangretal kann man über dreihundert Sonnentage im Jahr garantieren, dazu herrscht ein tropisches Mikroklima, das wir dem Schutz durch die Berge, der Feuchtigkeit vom Fluß her und den warmen Winden von Afrika verdanken. Für die Diät, die wir bei *Faber und Faber* anwenden, ist es von fundamentaler Wichtigkeit, daß der Klient sich wohlfühlt, das Klima keine plötzlichen Überraschungen bereithält und ein angenehmer Hautkontakt mit der Natur möglich ist. Als wir von der Existenz eines alten Kurbades arabischen Ursprungs erfuhren – obwohl seine Ursprünge noch vor der römischen Kolonisation liegen, wie die Legende sagt –, kamen wir hierher. Das Kurbad war vom Bürgerkrieg bis in die sechziger Jahre geschlossen. Unter unserer Regie nahm es seine Tätigkeit wieder auf, nachdem die modernen Einrichtungen fertiggestellt waren. Die Investition war außergewöhnlich hoch, aber sie hat sich bereits amortisiert.«

»Von Trotta und Mme. Fedorowna waren Aktionäre.«

»Ja, ihr Einsatz bestand aus etwas Geld und sich kapitalisierender Arbeit. Es war ein in der Schweiz und in Deutschland nach dem Zweiten Weltkrieg sehr gebräuchliches System.«

»Wann erfuhren Sie, daß Mme. Fedorowna eine Schwester hatte, und daß diese Schwester Mrs. Simpson hieß?«

»Als es uns Señor Fresnedo mitteilte. Die Vergangenheit von Mme. Fedorowna war ein unbekannter Faktor. Sie sprach nie davon, und ich respektierte dieses freiwillige Schweigen. Die Vergangenheit der Russen oder Deutschen ist normalerweise traurig, abgesehen von der jüngeren Generation. Diejenigen, die die Kriegs- und Nachkriegszeit miterlebt haben, legen keinen Wert darauf, sich daran zu erinnern. Aber geht es den Spaniern nicht ebenso?«

»Wie erklären Sie sich die ganzen Vorfälle?«

»Hier wurden alte Rechnungen beglichen, deren Ursache sich mir entzieht. Vielleicht eine alte Geschichte mit tragischem Ende. Vielleicht ein Familiendrama.«

»Und Karl Frisch?«

»Ja, Frisch paßt nicht ins Bild. Vielleicht wurde er von einer der beiden Seiten als ›Exterminator‹ eingesetzt und mußte für die Folgen mit dem Leben bezahlen. Stellen Sie sich vor, Karl Frisch ermordete Mrs. Simpson und von Trotta, daraufhin tötete jemand ihn und Mme. Fedorowna.«

»Der Fall ist aber weiterhin unklar. Der Mörder von Karl Frisch kann immer noch mit unbestrittener Straflosigkeit agieren.«

»Nur eine militärische Besetzung des Kurbades könnte dies verhindern, aber die Klienten haben schon zuviel durchgemacht. Es fehlte gerade noch, daß sich hier alles in einen Kerker verwandelt. Es wird lange dauern, bis sich dieser Betrieb wieder erholt hat, Señor Carvalho. Stellen Sie sich den Prestigeverlust vor!«

»Sind Sie Arzt?«

»Nein, mein Vater war es. Er entwickelte eine vegetarische Methode zur gesundheitlichen Vorbeugung, die Methode Faber, die von seinem wichtigsten Schüler, Gastein, weiterentwickelt wurde. Das Studium der Ernährungslehre hatte dem Leben meines Vaters immer die Richtung gewiesen und war die Ursache seiner Rettung. Stellen Sie sich vor, er kam als schwächliches Siebenmonatskind zur Welt und war während seiner ganzen Kindheit besessen von dem Gedanken, daß er bei richtiger Ernährung wachsen und die Gesundheit erreichen würde, die ihm von der Natur versagt war. Das ist der richtige Ausdruck: Er schuf sich seine eigene Gesundheit. Daher sein Interesse an der Medizin und eine empirische Grundhaltung, die weit über den konditionierten Empirismus der traditionellen Medizin hinausging. Seine Forschungen führten ihn zu der Erkenntnis, daß nur die vegetarische Ernährung den gesunden Bedürfnissen von Soma und Psyche des Menschen entspricht. Obwohl er eine Zeitlang reiner Rohkostesser war, eingefleischter Rohkostler, wurde er mit der Zeit flexibler. Bedenken Sie, daß die Studien meines Vaters schon zu Beginn des Jahrhunderts bekannt waren. Obwohl die offizielle Medizin ihn für kaum mehr als einen Wunderheiler hielt, blieb er seinem Glauben treu und setzte sein wissenschaftliches Werk unter härtesten Bedingungen fort.«

»Schlechte Entwicklungsbedingungen, aber Sie haben es geschafft, das alles hier aufzubauen.«

»Erst ganz am Ende, mit Hilfe von fanatisch ergebenen Klienten. Mein Vater war ein Träumer und Prophet. Er hatte ein umfassendes Gesamtkonzept von seiner Therapie: Gesunde Ernährung, ein integriertes Menschenbild, das Körper und Geist umfaßte, und die Rekonstruktion einer *therapia magna*, einer natürlichen, aber wissenschaftlichen Heilkunde im Dienste der *vis medicatrix naturae*, die die gesamte medizinisch-historische Wissenschaft in sich aufnehmen und in der Lage sein sollte, sie zu überwinden. Stellen Sie sich vor, mein Vater wurde von den bedeutendsten medizinischen Köpfen dieses Jahrhunderts respektiert, von Freud, Jung, Adler, Stekel, Priester, Simon ... er wurde respektiert, weil er im Jahre 1900 – beachten Sie das Datum! – geschrieben hatte: ›Keine Krankheit ist rein somatisch oder rein psychisch bedingt, man muß immer beide Aspekte im Auge behalten.‹ Die psychosomatische Ära sollte erst dreißig Jahre nach dieser prophetischen Bemerkung meines Vaters beginnen. Heute studiert man die Schriften meines Vaters in allen Kursen der Ernährungslehre auf der ganzen Welt.«

»Merkwürdig, daß weder Ihr Bruder noch Sie selbst seine Forschungen weitergeführt haben.«

»Mein Bruder und ich waren und sind Vermarkter seiner

Ideen. Er selbst war unfähig, seine Ideen zu Geld zu machen. Stellen Sie sich vor, er begann seine Forschungen über vegetarische Ernährung und natürliche Lebensweise am Anfang des Jahrhunderts und wagte fast dreißig Jahre danach immer noch nicht, seine Entdeckungen dem großen Publikum vorzustellen. ›Ein Arzt ist kein Agitator‹ pflegte er zu sagen.«

Die Bürotür öffnete sich langsam, und der zweite Faber schaute herein. Er war offensichtlich überrascht, seinen Bruder und Carvalho in trautem Gespräch anzutreffen.

»Bleib hier, wenn du willst!«

Schweigend folgte er den Windungen des Vortrages, den sein Bruder über ihren Vater hielt.

»Bedenken Sie, daß die klassische Medizin ihm den totalen Krieg erklärt hatte. Er hat die Rollen vertauscht. Die Scharlatane waren sie. Mein Vater war der Wissenschaftler. Ich erinnere mich, daß, als ich noch ein junger Mann war, Doktor Noorden aus Wien zu uns zu Besuch kam, eine europäische, weltbekannte Kapazität. Er verbrachte mehrere Tage im Gespräch mit meinem Vater, versuchte, seine Ideen zu begreifen, und sagte beim Abschied in meiner Gegenwart: ›Als ich kam, sah ich in Ihnen einen Sektierer, einen Vereinfacher. Aber ich gehe mit der Überzeugung, daß meine Kollegen sich in Ihnen geirrt haben. Sie haben die umfassendere und ausgewogenere Konzeption der Medizin. Ich darf Ihnen gratulieren!‹ Dann drückte er in meiner Gegenwart meinem Vater die Hand. Mein Vater war tief bewegt.«

Wenn sein Gesicht nicht total ausdruckslos gewesen wäre, hätte Carvalho gedacht, daß die Augen des jüngeren Faber lachten, aber in einem abstrakten Sinne, sie lachten über seinen Vater, seinen Bruder und Doktor Noorden aus Wien. Sie machten sich lustig. Jenes innere Lachen war greifbarer als die schwülstige Rhetorik, die bestimmt nicht das erste Mal angewandt wurde, und die der ältere Bruder zu einer majestätischen Zurschaustellung der wissenschaftlichen und affektiven Wurzeln seines Unternehmens nutzte.

»Sind Sie auch der Meinung, daß die Verbrechen im Kurbad das Resultat einer Abrechnung sind?«

Dietrich Faber zuckte die Achseln.

»Er spricht nicht sehr gut Spanisch«, sagte sein älterer Bruder entschuldigend. »Er spricht gerade so viel, um einen Klienten ermuntern zu können. Er beherrscht die Sprache des Speisesaals, Begrüßungsformeln, Aufmunterungen ...«

Weiter kam er nicht. Sein Bruder grinste nun übertrieben, und aus seinem Munde kam in singendem Falsett: »Wie geht es Ihnen, Señor Carvalho? Sie sehen großartig aus! Wie bekommt Ihnen die Kur? Aber, was frage ich, es steht Ihnen ins Gesicht geschrieben. Ich werde zur Feier Ihres Triumphs über sich selbst eine Kerze anzünden.«

Er behielt seine Bauchrednermiene bei, als hätte er eine Puppe sprechen lassen, die er selbst war, ohne Applaus oder Gelächter zu erwarten, geschweige denn Carvalhos Überraschung und noch weniger die Empörung seines Bruders. Als sei etwas in ihm kaputtgegangen. Die kaputte Marionette eines Bauchredners. Aber plötzlich kam wieder Leben in die Puppe, und wieder kam aus ihrem Mund diese schreckliche Stimme eines schlechten Clowns.

»Komm schon, Hans! Erzähl dem Herrn hier, was unser Vater sagte, als Mama diese Rübentorte machte, die sie selbst erfunden hatte.«

»Daran erinnere ich mich nicht.«

»Du weißt es sehr gut, du hast es dreihundert mal in meiner Gegenwart erzählt!«

»Wirklich, Dietrich, ich weiß nicht, was du meinst ...«

»Also, Papa sagte zu Mama ...«

»Jetzt reicht's, Dietrich!«

Er hatte ihn zum Schweigen gebracht, aber die Marionette Dietrich bereitete mit schelmischen Augen eine neue Äußerung vor und hielt seinen Bruder in Atem.

»Es ist schon spät, Señor Carvalho. Das Klinikleben verlangt, daß wir als Eigentümer mit gutem Beispiel vorangehen.«

»Nur eins noch, Señor Faber. Ich habe Inspektor Serrano und auch Señor Molinas meine Überlegungen in Grundzügen mitgeteilt und ihnen die Widersprüche und Übereinstimmungen erläutert, die ich in diesem Fall festgestellt habe. Ich bin mit Ihnen einer Meinung darin, daß Karl Frisch ein Sonderfall ist ... jetzt bekommt auch eine andere Tatsache einen Sinn, die ich bis jetzt nirgends einordnen konnte: Die Auseinandersetzung zwischen Mme. Fedorowna und Mrs. Simpson, also ihrer Schwester. Aber ein Zweifel ist noch geblieben, vielleicht nur eine Kleinigkeit: In der Nacht, als wir diesen kleinen Streich ausführten, die Küche überfielen und den Apfel erbeuteten, und als dann unser Kommando beim Fango-Pavillon zerschlagen wurde, tauchte plötzlich hinter unserem Rücken Mrs. Simpson auf; und hinter unserem Rücken befand sich nur die Tür des Pavillons ... Mrs. Simpson kam zu einer sehr ungewöhnlichen Zeit aus dem Pavillon heraus.«

»Sind Sie sicher, daß sie dort herauskam und nicht einfach einen Spaziergang durch den Park gemacht und sich Ihnen dann angeschlossen hatte?«

»Nein, wir waren ziemlich wachsam und haben alles im Auge behalten, da der Nachtwächter jederzeit hätte auftauchen können. Er trug eine Waffe. Mrs. Simpson kam aus dem Pavillon heraus.«

»Eigenartig, nicht wahr?«

»Sehr eigenartig«, antwortete Hans Faber auf die erste vernünftige Bemerkung, die sein Bruder gemacht hatte. »Aber wenn man die Mentalität dieser Person bedenkt, dann ist es nicht mehr so merkwürdig. Sie war eine reichlich exzentrische Alte.«

»Genauso exzentrisch wie ihre Schwester. Beide waren exzentrisch genug, um hier zusammenzusein, ohne ihre Identität preiszugeben, und um einander zu hassen.«

»Einander zu hassen?«

»Ich weiß nicht, ob es auf Gegenseitigkeit beruhte. Aber ich gehe jede Wette ein, daß wenigstens Mme. Fedorowna Mrs.

Simpson haßte. Sie sah sie an, als wollte sie sie am liebsten vernichten.«

»Das gibt es eben bei Geschwistern, strafende Blicke und ähnliches, Señor Carvalho«, sagte Dietrich, der wieder wie eine Marionette sprach. »Mein Bruder Hans schaut mich auch strafend an, wenn ich mich schlecht benehme, aber er wäre nicht imstande, mir auf dem Tennisplatz eine Kugel zu verpassen.«

Hans Faber hatte genug von der Situation und von seinem Bruder und wahrscheinlich auch von Carvalho. Er machte eine unbeherrschte, ärgerliche Handbewegung und hob die Sitzung auf, indem er hinausging. Carvalho und der Bauchredner blieben somit allein zurück. Der Detektiv wandte sich ebenfalls zum Gehen, und als er an der Tür war, hörte er noch einmal die Falsettstimme der kaputten Marionette: »Wie geht's, Señor Carvalho? Sie sehen großartig aus! Wie bekommt Ihnen die Kur? Aber, was frage ich, es steht Ihnen ins Gesicht geschrieben. Ich werde zur Feier Ihres Triumphs über sich selbst eine Kerze anzünden!«


Er nutzte den Mondschein, um einen Abschiedsspaziergang durch den Park zu machen, und wieder steuerte er den Pavillon an. Alles, was sich dort im Innern abgespielt hatte, war möglich gewesen, weil die Tür offengestanden hatte. Sie war es noch immer. Er öffnete sie wieder mit einem leichten Druck der Fingerspitzen, und vor ihm tat sich eine unmittelbare Finsternis auf, die heller wurde, je näher er dem Mittelpunkt kam, über dem die Lichtkuppel die weißliche Einsamkeit des Mondes in Lichtbündel zerteilte. Die Ahnung sagte ihm, daß der Schlußakt bevorstand, und zusammen mit der Erinnerung an seine ersten Erlebnisse im Kurbad kam ihm ein Bruchstück der Unterhaltung mit dem Masseur in den Sinn: »Es gibt eine kurze, zugemauerte Galerie und eine Treppe zu einem Keller, der nicht benutzt wird. Genau dort kommt das schwefelhaltige Wasser aus dem Berg, und es soll einen offenen Stollen geben, der bis in die

Mitte der Sierra del Algarrobo führt. Er heißt Cerro del Algarrobo, der Berg des Johannisbrotbaums, aber nicht, weil es dort nur einen Baum gibt, es gibt eine ganze Menge davon.«

Der Masseur hatte mit dem Respekt von dem halb geheimen Grenzbezirk des Kurbades gesprochen, den ein radikal magisches Verhältnis von Ursache und Wirkung verlangte: Magisch war das gesundheitsspendende Wasser, das einer verborgenen Absicht der Erde entsprang.

»Es heißt, daß dieses Wasser aus Vulkanen stammt, aus Hohlräumen, die nach den Ausbrüchen zurückgeblieben sind. Wer weiß, aus welchem Hohlraum dieses Wasser hierherkommt und wann der Vulkan ausgebrochen ist. Vor Millionen von Jahren. Eines Tages wird das Wasser versiegen, und dann hat dieses alte Kurbad seine Daseinsberechtigung verloren.«

Wieder erinnerte er sich an die modernen Ruinen von Kelitea, wenige Kilometer von Rodas, oder an das Thermalbad, das Mussolini mit dem kolossalen Prunk seines Regimes erbaut hatte, und an das plötzliche Versiegen des Wassers, die erste Niederlage des Faschismus, die auf das Konto einer verborgenen Absicht der Natur ging, wenn das einfache Gesetz existiert, daß alles, was geboren wird, sich entfaltet und stirbt. War nicht jede Entwicklung auch eine Vernichtung?

Aber das Wasser des Kurbades war noch lebendig. Er hörte es schwach, aber um so lauter das Tropfen eines schlecht zugedrehten Wasserhahns oder des Wassers, das sich als Dampf an den Decken niedergeschlagen und dort mit zielstrebiger Präzision seine alte tropfenförmige Erscheinungsform wieder angenommen hatte. Da waren die Hallen, rechts die der Frauen, links die der Männer, sowie die Toilettenräume und der kurze Flur von der Pforte zum Brunnen unter dem zentralen Oberlicht. Hinter dem Brunnen lag die zugemauerte Halle. Dort blieb Carvalho stehen und tastete suchend die Wand nach der magischen Sprungfeder ab, die sie öffnen und den Weg verraten würde, auf dem die gespenstische Erscheinung des älteren Faber verschwunden war.

»So etwas gibt es nur in Filmen mit Fu Man-tschu.«

Es gab keine Sprungfeder, oder er fand sie nicht. Die Wand war alt und solide, und wenn Hans nicht dank der diätetischen Wunder seines Vaters eine immaterielle Existenz besaß, war es unmöglich, daß er hier hindurchgegangen war. Auch nicht durch die Tür. Es blieb noch der Keller, wo das Wasser aus dem Berg ankam. Er ging zu der Treppe, die dort hinunterführte. Je mehr er sich von der zentralen Halle mit ihrer mondbeschienenen Helligkeit entfernte, um so häufiger trat er ins Leere und mußte sich an feuchten Oberflächen entlang tasten. Er nahm Streichhölzer aus der Tasche und nutzte ihr Licht, um immer wieder zu schauen, wo Stufen waren, bis er sie schließlich sah, am Ende eines Raumes mit grünen Kacheln und fünf Duschen an den Seitenwänden. Das Treppengeländer, alt und schmiedeeisern, fühlte sich an wie ein rauhes, kaltes Seil, das dem Benutzer die Notwendigkeit klarmachte, mit tastenden Schritten glitschige eiserne Stufen hinabzusteigen. Carvalhos Schritte hallten laut, bis seine Füße den Boden des Kellers betraten. Die Streichhölzer zeigten ihm einen leeren Raum, in dessen Mitte in einer Rinne dampfendes Wasser floß, das aus der Finsternis kam und sich in einem Becken sammelte, von dem aus es in die oberen Räume verteilt wurde. Mit den Streichhölzern verbrannte sich Carvalho seine Finger, und er gab die Hoffnung auf, noch eine Tür in der Wand zu finden. Es gab keinen Ausgang außer einem Eingang: dem kleinen, etwas über einen Meter hohen Bogen, aus dem das Wasser kam, dem Beginn des murmelnden Stollens, der vielleicht ins Herz der Sierra del Algarrobo führte. Aber Carvalhos auditives Gedächtnis reproduzierte das Geräusch der Schritte, die er kürzlich gehört hatte. Der Untergrund war naß gewesen, es hatte geplätschert, und die Schuhe und Hosenaufschläge von Hans Faber waren naß gewesen. In den oberen Räumen stand nicht soviel Wasser, um so naß werden zu können, und daraus schloß Carvalho, daß Hans Faber durch das schweflige Wasser gewatet sein mußte, und nicht einfach zum Vergnügen. Carvalho steckte den Kopf

in das niedrige Gewölbe, dann fast den ganzen Körper und trat
schließlich mit den Füßen ins Wasser, um ins Gewölbe hineinzugehen. Als er wieder ein Streichholz anriß, stellte er fest, daß
es keine dreieinhalb Meter lang war und sich dahinter der
schwarze Schlund des schwefligen Berges öffnete, aus dem ihm
der Geruch stiller, stickiger Luft in die Nase stieg. Er hatte
Angst vor der endgültigen Dunkelheit in diesem Stollen, aber
Hans Faber hatte keine andere Möglichkeit gehabt hinauszugelangen. Geduckt bewegte er sich vorwärts, trat ins Wasser, erreichte das Ende des Gewölbes und beleuchtete den vor ihm liegenden Weg. Die Decke verschwand plötzlich in einer Höhe, die
das Licht der Streichhölzer nicht mehr erreichte. Der Hauptwasserkanal führte weiter ins Unbekannte, aber auf der einen
Seite führten Stufen hinauf zu einer Metalltür. Er konnte entweder in die Tiefe des Berges vordringen, zu den tellurischen
Ursprüngen des Wassers, oder der Einladung der Treppe mit
der Tür folgen, die für Menschen gebaut war. Er ging hinauf
und löste das Rätsel der Tür, indem er mit den Fingernägeln
unter den Rand des Metalls fuhr. Das Türblatt löste sich, in den
Angeln kreischend, und er stand vor einem neuen, von Finsternis erfüllten Raum. Langsam kehrte wieder Stille ein. Das kurze
Aufflammen eines neuen Streichholzes ließ einen länglichen
Raum erkennen, ähnlich wie auf der anderen Seite der Mauer,
die ihn vom Rest, vom übrigen Pavillon abtrennte. Er sah die
Trennwand, aber um zu ihr zu gelangen, mußte er um eine
ganze Sammlung von Kästen herumgehen, die, sorgfältig gestapelt, ein kleines Labyrinth von anderthalb Metern Höhe bildeten. Der Raum hatte keine Fenster und brauchte daher eine
Lichtquelle, die nichts anderes war als eine einfache Birne an
der Decke, die mit einem Wandschalter eingeschaltet wurde.
Das Licht erhellte alles, und alles bekam einen Sinn. Da war die
Wand, die den Pavillon verstümmelte, der verbotene Raum, der
als Lagerhalle diente, und am anderen Ende wieder eine Treppe
nach unten, und unter dem Fußbodenniveau war eine Metalltür, genauso rätselhaft wie die vorherige. Die ganze Geheimnis-

krämerei für ein paar einfache Metallkästen? Allerdings konnten die Kisten nicht über den komplizierten Weg durch den Wasserkanal hereingekommen sein, durch das Gewölbe und den in den Fels gehauenen Stollen, auch nicht über die Treppe am Ende der zugemauerten Halle. Diese Kästen waren hereingekommen, bevor man sie eingemauert und vor dem normalen Leben des Kurbades verborgen liegengelassen hatte. Sie waren mit robusten Sicherheitsschlössern ausgestattet, die vor nicht allzu langer Zeit erneuert worden waren. Vielleicht befanden sich hier die geheimen Formeln des nekromantischen Vaters der Gebrüder Faber, dieses Schweizer Nostradamus, der die moderne Ernährungslehre revolutioniert und sogar Dr. Noorden aus Wien persönlich die richtige Diagnosestellung und die richtige Ernährung gelehrt hatte. Der lange Weg verlangte die Bestätigung, daß es sich gelohnt hatte, und Carvalho stellte mit seiner Sammlung von Nachschlüsseln fest, mit welcher Verschwiegenheit die Sicherheitsschlösser über das anvertraute Geheimnis wachten. Sie widerstanden allen Versuchungen, also suchte Carvalho nach einem Gegenstand, der sich als Hebel eignete, um das Flacheisen aufbrechen zu können, an denen das Sicherheitsschloß hing. In einer Ecke fand er ein Flacheisen, das schon abgebrochen worden war, und versuchte nun, den dazugehörigen Kasten zu finden, um anhand einer Probe festzustellen, wie lohnend die Fortsetzung der Suche war. Der Kasten war nicht aufzufinden, oder es lag an der optischen Ermüdung Carvalhos angesichts der vielen gleichförmigen, kubischen, grünlackierten Metallformen, aber schließlich tauchte er doch auf, wie eine Lücke im vollständigen Gebiß seiner verschlossenen Brüder. Carvalho öffnete ihn. Sein verborgener Kern bestand aus vergilbten Papieren, die, mit altmodischer Sorgfalt gestapelt, feucht und muffig rochen, aber unversehrt waren mit ihren deutschen Buchstaben, Unterschriften militärischer und politischer Führer der Wehrmacht, der SS, Waffensturmbrigade Belarus, Waffen-Grenadier-Division der russischen SS Nr. 2, Gauleiter Kube, Generalkommissar Kurt von Gottberg, Ein-

satzgruppen B, Einsatzgruppen A, Vorkommando, Amt/-
Ausland, Abwehr, Geheime Staatspolizei, Kriminalpolizei,
Sicherheitsdienst, Obersturmbannführer Friedrich Buchardt,
Reinhard Gehlen ... Nur die Namen auf dem breiten Band der
deutschen Texte und die Abzeichen der politischen und militä-
rischen Macht sprangen ihm ins Auge, aber das genügte, um zusammen mit den Daten, die alle zwischen 1942–45 lagen, dem
Inhalt dieses Archivs einen Sinn zu geben, dieses Archivs für
Dinge, die vor vierzig Jahren geschehen waren. Carvalho benutzte das Flacheisen, um zwei weitere Kästen aufzubrechen.
Dokumente, Namen, Dienstgrade, Orte – die ganze Nomenkla-
tur wirkte bedrohlich durch die Tragödie, die sich hinter den
Daten verbarg, und die Aggressivität, mit der vor seinem inneren Auge die Gesten und Schreie des deutschen Besatzungshee-
res auftauchten, wie er es aus Spiel- und Dokumentarfilmen
kannte.

Er sah sich noch einen weiteren Kasten an, aber anstatt offi-
zieller Papiere kamen Papierkugeln aus alten, vergilbten und
halb zerfallenen Zeitungen zum Vorschein. Dies stellte er fest,
als er sie auf der Suche nach viele Jahre zurückliegenden Nachrichten auseinanderfaltete. Es waren spanische Zeitungen aus
dem Jahre 1949, vergilbte Francos bei der Einweihung vergilb-
ter Dinge, vergilbte Sätze, die vergilbte Treueschwüre enthielten, vergilbte Leidenschaften, begraben in vergilbtem Vergessen. Die Dokumente gestatteten eine Datierung bis 1945, die
nutzlosen Kugeln aus Zeitungspapier dagegen waren im Jahre
1949 sorgfältig zusammengeknüllt worden. Carvalho war erschöpft von den Aufregungen und Rätseln, das wurde ihm bewußt, als er aufhören mußte, zu spähen und zu horchen, um
sich an die Kästen anzulehnen und sein Bewußtsein wiederzufinden, indem er die Augen schloß. Auf die Anspannung folgte
unkontrollierte Entspannung, ein Gefühl der Schläfrigkeit und
des Verlustes der Kontrolle über alle Schließmuskeln der Seele.
Schritt für Schritt gewann ein Gefühl von Eile wieder die Oberhand: Er mußte hier weg, entweder umkehren oder hinter der

neuen Tür die neuen Überraschungen suchen, die die Kurklinik für ihn bereithielt.

»Ich komme morgen wieder.«

Würde es überhaupt ein Morgen geben in dieser Orgie von Geschichte und Blut? Er beschloß weiterzugehen, diesmal mit dem Flacheisen in der Hand, und durchschritt den Raum, um vor den Stufen nach unten stehenzubleiben und zum letztenmal zu überlegen, ob seine Hartnäckigkeit einen Sinn hatte. Schließlich nahmen seine Beine die Entscheidung seines Gehirns vorweg und gingen die Stufen hinab zu dem Absatz vor der Tür. Sie war nur angelehnt und verriet den Fluchtweg von Hans Faber. Er öffnete sie und betrat einen dunklen Gang, den ein Schalter links von ihm in eine nächtliche Passage verwandelte, rechtwinklig und schlecht beleuchtet, aber hell genug, um sie zu durchschreiten. Seine Hände halfen ihm dabei, er stützte sich an Wänden ab, die vor Feuchtigkeit trieften. Wieder bemächtigte sich Aufregung und die Hoffnung, so schnell wie möglich alles hinter sich zu bringen, eher seiner Beine als seines Kopfes, und er legte die Strecke fast im Laufschritt zurück, ohne zu wissen, welche Strecke er unter dem Park zurückgelegt hatte. Der Gang lief in ein paar Stufen aus, die wieder zu einer Tür führten, diesmal aber nicht aus Metall, sondern aus sorgfältig bearbeitetem Holz. Ihr glattes Fleisch war mit mattem weißem Schleiflack überzogen, einer Klinikfarbe, die ihm anzeigte, daß er vor der Rückkehr in die normale Welt des Kurbades stand. Eine neue Furcht löste die Panik des Bergmannes oder Höhlenforschers ab, die ihn während seines Ausflugs besessen hatte: die Furcht vor der Begegnung mit der Normalität, die Furcht, daß sie ihn in irgendeiner Form verraten würde als verstohlenen Räuber fremder Geheimnisse. Er fürchtete, hinter dieser Tür einem Chor anklagender Frager gegenüberzustehen, die nicht nur seine Schuld beklagten, sondern auf die große Tragweite einer Entdeckung hinweisen würden, die das in sich versunkene Rätsel von *Faber und Faber* noch schwieriger zu lösen machte. Er konnte denselben Weg zurückgehen, den er gekommen war,

und durch die Pforte des Pavillons wieder in den Garten hinaus-
treten, ohne den Makel des Spions, der in versunkenen Laby-
rinthen gewühlt hat. Er hatte die Wahl zwischen zwei Ängsten,
zwei Anstrengungen, der Rückkehr zu verbotenen Tiefen oder
dem Weg hinauf an die Oberfläche. Er entschied sich für das
Nächstliegende, für den kürzesten Weg in eine Normalität, die
er nach dieser Überdosis von Überraschungen brauchte. Er ging
die Stufen hinauf und öffnete die Tür einen Spaltbreit. Es dauerte eine Weile, bis er erkannte, wo er war, vielleicht weil ihm
die unmittelbare Nähe eines weißen Wandschirms den Gesamt-
überblick über den Raum verwehrte. Den würde er nur bekommen, wenn er die Tür noch weiter öffnen und auf der Suche
nach der neuen Realität seinen Kopf und seine fünf Sinne akti-
vieren würde. Er hielt inne und wartete auf irgendein Bild oder
Geräusch, das ihm die eventuelle Anwesenheit einer objektiven
Bedrohung verraten würde. In der totalen Stille der nächtlichen
Kurklinik gab es kein anderes Geräusch als das der Grillen und
das Summen eines Neonlichts, das auf alle möglichen Anwesen-
heiten in diesem Zimmer schließen ließ. Er beschloß, die Tür
noch weiter zu öffnen und seinen Kopf zu riskieren. Nun erkannte er das Zimmer schlagartig: Weißgestrichene Wände, ge-
rahmte Reproduktionen von Landschaften des Sangretals und
ein Bücherregal, das er schon mehr als ein- oder zweimal gesehen hatte. Er war des öfteren in diesem Zimmer gewesen und
kannte diese Liege in der Ecke neben einem Röntgengerät, das
nie oder fast nie benutzt wurde.

»Wir gehören nämlich nicht zu denen, die glauben, man
müsse den Körper unnötig mit Strahlen belasten.« Es war Gasteins Stimme gewesen, die ihm das während einer Sprechstunde
erklärt hatte. Der ganze abenteuerliche Ausflug hatte ihn zu
keinem andern als Gastein geführt, in das Sprechzimmer von
Gastein, wo er wie ein Reisender auftauchte, der überrascht ist
festzustellen, daß die Erde rund ist. Angesichts der Verlassenheit des Zimmers beruhigte er sich zusehends. Merkwürdig
war, daß um diese Zeit kurz vor der Morgendämmerung noch

Licht brannte, merkwürdig, daß die Nachtwächter das Licht nicht gelöscht hatten, und merkwürdig, daß sich Gastein eine derartige Fahrlässigkeit erlaubt hatte. Oder war es vielleicht Hans Faber gewesen, als er von dem geheimen Gang zum Videoraum geeilt war? Warum war er so in Eile gewesen? Hatte Faber bemerkt, daß noch jemand im Pavillon gewesen war? Zu viele Rätsel für eine einzige Nacht. Er ging durch Gasteins Sprechzimmer und verschob auf morgen, was er heute nicht mehr besorgen konnte.


Der Patriarch Dr. Faber hatte seine Söhne nach einem System ernährt, das mit seiner Philosophie in Einklang stand. Er war der Auffassung, daß eine Ernährung auf der Basis naturreiner, vor allem vegetarischer Grundstoffe, der Schlüssel zu einer guten Gesundheit sei, zu einem langen und glücklichen Leben und zu einem Tod im Einklang mit dem obersten Gesetz der Natur: geboren werden, wachsen, sterben. Im Rahmen dieser Philosophie besaß die Verwendung frischer Nahrungsmittel große Bedeutung, da sie eine wichtige Rolle bei der biologischen Transformation, Entgiftung, Regulierung und Regeneration spielt, ebenso beim genetischen Wiederaufbau der Zellen und der Verbesserung der Sauerstoffaufnahme.

»Die heilkräftige Nahrung«, hatte der alte Faber in seiner diätetischen Bibel geschrieben, »ist die Hauptsache, denn sie kompensiert existierende nahrungsbedingte Schäden, und ebenso die vorbeugende Nahrung, die den größtmöglichen Vorrat an energetischem Potential und lebenswichtigen Substanzen akkumulieren soll. Jeder Prozeß der Denaturierung ist daher zu vermeiden, was sehr schwierig ist in einer Zeit degenerierter Ackerböden, vernunftwidrigen Einsatzes von Insektiziden und ungesunder Lagerung aller Arten von Lebensmitteln, ganz zu schweigen von der Konservierung in Dosen, die fundamentale Nährwerte zerstört und in manchen Fällen den Anteil gefährlicher Stoffe erhöht, wie zum Beispiel der Fette.«

Diesem langen Faber-Zitat hatte Gastein auf eigene Faust die Bemerkung hinzugefügt, daß der prophetische Professor aus dieser Welt gegangen war, ohne den immensen Schaden begreifen zu können, den die Ernährung dem Menschen selbst im Zuge des Aufschwungs einer Lebensmittelindustrie zugefügt hatte, die nach dem Zweiten Weltkrieg auf der Grundlage der Heiligsprechung alles Widernatürlichen aufgebaut worden war: der Bleichung, der Färbung, der Konservierung, der Desinfektion und der Verwendung krebserzeugender Substanzen.

Die Zusammenfassung der Philosophie des alten Faber, die sich jeder interessierte Klient anhören mußte, war von der Erklärung der Grundsätze durchzogen, die der Vater bei seinen Söhnen angewandt hatte, um sie vor einem verfrühten biologischen Zusammenbruch zu bewahren. Sechzig Jahre lang vegetarische Rohkost, frische Früchte, frische Milch, Sauermilch, Honig, Soja, Sesam und Wildgemüse. Nein, nein, von der Ernährung und der Erziehung normaler Jungen hatte er nichts gehalten. Zum Beispiel hätten die Fabersöhne, wenn sie trotz der sorgfältig auserwählten Ernährung an Durchfall erkrankt wären, eine gewöhnlichen Behandlungsmethoden völlig entgegengesetzte Therapie bekommen, die auf die Früchte einer barbarischen chemisch-pharmazeutischen Medizin verzichtete. Im Fall einer Diarrhöe riet der alte Peter Faber, daß das Opfer eines derart intimen und analen somatischen Verrates in der Nacht heiße Bauchumschläge bekommen solle sowie heiße oder kalte Umschläge im Nacken und auf dem Rücken, Bindegewebsmassage, um Krämpfe zu vermeiden oder zu lindern, einen Einlauf von einem Liter Kamillensud, zwei oder drei Löffel Melasse und dreißig Gramm Magnesiumsulfat. Feuerbach war in Anlehnung an die medizinische Philosophie des Äskulap und die Ernährungslehre des Aristoteles zu der Feststellung gekommen, daß der Mensch ist, was er ißt. Also hatten sich die Gebrüder Faber von allen Arten Rohkost dieser Welt ernährt und waren dann, als ihre Körper und ihre Psyche schon ausgereift waren, zu einer raffinierteren Form vegetarischer Küche übergegangen. Dazu gehörte jene Rübentorte von Mama, auf die der jüngere Faber am vorigen Abend nicht ohne Sarkasmus angespielt hatte. Man könnte fortfahren mit Apfel-Sago-Pudding, Armen Rittern mit Rhabarber, Haferflockenbiskuit, Pilzcanapés, Sojabratlingen, Sojatortillas, Reiskroketten mit grünen Kürbissen, Kartoffeln mit Weißkohl, geschmortem Kohlrabi, Sauerkraut und geschmorte Rüben. An Getränken wären Kräutertees zu nennen wie der berühmte Bittertee aus Wermut, Tausendgüldenkraut und Karde, oder der nicht weniger bekannte Karminativtee aus Kreuzkümmel, Fenchel und Anis, unerläßlich bei Blähungen, und der ebenso unentbehrliche Frauenmanteltee bei Menstruationsbeschwerden und der Hagebuttentee bei Harnverhalten. Wenn sie einmal nicht schlafen konnten, hatten die Fabersöhne die Möglichkeit, Melissentee, Orangenblütentee oder einfachen Zitronenschalentee zu trinken. Gegen die Versuchung, Alkohol als Elixier der Flucht aus der mittelmäßigen Alltäglichkeit zu benutzen, gab es Frucht- oder Gemüsesäfte, unter Umständen angereichert mit dem Saft gekochten Gemüses, in Einzelfällen auch von Reis oder Gerste und Leinsamen. Der dramatische Kampf des alten Faber, kein Siebenmonatskind zu bleiben, hatte sich auf seine Söhne ausgedehnt, um sie zu gesunden menschlichen Einheiten von langer Haltbarkeit zu machen. Der Preis dafür war das Bewußtsein, ein Außenseiter zu sein, was die Ernährung anging, aber das hatten sie überwunden, teils, weil sie sich daran gewöhnt hatten, teils aber auch durch die Beziehungen zu jenen Menschen, die nach derselben Philosophie lebten. Das Resultat dieser ungeheuren Anstrengung, dieser philosophischen Fertigteilherstellung, die inspiriert war von einem unbezähmbaren Gefühl des Glückes und des Vertrauens in die Regeln der Natur, in die Verlängerung der Natur hinein in den Menschen selbst, war trotz allem zerbrechlich geblieben. Zerbrechlich wie das Leben selbst. Da lag Hans Faber mit offenen Augen, gläsernen Pupillen, den Mund an den Fußboden gepreßt, in einer Lache seines eigenen Blutes. Die Arme, so leblos wie der Rest des Körpers, bildeten ein pathetisches V wie das Siegeszeichen. Ein Schuß hatte den Hals durchschlagen, ohne eine einzige Arterie zu treffen, aber ein anderer hatte das Herz getroffen, und zwar endgültig. Dies hatte Gastein unter dem Vorbehalt diagnostiziert, daß die spätere gerichtsmedizinische Untersuchung etwas anderes ergeben könnte. Nebenan wiederholte Serrano ein ums andere Mal, daß morgen dieser Alptraum ein Ende haben würde. Morgen würden die Amerikaner kommen. Sie würden tun, was sie zu tun hätten, und er würde abgelöst werden.

»Schlußstrich, drei Kreuze, Punkt!«

Während Serrano verwirrt seine Zeichen in die Luft malte, die diese Schlächterei beenden sollten, wirkte Molinas, als sei er einem rapiden Altersprozeß zum Opfer gefallen, und Dietrich Faber, der Alleinerbe, betrachtete die Leiche seines Bruders, als sei er sich nicht im klaren, ob dieser ein Dummkopf oder der Tod eine Dummheit war, obwohl er aus Carvalhos Sicht sehr wohl selbst der Dummkopf sein konnte, der nicht einmal dazu in der Lage war, sich auf die offenkundige Tatsache zu konzentrieren, daß sein Bruder ermordet worden war.

»Solange ich hier noch zuständig bin, darf nichts von dieser Leiche bekannt werden. Wir haben nur noch wenige Stunden bis zur Aufhebung der Quarantäne und wollen keinen hysterischen Skandal heraufbeschwören.«

»Wie hält man eine Leiche geheim, läßt sie heimlich gerichtsmedizinisch untersuchen, heimlich ins Leichenschauhaus bringen und wie schafft man sie heimlich an den Journalisten vorbei, die uns belagern? ... Und dann eine heimliche Beerdigung mit einer heimlichen Mitteilung davon, daß er gestorben ist ... Und woran?«

Serrano war viel zu nervös, um Carvalho in gebührender Weise zuzuhören, und kam auf ihn zu mit erhobenem Kinn und dem Wunsch in den weiß hervortretenden Knöcheln, sie in dem für seinen Geschmack zu neutralen Gesicht des Detektivs rot zu färben.

»Spiel hier nicht den Alleswisser, du Klugscheißer! Schließlich habe ich fünf Leichen am Hals, fünf! Morgen lasse ich dieses Haus und diesen ganzen Alptraum hinter mir – und ich will keine Komplikationen!«

Achselzuckend verzog sich Carvalho in eine Zimmerecke, so weit wie möglich aus Serranos Blickfeld und der Reichweite seines Ärgers, denn er war außer sich.

»Können wir die Leiche in ein abgelegeneres Zimmer schaffen?« fragte Molinas, und Inspektor Serranos Wunsch, ja zu sagen, mußte angesichts der Tatsache, daß dies nicht gestattet war, stumm bleiben. Er seufzte schicksalsergeben. »Lassen Sie ihn, wo er ist! Ich werde den Gerichtsmediziner anrufen und mein möglichstes tun, damit vor dem Abtransport der Leiche nichts durchsickert. Paco, du baust dich vor der Tür auf und läßt keinen eintreten! Für den Fall der Fälle muß immer einer von uns im Zimmer sein und Wache halten. Versuch mal herauszubekommen, wo ich jetzt den Gerichtsmediziner finde!«

Es war halb acht Uhr morgens. Molinas hätte zu dieser frühen Tageszeit normalerweise mit dem älteren Faber eine Besprechung gehabt, nachdem der alte Athlet seinen täglichen Frühsport absolviert hatte.

»So ist das Leben! Man gewöhnt sich an alles. Nach dem Tod von Mrs. Simpson ging ich durchs Haus und vermutete hinter jeder Ecke eine Leiche oder einen Mörder. Aber mittlerweile bin ich auf alles gefaßt. Und als ich hier hereinkam und Señor Faber am Boden liegen sah, wußte ich sofort, daß er tot war, daß er ermordet worden war, und ich habe das akzeptiert, als sei es die normalste Sache der Welt.«

»Morgen ist alles vorbei«, wiederholte Serrano mit infantiler Hartnäckigkeit, und Carvalho sprach seine Gedanken nicht aus, um ihn nicht wütend zu machen. Was würde morgen vorbei sein? Die fünf Verbrechen würden noch immer ungesühnt sein, aber Serrano würde den Fall abgeben und die Toten mit derselben Methode zudecken wie manche Tiere ihre Scheiße, indem sie mit den Pfoten Erde darüber scharren. Aber noch mußte er ein minimales Ritual der Ermittlungen einhalten, und fragte wenig überzeugend: »Wer hat ihn zum letztenmal gesehen?«

»Ich, ich glaube, ich war es, obwohl er zu diesem Zeitpunkt mit seinem Bruder zusammen war.«

»Junge, Junge, der weltberühmte Superman des Verbrechens! Und weshalb zum Teufel haben Sie ihn heute nacht gesehen?«

»Ich hatte Befragungen durchzuführen, wie man zu sagen pflegt.«

»Befragungen durchzuführen! Glauben Sie, daß man einen solchen Quatsch zu sagen pflegt? Befragungen durchführen?«

»Wenn Ihnen das nicht gefällt, dann nehme ich es zurück. Aber wir tauschten unsere Meinungen über die Vorfälle aus, und Señor Faber erzählte mir vom wissenschaftlichen Ursprung der Kurklinik und der Forschungsarbeit seines Vaters, eines hervorragenden Ernährungsexperten, hochgeschätzt von Dr. Noorden aus Wien.«

»Wer ist Dr. Noorden aus Wien?«

»Der erste Anhänger der gewöhnlichen Schulmedizin, der die medizinischen Verfahren des alten Faber anerkannte. Er erzählte mir mit großer Begeisterung vom wissenschaftlichen Werdegang seines Vaters. Natürlich sprachen wir auch über die Verbrechen. Dann kam sein Bruder herein, das Gespräch ging zu allgemeinen Themen über und wurde etwas humorvoller.«

Dietrich Faber dankte ihm für das Adjektiv mit einem Lächeln.

»Haben Sie Señor Faber aufgesucht, oder hat er Sie zu einem Gespräch aufgefordert?«

»Es war nicht ganz so einfach. Eigentlich hatte ich Señor Faber in einer, sagen wir mal, delikaten Situation überrascht. Ich versuchte, mir selbst darüber klar zu werden, ob es sich um ein Mißverständnis handelte oder nicht. Als ich mit ihm plauderte, stellte ich fest, daß mein erster Eindruck richtig gewesen war, was sich später hundertprozentig bestätigt hat.«

»Um Gottes willen, Carvalho, könnten Sie nicht etwas konkreter werden?«

»Ich weiß nicht, ob ich das darf. Mein Klient ist tot. Aber meine berufliche Pflicht zwingt mich, bestimmte Informationen zurückzuhalten, um sie zuerst meinem Klienten mitzuteilen.«

»Aber Ihr Klient liegt hier, kaltgemacht! Machen Sie mich nicht irre, Carvalho!«

»Eine Frage vorab: Wer übernimmt die Verpflichtungen, die Señor Faber eingegangen ist?«

»Ich«, rief Gastein aus, bevor sich Dietrich verpflichtet fühlen würde, etwas zu sagen. Die lächelnden Augen des jüngeren Bruders dankten ihm stumm.

»In diesem Fall muß ich meinen Bericht Dr. Gastein vorlegen.«

»Kommt gar nicht in Frage, mein Freund! Sie erzählen mir, was Sie gesehen haben, das ist so klar wie zwei und zwei vier sind. Was soll das heißen, Sie hätten Señor Faber in einer delikaten Situation überrascht?«

»Nehmen Sie an, ich hätte ihn beobachtet, wie er über die Dächer tanzte oder in Schuhen durch einen Fluß watete.«

»Sie wollen mich wohl verarschen?«

»Nein.«

»Erlauben Sie mir, mich einzuschalten, Inspektor Serrano, denn ich glaube, ein Gespräch unter vier Augen mit Herrn Carvalho könnte die Situation lösen. Es ist nur logisch, daß er sich an den Kodex seines Berufsstandes halten will, und daß Sie andrerseits alles wissen wollen, was Sie wissen müssen: um Ihre Nachforschungen voranzutreiben ... Obwohl Sie ja schließlich und endlich den Fall morgen abgeben.«

»Ich als einzelner Beamter, ich, Rafael Serrano Cosculluela, gebe ihn ab, aber die Polizei nicht! Die Polizei ruht und rastet nicht, bis alle Verbrechen aufgeklärt sind.«

»Das bezweifle ich nicht. Außerdem rechnen Sie damit, daß diese amerikanische Delegation kommt und vielleicht die endgültigen Beweise mitbringt, die Steinchen, die noch fehlen. Oder haben Sie etwa das ganze Puzzlespiel schon zusammen, Señor Carvalho?«

»Absolut nicht, ganz im Gegenteil!«

»Sehen Sie, Inspektor? Ich verspreche Ihnen, Ihnen alles zu berichten, was mir Señor Carvalho erzählen wird und dazu beitragen kann, diese ungeheuren, tragischen Verwicklungen zu entwirren.«

Serrano schlug mit einer Hand in die Luft und kehrte ihnen den Rücken zu. Gastein ging hinaus und winkte Carvalho, ihm zu folgen. Dietrich Faber machte nicht einmal den Versuch, sich ihnen anzuschließen. Wenn Gastein auf die Enthüllungen gespannt war, so verbarg er es geschickt und ging vor Carvalho zu seinem Sprechzimmer, ohne sich umzusehen und ohne zu versuchen, die Enthüllungen vorwegzunehmen. Als beispielhaftes Produkt ihrer eigenen Ernährungskriterien bewegte sich die gepflegte und muskulöse alte Gestalt mit der einstudierten Harmonie eines Erwachsenen im stolzen Vollbesitz seiner Kraft vorwärts.

Im Vorzimmer wimmelte er mit einem kurzen Gespräch die Dame aus Madrid ab, die in Toledo aufgewachsen war und Gastein aufgesucht hatte, um ihn wegen eines Anfalls von Tachykardie zu konsultieren.

»Ich komme auf Ihr Zimmer, Señora.«

Er ließ Carvalho den Vortritt und schloß die Tür. Bedächtig ging er zu seinem Bürosessel, ließ sich darin mit allen Konsequenzen nieder, bis er die perfekte Ruhestellung gefunden hatte, und forderte dann mit dem Ernst eines Geschäftsmannes, der sich über die Wichtigkeit des Vorganges im klaren ist, Carvalho zum Sprechen auf.

»Also?«

Aber Carvalho sagte nichts. Er ging von der Mitte des Raums auf den Wandschirm zu und klappte ihn zusammen, so daß die Tür in ihrer ganzen weißen Unschuld zum Vorschein kam, durch die er letzte Nacht die geheimen Eingeweide der Kurklinik verlassen hatte. Er versuchte, sie zu öffnen, aber es ging nicht.

»Sie ist abgeschlossen.«

244

»Das ist sie immer.«

»Heute nacht war sie es nicht. Heute nacht gingen wir durch diese Tür, zuerst Señor Faber und dann ich.«

Gasteins Schweigen dauerte bei aller demonstrativen Kontrolliertheit zu lange.

»Ich muß Ihnen mitteilen, daß ich alles, was ich entdeckt habe, heute nacht meinem Partner in Barcelona erzählt habe.«

»Die Anrufe wurden abgehört.«

»Ich gab einem Angestellten der Klinik eine schriftliche Mitteilung mit, der heute nach Bolinches fuhr.«

»Ich weiß nicht, was Sie damit sagen wollen, wenn Sie mir diese ganzen Vorsichtsmaßnahmen erläutern?«

»Ich teile Ihnen einfach mit, daß ich sie getroffen habe.«

»Ein vorsichtiger Mann zählt für zwei. Das ist ein spanisches Sprichwort, aber man muß feststellen, daß die Spanier es kaum anwenden. Wohin führt diese Tür, Señor Carvalho?«

»Ich hatte gehofft, Sie würden es mir endlich erklären.«

»Wurden Sie nicht schlau aus dem, was Sie gesehen haben?«

»Es bleiben Einzelteile eines Puzzles, außerdem habe ich sie im unsicheren Licht meiner Streichhölzer und dieser schwachen Birne gesehen, die für ein derartiges Archiv nicht ausreicht. Der Inhalt dieser Kästen ist doch ein Geheimarchiv, nicht wahr, Dr. Gastein?«

Der Arzt seufzte.

»Ja, es ist ein Archiv. Es ist ein Teil der Geschichte dieser Kurklinik, der Geschichte der Fabers und in gewissem Sinne auch meiner Geschichte.«

»Halten Sie es für angebracht, daß ich Inspektor Serrano mitteile, daß ich Señor Faber im Pavillon gesehen und dann entdeckt habe, auf welchem Wege er zu diesem Büro gelangte?«

»Warum nicht? Es wird Sie vielleicht enttäuschen, aber ich selbst gab Inspektor Serrano den Hinweis, daß das Interesse des amerikanischen State Department an der Sache dem Umstand zuzuschreiben ist, daß wir hier an sicherem Ort Dokumente von historischer Bedeutung aufbewahren.«

»Und was meinte Serrano dazu?«

»Er wollte mit seinen Vorgesetzten darüber sprechen, verlor aber das Interesse an der Sache, als ich ihm mitteilte, daß sich die Dokumente nicht auf Spanien beziehen, sondern auf den Zweiten Weltkrieg, Deutschland und die Sowjetunion. Serrano war sehr amüsiert. Er sagte: ›Der Zweite Weltkrieg? Uff! Das ist ja lange her! Das ist alles längst Geschichte, Gastein, das ist alles Geschichte!‹«

Ein Schweigen entstand, und jeder wartete darauf, daß der andere es brechen würde.

»Ist das alles?«

»Das ist alles, Carvalho.«

»Sie werden eine öffentliche Erklärung abgeben müssen. Fünf Tote nimmt man nicht so einfach hin.«

»Analysieren sie jeden Einzelfall! Ich würde behaupten, daß nur sehr wenige Menschen auf dieser Welt Sie überhaupt nach diesen Leichen fragen würden. Diese Personen sind Relikte von etwas, das von einem Fragment der Weltgeschichte übrigblieb, und Karl Frisch war ein bezahlter Killer. Bezahlte Killer haben keinen, der sie beweint.«

»Helen?«

»Helen wird den Mund nicht aufmachen. Dessen können Sie sicher sein!«


Es war bezeichnend, daß es weder zu spät noch zu früh geschah, sondern genau im richtigen Moment, als die Zeiger aller Uhren, die noch Zeiger besaßen, sich geeinigt hatten, neun Uhr anzuzeigen. Irgend jemand manipuliert den Chronometer der großen Ereignisse, und an jenem Tag genau um neun Uhr öffnete sich das Eingangstor des Kurbades, um eine Karawane einzulassen, die aussah, als seien ihre Ziele ebenso weitreichend wie genau kalkuliert. Nicht alle Karawanen sind gleich, vor allem, wenn eine schwarze Staatskarosse mit der Flagge Spaniens und dem Kennzeichen des ministeriellen Fuhrparks die Geschwindigkeit bestimmt und dann eine zweifarbige Limousine mit der nordamerikanischen Flagge folgt, ferner ein gepanzerter Transporter, der aussieht, als hätte er schon bei den distinguiertesten und ausgefallensten Transporten mitgewirkt, zwei Autos, die fast überquellen von Männern, deren Blicke in alle Himmelsrichtungen schweifen, und ein spanischer Polizeijeep, der den Abschluß bildete. Es genügte, den spanischen Anteil der Expedition zu betrachten, um ihre Außergewöhnlichkeit zu erkennen. Die vier einheimischen Militärpolizisten waren ohne Zweifel unter den Besten ihrer Rasse ausgewählt worden. Sie hatten nicht nur eine Statur von europäischem Niveau, das heißt, sie hätten Basketballspieler sein können; sie demonstrierten auch in ihrer athletischen Durchtrainiertheit und der unzweifelhaften Präzision und Würde ihrer Bewegungen, daß sie die besten ihrer Rasse waren und sich als Botschafter derselben fühlten. Es war sogar dafür gesorgt, daß sie, wenn schon nicht alle ganz blond, so doch mindestens ein wenig blond waren. Es stimmt gewiß, daß alle Militärpolizisten dieser Welt, seien sie nun Profis oder nicht, von ihrer Rolle als Aushängeschild des Heeres und Hüter seines guten Rufes geprägt sind. Die Militärpolizei pflegt ihre besten Energien dafür aufzuwenden, daß der Kontakt zwischen Militärs und Zivilbevölkerung im Bewußtsein der Zivilisten keine peinlichen Fragen aufwirft, wie zum Beispiel: Wozu brauchen wir die Militärs überhaupt? Es ist nur folgerichtig, daß die Militärs in Friedenszeiten einen so gut getarnten Anblick bieten wie die Tannen der Alpenregionen oder die Rhododendren im Hampstead Garden in London. Aus diesem Grund mußte die Militärpolizei so optimal wie möglich die Struktur ihres Seins und ihres Auftretens pflegen, denn schon die schlichte Bezeichnung Polizei wirkt wie ein Alarmsignal. Wenn irgendwo Polizei auftaucht, gibt es dort auch etwas zu unterdrücken, und wenn es sich dabei um Militärpolizei handelt, ist sie entweder damit beschäftigt, Exzesse des Militärs gegen die Zivilbevölkerung oder Exzesse der Zivilbevölkerung gegen das Militär zu unterdrücken. Schon allein das Wort

Exzeß, genau zwischen den beiden diametral entgegengesetzten Überlegungen angesiedelt, hat eine skandalöse Bedeutung, die zwangsläufig Argwohn bei der Zivilbevölkerung erregen muß. Nun gut, in der Umgebung der Klinik war die Militärpolizei über jede argwöhnische Vorstellung erhaben. Sie symbolisierte lediglich die Anwesenheit einer Macht, die nicht aufhören wollte, präsent zu sein, obwohl ihr bewußt war, daß sie ihre Funktion nicht ausübte. Jene vier kriegerischen und in Selbstbeherrschung geübten Soldaten wirkten wie die Husaren der Zarin Alexandra in ihren besten Zeiten, als sie auf ihren weißen Pferden eine Panzerdivision der Wehrmacht eskortierten, oder wie jene berittenen städtischen Polizisten in Galauniform, die bei Prozessionen ihre schneidige Erscheinung und die Eleganz ihrer weißen Helmbüsche in den Dienst der jeweiligen Jungfrau Maria stellten, die die wirkliche Hauptfigur der Fiesta war. Im Zusammenhang mit der funktionalsten und effektivsten Macht des Universums hätten Husaren statt Polizisten unpassend gewirkt. Und diese Jungen wirkten bei dem Yankee-Konvoi wie die musizierenden Jungfrauen aus den Provinzen, die den Begierden und Absichten der Herren des Imperiums ausgeliefert worden waren. Während die spanische Militärpatrouille zum Nachdenken über ihre eigentliche Rolle einlud, war die übrige Rollenverteilung eindeutig. Der spanischen Staatskarosse entstieg der Ex-Champion im Halbschwergewicht aus Asturien, um Fresnedo die Tür aufzureißen, vierundzwanzig Stunden älter und reifer für die Macht. Fresnedo hatte die Absicht, die Sache in die Hand zu nehmen, und erwartete am Fuß der Treppe zur Rezeption das Antreten der Amerikaner. Und sie traten an. Aus der Yankee-Limousine stiegen zwei große Männer um die Vierzig mit zweifarbigen Köpfen, grau und blond, und entsprechenden Anzügen. Einer von ihnen begrüßte Fresnedo, blieb an seiner Seite und beobachtete den Aufmarsch, den sein Kollege befehligte. Jener war ein wirklicher Befehlshaber. Ohne Fresnedo auch nur eines Blickes zu würdigen, wartete er, bis die Autos ihre acht Insassen ausgespuckt hatten und diese ruhig neben der Wagentür standen, der sie entstiegen waren. Nicht daß sie strammstanden, aber in ihren Körpern lag eine gewisse kontrollierte und verhaltene Spannung, ebenso in ihren Augen, die immer bemüht waren, in allen Himmelsrichtungen feindliche Indianerstämme aufzuspüren. Ein nicht zu verachtendes Detail war die Art und Weise, wie sie beim Verlassen der Autos die Wagentüren zugeschlagen hatten und dabei dieses spezielle Geräusch zu hören gewesen war, das nur entsteht, wenn die Türen amerikanischer Autos zugeschlagen werden. Es ist nicht bewiesen, daß die Abteilungen für Motivationsforschung und Planung der großen nordamerikanischen Automobilkonzerne speziell dieses Geräusch erforschen, das zu hören sein soll, wenn sich eine solide Wagentür eines nicht weniger soliden Wagens schließt. Aber dieses Geräusch ist einer der entscheidenden Angelpunkte des Systems, denn dieses Klack umfaßt mehr und vielfältigere Bedeutungen als das vieldeutigste Wort. Dieses Klack bedeutet: Dies ist *mein* Klack, es schließt *meinen* Wagen, mein Wagen bin ich, mein Auto ist das beste der Welt, es hat mich hierhergebracht und wird nur mit mir wieder wegfahren. Die ganze Kombination wunderbarer Abhängigkeiten und Einzigartigkeiten war der Leistungsfähigkeit einer Industrie zu verdanken, die in der Lage war, ein Klack zu erzielen, das ebenso ansprechend und symbolträchtig war wie eine Hymne.

Als die Türen zugeschlagen und das Personal angetreten war, taxierte der offensichtliche Chef der Expedition mit wenigen Blicken die Einsatzbereitschaft und Schlagkraft seiner Truppe. Vor ihm standen acht Mann, die zu allem entschlossen waren, und jeder von ihnen hatte genaue Anweisungen erhalten. Sie sahen aus wie jede andere muskulöse Sportmannschaft aus den USA, die nur darauf wartet, daß der Schiedsrichter den Ball einwirft, um ihre Zurückhaltung fallen zu lassen. Und der Schiedsrichter sagte: »*Come on!*«

»Come on« heißt soviel wie »*Los!*« Aber es begehe keiner den Irrtum zu versuchen, die präzise Aktion, die dieses »Come

on« beinhaltet, mit unserem »Los!« gleichzusetzen. In dem
»Come on« ist ein gewisses Draufgängertum enthalten, denn
jede Sprache reflektiert in ihren Ausdrücken die ökonomische,
politische und soziale Potenz der Leute, die sie entwickelt haben
und sich ihrer bedienen. Jenes »Come on« löste die Aktionen
aus, die dem in ihrem Gedächtnis gespeicherten Plan entsprachen. Vier stiegen wieder in den vorderen Wagen, die andern vier marschierten auf den Eingang der Klinik zu. Als sie
Fresnedo und den Public-Relations-Manager der Expedition erreicht hatten, ignorierten sie das Willkommenslächeln des Un-
tergeneraldirektors für öffentliche Ordnung ebenso wie das ver-
ständnisvolle Lächeln ihres Landsmannes, gingen hinter ihrem
Führer in Stellung und marschierten über die Badewiese auf den
Fango-Pavillon zu. Während das vorangehende Quintett die
Hecke Blatt für Blatt beschnüffelte und die ganze Skala von Ge-
rüchen wahrnahm, die der Monte del Algarrobo in glücklichem
Zusammenwirken mit dem Río Sangre verströmte, fuhr der
volle Wagen los, bahnte dem Panzerfahrzeug den Weg und
folgte dem Quintett der Vorhut. Fresnedo machte den Mund auf
und suchte nach allen möglichen Lauten, um das passende Wort
zu artikulieren: Einen Moment ... unter Umständen ... ohne
Zweifel bin ich der Ansicht ... eins von beiden, oder ... Ohne
sein Public-Relation-Lächeln zu verlieren, verschwand der andere Befehlshaber von Fresnedos Seite und folgte mit einem
schneidenden und trotz allem verbindlichen *»I'm sorry«* seinen
Kollegen auf ihrem unerbittlichen Weg zum Pavillon. Fresnedo
stand verlassen neben dem Ex-Champion im Halbschwergewicht aus Asturien und seinen mageren, blassen Leibwächtern.

»Habt ihr das gesehen? Die fühlen sich hier ganz wie zu
Hause!«

»Soll ich denen mal einheizen, Chef? Die sind genauso hohl,
wie sie groß sind. Wenn Sie wollen, Chef, verpasse ich ihnen
eine Abreibung.«

»Ich habe meine Befehle und muß sie befolgen.«

Er drehte sich in dem Moment um, als Gastein aus dem Emp-

250

fangsraum herausstürzte, Sklave eines Anfalls von Empörung, der ihn in ein gestikulierendes Wesen mit hochrotem Kopf verwandelt hatte.

»Was haben die denn vor? Wie können Sie diese Leute einfach machen lassen, ohne mir Bescheid zu sagen!«

»Meine Regierung hat mich beauftragt ...«

»Ihre Regierung interessiert mich einen Dreck.«

Gastein rannte hinter dem gepanzerten Konvoi her, und Fresnedo ihm nach, gefolgt von seinen drei Musketieren. Sie kamen gerade zu dem Zeitpunkt an, als die Autos um den Pavillon herum in Stellung gegangen waren und der Transporter rangierte, um sein Hinterteil vor die Eingangstür zu manövrieren. Die beiden Führer prüften etwas auf einem Papier nach und tauschten ihre Eindrücke aus wie zwei Ärzte, die zu einer Konsultation gerufen waren. Sie fühlten sich überhaupt nicht angesprochen, als sich Gastein zwischen ihnen und dem Pavillon aufbaute und auf englisch in einem Tonfall auf sie einsprach, der beherrscht wirken sollte. Ohne Zweifel hatten sie ihre Befehle, versuchte Gastein zu sagen, und er selbst hatte mit den spanischen Behörden vereinbart, die hier vorhandenen Archive auszuliefern, aber es wäre vielleicht notwendig, daß er sie darüber informierte, wie sie das Archiv finden. Die zähe Beharrlichkeit des Arztes schob sich wie ein Keil zwischen die beiden Männer, und schließlich hörten sie ihm zu, der eine mit gespielter und grinsender Aufmerksamkeit, der andere kurz davor, ihn mit einem Stoß beiseite zu schleudern. Der umgänglichere von beiden reichte Gastein mit einem Seufzer der Resignation die Papiere, mit denen er sich beschäftigte. Das eine war die Genehmigung der spanischen Regierung, das Archiv in seine Obhut zu übernehmen, das Archiv der SS-Brigade Belarus und des *Gouvernement de Bielorussie*. Das andere war ein von Hand gezeichneter, aber detaillierter Plan des Inneren des Pavillons, inklusive des zugemauerten Raumes und der tarnenden Trennwand, die durch eine Reihe von Kreuzen gekennzeichnet war. Als Gastein die beiden Papiere prüfte, wurde er wieder Herr seiner Gefühle und beruhigte sich. Zuerst grinste er, dann lachte er auf und zwinkerte ihnen schließlich zu, wobei er mit zwei Fingern den Kreis der größten aller Befriedigungen formte und mit einem Quäken, das Donald Duck weit in den Schatten stellte, ein »Okay« ausstieß. Die beiden andern fühlten sich akzeptiert und antworteten, indem sie ihr Gesicht kurz zu demselben Zwinkern verzogen, dasselbe Zeichen der Perfektion formten und ein fröhliches »Okay« ausstießen, bevor die Besessenheit von der vor ihnen liegenden Arbeit wieder von ihnen Besitz ergriff. Gastein ging den Weg seines erregten Dauerlaufs mit gesenktem Kopf zurück, lächelte und sprach mit sich selbst.

»Es genügt nicht, Amerikaner zu sein, man muß ein Gentleman sein!«

Als er Fresnedo und seinen drei Musketieren begegnete, hörte er kaum zu, welche Information oder Mitteilung der Untergeneraldirektor der öffentlichen Ordnung bekanntzugeben hatte.

»Sobald die Übergabe der Dokumente stattgefunden hat, möchten Inspektor Serrano und ich mit Ihnen sprechen.«

Gastein wollte alleine sein, zumindest diese Szenerie voller Akteure und Zuschauer nicht mehr sehen müssen. Die Agenten waren auf die strategischen Punkte verteilt, die den Fango-Pavillon beherrschten, und die Gesamtheit der Klienten stand wie gelähmt am Swimmingpool, auf den Zimmerbalkons oder auf der großen Terrasse vor dem Salon, der der Sühne- und Fastenzeremonie mit Gemüsesuppe und Karottensaft geweiht war. Es waren Figürchen im Schlafrock, die eine historische Zwangsräumung miterlebten, ohne es zu wissen. Was jetzt noch fehlte, war der Auftritt der vier Komparsen, die in schwarzen Plastikoveralls aus dem gepanzerten Transporter sprangen. Ihre Köpfe steckten in Taucherhelmen, die mit einem Sichtfenster versehen waren. In den Händen trugen sie durch eine Nabelschnur mit der Batterie des Transporters verbundene elektrische Bohrmaschinen und gingen damit hinter ihren Kommandeuren in den Pavillon. Drinnen im alten Kurbad waren alle Bewegungen erstarrt. Selbst die ersten Fango-Portionen des Vormittags schienen plötzlich auf den Schultern, Hüften oder Nacken der ersten Klienten eingetrocknet, die wie gelähmt auf ihren Liegen lagen, während sich das geschäftige Hin und Her der Brigade immer mehr steigerte, das die Räume mit schweren Schritten und Kommandorufen erfüllte. Die sechs Männer umgingen die Löwen mit ihrem pissenden Jungen und rückten gegen die Wand vor. Einer der Raumfahrer klopfte mit seinem Gummihammer die gekalkte Oberfläche ab und benutzte dabei einen Vibrationszähler. Dann zeichnete er mit einem dicken Filzstift eine hohe und breite Tür und stellte sich mit gezückter Bohrmaschine vor der Zeichnung auf. Das Pfeifen eines elektrischen Ungeheuers kündigte das ohrenbetäubende Kreischen an, mit dem sich die Bohrmaschine daranmachte, den Umriß der aufgezeichneten Tür aus der Wand zu stemmen, bis diese nur noch eine von Maschinengewehrsalven durchsiebte, rauchende, staubige Silhouette war. Aus der Staubwolke tauchten die beiden andern Kosmonauten auf, näherten sich dem Ziel mit ihren großen Stiefeln und gaben ihm zwei kurze Fußtritte. Das Getöse der Ziegelsteine beim Auseinanderbrechen und Fallen klang wie ein langgezogenes Klagen in der Stille der Räume. Mit Fußtritten kickten sie die übereinander gepurzelten Backsteine beiseite, um den Weg für den Angriff auf das verbotene Zimmer zu ebnen. Die beiden andern machten sich mit den Klappspaten, die sie am Gürtel trugen, daran, systematisch den Schutt beiseite zu räumen. Jemand leuchtete, und ein alter Masseur wagte sich bis zum Brunnen vor, um aus der Nähe zuzusehen, was passierte, und so konnte er später erzählen, daß hinter dem offenen Loch Kästen über Kästen gestapelt waren, und daß diese Typen praktisch ohne ein Wort zu sagen von ihrem Transporter leichte Wägelchen mit Aluminiumrädern abgeladen und damit die Kästen aus ihrem Versteck zum Lastwagen geschafft hätten.

»Ankommen, anzeichnen, aufbrechen, aufladen – fertig! Das dauerte nicht länger als eine halbe Stunde. Ungeheuer, wie diese Leute arbeiten!«

Als sie fertig waren, trat der umgängliche Kommandeur auf Fresnedo zu und reichte ihm eine Empfangsbestätigung, unter die der Untergeneraldirektor bedächtig einen verschnörkelten Namenszug setzte. Dabei schrieb er in einer kleinen, wie gestochenen Handschrift seinen Vornamen und alle drei Familiennamen aus. In der Zwischenzeit hatten die Schwestern und einer der angestellten Ärzte Fabers Leiche auf einer Bahre in den Ausflugsomnibus des Kurbades geschafft, und der Chauffeur hängte sich an den nordamerikanischen Konvoi an, der sich schon zur Abfahrt formiert hatte. Eine Mauer aus hüpfenden Fotografen und mit Rekordern bewaffneten Journalisten, die angesichts der Geschwindigkeit des Konvois zur Ohnmacht verdammt war, mußte sich selbst abbrechen, um nicht der unbeirrbaren Geschwindigkeit der Karawane zum Opfer zu fallen. Der Public-Relations-Offizier streckte in letzter Sekunde den Kopf und einen Arm zum Seitenfenster heraus, formte mit der Hand den Kreis des Einverständnisses und rief Fresnedo ein fragendes »Okay?« zu. Dieser bestätigte es ihm dreifach, um ganz sicher zu sein, daß seine Botschaft den Adressaten erreichte: »Okay, okay, okay!« Aber das Seitenfenster schloß sich schon wieder automatisch, und die Amerikaner waren längst wieder in ihr Schweigen oder in ihr Gespräch vertieft, und Fresnedo blieb in der unangenehmen Lage eines Menschen zurück, der auf einem Bahnhof mit einem weißen Taschentuch jemandem zum Abschied winkt, der dies gar nicht bemerkt.

Gastein, Dietrich Faber, Fresnedo, Inspektor Serrano, sein Assistent und seine Sekretärin schlossen sich in dem Büro ein, das der Polizist seit Beginn der Untersuchung belegt hatte, und wer vom Leitungsteam der Kurklinik noch übriggeblieben war, plädierte dafür, am nächsten Tag die Quarantäne aufzuheben. Wer wollte, sollte seine Kur zu Ende bringen können, wer fertig war, konnte gehen, kurz und gut, jeder sollte wieder Herr seiner selbst sein. Die Direktion wollte die Klienten für die erlittenen

Unannehmlichkeiten entschädigen und lud sie an jenem Abend zu einem Fest ein. Man konnte wählen zwischen Mineralwasser mit oder ohne Kohlensäure, Karottensaft und Melonensaft, jeweils mit Orange gemischt; wer kein Freund der Mischungen war, konnte auch ausschließlich reinen Apfelsaft schlürfen. Das Fest war für die ganze Gemeinschaft gedacht, und zum Auftakt ging das Hilfspersonal, das vor einigen Tagen so hart mit den Insassen zusammengestoßen war, durch die Zimmer, für die sie zuständig waren, und verteilten Blumensträuße und ein Reliefbild der Kurklinik. Dieses Meisterwerk stammte von Helius Biermeyer, einem deutschen Maler, der seit mehreren Jahrzehnten in Bolinches lebte und sich darauf spezialisiert hatte, die originellsten Winkel der Gegend dreidimensional darzustellen. Hans Fabers Ermordung war ein gut gehütetes und gut an einen andern Ort überführtes Geheimnis geblieben, und die Tatsache, daß die Umstände zu einem fast totalen Schichtwechsel unter der arg mitgenommenen Klientel führten, würde bewirken, daß die Kurgäste, die ab übermorgen eintreffen würden, nur noch die Schatten der wirklichen Geschichte mitbekommen würden. Sie würden Hans Faber oder Mme. Fedorowna nicht einmal vermissen. Man hörte, daß die letztere bald durch eine österreichische Tanzlehrerin ersetzt würde, die sechs Sprachen beherrschte, Olympiasiegerin im Fechten gewesen war und sich bis zur letzten Konsequenz von Rohkost ernährte. Als Tennislehrer konnte man praktisch mit einem jungen einheimischen Tennisspieler rechnen, der in den lokalen Turnieren unbesiegt, aber in Turnieren auf höherer Ebene unsicher war, weshalb er zwar keine nationale oder internationale Größe geworden war, dafür aber ein hervorragender Lehrer und Sparringspartner für die distinguiertesten Urlauber und Bewohner der ganzen Costa del Fulgor, die sich von Bolinches bis zu der verlassenen Thunfischerei von Los Califas hinzieht.

Die bevorstehende Sensation, daß die Türen geöffnet, die menschlichen Lücken gefüllt und ein Fest gefeiert würde, bewegte Carvalho nicht so sehr wie der Umstand, daß er in seinem Zimmer mitten auf dem Tisch eine Tasse mit Apfelbrei vorfand. Es war seit achtzehn Tagen die erste feste Nahrung, und ihm kamen beinahe die Tränen, als er den ersten Löffel des Pürees verzehrte. Er war ebenso bewegt wie jener Primat bei der Entdeckung des ersten Geschmackes, nachdem er aufgehört hatte, Kokosnüsse zu essen und begonnen hatte, zu kochen. Eine Viertelstunde lang war er damit beschäftigt, den Apfelbrei auf der Zunge zergehen zu lassen, und er mußte sich sehr dazu zwingen, aus dieser Ekstase zurückzukehren zum Interesse an seinem eigenen professionellen Status und dem Rätsel der Morde im verschlossenen Zimmer. Er leckte sich die Lippen, leerte eine halbe Flasche Wasser mit einer Tablette Redoxon und machte sich auf den Weg zur Empfangshalle, um festzustellen, daß die Pforte immer noch hermetisch abgeriegelt war. Diese formale Härte wurde von der Empfangsdame mit Inhalt gefüllt, indem sie ihm versicherte, sie seien immer noch im Büro und die Sache könne noch lange dauern, denn man habe einen Anwalt und einen Notar hinzugezogen, die schon von Bolinches aus unterwegs seien. Angesichts der Vorgänge im Büro war es Carvalho nicht möglich, die heitere Erwartungshaltung beizubehalten. Die Klienten strömten auf die Flure, und die Spanier vervielfältigten sich, tauschten Neuigkeiten, Gerüchte und Kommentare darüber aus, was sie an diesem Vormittag gesehen hatten und was sie in der bevorstehenden Freiheit anfangen würden.

»Wann reisen Sie ab, Carvalho?«

»Sobald die Zugbrücke herabgelassen wird.«

Sánchez Bolíns Augen waren voller Buchstaben und sein Kopf dröhnte vom Klappern der Schreibmaschine.

»Ich weiß nicht was tun. Ich muß den Anzug anprobieren, den ich mir immer mitbringe. Ich nenne es die Nagelprobe. Wenn er mir paßt, fahre ich ab, wenn nicht, bleibe ich noch eine Woche.«

»Haben Sie nur einen Anzug?«

»Nein, aber dieser steht mir bei Auftritten am besten. Meine erste öffentliche Buchpräsentation hat ein tiefes Trauma bei mir hinterlassen. Die Rolle des Zeremonienmeisters spielte damals ein ebenso epischer wie lyrischer Dichter, der außerdem Gitarre spielte und jungen, blühenden Mädchen Verse ins Ohr raunte. Er war groß und hielt sich für schöner als er wirklich war. Das Schlimme war, daß er, anstatt mein Buch zu präsentieren, mich selbst beschrieb, wie einer dieser schlechten Moderatoren, die wortwörtlich das beschreiben, was der Zuschauer schon die ganze Zeit sieht. Er sagte: ›Dieser kleine, dicke, kurzsichtige und ungepflegte Mensch, den Sie hier vor sich haben ...‹ dann äußerte er sich mehr oder weniger lobend über mein Buch, aber das interessierte mich schon gar nicht mehr. Ich stand, wie man heute so treffend sagt, in der Unterhose da und nahm mir vor, nie wieder ein Buch von mir durch einen Mann präsentieren zu lassen, der besser aussah als ich, und nur noch zu einer Lesung zu gehen, wenn ich mit meinem Äußeren und mit meinem Anzug zufrieden bin. Wenn mir der Anzug jetzt paßt, Carvalho, und wenn es Ihnen nichts ausmacht – Sie sind motorisiert und würden mir einen großen Gefallen erweisen, wenn Sie mich zum Flughafen von Bolinches mitnähmen.«

»Ich stehe zu Ihrer Verfügung. Obwohl ich nicht verstehe, wieso Sie den Anzug nicht einfach anprobieren, dann wäre die Ungewißheit vorbei.«

»Ich bin noch in der Phase des gegenseitigen argwöhnischen Beschnüffelns. Mein Anzug und ich beobachten einander, und es ist wie die Beziehung zwischen dem unsicheren Reiter und einem fast wilden Pferd: mal sehen, wer wen fertigmacht ... Ich mache die Anprobe immer genau am achtzehnten Tag, und das ist morgen. Morgen um elf Uhr. Sie werden es als erster erfahren.«

»Kommen Sie heute abend zu dem Fest?«

»Welchem Fest?«

»Die Geschäftsleitung gibt ein Fest, um Friede und Eintracht einkehren zu lassen.«

»Was für ein trivialer Vorschlag! Apropos, bei wieviel Leichen sind wir? Sie führen für mich Buch!«

»Fünf.«

»Fünf? Ich dachte, es seien vier. Sagen Sie bloß nicht, die hätten sich den Mann im Trainingsanzug vorgeknöpft!«

»Nein, aber Hans Faber.«

»Er war eine irrelevante Figur. Er machte mich jedesmal nervös, wenn er im Speisesaal auftauchte und diesen Singsang begann, dieses ›Gratuliere! Sie haben vorbildlich gefastet!‹ Und dann das Diplom! Ich habe sechs davon, aber das interessiert mich nicht. So viele Tote sind unverdaulich! Das ist kein Verbrechen mehr, das ist wie der Vietnamkrieg. Und diese Umzugsfirma heute vormittag, wer war das?«

»Amerikaner. Sie kamen und übernahmen ein Archiv, das seit vierzig Jahren hier im Kurbad in einem geheimen Versteck eingelagert war.«

»Der Schatz von Käpt'n Kid, die Memoiren von Franco oder die Mumie von Hitler?«

»Von allem etwas.«

»Die Menschen waren glücklicher, als sie noch Abenteuerbücher schätzten. Das ersparte ihnen, sie selbst zu erleben. Und weshalb wollten die Amerikaner dieses Archiv haben?«

»Es ist das einzige, das in ihrer Sammlung noch gefehlt hat.«

»Ich verstehe, aber das macht mir Angst. Denken Sie mal an die Schlauheit der Nordamerikaner! Sie sind der Garant der weltweiten Konterrevolution, das heißt, wenn es nach ihnen ginge, würden sie der Weltgeschichte ein Ende setzen, dann wären sie zufrieden. Sie kontrollieren sie, und es ist Zeit, sie zu beenden. Nun gut, genau diese antihistorischen Menschen sind es, die sich das politische und kulturelle Erbe der Menschheit unter den Nagel reißen. Innerhalb von wenigen Jahrzehnten werden wir perfekt kolonisiert sein. Aber wissen Sie, was meine Meinung ist? Zum Teufel mit denen, die mich überleben! Wer als letzter kommt, der soll sich beeilen, wie meine Großmutter zu sagen pflegte.«

Die Damen wußten nicht, was sie am Abend zum Fest anziehen sollten. Es war kaum zu glauben, aber dieser Satz aus der

Sittenkomödie von Don Jacinto Benavente zirkulierte trotz seiner Abgedroschenheit immer weiter. »Also, ich weiß wirklich nicht, was ich anziehen soll. Ich habe mir für den Abreisetag oder für den Fall, daß mein Mann zu Besuch kommt und wir einen Ausflug nach Bolinches machen sollten, etwas Nettes mitgebracht, aber das ist nichts für einen Kostümball!«

Niemand von der Direktion hatte gesagt oder angedeutet, daß es ein Kostümball werden sollte, aber kaum begann sich die Nachricht zu verbreiten, ging die Losung, es handle sich um einen Kostümball, schon von Mund zu Mund, und den exotischsten Gestalten des Kurbades wurden ernstgemeinte Vorschläge unterbreitet, ihre Ausstattung den Klienten zu leihen, die das beste Gespür für die Gesetze des Tauschhandels besaßen. Sechs Hilfsarbeiter liehen ihre Arbeitskleidung sechs Kurgästen, der Gärtner tat dasselbe mit seinem gewöhnlichen Overall, die Krankenschwestern zierten sich nicht, sogar die Empfangsdame versprach ihren Kopfhörer einer der deutschen Schwestern, die sich als Telefonistin verkleiden wollte. Die jungen Italienerinnen erwachten plötzlich aus ihrer Lethargie und ihrem allgegenwärtigen Exilgefühl, und die Klinik erbebte, als sie auf der Suche nach Elementen, die sie etwas weniger lymphatisch machen würden, durch die Flure rannten.

»Hören Sie mal, Carvalho«, sprach ihn Oberst Villavicencio an, »stimmt es, daß das heute morgen Amerikaner waren und daß sie alle Geheimrezepte von *Faber und Faber* mitgenommen haben?«

»Es waren schon Amerikaner, aber was sie mitgenommen haben, das ist etwas anderes, ein historisches Archiv, das die Fabers aufbewahrt haben ...«

»Freimaurer?« Die Augen des Oberst verengten sich und seine Stimme sank zu einem Flüstern herab.

»Jetzt, wo Sie es sagen ...«

»Freimaurer, Freimaurer! Ganz bestimmt. Diese vegetarischen, ausländischen Geschichten riechen nach Freimaurertum, die verstecken sich immer hinter den harmlosesten Dingen, und

Nordamerika, diese große Nation, in deren Schatten wir freien Völker Schutz finden, hat nur zwei Krebsgeschwüre: die Schwarzen und die Freimaurer.«

»Das ist eine Vermutung.«

»Meine Nase trügt mich nicht.«

Tomás wollte sich als Sancho Pansa verkleiden, aber Amalia hatte es ihm verboten.

»Er hat in diesen Tagen viel abgenommen, und dazu soll er auch stehen, stimmt's nicht, Señor Carvalho?«

»Ich geh aber nicht als Don Quijote, Amalia!«

»Weder – noch! Verkleide dich als ägyptischer Pharao! Ich mache dir den Lendenschurz und den Hut, du übst, wie man im Profil geht, und damit hat sich die Sache.«

»Dann sieht man aber, daß ich noch einen ziemlichen Bauch habe.«

»Was sieht man? Nur, daß du Komplexe hast. Sehen Sie mal, wieviel er am Bauch abgenommen hat!«

»Aber mir fällt er auf, Amalia.«

»Dir fällt er auf, weil du wie gebannt darauf starrst, aber jeder, der dich anschaut, stellt fest, daß du überall feste Muskeln hast und von Geburt an etwas stark gebaut bist, aber das akzeptiert man. Du hast nicht diesen Schmerbauch, den die Dünnen bekommen, wenn sie alt werden.«

»Nein, das nicht.«

»Und Sie, als was gehen Sie?«

»Als Schiffbrüchige. Es ist ein sehr hübsches Kostüm, das ich schon bei andern Festen vorgeführt habe, und sehr einfach: Man macht sich die Haare naß, daß sie wie bei einem Schiffbrüchigen ins Gesicht fallen, und steckt sich in ein Faß oder einen Kanister oder einen großen Waschpulverkarton. Und Sie, Carvalho?«

»Ich gehe als Privatdetektiv.«

Die Ankunft des Notars und des Rechtsanwaltes erhöhten das geheime Gewicht des verbotenen Zimmers, als wäre die Kurklinik eine Waage, die sich schwindelerregend auf seine

Seite neigte, während die andere Waagschale in die Höhe flog wie eine ätherische Seifenblase in der leichten Luft der Euphorie. Der Baske schrie nach einer Axt und verlangte die Erlaubnis, einen Baum zu fällen, da man noch nie einen *aizkolari* ohne Axt und Baumstamm gesehen habe. Die Kurverwaltung stellte ihm den Stamm einer Akazie zur Verfügung, die auf einer Rodungsfläche übriggeblieben war, und ein Beil zum Holzspalten, woraufhin der Baske einen Tobsuchtsanfall bekam und empört erklärte, wie sehr doch alles Baskische in Spanien verkannt werde.

»Nicht einmal kleine Jungs würden bei uns mit Zwergenbeilchen Ästchenhacken spielen! Was glauben die denn eigentlich! Ich will eine echte Axt und einen richtigen Baumstamm.«

Colom war Kostümexperte, er war jedes Jahr Anwärter auf einen der drei ersten Preise beim Golfclub von Pals, aber er hatte keines der Kostüme mit Erfolgsgarantie mitgebracht, er konnte sich weder als Marschall (Silbermedaille 1974) noch als schottischer Dudelsackpfeifer (Bronzemedaille 1981) und schon gar nicht als ungarischer Zigeuner verkleiden, was ihm 1983 die Goldmedaille eingebracht hatte. Dafür hatte er seine Vorstellungskraft mitgebracht und arbeitete, eingeschlossen in seinem Zimmer, an einem geheimen Projekt, was die ganze spanische Kolonie in atemloser Spannung hielt.

Die Ausländer behielten wie immer alles für sich, und es sikkerte nur durch, daß eine Schweizerin, Señora Stiller, Mrs. Simpson spielen wollte, und zwar als Wasserleiche im Swimmingpool. Dies löste Kommentare aller Art aus, nicht zuletzt den Vorwurf mangelnden Taktgefühls, obwohl das nicht die häufigste Bemerkung war. Die meisten beschäftigten sich mit der Frage, ob denn Frau Stiller überhaupt in der Lage sein würde, über längere Zeit die Stellung des »Toten Mannes« durchzuhalten, um der Situation Echtheit zu verleihen.

»Es ist ein Unterschied, ob man aus Jux den ›Toten Mann‹ spielt, um sich im Kühlen zu sonnen – oder ob man einen toten ›Toten Mann‹ spielt«, bemerkte die Señora aus Madrid, die in

Toledo aufgewachsen war. Sie verstand nicht, weshalb Carvalho ihr vorschlug, sich als sich selbst zu verkleiden, nämlich als Dame, die aus Madrid stammt, aber in Toledo erzogen wurde.

»Doch, das würde mir schon gefallen, aber es ist sehr schwierig. Es müßte wohl sehr symbolisch sein, aber ich weiß gar nicht wie! Ich kam in Madrid zur Welt, aber als Madrid rot wurde, zogen meine Eltern weg und ich wuchs in Toledo auf. Wie verkleidet man sich da? Ach, dieser Mann! Erst steckt er einem die Bonbons in den Mund, und dann stellt sich heraus, daß das Papier noch dran ist!«

Dietrich Faber kam als erster heraus. Er wirkte müde, aber sorglos. Seine und Carvalhos Blicke trafen sich, aber er sah weg, obwohl er ein skeptisches oder zufriedenes Grinsen zeigte. Gleich darauf kam Fresnedo und wurde sofort von seinen Musketieren umringt, die ihn draußen, an das Dienstauto gelehnt, erwartet hatten. Mit Fresnedo kamen der Notar und der Rechtsanwalt. Auf der Schwelle tuschelte er noch unhörbar mit Serrano, der dann wieder ins Zimmer ging und die Tür hinter sich schloß. Jetzt ist Gastein alleine mit der Polizei, dachte Carvalho, als er auf Fresnedo zutrat.

»Sieh mal an, der Detektiv! Es freut mich sehr, Sie kennengelernt zu haben. Sie wissen ja, wo Sie mich finden. Eines Tages müssen Sie mir unbedingt Ihre Tricks verraten, denn der Beruf des Politikers ist der unsicherste, den es gibt, und man kann nie wissen!«

»Diese Operation heute vormittag war perfekt koordiniert.«

»Stimmt, es war alles genauestens geplant. Nichts wurde dem Zufall überlassen. Es ist ein erneuter Beweis dafür, daß Spanien sich zu einem modernen Staat entwickelt.« Der Untergeneraldirektor für öffentliche Ordnung war in Eile, und seine Beschützer nahmen ihn in die Mitte, damit sich derartige Zwischenfälle wie mit Carvalho nicht wiederholten. Der Detektiv blieb alleine stehen, nur wenige Meter entfernt von der Einsamkeit Gasteins, und von weitem hörte man die geräuschvollen

Festvorbereitungen; Juanito de Utrera, *El Niño Camaleón* und sein Gitarrist waren gerade angekommen, zusammen mit dem Orchester Tutti-Frutti, das den zweiten Teil des Abends mit einem Repertoire von nostalgischen Chansons und Salsa zum Tanzen musikalisch gestalten sollte. In diesem Augenblick ging die Tür auf und im Rahmen tauchte Gasteins Silhouette auf. Er ging auf Carvalho zu, ohne ihn wahrzunehmen, und fand erst einen halben Meter vor ihm sein Lächeln und den Blick für die Außenwelt wieder.

»Sie ... wie ein Geier, der auf den Kadaver wartet.«

»Was ich begonnen habe, führe ich auch zu Ende.«

»Lassen Sie mich die wenigen Gedanken ordnen, die ich noch habe, und kommen Sie in einer halben Stunde in mein Sprechzimmer.«

Gastein verschwand mit seinem üblichen exhibitionistischen Gang, dafür tauchte Serrano im Türrahmen auf, müde, mit einer Zigarette zwischen den Fingern und schweren Augenlidern. Carvalho trat auf ihn zu und folgte ihm, als sich der Inspektor umdrehte und langsam ins Zimmer zurückkehrte.

»Los, packt alles zusammen! Die Geschichte hier ist vorbei.«

Während der zweite Inspektor und die Sekretärin der Anordnung nachkamen, setzte sich Serrano auf die Tischplatte und schaute Carvalho abschätzend an, als prüfe er, ob er es überhaupt verdient hatte, daß er ihm diese letzte Audienz gewährte.

»Na, Schnüffler, haben Sie schon genug geleistet für Ihr Geld?«

»Ich glaube schon. Im Rahmen der Vorschriften. Im Rahmen eines gemäßigten Arbeitstempos, zu dem mich die hier herrschende Ernährungsweise nötigt.«

»Aufs Maul gefallen sind Sie ja nicht. In den Filmen und Romanen sind Privatdetektive normalerweise ziemlich wortkarg. Sie dagegen sind der reinste Volksredner.« Er musterte ihn weiterhin mit einem Auge, während er mit dem anderen die Tätigkeit seiner Angestellten überwachte.

»Alles fertig?«

263

»Alles fertig.«

Er stand auf und betrachtete Carvalho mit innerer Befriedigung.

»Ich werde Ihnen überhaupt nichts erzählen. Wenn man Fische fangen will, muß man sich den Arsch naß machen. Ich bin Staatsbeamter und habe keinen Grund, einem Söldner das Leben zu erleichtern.«

»Ich brauche keinen, der mir das Leben erleichtert.«

»Was wollen Sie dann hier?«

»Ich bin nur gekommen, um mich zu verabschieden.«

»Dann leben Sie recht wohl! Die Geschichte hier ist vorbei. Sie können herausfinden, was Sie wollen, das ist mir ganz egal. Ich arbeite wieder auf meinem eigenen Spezialgebiet, und zwar in Madrid. Mehr kann man nicht verlangen.«

»Ist das der Lohn für etwas, was Sie herausgefunden haben, oder eher für etwas, worüber Sie schweigen?«

Er ging an ihm vorbei und als er schon an der Tür war, legte er sich die Hand auf die Stelle, wo sich normalerweise die Hoden befinden, und sagte, bevor er endgültig abtrat:

»Es ist der Lohn dafür, daß ich nicht so schnell schlappmache!«


»Morgen können wir schon abreisen.«

»Ich weiß. Ich war es, der die Anweisung dazu gab.«

»War das mit dem Ball Ihre Idee?«

»Jawohl. Ich habe es alles heute früh schon angeordnet.«

Im Sprechzimmer war es fast dunkel. Das Deckenlicht war ausgeschaltet, und Gastein hatte seinen weißen Kittel über die Schreibtischlampe gehängt, so daß sein Oberkörper wie der einer Wahrsagerin wirkte, die eine schimmernde Kristallkugel befragte.

»Reisen Sie gleich morgen ab?«

»Ja, ich habe mir schon Blut abnehmen lassen. Morgen bekomme ich das Ergebnis.«

»Ihre Umstellungsphase ist noch nicht zu Ende. Das kann gefährlich sein. Sie sollten noch zwei Tage in der Klinik bleiben.«

Als Zeichen der Sinnlosigkeit breitete Carvalho die Arme aus. Gastein resignierte, öffnete eine Schublade und nahm ein Papier heraus, das er ihm gab.

»Hier, bitte! Damit können Sie die Umstellung zu Hause selbst durchführen. Joghurt, Quark und weichgekochtes Gemüse. Der Magen muß seine Funktion wieder aufnehmen. Und trinken Sie weiterhin etwa dieselbe Menge an Wasser wie hier!«

Die Sprechstunde war zu Ende. Gastein strich sich mit der Hand über das Gesicht und wischte damit sein Lächeln weg. Jetzt sah er nur noch besorgt aus.

»Ich werde auch morgen abreisen. Wir haben mit Fresnedo und Serrano vereinbart, daß ich mich einem normalen Verhör durch einen Untersuchungsrichter unterziehe. Während des Verhörs werde ich in Untersuchungshaft sein, wenigstens für ein paar Tage. Dann wird man mich gegen Kaution wieder freilassen, das ist alles. Mit der Zeit wird die Akte anwachsen und das Verfahren mangels Beweisen eingestellt werden. Das könnte man jetzt schon tun. Es existiert kein einziger Beweis. Aber anscheinend gibt es ein paar allzu offensichtliche Zusammenhänge.«

»Sie wissen alles, was passiert ist.«

»Nicht alles, aber beinahe. Auf jeden Fall wird Ihnen Señor Faber umgehend das Honorar auszahlen, sobald Sie bewiesen haben, daß Sie imstande sind, einen zusammenhängenden Bericht abzufassen.«

»Es gibt zwischen den drei Verbrechen eine logische Verbindung; diese Logik kann ich entschlüsseln, ohne alles über das Geheimarchiv zu wissen. Mrs. Simpson kommt zurück, um Teile des Geheimarchivs oder eine Entschädigung zu verlangen. Mme. Fedorowna beauftragt einen Killer, Karl Frisch, sie aus dem Weg zu räumen. Die Leiche von Trottas ist ein wenig überflüssig, vielleicht war dieser Mensch sein ganzes Leben lang ein wenig überflüssig. Aber vielleicht war es auch ein Ausrutscher von Karl oder eine alte Rechnung, die Mme. Fedorowna begleichen wollte. Soweit geht alles auf. Aber dann wird Frisch außerhalb des Kurbades umgebracht, und Faber innerhalb. Von diesem Zeitpunkt an richten sich alle Blicke auf Sie.«

»Und auf meine Hände.« Gastein hielt ihm seine wohlgeformten, weißen Hände entgegen, gepflegt, durchscheinend, aber kräftig.

»Sie sind wohlweißlich sauber. Ich will Ihnen die ganze Geschichte erzählen, alles, was ich weiß, und ich sage Ihnen gleich, daß ich die Rolle des Verdächtigen freiwillig auf mich nehme, um die Geschichte abzuschließen, nicht etwa zu meinem Vergnügen, oder weil ich tatsächlich schuldig bin. Dadurch, daß ich als Schuldiger verdächtigt werde, findet eine schillernde, verwirrende Geschichte ihren Abschluß, die mir oft Kopfzerbrechen bereitet, aber auch alle Befriedigungen verschafft hat, die ich in vierzig Lebensjahren genossen habe.«

Carvalho setzte sich im Halbdunkel Gastein gegenüber.

»Sie könnten den Auftritt von *El Niño Camaleón* versäumen.«

»Das kann ich verkraften.«

»Es ist eine lange Geschichte, die vor über vierzig Jahren begonnen hat. Kurz nach dem Zusammenbruch der deutschen Front im Osten und im Westen begann der Wettlauf der Russen und Amerikaner nach Berlin. Die Schweiz war eine Insel, sie war fast immer eine Insel. Unsere moderne Geschichte hat nichts Interessantes zu bieten, aber wir sind schon lange genug auf dem Parkett der europäischen Geschichte, um den Preis zu kennen, den man bezahlt, um geschichtlich interessant zu sein. Es lohnt sich nicht. Ich war ein frischgebackener Mediziner mit dem Spezialgebiet Diätetik, ein begeisterter Anhänger der Naturheilkunde und quasi unentgeltlicher Mitarbeiter des Vaters der Gebrüder Faber. Ich glaube, Hans hat Ihnen vor ein paar Tagen sehr viel von seinem Vater erzählt. Er war auf fast allen Gebieten ein bemerkenswerter Mann, bis auf eines, und das war fatal: Er hatte kein Verhältnis zur Realität, war alles andere als lebenstüchtig. Er war ein begabter Forscher und medizinischer Theoretiker, aber kein lebenstüchtiger Mensch. Er war zu dogmatisch, rigide und moralisch, und so bewundernswert er als Professor oder Mediziner war, so verhängnisvoll war er als Ehemann und Vater. Die Söhne waren seine bevorzugten Opfer. Hans hatte immer Komplexe, da er nicht die Fähigkeiten seines Vaters besaß, und Dietrich strebte dies von vornherein gar nicht an. Er akzeptierte die Rolle des sympathischen, aber verantwortungslosen Narren, von dem man nichts erwarten konnte. Mich dagegen zitierte der Alte immer als leuchtendes Beispiel, er spielte den jungen, hartnäckigen und brillanten Forscher gegen den mickrigen Sohn aus, der nicht einmal sein Medizinstudium abgeschlossen hatte. Hans und ich waren Freunde, uns verband eine gewisse jugendliche Sympathie, aber ich war der designierte Nachfolger seines Vaters. Nachfolger? Von wem? Faber senior war kaum imstande, seinen Lebensunterhalt zu verdienen und noch Zeit für seine Forschungen zu haben. Er hatte versucht, Privatpraxen und Kliniken zu eröffnen ... vergebens. Ihm fehlte das praktische Geschick.

Hans und ich waren Anfang zwanzig, Dietrich etwas jünger; ich erinnere mich noch vage an ihn, damals, im Jahr 1945, in Golfhosen, einer Art Pluderhose, die die Jugendlichen damals bis zum Pubertätsende trugen. Hans und ich waren schon Männer, wir hatten beide das gleiche Verhältnis zu dem Alten, gemeinsame, sehr irrige anarchistische Ideen, und uns verband der Wille zur Selbstbestätigung, wir wollten anerkannt werden, er von seinem Vater und ich von allen und jedem. Letzten Endes war Hans immerhin der Sohn von Doktor Faber, aber den Namen Gastein kannte kein Mensch.

Als der Krieg zu Ende war, begann ein neues Leben. Das bemerkte man sogar in der Schweiz. Die abenteuerlichen Jahre waren vorüber, in denen es möglich war, die Welt durch Revolutionen unter dem einen oder andern Vorzeichen zu ändern. Es begann eine Eiszeit, der Winterschlaf jeglichen Fiebers der Veränderung, das Vertagen der guten Sache, der Kalte Krieg und

das Patt, das historische Patt. Die Zeiten eines echten Individua-
lismus brachen an, mit der Devise *Haste was, biste was*, und ich
wollte nicht ein Pionier der Naturheilkunde sein, über den sich
die Päpste der traditionellen Medizin lustig machten und der
sich von den saftigen und gesunden Wurzeln der Erde ernährt.
Da kamen sie, wie ein Geschenk des Himmels. Wie ein Geschenk des Himmels.«

»Die Schwestern Ostrowsky.«

»Jawohl, aber sie nannten sich nicht Ostrowsky. Theoretisch
waren sie Herr von Trotta mit seiner Frau und ihrer Schwester.
Sie erzählten, sie seien Polinnen, aber aus dem preußischen Teil
Polens, und hätten es geschafft, die deutsche Grenze hinter sich
zu lassen, um dem Schicksal und Elend des Krieges zu entfliehen. Sie waren ungefähr zehn Jahre älter als wir. Außerdem hatten sie diese ursprüngliche Kraft von Tieren, die die größten
Schrecken überlebt hatten, und fanden sich plötzlich in einer
Schweiz wieder, die nur der Spezies das Skifahren gestattete,
der es gelungen war, dem Krieg zu entfliehen und in ihren si-
cheren Banken Reichtümer anzuhäufen. Sie waren ungeheuer
schön, stark und großzügig. Wir verliebten uns in sie, und nicht
einmal die Existenz von Trottas konnte verhindern, daß sie unsere Geliebten wurden, nicht Tatjana, sie gehörte ja nicht zu
ihm, sondern seine eigene Frau Katalina, ein strahlendes, erre-
gendes Wesen – oder vielleicht kam es mir damals nur so vor;
ich war ja ein fast jungfräulicher Jungmediziner, dem plötzlich
die Erfahrung einer unersättlichen Geliebten geschenkt wurde.
Wir fünf wurden unzertrennlich, von Trotta eingeschlossen. Sie
erfuhren mehr über uns, als wir selbst nur ahnen konnten, und
natürlich viel mehr, als wir über sie erfuhren. Hans und ich
wollten das gesamte Wissen von mir und seinem Vater zu Geld
machen. Wir spürten intuitiv, daß sich die Menschen, nachdem
sie sich zwanzig Jahre um die Geschichte gekümmert hatten,
wieder um sich selbst kümmern würden; wir ahnten die Zeiten
des Narzißmus voraus, der in den sechziger Jahren voll ausbrach. Zunächst wollten wir in der Schweiz unter dem Einfluß

des Faberschen Ruhmes eine große klinische Einrichtung aufbauen und damit den Grundstein legen zu einem multinationalen Konzern für Naturheilkunde und Gesundheit. Hans würde
die Geschäftsführung übernehmen, ich meinen Einfluß auf seinen Vater und mein Wissen investieren, aber wer sollte das Geld
geben? In diesem Augenblick vollzog Tatjana, also Mrs. Simpson, den entscheidend großen Schritt.

Sie kannten uns sehr gut und wußten, daß wir diffus agitie-
rende Anarchisten waren, vielleicht gerade soviel, um keine zu
sein und jede Möglichkeit eines individualistischen Verhaltens
und Schicksals zu akzeptieren. So kam es, daß sie uns einweih-
ten. Sie waren in Wirklichkeit antikommunistische Weißrussin-
nen, die eine politische Rolle in der weißrussischen Regierung
gespielt hatten, von den Deutschen während der Besatzung gezielt eingesetzt. Doch damit nicht genug, sie waren auch Mitglieder der weißrussischen SS gewesen und hatten direkten
Kontakt zu den Einsatzgruppen gehabt, von Himmler gegrün-
deten Spezialkommandos mit dem Auftrag, an der Ostfront bekannte Kommunisten, Widerstandskämpfer, Saboteure und Ju-
den unter Umgehung der Gesetze zu liquidieren. Es waren also
Todesschwadronen, innerhalb derer die Schwestern Ostrowsky
beim Informationsdienst eine Rolle spielten. Dadurch waren sie
mit der sogenannten Abwehr in Verbindung gekommen, dem
wichtigsten deutschen Amt für Spionage und Gegenspionage,
das Canaris bis zu seiner Liquidierung leitete. Ich bin kein
Historiker, aber die sich ergänzenden Erzählungen von Tatjana
und Katalina blieben mir im Gedächtnis wie sonst nur die fas-
zinierendsten Geschichten aus der Kindheit. Ich schreibe diesen
Umstand der provinziellen Natürlichkeit meiner Phantasie und
meines Gedächtnisses zu. Und dann Namen, Namen, an die ich
mich auch später noch mühelos erinnerte, im Gegensatz zu Karl
dem Großen und Wilhelm Tell. Was sagen Ihnen Namen wie
Gehlen oder Wisner?«

»Frank Wisner?«

»Ich kenne ihn nur als Wisner.«

»Wenn es um Spionage geht, dann sprechen wir von demselben Mann. Frank Wisner war der Gründer des *Office of Policy and Coordination*, OPC, einer Zentrale für Information und ideologische Bekämpfung der Sowjetunion.«

»Wir meinen denselben Mann. Genau wie sich Wissenschaft und Technik der Siegermächte, insbesondere der USA und UdSSR, das Talent und wissenschaftliche Niveau der Naziwissenschaftler und -techniker zunutze machten, so bedienten sie sich auch der besten Spione und Agenten der Nazis. Man bereitete sich auf den Kalten Krieg vor, und es war von grundlegender Bedeutung, über Agenten aus jener harten Schule des Antisowjetismus zu verfügen, die bei der SS gedient hatten, und ebenso wichtig waren Agenten, die von der anderen Seite des Eisernen Vorhangs stammten und gute Kenner der wirtschaftlichen, politischen, sozialen, psychologischen und kulturellen Verhältnisse in der UdSSR und ihren Satellitenstaaten waren. Reinhard Gehlen war der Mann, den Wisner brauchte, um ein Spionageabwehrnetz aufzubauen, an dem auch Exnazis beteiligt waren.

Ihr Spanier habt ein wundervolles Sprichwort: *Einem geschenkten Gaul schaut man nicht ins Maul.* Russen und Nordamerikaner benutzten Exnazis, ohne sie vorher auch nur einer ideologischen Umerziehung zu unterziehen. Wisner schaute Gehlen nicht ins Maul und machte ihn zu seiner Schlüsselfigur für den Aufbau eines antisowjetischen Spionageringes, um 1946 oder 48, zu der Zeit, als der Kalte Krieg voll ausbrach. Aber ich greife schon vor. Ich habe Ihnen noch nicht einmal erklärt, wer Gehlen war. Reinhard Gehlen war während des Zweiten Weltkrieges einer der besten deutschen Spione gewesen, Chef der *Fremde Heere Ost*, der östlichen Abteilung des militärischen Informationsdienstes. Als er sah, daß die Sache schiefging, sorgte er dafür, daß er von amerikanischen Truppen gefangengenommen wurde, und bot ihnen an, sich ihnen mit seinem gesamten Mitarbeiterstab und den reichhaltigen Archiven, die er angelegt hatte, zur Verfügung zu stellen. Ironie der

Geschichte. Gehlen war der einzige Wehrmachtgeneral, der nach dem Kriege noch im Dienst war und über eine intakte Mannschaft verfügte. Später wurde er Chef der bundesdeutschen Spionageabwehr und starb in den sechziger Jahren als angesehener Bürger. Señor Carvalho, Kriege werden eigentlich nur von denen wirklich verloren, die sterben oder nichts zum Kauf oder Tausch anzubieten haben. Er hatte Wisner sehr viel zu bieten, unter anderem ein bedeutendes Netz weißrussischer Kollaborateure, die innerhalb und außerhalb der UdSSR weiterhin gegen das Sowjetregime kämpften, besonders wenn sie gut bezahlt wurden, obwohl es bei dieser Art von Spielen immer auch unvernünftige Idealisten gibt. Diese Abmachungen sollte Gehlen erst 1948 definitiv treffen, aber in der Zwischenzeit hatte er sein eigenes Netz aufgebaut, um sein Überleben zu sichern, ein unsicheres Netz im von den Alliierten besetzten Europa, aber wichtig und mit Zukunft dort, wo das faschistische Europa noch lebendig war, zum Beispiel in Spanien und Portugal, ganz zu schweigen von den lateinamerikanischen Ländern, die mit den östlichen Mächten sympathisierten, weil sie die Kolonisierung durch die Yankees haßten. Kurz und gut, die von Trottas waren eigentlich unterwegs nach Spanien oder, besser gesagt, unterwegs zu einem Verladehafen für die geheime Fracht, die sie im Auftrag Gehlens mit sich führten: Dokumente über die Kollaborateure der weißrussischen SS und Geheimpapiere der Marionettenregierung. Sie hatten uns noch mehr verschwiegen: Geld. Korrektur: Gold und Schmuck. Die Goldbarren stammten aus geplünderten Banken und der Schmuck von jüdischen Familien oder einfach Nationalisten, deren Besitz sowohl in der UdSSR als auch in Polen konfisziert worden war. Sie erzählten uns nicht so freimütig, woher das Geld stammte, wie ich es Ihnen gegenüber tue, aber schließlich und endlich wollten wir es gar nicht wissen. Das Angebot war zu verführerisch. Sie boten uns einen Teil des Geldes an, um es reinzuwaschen. Wir könnten unser multinationales Unternehmen aufbauen, sie würden Teilhaber bleiben, und das Unternehmen würde das

Netz von Gehlen decken. Zunächst halfen wir ihnen, die Beute in die Keller einer alten Lagerhalle zu schaffen, die dem alten Faber als Labor für Lebensmittelforschungen gedient hatte, und zu diesem Zweck mußten wir Dietrich einweihen, den sein Vater mit der Bewachung der Lagerhalle beauftragt hatte, um seinem Hang zur Verweichlichung entgegenzuwirken. Wir erzählten ihm nicht alles, aber er ließ uns nicht einmal ausreden. Er verlangte seinen Anteil, wir garantierten ihm dafür, und das war alles. Ich glaube, daß ich mit ihm über all das seit damals, das heißt seit 1946 bis zum heutigen Nachmittag, als Fresnedo und Serrano dabei waren, kein Wort mehr gewechselt habe.«

»Was meinte er?«

»Merkwürdigerweise war er sehr interessiert. Allzu interessiert. Einen Moment lang glaubte ich sogar, er hätte bei dem makabren Tanz dieser Tage eine Rolle gespielt. Aber vielleicht ist es auch einfach so, daß seine lange Adoleszenz mit dem Tod von Hans zu Ende gegangen ist und er sich darauf vorbereitet, mit mir die Direktion dieses Imperiums zu teilen. Wir stehen kurz vor dem Export unserer Produkte, sogar in die Vereinigten Staaten, Señor Carvalho.«

»Meinen herzlichen Glückwunsch.«

»Möchten Sie, daß ich weitererzähle?«

»Mehr als alles andere auf der Welt; außerdem sind wir noch nicht bis Spanien gekommen.«

»Das stimmt. Wir sind im Jahr 1946 stehengeblieben und bereiten unsere Umsiedlung nach Spanien vor, wo Gehlen und die Ostrowskys Kontakte zu mächtigen Leuten in der Hierarchie der franquistischen Regierung hatten. Aus sehr komplizierten Gründen verschob sich die Reise bis Ende '48 oder Anfang '49. Wir wuschen einen Teil der Beute in der Schweiz und begannen mit dem Aufbau der Klinik. Hans hatte die genüßliche und diabolische Aufgabe, seinem Vater weiszumachen, daß das Geld aus einer großzügigen Spende deutscher Patienten stammte, die ihm ihre wunderbare Heilung verdankten. Dies war unter anderem der Grund dafür, daß sich die Reise nach

Spanien verzögerte, die später schlagartig ... aber eins nach dem anderen. Fahren wir in chronologischer Reihenfolge fort. Wisner kam zu einem Treffen mit Gehlen im Jahr 1948 nach Pullach, ein paar Kilometer von München entfernt. Tatjana, die dort gewesen war, erzählte, daß Gehlen mit seinem Team in einer festungsähnlichen Villa residierte, wo zwei Schilder mit sehr bezeichnender Aufschrift hingen: *Servicegesellschaft der süddeutschen Industrie* und *Achtung, bissige Hunde!* Dort vereinbarten Wisner und Gehlen eine engere Zusammenarbeit, und ein Ergebnis davon war der Befehl an Tatjana, in die Vereinigten Staaten zu ziehen und sich unter dem Pseudonym Ana Perschka direkt Wisners Befehl zu unterstellen. Parallel dazu sollte Katalina das Geheimarchiv, von dessen Existenz Wisner selbst nichts wußte, so schnell wie möglich nach Spanien schaffen. Das war der Zeitpunkt, zu dem sich die beiden Schwestern trennten, nachdem sie eine Reihe von Ausgleichszahlungen vereinbart hatten, die Tatjana in den USA erhalten sollte.«

»Wurde die Vereinbarung eingehalten?«

»Zuerst sehr genau, dann nicht mehr so genau und schließlich gar nicht mehr.«

»Deshalb kam Mrs. Simpson hierher, um zu reklamieren.«

»Sie kam nicht nur hierher, um sich über die Zahlungsrückstände zu beschweren, sondern um ihre nordamerikanische Staatsbürgerschaft zu retten. Die Nordamerikaner sind sehr eigen, Carvalho, während Wisner auf der einen Seite über Gehlen Exnazis anheuerte, um gegen die Sowjets zu kämpfen, stellten verschiedene Senatskommissionen Untersuchungen über das Eindringen von Nazis in die Vereinigten Staaten an. Unglaublich! Zwei Abteilungen derselben Administration bekämpfen sich hinter ihren Rücken gegenseitig, die eine vergibt illegale Visa und Staatsangehörigkeiten, und die andere verfolgt diesen Betrug. Klar, daß dieses doppelte Spiel die angeworbenen Spione in die Enge getrieben hat, dieser permanente Drahtseilakt. Zu ihnen gehörte auch Mrs. Simpson, die zusehen konnte, wie die Akte über die mögliche Fälschung ihrer Papiere im Lauf der Jahre stetig anwuchs. Vor vier oder fünf Jahren wurde sie dann endgültig erpreßt: Entweder sie führte sie auf die Spur des weißrussischen Privatarchivs oder die Staatsbürgerschaft würde ihr entzogen und sie aus den USA ausgewiesen.«

»Und deshalb kam sie hierher.«

»Genau deshalb.«

»Endlich sind wir in Spanien angekommen.«

»Wir andern waren schon viel früher hier, Carvalho. Aber das ist eine andere Geschichte, vielleicht ist es wirklich schon Geschichte.«


Das schummrige Licht und das Wispern Gasteins während seiner Beichte standen in starkem Kontrast zu dem Stimmengewirr, der Musik und den Lichtern auf der anderen Seite der Klinik, die wie der Bug eines Schiffes wirkte, hell beleuchtet und vergnügt, in der Nacht des Sangretals, während am Heck zwei Männer dabei waren, die Vergangenheit wie ein Puzzle miteinander zu vervollständigen. Man hörte den tiefbewegten, aber immer wieder abdriftenden Gesang von *El Niño Camaleón*, als sei die Nacht außer Kontrolle geraten. Zwischendurch waren Tanzmusik und die Soloeinlagen eines Sängers zu hören:

*Frag das Meer, den Spiegel*
*meines Herzens, ob ich je*
*aufgehört, dich anzubeten!*

Gastein schien jetzt nur noch den Akkorden der Musik zu lauschen, die zu ihnen herübertönte.

»Die Lieder besitzen eine wundervolle Gabe. Sie verbinden sich mit Situationen und nehmen sie über die Jahre hinweg mit, als schleppten sie sie hinter sich her. In ein paar Jahren werden Sie und ich uns jedesmal an dieses Gespräch erinnern, wenn wir von weitem ein so angenehmes Getöse hören wie dieses.

Wir trafen uns mit den Schwestern Ostrowsky immer in dem Musikcafé, das damals *L'Atelier* hieß. Ja, so war der Name. Dort spielte ein Damenquartett, alle bebrillt und sehr dick, eine wie die andere ... Sie spielten, ich weiß nicht was, die Titel kann ich nie behalten, aber die Melodie immer.«

Gastein fing an, einen Fox zu pfeifen und bemühte sich, die Zwischentöne herauszuholen, damit die Melodie mit allen ihren Qualitäten und Assoziationen Carvalhos Sensibilität erreichte. Der Detektiv bekam eine Gänsehaut und studierte den Arzt, um herauszufinden, ob der leise Verdacht gerechtfertigt war, daß dieser sein Recht auf Ironie ausübte. Nicht im geringsten. Gastein hing Erinnerungen an einen entscheidenden Abschnitt seines Lebens nach, das war alles.

»Katalina war die Entschlossenere, Tatjana die Vorsichtigere. Ich weiß, es ist schwer zu glauben, denn Sie haben sie als senile und etwas schwierige Mrs. Simpson kennengelernt. Sie hatte nur noch wenig von jener rothaarigen Schönheit mit den vielen Sommersprossen, die Hans und mir wie eine Romanfigur erschienen war.«

»Gastein, wir waren unterwegs nach Spanien.«

»Wie bitte?«

»Wir waren unterwegs nach Spanien.«

»Ich weiß, ich weiß. Aber ich war das Erzählen etwas leid. Bedenken Sie bitte, daß ich vor einigen Stunden die ganze Geschichte Fresnedo und Serrano erzählt habe. Es ist, als müßte man an einem Tag zweimal dieselbe Komödie aufführen. Ich bin körperlich erschöpft, und außerdem bin ich leider Schweizer und einfach zu langsam. Es ist eigenartig. Als wir anfingen, uns abwechselnd in der Schweiz und in Spanien aufzuhalten, gab es zwischen uns einige Probleme, da wir alle der Schweiz den Vorzug gaben. Dort waren alle unsre Bezugspunkte. Aber nach und nach fühlten wir uns hier immer wohler, und jetzt fahre ich gerade noch zweimal im Jahr ins Sanatorium nach Gurling, um die Pläne zu überprüfen. Reine Routine. Aber Hans und Dietrich zogen die Schweiz als ständigen Wohnort vor. Je älter Hans wurde, um so mehr idealisierte er seinen Vater und achtete auf alles, was die Bedeutung seines Vaters vergrößerte. Er fühlte sich alleine für die Familientradition verantwortlich, denn Dietrich zählte nicht.«

»Aber Dietrich hat doch durchaus ein Privatleben! Er besitzt Unternehmungsgeist.«

»Ich habe bei ihm nie die geringste Initiative erlebt. Er ist verheiratet und geschieden. Aber er hat uns immer machen lassen. Ich weiß nicht, ob das als Zeichen seines großen Vertrauens zu uns zu werten ist oder nur als Zeichen seiner Gleichgültigkeit gegen alles und jedes. In der Tat kam er erst hierher, als schon alles im Gange war. Wir begannen damals schon zu bauen, in den sechziger Jahren.«

»Wie kamen Sie ausgerechnet auf diese Gegend hier mit den Ruinen des alten Kurbades?«

»Auf der Liste der möglichen Standpunkte in Spanien unterschied sich dieses alte Kurbad ganz klar von den übrigen. Es war wie einer dieser Schiffbrüchigen, die ein Flugzeug auf sich aufmerksam machen wollen und alle möglichen Zeichen geben. ›Kommt, kommt, hier bin ich!‹ rief es uns zu. Für die Sicherheit in der Gegend bürgte die Patenschaft eines franquistischen Würdenträgers, Don Anselmo Retamar. Er ruhe in Frieden. Sie nannten ihn auch den Tiger von Bolinches, wegen seiner Taten im Bürgerkrieg. Man erzählte uns von einem paradiesischen Tal, in dem die Araber ein Kurbad erbaut hatten, um das schweflige Wasser und den Schlamm des Río Sangre zu nutzen, der als heilkräftig galt. Während des Krieges war der Kurbetrieb eingestellt worden, und obwohl der Staat die Konzession über Jahrhunderte der Stadt überlassen hatte, ging das Ganze 1942 in Don Anselmos Eigentum über, da die Konzession nicht verlängert wurde. Wir kamen hierher, Hans, ich und Katalina, um uns den Ort anzusehen. Hans und mir schien es ideal, eines Tages eine moderne vegetarische Klinik zu eröffnen, und Katalina fand ihn ausgezeichnet für die Lagerung des Geheimarchivs, bis Gehlen darüber verfügen würde.

Einen Teil der konvertiblen Werte, den größten, hatten wir schon in der Schweiz zu Geld gemacht, aber wir konnten einen weiteren, nicht unbeträchtlichen Teil davon beim Kauf des Anwesens, der Einrichtung eines Fonds für den zukünftigen Aufbau der spanischen *Faber und Faber* und Investitionen in ein paar Geschäfte von Retamar reinwaschen. Über die politische Dimension wollte ich nie Genaueres wissen. Was mich interessierte, war lediglich die medizinische und geschäftliche Seite, und das System funktionierte perfekt, vierzig Jahre lang. Ab und zu wurden die Absprachen erneuert, wenn Tatjana zu Besuch kam, die in den Vereinigten Staaten ihre eigenen Wege gegangen war. Nach zwei oder drei Heiraten und Scheidungen war sie schon sehr angepaßt an den *American Way of Life* und entfernte sich immer mehr von ihrer Vergangenheit. Jeder Besuch von Tatjana war ein Beweis dafür, daß die Zeit vergeht. Ich bemerkte nicht, wie von Trotta alt wurde, genausowenig Katalina und Hans, von mir ganz zu schweigen, aber jedesmal, wenn ich nach vier oder fünf Jahren Tatjana wiedersah, hatte ich den Beweis unseres Alterns vor Augen.«

»Blieben Sie weiterhin ein Liebespaar?«

»Ich war mit Katalina zusammen. Aber es hielt nur ein paar Jahre. Eines schönen Tages verlangte von Trotta, daß wir die Form wahren sollten, und als wir begannen, die Form zu wahren, begann auch die Krise. Außerdem machten wir damals diese schwierige Zeit durch, als ich kaum dreißig Jahre alt war und Katalina die Schwelle der Vierzig überschritt. Aber der gefühlsmäßige Faktor zählt bei dieser Geschichte kaum. Es fällt mir selbst schwer, in dem, was geschehen ist, einen roten Faden zu finden ... Aber vielleicht hat alles mit dem vorletzten Aufenthalt Tatjanas im Kurbad begonnen. Sie war mit dem Entschluß gekommen, über die Übergabe des Archivs in die Hände des amerikanischen Geheimdienstes zu verhandeln. Sie wußte zwar nicht, wo es sich genau befand, aber sie wußte, daß es irgendwo in der Nähe des Kurbades sein mußte. Ich war nicht gegen dieses Vorhaben, wohl aber Hans und Katalina.«

»Und Dietrich und von Trotta?«

»Ich wiederhole, sie zählten nicht. Hans wollte für das Archiv, das wir seit Gehlens Tod in alleinigem Besitz hatten, eine Menge Geld verlangen. Katalina ihrerseits ging es darum, eine gewisse Kontrolle über ihre eigene Geschichte und die Weltgeschichte zu behalten. Die Hartnäckigkeit ihrer Schwester und der Druck, den sie ausübte, machten sie wütend. Sie ging bis zu der Drohung, sie zu denunzieren, und als Tatjana in diesem Jahr ihr Kommen ankündigte, beschloß sie, ihr einen abschreckenden Empfang zu bereiten, wie sie es nannte.«

»Sie engagierte Frisch.«

»Jawohl. Seine Aufgabe war es, Mrs. Simpson zu beschatten, sie im Auge zu behalten, und wenn sie lästig werden sollte, ihr einen ordentlichen Schreck einzujagen. Leider kannte sie ihren Henker nicht genügend. Er war ein infantiler Psychopath, ein Killer auf dem absteigenden Ast, der nicht mehr wußte, wo die Grenze war. Er entwickelte einen persönlichen Haß gegen Mrs. Simpson. Als Katalina ihm den Auftrag gab, sie ernsthaft zu verwarnen, nachdem sie festgestellt hatte, daß sie in der Nacht, in der Sie den Überfall des Jahrhunderts durchgeführt haben, im Innern des Pavillons herumgeschnüffelt hatte, führte Karl Frisch die Anweisung bis zum bitteren Ende durch. Die Verwarnung fiel so gründlich aus, daß er sie dabei gleich erwürgte und in den Swimmingpool warf. Aber er hatte oder wir hatten Pech. Von Trotta sah ihn dabei, wie er die Leiche zum Schwimmbecken schleppte, kam heraus und verlangte eine Erklärung, ausgerechnet von Trotta, ein so diskreter Mensch mit soviel Taktgefühl ...«

»Und so elegant ... Sein Tennisstil war sehr elegant. Sie haben mir kaum etwas über ihn erzählt.«

»Seine Geschichte ist uninteressant. Er war ein Nazi wider Willen, den die Schwestern Ostrowsky verführt hatten. Den Rest seines Lebens verbrachte er unter ihrem Einfluß.«

»Karl Frisch brachte von Trotta um.«

»Und wir erstarrten alle zu Eis. Dieser Skandal konnte das

Kurbad für immer ruinieren. Nicht einmal die Lösung, auf die Serrano verfiel, nämlich den armen Luguín vorübergehend als Sündenbock zu benutzen, schien uns ausreichend. Außerdem hielten wir Frisch für eine Gefahr. Er war eine Gefahr, man mußte ihn ausschalten, aber außerhalb, um die Aufmerksamkeit nach draußen zu lenken.«

»Wer erledigte das?«

»Katalina hatte ihre Kontakte.«

»Und das Detail mit dem eliminierten Exterminator?«

»Katalina war eine Künstlerin. Sie hatte Sinn für das Tragische und das Dramatische. Sie sagte, auf diese Weise würden alle möglichen Spekulationen angestellt werden, und die Presse würde schließlich wie immer von Mafia und Rauschgifthandel sprechen.«

»Rechnete sie nicht mit Helen?«

»Nein, zu Recht. Helen zählte nicht. Helen zählt nicht.«

»Sie planten, den Fall dadurch abzuschließen, daß sie den Mörder ermordeten, den Exterminator eliminierten. Aber es bleiben noch zwei Leichen übrig: Die von Mme. Fedorowna selbst, oder besser gesagt Katalina Ostrowsky, und die von Hans Faber.«

»Diese Morde verstehe ich nicht. Es ist richtig, daß die ganzen Vorfälle ein schlechtes Klima geschaffen haben, und daß Hans Katalina beschuldigte, mit der Beauftragung Frischs übereilt gehandelt zu haben. Es kam zu lauten Wortwechseln und Disputen von der unlogischen und nervenaufreibenden Sorte, in denen man bis zum Ursprung aller Dinge, bis zu Adam und Eva zurückgeht.«

»Und Dietrich?«

»Nichts.«

»Dietrich ist nichts. Er ist mit seinen sechzig Jahren ein Erbprinz, der nichts taugt.«

»Mehr oder weniger.«

»Welche offizielle Erklärung haben Sie mit Serrano und Fresnedo vereinbart?«

»Es wird keine geben, aber man muß den Anschein erwekken, als gebe es eine. Einen Verdacht. Dieser einfache Verdacht schließt den Fall ab, und es gibt weder objektive noch subjektive Elemente, die in der Zukunft dazu führen könnten, daß er noch einmal aufgerollt wird. Ich bilde den Schlußpunkt.«

»Ich bin noch nicht der Meinung, am Schlußpunkt angelangt zu sein. Zunächst, welche Rolle spielen die Amerikaner bei dieser Geschichte?«

»Als Serrano bei der Interpol Daten anforderte, bekam irgendein geheimer Kontrolldienst der Nordamerikaner davon Wind, und sie brachten diese Daten in Verbindung mit dem Auftrag, den sie Mrs. Simpson gegeben hatten. Was zunächst unser eigenes Problem gewesen war, hatte sich damit in eine Staatsaffäre verwandelt, denn die Botschaft unterrichtete die spanische Regierung von der Existenz dieses Archivs und äußerte den Wunsch, daß ihr eigener Geheimdienst in den Besitz desselben gelangte. Diese Verhandlungen wurden hinter unserem Rücken geführt.«

»Aber trotz allem hatten die Funktionäre, die das Archiv abholten, einen sehr genauen Lageplan.«

»Das stimmt.«

»Haben Sie ihn gesehen?«

»Und Sie?«

»Ich sah von weitem, wie sie ein Papier studierten, und daß sie die ganze Sache in einer halben Stunde durchzogen.«

»Ja. Ich ging zu ihnen, weil mich ihre Sicherheit überraschte. Diese Selbstverständlichkeit, mit der sie hier eindrangen, machte mich wütend. Kindisch, ich gebe es zu. Sie hatten eine handgezeichnete Skizze des Fango-Pavillons in Händen.«

»Wer könnte ihnen diesen Plan verschafft haben?«

»Tatjana, also Mrs. Simpson, nehme ich an.«

»Nein, unmöglich, es sei denn, sie hätte ihn in der Nacht gezeichnet, in der sie ermordet wurde, und ihn dann als Flaschenpost ins Meer geworfen. Sie entdeckte das Geheimnis des Kurbades in der Nacht, als wir unseren Streich ausführten. Das folgerte ich anhand ihrer und Hans Fabers nasser Schuhe. Sie hatte also keine Zeit, diesen Plan abzuschicken. Aber was tat Faber in jener Nacht, als er dem geheimen Weg durch den Pavillon folgte? Er hatte es nicht nötig, das zu tun.«

»Stimmt.«

»Welche Erklärung haben Sie für die Sache mit dem Plan und die Ermordung von Hans Faber?«

»Ich persönlich würde sagen, dieselbe, die Sie auch haben. Aber ich bin nicht daran interessiert, ich brauche diese Erklärung nicht, und die Regierung genausowenig, und wenn Sie es noch genauer wissen wollen, keiner braucht sie. Das hier ist der Schlußpunkt einer Geschichte. Hören Sie, hören Sie die Musik und das Lachen? Unsere Gäste sind glücklich. Sie denken dasselbe wie Serrano. Alles, was hier geschehen ist, sind alte Geschichten, die keinen Sinn mehr ergeben. Sie leben nicht in der besten aller möglichen Welten, aber sie ist ihnen lieber als jede andere, die sie in der Vergangenheit erlebt haben, und vor allem jede, die sie in Zukunft noch erleben könnten.«

»Karl Frisch wurde im Auftrag von Ihnen allen umgebracht.«

»Im Auftrag von Katalina und mit dem offensichtlich zustimmenden Schweigen von uns allen.«

»Durch diesen Mord wurde eine weitere außenstehende Person in die Geschichte verwickelt, sicherlich ein weiterer bezahlter Killer.«

»Nicht ganz. Einer, der früher zu den Terrorgruppen gehörte, die Don Anselmo organisiert hat. Katalina pflegte den Kontakt zu ihnen, teilweise wegen ideologischer Affinitäten, aber auch, weil sie das Syndrom aller Vaterlandslosen hatte, sie brauchte einen Bezugspunkt.«

»Wieviel kostete sie dieser Auftrag?«

»300 000 Peseten, glaube ich. Katalina drückte sich nicht sehr konkret aus. Sie übernahm gern selbst die Verantwortung für das, was sie tat.«

»Und Helens Schweigen?«

»Helen weiß gar nichts.«

»Gastein, bei Ihren Erklärungen taucht plötzlich die Erinnerung an die Szene wieder auf, in der Sie und ich Serrano nahelegten, Karl gehenzulassen. Ich bestand damals darauf, daß Helen mit ihm gehen sollte, aber Sie bogen meine Forderung ab. Er sollte gehen, und sie sollte hierbleiben. Sie wußten, was geschehen würde, wenn Karl die Klinik verließ, und es würde mich überhaupt nicht wundern, wenn Sie dies alles mit Helen abgesprochen hätten. Mehr noch: Diese Frau hat sich in ihrem Kampf darum, hier herauszukommen, sehr engagiert gezeigt, aber dann hörte sie plötzlich auf, einen damit zu belästigen, zog sich quasi selbst aus dem Verkehr und tauchte erst in Witwenkleidung wieder auf. Danach habe ich sie nicht mehr gesehen. Wo ist Helen, Gastein?«

»Ich bin kein fanatischer Anhänger der Gewalt! Sie ist gesund und wohlauf, das garantiere ich Ihnen.«

»Und der Mörder von Frisch?«

»Seit Katalinas Tod weiß keiner mehr, wie man an diese Leute herankommt.«

»Er könnte wieder auftauchen, sogar versuchen, Sie zu erpressen.«

»Ich werde ihm einen guten Empfang bereiten. Aber jetzt hören wir auf damit! Die Leute werden sich wundern, wenn sie mich nicht beim Ball sehen. Bevor ich abfahre, werde ich Ihre Blutwerte bekommen und sie Ihnen erläutern. Ich fahre um zehn Uhr vormittags nach Bolinches, wie mit Serrano besprochen, und erwarte Sie um neun.«

Er ging ihm voraus zum Festsaal, und je näher sie kamen, um so mehr ergriff sie die Feststimmung, und als sie durch die Seitentür eintraten und sich zwischen den Zuschauern durchkämpften, waren sie schon betäubt von dem Lärm und dem Licht, das ihre verdunkelten Augen blank putzte.

Juanito de Utrera war außer Atem, aber er strahlte wie eine Leuchtreklame.

»Mann, heute ist was los! Heute ist hier Stimmung! Es ist sensationell! Einfach sen-sa-tio-nell!«

Er war jetzt an der Reihe, und während er sein Klatschen dem Rhythmus anpaßte, den der Gitarrist mit den Knöcheln auf dem Klangkörper der Gitarre trommelte, erkannte Carvalho, daß die Kurgäste im Gegensatz zu anderen Festabenden diesmal nicht die Zurückhaltung jener Genesenden an den Tag legten, die nach Handbüchern des guten Benehmens erzogen worden waren – was den Feierlichkeiten des Kurbades in gewisser Weise immer den Charakter eines Picknicks von Siebzigjährigen mit falschen Zähnen verliehen hatte. Statt dessen bewegten sich heute abend die Körper, als sei das Fest wirklich ein Fest und nicht ein Tagesordnungspunkt, der mit einer Reißzwecke an das Anschlagbrett gepinnt war.

Der Industrielle aus Essen hatte sich das Gesicht weißgeschminkt und trug zu Ehren von Alice im Wunderland einen Trichter als Hut. Dem Niveau dieser billigen Phantasie entsprach das Kostüm, das Colom an einem Nachmittag mit Schere und Ausdauer in seiner Fastenzelle zustande gebracht hatte. Er ging als Anhänger des Ku-Klux-Klan, wie er der spanischen Kolonie hier und dort erklären mußte, denn alle hielten ihn für einen Büßer der *Semana Santa* in Sevilla.

»Der Schnitt ist anders. Das Ku-Klux-Klan-Kostüm ist weniger durchstilisiert, es ist kein streng religiöses Gewand wie das der Büßer.«

Villavicencio hatte sich darauf beschränkt, Schnauzbart und Augenbrauen mit einem schwarzen Stift zu verlängern und in dem lustlosen Versuch, Groucho Marx zu imitieren, an einer Zigarre zu kauen. Doña Solita hatte sich das Gesicht geschwärzt und über die Haare ein buntes Tuch geknüpft wie Mamie in *Vom Winde verweht*. Der Baske hatte seinen Baumstamm und seine Axt erhalten. Diese schwang er in den Pausen zwischen den Liedern wie ein professioneller *aizkolari* und ließ sie auf den Stamm niedersausen, während die Zuschauer ohne Unterschiede von Rasse und Hautfarbe applaudierten.

»Verehrtes Publikum, bevor wir für den Auftritt dieses genialen Tanzorchesters die Bühne freimachen, des Orchesters Tutti-Frutti, für das ich um donnernden Applaus bitte ...«

Donnernder Applaus.

»... wollen mein Partner Paco und ich unsren Auftritt mit einem sehr alten Volkslied beenden, das so alt ist wie die spanische Rasse und die Rasse der andalusischen Zigeuner zusammen. Es erzählt von den Schmerzen und Freuden der Liebe, dem allerallergrößten Gefühl, das die Menschen verbinden kann. Wenn man liebt, erduldet man alles, erträgt man alles ...«

Die Stimme des Sängers versagte.

»... verzeiht man alles. Die Frau, die das Lied singt, sagt, sie wolle lieber an die Liebe ihres Mannes glauben, die Liebe des Menschen, den sie selbst am meisten liebt, als die Wahrheit erfahren, nämlich seinen verfluchten Verrat. Das Lied lautet etwa so:

> *I don't want to know*
> *don't tell to me, neighbour.*
> *I prefer, to live dreaming*
> *than knowing the truth.«*

Er summte zart, während Paco die Saiten stimmte.

> *Que no me quiero enterar,*
> *no me lo cuentes, vesina.*
> *Prefiero vivir soñando*
> *que conoser la verdá.*

Das war sein größter Erfolg an diesem Abend, und dieser Abend war der erfolgreichste, den er in den ganzen fünfzehn Jahren als *Cantaor* im Dienste von *Faber und Faber* erlebt hatte. Er widerstand der Versuchung weiterzusingen, weil seine

Stimme nicht mehr mitmachte, und weil plötzlich, ohne sein Schicksal den Göttern oder Teufeln des Ozeans anzuempfehlen, General Delvaux mit einem Sprung mitten auf der improvisierten Bühne landete. Er hatte sich als Nurejew kostümiert und trug Hot-Pants, die sich wie ein Gewitter heißer Sinnlichkeit an den Süden seines Körpers anschmiegten. In taubstummer Distanz begleitete ihn das Quartett, das versuchte, jeder auf eigene Faust, die erinnerungsträchtigsten Passagen von *Espectro de la Rosa* nachzuspielen. Delvaux' Gesicht zeigte jene Unbeweglichkeit, die von den Geschichtsschreibern dem großen Nijinsky zugeschrieben wird, und sein Körper bewegte sich mit der provokativen Laszivität des jungen Nurejew in seinen besten Zeiten. Auch die Armbewegungen waren nicht schlecht, allerdings allzu grazil, dem beflügelten, aber beherrschten Schwung von Margot Fonteyn näher als der schwerelosen, aber kräftigen Muskulatur von Godunow. Seine eigene Erfindung war ein bestimmter kurzer Sprung, bei dem er leicht verzögert in der Luft verharrte, wozu ihn die Begrenztheit der Tanzfläche zwang, die ihm die restliche Bevölkerung zugestanden hatte. Es war ein schwieriger Sprung, der die gut trainierte Muskulatur seiner Waden enthüllte und die bedauernswerte Schlaffheit seines kleinen welken hüpfenden Bäuchleins ans Licht brachte, das bei dieser harmonischen Einheit störte. Obwohl er mit fast geschlossenen Augen tanzte und sich selbst die Melodie vorsang, um die Fehler und Schwächen des Begleitorchesters auszugleichen, war er sich des Staunens und der Bewunderung genau bewußt, die er erregte. Er sonnte sich in seinem Glück, versunken in einem tänzerischen Rausch, der ihn ein ums andre Mal in die Luft springen ließ, um die Niedergeschlagenheit, die Vernichtung und euphorische Auferstehung eines Gespenstes zu mimen, das von sich selbst begeistert ist. Obwohl die ersten fünf Minuten der Darbietung ein Chor bewundernder Beifallsrufe ertönt war, in französischer Sprache, die für Lobrufe im Chor wie geschaffen ist, begann sich nach zehn Minuten ein gewisser Überdruß bemerkbar zu machen, bei den Ausländern immer noch lächelnd und wohlwollend, aber bei den Spaniern schon aggressiv und wenig tolerant.

»Dieser Pawlowa werden sie schon einheizen«, schimpfte Sullivan, der in dieser Nacht wie ein jugendlicher Fensterputzer aussah, ein Opfer der Schwarzarbeiterwirtschaft wie auch der Dritten Welt. Er ging barfuß und trug ein schmutziges, zerrissenes Hemd, das ursprünglich aus dem Hause Armani stammte und mindestens 30 000 Peseten gekostet haben mußte. Er war es auch, der die Señora aus Madrid, die in Toledo aufgewachsen und nun als Andalusierin verkleidet war, drängte, auf die Bühne zu gehen und dem NATO-General etwas entgegenzusetzen.

»Bring ein paar Sevillanas, meine Beste, sonst schläft uns der Typ noch im Stehen ein.«

So kam es, daß neben Nijinsky ein menschlicher Tanzkreisel auftauchte, besessen von einer Flamencoleidenschaft, die in dem energischen Absatzklappern ihren besten Ausdruck fand, mit dem sie die Stabilität des Tanzbodens auf eine harte Probe stellte. General Delvaux stutzte kurz, entschied sich aber dann dafür, sich den neuen Umständen anzupassen, und änderte fast übergangslos seine Bewegungen, ordnete die Finger, straffte sich mit eingezogenen Wangen und etwas herausgestrecktem Po zu einer grazilen Säule, und schon war er ein anderer und tanzte einen anderen Tanz. Schon war er El Greco oder Antonio Gades, der sich biegsam vor dem sinnlichen Wildbach des vielfarbigen Weibchens wand, die ihn mit ihrem Näherkommen und Zurückweichen herausforderte, mit diesem Blick, der bedeutete »Du darfst alles sehen, aber nichts berühren«, mit dem die spanischen Tänzerinnen dem Ziegenbock begegnen müssen, der sie wie ein Phallus umrundet und mit den Tentakeln seiner Finger das Pulsieren der dunkelsten Begierden andeutet. Aber wenn schon manche Traktätchenschreiber das Tête-à-tête des spanischen Tanzes als unanständig bezeichnet haben, wenn die Hirtenhosen des Mannes zu eng anliegen, so trieben die Hot-Pants des Generals die Körperlichkeit des Geschlechts an die Grenze

der optischen Unerträglichkeit, das auf die geringste Unachtsamkeit des Weibchens lauerte, das eine derart ungeheuerliche
Bestie zum Kampf herausforderte. Mit andern Worten, die Damen ließen kein Auge von den Lendenwölbungen des Generals.
Die Männer, vor allem die Spanier, waren dagegen der Ansicht,
ein derartiger Exhibitionismus sei bei einem vernünftigen
Mann um die Fünfzig unanständig, vor allem, wenn er die Verantwortung trug, den Atlantikpakt zu repräsentieren.

»Das ist ein Skandal!« schrien zwei katalanische Damen auf.
Villavicencio war derselben Ansicht. Es war ein ausgemachter
Skandal für das ganze Militär, weil ein General immer im
Dienst ist, wo er auch sei. Er hatte, wie es Spanier in den kom-
promittierendsten Situationen zu haben pflegen, eine plötzliche
Inspiration, ging zu einer der deutschen Schwestern, schlug die
Hacken zusammen wie ein Offizier der Husaren von Alexandra
oder von Tschernopol, und bat sie um diesen Tanz.

»Aber was ist es denn für ein Tanz?« versuchte die verunsi-
cherte Deutsche einzuwenden.

Villavicencio nahm sie an der Hand und führte sie mitten auf
die Tanzfläche, drang also in das Territorium ein, das Delvaux
mit seiner Dame aus Sevilla beherrschte. Ungeachtet der Verwirrung der bisherigen Nutznießer der Tanzfläche, der Musiker, des größten Teils der Ausländer und der Katalanen, die
trotz ihrer Empörung über den mangelnden Anstand von Delvaux ein Gespräch einer derartigen Grenzverletzung vorgezo-
gen hätten, schwenkte Villavicencio die Deutsche in einem majestätischen Walzer, den nur er allein hörte. Der Oberst baute
darauf, daß das Orchester, von seiner löblichen Absicht angesteckt, ihn unterstützen und die Sevillanas mit einem Walzer
vertauschen würde. Delvaux und die Frau mit dem kantabrischen Kranzgesims würden den Wink mit dem Zaunpfahl verstehen und die Tanzfläche verlassen, so daß die Ruhe wieder
hergestellt wäre. Aber Delvaux war verärgert, er nannte es die
zweite spanische Intervention am Abend seines Triumphes an
der Spitze des London Festival Ballet und nahm seine Nure-

jewschen Kapriolen wieder auf. Die aus Madrid stammende, aber in Toledo aufgewachsene Dame fühlte sich ebenfalls beleidigt, einmal durch die ihrer Ansicht nach wenig ritterliche Art, in der ihr Partner sie stehengelassen hatte, und zum andern durch die ungehobelte Einmischung von Villavicencio und dieser Kuh. Sie fühlte sich andalusischer denn je und reduzierte ihre Tanzbewegung auf das Wesentliche, das Reine überhaupt, während Villavicencio und die deutsche Schwester ihren Walzer ohne Musik fast gezwungenermaßen fortsetzten, und die Musiker sich ihrerseits dafür entschieden, einen Cha-Cha-Cha anzustimmen, damit die Paare auf die Tanzfläche strömten und der Wettstreit ein Ende fand. Durch die unklare Situation stiegen Spannung und Irrationalität sekundenlang an, und die Folgen hätten gefährlich sein können, hätte nicht einer der Musiker rechtzeitig entdeckt, daß Rafaela Carrá in doppelter Ausführung den Salon betrat, fast identisch mit sich selbst, mit hübschen nackten Beinen, die sich wie Peitschen bewegten, und zwei gelösten blonden Mähnen. Der Musiker griff zum Mikrofon, deutete auf die beiden Italienerinnen, die zu spät, aber merkwürdig dynamisch hereinkamen, und präsentierte sie dem Publikum, damit sie die Hauptrolle des Festes übernehmen konnten.

»Verehrtes Publikum! Hier kommen Rafaela und Pepita Carrá!«

Diesmal paßte die Musik zu der angekündigten Attraktion. Die Musiker ließen sich von ihrer Erinnerung und ihrem Instinkt leiten und intonierten die Rhythmen von *Para hacer bien el amor hay que ir al sur*, und die Mädchen sahen sich genötigt, Rafaela Carrá zu spielen und sich in einen Tanz einzuschwingen. Villavicencio führte die Deutsche feierlich zu ihren Schwestern zurück und ging wieder in seine Ecke, wo ihn die Aktiven der spanischen Kolonie erwarteten.

»Olé, du hast Schneid, Oberst!« rief Sullivan.

»Ich mußte es tun.«

Das war der einzige Kommentar, der über die zusammengepreßten Lippen des Obersts kam. Zwar von Ferne, aber herausfordernd blickte er Delvaux nach, der sich wie ein gerupfter und lendenlahmer Enterich in sein Winterquartier zurückzog. Es war die aus Madrid stammende, aber in Toledo aufgewachsene und in Sevilla tanzende Dame, die Villavicencios Einmischung tadelte. »Mehr Toleranz! Wir sind hier nicht in der Kaserne, Oberst!«

»Toleranter als ich ist nicht mal der liebe Gott. Aber es gibt einen Unterschied zwischen Toleranz und Unanständigkeit. Ich habe kein Vergnügen beim Anblick eines Alten, der mir etwas vorzeigen will, wo er nichts vorzuzeigen hat.«

Die Italienerinnen tanzten sehr gut und synchron, was Carvalho veranlaßte, die Empfangsdame nach dem Beruf der beiden Mädchen zu fragen.

»Sie sind Tänzerinnen«, war die Antwort.

Carvalho war irgendwie verblüfft darüber, daß diese beiden depressiven Monster Ballerinen sein sollten, daß sie trotz ihrer Verkleidung nicht verkleidet waren und, obwohl sie tanzten, doch nicht als Ballerinen auftraten. Genauso seltsam war es, daß sich zwei Deutsche als Sanitäter verkleidet hatten und eine Bahre trugen, auf der ein weiterer Deutscher den Sterbenden mimte, obwohl der am ganzen Körper mit Binden umwickelte Sterbende aufgerichtet und fröhlich dem Spektakel zusah, in der einen Hand eine Flasche Mineralwasser mit und in der anderen Hand eine ohne Kohlensäure. Carvalho hatte den Eindruck, daß Sánchez Bolín genauestens Buch darüber führte, was im Saal geschah, mit der Berufskrankheit eines Voyeurs, der glaubt, niemals selbst angestarrt zu werden. Aber als er zu ihm hinging, bemerkte Carvalho, daß Sánchez Bolín gar nicht in der Lage war, etwas zu sehen. Sánchez Bolín schlief tief und fest und bemerkte weder die Hüftschwünge der blonden Italienerinnen noch das wohlanständige Tänzchen von Villavicencio oder Delvaux' Appell an die niedrigen Instinkte verbotener Blicke. Wenn er irgendwann einmal vor der Notwendigkeit stehen würde, ein solches Fest zu beschreiben, würde er es erfinden, aber nie erleben. Carvalhos Vorsatz wurde unumstößlich, nicht eins der Bücher am Leben zu lassen, die noch in seiner Bibliothek in Vallvidrera standen, gebunden, wie alle Bücher, in schlecht gegerbter Menschenhaut. Aber er hatte nicht allzuviel Zeit für diese Überlegungen, denn die Schweizer bereiteten im Zimmer nebenan schon den Schlußakt des Festes vor. Jemand aus dem Gefolge von Julika Stiller verkündete, daß alles bereit war, und der Salon leerte sich, die Menschen strömten durch seine drei Türen hinaus und hinab zum Swimmingpool. Das Quartett beschloß den Zug und spielte *Suspiros de España*, und als sich die Zuschauer um das erleuchtete Schwimmbecken herum aufgestellt hatten, kamen aus der Künstlergarderobe von Julika Stiller vier wie portugiesische Klageweiber gekleidete Frauen und gaben bekannt, daß in der Kurklinik kein einziger Portugiese anwesend sei und sich daher niemand beleidigt fühlen könnte. Zusammen mit den Klageweibern kam Julika Stiller. Sie war in einen der üblichen Morgenmäntel von *Faber und Faber* gehüllt, trug aber an den Füßen dieselben purpurnen Segeltuchschuhe, wie sie Mrs. Simpson getragen hatte, und jene Mickymausschleifen hielten ihre Haare zusammen, die dem Kopf von Mrs. Simpson – sie ruhe in Frieden – immer das fröhliche Aussehen einer gerade dem Karneval von Río entsprungenen Närrin gegeben hatte.

Der Auftritt des Stars des Abends und seines Gefolges wurde mit gebührendem Applaus begrüßt, der sich frenetisch steigerte, als sie den Bademantel ablegte und sich in einem einteiligen Badeanzug präsentierte, dessen Ausschnitt hinten bis zum Ansatz der Pofalte und vorne bis zu dem Abgrund zwischen den Brüsten reichte, was in diesem Falle wenig verführerisch war, denn Julika Stiller war fast genauso mager wie Mrs. Simpson. Mit anderen Worten, es war derselbe Badeanzug, oder jedenfalls demjenigen sehr ähnlich, den die Siebzigjährige getragen hatte, als sie die Serie von Leichen im Wasser des Schwimmbeckens der Klinik eröffnet hatte. Die Klageweiber nahmen an den vier Ecken des Wasserbeckens Aufstellung, und Señora Stiller begab sich zum Sprungbrett. Sie prüfte seine Flexibilität, trat ein paar Schritte zurück, dann zwei Schritte vor, nahm die straffe Grundstellung an und sprang einen Salto mit ausgebreiteten Armen, die sie dann allmählich an den Körper anlegte, bis sie wie ein sanftes Messer die Wasseroberfläche durchschnitt. Es kam zu dem ein oder anderen unbeherrschten Applaus – wie es hieß, aus den Reihen der spanischen Señoras, die Frau Stiller zu den elegantesten Damen der Kurklinik rechneten. Julika Stiller zögerte das Auftauchen etwas hinaus, vollzog es schließlich und erhielt dafür ein erleichtertes »Oh!« Denn viele hatten gedacht, wo schon vier Leichen sind, kann es auch noch eine fünfte geben – denn die Mehrheit wußte ja nichts davon, daß auch Hans Faber in sein besseres Leben übergegangen war. So lagen die Dinge, als Carvalho mit seinen Blicken den bis dahin nicht aufgetauchten Dietrich Faber suchte. Er war nicht unter dem Publikum, auch auf keinem der Balkone, von wo aus man dem Spektakel zusehen konnte. Beunruhigt über die Abwesenheit des jüngeren Faber ging er zu Gastein, der die Szene mit undurchdringlichem Gesicht und Armen, die den Körper vor einer geheimen Kälte schützten, beobachtet hatte.

»Und Señor Faber?«

»Ich habe ihn nicht gesehen.«

»Er ist nicht hier.«

»Na und?«

Es blieb ihm keine Zeit zu beurteilen, ob Gasteins Frage eine Herausforderung oder einfach Überdruß gewesen war, denn Julika Stiller kam zur letzten Krönung ihrer Darbietung. Sie schaffte es, die horizontale Stellung des »Toten Mannes« einzunehmen, wobei sie sich mit leichtem Paddeln der Hände waagerecht hielt, und nun ging es darum, jene Hingabe an die Wellen zu erreichen, die nur die besten Leichen schaffen. Stunden und Stunden des Trainings trugen nun ihre Früchte, und Julika erreichte ihr Ziel. Die Versammlung explodierte in langandauernden Ovationen, und die Klageweiber streuten mit vollen Händen gelbe Blumen ins Wasser. Julika schwamm in verschiedenen

Stilarten ein paar Stöße, schließlich gab sie sich einen Ruck, schnellte mit dem Oberkörper aus dem Wasser, streckte einen Arm in die Höhe und machte mit zwei Fingern das Siegeszeichen. Noch mehr Applaus folgte, und dann der kollektive Entschluß, daß das Fest nun zu Ende sei. Man hörte wohlwollende oder begeisterte Kommentare, und es herrschte allgemeine Übereinstimmung, daß das, was eine unerträgliche Parodie hätte werden können, beinahe zu einer ehrenvollen Gedenkfeier geworden war.

»Ich bin ganz gerührt«, sagte Doña Solita mit Tränen in den Augen.

»Diese Señora aus der Schweiz ist Lehrerin für körperlichen Ausdruck, und sie hat es sehr fein gemacht, sehr allegorisch und sehr elegant.«

»Elegant, das ist das Wort.«

Das war das Wort, das das Urteil der Ehefrau des Mannes im Trainingsanzug am besten traf, der an jenem Abend einen etwas zu engen Smoking trug. Er pflegte ihn immer mitzunehmen mit dem Satz »Man kann nie wissen« oder auch »Wenn man sich schon elegant kleiden muß, dann aber richtig. Immer aufs Ganze gehen, keine halben Sachen!«

Carvalho trat neben Gastein und wartete darauf, daß er sich an die Abwesenheit von Dietrich Faber erinnern würde. Aber Gastein blieb abwesend und wollte sich nicht zu einer Suche aufgefordert fühlen, weshalb sich Carvalho allein zur Rezeption begab und die gähnende Empfangsdame nach dem Verbleib von Dietrich Faber fragte. Sie hatte ihn nicht gesehen. Er öffnete die Tür zum privaten Direktionsbüro, aber dort war er nicht. Und er war weder im öffentlichen Teil des Direktionsbüros noch in seinem Zimmer. Carvalho eilte im Laufschritt in den Garten, um den erschöpften Geist von Gastein noch einmal mit Eile und Sorge zu erfüllen, als er die spontane Eingebung hatte, zum Videoraum zu gehen und die Tür mit einem Schlag weit aufzustoßen. Auf dem Bildschirm bewegten sich die Gestalten eines Films der Marx-Brothers, *Duck Soup*, und im

292

Raum befand sich nur ein einziger Zuschauer, der unwillig den Kopf hob, als ein Lichtstrahl in die Harmonie seiner Einsamkeit einbrach. Es war Dietrich Faber. Als er Carvalho erkannt hatte, begann er zu lächeln, dann zu lachen und hob dann den Arm, um dem Eindringling zu zeigen, was er zwischen seinen Beinen eines einsamen Zuschauers versteckt hatte: Ein volles Glas Whisky. Er reichte es Carvalho mit der Frage:

»Möchten Sie?«

Fahr zur Hölle, dachte Carvalho, als er wieder ging. Wenn dein Vater dich sehen könnte …


»Ihre Triglyzeride sind praktisch ausgeglichen, Ihr Glukosewert ist genau richtig, der schlechte Cholesterolwert ist fast verschwunden. Der Gute hält sich brav! Die Lipide sind in Ordnung, ebenso der Blutdruck. Alles in allem, Sie verlassen die Klinik wie neu! Wenn Sie es schaffen würden, eine vernünftige Diät einzuhalten, müßten Sie nicht einmal wegen Ihrer Leber leiden. Wenn sie nicht über Gebühr strapaziert wird, erholt sie sich wieder, sie ist ein dankbares Organ.«

Er sprach mit der Natürlichkeit eines erfahrenen Arztes, einer in fast vierzig Jahren Berufstätigkeit erworbenen Natürlichkeit, die Rolle des Medizinmannes zu spielen, der im Dienst einer höheren Gesundheit steht. Diese war nur für Menschen erreichbar, die die Fähigkeit besaßen, sich eine alternative Medizin, eine alternative Gesundheit vorzustellen, ein anderes Leben im jetzigen.

»Ich müßte bis ans Ende meiner Tage miserabel essen.«

»Aber Sie würden mehr Tage erleben. Außerdem bin ich nicht der Ansicht, daß das miserables Essen bedeuten würde. Wer nicht genug zu essen hat oder zuviel ißt, der ißt miserabel. Vergessen Sie nicht, Ihr Blut oft untersuchen zu lassen und die Werte mit denen zu vergleichen, die sie jetzt haben! Suchen Sie auf jeden Fall Ihren Hausarzt auf!«

»Ich habe keinen.«

»In Ihrem Alter braucht man unbedingt einen Hausarzt. Das ist der letzte Rat, den ich Ihnen gebe. Es kann sein, daß ich eine Zeitlang in die Schweiz reise, wenn ich das alles hinter mir gelassen habe. Lieber würde ich hierbliebe, aber man muß etwas Zeit verstreichen lassen, damit Gras über die Sache wachsen kann. Adios, Señor Carvalho. Haben Sie Faber Ihren Bericht gegeben?«

»Ja.«

»Was sagte er dazu?«

»Nichts. Er gab mir einen Scheck, und ich gab ihm ebenfalls einen. Die Differenz war zu seinen Gunsten.«

Gastein hob nur die Hand, aber nicht den Blick von der Karteikarte seines nächsten Klienten.

Carvalho war ungeduldig aufgewacht, hatte die letzte Unterwassermassage genommen und mit der Masseurin über die Vorfälle geredet, aber nur einsilbige und abstrakte Ausrufe als Antwort bekommen. Alle im Kurbad – bis auf vier oder fünf Leute – waren der Meinung, Señor Faber sei wegen einer dringenden Angelegenheit in die Schweiz zurückgekehrt. Am Abend zuvor hatte er eine gehaltvolle Kartoffelsuppe mit Karotten bekommen, und jetzt in dem Speisesaal, wo es Normalkost gab, standen ein Zichorienaufguß vor ihm, eine Scheibe Schwarzbrot mit Frischkäse, daneben zwei Pflaumen und ein Eßlöffel Roggenkörner. Die Mahlzeit eines Flüchtlings von der Ostfront aus den Romanen von Constantin Virgil Gheorghiu. Aber das Frühstück war reich an Nahrungskategorien, die der Gaumen akzeptierte: Käse, Brot und Obst. Man näherte sich also wieder dem Status eines Allesfressers und fühlte im Körper den leeren Raum, die verlorenen Kilos, und die Welt draußen wurde als ein verlockendes Objekt wahrgenommen. Als Bewohner einer durch die Ereignisse noch mehr abgeschlossenen kulturellen Insel fühlten sie sich durch eine mit Worten nicht zu fassende Erfahrung verbunden, duzten sich und tauschten mit der Naivität von Wehrdienstentlassenen Visitenkarten aus, weil sie sich die vor ihnen liegende Zeit einfach nicht ohne die anderen vorstellen konnten. Der Mann im Trainingsanzug blieb seinem Kostüm treu: »Es ist bequemer beim Fahren.« Seine ideologischen Vorurteile hatten sich zu zweifelnden Blicken auf einen geistesabwesenden Sánchez Bolín geläutert, der sein menschliches Frühstück mit einer Traurigkeit einnahm, wie sie angesichts dieses Schauspiels nur ein Feinschmecker empfinden konnte. Villavicencio dagegen schüttelte Hände und klopfte kräftig auf Männerschultern, ohne Ausnahme, bis auf Sánchez Bolín, bei dem er sich auf einen Händedruck beschränkte.

»Ich hole nur noch meine Sachen aus dem Badezimmer, dann bin ich bereit«, teilte ihm der Schriftsteller mit. »Der Anzug sitzt göttlich!«

Carvalho schlürfte den Rest seines Zichorienkaffees, und als er die Tasse absetzte, sah er, wie Gastein sein spärliches Gepäck in einen zweisitzigen Sportwagen lud, sich von jemand verabschiedete, den Carvalho nicht sehen konnte, sich hinters Steuer setzte, gemächlich wendete und mit um so mehr Gas losfuhr, wie man aus dem Röhren des Doppelauspuffs schließen konnte. Carvalho schloß die Augen. Ohne Gastein war die Geschichte vorbei, und er hatte noch mehr Eile als zuvor, dieses Kloster der Dicken zu verlassen, die vielen Kilometer zurückzulegen, die ihn von Barcelona trennten, das Leben, das vor zwanzig Tagen zum Stillstand gekommen war, wieder aufzunehmen und seine Wurzeln wiederzufinden, seine Familie: Biscuter, Charo, Bromuro, Fuster, jeden mit seiner spezifischen Funktion innerhalb dieser eigenartigen Bande von Einzelgängern. Wenn er brav war und sich nach den Ratschlägen von Faber-Gastein ernährte, würde er länger und besser leben.

»Ich möchte mich verabschieden.«

Der junge Käsehändler war sich dessen bewußt, daß er Robert Redford ähnlicher sah als zwanzig Tage zuvor, und Amalia an seiner Seite war stolz auf ihren Erfolg als Jägerin.

»Fahren Sie auch?«

»Nein, ich bleibe noch einige Tage, um mich völlig zu erholen.«

»Es kommen schon neue Klienten, aber die Journalisten dürfen immer noch nicht hereinkommen. An der Rezeption sagte man mir, daß sich die Zimmerbestellungen verdreifacht haben.«

Der Baske wollte rechtzeitig in Córdoba sein, um im *Caballo Rojo* ein Lamm in Eukalyptushonig zu verzehren, neben Lamm *a la chilindrón* das vorzüglichste überhaupt. »Ich habe während der letzten zwanzig Tage genügend Verdienste erworben, um für die restlichen dreihundertvierzig wie ein König zu speisen.«

Das war aber nicht die herrschende Lehrmeinung. Außer den Visitenkarten fand ein reger Austausch von Wunderrezepten statt, die die Erhaltung der frischgewonnenen schlanken Linie garantierten, oder die Adresse eines außergewöhnlichen Homöopathen, natürlich eines Franzosen, dem es genügte, einen aus drei oder vier Metern Entfernung nackt zu sehen, um einem auf den Kopf zuzusagen, wie es um den Stoffwechsel stand.

»Und wenn du nicht hingehen kannst, dann erzählst du ihm am Telefon deine Geschichte, und er schickt dir ein paar tolle Rezepte, die passen wie maßgeschneidert.«

Manche Körper waren süchtig nach experimentellen Heilmethoden, besonders die der Katalanen, von denen sich einige in gewissen Zeitabständen Schröpfköpfe mit Glaskugeln ansetzen ließen, um sich zu entschlacken, oder kleine Bluttransfusionen geben ließen, die mit Ozon behandelt waren, um den Sauerstoffgehalt zu verbessern und den Stoffwechsel anzuregen.

»Manchmal packt mich, ich weiß nicht was, wenn ich meinen Rücken voller Blutergüsse sehe. Es sieht aus wie Vampirbisse, aber ich fühl mich eben wohl damit, oder zumindest glaube ich daran und damit basta.«

Er ging zum letztenmal auf sein Zimmer, nahm den Koffer und den mangelhaften Tennisschläger, mit dem er es nicht geschafft hatte, das Ideal des eleganten Tennis zu erreichen, von dem der ehemalige SS-Hauptmann Siegfried Keller geschwärmt hatte. Er ging zu dem Auto, das fast drei Wochen lang dagestanden hatte, und als er den Kofferraum öffnete, war es, als verfüge er zum erstenmal über etwas, das ihm selbst gehörte. Er setzte sich ans Steuer, um das Gefühl zu spüren, daß er beinahe zu Hause war. Aber Sánchez Bolín ließ auf sich warten, also stieg er wieder aus und sah sich noch einmal den Park an, den Swimmingpool, den Fango-Pavillon und die Schilder mit den Gesundheitsdevisen:

*Dein Körper wird es dir danken.*
*Verachte dich nicht selbst! Pflege dein Äußeres!*
*Gott schenkt das Leben. Du mußt für die Gesundheit*
  *sorgen!*
*Iß, um zu leben! Lebe nicht, um zu essen!*
*Kaue auch das Wasser!*
*Jeden Bissen solltest du 33 mal kauen!*
*Dein Körper ist dein bester Freund.*
*Die Diät ist ein Mittel, um das Leben zu verlängern.*
*Was für andere ein gesundes Essen sein mag, kann für dich*
  *Gift sein.*
*Es gibt keine Wunderdiät, aber auch keine*
  *Wundertabletten.*
*Stelle dir vor, du seist schlank und verhalte dich*
  *entsprechend!*
*Im Kühlschrank lauert dein schlimmster Feind!*
*Wenn das Essen zum Laster wird, hört es auf ein Genuß*
  *zu sein.*
*Übermäßiges Essen ist eine harte Droge.*

Er überflog in Eile die Buchstaben, um mit seinem Blick beim interessantesten Punkt dieser Landschaft anzugelangen, den er wohl zum letztenmal sah. Der Pavillon erstrahlte im Glanz seines Alters, nicht wissend, daß ihm sein höchstes Geheimnis entrissen worden war – oder vielleicht hatte man ihn von einem Antikörper befreit, der seinen eigenen Zweck verfälscht hatte: ein Monument der unschuldigen Erinnerungen zu sein.

Auf dem oberen Balkon des Fastenraumes zeigte sich das

Profil Dietrich Fabers, der die Grenzen seines Reiches überblickte. In der einen Hand hielt er ein Glas Fruchtsaft, die andere steckte in der Hosentasche. Plötzlich senkte er ruckartig den Kopf, als fühle er sich beobachtet, und er blickte Carvalho voll ins Gesicht, der ihn beobachtete. Er prostete ihm schweigend zu und neigte dann den Oberkörper vor, legte eine Hand an den Mund wie ein Megaphon und rief ihm mit Bauchrednerstimme zu: »Wie geht's, Señor Carvalho? Sie sehen großartig aus. Wie bekommt Ihnen die Kur? Aber ich brauche gar nicht zu fragen, Ihr Aussehen spricht für sich selbst. Ich werde für Sie eine Kerze anzünden, um Ihren Triumph über sich selbst zu feiern.«

Dann richtete er sich wieder zu senkrechter Stellung auf, leerte das Glas mit einem Zug und trat vom Geländer zurück, um sich wie ein Burgherr von den Zinnen seiner Burg zurückzuziehen, nachdem er die Grenzen der bekannten Welt überblickt hat. Da kam Sánchez Bolín, der alle Hände voll damit zu tun hatte, seine ganzen Bücher und seine Schreibmaschine zu schleppen, und dies nötigte Carvalho, den Auftritt der sprechenden Marionette zu vergessen und dem Schriftsteller dabei behilflich zu sein, für kurze Zeit seinen Kofferraum zu füllen.

»So würde ich auch gerne reisen ... ein Koffer und ein Tennisschläger. Aber das ist nicht möglich. Die Bücher waren schon immer ein Teil meines Lebens. Da gibt es den Fall eines alten Kommunistenführers, der immer sehr skeptisch war, selbst als er eine leitende Position innehatte. Er hieß Rancano und hatte es im Bürgerkrieg bis zum Generaldirektor von irgend etwas gebracht. Jedenfalls mußte er bei einer seiner Reisen ins oder Rückreisen aus dem Exil inmitten von Tausenden von Büchern und vielen Kindern in Peking die Wahl treffen, ob er seine Bücher oder seine Kinder mitnehmen wollte. Und er entschied sich für die Bücher. Bücher oder Hunde darf man nicht im Stich lassen, Kinder schon. Irgend jemand wird sich schon ihrer annehmen, außerdem können Kinder sprechen. Und wie!«

Sánchez Bolín setzte sich ins Auto und wartete ab, bis Carvalho noch ein letztes Mal im Kurbad tief durchgeatmet hatte.

»Glotzen Sie nicht so, Sie werden sowieso wiederkommen. Es ist wie ein Laster, die Aufgabe der Verantwortung. Was man das ganze Jahr über nicht selbst geschafft hat, dazu muß man sich zwanzig Tage lang zwingen lassen.«

Am Anfang der Fahrt schwieg er, nachdem er Carvalho gebeten hatte, ihn fünf Kilometer vor Bolinches am Flughafen abzusetzen.

»Ich bin gerne zwei Stunden zu früh auf dem Flughafen, dann haben diese Hurensöhne weniger Ausreden, einen auf der Erde zurückzulassen.«

Aber zunächst mußten sie die Barriere der Journalisten überwinden, die vor dem Gittertor Wache hielten, also entweder anhalten oder über die Leichen junger Männer und Frauen hinwegbrausen, die um die erste Reportage ihres Lebens kämpften, oder die Leichen alter, abgewrackter Journalisten, die zu beweisen versuchten, daß sie diesen eingebildeten Grünschnäbeln immer noch etwas vormachen konnten. Durch das Seitenfenster drängelten sich ganze Trauben von Armen und Mikrofonen.

»Sind Sie Klienten der Kurklinik?«

»Was ist eigentlich passiert?«

»Stimmt es, daß Señor Faber einen Herzinfarkt hatte?«

»Was hat das amerikanische Kommando abgeholt?«

»Wer fand das geschmuggelte Heroin?«

»Hatte Mrs. Simpson Beziehungen zur italienischen Mafia?«

Jemand hatte Sánchez Bolín erkannt, und Mikrofone und Rekorder verließen Carvalhos Fenster wie Vögel, die herausgefunden hatten, daß das Korn in einer andern Scheune lag. Sánchez Bolín hörte sich die ganzen angestauten Fragen an und verlangte einen Moment Ruhe, um antworten zu können.

»Meiner Ansicht nach, und nach allem, was ich mitbekommen habe, mangelte es bei dem Ganzen am Sinn für das Maß. Die Zeit wird kommen, wo sie verstehen werden, wie wichtig das ist, der Sinn für das richtige Maß.«

Er nutzte die herrschende Verblüffung, um das Fenster hochzukurbeln, und winkte Carvalho loszufahren.

»Diese Jungs vertrödeln ihre Zeit. Sie sollten sich die Geschichte ausdenken, und alle wären ihnen dankbar.«

Carvalho war mit dem Auto zur Kurklinik gefahren, weil er gehofft hatte, sich nachmittags die Zeit mit Ausflügen in die Umgebung vertreiben zu können, an die Costa del Fulgor und zu der verlassenen Thunfischerei der Kalifen, eine Thunfischerei, die plötzlich ohne Thunfische geblieben war, ebenso wie Kelitea bei Rodas ohne heißes Quellwasser, und wie das Kurbad eines Tages ohne sein gelbes schwefelhaltiges Wasser bleiben würde. Aber die Ereignisse hatten alle seine Pläne über den Haufen geworfen und diese Rückfahrt war die letzte Gelegenheit, die Pracht dieser Oase zu bewundern, die das dunkelrote Wasser des Río Sangre geschaffen hatte und die sich scharf von der abrupten Dürre des Geländes abhob, sobald die Straße sich von dem Wasser entfernte, das unterwegs zu seinem eigenen Tod war.

»Haben Sie die neuen Klienten gesehen?« fragte Sánchez Bolín plötzlich, als Carvalho ihn schon eingeschlafen glaubte.

»Nein.«

»Sie sind genau wie die alten. Diese Kurbäder sind die spirituellen Reservate der Elite der alten spanischen Rechten.

Ich glaube, es ist von Zeit zu Zeit wichtig für mich, in dieses Milieu einzutauchen, um den Sinn für das Maß nicht zu verlieren. Wenn man das ganze Jahr über mit Verlegern, Roten und nationalen Literaturkritikern zu tun hat, läuft man Gefahr, den Sinn für die Realität zu verlieren. Dann sage ich mir plötzlich: Fahr ins Kurbad und sei ein wenig mit Reaktionären zusammen! Das bekommt mir sehr gut.«

»Dieses Mal war es interessant, aber nicht angenehm.«

»Ein Reinfall. Es war ein glatter Reinfall! Außerdem war da dieser fürchterliche Mann im Trainingsanzug, ein schrecklicher Typ, aber ein interessantes Untersuchungsobjekt. Man könnte ihn in jedem beliebigen anthropologischen Museum ausstellen.

Ich würde ihn sezieren, bevor es mit ihm ein übles Ende nimmt und die Reste nicht mehr zu gebrauchen sind.«

Wieder Schweigen. In der Ferne tauchte Bolinches auf. Die Abzweigung zum Flughafen mußte bald kommen und tatsächlich, da war schon das erste Hinweisschild. Es waren noch zwei Kilometer. Während er das Schild las, entdeckte er das Auto, das halb über dem Abgrund hing. Eine Steineiche, die vom Aufprall umgestürzt war, war mit eingeklemmt worden. Er erkannte den Wagen sofort, fand aber nicht die richtigen Worte, um Sánchez Bolín aufzuwecken, der fest eingeschlafen war, oder auch nur sich selbst zu sagen, daß das stimmte, was seine Augen sahen.

Er bremste scharf; der Schriftsteller fiel vornüber, hob aber instinktiv die Hand und verhinderte, daß er gegen die Scheibe prallte.

»Mensch, was machen Sie denn?«

Carvalho war schon aus dem Auto gesprungen und lief zum Straßengraben. Dann rutschte er, von seinem eigenen Gewicht angetrieben, zu Gasteins Sportwagen, der beängstigend zerknautscht kurz vor dem Abgrund gestrandet war. Es war nicht nötig, das Wageninnere genauer zu untersuchen. Gasteins Oberkörper hing zum Seitenfenster heraus. Der letzte Schmerz hatte den Ausdruck von Ausgeglichenheit und Adel aus seinem Gesicht getilgt, den er ein Leben lang sorgfältig gepflegt hatte, und Blut verdunkelte als endgültiger und alles zum Schweigen bringender Schatten seine Stirn. Aber er war nicht allein. Helen Frisch, die mutmaßliche Helen Frisch, war wieder aufgetaucht, um zu sterben. Ihr Genick war gebrochen und ihr Kopf gegen das andere Seitenfenster gefallen, als wollte sie den Tod von Gastein nicht mit ansehen.

Carvalho konnte sich einen professionellen Blick auf dieses über dem Abgrund hängende Grab nicht verkneifen. Ein Schubs würde genügen, um es in der fernen Tiefe des Vergessens zu begraben. Jemand hatte das Auto seitlich gerammt, die Karosserie war zerknüllt wie ein Stück sprödes Papier, und der

Wagen war von der Straße abgekommen und hatte Gastein und Helen auf die Liste des Todes und der Abrechnung im Kurbad gesetzt.

»Jetzt ist die Geschichte wirklich zu Ende, Gastein.«

Er kehrte zum Auto zurück, von wo Sánchez Bolín mit kurzsichtigem, aber zweifelsohne interessiertem Blick die Szene betrachtete.

»Wer war das?«

»Gastein und Helen, die Schweizerin.«

»Die Schweizerin, eine herrliche Frau!«

Er wollte Sánchez Bolín so schnell wie möglich loswerden, um in Ruhe nachdenken und vielleicht etwas unternehmen zu können. Oder nein. Nichts unternehmen, um in Ruhe in der wohltuenden Einsamkeit seines Autos nachdenken zu können. Deshalb klang die letzte Bemerkung des Schriftstellers in seinen Ohren wie ein lästiges Geräusch, bevor er am Flughafen ausstieg: »Sieben Tote. Unglaublich! Ich sollte mal sieben Tote in einem Roman unterbringen; mein Verleger würde ihn mir an den Kopf werfen!«

# Glossar:

| | |
|---|---|
| aizkolari | Holzfäller (bask.) |
| a la chilindrón | in dicker Paprika-Tomaten-Sauce |
| butifarra | katal. Blutwurst |
| Cantaor | Flamencosänger |
| Comisiones Obreras | den Kommunisten nahestehende Gewerkschaft |
| Duro | 5-Peseten-Münze |
| Etarra | ETA-Mitglied |
| Molinas, cabrón, trabaja de peón! | »Molinas, das Schwein, arbeitet als Handlanger des Chefs!« |
| ñoras | kleine, getrocknete, Paprika, eher süßlich im Geschmack |
| Orujo | span. Tresterschnaps |
| Para hacer bien el amor hay que ir al sur | um gut Liebe zu machen, muß man in den Süden gehen |
| Río Sangre | Blutfluß |
| Salmis de pato | spezielle Zubereitung einer Ente im Backofen |
| Salto del Niño Moro | Wasserfall der Maurenjungen |
| Seny | sprich: [senj], kat. gemäßigter Sinn, gesunder Menschenverstand, Vernunft – zentraler Begriff für die katalanische Mentalität |
| SEU | Universitäre Falange-Untergruppierung |
| Sofrito | eine Grundzutat bei der Zubereitung vieler span. Gerichte. Es besteht hauptsächlich aus Zwiebeln, Tomaten und Knoblauch, alles in Olivenöl gedünstet. |
| Viriatus | iberischer Heerführer |

## Manuel Vázquez Montalbán

### Die Einsamkeit des Managers

Ein Pepe-Carvalho-Roman. Aus dem Spanischen von Bernhard Straub und Günter Albrecht. Durchgesehen von Anne Halfmann. 240 Seiten. Serie Piper

1975 kehrt Privatdetektiv Pepe Carvalho, Ex-Kommunist und Ex-CIA–Agent, aus dem Exil nach Spanien zurück. General Franco liegt im Sarg, die Demokratie steckt noch in den Kinderschuhen. Da wird ein alter Bekannter von Carvalho ermordet: Jaumá, Manager eines internationalen Konzerns, dessen Leiche man mit einem Damenslip in der Hosentasche gefunden hat. Mord im Milieu, wie die Polizei glaubt? Oder wußte Jaumá einfach zuviel über die geheimen Pläne seines Arbeitgebers? Als Pepe Carvalho eingeschaltet wird und Nachforschungen anstellt, beißt er nicht nur auf Granit, sondern der Konzern tritt ihm auch kräftig auf die Füße.

## Daniel Silva

### Double Cross – Falsches Spiel

Roman. Aus dem Amerikanischen von Reiner Pfleiderer. 568 Seiten. Serie Piper

Operation Mulberry: so lautete das Codewort für die alliierte Invasion in der Normandie und war das bestgehütete Geheimnis des Zweiten Weltkriegs. Als der englische Geheimdienst meint, alle deutschen Spione enttarnt und umgedreht zu haben, setzt die deutsche Abwehr ihre attraktivste Geheimwaffe ein: Catherine Blake, Top-Agentin, eiskalt und brillant. Mit atemberaubender Präzision geht sie auf die Jagd nach den alliierten Plänen. Auf der Gegenseite wurde, von Churchill persönlich, der Geschichtsprofessor und geniale Analytiker Alfred Vicary eingesetzt – ihr absolut ebenbürtiger Gegenspieler, der in letzter Minute entdeckt, daß es ein zweites deutsches Spionagenetz gibt. Catherine Blake ist in seiner nächsten Nähe … Daniel Silva verdichtet den teuflischen Wettlauf mit der Zeit, als das Schicksal Europas auf des Messers Schneide steht, zu einem rasanten Thriller.